フィルムノワール／黒色影片

矢作俊彦

新潮社

フィルムノワールとは、映画のジャンルではない。(中略)あたかも他にフィルム・グレイやフィルム・オフホワイトというようなものがあって、それと対置されているかのように存在する、ただ〝黒《ノワール》〟なフィルムのことなのである。

ポール・シュレイダー

フィルムノワール／黒色影片

1

脚を組み直したとき、彼女がストッキングを履いていないことに気づいた。

ふくよかなふくらはぎに筋肉がキリッと主張して、みごとに丸い膝小僧は気立て良かった。足首にはの金のアンクレット、エナメルのハイヒールはタニノクリスチー、体にぴったりした男仕立てのスーツはアルデンヌの森を駆けるドイツ軍戦車のような色合いで、素材は戦車の複合装甲板よりずっと値が張りそうなビキューナの混紡だった。

「男を探してほしいのよ」

桐郷映子《きりさとあきこ》は艶やかな唇に微笑を泛かべた。百分の映画で、三割三十本の四番打者を一シーズン雇えるほど稼いだ女優の微笑だ。

私は豪奢だが映画館ほどは広くないホテルの一室をそっと見回した。観客は他にひとりもいない。

「探してどうするんですか」猫足のソファの隅で、仕方なしに口を開いた。「探すことはできても、ぼくに連れ戻すことなんかできない」

「もちろん。あなたがもう刑事じゃないことは、小峰さんからうかがっているわ。でも警察の嘱託でしょう」

「体よく厄介払いしたつもりが、人手不足で呼び戻したってところです。再雇用プログラムとは言っていますが、被害者支援対策室なんて食堂の賄いと変わらない。あちこちの所轄を回って、年金を掠め取られたお婆さんの愚痴を聞くのが仕事です。しかし、たとえ本物の警官でも、罪のない男を探して首に縄をかけて引っ張ってくることなんかできません」

「連れ戻す必要なんてないのよ」彼女は、眉をひそめると同時に目を見張って見せた。「探す必要もないくらい。――泊まっている所は分かっているし、携帯電話も持っているんですもの。突然、連絡が途絶えてしまって、――心配しているんです」

「重要な男性なんですね？　それも、きわめて個人的に」

「あら。それって、どういうこと？」

「ちょっと見てくるだけなら、事務所の誰かに頼めば済むことでしょう。人を雇うにしても、ご自分で直接頼むことはない。いくら捜査一課長の紹介といっても、ぼくなんかをこんな場所に呼んで、しかもおひとりで、――」

　私は彼女の背後に目を投げた。半開きになったドアの奥はベッドルームで、ホテルニューグランドのパンフレットによれば巨大なキャノピー付きのベッドが置かれているはずだった。

　この居間も、マッカーサー元帥が泊まったことで有名なスイートよりずっと広く、あちこちに彼女の私物が置かれ、壁にかけられた額の中ではヘルムート・ニュートンやリチャード・アベドン、あるいはセシル・ビートンが撮った彼女がこっちを見つめていた。

桐郷映子はまた足を組み換えた。「勘違いなさらないで。ここは私の事務室のようなものなの。もう二十年ぐらい、ずっと使っているの」

窓からきた秋の日差しを飲んで、彼女の目が私を験すように瞬いた。「寝室には書き物机と小さなカウチ、ベッドはありません」

「山手の海寄りにご自宅があったんじゃありませんか。雑誌で拝見しました。時計台がついていないのが不思議なほどの大邸宅だ。芝庭のプールも素敵だった。あれなら、ウィリアム・ホールデンが服を着たまま泳いでいてもおかしくない」

「いやあね。あんなのは写真のマジック。実際はエヴァ・ガードナーが裸で泳いだプールよりずっと小さいって、前の夫がぼやいていたもの。彼の好みでそっくりに造らせたようだけど」

「じゃ、お宅には六本指の猫もいるんですか？」

「ねえ、二村《ふたむら》さん」彼女は私の名刺をつまみあげると、口の端に小さな窪みをこしらえて言った。「建築家がアテネのアクロポリスやローマのパンテオンに魅入られるように、女優がみんな熱心な映画オタク《シネフィル》だと思ったら大きな間違い。それに、私の心配ごとは映画みたいに秘密めかしたものとは違います。少なくともセックスがらみのお話じゃありません」

私は息を殺し、頷《うなず》いた。目の前の女性から、スピーカーを通さずにセックスなどという言葉を聞こうとは思ってもいなかった。

「私が詳しいのは、父の撮った映画だけ。ねえ、あなた、私の父が映画監督だったのはご存知？桐郷寅人《きりごうとらうど》。同じ字を書いて、キリゴウと読むのよ。実はそっちが本名なの。語感が良くないって、デビューしたときに会社が変えちゃったのよ」

彼女は顔を逸らし、ライティングビューローの上に置かれたいくつもの写真立てを眺め渡した。

「父の映画なんてご存じないかもしれないけれど、パリでは今もＤＶＤが売れているらしいわ」

「ぼくも持っています。評伝だって出てるじゃありませんか」

「渡辺武信さんね。あの方も、ちょっと変わってるから」

私は立ち上がり、ライティングビューローまで歩いた。映子が見ていたのは撮影所の片隅で撮られたスナップ写真だった。

照明機材に寄り掛かって二人の男が立っている。ひとりは、日活映画で毎週のように人を殺していた時代の宍戸錠だ。トレンチコートを肩に羽織り、右手に遊底が動かないコルトを構え、目深にかぶったソフト帽の下から眩しそうに細めた目で笑っている。

もう片方の手が軽々と担ぎ上げているのは、まだ六、七歳の桐郷映子だ。子供のおかっぱ頭がボブヘアに見えるほど艶やかな顔だち。目の強さは今と変わらない。

もうひとりの男は、銀幕の殺し屋よりずっと年上だった。痩せて背が高く、風のない日の狼煙のように、一筋ゆらりと立っている。ギンガムチェックの鳥打ち帽に、革の肩当てがついたハンティングジャケット、上等な仕立てだが、ポケットにねじ込んだ脚本のせいでシルエットが台無しだ。

「父です」映子が言った。「子役が急に風邪を引いて、引っ張りだされたの。それが私のデビュー作よ。小学校一年の冬だったわ。考えられる？　授業中だったのよ」

簡単な暗算の結果に私はたじろいだ。桐郷映子は今もテレフューチャーなら一枚看板だった。映画でも脇に回るほど枯れてはいない。三十代では荷が勝ち過ぎるが、三十九歳と言われたら、五十代半ばと言われるより説得力がある。

「聞いたことがありますよ。一本の映画のために電信柱を引っこ抜いたり、民家を取り壊したりできた時代。――〝地獄へ10秒〟でしょう」

「あら、DVDになっていたのかしら」

「いいえ。学生時代に池袋の映画館で見ました。宍戸錠が真夜中の警察署でスライドロックのついた消音拳銃を三連射するんです。宙返りして左手で排莢させながら」

「そう。やっぱりその手の映画なの」彼女はちょっと落胆したように言った。「トリュフォーが絶賛したって聞いてたけど」

「ゴダールもですよ。彼の映画の中でモルドバ人のテロリストが褒めちぎってる」

「あなた、父の映画を御存知なのね。じゃ、話が早いわ」彼女は組んだ膝頭に肘を乗せ、頬杖をついて身を乗り出した。ジャケットの下には、何も着ていないようだった。

「知っているというほどじゃありません」私は慌てて応じた。「パリのシネマテークの倉庫から桐郷監督の戦前のフィルムが見つかって、ちょっとしたブームが起こったことがあるんです。ぼくは学生で、腰を痛めて朝から映画ばかり見ていた」

「まあ、面白い。腰を痛めると映画を見たくなるものなの？」

「野球をやっていたんです。それができなくなって暇をもてあましたんです」

私は写真立てを元へ戻し、ソファの後ろの窓辺まで歩いた。

「そう言えば、小峰さんからうかがったわ。姿が見えないときは映画館か野球場にいたって」

「どうせ、こうも言ったんでしょう。刑事捜査の実際を現場じゃなく石原プロから学んだって」

「あら、そうだったの？」桐郷映子は感心したように頷いた。「渡辺さんの本をお読みになったらご存じね。私の父がパリに渡ったのは、ミッキーマウスがデビューした翌年。つまりアカデミー賞が始まった年。まだ十九歳だったのよ」

昨夜、本棚の底から引っぱりだした当の評伝では、その年をこう説明していた。

『ベルリンのミュージックホールでフォン・スタンバーグがひとりの踊り子を見初めた年、誰でもが知るように世界大恐慌の年でもある』と。

その本によると、桐郷寅人は近江商人の次男坊で、金には一切不自由せずに育った。

事実、画家を志し、パリへ船出したとき、彼の懐には藤田嗣治への紹介状と親にもらった一万円があった。当時、一万円と言えば山手の丘に家が建つ金額だ。

しかし、それも大恐慌の前には無力だった。実家からの送金もすぐに細り、寅人は画家の道を捨て、パテ社で撮影助手の仕事に就いた。マン・レイの知遇を得て映像に興味を覚えたせいだった。

その後、パテ社と正式契約すると彼はめきめき頭角を現し、たった三年で監督を任された。

「あなた、ジャン・ブノア＝レヴィって監督、ご存知？」映子は尋ねたが、返事は待たなかった。

「いいわ。私も知らないのよ。父は、その人の元で何本か記録映画を撮ったの。それがルイス・ブニュエルの目に留まって、彼のスタジオに呼び寄せられたのよ。おもにカメラを任されたらしいわ。評価はされたけど大したお金にはならない。当時のブニュエルは過激なアバンギャルドですもの。文学や美術と違って映画には元手がかかるし。それで何年か後、満州映画の理事長がパリを訪ねたとき——ほら、何と言ったかしら、あの人」

「甘粕正彦？　大杉事件の」

「そう、甘粕大尉！——彼に誘われるまま満州へ渡って、満映で撮ったのが最初の商業映画。たしか李香蘭の恋愛ものよ」

パリで最初に会ったとき、甘粕はもう大尉ではなかったし、まだ満映とは何の関わりもなかったと例の本には書かれてあった。

満州国の影の実力者として、公式使節団を率いて訪欧し、ローマでムッソリーニ、ベルリンでヒトラーと謁見し、帰途パリに立ち寄った際、桐郷寅人と面識を持った。彼を満州に呼び寄せたのは、その翌年、満映の理事長に就任した直後だったそうだ。

「父はまだ三十代」映子が言った。「終戦まで、わずか六、七年で三十本以上の映画を撮ったみたい。それに較べると戦後の二十数年、日本ではその半分も撮っていないの。衰えたと言うのじゃなく、会社と上手くいっていなかったらしいわ」

「〝地獄へ10秒〟は名作ですよ。他にも何本か、忘れられない作品がある」

「本人には別に作りたいものがあったのよ。いつも」

「商業映画から離れて撮れなかったんですか」

「まさか！」彼女は鼻を天井に向け、冷たく微笑んだ。「映画が商業なんですから」

私は顔を窓へ背け、溜め息をごまかした。

並木通りの向こうに横たわる海沿いの公園には、人けがなかった。氷川丸と観光船の桟橋に修学旅行生がちらほら動くだけ、大桟橋にも山下埠頭にも錨を落とす船はない。

こっち側の通りも、すっかり色づいた銀杏並木の下に停まっているのは黒塗りの古いメルセデスが一台きり、歩道に行き交う人もなく、ブルゾン姿の男がひとり、並木に立てかけたギターと寄り添うみたいにたたずみ、こちらを見上げているのが目立った。まるで、この部屋の誰かに焦がれるかのような強い眼差しで。

「聞いているの、あなた」

凛とした声が呼んだ。なぜ自分を見ないのかと叱責されたのかもしれない。

「父が、本当はどんな映画を作りたかったのか、私にはよく分かりません。私が十代も半ば頃から、さっぱり家にいつかなかったから」彼女はそこで顔を上げ、微笑んで首を振った。「女とか、そういうのじゃなくってよ。日活が傾いてポルノに手を染めるちょっと前、招く人がいて父は香港へ渡ったの。ブルース・リーで注目されるまで、香港映画は何もかも足らなくて、――とくに人がね。――ずいぶん沢山の日本人が、向こうへ渡ったものなんです。イーストマンカラーもシネマスコープも日本人が手ほどきしたのよ。有名な監督さんが偽名で何本も撮っているし。でも、みんな腰掛け仕事だったのに、父はそのまま居ついちゃったの。水が合うって言うでしょう。若いころから世界を渡り歩いて、日本の社会とは決して折り合いのいい人間じゃなかったから、結局ずるずると二十年近く、――私も、お仕事が一番忙しかった時代でね。父があちらで亡くなったときも、インドの外れで撮影に入ってて、葬儀にも出られなかったの」

「〝シャングリ・ラ〟ですね。ジョー・ダンテが〝失はれた地平線〟をリメイクした」

「いいのよ。あんな映画のことは。フランク・ロイド・ライトのセット美術を、マハラジャの別荘で誤魔化しちゃうような映画。衣装もずっとチープだし」

彼女はそっと眉をひそめた。私は窓へ視線を逸らした。

その映画で、桃源郷の処女サンドラに扮した桐郷映子は、第四アルテア星のアン・フランシスに勝るとも劣らない衣装を着ていた。それはチープというより倹約《リデュース》と呼ぶべきデザインだった。

「渡辺さんの本を読まれたなら、ご承知でしょう。父が亡くなった時のこと」と、彼女は言った。その言葉が引き寄せるどんな反応もこれまで残らず経験してきたという、静かだが決意にあふれた口調だった。「路上で強盗に遭って揉み合ううち、行きがかった自動車に轢かれたんです」

私は窓に向かって頷いた。彼女は目もくれなかった。

「ねえ、二村さん。私、父が好きだったの。父との交流は無いも同然だったけど。あの時だって、――撮影なんて言い訳よ。好きだったから、行けなかったの。事件のことなんか、詳しく知りたくなかった。見たり知ったりしたら、どうにかなっちゃいそうだったのよ。今になって後悔しているわ。やはり向こうへ行って、ちゃんと知るべきだったって。子供だったのね。ただ無いことにしたかったのかもしれない」

「まさか、ぼくに探せというのはその犯人じゃないでしょうね」

「そんなシナリオ、こっちから願い下げだわ。確かに犯人はつかまっていないけど、特別な感情も持っていません。当時からそう。怒りは感じたけども、台風や洪水に感じるような行き場のない怒りだった。たったひとりの誰かに殺されたようには思えなかったから」

彼女は立ち上がった。スカート丈は思っていたより長かった。脚が真っ直ぐで、膝小僧が高い位置にあった。

ライティングビューローまで歩き、携帯電話を立てた充電スタンドのそばからクリアファイルを取って戻ると、私に差し出した。

ファイルには数枚の事務用紙がはさまれていた。一番上の一枚は、オークションサイトの一ページをそのままハードコピーしたものだった。

『〝作品42〟一部譲影迷垂涎三尺的非常罕見的膠片／一九八三年制作品／導演・森富拿（遺作）』


「マニア垂涎の的、幻のフィルムか」私は言った。「この森富拿《センフナー》っていうのは？」

「父の香港名。その名で三十本近くの映画を撮ったの。最後の一本が、これ」

「作品42って、どんな映画なんです？」

「オークションサイトでは、その名で通っているんですって。タイトル不明ってことね」

私は本文に目を通した。英語の訳文はところどころにしかなかったが、繁体字の中文だったので、おおよそのことは分かった。

最低落札価格が一万USドル。オークションの締め切りまで三十時間ほどと表示されているものの、この時点ではまだ入札はない。日付は、十三日前だ。

「全九巻のパナビジョン、プリントフィルム。――著作権にはひっかからないんですか」

「さあ、どうなのかしら。所有するのはかまわないんじゃなくて？　ただ持っているだけならセルロイドの帯でしかないでしょう」

「セルロイドじゃない。セルロースです。――それで、これを買おうとされた？」

彼女は曖昧に首を動かし、ほんの一瞬目を閉じた。「去年、うちの事務所に移ってきた若い俳優がいるの。モデル上がりで、特撮ヒーローものの二番手に抜擢されたんだけど、その後なかなか芽が出なくて。最近は私の運転手みたいなこともしているのよ。――その子が、これを見つけたんです。中国語ができるし、私が父の話をしたら興味を持ったのね」

「そこに事務所のプロフィールが入ってるでしょう。たしか二十七。伊藤竜矢、本名は矢《や》を也《なり》と書くのよ」

「おいくつですか」

「探してほしいと言うのは、その彼なんですね」

「ええ。十日、――いいえ九日前かしら。フィルムを買いに行ったまま、――」

「買いに行ったって、香港へですか。じゃ、香港でいなくなったのか」私は手にしていたクリアファイルを、ガラステーブルに放り出した。

彼女は敢然とそれを無視した。「私が競り落とすように頼んですぐ、出品者が突然オークションを取り下げちゃったのよ。それで直接メールをしたら返事が返って来て、二万ドルぐらい用意できるなら売ってもいいと――」

「そんなの、ぼくなら乗りませんね」

「あら、どうして？」

「中華街の近くで育った者なら、食卓を囲んだことのない中国人とは絶対取り引きをしない」

「複雑な子供時代だったのね」彼女の目が、かすかに和んだ。「伊藤君も同じようなことを言ってたわ。それもあって直接向こうへ行ってもらったの」

「いくら持たせたんですか」

「二万ドル。トラベラーズチェックと現金で。――伊藤君を疑っているなら見当違いよ。二十万ドルなら分からないけれど、二万ドルでは失うものの方が大き過ぎるから」

「ホテルにも帰っていないんですね」

「ええ。五日前からずっと。あちらの知人に直接見に行ってもらったから確かです」

「そんな事情なら、やはりお役に立てません」私は立ち上がった。

「聞いてちょうだい」彼女は短く息をついた。「父が亡くなって数週間後に、香港からたったひとりお手紙を下さった方がいるの。父を尊敬してたって。イーサムンという若い監督さんから」

「ンが苗字ですか、それともムン？」

「さあ、英文だったから――。でも、その手紙に、父はゴールデンハーベストで最後の作品に取りかかっている最中だったと書いてあったの。撮影までほぼ終わっていたって」

「最後の作品？」

「ええ。それが父の本当に作りたかった作品なんですって。完成したら日本へ帰るとまで言っていたそうです。なのに、その作品というのが殺し屋ジョーの末路を描いたものなんですって。おかしな話でしょう」

「ジョーって？　――あのエースのジョーですか」

「分からないわ。英文で『ジョー・ジ・エース』となってたはずよ。礼状は出したけど、それっきり。――今になって、もっと聞いておけばよかったと思うけど」彼女は私を見た。百万ルーメンの光の束が私を貫いた。「どうしても見たいの。その映画を見たいのよ」

私は吸った息をやっとのことで吐き出した。それから頭を下げた。「何度も言うようですが、中華街のごく近くで育ったんです。香港は中華街の親玉だ。そんな場所で自分がどれほど役に立たないか、骨身に沁みて分かっている」

彼女は両足を揃え、肘掛け椅子から腰を起こし、テーブルのクリアファイルを取り上げた。

「伊藤君の写真や必要なこと、全部ここに入っているわ」

私は手を伸ばさなかった。

彼女はほんの一瞬不思議そうに眉をひそめ、ファイルを手に座り直した。そのとき、ジャケットの胸元が大きく開いた。そこから何かが漂ってきた。これが映画なら間違いなく妖精の粉だ。

「〝気が変わったら口笛を吹いてちょうだい〟なんて言わないでください。それは反則だ」

「他人のために書かれた台詞なんか、私は口にしないわ」

「失礼します。仕事があるんですよ」

「またお会いましょう。じきに会えるはずよ」

右手で拳銃の形をつくると、桐郷映子は銃身にあたる二本の指で小さく敬礼をして見せた。

それは彼女が二度目に出演したハリウッド映画で、まだ空を飛べなかったころのクリストファー・ウォーケンにやって見せた別れの仕種だった。ザンガロ人の娼婦を演じた桐郷映子は、それでアカデミー助演女優賞を獲得し、一方アフリカの傭兵を演じた主演俳優は、まったく評価を受けなかったばかりか、可憐な日本人女優に翻弄されたあげく、禿鷹の餌になってしまった。

あのウォーケンですらそうだったのだ。この私に何ができたろう。通行人Aのようにフレームアウトする以外の何が。

2

古く、くたびれたエレベータで旧館のロビーまで行き、かつて銀幕のシンデレラが何人も何人も、靴を履くことさえ忘れて駆け下った大理石の大階段をゆっくり玄関まで降りた。

台風の季節が去ったばかりだったが、通りの銀杏はもう葉を落としはじめていた。色づく前に枝を離れた葉もあった。

私は通りを渡り、山下公園に入った。

海が目の前だというのに、海は匂わず、潮の気配すらなかった。歩きだすと空気に油が混じった。噴水脇のテラスを抜けていくと、海沿いの遊歩道に並んだベンチの片端に、さっきの男がギターを傍らに置き、座っていた。

馬面にカンカン帽を乗せ、くたびれた白いスーツを着た男が通りかかった。そいつは手にしたキャラメルコーンを食べながらギターの男を一瞥すると、同じベンチの反対端に、たっぷり間をあけて腰を下ろした。

馬面がキャラメルコーンを男に勧めた。断られると、不服そうにそっぽを向いて何か呟いた。それから菓子袋をベンチの中央に残して立った。

馬面は私を追い越し銀杏並木の方へ歩いて行った。しばらく行くと尻ポケットから新しいキャラメルコーンを出し、それを頬張りながら通りへ去った。

残された菓子袋に何が入っていたのか、この後ギターの男に何が起こるのか、あるいは起こらないのか、確かめるまでもなく、私はその場に背を向けた。

インド人の水飲み場がトカゲの腹のように濡れて光っていた。その先で廃線になった貨物鉄道の高架に上った。残された高架の一部が新港埠頭へ向かう遊歩道に変っていた。

大桟橋の入り口を跨ぐと、眼下で取り壊しを待つ倉庫の軒下に、二人の元同業者が夜毎の麻薬取引に備えて張り込んでいるのが見えた。この季節、それは横浜の風物詩のようなものだった。

突然、蝶ネクタイをしたウサギが行く手に立ちふさがった。

「横浜シネマツアー」彼はビラを差し出した。「映画のロケ地を巡る三時間の散歩はいかがっスか」

「三時間も必要ない。ここから百歩で十七本の映画のロケ地が見られる」

「本当スか？　でも、ガイドと飲み物付きっスよ」ウサギが咳払いした。薄汚れたピンクの着ぐるみはローラ・ダーンが見かけたやつよりは愛嬌があった。

「どいてくれ。急いでいるんだ。同じダーンでも、こっちはブルースの方なんだよ」

ウサギの脇を強引にすり抜け、私は先を急いだ。

横浜で一番古い防波堤に囲まれた船着場は、ただ広いだけで、その実、警察の死体置き場より殺風景な広場に変わっていた。

遊歩道は下り続け、道路と同じ高さになると運河を鉄橋で渡った。向こう端の岸壁に建っていたバーは跡形もなく、水際は足漕ぎボートの船溜まりになっていて、恥知らずな親と礼儀知らずな子供たちに踏みにじられていた。

その背後には、かつて無数のアウトローが殴り、殴られ、拳銃をぶっ放し、そして死んで行った赤煉瓦の倉庫が変わらずそびえていたが、そこももう銃弾より安全で〈ロイ〉より衛生的な土産物や食べ物を、アウトローより有害無益なファミリーに提供する施設でしかない。

ポケットで電話が鳴った。小峰一課長からだった。

「命令どおりお断りしてきました」私は先に切り出した。

「誰がそんなことを命じた？　だいたいおまえは今、警務課付きだろう」

「気持ちは今も課長の部下です。どこまでも付いていきますよ」

「気色の悪いことを言うな。釣る前から魚が腐る」

「待ってください！」

私は急いで遊歩道を離れ、鉄柵を跨ぎ、道路標識をことごとく無視して車道を渡った。

そこは幅広の掘割で、対岸には県警本部庁舎がこちらに背を向けてそそり立っていた。通用口の近くには、巡視艇を着けるための浮き桟橋があった。

わが捜査一課長殿は、そこで係船柱《ボラード》に腰掛け、釣り糸を垂れていた。

さぼっているわけでも、夕食代を惜しんでいるわけでもなかった。ひとりで考え事をしたいとき、そこが彼の指定席だった。最近は喫煙という理由が増えた。ヘビースモーカーのくせに他人の煙が大嫌いなのだ。

「何だ。おまえ、そんな近くにいたのか」課長がこちらに顔を向けた。水面を隔てて百メートルほどあったが、眉をひそめたのは分かった。

「釣れますか？」

「魚を釣っているわけじゃない」言いながら、慌ただしく煙草を消した。「捜査本部《ちょうば》が県内に四つも立ってる。やることが多すぎて、すぐには思いだせないくらいだ」

「だから魚を引っ張ろうというんですね。任意ですか？」

「何だってあの人の頼みを断ったんだ」

「香港ですよ。行けるわけがない」

「丸抱えだろう。彼女、そう言わなかったか」

「ぼくにも仕事がある」

「どうせ嘱託だ。風邪でも引けばいい。刑事のころは始終引いてたじゃないか」

「あれは生存本能みたいなもんです。女優の使い走りをするために仮病を使うわけにいかない」

「これも本来なら生存に関わる話だぞ。彼女は本部長の奥方と中高同級なんだ」

「本来ならでしょう。今はただの犯罪被害者相談員ですよ。誰に睨まれても関係ない」

舌打ちが聞こえ、彼は目を逸らした。まるでサウンドトラックがずれている映画を見ているみたいだった。課長は携帯電話を肩に挟んだが、その効果音も遅れて聞こえた。

右手で小さなリールを回しはじめた。竿が山なりにしなっていた。水面が細かく震えた。

「手伝いにいきましょうか」と、私は言った。

「おれを手伝う気があるなら、あの人の手助けをしてやれ。１１０番の日に一日通信司令室長でもやってもらえたら、復職も夢じゃないぞ」

「夢ですよ。それも悪夢だ。ぼくが復職なんか望んでいると思ってたんですか」

課長が釣り竿を放り出した。糸が切れたようだ。

「こっちを見るな。見えないところへ行って話せ」急に大声を出した。「お互い見えてる距離で電話なんかして。おまえ、照れくさくないのか」

「じゃあ、そっちへ行きますよ」

「来なくていい。ツキが落ちる」さらに怒鳴った。「これから相模原南署の帳場に顔を出さなきゃならない。知ってるだろう？」

「知りませんよ。今聞いたばかりだ」

「相模原南署だ。あそこは警視庁と管轄が接してる。県境が川の両岸を行ったり来たりして、ＪＲ町田駅の南口だけがこっちの管轄なんだ」

私は首をひねった。「帳場って、町田で起きた銃撃事件ですか。あれは南口だったのか」

「新聞ぐらい読め。刑事を辞めたんだ。心置きなく読めるだろう」課長は冷たい声で言った。「南口の階段の上で撃たれたくせに、駅前まで降りてから倒れたんだ。こっちの交番巡査が最初に現着したんだが、駅員が呼んだ救急車は東京消防庁のものだった。運んだ病院も東京だ。苦労が絶えないよ」

彼はもう背を向けていた。桟橋から岸壁へ石段を上り、本部の通用口へ歩きだした。

「どうしても断るというなら仕方ない。仕事なんだろう。早く行ってやれ。満州で散々苦労してきた婆様だ。待たせちゃ気の毒だぞ」

「満州？——そんなこと聞いていない。今日はデスクで報告書をつくるんです」

課長は足を止めた。こちらにゆっくり振り向いた。初めて絵と音がシンクロした。

「何でって、——警務課のやつから聞いたんだ。それがどうかしたか」

声の割に動きが素早かった。いきなり電話を切って、また歩きだした。彼の後ろ姿はバックヤードに停められた警察車両にすぐ紛れた。

私は急いで被害者支援対策室に電話を入れた。

「ああ、急に決まってね」と、室長の玉川が言った。いつも胸を抑えて話をする定年間際の警部だった。「高齢なご婦人だそうだ。殺人事件に巻き込まれて、ショックを受けている」

「医者の仕事ですね」

「医者へ行く金がないらしい。まあ、話を聞いてやってくれ。重要な目撃者なんだ」

「どこへ行けばいいんです？」

「相模原南署に午後一時」

「それって」私は百分の一秒、言葉を失くした。「あの銃撃事件じゃないでしょうね」

「あそこで殺人《コロシ》と言ったら、それしかないだろう」

「天の声ですか」

「バカ言わないでよ。捜査一課長が、いつから天上人になったんだい」

「やっぱり小峰さんの仕掛けか」

不意に声をつまらせ、室長は電話を切った。自分のしくじりに気づいたのだろう。

私は溜め息をついた。もしハンフリー・ボガートなら、歯を剝き出し、耳たぶを引っ張ってフェイドアウトするべきシークエンスだった。しかし近ごろの横浜港に、そんなギャラの高い俳優は似つかわしくない。

3

保土ヶ谷バイパスが国道16号線と合流した先で、東名高速のインターチェンジを取り囲んだラブホテルの一群が、アラモの砦のように文明から孤立していた。

そこを過ぎると、道の両側から緑が消え失せ、本当の〝郊外〟が始まった。洗剤の箱をそのまま巨きくしたような量販店とパチンコ屋、スキーロッジのようなレストラン、その隙間をちまちまと埋めつくす町工場と資材置き場とアパート、どんな旅回り一座の書割より薄っぺらな風景のことだ。

相模原南署は、まさにその一部だった。

百人体勢の捜査本部が設置された署内は、いつになく賑やかで、道場に貸し布団が運び込まれ、大会議室に事務機が集められ、捜査員が合宿中の運動部員のように走り回っていた。

私は、パーティションで仕切られた一階の応接室で待たされた。

警務課の女性警官が、お茶と一緒に置いて行ったプリントによれば、今日の『支援対象者』は珠《たま》田真理亜《だまりあ》、六十八歳の独居婦人だった。

昨日の午後三時四十分、彼女はJR町田駅から電車に乗るため南口の階段を上ろうとしていた。最初の段に足を掛けたとき、銃声が聞こえた。『目の前が爆発したようだった』そうだ。次に若い男が階段の上から『降ってきて』彼女を押し倒した。

男は右腕に二発、左肩に二発、九ミリ弾を浴びていた。

それでも何とか立ち上がると、大量の血痕を路上に残し、西へ歩いた。

転げた拍子、肘に四針の裂傷を負い、自分と他人の血にまみれた珠田真理亜を、階段を駆け下りてきた犯人は軽々と飛び越え、被害者を追った。

若い男が七歩西に歩き、神奈川県警の管轄地域に入ったところで、犯人は至近距離から銃弾四発を発射し、息の根を止めた。

全弾を撃ち尽くすと、スライドオープンになった拳銃をその場に放り捨て、被害者のポケットから電話を奪い、駅前にあらかじめ停めておいたオートバイに乗って逃げ去った。

ショッピングモールが建ち並ぶ北側の繁華街と違って、通勤通学時間以外、ＪＲ南口はうら寂しい。それでも九人、目撃者が居合わせた。

しかし銃撃犯は男で、黒っぽい服を着ていたということ以外、たいしたことは分からなかった。八人は東洋系と証言したが、一人の老婆は『アメリカ兵だった』と言って譲らなかった。八発の銃声に、誰もが記憶を吹き飛ばされてしまったのだ。

被害者の方も、身分証のたぐいなど持ち合わせず、身元は確認されていない。

書類はたった二枚きりで、そんな事実が素っ気なく列記してあった。しかし私は、それが野原で拾った片耳でもあるかのように、何度も熱心に読みふけった。

一時をだいぶ回ったころドアがノックされ、制服の女性警官が入ってきて、客の品定めをしにきた飼猫みたいに悠然と目の前に腰掛けた。

「こんにちわ。お元気？」耳の裏から笑顔をひねり出した。「警務課のホシです。スターの星よ。

今日はご一緒させていただきます」

「どこかで会った？」

「いいえ。でも、キャンビーって呼んでいいわ」

「何でキャンビーなんだ」

「名前がナオミなの。それもカタカナの。キャンベルじゃベタだし、缶詰みたいでしょ」彼女は背筋を正して微笑むと、壁の時計を見上げた。「きっと遅刻だわ。お婆ちゃん、怖くて怖くて、家を出るのも嫌なくらいなのね。――帳場としては一刻も早く似顔絵をつくりたいところなのに」

「本当に思い出せないいんじゃないか」

「事件担当官が厚労省に気をつかっているんです」彼女は不満げに口を尖らせ、目を細めた。「もしかすると、ややこしい支援団体がついてるかもしれないって」

「そういう人なのか」

「資料読んでません？　せっかく作ったのに」

〝キャンビー〟はテーブルのプリントを取り上げ、目を落とし、自分の頭をコツンと叩いた。「私のバカ。――あのお婆ちゃん、厚生省の帰還事業で中国から逃げてきた人なんです。ほら、残留何とか人？　戦争とかで向こうに残されちゃった人？」

「逃げてきたんじゃない。帰国したんだ」そのとき私の眉間の内側でフリッカーが起こった。「彼女と犯人の間に関連はないのか？」

〝キャンビー〟は、ドアを見て眉をひそめた。階段の方から、ひっきりなしに足音が聞こえていた。

「お茶でも飲みに行かないか」と、私は言った。「珠田さんが着いたら呼んでもらえばいい」

「チョー美味しいドーナツの店を知ってます」突然、笑顔をこしらえると、ドアの外へと飛び去った。

三分三十秒後、私服に着替え、口紅まで塗り替えてきた彼女がいそいそと案内したのは、国道16号の真向かいに停められたボンネット型のスクールバスだった。草ぼうぼうの空き地に打たれたモルタルの基礎に乗せられ、車内がアメリカンダイナーを気取ったカフェになっていた。

私たちはデコラボードのカウンターに並んで座り、コーヒーを飲んだ。

「店の名前はなんていうんだ？」

「黄色いロールスロイスです」と、眠そうな顔の店長が答えた。

「ブルーバードビジョンのバスがロールスロイスか。運転手はアン・ターケルなんだろう？」

「よしてください。名前に意味なんかないんですよ」

フライヤーの電子音に呼ばれ、店長は運転席の方へ歩き去った。

「ああ見えて、独居老人に手作り弁当を届けるボランティアなんかやっているんです」と、〝キャンビー〟が言った。「そのNPOの名前が、イヤー・オブ・ザ・ガンっていうのよ。笑えるー」

「ガンと言えば、使われた銃は何だったんだ」

「トカレフです」

「九ミリ口径って書いてあったよ」

「そう、九ミリNATO《ネイトー》弾。54式手槍２１３型。ようするに中国のパチ物ね。帳場では在日黒社会の内輪もめを疑ってるみたい。町田と歌舞伎町はロマンスカーで直結だから」

「被害者支援対策室に置いておくには惜しい人材だね」

「でしょ！　私もそう思うわ。二村さんはなぜ刑事をやめたの？」

甘い匂いがして、店長が彼女に〝チョー美味しいドーナツ〟を運んできた。

「ドーナツの美味い店の前に建ってる銀行は襲っちゃならないって、知ってるかい？」私は質問を繰り返される前に言った。「ドーナツの美味い店には必ず警官がたむろしている」

「それ、アメリカの話じゃない？　日本ならカツ丼。つか、ここ女子しか来ないし」

〝キャンビー〟はドーナツをコーヒーに漬けて頬ばった。

「携帯を奪《パチ》ッて凶器は捨ててくし、ちょっとアレじゃない。ね、プロの手口？」

「さあね。前科《まえ》がない得物を毎回使い捨てにしろって、昔の映画で頬のふくれた殺し屋がよく言ってたが」

「留めの何発かは、脳幹に集中してたんですって」空になった皿を押し退け、彼女は紙ナプキンで口をぬぐった。「その直前、お婆ちゃんが立ち上がって犯人に何か叫んだそうなの。その声を聞いた人がいるのよ。中国人の留学生なのに、すっごく協力的」

「何て言ったんだ」

〝キャンビー〟はスマートフォンを出して液晶を撫でた。「チェン・シリン、もうやめてください」

「誰だ、それは」

「シリンは司令官だって。チェンはどんな字を書くか分からないって。音はＣＨＥＮＧ。Ｅにアクセント記号がつくんだけど、彼は上海の南の方の人。東北地方の言葉は別みたいなの」

「それが、犯人の名前なのか？」

「帳場も疑ってるみたい。でもね、本人は、ただパニクって叫んだだけで覚えていないって――」

「変だな。親身になってお世話して、思い出せないことを思い出させろというなら、ぼくより適任者がいっぱいいる。あのタヌキは釣れない魚を釣りながら何を企んでいたんだ」

もの問いたげに〝キャンビー〟が顔を上げたとき、カウンターの上に置いた彼女のスマートフォンが〝虹の彼方に〟を歌いだした。

彼女はスツールから降りて靴の踵を三度鳴らした。「えっ！　来ないって、どういうこと。——本人がそう言ったの？——分かった。すぐに戻ります」

電話を切り、私に向き直ると〝キャンビー〟は眉をひそめた。「珠田さんが今日の約束を断って来たんですって。なんか涙声で。つか、ワナワナしてたって」

私は一秒思案した。それから、目の前の小さな警官に尋ねた。「東北地方って言ったな。珠田さんの出身地はどこだ」

彼女はスマートフォンを取り上げ、メモを開いた。「だから、東北地方。吉林省《キチリン》の長春《ちょーシュン》？　そう読むのかな」

「ああ、だいたいね。旧満州国の首都、満映の撮影所があった場所だ。ある映画監督が戦争が終わるまでそこで暮らしていた。——クサいな。タヌキに化かされたのかもしれない」口の端で舌が鳴った。しかし体はスツールから降り、立ち上がっていた。「住所を知ってるか」

「すぐ調べてご案内します。仕事ですから」

私はコーヒー代を払い終えるまで返事を渋った。しかし最初から答えは決まっていた。私の車にはカーナビどころか地図も載っていない。おまけに私は郊外の地理に、まったくの不案内だった。

4

ケヤキ坂団地でケヤキ坂を探すのは、容易なことではなかった。

別にそんなものを探さなくても棟番号で当たればよさそうなものだが、〝キャンビー〟は地域課の同僚から「ケヤキ坂のてっぺんから数えて左側の三つめ」としか聞かされていなかった。

横浜といっても大和市との境、農地にもできず、放ったらかされてきた栄養不良の丘陵地帯を切り開き、急場凌ぎにこしらえた町だった。商店も病院も郵便局も小中学校も、必要なものはひと通り揃っていたが、鉄道駅と交番だけがなかった。

日本が戦後からやっと抜け出したころに計画され、計画から三十年近くして町が完成したとき、世間は右肩上がりの好景気に浮かれ、こんなところに住もうとする者はもはや多くなかった。

そこでまず、インドシナ三国の難民に政府が空き部屋を周旋した。値崩れが起こったところへ、南米大陸から出稼ぎに戻った日系人が住み着いた。次に中国人がやってきた。

成功した者と失敗した者は出ていったが、誰も彼もが成功に与るわけでもないし、夢破れて夜逃げするものでもない。半数以上は出るに出られず、人が人を呼んで、日本人の影は薄くなった。

それで鉄道の計画が頓挫し、交番は住民の猛反対で計画倒れに終わった。

やっと見つけたケヤキ坂は〝けやき坂〟と違い、並木もなければ銘板も道標もなかった。舗装は干からびた濡れ煎餅のような具合で、左右に並んだアパートの窓は埃で煙っていた。

子供たちの喚き声が聞こえた。喧嘩をしているわけではなさそうだったが、人生を謳歌しているようでもなかった。

一棟に階段は三つあり、どこにも大人がしゃがんでいた。ぼんやりじっとしている者が一番多かったが、トランプや将棋に興じているグループもあった。

そのすべてが男だった。女の姿は子供以上に見かけなかった。

「男の方が就職むつかしいのよ」と、〝キャンビー〟が言った。「どこでも女の方が働き者だし」

「来たことがあるのか？」

「生安総務にいたとき。日本人の住人からあんまり通報が多くて」

「何の通報だ」

「公園の鳩を食べてるって。もうゲロゲロ。飼い犬を食べられたって110番もあったんだから」

私は〝左側の三つ目〟の前に車を停め、五階建てのアパートを見上げた。

奇妙な匂いが漂っていた。おおよそ食物とは思えないが、やたらと食欲をそそる匂いだった。

車を降り、部屋番号から中央の階段に当たりをつけて歩きだすと、その四階でドアが開いた。

出てきたのはチェックのストールで肩を包んだ老婦人だった。顔は緊張で干しイチジクのように強張り、目は涙で腫れ上がっていたが、火刑に臨むルネ・ファルコネッティのように毅然としたところがあり、態度や風情だけでなく、顔だちにも美しさの名残があった。

「あの人です、うちらのマル対」と、〝キャンビー〟が背後でささやいた。

踏み出そうとした私の足が唐突に止まった。何かにつまずいたような具合だった。

筋向かいの歩道に背の高い瘦せた男が立っていた。このあたりでは珍しく、踵の潰れていない革靴を履き、ちゃんと上着を着ていた。

珠田真理亜は、もう下まで来ていた。目は向けなかったが、彼女は上顎に刺さった鰯の小骨ほど男を気にしていた。

男は足許から東急ハンズの紙袋を取り上げ、胸に抱えて歩きだした。

反対側の歩道で、珠田真理亜がそれに倣った。車道を挟み、彼らは息を合わせるかのように坂を下りはじめた。

「あの男――」〝キャンビー〟が袖を引っぱった。「署に報告を上げた方がよくなくない？」

この先、何が起こるか、今度ばかりは三つぐらい予想できた。どの場合も人手が必要だった。

しかし私は頭を横に振った。「車は動かせるか？」

「免許は持ってます」

「どこかに車を用意していると厄介だ。のろのろついてきてくれ」

私は歩道へ歩き、二人の後を追った。

坂道は蛇行し、少し広い道路にぶつかって終わっていた。彼らはそこを右に曲がった。行く先には賑わいがあった。小さなバラックの商店と、何軒もの飲食店を詰め込んだプレハブ小屋がひしめいていた。

『EAT ME／吃我吧』となぐり書きした屋台に並んでいるのは亀ゼリーだった。紙と竹でできたパゴタが飾られ、段ボールで拵えた鳥居の下には焼臘がぶら下がっていた。

売るのも買うのも女たちだった。挨拶も売買も、大きな声をふりしぼり、怒鳴り合っているようにしかみえなかった。

二人はつかず離れず歩き続けた。前を行く女が尾行されているようにも見えたし、道案内をしているようにも見えた。

男は頭をみごとなおかっぱ刈りにして、耳は髪に隠れて見えなかった。広々と張り出た額の下に険のある目と尖った鼻が集まり、薄く噛み合せの悪い顎につながっている。その全部が何かの暗喩のようだ。

やがて女が左に折れた。男が道路を渡り、その後に従った。

小径を少し行くと小川の縁に出た。U字溝をただ大きくしたような小川だった。川辺をふさいだ金網のフェンスは錆にまみれていた。

男は紙袋から何かを取り出した。菱形の揚げパンだった。パッケージを破り、歩きながら食べはじめた。

さらに行くと、小さな石橋があった。

二人はそこで小川を渡った。向こう側の土手にスプレーで病気のシマウマみたいにされた公衆電話があった。

珠田真理亜が立ち止まり、ほんの一瞬戸惑い、背後を窺う気配を見せた。

おかっぱ頭がゆらりと頷《うなず》いた。

彼女は少しあわてて電話ボックスに入り、受話器を上げた。彼はゆっくりそれを追い抜いた。

私は半歩も迷わず、男の後を追った。

土手の下には低層の集合住宅が並び、足許の花壇はとっくに踏みしだかれ、自動車置き場に変わっていた。停まっているのは年式の古い軽かリッターカーばかりだった。

ある棟の手前でおかっぱ頭が立ち止まった。

反対側へ道路を外れ、植込みの向こうへ回ると、ゴミ集積場の立て看板の陰に身をひそめ、紙袋に手を突っ込んだ。

植込みには紙屑が散らかり、まるで色のない花が咲いているみたいだった。

彼は土手の上を見上げた。電話ボックスから出てきた珠田真理亜が、こっちに背を向け、来た道を引き返していくところだった。

私は不法駐車の列に沿って歩き続け、車七台ほどやり過ごしたところで、錆だらけの軽四駆の陰に隠れ、〝キャンビー〟に電話を入れた。

「どこまできている？」

「駄目です」彼女の声は小さかった。「この車、ペダルが一個多いし」

きっかり三秒考えた。それで結論が出たわけではなかった。「ブレーキをリリースすれば勝手に坂を下る。坂の下を右だ」

「その後動けないし」

「押してこい。百メートル先を左だ。駄目なら近くの人間に頼むんだ。金を払ってもいい」

「領収証、通らなくネ？」

私は黙って電話を切り、腕時計を見た。三時少し前。夕食には早すぎる。

おかっぱ頭は手を紙袋の中に入れ、目を筋向かいのアパートの階段に止めたままだった。

その三階でドアが開き、男がひとり出てきた。カーディガンを肩にひっかけ、下はパジャマ姿、ずんぐりむっくりした髪の薄い男だ。

おかっぱ頭がふいに微笑んだ。食べられる熱帯魚のようにもっさりと。

頭上の窓に笑い声が聞こえた。水音が激しく轟いた。誰かが誰かを呼んだ。その声が風呂場のように反響した。窓がぴしゃりと閉ざされ、ニョックマムの匂いがゆっくり漂ってきた。

パジャマの男は階段を降りきると、段差の縁まで歩いた。

おかっぱ頭が紙袋から何かを取り出した。大工道具だと言われたら、そう見えないこともなかった。しかし、そのくぎ抜きには銃口と調整照門《タンジェントサイト》がついていた。

飛び出そうとした私を、派手なエンジン音が凍らせた。

土手上の道路を、ゆっくりやってくる私の車が見えた。ギアボックスの悲鳴がサム・ライミのこしらえた悲鳴のように聞こえ、車は咳き込んで傾いて止まった。

パジャマの男は道路の手前まで来ていた。目でここにいない誰かを探していた。

おかっぱ頭はもう身を隠そうとしていなかった。

すべてが遅かった。残る手はもうひとつしかなかった。

「危ない！」私は叫んだ。「警察だ。逃げろ！　手槍《ショウチアン》、手槍。逃掉《タオジャオ》」

パジャマがこっちを向いた。

その背後の階段を、小さな子供が駆け下りてくるのが見えた。

上階から母親の声が降ってきた。子供の名だ。足音が乱れた。子供はパジャマの男を追い越した。

私は飛んだ。十五メートルを三歩の意気込みで。

そのとき、おかっぱ頭の手の中で空気がはじけた。銃声は正午の雷鳴だった。

パジャマの下腹に黒点が広がり、血煙が背後を飾った。

母親の悲鳴。子供はつまずいて転げた。どこかを打ったのか、泣き出した。

おかっぱ頭はすでに道路を渡っていた。濡れた折り紙のように崩れた獲物の前に立ち、喉許に狙いをつけ、引き鉄を絞った。おそろしく長い腕がしなり、大工道具が跳ねながら吠えた。

頭の中で光が破裂した。頭蓋骨に穴があき、ありとあらゆる考えが吹き流された。

気づくと私は、倒れている子供を飛び越え、おかっぱ頭につかみかかろうとしていた。

何かが突進してこなかったら、頭か胸に本物の穴が開いていただろう。

母親だった。子供に走り寄った彼女の頭が、頭突きになって私のみぞおちを襲ったのだ。

背後に尻から落ちた。息ができず、痛みなど感じる暇もなかった。

おかっぱ頭は、パジャマの右手首を靴で踏みつけた。握られた携帯電話をもぎ取ると、いきなり走り出した。

私はやっと半身を起こした。空気の海で溺れているみたいだった。耳鳴りがして目がかすんだ。

それでも、走り去る黒いヘルメットを見た。ユニフォームの背中を見た。ショートストップがグラブを上げた。

反射的にボールを捜していた。這いつくばって手さぐりし、やっと手にした物を膝立ちで投げた。手から離れるまで、それがボールでないことには気づかなかった。

どうかしていた。黒いのはヘルメットではなく、おかっぱ頭だった。ジャケットの背中には背番号などなかった。

狙い澄まして投げた相手はただの中年男だった。野球帽を被っていたがグラブはなかった。

もしあったら、私が投げた石ころを見事に受け止め、敵をタッチアウトにしていただろう。しかし、そうはならなかった。おかっぱ頭は男を払いのけ、植え込みを飛び越え、小川を渡った。大きな音が聞こえた。誰かが私を押し倒した音だ。頰が砂利を嚙み、右手が後ろにねじ上げられた。いきなり目が見えなくなった。あるはずのないトンネルに飛び込んだみたいだった。

母親の声だけが頭に響いた。子供の名を呼んでいる。待てよ、これはベトナム語だ。なぜ名前だと分かるのだろう。

まあ、いいさ。どうせ名前には意味がない。

5

短いフェイドアウト。黒い画面。光が瞬き、読めない文字を闇に刻む。
女の声。『だいじょうぶ。血が出ているから死なないわよ』
回想シーンにオフで響きわたるエマニュエル・リヴァのモノローグ。――いや、こいつは〝キャンビー〟ナオミの声だ。
目を開いたとき、私は海の底にいた。たいして深くないはずだった。光が目の前に揺れている。海などではなかった。路肩にへたり込んだ自分の車の助手席だ。誰かが車をビニールシートでくるんだのだ。

車から降りると、団地の一角は警戒《コーション》テープで囲われ、周囲は警光灯の瞬きと私服や制服の警官でごった返していた。

頭上には、また別のざわめきがあった。ベランダというベランダから人が覗き込み、携帯電話で撮影していた。

そうした騒ぎの只中から警務課の小さな女王が登場し、騎士を叙任する剣のように書類を差し出した。

「病院へ行かなくていいですか。一課長が脳を見てもらえとおっしゃってましたけど」

「頭には瘤しかないよ。小峰さんが言いたかったのは、そっちの脳じゃない」

「あ、そうか。それで救急車を呼ぼうとしたら止めたのね」と、彼女は秘密めかして言った。「病院に送ったら、そのまま逃げるに違いないって」

「この書類は何だ？」

「事故証明です。保険で修理するのに必要でしょ？」

私は車にかかったビニールシートを捲り上げた。前のフェンダーにひどい傷があった。

「運転者限定なんだ。ぼくが運転していたことにできないかな」

「わー、それヤバい。もう調書とられちゃったし。検察にバレたらメッサやばいし」彼女は声をひそめた。「連続殺人事件《ソクサツ》だし」

「最近は、そう略すのか」

「つか、女子の間では」〝キャンピー〟が頷いた。「同一の目撃者が今度も現場に居合わせたんだし。単なる目撃者って言えないし。両方ともピーちゃんが使われてるし」

「ピーちゃんって何だ」

「知りません？　ピストルのこと」

「それぱっかりは本当に女子の間だけにしてくれ」

すでに日暮れが近かった。団地の窓には灯がともり、足許は暗がりに沈もうとしていた。そこに一差し、ヘッドライトが割って入った。

黒塗りのシーマが近づいてくると目の前に停まった。セル縁の眼鏡をかけた私服の警官が降りてきて、つやつやした手で公用車のドアを開けた。

「乗れ」車内から小峰一課長が顔をのぞかせた。「家まで送ってやる」

「ぼくの車はまだ動きます」

「所轄の取調室で朝まで過ごしたいのか。それも東京の警官と」

私は腹の底で一、二、三と掛け声をかけ、ビニールシートを引き剝がした。

「ひどい傷だ」課長が、さもつまらなそうに言った。「しかし、誰も自家用車を使ってくれと頼んじゃいない」

「ぼくじゃありませんよ。公務中の警察官がやったんです」

「やだ。わたしのことですかぁ！」

彼女を無視して運転席のドアを開け、課長を待った。

「しょうがねえな」課長は公用車から出てくると、運転手にしかめっ面をつくって見せた。「ついてきてくれ。こいつが何かやらかしたら迷わずタイヤを撃つんだ」

「ご苦労さまです！」〝キャンビー〟が、課長に一礼した。

「警視庁と共同捜査になったんですか」

「合同捜査」車を出すと課長は口をねじ曲げて訂正した。「頭は二ついらない。こっちの仕切りだ」

「何か手土産があったんですね」

「おまえは事件を現認して、拳銃を持った犯人に果敢に立ち向かったんだ」課長は大声で怒鳴った。「頭を打って忘れたんだろう。どうだ。褒めてほしいか」

制服警官の合図灯が前方にいくつも揺れていた。例のマーケットの前をふさいで特殊戦術班《STS》の通信指揮車が停まっているのが見えた。

「まさか、どこかでガンファイトでも起こってるんじゃないでしょうね」

「ガンファイト！」課長は目を吊り上げ、私を睨んだ。「口から空気以外のものを出すな」

「拳銃を捨てていかなかったのが気になりますね。町田の殺しじゃ、犯人は放り捨てて行った。——警視庁はSATでも繰り出してきたんですか？」

「空気以外口から出すなって言ったろう！　あっちから出てきたのは組対部二課の第八係だ。チャイニーズマフィアを専門にしてる連中だ」

課長は不意に怒鳴るのをやめ、編み物をする羊みたいにゆっくり首を振った。「何でおまえだったんだろうな。よりにもよって、何でお前が居合わせたんだ」

「課長がそう仕向けたんじゃないですか」

「まったく。自分が忌ま忌ましい。息子がアラブ人の嫁を連れてきたときだって、これほど腹は立たなかった」

「結婚されたんですか！——そう言えば、ずっと噂を聞いていない」

「NGOで四年ほどヨルダンに行ってたんだ。変な気を回すなよ。警務には自己申告して、公安がFBIデータまで使って丸裸にした。四親等以内にはテロリストも置き引きもいない。それどころか、親はとんでもない資産家らしい。ドバイに百棟のマンションを持っているってよ」

「でも安心できないな。イスラム教徒は書類にない親戚が無闇に多いんですよ」

「おまえが警察を辞めていて本当に残念だよ、二村。もう一度叩き出すことはできないからな」

団地を抜け、四車線の古い街道へ出た。米軍通信隊の基地を通りすぎると、頭上にやっと保土ヶ谷バイパスの案内標識が現れた。

「捜一の元捜査員が殺しを現認して、犯人を取り逃がしたばかりか、腹いせに石っころを投げるとはなあ――」課長は腕を組み顎を上げ目をつむり、頭を振った。

「狙いを外さなければ、足を止めることもできた。ぼくはキャッチャーですよ」

「今は違うだろう」

「違うというなら、警官じゃない者に服務規程を押しつけるのも筋違いだ」

「トラウマなのか？」

「どっちがです。野球、それとも警察？」

「石っころだよ」

「ボールなら当てていた。五十メートルは飛んだんですよ。それもノーバウンドで。もうちょっとでセンター定位置に届く」

「いいかげんにしてくれ。おまえは身寄りのないベトナム人の年寄りが大事にしていた軽トラックのフロントガラスに穴をあけたんだぞ」

私は黙った。車は東に向きを変えていた。日は背後に落ち、行く手に広がる夜の下に横浜の町灯りが明々と煙っている。

「なるほど。手土産は、このぼくか」私は言った。「連中は、どっちを内偵していたんです」

「自惚れの強いやつだ」

「前からコナをかけていたんじゃなければ、こんなに短時間で多摩川を渡ってはこられない。珠田真理亜か、おかっぱ頭の人殺しか、彼らはどっちかを内偵してたんでしょう。銃撃を現認しながら犯人に逃げられたのは向こうの方だ。ぼくのことを殴っておきながら」

「張り込みじゃない。——作業していたんだそうだ」

「作業って、——公安用語ですか」

「ああ。東京の組対二課は公安が流れ込んでる。彼らは、町田の銃撃事件が起こる前から珠田の婆さんを内偵していたようだ」

「マル害は何者なんです」

「楊三元、香港から流れてきた中国人だ。近所の連中は、横浜で天洋って料理屋をやっているというんだが、それが割れない。あんなオッサンが店を持てると思うか？　それも一晩何組か限定の。保健所も所轄の地域課も把握してないんだ。近頃話題の店だって話なんだが」

　私は返事をしなかった。その代わり頷いた。「そうか。やつらのマル対は珠田真理亜の方だった。だから拳銃を持ったやつが目の前に現れるなんて想定もなかったんだ。丸腰なもんで腹いせに目の前のぼくを制圧したってことか」

「自慢そうに言うな」課長は吐き捨てた。「おまえがいなければ、もう終わっていたんだぞ」

「桜田門の事案としてね」

「結構なことじゃないか。おれたちは功名を競ってるわけじゃない。――警察だ、逃げろと叫んだそうだな」

「知っている単語を並べただけです。公安捜査じゃあるまいし、発砲を未然に防ぐのが当然でしょう」

「そんなことより、何だって石なんか投げた。正面で犯人を待ち構えていた捜査員は、そのせいで取り逃がしたと言っている。おかげで痛み分けだ。犯人逃亡の責任が半分こっちにも回ってきた」

「それって野球帽をかぶった男ですか」私の口許に笑いが浮いて出た。「腕は鈍っちゃいなかった」

「何言ってるんだ！　脳をやられたのか。県警開闢以来の大失態なんだぞ」

「引き返していいですか。謝りに行かないと」

「バカ！」課長は急に声を落とした。「本部長に知られないよう、おれたちがどれぐらい苦労しているか分からないのか」

「軽トラのオーナーに謝るんです。ショートが後逸したとはいえ、外野の客に怪我をさせてしまった」

「それはいい。総務で対応する」

気の毒な帳場の主はそう言うと、不安そうな目で私を覗き込み、恐る恐る尋ねた。「おまえ、本当に一度診てもらえ。ワシン坂病院なら紹介できるぞ」

6

県警みなとみらい分庁舎は四角四面の巨大な交番だった。意味ありげに配置された小さな窓には色ガラスが嵌まり、空き地にぽつんと建った様子は、コンビニの店先に売れ残ったバレンタインのチョコレートボックスを思わせた。

一階には、交番というより小ぶりな所轄の受付のようなカウンターデスクが置かれ、脇の駐車場には自動車警邏隊が常駐していた。この再開発地区に予定通り高層ビルが建ち並んでいたら、所轄署がひとつ増えたのだが、あいにく今も空き地が目立ち、この分庁舎も空き部屋が多かった。

四階の応接室も使われている様子はなかった。不揃いの家具に、薄暗い照明、まるで潰れたビジネスホテルのロビーみたいな部屋に、私と課長は向き合って座った。

「多摩川から遠いところへ連れてきたつもりでしょうが、回りは空き地ですぐ上が屋上だ。警視庁のSATならヘリボーンをかけてくる」

「それ以上へらず口を叩くと退職金を返納させるぞ」彼はドアに目を上げた。部屋に入ってから、これで二度目だった。「おまえ、なんだってあそこへ行った?」

「電話口で泣いていたと聞いたからです。最近、年寄りに優しくしているんです」

課長が口を開いた。しかし言葉はノックに遮《さえぎ》られ、返事もさせずにドアが開いた。

相模原南署の捜査本部からやって来た県警捜査一課強行犯係の刑事が二人、ノートブックを小わきに入ってくると、すぐ脇の薄っぺらなソファに並んで腰掛けた。

二人とも知らない顔だった。挨拶はしたが、二人とも名乗らず、衿に輝く捜一のバッジが名刺代わりだと言わんばかりの態度で二人同時にノートブックを開き、灯を入れた。

「何で尾行を始めたんですか？」前触れもなしに若い方が尋ねた。

「彼女が怯えていたからさ。あの男は彼女が部屋から出てくるのを待ちかまえていた。一瞬、目を合わせたようにも見えた」

「どっちがどっちを？」

「言っただろう。あのおかっぱ頭が彼女を待ち受けていたんだ」

その後のことを順に話した。珠田真理亜が電話ボックスへ入ったことを伝えると彼らは顔を見合わせ、若い方がすぐに廊下へ飛び出していった。

「珠田真理亜は当然、携帯を持ってたんだろう」私は尋ねた。「まさか今頃になってそれを確かめてるんじゃないだろうね」

若白髪の捜査員は聞こえないふりをした。「彼女がマル害をおびき出したって考えられませんか」

「民間《シャバ》の人間にそんなことを聞くなよ。——珠田さんは何と言ってる？」

若白髪が押し黙った。

課長の咳払いが溜め息に聞こえた。「マル害の家がどこにあるのか教えろと言われたそうだ。香港の家族から土産を頼まれてきたってな」

「だとしたら、彼女が町田駅で見た犯人とは違う男だったということになる」

若白髪は黴びた鏡餅みたいに顔を歪めた。課長が眉をひそめた。

「あれは、どうなんです？　〝チェン司令官、もうやめて〟って言うのは」

若白髪はそっと舌打ちして目を背けた。

課長がドブに落ちたにぎり飯でも見るような目で、その視線を追った。「誰から聞いたんだ？」

「言えませんよ。民間人は自分で自分の身を守らないと」

ドアがノックされると、さっき出て行った捜査員とは別の男が顔をのぞかせ、手にした携帯電話を課長へ突き出して見せた。「帳場の事件担当からです。課長が電源切ってるって、自分のところに――」

「何だって誰も彼も電線を使わねえんだ！」乱暴に携帯電話を奪い取り、部屋を出て行った。

「戦争中のことを思い出してパニックになったそうです」きっかけなしに若白髪がしゃべりだした。

「チェンって名前の共産軍の隊長にひどい目にあわされたと――」

「銃撃犯は楊から携帯を奪い取っていった。しかし凶器はまだ見つかっていない。違うか？」

「弾丸も余していたみたいです。なぜなんだろう。桜田門の作業に気づいてたんですかね」

廊下の外れで怒鳴り声が響きわたった。若白髪が肩を震わせ、ドアに目を走らせた。

その途端、ドアが開いた。彼はソファから飛び上がりそうになった。

「君。そろそろいいだろう？」課長がこちらへ歩きながら言った。板バネ式のネズミ捕りが、ピシャリと一撃するような口調だった。

「似顔絵はいらないのか」腰を上げた若白髪に私は声をかけた。

「犯人なら、星巡査が写真を撮ってる」課長が代わりに答えた。「まったく！　町中電話とカメラだらけだ」

「その写真、目撃者には確認したんですか」

「九人が九人、よく判らんと。ここは日本だ。あれだけ派手にぶっ放されたら、誰でも記憶が吹っとぶだろうよ！」

課長が息まいている間に若白髪はひっそり出て行った。

「あれじゃ埒があかない。もっとマシなのを連れてきたらどうですか」

「おまえの言うマシなやつは、みんな辞めちゃったよ。あれでも良い方なんだ。——そのうち刑事《デカ》にも政府の振興策が必要になるかもしれないな。京都の扇子とか東京の黒文字職人みたいにさ」

「何を隠してるんです？」

「隠してるのはあの女だ。中国やアメリカじゃあるまいし、二日続けて銃撃事件に居合わせるなんて、偶然なわけがない。しかし今はまだ巻き添えを食った気の毒な被害者だ」

「彼女、残留邦人ですよね。それも長春の生まれだ」

課長は鼻から息を吐き出し、足許のブリーフケースを取り上げた。中からプリントの束を取りだすと、私の方へテーブルを滑らせた。

〝キャンビー〟が綴じた紙束より、三枚は多かった。その三枚に、珠田真理亜の生い立ちがあった。中国名『黄理亜』。一九四四年、敗戦の前年、旧満州の首都新京、今の長春に生れた。

父親は神奈川県の生れで、いくつかの職を転々とした後満州へ渡り、創設間もない満州映画に制作部員として雇われた。

母親は新潟出身の元女優としか書かれていなかった。満映でデビューしたが、鳴かず飛ばずに終ったようだ。

二人は満映の社宅で出会い、家庭を築き、一男一女に恵まれた。

やがて戦雲は広がり、満州帝国は崩壊した。

父は進駐してきたソ連軍に捕らえられ、そのまま消息を絶った。母は泣く泣く二人の幼い兄妹を同じ満映職員だった中国人に預け、引き揚げ者の苦難の旅の列に加わった。

珠田真理亜は、長春と名を変えた吉林省の元帝都で中国人として育った。

中国残留邦人の帰国支援政策がはじまるころ、養父母はすでに他界していた。今から四半世紀以上前、彼女は景気のよかった日本へ中国人の夫と幼い二人の子を連れて戻った。

兄は十代のころ、別の養父母に引き取られたらしい。『養父の姓は王《ワン》。映画館主であったとされる。養母の姓名、消息ともに不明』。肝心の兄の名はなぜか表記がなかった。

真理亜の実母はとっくに亡くなり、近しい親族もなく、日本での生活は厳しかった。中国人の夫はそんな日本にうんざりして、数年後母国へ帰った。娘は東京の短大を出て、今は中国の日系企業に勤務している。

刑事志願の優秀な女性警官が綴じ忘れた二ページ目は、そこで終わっていた。

三ページ目など開かなくても、その先に何が書いてあるか、おおよそ見当はついた。

おまえはバカだと書いてあるのだ。

彼女の息子の名は珠田竜也。彼は、伊藤竜矢の芸名で俳優をしていた。

特撮ヒーローもので名をあげながら、結局鳴かず飛ばずだった公称二十七歳のタレント、九日前に大スターの金を持って香港へ渡ったまま姿をくらませた付き人だ。

「桐郷映子の父親は、甘粕に気に入られて満映で監督をしていたそうですよ」私は課長に言ってやった。「珠田真理亜の実父は満映のスタッフだし、実母も養父も満映の職員だ。最初から全部仕組んであったんですね」

課長は右手で顎をこねまわした。「仕組んだなんて、おまえ、人聞きが悪い。町田の事件で帳場を立てたら刑事部長から直々お電話だ。勘違いするなよ。部長は、奥方のご友人のご心痛なんか意に介しちゃいない。しかし事件関係者の中に名前が出てきたもんで、おれの耳に入れたのさ。銃撃事件の目撃者の息子が香港で姿をくらましたんだ。まあ、大した意味がなかったとしても――」

「大した意味のない事案には、ぴったりな人選をしたというわけか」

「考えてみろ。やれることは限られてる。一生かかったって会えないような美人女優に会って、悩みを聞いて、場をつなぐくらいだ。おまえが快適なホテルでそうしている間に、当の息子と町田のマル害の間に繋りが浮かんだ」

「身元が割れたんですか？」

「同棲してた女が出頭してきた。あの男は、伊藤竜矢こと珠田竜也の同僚だよ。正確に言うなら、もっと売れていない俳優だ。俳優より映画オタクで有名だったらしい」

六畳二間のアパートは四千点以上のＤＶＤで埋もれていたが、ほとんどが香港映画とスプラッタムービーで、ＡＶは数点しかなかったと課長は言った。ＡＶはＰＣにダウンロードしていたのだ。

「出るより見る方が本業みたいなもんさ。榎木圭介。町田の飲み屋でバーテンダーをしている。それで珠田真理亜の元へ捜査員を走らせたら、あの騒ぎだ」

「被害者と面識があることは認めたんですか」

「さっき証言をひるがえした」課長は眼鏡をずり下げ、頭を振った。「榎木圭介に電話で呼び出されたんだそうだ。伜から何か大切なものを預かっているんで直接手渡したいってな。伜から名前は聞いてたが、顔は知らなかったって抜かしやがる」

「まだ裏がある？」

「もちろんだ。何もなけりゃ、今夜にも切り崩せた」彼は口の端にステイプラーで止めたようなしわを刻んだ。

「何かあったんですね。——今の電話？」

「弁護士が来て連れて帰ったってよ。今はまだ任意だからな」静かに歯噛みすると、口許にしわが増えた。「おかしいと思わないか。三時間かそこらで弁護士が飛んできた。人権派どころか刑事事件に強いわけでもない。金融、経済関係のトラブルを専門にしている野郎だ。桜田門の情報だと、香港のブラック企業と顧問契約をしていたことがあるらしい。事務所が銀座で顧客は赤坂、六本木。そんな弁護士が何だってあんな婆様の面倒を見る」

「まさか珠田真理亜を黒社会のキーウーマンだと見立ててるんじゃないでしょう」私は腰を上げた。

「どっちにしろ、もうぼくとは無関係だ」

「香港へ行けよ」課長が言った。「なあ、二村——」

「バカバカしい。何でぼくが行かなくちゃならないんですか」私は席を立った。

「珠田竜也は、香港に得体の知れないフィルムを探しに行ったまま連絡が取れなくなっている。こっちじゃその友人が殺され、母親が目撃者だ。おまけに次にやられたやつも香港人ときた」

　そう言いながら、小峰一課長はドアまで私についてきた。自分でドアを開け、廊下を歩き出した。

「だからって、うちの帳場から人をやるわけにいかないし予算もつかない」

「誰でも名前を知っている女優の金で、ぼくが参考人を探して聴取するんですか？　それこそスキャンダルだ」

「いいじゃねえか。女優がらみのスキャンダルなら救いがある。少なくとも、腹いせに石ころを投げた元刑事なんていうのよりは」

　エレベータの中まで課長はついてくると、諦めずにしゃべり続けた。「所詮ちょっとした聞き込みだ。どの道おまえにゃ供述はとれないし」

「バカも休み休み言ってください」

「おれはおまえと違うよ、二村。バカだろうと仕事だろうと休み休みはしない」

　課長は鋭い目で私を睨んだ。エレベータのドアが開いた。

「お袋さんが黒社会から命に値札をつけられたって揺さぶれば、帰る気になるだろう」

「なるほど、それを疑ってるのか。たしかに偶然にしちゃできすぎている。捜本じゃ、何かの事情で印しをつけられた竜也が高飛びしたって読みなんですね」

「タカトビだって！　大昔の映画じゃあるまいし。今の若いのはもっと気の利いたところへ逃げるもんだ」

「気の利いたところって？」

「たとえば、――チュニスとかモロッコとか」

　私は笑いをこらえた。自然、鼻が鳴った。「あっちで人を探すなんて、とうてい無理だ。香港は広東語です。こっちは普通話だって片言なのに」

「返還から何年たったと思ってる。今じゃ北京の言葉が大手を振ってるそうだ。片言で十分だろ」

もう裏玄関まで来ていた。分庁舎の裏手には遊撃放水車が三十台は置いておけそうな駐車場が広がっていた。

「何が腹立つって、おまえ、——」と、課長が私の背中に言った。「今度の県知事だ。財政建て直しが急務だって、真っ先に警察予算を切りやがった。自由だ平等だ選挙権だって外人に甘いこと言って、外人犯罪が増えりゃみんな警察のせいにしやがる。あんな安っぽいアナウンサー崩れなら東京のエセ学者の方が百倍ましだよ」

身の回りで起こる何もかもが気に入らない様子だった。それが自分の年齢に起因しているらしいと感じるたび、自分まで気に入らなくなるのかもしれない。

私は裏玄関の鉄扉を開け、駐車場へ歩いた。

「おまえはいいよ。気ままでな」

五メートル手前でドアの鍵を開け、車がペールランプでウィンクすると、遠い声が聞こえた。

「行こうと思えば明日にも香港に行ける。それも人の金で行けるんだ」

「誰も行きたいとは言ってない」

言い返したときは音を立て、裏玄関のドアが閉まっていた。

7

夜は始まったばかりだったが、みらいのみなとに人けはなかった。数日分の空気が背の高い街の底に溜まっていた。傷だらけのゴルフはそれをかき分け、走り出した。

運河の手前で駅の方へ曲がった。運河の向こう岸には、遊園地のにぎわいがあった。六十本のスポークに取り付けた照明で一分をカウントダウンする観覧車も、鏡の迷路を仕込んだミラーハウスも揃っていたが、どれもあまりに安普請で、オーソン・ウエルズの気難しい創作意欲に火をつけるほどのものではなかった。

桜木町駅前に出て、また運河を渡ると、ハンズフリーキットを取り出して電話をかけた。

「へい、毎度！」と、土方《ひじかた》の声が転げ出た。「本日の御用は？」

福富町を根城に賭麻雀で食いつなぎながら、伊勢佐木署刑事一係御用の情報屋《ヘト》をして、麻雀の腕を補っていた男だった。一日三食、時として一日五食、丼ものを食べあさるような〝痩せの大食い〟の典型で、それが高じて最近ではヒロシというペンネームで雑誌やウェブサイトにジャンクフードの食べ歩き記事を書き、評判を呼んでいた。

「ブロガーっていうのはノミ屋みたいな口をたたくのか」

「いやだなあ。リテラシー低過ぎ。今どき電話受注のノミ屋なんかいませんよ」

「天洋って中華料理屋を知らないか？　無許可営業かもしれない。香港人がやってるんだ」

「天洋かどうか知らないけど、怪しい中華料理屋なら行ったことありますよ。看板も何もない。携帯の番号があるだけ」

「会員制なのか？」

「そんな、まさか。何せ親不孝通りですよ。潰れた洋服屋をまんま使って、近所のホームレス、客の食い残しをエサにして店員代わり。まあ、そんな店」

「段ボールでも食わすのか？」

「それが立派な広東料理。一晩三組、一人三千円均一で六品だか七品。これが結構美味いんだ」

電話を切り、馬車道を右折すると、車を路肩に停め、教えられた携帯番号を呼んだ。

二度試したが、二度とも電源が切られているという返事だった。

少し考え、伊勢佐木モールの手前を再び右折し、吉田町商店街を抜けて野毛山のアパートへ戻った。

玄関前を通りすぎ、崖っぷちの月極め駐車場に車を乗り入れた。

杭とロープで囲んだだけの砂利敷きの空き地だった。トンネルの出口と京急の高架駅が足許に横たわり、その向こうに横浜の裏町、かつてのアヘン窟から風俗街に変わった赤線青線、今も変わらない伊勢佐木町通りまで、すべてが綿々と広がっていた。

狭い石段を下って駅裏に降り、ガードを潜り、日ノ出町の交差点でタクシーを拾った。

親不孝通りは、伊勢佐木町商店街と国道16号という二枚の厚切りパンに挟まれた、腐りかけのハムみたいな隘路だった。

そこにギリシャ人船員を相手にした酒場と青線の名残りのような店が入り混り、かつては町で一、二を争う悪所になっていた。

しかし、コンテナ化とともに船員相手のバーは姿を消し、改正風営法で風俗店も締め上げられ、今ではうら寂れた飲み屋街だ。店を閉じた小さな商店があちこちで安普請のマンションに建て替わり、合間合間にコインパーキングと空き地が目立った。行き交う人は誰も目を落とし、数日前に失くした財布をくよくよと捜し続けているみたいだった。

看板建築二階建ての牛鍋屋が、ほぼ居抜きで風俗店になっていた。その隣の洋品店が中華料理屋であっても不思議ではない。

降ろされたシャッターには『ルガー洋品店』というペンキ文字が消え残り、『お食事・予約受け付けます』という張り紙があるのに、電話番号はない。

脇の電柱に事務椅子が引っ越し紐で縛りつけられ、背もたれにはマジックインキで乱暴に『中華料理・天洋』と書いてあった。

椅子の足許には無数の吸殻が落ちていた。どれも同じ〝しんせい〟だった。

私はシャッターの幅木にかがみ込んだ。下の隙間から灯りがこぼれていた。

指を差し入れると、太った男の脂汗のようにぬるぬるしたが、息を殺し、音がしないようにそっとシャッターを引き上げた。

アルミサッシのガラリ戸に鍵はかかっていなかった。

十坪ほどの土地に建った二階家だった。一階はすべて土間になっていて、キッチンは上にあるらしい。

店内は暗く、『飲んだ分だけ伝票に書き込んでください』と張り紙されたビールの冷蔵ケースが、ぼんやりあたりを照らしているだけだった。

明りは階段の上からもこぼれていた。

私は靴を脱ぎ、梯子に毛が生えたような階段を這うように上った。不意に頭上で火の気配がした。鍋を揺する音。換気扇の唸る音。

上ってすぐは、板の間の台所だった。汚れたナイロンジャンパーに作業ズボンを履いた男が、こちらに背を向け、家庭用のコンロにかがみ込んでいる。

男は紙束とライターを両方の手に握っていた。不釣り合いに大きな中華鍋がコンロに乗せられ、炎はその中にあった。

私の足が勝手に動いた。相手が振り向いたとき、右膝がカウンターで下腹をとらえた。

男は吹っ飛び、冷蔵庫の角に頭をぶち当てた。紙束が散った。

衿上をつかみ、引き起こし、キドニーに拳を入れようとした。

寸前、男は腰を抜かした。片手では支えきれず、私の拳は口にめり込んだ。それ以上何もする必要はなかった。男は口から唾と唾ではない何かを吐き出し、動かなくなった。

私は身を返し、鍋に台布巾を放り込んだ。その上から水道水をかけた。

火は消えたが、鍋の紙きれはほとんど黒こげだった。

床に散った紙束をかき集め、見回したが、キッチンに座れそうなものは見当たらなかった。

油煙でじっとり汚れた襖を開けると、破れ畳の六畳間だった。ビニール簾のカーテンを閉めて電灯のスイッチを入れ、万年床から助け出した折り畳みの座卓に腰掛け、紙束に目を通した。

四枚を除いて、どれも輸出の関連書類だった。貿易代理店がこしらえたもので、監督官庁の承認手続きも揃っていた。

輸出したのはどれも屑鉄だった。毎月二回、決まったように同じ船で、ほぼ同じ量の屑鉄が中国の青島《チンタオ》へ運ばれたことになっていた。何枚か、あるいはすべてが紛い物かもしれない。そうでないなら、こんな時間、しかも室内で燃やす理由が見あたらない。

大いに気に入らないが、私にとって、それ以上得るところのない紙きれだった。気に入ったのは残る四枚、古い中国語の新聞をコピーしたものだ。

四枚のうち三枚は、大きく煽情的な書き文字が殺人事件を報じていた。日付も年号も違っていたが、どれも一九七〇年代後半の古い新聞で、黒社会幹部の射殺を報じる記事だという点は共通していた。絶えず大人数の子分や用心棒に囲まれて暮らしているような大物ばかり、使われたのは決まって二二口径の自動拳銃だった。

記事は、暗殺事件の実行者を、『超級』な『凶手』だと決めつけていた。

その筋での通り名は『錠王牌《ディンワンパイ》』。

錠という苗字が中国人ではなく、桐郷映子の最初の共演者を思い出させた。彼もまた、本名ではなく通り名で人に記憶された人物だった。

もちろん、数時間前にケヤキ坂の団地で目撃した本物の凶手との関連をまず疑うべきだったかもしれない。しかし、いくら年が行っていたとしても、あの男は四十代がいいところだ。記事の凶手とでは、仕事ぶりも違う。

残る一枚は、よく見ると新聞記事などではなかった。

同じサイズのコピーだったが、それには王冠をいただくレターヘッドがついていた。ロイヤル・ホンコン・ポリスであったころの香港警察のシンボルマークのようだ。

右上端に、ステイプラーで綴じた跡があり、最下段中央にページノンブルが『8』と打ってある。何枚か束ねられた書類の一ページだろう。

内容は英文で、いたって簡潔だった。前後の脈絡は分からないが、すべてが終わった出来事のような書きっぷりから、錠王牌という凶手が起こしたそれぞれの事件ではなく、錠王牌という殺人者そのものに関する報告書の一部のように見えた。

ことにこのページは大半、押収された『収容時、本人所持の拳銃』に関する報告にあてられていた。

それは、ゲルニカと呼ばれる旧ソ連製の拳銃で、口径は五・四四ミリ、全長百五十七ミリ、重量四百五十五グラム、——プロが使うにはあまりに小さい。厚さに至っては十七ミリしかないのだ。ご婦人用のコンパクトより薄いかもしれない。それもあってソ連軍特殊部隊や諜報部員に重用され、第二次大戦中、対独工作で活躍したと注釈があった。

ひっかかったのは『収容時《retrieved》』という単語だった。逮捕時の所持品や現場の遺留品なら、普通こんな言い方をしない。

台所の床で男が低くうめいた。

座卓から立ち上がったときだった、シミだらけの漆喰壁に張られた真新しい倒福札の隅からほんのわずか、白いものが覗けているのが目に留まった。

四辺を両面テープで止められた樹脂製のお札の一部を壁から剝がし、裏にはさまれていた白いものを引きずり出した。

絵葉書ほどの大きさの角封筒だった。表書きは何もなく、中には段ボール二枚に挟んだ写真が入っていた。

写真館で撮られた、何かの記念写真をデジタルコピーしたものだった。

繻子織物を張ったカウチに、水兵帽を被りセーラー服を着た小学校高学年の少年と、奇妙な形に髪を結い振り袖を着た四、五歳の少女が寄り添って座っていた。二人の手は身構えるようにしっかり握られ、少女は今にも少年の後ろに隠れてしまいそうだった。

カウチの背後には軍服姿の青年が立ち、こっちは晴れやかに微笑んでいる。背は低いが精悍で、着ているのは大昔の中国共産軍の将校服だ。彼の頭上には『慶賀、中華人民共和國成立』の横断幕が見える。

その文字を信じるなら、一九四九年に撮られた写真だ。全体セピアに焼け、ディテールは年月に溶けていた。

三人の人物の顔がそれぞれサインペンで丸く囲われ、線引きされ、少女には『真理亜』少年には『定俳』と書き込んであった。しかし、青年将校には名が書き込まれていない。

私は写真と新聞記事を畳の上に並べ、スマートフォンのカメラで記録した。

写真を封筒に戻そうとすると、一枚の名刺が段ボールの合間から滑り落ちた。どうということのない飲み屋の名刺だったが、余白に青いボールペンで『真理亜』と書かれ、携帯の電話番号が添えられていた。

床の男がまた唸った。

私は封筒を元に戻し、キッチンに戻ると、水道水を片手鍋に汲んで彼の口許に注いだ。

「あんたが残飯で雇われてる店員か？」

「痛え！」と、男は吐き捨てた。口の中で血が音をたてた。「痛くて何もしゃべれないよ」

「しょうがないな。交番で聞いた方が早いらしい」

「ちょっとォ」見た目より反応が早かった。「待ってよ。ひどいことしたのはあんたの方じゃないの」

「名前は？」

「野呂。ノロマのノロじゃねえぞ」

私は片手鍋を押しつけた。「うがいをしろ。待っててやる」

起き上がろうとして、また呻いた。大きくむせて、歯のかけらを吐き出した。「ひどいじゃないか。おれはさ、何も知らないんだよ。楊さんに燃やしてくれって頼まれただけなんだよ」

「死んだ男がどうやって頼めるんだ？」

野呂はそっぽを向いて口を閉ざした。

私は腰をかがめ、のぞき込んだ。「警察を呼ぶのと、もう二、三発殴るのとどっちがいい」

「バ、バカにすんな。おれだって脳足りんじゃないんだぞ。何でおまえが警察を呼べるんだよ。人の家に忍び込んで、おれのことを散々痛めつけてよ。お、おれはここの従業員だぞ。鍵だって預かってるんだ」

「店主の住いは横浜の外れだ。おまえは鍵を盗んで勝手にここに寝泊まりしていたんだろう」

彼はこっちを見上げ、口を開いた。言葉より先に涎をたらした。「勝手にじゃねえってばァ」

「店主が死んだことは知っていたな。だから上がり込んでビールにありついたんだ」私は語気を荒げた。「誰が殺したんだ！　おまえが殺したとは思っていない。しかし、誰が殺したかは知ってる。おとなしく吐いちまえ」

「バ、バカ言わないでよ。知るわけないでしょう。今朝、楊さんから電話をもらっただけだよ。本当だって。今日、店に出られなかったら、その書類を燃やしてくれって。それだけだよ」

「何時だ。どうやって電話を受けた。携帯だって持っちゃいないくせに」

「何言ってやがる。だいたい、おまえだって泥棒だろう。警察を呼べるなら呼んでみろ」

「じゃあ呼ぼう。交番に顔見知りの警官がいるか？　いないなら伊勢佐木署の盗犯に電話する」

彼は目を見開き、私をまじまじと見つめた。「あんた、もしかして警察？」

「ついこの間までな」

「そういうことかよ。ちくしょう。弱い者いじめばっかしやがって」

私は流しへ歩いた。手拭いを水道でたっぷり湿らせ、それを持って戻った。「口を拭けよ。信じられないかもしれないが、口の怪我は不可抗力だ」

彼は不思議そうに私を見つめ、濡れ手拭いを唇に押し当てた。

「楊は他に何か言っていなかったか？」

「そりゃ、もうビビりまくって、――店やってけなくなるかもってさ。相当ヤバいものの尻尾踏んじまったみてえだって。つい先《せん》までは中華街に店を出せそうだってドヤ顔してたのによ」

「じきに大金が入ってくるってことか？」

男は我がことのように嬉しげに頷いた。「今から考えりゃそういうことになるよなあ」

「楊は香港で何をしてたんだ？」

「コックじゃないことは確かだよ。——そうそう役人だったって言ってたっけなあ」

「役人なら小金を貯めてる。中国人なら現金だ。それでここの鍵をくすねたのか」

「鍵は俺のだって。俺はここに住んでるの。残飯なんか食ってないよ。住み込み二食つき」

「住処《すみか》は道端の椅子だろう」

「バ、バカにすんな！　あそこじゃ煙草を喫うんだよ。営業中はあれがおれの休憩所なの！」

どこかでエンジンの喉鳴りと乾いた足音が聞こえた。かすかだが、足音もエンジン音もひとつではなかった。

キッチンの窓へ一歩近づいたとき、ビニール簾の隙間から強い光線が飛び込んできた。

背後で野呂が悲鳴を上げた。

私は簾を掻き上げた。

店の真裏は更地のコインパーキングになっていた。数台の警察車両が歩道に乗り上げ、それを塞《ふさ》いで停まっていた。投光機が私の目を射抜き、警光灯の明滅が頭の瘤に響いた。

「県警にいた二村だ。いま降りていく」私は外に怒鳴った。「騒ぎたてないでくれ。近所迷惑だ」

「近所迷惑はそっちだろう！」

光の向こう側で声がした。聞き覚えのある声だった。かつての同僚かもしれない。

「その怪我はぼくのせいだからな」私は向き直り、野呂に言った。「それを取り引き材料にしろ。まず医者に連れて行かなければ訴えると言うんだ」

「次に出前かね」野呂が笑った。「鰻丼頼んでも文句ねえか？」

階下でシャッターが音を立てて開き、足音が乱れた。警光灯を消す寸前、何の拍子かパトカーのサイレンが一声、吠えた。

8

伊勢佐木署に二時間足止めを食ったが、相模原の捜本まで引っ張られることもなく、調書も取られなかった。応接室で、同じ話を二度話しただけで済んだ。

かつて同僚だった捜査員が半ば嫌がらせで三度目にとりかかろうとしたとき、小峰一課長から電話が入った。

一言交わすとすぐ、受話器を私に手渡した。

「課長の気持がわかりましたよ」私は、小卓の向こうで困惑している吹き出物だらけの顔を眺めながら言った。「帳場が被害者の店を特定するのに、こんなに手間取るとはね。しかも百人がかりで、派遣社員みたいな元警官ひとりに出し抜かれるんだから」

目の前の顔が見る間に膨らみ、充血した。大福がかぼちゃに化けたような具合だった。

「店に闖入者がいると分かったとたん、ともかく応援を呼ぶ。投光機まで持ちだす。拳銃を持って立てこもっているわけじゃあるまいし。これが捜査手順の遵守ってやつですか」

「捜査手順だと！」課長は金切り声をあげた。「他でもない、おまえが捜査手順だと！　どこを掻き回すとそんな言葉が出てくるんだ！」

「そう言わずに。所轄から報告があったでしょう。ぼくにかまってる暇なんかないはずだ」

「おまえ、まさか、――」

「記念写真ですよ。素敵な家族写真。それに新聞記事と発送伝票《インボイス》。桜田門に先を越されなくて本当によかった」

課長の口の中で何かがそっと音をたてた。声になるまで時間がかかった。「そこにいるやつと電話を代わってくれ」

言われたようにすると、私はその場で放免になった。

だれも見送っては来なかった。玄関先の庁警すら目も向けようとしなかった。

やってきたタクシーに手を挙げ、乗りこんでから反対方向だったことに気づいた。

タクシーは次の信号を右折すると、大通りを二度横切り、プロの運転手しか思いつかない方法で伊勢佐木町界隈のネオン街を敬遠し、人けのない一通を巡って吉田町の商店街へ出た。

運河を渡った先に、今どきのどんな公衆便所より公衆便所らしい交番があった。私はその風情がどこか気に入っていたが、地域課の若い巡査はいかにも不満そうだった。

彼の目の前でタクシーを捨て、背中に視線を浴びながら運河沿いに歩いた。

段ボールに挟まっていた名刺は潮吹亭という名の飲み屋のもので、住所はただ〝都橋商店街2F〟、――商店街とは名ばかりの、それは運河端に沿ってカーブを描く二階建てのバラックだった。町に車が増えて市電が邪魔になりはじめたころ、桜木町駅前にあった港湾労働者の溜まり場を一掃するため、市はこのバラックをこしらえ、終戦後の闇市から続いた屋台を無理やり押し込んだ。

潮吹亭はその二階、運河に面した外廊下にあった。黒いドアには鯨のレリーフ、ドアノブには

『オーストラリア人お断り』と日本語で書かれた木札がぶら下がっていた。

カウンター八席だけの小さな店だった。スツールに腰掛け、〝くじら〟という名の芋焼酎を頼むと、酒棚に飾られた捕鯨の銛とグレゴリー・ペックのポートレートを光背にして、七十過ぎの女店主は急に相好を崩した。

「犬と中国人は歓迎なんですか?」私は尋ねた。

「ゴキブリと日本人もね」

「なんで注意書きが日本語なんです?」

「最初は英語だったんだけどねえ。朝日新聞が善人面して外国人差別だって書きやがってさ、いろいろ言われて——」

「それでエイハブ船長か。アメリカ人のくせに〝カリフォルニア半島の虐殺者〟だから?」

「店の名は四十五年変わっちゃいないさ」女は突然笑った。「でも、あんたで四人目だよ、潮吹亭の由来が分かったのは。みんな愛染恭子のアレのことだと思うのよ。——あんたもファンなの?」

「ロマンポルノ?」

「やだね。この人は」彼女は苦々しげに笑った。「ペックに決まってるじゃんよ」

「ペックよりハインズ。ハーマンよりジャン=ピエールの方がいいな」

「それで?」不意に口調を改めた。「いったい何の用なのさ。あんた雑誌の人だろ」

「マスコミがもう集まってるのか」

「集まってきたのは自分だろ。だいたい、マーちゃんもマーちゃんなんだよ。今日の今日に店なんか出なくたっていいものを」

「律儀な人らしいな」

「そう。本当、今時いないよ。中国人だろうと日本人だろうと」

私はグラスを空にして、酒棚の隅で埃を被っていた竹鶴をボトルで買い、差し出されたマジックでラベルに『Drink Me』と書いてからオンザロックスを二つこしらえた。

「この程度じゃ買収されないよ」彼女は氷を鳴らして笑った。

「親身になってくれる人は、あんた以外いなかったそうじゃないか」私は静かに言った。「警察で聞いたよ。亭主も娘さんも向こうへ帰って――」

彼女はビーズ細工の巾着袋から煙草を出し、使い古したチャッカマンで火をつけた。「仕方ないさ、この不景気だもん。向こうの方が金にはなるでしょう。それにさ、亭主は知らないけど娘の方は立派なもんよ。アルバイトしながら自分の金で短大出てさ。中国に戻って堅い会社に就職してさ、毎月きっちり仕送りしてるんだよ」

「ご亭主は今、どうしてるんです？」

「女房子供を放り捨てて逃げ出したんだよ。そういう男がどんなもんか分かんない？」叱るように言って、私を睨み付けた。「あの人は被害者なんだよ。生まれてすぐから、ずっと被害者なんだ」

そのとき薄い壁が揺れ、裏側で湧き起こった歓声が彼女を黙らせた。会社帰りの若い連中のようだった。

女店主はやおら酒棚の鈷を取り、私の肩越しに壁を突いた。三突きで隣は静かになった。

「チャット仲間って言うの？　オフ会だよ」年老いた鈷打ちは口を歪めて見せた。

「ここらにそういうのが出入りするとは驚いたな」

「何言ってんのさ。今じゃあんなのばっかり。そこの共同便所で誰とかが客をとってたなんて昔々の話だよ」

　安全になったのはいいが、ああいうのに限って捕鯨反対が多いんだと付け加えると、彼女は大型のハンドバッグから電話を取り出し、どこかの店のマネージャーを呼び出して、てきぱきと指示を与えはじめた。

　その後も客はなく、女店主は何度も電話をかけ続けた。しまいには泣きごとが混った。

　終電近くにやっとドアが開き、彼女が入ってきた。

　顔は青ざめていたが、わずか数時間で目の腫れはすっかり引き、背もしゃんとしていた。

　それでもどこかに影があった。不幸ではなく、不吉な影だ。曇天の丘の嶺でベルイマンの死に神と数珠つなぎになって踊るにはもってこいの風情だった。

「待ってたのよ」銛打ち女がカウンターの端をはね上げた。「向こうがてんてこ舞いでさ」

「もう一軒、店を持ってるのか」私は尋ねた。「まさかベンボー亭っていうんじゃないだろう？」

「やだね、この人は。もう一軒はスカーレット。ハマじゃ名の通ったクラブだよ」

　彼女は分厚い財布と上着を手に、私の背後をすり抜け、珠田真理亜と入れ代わりに出ていった。

　真理亜はカウンターの中に入ると、手を洗い、冷蔵庫を開けて、いきなり餃子をつくりはじめた。

「ここの名物ですか？」私は尋ねた。

「名物とは違います。人気のメニューです」

　彼女は左腕をかばうようにしながら、つくり置きした餡を皮の真ん中に置き、ふたつ折りにしてくるりとひねり、数寄屋橋に佇む女のスカーフみたいに包んだ。

「それは大連の餃子だね」

曖昧に首を振った。「吉林省の餃子です。私の故郷では、ほとんどは水餃子ですよ」

「珠田さんでしょう？　ある人から、息子さんが香港で姿をくらませたと聞かされて来たんです」

彼女の手が止まった。私をそっと見上げ、目の隅から小さな光を取り出して見せた。「誰ですか、あなた」

「二村といいます。二村永爾《えいじ》」私は名刺を出し、カウンターの上に滑らせた。「犯罪被害者の支援をしています。あなたの担当で、おまけに竜也君のボスから彼を探すよう頼まれた者です」

珠田真理亜は完全に手を休め、その場に立ち竦んだ。目は名刺でなく、自分の両手を見ていた。何かの損得を必死に計算しているみたいだったが、そのうち何もかも放り出し、また餃子を包みはじめた。今までの人生で、一度として計算が合ったためしのなかったことを思い出したのだろう。

「竜也、香港へどうして行ったですか」

「桐郷映子さんの言いつけで買い物に行ったんです」

かすかに息を飲み、彼女は餃子さえ放り出した。「香港へ、何買いに行きました？」

「大したものじゃない。違法なものでもありません」

「お金を持っていたんですね」

「お金のことは誰も気にしていません。いなくなったことを気にしてるんです」

「私は関係ないです。息子はもっと関係ないです。事件のことでしょう。すみませんね。桐郷《きりさと》さんに、迷惑がかかる？」

私は黙って、新しいオンザロックスをつくった。

それが空になってから、電話を出して天洋の二階で写し取った画像を立ち上げた。

「これ、あなたですね？」

彼女は布製のトートバッグから読書鏡を出したが、目にかける前にうなずいていた。「そうです。子供のころの。写真はこれだけ。どうしたんです。厚生省からもらいましたか」

「いいや。もっと近い人から」

「まさか、――桐郷さん？」

「これはコピーだ。元のプリントはあなたがお持ちじゃないんですか」

彼女は黙った。一秒あってから首を縦に振った。「最初の調査団に渡して、返してくれたはずだけど、覚えてません。昔のことです」

「隣はお兄さんですか」私はカウチの端に座った水兵帽の少年を指で拡大して見せた。

彼女は口を閉ざした。今度は少し長かった。それから『定俳』の字を指差した。「厚生省の人、書いたんですね」

「ぼくには分かりません。中国名ですか」

「〞さだおぎ〞と読みます。満州国協和会の事務局長、中国人の偉い人がつけたそうです。何か意味があったけど、覚えてない」

「あなたのお名前は？　マリア・タマダなんて時代を先取りしてる」

「私のは甘粕さんがつけました。亜細亜の真理って、――名前負けですね」口許にやっと笑みが泛かんだ。

私は背後に立つ共産軍の青年の顔を拡大して画面中心に移動させた。「この人は？」

「隣のお兄さん。とても良くしてくれた。八路軍の特務将校さんでした。でも優しかった。名前、覚えていないんです」彼女は小さく溜め息をついた。

「隣って、――満映の社宅に共産軍将校が住んでいたんですか」

視線が揺れた。その目が懸命に言葉を探した。「それは戦後、分かったこと。――満州では、映画は国策です。お金が沢山ありました。理事長の甘粕さんは元憲兵大尉だけど、漢族にも満人にも、他の誰にも分け隔てなくしたそうです。だからいろんな人がいた。共産党のスパイもいたし、二重スパイもいた。そんな人たちを逆に利用していた。日本が負けたとき、甘粕さんは自殺したけど、その前に金庫のお金、全部社員に分けました。平等に分けました。監督にも俳優にも、お茶汲みの小母さんにも、中国人にも」彼女の口から、何故か言葉があふれだした。雨垂れがいきなり奔流になったみたいだった。「私は生れたばかりでした。みんな人から聞いた話です。私を育ててくれた中国の人も満映の人でした。日本のことを悪く言っても、満映のことは悪く言わない」

「撮影所は国の中の別の国だったんですね」

「国なんて――。そんなもの何でもないよ」彼女は大きく首を振った。「私の養父母は戦争後、すごく苦労しました。ことに文革の頃。それは、よく覚えてます。でも、私は運がよかった。養父母も可愛がってくれた。もっと苦労した人は沢山います。馬や牛みたいに働き手として農家に引き取られた子は大勢いる。親を恨んでもしかたない。軍隊が逃げ出して、国が消えてなくなって、まわりは敵ばかりです。そんな所から何千キロも離れた故郷へ帰らなければならなかったんです」

「お兄さんは、どうされました」私は尋ねた。「あなたより、よほど苦労したんでしょう」

「そう。多分ね。ずっと消息が分からなくて、分かったのは亡くなった後です。私が日本へ帰ってすぐのころ」

「お兄さんは王《ワン》さんという方に預けられたんですね」

また目が揺れた。次に口を開くまで少し手間どった。「はい。大きな映画館の持ち主です。大観荘戯院と言うの。戦後、小屋主のお父さんが共産党に批判されて、財産も家も無くなったんです。兄が中学の頃です。それからずっと行方知れずのまんま、――」

「桐郷《きりごう》寅人はご存じですか」

「桐郷《きりさと》さんのお父さんですね。名前は知ってます。でも私は赤ん坊だったし、直接は誰も、――」

消え入るように口ごもったところで、私はひとつ前の画像を呼んだ。見出しを拡大し、カウンターの上で上下を替えて見せた。

彼女はしばらく目を細めていた。眼鏡はかけようともしなかった。

私は小見出しをスクロールさせた。「殺人事件の記事です。何か心当たりがありませんか?」

「まさか。香港の新聞でしょう。それとも台湾ですか。どっちも読んだことありません。私がいたころの中国の新聞、こんな記事載らない」

力を入れて言い切った。それが、礼服のボタン穴から伸びたほつれ糸のように私の気を引いた。

酒はもう空だった。ボトルに手を伸ばすと、彼女がグラスに氷を足した。

「飲みますか」私は尋ねた。

「お酒、飲まないんですよ」

「大変でしたね」

「大変よ。とても大変ですよ。悪いことばかり」

一口飲んだときドアが開き、客が入ってきた。口髭を生やした三十過ぎの男だった。上着のポケットに夕刊紙を突っ込み、袖口から樹脂ベルトの腕時計を覗かせていた。

私は素早く小声で言った。「今の写真、楊三元が持ってたんです。今日死んだ男です」

真理亜が動きを止め、ゆっくり息を吐きだすと中国語で言った。「あんた、良い人みたいだから言っておくわ。わたしに関わるのはお止しなさい。悪いことばかり起きるんです。本当にロクでもないことばっかり」

客が座るより早く、彼女は餃子を茹でるアルマイトの鍋を火にかけた。「食べるでしょう？」

私の懐で電話が震え出したのは、そのときだった。

9

「おまえ、餃子食ってるだろう」小峰一課長の声が大脳皮質に直接響いた。

「食べようとしてるのは隣の客だ」

「そこを離れろ」課長は声を抑えて言った。「桜田門が婆様の身柄を取ると言って聞かないんだ」

「ぼくが邪魔をするとでも？」

「邪魔はしないかもしれないが、余計な口を叩くだろう。おまえが公妨でやつらに引っくくられてみろ。本部長は多摩川の向こうへ戻れなくなる」

「理由は何です」

「あくまで任意だ。しかしネタはある。後で教えてやる。だから――」

「ぼくからも話があるんです」私は立ち上がり、手真似で会計を頼んだ。「香港へ行きますよ」

電話に言いながら珠田真理亜の顔色を窺ったが、湯気に隠れてよく見えなかった。

私は通話を切り、隣の客に目を走らせた。どう見ても同業者には見えなかった。今はケーブルテレビの飛びこみ営業にしか見えない強行犯係もいるし、図書館の司書にしか見えない暴対の刑事だっている。合同捜査ならなおさらだ。東京には田舎出の警官が多い。

勘定書を受け取り、財布を出した。

口髭の客が向き直り、ドアへ向かう私を無遠慮に見送った。

私は河面に沿って廊下を歩き、共同便所の脇から階段を降りた。通りに出ると、雨が来た。煙のような霧雨だった。

外れの交番に着けて停めている車が視界の端に滲んだ。黒っぽい小型のワゴンだった。

私は反対側へ歩きだした。ひとつ上流の橋の袂を横切り、その先は河岸を歩いた。

何年も人を付け回すような仕事を続けていれば、付け回されることにも敏感になるものだ。

いや、鈍感になることだってある。私はいったいどちらだろう。

そのセダンは対岸の縁をやってくると、さっき通り越した橋を渡り、ヘッドライトで私の背中を照らし上げた。行く手の雨が光に煙った。

やがて思わせぶりに間を詰めてきた。脇に並び、後部ドアの窓を開いた。

「まだうろうろしてたのか」小峰一課長が顔をのぞかせた。「船で行くなら大桟橋だ。大岡川へ上がってくるのは伝馬船だけだぞ」

「そんなもの、中学生のころ映画で見たきりだ。今はアザラシでしょう」

少し先行して、前を塞ぐように停まった。運転手が降りてきて、公用車のドアを開けた。

私が隣に乗り込むと、課長はクリアファイルに挟んだ書類から一枚抜き取り、手渡した。

おかっぱ頭が握っていた火薬仕掛けの大工道具がプリントされてあった。

「ブローニングM１９００のコピーだそうだ。あんまり似ていないが、中身は同じだ。大戦中、中国で大量に造られた。あちこちで勝手気ままにコピーしたものだから外見はまちまちだ」

「これも誰かが電話で撮影したんですか」

「捨てていったんだ。現場から百二十メートル離れた藪で見つかった。おまえが石ころなんか投げるから、捨てる機会を失ったんだろう」こっちを見て鼻にしわを溜めた。

「九ミリ口径？」

「いや。これは七・六五ミリ。いわゆる32ＡＣＰだ」

「こっちの凶手は道具にこだわりがないんですね。時代の要請かな」

「こっちって何だ？」

「三十年前の新聞記事ですよ。読んでいないんですか。楊三元が大事にしていたスクラップ」

課長は押し黙り、車外に目を投げた。

車は都橋商店街を大きく敬遠するように、うら寂しい飲み屋街をぐるぐる巡っていた。

野毛本通りを横切ったとき、潮吹亭の方向で、かすかに短くパトカーが吠えるのが聞こえた。

「拳銃を捨てて携帯を持ち去ったとなると、やっぱり同一犯なのかな」

「日本の警察を舐めていやがる。端末なんかいくら隠しても記録は局に残ってる」

「メールを読まれたくなかったんじゃないですか。あれ、局にはアドレスしか残らないから」

「そんなこと、言われるまでもない。鋭意捜査中だ！——実はな、二村。四日前、珠田真理亜は自分の携帯から香港に一本電話を入れている。——いや、息子の携帯でもないし、ホテルでもない。通話先は捜査中だ。それに、一昨日から今日にかけて三本受信があった。新宿と町田の公衆電話からだ。公衆電話と言やあ、珠田の婆さんはあの公衆電話から楊三元の携帯に電話していた」

「マル害を呼び出したとなれば共犯の目もでてくる。それがネタってやつですか」

課長は眦《めじり》を歪めた。「桜田門には、もっとタマがあるんだろうよ。小出しにしやがって！」

「これだけ時間があって、まだやつらに追いつけないいんですか」

「二村」突然穏やかな口調になった。「君、あの男の耳を見ちゃいないか」

「楊三元を殺した男ですか？　両耳とも髪に隠れていた」

「そうかね。もし右の耳が無ければ、大耳朶《おおみみ》というようだ。本名は分からないが、香港、深圳の黒社会では恐れられているという報告があった」

「何、怒ってるんです」

「怒ってなどいないよ」

「怒ると、ぼくのことを君と呼ぶ。自分で気づいていないんですか」

クリアファイルは課長の膝の上から座席に滑り落ちていた。私は手を伸ばした。

課長の手が、それを払った。競技カルタの手業だった。

「香港へ行くといってるんですよ。見せてくれても良いじゃないですか」

「それとこれとは別だ」

私は息を吐き出した。ワイパーの音がいやに大きく聞こえた。後から後からまとわりつく油煙のような雨が夜をテカらせていた。

「停めてくれ」課長は言った。「君、ここで降りなさい。送ってやろうと思ったが気が変わった」

車が路肩に停まり、運転手が降りようとするのを課長が制した。

私は自分でドアを開けた。「ありがとうございます。最近、運動不足でね。ちょうどよかった」

巨大なラブホテルの真ん前に私は取り残された。乗った場所とたいして離れていなかった。

ジャケットの襟を立て、少し歩くと、広い橋の袂に出た。その角にあった小さな一軒家のバーは灯りを消していた。かつては四時まで飲める店だった。閉店したのかもしれない。

大通りを渡ろうとすると、懐で電話が震えた。その音は、まるで百台のパトカーで取り囲むかのように私を責めたてた。

「二村さん」桐郷映子が囁いた。「やはり考え直してくださらないかしら。あのお話」

「耳に息を吹きかけないでください。それは反則だ」

「ジャッジが見ていない場所に反則なんて存在しないのよ」

「本当はこちらから電話しようと思っていたんです。どうすればいいですか？」

「明日、お昼はいかが」

「正午ですね」

「ぴったりじゃなく、おおよそ。そのころ調布の日活撮影所にいらして下さる？」

私は分かったと答え、電話を切り、大通りを渡って河岸を歩き続けた。

古い鉄道高架が右手に迫った。橋脚の下は覆工用の波板でぴったり塞《ふさ》がれていた。かつてそこに建ち並んでいた鰻の寝床のような飲み屋は跡形もなかった。赤ランプを灯した軒下で客を引いていた女たちもひとり残らずいなくなっていた。生きものの気配さえなかった。河岸の緑地にもホームレスのビニール小屋は見当たらなかった。電柱という電柱に真新しい水銀灯が据えつけられ、道路は病院の廊下のように清潔だった。しかし、どれほど清潔でも病院をありがたがるのは病人だけだ。気がつくと、高架下を私鉄駅ひとつ分歩いていた。大通りへ出たところでタクシーを拾い、アパートの住所を伝えた。

酒が飲みたかったが、私が飲みたい酒を出す店は、どこも開いていなかった。もう何年も前から開いていないのだ。

10

明け方近くに暑さで目を覚まし、窓を開けた。もう一度眠ったが、今度はシェードの音に起こされた。風はなく、朝日がそれを揺らしたとしか思えなかった。

洗面ボウルに溜めた水に氷を放りこんで顔を洗った。

コーヒーを淹れようとして粉が切れていることに気づいた。ゴミ箱を開け昨日のペーパーフィルターに残った出がらしを見降ろし、しばらく逡巡したが、ろくな結果にならないことは先人の教えるとおりだ。

私は牛乳を温め、パンが焼ける間にベーコンエッグをこしらえながらトマトをふたつ食べた。トーストを一口かじると、ついさっき、まったく同じ朝食を同じ順序で食べたような気がした。もしコーヒーがあったら、今日と昨日の違いを問われても上手く答えられなかったろう。

新聞を読んでいるうちに部屋は陽光でいっぱいになった。新聞で知ったのは、近頃の記者には『射殺』と『銃殺』の区別がついていないということだけだった。十一時を待たず、私は外へ出た。

駐車場から車を引っぱり出すと、図書館を半周して紅葉坂を下り、みなとみらいのＩＣから高速へ乗った。

エンジンハウスの中で３・２リッターが存分に回りはじめると、私のゴルフは四つのタイヤで地を蹴たて、秋口のよく光る空気を額で掻き分け、東京へ走った。

第三京浜を川崎で降りて多摩川縁《べり》をさかのぼった。

空には雲があった。陽光に縁取られていなかったら、火事場の黒煙と見まごうような雲だった。その雲の下、日活撮影所は未だにミシンを造り続けている工場のようだった。時代後れですっかり廃れているくせに、人の出入りは多く、妙ににぎわっている。

しかし入り口は、どんな町工場よりも不用心だった。フェンスの切れ目に拓けた駐車スペースの奥から構内にゆるいスロープが伸びていて、そこには遮断機もなければ警備員の姿もなかった。『警備室』と書かれた番小屋が建っていたが、二人の管理人は昔話に熱中して外を見ていなかった。

私はカウンターを平手で叩き、桐郷映子に呼ばれてきたと告げた。

「フタムラさんね」老眼鏡をずらしながら、年寄りの管理人が大学ノートに目を細めた。「はいはい。聞いてますよ。そこらに車を停めて、食堂でお待ちください。ここを真っ直ぐ行って突き当たりを左です」

言うと、もうこちらを見ていなかった。ゲスト用のＩＤパスどころか紙きれ一枚渡そうとしない。すっかりくたびれたカマボコ屋根のスタジオが左右に並ぶ中を、私は歩いた。すべての上屋にはダクト、ケーブル、ロープ、足場にキャットウォーク、梯子段が絡みついていた。

行く先々に材木や建材が積み置かれ、銃弾で穴だらけになった一九三四年型のフォードＶ８やガンターレットがついたＢ17の機首回転銃座、ベニヤ板でこしらえたかぐや姫の牛車、河童によく似た顔色の悪い怪獣の着ぐるみ、ロンドンの公衆電話とニューヨークのバス停などがゴミのように放り出されていた。

何度もリアカーとすれちがった。電動ターレットも見かけたが、それもリアカーを引いていた。リアカーがこれほど生き生きと働いている場所を他に見たことがなかった。

言われた通り左に曲がると、巨大なキャンピングカーが立ち塞がった。銀ピカの車体はバトルトラックよりいかつく、後尾には科学特捜隊のヘルメットのような展望室が設けられていた。

「ジャグジーがついてるって本当か？」通りがかりの男が連れの青年に尋ねた。

「ただの風呂でも羨ましいですよ」青年が答えた。ふたりとも顔の半分は無精髭にまみれていた。

「朝から肉焼く匂いなんかさせやがって――」

アールがついた展望室の窓が音をたて、ふたりの男は足早に立ち去った。

窓はヘルメットのサンバイザーよろしく跳ね上がり、車内に若い女の顔が浮かび上がった。

水面に揺れる柳のように印象深い睫毛、大きく強く真っ直ぐな目、つんと空を睨んだ小体な鼻、両端にかすかな笑窪を刻んだふくよかな唇には、十人のうち八人の男が死ぬとき必ず思い出すような笑顔があった。

チャイナカラーの質素なコットンシャツが絹より光って見えた。髪はカチューシャで簡単にまとめただけだが、どんなシャンプーのＣＭにも負けていなかった。

彼女はうつむくと、紙カップから何かをスプーンで食べはじめた。

「いやあね。何食べてるの？」と英語で尋ねたのは、彼女の背後に立つ男だった。

男の手が前掛けからヘアブラシを取り出し、彼女の髪を無遠慮に梳いた。

「豆腐《ドウフー》オミオツケ」中国語に日本語が混じった。その先は英語だった。「わたしのつくるの、断然おいしいのよ」

彼女が紙カップを男に渡した。彼はブラシを前掛けに戻し、それを口に運んだ。

「美味しいわあ。おへそまであったまる」

「遅れますよ」さらに奥の車内から声が聞こえた。「日本の飛行場は時間にうるさいから」

そのとき目が合った。彼女は目を逸らそうともせず、「窓を閉じてちょうだい」と背後に頼んだ。

私は突然歩きだした。まるで指で弾かれたチェスの駒みたいに。

食堂はすぐその先だった。入ると右手がコーヒーショップ、左手が自販機を並べた売店になっていて、奥には巨きな食堂テーブルがいくつも並んでいた。

客のない食堂とは逆に、狭いカウンターに囲まれたオープンキッチンでは、コックと三角巾の賄い婦が昼食の準備に大忙しだった。

コーヒーショップの真ん中にひとり、大柄な男が座っていた。素晴らしく良く光る豊かな銀髪、白いスーツに黒いシャツ、黒地のストライプタイ、ポケットチーフも似たような柄だ。

彼はビールを飲んでいた。目の前に五百ミリリットルのビール缶が六本並び、そのうち二本がすでに空だった。

不意に顔を上げた。誰だか気づいたときは、もう遅かった。鋭い眼光に私は仕方なく会釈した。

宍戸錠は口を尖らせ、目だけで眩しげに笑った。

「来いよ」と、人差指で招いた。「いいから、来いよ」

私は彼の前へ歩いた。

「どう？　飲めるんだろう」

「依頼人と約束があるんです」

頬と声を同時に揺らし、彼は笑った。「そいつはおれも同じだ」

「撮影ですか？」私は隣のテーブルの椅子を引き寄せ、距離をとって腰掛けた。

「バラエティだよ」彼は肩をすくめた。「お笑い芸人が、ここで裕次郎《チャンユー》が好きだったカレーを九十九皿食べるんだってさ」

「誰もいませんよ」

「カメラが回る前にハジキの練習をしなきゃいけない。早く来て標的をつくってたのさ」

「標的なら、中身を空にする必要はない」

「中身があるとガンエフェクトの納富《のうとみ》が嫌がるんだ。仕掛けが面倒だってな」

不意に右手が動き、そこに拳銃が出現した。重いコルトを一回転させ、同時に一捻りして銃身に持ち替え、グリップをこちらへ差し出した。受け取れというように顎をしゃくった。

私は手を伸ばした。あと一ミリというところで、グリップは視界から消えた。

次の瞬間、銃口は私の鼻先にあった。

錠は目を細め、顎をメトロノームのように振って舌打ちした。

「教訓その一。おれにハジキを握らせちゃいけない」

コルトを懐に戻した。ビアンキの革ホルスターが腋の下に吊られていた。

「カレーを食べに来たタレントを驚かすんですね？　〝どっきりカメラ〟みたいに」

「さあな。まだ台本を読んでねえ。読んだらスリルがなくなるからな」彼は背を反らせ、大きなガラス窓に目を向けた。「それで？——君は何者だ」

「何者でもありません。二村です。二村永爾。通行人Aといったところです。桐郷映子さんに呼ばれてきました」

「おう。ゴウちゃんのお嬢か。十三番ステージでコマーシャルを撮ってるよ。今じゃマルチが入って、映画を撮るなんて滅多にないんだ。まあ、それを言ったら何番だろうと同じだけどな」

錠はガラス戸に向き直った。モルタルの壁の向こうに大型マンションの列が迫っていた。無数の窓が、まるでこちらを睥睨しているかのようだった。

「そこにオープンセットがあったんだ。銀座の町並みを真似たパーマネントセットだ。昔はロケの制約が大きかったからな。よく撃ち合いをしたもんだぜ。そのたびに並木通りが伊勢佐木町になったり六本木になったり、——あるときはトゥームストーンだ」

「〝早射ち野郎〟。山奥の鉱山町ですね」

「今は昔の物語さ。去年、日活《カイシャ》を唯一潤した映画《シャシン》は何だか知ってるかい?」彼は私の背後を指差して、頬の裏側で舌を鳴らした。「そいつだよ。香港映画だ」

レジ脇の壁に貼られた大きなポスターに、さっきの女優が等身大で写っていた。右手には銀の拳銃、左手には十手のような刃物、黒いエナメルのボディースーツが肌にぴったり吸いついて、裸身にコールタールを塗ったみたいに見えた。

タイトルは〝滅びのエレクトラ〟。その脇に〝紅星瞬華〟という中国題名。

アリアーヌ・ヤウというのが彼女の名のようだ。

「今、そこで会いました」

「そう? 今日の便で帰るって言ってたが」銀幕の殺人者は銀髪をかき上げ、口の端を鋭く曲げた。映画なら、それだけで数人が死ぬ合図だった。「まあ、自家用ジェットじゃ時間は関係ないな。アラブだかアフリカの大金持ちが用立てたんだってよ」

「エレクトラって、ギリシャ悲劇ですか」

「漫画が原作さ。警察署長の娘がスーパーヒロインに変身して悪と戦うんだ。警察署長はアガメムノーン。悪の親玉がカッサンドラで、生き別れになった実の母親って設定さ。これが当たったもんで次回作には日活も金を出す。その原作がユリシーズだっていうから笑かすだろ」

「たった一日の話なんですね」

「いや。どっちかといえばオデュッセイアさ。カリブ海の刑務所を脱走した女が香港の家族の元へ帰るまでのロードムービーだ。〝女囚サソリ〟と〝修羅雪姫〟も混ぜこぜになっている」

甲高い中国語が響きわたった。中年の男が三人、ドアを押し開け、転がるように入って来るところだった。三人とも恰幅が良く、顔も丸く、競歩のような歩き方だった。

「ジョさん」と呼びかけ、ブルゾンを着た男が笑いながら宍戸錠を抱きしめると、癖のある英語で続けた。「見てきたよ。感激した。あの美術倉庫の鉄扉だろう」

「そう。あそこだ」映画の時代の生き証人は答えた。「あそこで死んだんだ。二月二十一日に二十一で」

「赤木圭一郎は、ぼくのヒーローだ。花を供えてきたよ。〝抜き射ちの竜〟をうちの映画館で観たのは九歳のときだった」

私は彼らから離れ、コーヒーのカウンターへ行って一杯注文した。

三人の中国人はひとしきり笑い合うと、また錠と抱き合い、固く握手し、携帯電話で車を呼んだ。

ガラス戸の外に黒いメルセデスのSLVが止まった。

「たいしたもんだよ。何しろ客が十五億いるんだから――」メルセデスが見えなくなると、錠は遠い目を日向へ飛ばした。「ジャンパーを着てたの、あれが向こう側の代理人だ。親父が小屋主でな、映写室の小窓から日活アクションを見て育ったんだってさ」

首を振ると、四本目のビールを四つ目の標的に変えはじめた。「出てくれって言うんだよ。〝銃火のユリシーズ〟に、拳銃使いで」

「エースのジョーが復活するんですね」

「エースのジョーか。――みんなそう言うが、その名前で出たのは、〝紅の銃帯《ガンベルト》〟と〝早射ち野郎〟、それに〝ひとり旅〟。全部で三本だけなんだ」

言うと、頬に奇妙な影が刻まれた。彼は目を手元のビール缶に落とし、しばらく何かを考えていた。自分が撃ち抜いた標的を数え直しているみたいだった。「会社もそれで売ろうとしたし、拳銃使いは百二、三十回やったんだが、エースのジョーは三回きりだ」

「理由があるんですか」

「理由は知らない。しかし、何事にも事情はある。俳優なんて、誰か他人の人生を生きて見せるのが商売だ。その他人には、たいていおれとは別の事情がある」

歯を剝いて笑うと、ビールを口に運んだ。それが空になった瞬間、また右手の中にコルトM1911A1が現れた。

「世界三位の早撃ちってな。宣伝部が勝手に言ったのさ。アラン・ラッドが〇・三五秒、次がゲイリー・クーパーだ」

「オーディー・マーフィーじゃありませんか」

「誰だっていいんだ。おれは〇・六五秒。それがリアリティだなんて会社はほざく。冗談じゃない。あの頃、おれは〇・二八で抜けた。だったら世界一だ。しかしそれじゃ嘘になる。ゴジラが有楽町をのし歩ける最低限の映画のルールに違反するってわけだ」かすれ声で言うと拳銃をゆっくりホルスターに戻し、またビールを開けた。「ゴジラのルールは残ったが、拳銃使いのルールは全滅だ。西部劇はまだしも、現代劇のガンプレイは風前の灯火。殺陣や侍の所作みたいに伝統なんてものは初手から無いんだ。だからジョン・ウーが当たれば世界中ジョン・ウーになっちまう。リュック・ベッソンなんか、フランス映画のガンプレイを何ひとつ継承しちゃいない。ありゃあクソだ。メルヴィルが死んだらフランスもクソだらけだ」

「銛も拳銃もメルヴィルで終わりってわけか」

錠は二秒考え、「その通りだ」と言って笑った。

「君にアドバイスをあげよう。桐郷映子はハジキじゃなびかない。年下の男にも興味がない」

「ぼくは仕事で呼ばれたんです。桐郷監督が香港で撮ったフィルムを探してくれと――」

「ゴウちゃんの遺作だろう。あんなもの、探しても仕方ないよ」錠は身を乗り出し、声をひそめた。

「だいたい、あれは消えて無くなったんだ。ゴールデンハーベストと一緒にな」

「それ、どういう意味ですか」

「言葉通りさ。撮影所と共に消えてなくなったんだ。あんまり駄作なんで、プロデューサーが保険金欲しさに火をつけたなんて噂まである。ある意味、不幸な映画だ。〝激流に生きる男〟ほどじゃないが」

「〝地獄へ10秒〟とはまるで違う?」

「言っちゃ何だが、――その通り。しかし、〝地獄へ10秒〟だってラッキーな作品とは言えないな。まったく客が入らなかったんだ。あれのせいでゴウちゃんは日活を去ったようなもんさ」

「なぜ日活は桐郷監督を冷遇したのですか。会社と何かあったのかな」

「いや。鈴木清順に比べたら、――逆だね。ゴウちゃんは器用で上手かった。なのに、なぜ撮れなかったか。まあ、それは年じゃないのか」

「年齢ですか?」

「ゴウちゃんなんて呼んでるが、おれの親父でもおかしくないぐらいの年なんだ。一九一〇年生れ、黒沢明と同い年だ。まだ明治だよ。ところが日活っていうのが若い会社でな。役者もスタッフもみんな若かった。清順さんだって、ぎりぎり大正生まれさ。他はみんな昭和ですよ。それが明治だもの。日活アクションは、作るのも見るのも〝若くて、悪くて、凄いこいつら〟に限られてたんだ。本人たちは遊んでるも同然。もし日活アクションに、どこか光る物があるのなら、そこだろう」錠は言って、自分の額を軽く叩いた。「しかし何だかんだ言っても、おれのベスト3は〝拳銃《コルト》は俺のパスポート〟と〝殺しの烙印〟、それにゴウちゃんの〝地獄へ10秒〟ってことだからなあ」

「〝くたばれ悪党ども〟と〝野獣の青春〟は入らないんですか？」

「あれでやったのは探偵と刑事崩れだ。殺し屋の映画じゃない」

私たちは顔を見合わせ、ゆっくり笑った。

「桐郷寅人か――」溜め息をつくように錠は続けた。「あの人のピークは、満映のころだったんじゃないのかな。ギャラもトップランクだったそうだ。憲兵だのフィクサーだのと言われちゃいるが、映画会社の社長としちゃ甘粕以上の人物はない。映画のことなんか何も知らない。何も知らない自分をよく知ってる。その上、金集めの天才だって、――これはゴウちゃんの台詞だが、人としても気に入ったんだろう。だから戦後は東映に行かなかった。東映ってのは、満映のスタッフを集めてつくった会社なのにさ」

「そうなんですか？」

「だからじゃねえか。日活は女に背を向けて香港に逃げるが、東映は国に背を向けて満州へ逃げる」錠は黒いコルトのように短い笑いを取り出し、同じように引っ込めた。「アメ公の時代になったからって、手のひら返したように甘粕を悪く言うやつらとは一緒にいたくなかったって言ってたよ。内田吐夢のことなんかボロクソだった。そんな男だから、好きなやつは好き。心酔するやつはトコトンだった。ほら、お嬢の事務所の社長なんかもそのひとりだ。当時日活の制作部にいたんだが、香港に入りびたって誠になりかけたくらいだ」

「製作再開後、すぐに日活へ入られたんですか」

「いや。まず新東宝で数本。労働組合ともめて、その後が日活だ。しかしもう、当時としては巨匠になるか引退かって年齢さ。逃げ道はテレビだが、まだテレビドラマの時代じゃなかった」

「それで香港に？」

「ショウブラザースのお偉方がゴウちゃんを招いたんだ。三顧の礼でな。——うん」

「遺作のことは、ご本人から何か聞かされていないんですか」

「何でおれが知ってると思うんだ」

「エースのジョーの映画をつくる。それが本当につくりたかった映画だと、監督は香港の知人に言い残したそうです。その直後——」

大きな溜息が私をさえぎった。消音拳銃が咳き込んだみたいだった。「まさか。——いや、そんなわけはない。おれにコルトで豚の目玉を四つにさせようっていうなら、まだ分かるが。——酔うと与太をとばしまくるからな、あのオヤジは。与太が過ぎて、あんな目にあったんじゃないかって、昔の知り合いは今も疑ってるくらいさ」

「あんな目って、強盗のことですか」

「ああ。いくら三十年前の香港でも、拳銃で撃たれるなんて尋常じゃないや」

「拳銃？　評伝では強盗に抵抗して、揉み合ううちに自動車に轢かれたとなっていたけど、——」

錠は眉をひそめた。「当時、お嬢はトップスターに王手をかけてた。おまけにハリウッドはその手のことに喧しい。事務所と映画会社が、よってたかって話をでっちあげたんだ」

「しかし映子さんは、――」

「その話は彼女の前じゃタブーだ。知ってるのか本当に知らないのか、それも分からない。しかし真相は拳銃でズドンさ」

「凶器はコルト45？」

「バカ言え」彼は私を指差し、舌打ちをくれた。「エースのジョー、銭にならない仕事はしねえよ」

正午を回ると、急に客が増えた。誰もが映画スターに挨拶を欠かさなかった。

すぐ、私たちのテーブルはざわめきと揚げ油とカレーの匂いに包まれた。

「お笑い芸人は、いつカレーを食べに来るんです？」私は尋ねた。

「ランチタイムが終わるころだ」

「まだ二時間もある」

「現場には必ず先乗りして逃げ道を確保する」錠はつまらなそうに言った。「長生きのコツだ」

そのとき表のドアが開き、陽光が煙草と埃で煙った店内に鋭く差し込んだ。

その光の中から一条のシルエットになって、彼女は現れた。誰もが、そちらに目を向けた。

桐郷映子は秋の満月のような色のテイラードスーツを着ていた。胸の形は窺えなかったが、スカート丈は長くなかった。膝小僧をそびやかせ、杖を振りかざすチャールトン・ヘストンのように食堂を真っ二つにすると、こちらへ真っ直ぐ歩いてきた。

「ご無沙汰しております」

錠は立ち上がってそれに応えた。「あれ、見たよ。この間のシャシン。いや、よかったね」言いながら二の腕に触れた。

「うれしいわ。錠さんにそう言っていただくと」

「じゃ、おれはお邪魔だろうから——」

「あら、いらしてよ。錠さんとも縁のある話ですもの」映子は微笑んだまま、私の方に向き直った。

「ごめんなさい。衣装のままで」

「とんでもない。得したような気がする」

「お二人がお知り合いだったなんて意外ね」

「知り合いじゃないよ。暇つぶしの手伝いをしていただけだ」錠が言った。「ゴウちゃんのフィルムが見つかったんだって？」

「ええ。今度こそ手に入りそうなの」

「よし。手に入ったら、ここの試写室で上映会をやろう」

「どうかしら。まず、この目で見てからね」彼女は言って、手にしていた大判の封筒を私に手渡した。「必要なものをひと揃え。航空券は明日の朝。それでいい？」

　私は封筒を開き、そっと覗き込んだ。一目で百万円と分かる、ピン札の束が入っていた。

「受け取りは？」

「いいわよ、そんなもの。それよりフィルムが手に入るようだったら、どうやって代金を送ればいいかしら」

「彼が持っているんじゃないんですか」

「そうね。でも、もっとかかるかもしれないわ。それに——」言葉を途切らせ、一呼吸考えた。

「あなた、まさか彼を疑っているんじゃないでしょうね」

「疑ってはいません。誰も平等に信じていないだけです」

笑い出したのは錠だった。「いい台詞だ。君は探偵か？　本物を見たのは初めてだぜ」

「殺し屋なら本物を見たことがあるんですか」

「毎朝、鏡を見るたびに」彼は静かに笑った。「本当に探偵なのか」

「違います。ちょっと前まで刑事でした。今はバイトの警官です」

今度は桐郷映子が笑った。さりげなく、自分にはまったく興味がない話題であることを主張して。

11

小太りの男が食堂に入ってきた。背が低く、脚が短く、丸顔で首がほとんどなかった。しゃれた仕立ての背広を着ていたが、ゴルフウェアの方がずっとお似合いだった。

「すみません。お待たせしました」ありもしない首筋の汗をハンカチでぬぐいながら頭を下げた。

「そろそろ、お願いします」

映子は私に向き直った。「ねえ、見ていかない？　コマーシャルの撮影だけど、このCG全盛に大したセットを組んでいるのよ」

私の返事を待たず、錠に別れを告げ、彼女は小太りの男と外へ出ていった。

「行ってこいよ。あっちの方がきっと面白い」錠は最後のビールを標的に変えはじめた。「これだけ混んできちゃ、さすがのおれもハジキはもう抜けないからな」

私は礼を言って映子の後を追った。

彼女は食堂の外で待っていた。小太りの男はもう見当たらなかった。

「電話を見せてくださる？」

歩きながら手渡すと、素晴らしい速度でキーを叩いて自分に電話をかけ、コールバックして私の電話に彼女の番号を登録した。

「〝ア〟で呼び出せば一番先に出るから」

「意外ですね」

「これだけよ」彼女は目と目の間で小さく笑った。「撮影って、待ち時間が長いでしょ。時間潰しにはもってこいなの。他はご期待通り。地下鉄の切符だってひとりじゃ買えません」

「ＡＴＭは動かせるんですね」私は重い封筒をかざして見せた。「これはどういう計算です？」

「ホテル代とお食事代。お礼は後ほどさせていただきます」

言い返そうとしたが、問答無用の口調だった。私は黙って手帳を出し、受け取りを書いた。

「結構よ。そんなもの」

「ルールに従ってください。そうでないなら引き受けられない」

私を睨み、押しつけた紙片を指でつまむと彼女はあたりを見回した。ゴミ箱を捜しているわけではなさそうだったが、それをしまうところがないのも事実だった。

「楊三元って名に心当たりがありませんか」

「いいえ。――誰なの、その人？」

「伊藤竜矢の母親と交流があったようです。彼の実家の近くで昨日死にました」

「まあ」眉をひそめた。映画なら、ありきたりな芝居だった。「お気の毒に。――詳しくは知らないけど、いろいろあったご家庭のようよ。彼からじゃなく、私の母から聞かされたの」

「お母様も満州に？」

「ええ。母方の祖父は永井荷風に師事して、――小説家を志したんだけど思うに任せず、満映で脚本家をしていたの。肺を病んで、戦争が終わる直前に亡くなりました。ソ連が満州に侵攻をはじめた日だそうよ。病床で母と祖母を父に託したんです。そのころ母はまだ十代。結婚したのは日本へ引き揚げた後のことですけれど」

「それで？　竜矢君の母親とは」

「知らない仲じゃなかったわ。お住まいが近くて、彼女が生れたときは、母がお産婆さんを呼びに走ったんですって。そんなものだから、帰国されたと知ってからは折に触れて。――彼をうちの事務所に紹介したのも、母に相談されたのがきっかけなの」

「その事務所になぜ頼まないんです？　社長はお父様のスタッフで、あの頃の香港にも詳しいみたいじゃないですか」

「だから嫌なんじゃないかしら。思い出したくもないようよ。あの事故では遺体の搬送から何から、ひとりで背負いこんだみたいだから」

桐郷映子が立ち止まった。そこは銃弾で蜂の巣になったフォードV8の真ん前だった。

時代がかったテイラードスーツ姿の彼女がそれを背にたたずむと、否が応でもエステル・パーソンズがアカデミー助演女優賞を受賞したあの映画を思い出させた。もし最初に提案されたシノプシスが採用され、主人公二人が日本人のヤクザ・カップルに置き換わっていたなら、あの映画のラストはこんな具合だったろう。

彼女は冷たい声で言った。「封筒を開けてみて。ファイルの一番上よ」

それは一通のEメールをプリントアウトしたものだった。


『作品ナンバー42。こんな作品はゴールデンハーベストの記録に一切ありません。オークションへの出品者、ZOOに関しては、本名など不明。ネットオークションの評価はあまり高くありません。

また何かあれば連絡します。／麥倏』

「これは人の名ですか」

「ええ、動物園じゃないわ。ペンネームみたいなものじゃないの」

「いや、ズーじゃなく、この麥倏《ばくじょう》ってやつです」

「ああ。マックと読むのよ。ホテルまで様子を見に行ってもらった人。マカオ生まれの香港人よ。今村昌平さんがやっていた映画学校に留学して、一時日活で働いていたこともあるの。あなたが行くことは伝えました。空港まで迎えにきているはずよ」

彼女はまた先に立って歩き出した。次の角を曲ったところが十三番ステージの入口だった。

小太りの男を筆頭に、手すきのスタッフが戴冠式のように居並んで彼女を待ち受けていた。

巨大な鉄扉の脇についたドアから入ると、薄闇の中を歩いた。ヘアメイクのなよっとした男とスタイリストの頑丈そうな女が、ベラスケスの宮廷画に出てくる夕べの矮人のように、彼女にまとわりついてきた。

ステージのほぼ半分には岸壁がしつらえられ、その向こうには舫いを解いたばかりの一万トン級の貨客船が、船尾部分だけ再現されていた。

ホリゾントには薄暮の空の下、山下公園と山手の丘のミニチュアが灯を瞬かせている。あちこちに指示の声が飛び交うと、街明かりが勢いを増し、スモークが焚かれ、扇風機がそれを夜霧に変えた。

トレンチコートを羽おった桐郷映子が、仮設リフトで船尾甲板に上った。床からそこまで、優に十五メートルはありそうだった。

何度も照明が手直しされ、波に見立てた光が船尾で瞬き、リハーサルの声がかかった。

客船がスタッフに押され、ゆっくり岸壁を離れ、こちらに高々と尻を突きだした。

桐郷映子は船尾から身を乗り出し、波止場に残した何者かに熱い視線を送った。するとプロムナードデッキを伝って、白い船員服を着たすばらしく脚の長いアフリカ人の青年が彼女に歩み寄った。

「Madam……」

映子の耳元に唇を寄せ、囁いた。

「La sirène de brume qu'on entendait notre premier soir, près de la fenêtre de l'hôtel, ne cesse encore maintenant de retentir à mes oreilles.」

二度、三度。ついに彼女は岸壁への未練を振り切り、青年と向き合った。

高鳴る音楽。裸足のボレロ。

映子がハイヒールを脱ぎすてる。黒人の腕に身を投げる。踊る二人が潮風に揺れ、霧の宵に見え隠れする。

カットの声がかかり、持ち場で凍っていた人々が一斉に生き返り、動き出した。

「何のコマーシャルなんですか？」隣にいたスタッフに尋ねた。

「カイロですよ。ピラミッドとも紫のバラとも関係ない」彼はそこで、もの悲しげに目線を下げた。

「使い捨てのカイロです」

私は礼を言い、その場に背を向けた。

ステージの外に出ると、目の前をふさぐようにして二昔前のキャディラックが停まっていた。ドバイのホテルのダブルベッドのように巨大なブロアム・ゴールドエディションだった。

音もなく窓が開き、宍戸錠が顔をのぞかせた。「待っていたなんて思わないでくれ」

「驚きますよ。こんな巨きなキャディラック、親知らずを抜いてからこっち見ていない」

「防弾装甲じゃないぜ。連装機銃もついていない」彼は白い歯を見せ、私を人差指で呼んだ。

「もし時間が折り合ったら、香港で飯でも食おう」と言って **iPhone** を差し出した。「電話番号を入れてくれ」

「使い方がよく分かりません。ぼくの端末とは会社が違う」

錠は痩せた頬の内側で何度も続けて舌打ちすると、頭を横に振った。「分からないのはおれも同じさ。火薬を使わねえ機械は苦手なんだ」

その時、何かが私の胸に響き、体を揺すった。

霧笛だ。

こしらえものの波止場に、霧笛は誰かを呼ぶように低く長く尾を引いた。

12

星間道路《ギャラクシーロード》とでも呼びたくなるような長い長い海底トンネルの渋滞を抜け出すと、強く湿った陽光が真上から降ってきて、ＯＬの弁当箱みたいなフォードギャラクシーをぺたんこに押しつぶした。香港サイドへ這い上がるランプウエイの左右を埋めたいくつもの大きな看板には、黒い戦車を断崖から海に落とそうとする群衆と白い鳩を空へ解き放とうとする女の手のモノクロ写真が交互に貼られ、『远离越南』という筆文字が躍っていた。

その列が途切れると、対岸の九龍を取り囲んだ真新しい町並みが陽光に霞んで見えてくる。私は手の甲で額の汗を拭った。腕時計が触れると、焦げ臭いにおいがするほど熱かった。

「これがフォードギャラクシーとは驚いたな。以前はフルサイズのアメ車だったんだが」

「ポルトガルで造ってるんですよ」麥《マック》が応えた。「売ってたのは英国フォード。中身はＶＷ」

ポルトガルの植民地で生れた港人は、無愛想なミニバンの運転席で口の端に笑いを泛かべた。背はそれほど高くない、肩幅はあるが痩せて見える、おおらかそうだが神経質に笑う三十過ぎの男だった。角張った額はいかにも頑丈そうで、すぐ下には、どこか気を引く素ばしっこい目があった。

税関のドアが開いた瞬間、その目が私を見つけ出した。出迎えの名札など必要なかった。

彼は流暢な日本語でマックではなくマッコイと名乗った。「スキップって呼んでください」

「通り名が〝ドク〟じゃない方だな」

「この街で、英語名はただの通り名じゃないんです。少なくとも返還前まではね」

何かを勘違いして言い返すと、私のカートを引き取り、空港の通路を歩きながら、この街でいかに自家用車が冷遇されているか愚痴をこぼしつづけた。

「土地が狭いもんで政府は自家用車を目の敵にしているんだ」

ミニバンが香港島の埋め立て地を貫く自動車道路を走りはじめると、スキップはまたこの話を蒸し返した。「税制面じゃフィットに乗るのもフェラーリに乗るのも大差ないんだもの。ここの自動車税がどのくらいか知ったら、間違いなく気絶しますよ」

言いながら、複雑怪奇な立体交差を、あやとりをするように擦り抜けた。すると無闇に大きな高層ビルが左手を埋めつくす。右手は工事中。どこまでもどこまでも埋め立て地が広がり、海も見えないまま対岸のビル街がすぐそこに迫る。

「まだ埋め立てを続けてるのか」

「終りゃしませんよ」スキップが怒鳴るように言う。「九龍サイドと地続きになるまではね」

私は頭を振った。それだけで汗が出そうだった。「何を急いでるんだ？」

「急いでるのはそっちでしょう！　チェックインする前に、まず竜也のホテルに行くだなんて。最初に言ってくれれば、こんな遠回りはしなかった」

「どっちにしろ、まだホテルを決めていないんだ」

スキップは不意にアクセルを緩め、同時に口調も緩めた。「すいません。――早く通り越したかったんですよ。ここの一角はいつも厄介だからさ」

「海辺の道には災厄がつきまとうってやつか」

「それ、誰の台詞ですか。毛沢東じゃないでしょうね」

不意に左へ折れた。海に背を向け、手負いのウサギのように跳ねながら高架へ駆け上る。

切り立つ山肌に霜柱のように張りついたビルの群れが迫ってくる。

「あのオークションの出品者だが、ＺＯＯってピン音だとどんな字を当ててるんだ」

「そんな苗字、広東語にだって無いですよ。〝動物園《ズー》〟ってハンドルネームじゃないですか」

高架から市電通りに下り、線路沿いに曲がった。古ぼけたビルが頭上にせりだし、空は色とりどりの看板に覆われ、さまざまに装飾された漢字が街の騒音と一緒になってフーガのように、マーチのように、ときにグレゴリオ聖歌のように降り注ぐ。

「ここは、どのあたりだ？」

「湾仔の外れ。ぐるっと回って引き返してる。香港の道路はドラクエの迷路と同じでね、急がば回れなんです」日本で学んだ港人はしたり顔で言った。

「相変わらず鳩より看板の方が多いな」

「公園の鳩は食うやつがいなくなって増えてるけど、看板は減ってるんですよ。ジャッキー・チェンが毎回飛びついてブッ壊してきたから」スキップは口を尖らせて笑った。「本当は法規制。新築ビルは道路を跨ぐような看板を出せないんです。この通りは特別多いの。わざわざ観光バスが寄ってくぐらいでね、映画もよくロケする。ここだけ残ってるのには、理由がある」

「黒社会？」

「ご当地ふうに言えばファンド。映画なんかにも金を出してる大手が返還前に地上げをしてね。今じゃ九割、フェニックスってファンドのものなんです。新築じゃない、改築だってゴリ押しして看板をこの通りに残してる」

「何でそんなことができるんだ」

「バックに太子党がいる。出資者が共産党幹部の家族なんだ。ほら、このビルもそう」

言うなり彼は速度を落とし、ステアリングを振り、駐車禁止の斜線で塗りつぶされた路肩にミニバンをすり寄せた。「ここですよ。どうせ帰っちゃいないだろうけど」

前輪を縁石に乗り上げ、フォードギャラクシーは溜息まじりに動くのを止めた。

13

そのビルの一階には、喧しく時代遅れなゲームセンターと上海排骨麵の専門店が軒をならべているだけだった。

ホテルの入り口は二つの店の隙間みたいなもので、ドアはなく、『一樓・楓丹白露酒店／1F・ホテルフォンテンブロー』と描かれた天幕庇がなければ、まず気づかなかったろう。

スキップは政府の道路行政に悪態をつき、駐車場を探して後から行くが、間に合わなかったら電話をくれと言い残し、私を置いて車を出した。

ドアの中に壁などはなく、左右の店とは造花を植えたプランターに仕切られているだけだった。

突き当たりに、今にもドロシー・マクガイアが降りてきそうな螺旋階段があり、それを上ったところがロビーになっていた。半円形のフロントクラークがブラックライトに照らされ、狭く湿っぽくいかがわしいサウナの受付を思わせた。

呼び鈴を鳴らすと、カウンターの下から若い男がビックリ箱の人形《ジャック》のように飛び出した。

黒いTシャツに黒いキャップを被り、耳にはインカムのイヤホーンマイク、鼻にはピアス、胸に『スタンレー』と書かれた金属の名札を着けていた。整った顔だちだが造作がひとつずつ大きく、手足が異様に長かった。

「タツヤ・タマダが泊まっているね」私は普通話で尋ねた。

「ミスタ・タマダですか」彼は奇妙な笑みを浮かべ、同じぐらい奇妙な英語で応えると、ノートブックを開いた。「チェックアウトされてますね。今朝の九時七分です」

「どこへ行ったか分からないかな」

「ぼくが知る訳ない」

「タクシーを呼んだんじゃないか」

「さあ、どうでしょうね。すぐそこがタクシーストップだから」

「調べてくれないか」

「それはできません。お客様のプライバシーですからね」

「メッセージは残っていないか」

「あなたのお名前は？」

「二村だ。そうでなかったら、桐郷宛てに」

「証明してくれませんか」

私は『神奈川県警察本部警務部嘱託』の名刺を出した。

相手はそれを指で弾くように突き返した。「いや、こういうのじゃなく」

「パスポートでも必要か？」

「だから、そうじゃなく」彼は口をもぐもぐさせ、手を開いて見せた。

札入れには空港で一万円だけ換えた現金の残りが何枚かあった。私は百香港ドルを一枚取り出し、カウンターに滑らせた。

「メッセージは何もありません」彼はステンレスの釣り銭盆《カルトン》を札に被せて素早く引き寄せ、ノートブックを覗きこんだ。「チェックアウトしたのは本人ですよ。クレジットカードのデポジットを破棄して、全額現金で。チップは無し」

「ひとりだった？」

「さあ。ぼくは朝十時からだから」彼は肩をすくめ、私を手で制した。「それは駄目です」

「まだ何も言っていない」

「だって、部屋には入れられませんよ」

「今夜泊まりたいんだ。客が部屋を指定したっていいだろう」

また手のひらをこっちに向けた。「それも無駄です。とっくに掃除をしています。四十二の項目をクリアしなきゃいけない決まりでね。部屋にはもう何も残っちゃいませんよ」

「滞在中、ミスタ・タマダに電話はかかってこなかったか」

「ええ。一度も。近頃は、みなさん携帯電話を持っていますから」

「誰か訪ねてきたことは」

「そういうホテルじゃないんです。スモールビジネスのお客が多くてね。部屋に応接セットはないし、ラウンジもバーもない。その代わり通信インフラは大したもんです」

「電話番号を調べるように頼まれなかったか。あるいはレストランの予約とか」

「そう。お役に立てるかどうか分かりませんが——」彼は指を天井に向け、くるくる回した。「ミスタ・タマダは中国語が出来たんです。そして滅多に部屋へ帰って来なかった」

「ありがとう」私は鼻を鳴らした。「頭でも撫でてやろうか」

私は彼の手元のノートブックを半回転させ、ディスプレイをこっちへ向けた。盗難除けの鎖が音をたてた。

『珠田竜也』の宿泊記録によれば、部屋代と税金、サービス料以外でチャージされているものは一セントとしてなかった。部屋の掃除は毎日行われていたが、四十二カ所のチェックポイントのうち、タオルや石鹼、他の消耗品の交換はほとんど行われず、ベッドメイキングも三日に一度程度だった。

「顔も洗わず風呂にも入ってないようだ」

私は内ポケットから電話を出し、記録してきた珠田竜也の画像を立ち上げて見せた。

「ええ、この人です。——駄目ですよ。それは無理です」

「だから、何も頼んじゃいないって」

「それならいいけど、そうじゃないでしょう。そうじゃない以上、だめだと言っておかないと」彼はカウンターの陰で先刻の百ドルをポケットにしまい、そこを叩いて私に目配せした。「あなたが言おうが言うまいが、無理は無理って」

「現金があまりないんだ」

「金は金です。円でもドルでも差別しちゃいけません」

「人民元でも？」

「防犯カメラは絶対にお見せできませんよ」

「見なければ、何も始まらない」

「ぼくが見るぶんには何の問題もない」

「必要なのは、今朝九時七分前後の記録だ」私は札入れを出し、カルトンに百ドル乗せた。

それが消えると、同時にスタンレーの姿も消えた。

彼はカウンターの下にしゃがんでいた。そこに押し込まれたデスクトップを起動し、素早くキーを叩くと立ち上がり、今度はカウンターのノートブックを撫で回した。

「一フレ切り出して、こっちに転送したんです」私には目も向けず言った。「ワオ！　本当？　我が目を疑うよ」

「何だ。誰が映ってるんだ」

「ダイナ・タムだよ。知らない？　ちょっとは知られた女優、――いや、三級片専門だけどね」スタンレーが呻いた。「バスタブで男の足の指をしゃぶってる姿がネットに流出して、一気に有名人になっちゃったんですよ」

「男運の悪い女だったんだな」

「男運じゃない。男の趣味が悪いんです」

私はカルトンにもう一枚、百ドルを乗せ、半ば強引にノートブックの向きを変えた。

若い男女がエレベータを降りてくるところが写っていた。男は珠田竜也に違いなかった。サングラスをかけ、手には大きなモノグラムのボストンバッグ。

女は顔の小さな若い娘だった。目は大きく、中国人にしては鼻筋が通り、サマーニットのビスチェから胸の半分が覗けていた。

私はその画像を電話のカメラに記録した。

「領収証をくれ」

「ああ、知ってますよ。日本人には領収証がとても重要だ」

螺旋階段から足音が聞こえ、太った中年の中国人とスラブ系の若い女が上がってきた。

中年男はスーツの下にポロシャツ、女は、裾が短いというより裾が無いと言った方がいいワンピースを着ていた。両手に二つずつ提げたデパートの紙袋が裾代わりだった。

「気をつけろよ。そいつは口ばかりで何の役にも立たないぞ」男が癖のある普通話で怒鳴った。

そこで私が外国人であることに気づき、顔を背け、手を女の肩から腰に移し、エレベータへ溺死者のようにふわふわと歩き去った。

スタンレーが囁いた。「ベッドはでかいんです。応接セットは無いけどね」

14

歩道に湧き出た排骨麵の湯気をかき分け、路肩から左右を見渡してもスキップが戻ってくる気配はなかった。私は教えられた番号を呼んだ。

発信音も聞かぬうちに答えがあった。「五分で行きますよ。日本式の五分です」

動く立て看板のような路面電車《トラム》が私を掠めて行った。それが行き過ぎると、向う側の歩道に立つ浅黒く骨ばった初老の兵隊と目が合った。その目が呼んでいた。

私は狭い単線の市電軌道を渡って行った。

「自分はヨセミテ・シン・ファッド。このビルの衛士《ガード》だ」と彼は英語で言った。「代々戦士の家系だ。昔はたいていのビルに自分のような衛士がいたもんだ」

キャンバス地に金ボタンの軍服を着て、銃口がラッパのように広がった鳥撃ち銃を肩に吊り、それはもう絵に描いて額に入れたくなるようなインド人傭兵だった。

「君は朝からここにいたのか」私は尋ねながら電話を取り出し、竜也の画像を呼び出した。

彼は難しい顔をして見せた。「今月、向いのホテルに泊まった日本人ならひとりしかいない。今朝、タクシーで出ていった。自分の知らない運転手だ。実に残念だ。自分は香港島のタクシー運転手の半分と顔見知りなんだが」

「女と一緒だったろう」

観光用衛士は、頬骨まであるカイゼル髭を揺すって頷いた。「昔、ここには素晴らしい夜總會《ナイトクラブ》が入っていたんだ。黙っていてもチップで弾薬盒が一杯になったよ」

ドアミラーで私をのけぞらせ、ミニバンが少し先の路肩に停まった。窓が開くと、スキップの声が聞こえた。「何してるんです？」

私は助手席へ歩き、車内をのぞき込んだ。「金を交換してくれ。一万円を八百香港ドルでいい」

「何で空港のトラベレックスより円高なのさ」そこで口調を改めた。「あんなコスプレ野郎、信じちゃいけません。不二家のペコちゃんにお賽銭やるようなもんです」

私は歩道を引き返し、財布から千円札を出して、衛士のベルトにさがった弾薬盒に入れた。

衛士《ガード》はガードを下げた。「朝、タクシーを拾ったのはその男だ。若い派手な娘が一緒だった」

「女もタクシーに乗ったのか」

「行き先も聞いたぞ。自分がタクシーのドアを閉めたのだ」

彼は銃を担ぎ直した。フリントロックは鋳物のダミーだった。私は懐に手を入れた。

「それ以上、バカみるだけですよ。どうせ嘘しか言わない」スキップの声が飛んできた。

彼は道路に出て運転席の脇に立ち、こっちを見ながら煙草を喫っていた。

「今、日本語で何を言った」シン・ファッドが険しい顔をした。

「気にしないでくれ。ぼくは君を信用している」

「事と次第によってはサソリも真青な目にあわせるぞ。衛士は嘘をつかん！　タクシーに乗る前、彼らは言い争いになったのだ。男が行こうとしているホテルを女は気に入らなかった。阿城大廈《アルファビルディング》の中にあるホテルだから無理もない。あまり上等な場所ではないからな」

「何というホテルだ？」

「名は口にしなかった。自分が知っているのは、それで全部だ。掛け値なしに」彼は聖典に誓う代わり、髭を左右に振った。

私はミニバンに戻り、スキップを無視して助手席に乗り込んだ。

彼は煙草を捨て、運転席に座るとiPhoneのイヤホンを耳にねじ込み、エンジンをかけた。

「阿城大廈に行こう」私は言った。「今朝チェックアウトして、そこのホテルへ移ったそうだ」

「ア——！」と言ったまま、続く言葉を失い、尻を浮かした。「何言ってんのさ。そんなガセにいくら払ったんです？　阿城大廈ってでっかい雑居ビルですよ。ビルって言うより縦に積み上げたスラム街。エレベータがついた背の高い九龍城砦ってとこ」

「その中にホテルはないのか？」

彼は小鼻を膨らませた。「あんなとこ、食い詰めたバックパッカーしか行きませんよ。酒店って名でも、その実ゲストハウス、招待所だ。日本語で言うと〝タコ部屋〟みたいなもん。それがビルの中に何百軒もあるんだ。万一本当だとしても探しようがないですよ」

「女優と一緒に向かったそうだ」

「まさか！」今度は尻と一緒に言葉を宙に浮かせた。「女優って、——バカ言わないでよ」

「ダイナ・タムって、最近話題になった女らしい。目撃者をたどれるかもしれない」

「ダイナね」彼は額にしわを寄せ、二本の指で顔を支えた。「お人好しだな。そんな与太信じて」

「ホテルで防犯カメラの画像を買ったんだ。二人してエレベータから出てくるのが、はっきり写っていた。肩を寄せ合ってね。――見せようか？」

彼は手と頭を交互に振って見せた。「二村さん、中国語できるんだ？」

「普通話なら少々。広東語はまるで駄目だ。しかしフロント係もあの衛士《ガード》も英語だったぜ」

「ともかく、阿城大廈なんか行っても無駄ですよ。ホテルの名前が分からなきゃ何もはじまらない。本名で泊まるやつなんかまずいないし、周りはジャンキーとペテン師と強盗ばっかだ」

私は電話を出し、メールを打ちはじめた。

スキップは身動きもせず、こっちの手元を凝っと見ていた。「何してるんです？」

「映子さんに頼んでみる。映画関係のツテを辿ればダイナ・タムの所属先ぐらい分かるだろう」

「何でぼくを試してみないのよ？」

「何を試すって？」私は彼を覗き込み、歯を剝いて見せた。「そうか。君も映画関係者だったな」

「まあ、いいですけど。ガイド扱いには慣れてるから」彼は音楽を消すとiPhoneを取り上げ、電話帳から番号を選んで発信した。

いきなり早口の広東語でしゃべり出した。まるで小隊機銃の一斉掃射みたいだったが、それでも相手がダイナという名の女だということは分かった。

不意に口を止め、私に大通りの方向を指差しながら車を降りた。「前見てて下さい。おれは後ろに、――そろそろ駐禁の見回りが来るころだから」

電話は長かった。そっと窓を開けたが、意味のない単語が耳に飛び込んで来るだけだった。

「少しは見直してほしいね」運転席に戻るとスキップは言って、iPhoneをクラッチバッグに放り込んだ。「ダイナ・タムは出待ちだって。すぐ身体が空くそうです」

彼はエンジンをかけ、ブレーキをリリースした。ミニバンは音をたて、路肩を離れた。

「珠田竜也とはどこで知り合ったんだ」私は尋ねた。

「映子さんを通して。映画学校の講師の紹介で彼女の香港旅行をアテンドしたんです。そしたら今回、桐郷監督の遺作のことで彼を手伝ってくれって」

「ダイナ・タムは君とも親しかったのか。竜也は手が早いらしいな」

「売れない脚本書きより売れない俳優の方が女にガツガツしてるのは世の習いですよ。おれたちは霞食ってもやっていけるけど、やつらは女を食わないと餓死しちゃうからね」

彼が前を見たまま吐き捨てると、ポルトガルで生れたドイツ製の弁当箱はじっとり重い日差しの下に出て、広い坂道を上りはじめた。

15

急な斜面に広がる公園を半周してケーブルカーの線路を鉄橋で潜り、ウォータースライダーのようなジャンクションでトリプルアクセルを演じると、道路はやっと平らになった。そこからは動物園と植物園の石垣に沿って進んだ。

「ダイナ・タムは竜也と一緒じゃないのか」私は尋ねた。

「ええ。今朝別れたって」

「だったら、阿城大廈を先に見たいね」

「じゃ、そうしますか。おれはただの運転手だ」

ギャラクシーのブレーキが私の返事をさえぎった。「着きましたよ。どうします?」

ストライプに塗られたぽっちゃり丸い建物だった。それが竹竿を組んでこしらえた足場にすっかり取り囲まれ、鳥籠に押し込められた豚のように見えた。

剝離のはじまった外壁はビニールシートに覆われ、いくつかの窓はベニヤ板でふさがれている。その前庭にロケ隊の車両がびっしり停まり、警官と警備員が遠巻きにしていた。

スキップは制止する警備員に広東語で怒鳴り返し、適当な隙間にミニバンを押し込んだ。得体のしれない会社のネームプレートをダッシュボードに乗せ、ロケの応援で呼ばれたとき手に入れたのだと言って車を降りた。

正面玄関の刳り形には『艾伯特渣甸《アルバート・ジャーデン》舞庁《ホール》』というレリーフ文字があった。

「修復してるのか、それとも壊してるのか」私は尋ねた。

「ここでウィリアム・ホールデンとジェニファー・ジョーンズがフォックストロットを踊ったんですよ。それを壊すってんだから犯罪だ」

「世界中の有名なダンスホールでは、たいてい誰かが誰かと踊ってる。西太后とウィリアム・ジャーデンが踊ってたとしても驚かないよ」

「ここはジェームス・マセソンの方。息子の邸宅だったんです。ほら、さっき言ってたファンドが買って高層ビルを建てるんだって」

劇場ふうの革張りのドアの向こうは、大きな嵌木細工のドームを戴くダンスホールだった。

大小のライトと反射板が立ち並び、カメラを載せたドリーやクレーンが動き回るさなか、白鳥に扮したバレリーナたちが、ひとり一台の大鏡に向かって足を上げたり腰を落としたり黙々とリハーサルを繰り返していた。彼女たちの周囲ではさらに多くのスタッフが、どうすれば機材と自分が鏡に映り込まないか腐心するあまり、大声で罵り合い、喧嘩寸前のありさまだった。

「何の撮影なんだ」私は小声で訊いた。

「〝銃火のユリシーズ〟。アリアーヌ・ヤウの新作です。さっきから言ってるフェニックス・ファンドが金を出してる」

「宍戸錠が呼ばれているやつだな。そのプロデューサーなら会ったよ。小屋主の息子だろう」

「いや、映画館で育ったのはラインのプロデューサーでしょ。製作総指揮をしてるのはファンドの元締めです。ツィと言ってシンガポールの出身」

四段に積み上げられたイントレの上から声が飛び、各パートから準備ＯＫの返事が上がった。

クレーンが停止し、照明が一斉に花開いた。その光の中でバレリーナの娘たちがパッセで並んだり、片足立ち《アティチュード》で輪になったりしては、カットの声がかかるのを待ってじっと静止していた。

「準備！」でホールに音楽があふれた。

ファンファーレ、夜を急かせる風のような序奏。やがて風音は朝を迎える光の気配に代わった。

「開始《アクション》！」と、イントレの上で声が轟いた。

しかし、キャストもクレーンも何ひとつ動こうとはしない。

メゾソプラノの独唱が高鳴る。

ささやく恐怖がそよ風とともに忍び寄る。闇に落ちた森が震える。
ざわめく木々が名もない恐怖を手招きする、鳥が獣が恐怖に追われ、
そしてすべてが過ぎ去った後、そしてすべてが過ぎ去った後、そしてすべてが――

合唱が加わり、カンタータはスリリングにリフレインした。

それでも、何ひとつ動かない。すべてが熱気をはらんで凍っている。

「停止《カット》！」の声が一撃、シンバルのように響きわたった。

「今のは何だ？」

「さあね」彼は力なく頭を振った。「主人公の恋人が映画を作ってるって設定なんです。それが動かない映画。世界の名画を実写化してる。カメラも滅多に動かない。何しろ、高達《ガオダ》だから――」

「それ、何物だ？」

「〝銃火のユリシーズ〟の監督です。鈴木清順より訳分からないってレイモンド・チョウを怒らせて、実際殺されかけたことがある」

唄うように言いながら、彼は慎重に人垣を分けて奥へ歩き、私にホールの片隅を目で示した。

東洋人の娘がひとり、ジュラルミンの便利箱の上に立ち、何かをじっと待っていた。

ぴったりしたジーンズとヘラルド・トリビューン紙のタイトルロゴをプリントしたTシャツ。華奢な首に小さな顔。前髪を片側へ流したショートヘアと訝しげに口をすぼめた笑顔が印象的だった。

「あの娘か」と私は尋ねた。

その瞬間、巨きな男がスクリーンのヒチコックのように登場して彼女を覆い隠した。サスペンス

の神様よりずっと大きく、そのうえ肌は黒くつやつやと光り、ダブルのスーツはシルクだった。

「火を貸してもらえません？」Tシャツの娘が英語で声をかけた。いつの間にか紙巻きをくわえていた。

黒人は立ち止まり彼女を眺め回した。肉屋の店先で七面鳥を品定めしているみたいだった。それから歯を覗かせ、ライターを出した。「もちろんだ。おまえの煙草に火をつけてやるため、わしはアフリカから飛んできた」

「香港は屋内禁煙ですよ、閣下」甲高い声がした。

巨きなアフリカ人の陰から現れたのは、背の低い顎の尖った中国人だった。偏光バイザーみたいな眼鏡のせいで歳は分からない。ポークパイを被り、そこだけ染めた前髪を一筋垂らしている。

「余計な口出しだぞ。ここは私の金で買い上げたんだ」黒い閣下は娘の煙草に火をつけた。「どこかで会ったかね」

「ええ。以前、素敵な場所で。――サユリよ。覚えていらっしゃらない？」

アフリカ人は下唇を突き出し、肩をすくめた。首は顎のしわに隠れていた。その数もヒチコックより多かった。

背広を着た中国人が数人、声を上げながら近寄ってくるところだった。すぐさまアフリカの閣下を取り巻き、歓迎の言葉を吐き散らした。その中のひとりは日活撮影所の食堂で見たことがあった。

スキップが〝サユリ〟に歩み寄り、普通話で話しかけた。「二村さんだ。日本から人探しに来た」

ダイナは私に笑いかけ、日本人のように頭を下げた。「ごめんなさい。ちょっと待ってね」

英語で詫びると煙草を床で消し、吸殻をパッケージの銀紙の裏に押し込んだ。

「煙草好きはサユリの方なんだね」私は言った。

「いやだ、見てたの？　以前の映画の役名よ。ちょっと評判だったの」眉をひそめ、笑窪をつくった。「この現場は禁煙免除なんだけど、最近は制作部がうるさくて」

「リスクを犯すだけの値打ちがある人物ってわけか」

「彼女、時間がないんです」スキップが英語で割り込んだ。「よかったら今、手短かに――」

「それが厭んなっちゃうのよ。胃袋と尻の間に私はいないんだって。つまりこのシーンからはお払い箱ってこと。――ねえ、ドガっていったい何枚、バレエの絵を描いたのかしら」

「君はアブサンを飲む女の方が似合いそうだ」私は言った。「何より主役だし」

「あら」彼女は目を輝かせた。「高達も同じことを言ったわ」

「それで、次の役は？」

「通行人A、喚く女B、レストランの客C、なんでもござれよ。主人公のボディダブルもね。彼女アクション苦手だから」

「アリアーヌは本物の女優だな」スキップが意地悪く笑った。「ワイヤーアクションもできずに香港で売れたたなんて」

「君に聞きたいことがあるんだ」私は言った。「昼ご飯は？」

「喜んで。でも、明日の香盤が出るのを待たないと」

イントレの足許からダイナを呼ぶ声が聞こえた。

「エスカレータでハリウッド通りまで下る途中に煙草が喫えるキャフェがあるわ。休みになったらそこへ行くわ」ダイナは声の方へ走り去った。

正面玄関に向かって歩きだすと、スキップが溜め息をついた。腹立ちを懸命に押し殺しているようにも見えた。

「口を割らすのはことですよ。朝の九時、ホテルから出てきたんだ。まさか、あの女がやつになびくとは思えないけど――」スキップはいきなり言葉を止め、下唇を咬んだ。

「けど、何だ？」

「買収されない男と売春しない女は、この世に存在しないからね。ただ人によって値段が違うだけだ」

「誰の台詞だ？」

「俺の台詞さ。俺が、いつか作る映画の」

16

その場にミニバンを残し、スキップは角張った広い額で湿った空気を小突くように歩きだした。

山沿いの通りをしばらく行くと、頭上を横切るコンクリート製の歩道橋に上った。そこはエスカレータになっていて、山の斜面に張りついたビルの樹海をかき分け、中環の市街へ延びていた。

私たちは、その脇に沿って続く石段を下った。

一方通行のエスカレータを、大きなレジ袋を両手にしたフィリピン人の女たちが次々と上ってくる。

買い物客や観光客はこんな上までやってこない、高級住宅街に雇われたメイドだとスキップが言った。「やつらを楽させるために造ったようなもんだ。てっぺんの住人はベンツを使いますからね」

石段が坂道に変ると、次の交差点の手前角に、〝Café Lit de Cesare〟と染め抜かれた日除けが見えてきた。

「シーザーじゃなく、チェザーレさんの寝床って意味」と、スキップ。「知りません？　ミゾロギって日本人の医者がやってるんです」

柱という柱、建具という建具はどれも直角を拒否して、店は気ままな平行四辺形から出来ていた。スキップは日除けの下に並んだ路端の籐椅子へ浅く腰掛け、脚を伸ばした。

私は隣の椅子を少し離して坐った。「彼女は竜也になびかないって言ってたな」

「香港女は日本の男に荷が勝ちすぎるからね。それに比べりゃ、阿部定だって高橋お伝だってナイチンゲールみたいなもんだ」

「どこで教わったんだ、そんな名前」

「横浜の映画学校。特別講師が中島貞夫と石井輝男ですよ。間違えても大島渚じゃない」

「君なら香港女と太刀打ちできるってわけだね」そこへ中国系のウエイターが、天気でも窺うような調子で店内から出てきた。「白ワインをグラスで」

「おれはビール」スキップは私の顔色をうかがい、つけ加えた。「アルコールフリーにしてくれ」

道路の上で踊る陽光はドガのバレリーナによく似ていた。見事なイタリアン・フェッテの連綿だ。

その舞台に幕を引くように濃い色のアストンマーチンＤＢＳが停まった。Ｖ12のエンジンが喉鳴りをさせ、静かになった。

助手席の窓に東洋人の女の顔が覗けた。日本人でないことは確かだが、中国人かペルシャ人かは分からなかった。

運転席から、体にぴたっと吸いつくようなスーツを着た背の高い黒人の青年が降りてきて、反対側のドアを開け、恭しく手をさしのべた。

彼女は鮮やかな紫色のラメ入りドレスを着ていた。

それほど背は高くなかったが、足は長く、骨は丈夫そうだった。目はちょっと垂れているのに危険なほどきつく、口は陽気に大きくぽっちゃりしているのに油断のならない微笑みをたたえていた。

「サム・ペキンパーじゃなくても風呂桶で洗いたくなりますね」と、スキップが囁いた。

「ステラ・スティーブンスは枕の下に剃刀を隠したりしないよ」

紫の女はこっちへ真っ直ぐ歩いてきた。マーメードラインの裾が割れ、片足が太腿まで覗けた。

黒人青年に椅子を引かれ、ひとつ置いた隣の席に座った。

「いい度胸だな」スキップがさらに声をひそめた。「この町で道端に車を乗り捨てるなんて」

飲み物がやってきた。

「テラスはキャシュ・オン・デリバリーなんです」ウエイターがフランス訛りの英語で言った。

財布に香港ドルはもうなかった。私は一万円札を引き受けてくれないかと頼んだ。

ウエイターは周囲をうかがい、釣りが六百香港ドルでよければと小声で応じた。

その六百ドルは自前の財布から出てきた。チップを置きやすいように、細かい札でよこした。

「これこそ商売のこつだ」私は日本語で言った。「香港に来るたび感心する」

煙草が香った。紫のドレスを着た女が長いシガリロに火を点したところだった。

屋内の禁煙にはやたら喧しいくせに、戸外では吸い放題だとスキップがぼやいた。「いやな時代ですね。金持ちは法を擦り抜けて煙草が喫えるのに、貧乏な運転手はビールも飲めない」

「口を慎んだほうがいい。日本語が分からないとは限らないぞ」

紫の女が何か言った。貧乏ではなさそうな運転手が車へ引き返していき、車内から大判の分厚い写真集を手に戻った。

彼女はドレスの裾を人魚の尻尾のように片側へ垂らし、高々と組んだ剝き出しの足の上で、さも退屈そうにその本をめくった。

目を止めたのは、線路脇のドライブインシアターをモノクロで写した見開きページだった。アメリカ中西部、夜の郊外、屋外スクリーンに向かって鯨のように大きなアメリカ車が整列していた。その車内でくつろぐ若者たち。スクリーンをマッハで横切るジェット戦闘機。野外劇場の背後の土手を今、巨大な蒸気機関車が噴煙をたなびかせ、下手から上手へ驀進していく。

そのすべてが夜闇から一斉に解き放たれ、色めき立ち、かつてはあたりまえだった豊かな日常が、〝キッスで殺せ〟のラストシーンほど禍々しく切り取られていた。

莫大な量のストロボを焚き、核爆発のような光をつくりだし、高速シャッターで大判のフィルムに焼き付けたんだろうと、スキップが唸った。「凄いな。映画でやったら鉄だって溶けちゃうよ」

「彼女、何者だろう」

「映画関係でしょう。フェニックス・ファンドの連中、よくここでミーティングしてるから」

紫の女の席に、ウエイターが大きな盆を運んできた。女には山盛りのポテトフライを添えたサーロインステーキと赤ワイン、黒人青年にはノンアルコールビールの小瓶。

「同業者は辛いね」愉快そうに言い、スキップは自分のグラスを掲げて見せた。

紫の女が肉にナイフを入れた。さらさらと透明な血が切り口から沸いて、ポテトを赤く濡らした。それを見下ろし、ゆっくり最初の一切れを食べた。

グラスを口へ運ぶと、グラスの縁がワインと血と口紅で紫に汚れた。

もう一切れ食べてむせた。

青年が立ち上がり彼女の背中を優しくなで上げた。まるでベッドに横たわった裸の娘にするように。

紫の女はナプキンに肉の断片を吐きだし、何ごともなかったかのように食事を続けた。

最後の肉片を片づけると、手を延べ、相手を自分の方へ引き寄せた。

青年は腰を上げ、窮屈そうな姿勢で彼女の唇に唇を触れた。キスというより、食べ汚しを舌で拭き取ったみたいだった。

紫の女が何やら短く命じた。

青年は彼女の皿を引き寄せ、肉汁を吸ってふやけた山のようなフライドポテトを指でつまみ、食べはじめた。彼のビールから、もう泡はなくなっていた。

その様に目を細め、紫の女は満足そうにうなずき、コンパクトを出して口紅を直しはじめた。

「あは――」スキップが声にならない声を洩らした。「何でしょうね、あれ」

「奴隷海岸の商人でなけりゃ映画の関係者なんだろう。自分で今言ったじゃないか」

私は女から目を逸らした。するとエスカレータ脇の坂道を下ってくるダイナ・タムの姿が見えた。

17

「衣装より私服の方がずっといい」と、私は言った。「名前も素敵だ」

彼女は襟のついたボーダー柄のワンピースに着替えていた。その裾をつまんで白い歯の間から笑顔を取り出した。「どのあたりが？」

「トランプの軍隊を全滅させた猫と同じ名だ」

「でも、そんなに若くないわ。今年でもう二十四！」

折りよくウエイターがフェイドインして、手書きのメニューをさっと開いた。「お食事になさいますか」

「冷たいキャビアのパスタとフォアグラのトーストを頼んでもいい？」

「もちろん。――ぼくには咸魚焼飯《リ・ソテ・アラ・カントニーズ》を」

「あいにく、うちはフランス風が専門で」そこで間を置き、ウエイターは妙な目配せをくれた。「ちょっと離れた場所に焼臘《ロティシノワ》が評判の店がございます。テイクアウトの叉焼飯でよろしければ――」

「ありがとう。領収証は必ずもらってきてくれ」私はダイナに向き直った。「シャンパンはどう？」

「グッドアイディア！」ダイナが笑った。「私に何か聞きたいことがあるんでしょ」

スキップがそっと彼女を睨んだ。

「君の友人に日本人がいるだろう。タツヤという名だ。彼から君のことを聞いたんだよ」

「そうなの？　あの人からは何も聞いてないわ」

スキップの視線が揺れた。ダイナと、ここにいない誰かを見比べているみたいだった。

「実は彼、日本ではなかなか人気なんだ。特撮ヒーローものにも出ていた」

「聞いたわ。自分では嫌がってるみたいだったけど。本当はパゾリーニみたいな映画に出たいのよ。お気に入りは〝豚小屋〟の主人公」

「どっちだい。人を食べる方？　それとも豚に食われる方？」

「ジャン＝ピエール・レオーじゃない方。彼が食べたのは人だけじゃないわよ。蝶々と蛇、それに父親。あ、あれは殺しただけかな」

「趣味の悪いやつだ」スキップが日本語で呟いた。「どっちもどっちだよ」

彼女は彼に目を向け、そっちを見たまま続けた。「いかれてるのよ。お金がないわけじゃないのに、わざわざ阿城大廈《アルファビルディング》に泊まりたがるなんて。もう、信じられない」

「そうだったのか」私は驚いてみせた。「タツヤと付き合ってたんだね」

「前から知ってたけど、一緒にいたのはこの数日。付き合うってほどのことでもないわ」

スキップの額をしわが二つに割った。それが騎士の鉄兜《アーメット》なら、まさに痛撃の痕跡《ル・クー・ド・グラス》だった。

「ねえ、ダイナ」私は先を急いだ。「君らがタクシーに乗るのを見た人がいる。そんないかれた場所に、なぜ彼を送り届けたんだ」

「成り行きよ。起きたときから一緒だったんだもの」彼女はきっぱり言った。もうスキップを見てはいなかった。

彼は両手をポケットに入れ、椅子の上で体を伸ばした。目は隣の席を見ていた。

紫の女はいなかった。道の向こうのアストンマーチンもすでに消えていた。

スキップのポケットで突然鞭が唸り、フランキー・レインが歌い出した。

「ちょっと、ごめん」iPhoneをポケットからひねり出し、立ち上がると、早口の広東語で話しながら道路を渡った。

分かりました、すぐに行きます、そのぐらいは私にも分かった。

筋向かいの軒下で短く言葉を交わし、すぐに戻ってきて、

「急用ができちゃって」と、立ったまま言った。「すいません。ちょっと抜けさせてください」

「分かった。ぼくはこの後、阿城大廈へ行く」

彼は軽くうなずいた。「タクシー運転手に言えば通じます。通じなきゃ書くことだ。一時間後に玄関の真ん前の茶餐庁《ティールーム》で待ち合わせ。ひとりで入らないでください。危ないし、広東語ができないとどうしようもない場所だから」

それからダイナに顔を向け、顎をしゃくった。「ちょっといい？　話があるんだ」

返事を待たずに背を向け、肩を揺らしながらエスカレータの方へ歩きだした。

ダイナはトートバッグを手に彼を追った。エスカレータの向こうで追いつくと、タイル張りの天蓋の支柱の陰で、何か話しはじめた。すぐに口論になった。

広東語の怒鳴り声がクラクションのように響き渡った。ダイナの声だった。

彼女はバッグを振り上げた。二度、三度。支柱の陰になってスキップは見えなかった。しかし、いかにも痛そうな音は聞こえた。

スキップの言ったことにどれほど嘘があったにしろ、香港女は日本人に荷が勝ちすぎるというのだけは嘘でなさそうだった。

ダイナは息も乱さず、微笑みをたたえて席に戻ってくると、タイミングよく運ばれて来たシャンパンで喉を潤した。

「悪いことをした。余計なことを言ったようだ」

「何それ？　スキップはカレシじゃないわ。ただ箱《キャビネット》のものが出てきちゃったってとこね。彼は私のこと、そう思ってたみたいだし」彼女はシャンパングラスを陽にかざし、曖昧な表情を浮かべた。「つきあってる、つきあってないなんて意味分からない。結婚してる、してないっていうなら分かるけど」

「竜也は何だって阿城大廈なんかに移ったんだ？」

「今朝起きたらすぐ、彼に電話がかかってきて、急にホテルを移るって――」

「誰からの電話？」

「日本人よ。それも女」ダイナは言って、口の端に笑いを溜めた。「日本語しゃべってたから。女っていうのは直感。頭に来ちゃう」

「年上の女じゃなかったのか」

「知らない。向こうの声は聞いてないもの」

「日本語が分かるのか？」

彼女はちょっと困ったように唇を曲げ、目を丸くして見せた。「カタコトよ。ほんの少し」

「どこで覚えたんだ」

それには答えず、英語で続けた。「私は止めたのよ。でも、あそこが便利なんだって聞かないの」

「何に便利だったんだ？」

「それは教えないのよ。でもスキップには内緒にしときたかったみたい。口止めしてたもの」

「なんでぼくには内緒にしない？」

「シャンパンおごってくれたから」ダイナは肩をすくめ、背もたれに寄り掛かり、グラスを口へ運んだ。「スキップのお客だからじゃないわ」

「竜也はホテルにずっと帰ってなかったんだ。どこにいたのか知ってるんじゃないか？」

「もちろんよ」と言って、空になったグラスを店の奥へ振って見せた。「ずっと一緒。マカオでギャンブル。私に仕事があったんで、昨日の夜遅く帰って来たの」

ダイナの食事が運ばれてきた。私はウエイターにシャンパンをもう一杯頼んだ。「それからぼくにウィスキーソーダ」

フォアグラのトーストを一口齧って笑うと、彼女は言った。「スキップはこの四、五日、仕事で広州の撮影所だったの。帰ったなんて知らなかった」

「箱《キャビネット》はしばらく空だったってところか」

「まあね。ああ見えて、怒ると何をするか分からないところがあるから。——あたしのスキャンダルのこと知ってる？」

「ああ。どこかで聞いたかもしれない」

「あれ、撮ったのも流したのもあいつよ。風呂場であんなことさせといて、他に誰が撮れるっていうの。あれも男のことでヘソ曲げて、——」

「スキップはタツヤを金ヅルにしてたのか」

「そうとは言えない」彼女はパスタに取りかかった。「タツヤは顎で使ってるつもり。スキップはビジネスパートナーのつもり。まあ、二人とも映画オタク《シネフィル》だから意見が合わなくても馬が合ったのね」

「仲違いさせちゃったな」

彼女は皿から顔を上げ、目をくるりと回した。「ワオ！　私っていけない女？」

「ホテルの名を覚えているかい？」

「忘れちゃったわ。でも二十二階よ。ニジュニ階　言イマシタ　電話シナガラ」

そのとき、飲み物と私の食べ物がやって来た。紙カップに詰めた飯の湯気に、焼鴨と叉焼がいい具合に蒸されていた。

私は勘定を頼み、ほんの一瞬逡巡した。しかしウィスキーソーダを一息に飲んだだけで、焼臘飯には手をつけなかった。「悪いが行かなくちゃならない。良かったらこれも食べてくれ」

彼女は顔を上げ、眉間に細波をたてた。「私がまだしゃべっていないことがあるとは思わない？」

「それについては日が落ちてから考えよう。良かったら夕食を食べながら」

「ふうん」息を吐きながら肩をすくめた。「九龍サイドだから地下鉄の方が絶対早いわ」

ダイナはトートバッグからマッチを探すと中箱の底にアイライナーで電話番号を書き、投げてよこした。

私はシャンパンのコースターに自分の番号を書いた。

「アナログね、私たち」彼女は小さく笑った。「昔の映画みたい」

18

教えられた佐敦《ジョーダン》駅は、骨肉相食むホテル業界のおかげで日に日に狭く小さなマンハッタンに様変わりして行く九龍半島先端の繁華街の外れに位置していた。

九龍を南北に貫く目抜き通りを少し歩き、大きな交差点を超えると街の背が低くなり、空を埋め尽す看板からアルファベットが減り、歩道の観光客もまばらになった。

適当な路地を選んで西に曲がり、二階を道路の上まで迫り出させた雑居ビルの下を歩いた。やたらと金物屋が目立った。軽食堂でさえ、油鶏飯と一緒にスチールワイヤーを売っていた。

じきにそれが視界を塞いだ。高さも幅も奥行きも堂々たるもので、町並みに君臨する態《さま》は、〝大廈〟というより領民を見下す〝城〟そのものだった。

しかしその城は、どれほど近づいても段ボールとベニヤ板、錆び釘、ニカワ、鉄屑、そんなものから出来ているようにしか見えなかった。半数の窓からは電線やアンテナケーブル、大小さまざまな配管、排煙ダクトが這い出て、外壁をよじ登っていた。屋上に届かず途中で煤を吐き散らすもの、太いダクトに勝手に接続して終わるもの、他の煙突に絡みつき屋上より高く煙を吐くもの、——遠目にはビルを覆い尽くそうとする蔦のようにも見えた。

残る半数の窓では窓置きのエアコンが真夏の蟬のように鳴きわめき、小便をまき散らし、霧雨になり、光彩を放っている。

さいわい私は測量技師ではなかったので、城の玄関までたどり着くことができた。タイルがすっかり剝落した大きなポーチの上に『阿城大廈／Alpha Building』という金属文字がやっと読めた。

「數碼光碟！　ＤＶＤ！」

アフリカ系の男たちが数人、一斉に私を取り囲んだ。「海盜版、海盜版。模擬器、模擬器」「新シ映画。秘密ノＤＶＤ」ひとりが急に日本語に変えた。「香港ミヤゲ。iPhone7。カケ放題」

「おれは国連の知財契約管理官だ」私は言った。「そこをどかないと国連憲章を全文読んで聞かせるぞ。たいていのやつが退屈で死ぬんだ」

腰が引けた彼らを押し退け、ポーチへ分け入った。

玄関前の石段にしゃがみ込んだ男たちがこっちを見上げた。こんどはアラブ系だった。金をくれというように手を差し伸べてくるのだが、その手はどれも時計や宝飾品を握っていた。遠目にもニセモノとわかる出来だった。中には紙幣を差し出すものもいたが、いったい何が望みか分からなかった。

館内は暗かった。入ってすぐはアトリウムで、高い天井を中二階が取り巻いている。上から、おしゃべりとも雑踏とも音楽ともつかないものがひっきりなしに降ってくる。

廊下には小さな商店がびっしり軒を連ね、闇に光が瞬き、汗と香辛料と香水と埃と下水の匂いがないまぜになり、オフィスビルの中にバグダードの闇市を押し込んだような具合だ。

不思議なことに飲み屋はなかった。商売女も見当たらなかった。土産物屋や布地屋、食料品店、なかでも両替商がやたら目立った。

どの両替屋も、日本円の交換レートが桁外れに高かった。日本の旅行者が命を懸ける値打ちは充分にあった。私はパキスタン人の女が店番をしている〝眞實太郎〟という店で五万円交換した。

素早く香港ドルを札入れに入れると、エレベータホールを捜して、また薄暗がりの雑踏を歩きだした。遠い天井から水が滴っていた。

それを避けたとき、誰かが私の肩を叩いた。

「大哥《もしもし》」丸顔に丸眼鏡、良く太った警備員が広東語で言った。「小心扒手」

聞き取れずにいると、普通話に言い換えた。「気をつけてください。スリもノックアウト強盗も、両替商の前でカモを物色しているんです」Tシャツの胸に『摩登保鏢』の文字、ヘルメットにはアヒルのマーク、香港では有名な警備会社だ。

「驚いたね。警備員がいるのか」

「このビルにも、まともな入居者はいる」鼻の穴が左右に膨れ上がった。「世界各国のバックパッカーが日に二千人以上利用しているんですよ」

「噂ほど危険じゃない？」

「危険ですよ。深圳と同じぐらい危険なだけです。防犯カメラを入れてからは、マニラと同じ程度になりました」彼は嬉しそうに笑った。「殺人事件だって今では週に三、四回しか起こりません」

「何人ぐらいでモニターしているんだ」

「モニターなんかしません。人手がないもんで」

「エレベータはどこから乗ればいい」

「地上階から十階までは、この廊下を真っ直ぐ行ったつきあたり。十二階から二十二階までは一階のエレベータホールから。これはあっちの階段が早い」言うと、彼は先に立って歩きだした。

やがて古ぼけたエスカレータが見えてきた。ステップは木組みで動きはいかにも情けない。

その後ろを右に曲がり、百メートルほど行ったところに階段があると警備員は言った。「しかし、十二階から上はおすすめしませんな。得体のしれない貿易商やら何やら、いろいろあって――」

「麻薬か武器でも扱ってるのか」

「そんなものなら下の階でも売ってます。臓器を売ったとか買ったとか。アフリカから子供を密輸してたとか――」彼は口をへの字にして見せた。「先週なんか、十七階でコモド大トカゲが出たんですよ。それも九匹」

「このエスカレータで一階まで行ってもいいんだな」

「いや。そうはいかない。これは中二階《メザニン》までしか行っていない」

「じゃあ、あっちのエレベータに乗って一階で乗り換えるのは?」私は食い下がった。

「いや。乗り換えられません。この階から出ているエレベータと、一階から出ているエレベータは離れてる。一昨年の火事で天井が落ちて、一階の廊下が塞がっちゃったんですよ。秘訣を知らないと、ふたつのエレベータを行き来できない。人の部屋のベランダを伝って行くんです」

「なるほど」私は頷いた。「ところで、十一階はどうやって行くんだ」

「おや、十一階に御用でも?」

「用はないが、君の話には十一階が欠けていた」

「それはそう。十一階はないんです」アヒルの警備員はまた鼻の穴を膨らませた。「案内人を雇ったらどうです？　一時間百七十ドルでどこでも連れて行ってくれますよ。怖いもの見たさの観光客に評判でね。やってるのはベルベル人だから安心だ。沙漠を地図なしに歩き回る連中です」

「それは遠慮しておく。ピーター・オトゥールでさえ彼らには苦労したんだ」

「まあ、そういうことなら募金をどうぞ。このビルの治安維持のために」彼は腰のウェストポーチから小銭で膨れたビニール袋を取り出した。「安全は、お金でしか買えません」

19

エスカレータで上がる前から、強烈なスパイスの匂いが降ってきた。

中二階《メザニン》の廊下では、ゴザの上にしゃがんだ女たちが食べ物を焼いたり揚げたりしていた。カレーにサモサ、シュルーマにサテ、どのゴザも客に取り巻かれ、通り抜けるのもままならない。鶏を売る者までいた。生きた鶏、死んだ鶏、死にかけの鶏がそれぞれ恨みがましく私を見つめていた。

サリーを売る服屋、脂と胡麻をやたらとつかった菓子屋、パンフレットがすべて手作りの旅行代理店、――私は帽子屋をみつけ、道を聞くついでにパナマ帽を買った。店を出てから、汗取りバンドに『意大利《イタリー》製造・眞品』とボルサリーノのマークが刻印されていることに気づいた。

やっと見付けた階段には女が立っていた。アフリカ人とベトナム人が多かった。アフリカの女たちは下着しか着ていなかった。ベトナムの娘たちはコートを着て、下には何も着けていなかった。

一階まで来ると、廊下は汚いなりに落ち着きを取り戻した。もの売りも店舗も姿をひそめ、居室が増えた。開け放されたドアには『招待所』や『旅社』という看板がかかっていた。

突き当たりを曲ると、廊下の片側に窓が開け、外が見えた。少し行った先で窓がひとつ、ドアに変わっていた。『237號房』とペンキで書かれた木のドアだった。私はついドアノブを回した。

ニカーブで顔を隠した女が座り、その背後には年代物のGE製冷蔵庫が、まるでニューヨークの人食いフリッジのようにじっと身構えていた。

「ここから向こうのエレベータホールへ行けるのか」私は女に尋ねた。

「どこへでも行けるよ。百ドル払う度胸があって、こいつに弱みを見せなければ」女は後ろを向き、冷蔵庫の口を開けようとした。

私はあわててドアを閉めた。

窓がある廊下から窓のない廊下へ曲がると、その先でエレベータがみつかった。

二十二階のエレベータホールでは、南方系の中国人が段ボールの上に車座になり、酒盛りをしていた。私を見ると、ひとりが突然〝私のラバさん〟を嬉しそうに歌い出した。

廊下は暗く、その先に人けはなかった。窓は塞がれ、ドアは閉ざされ、照明の半分は壊されていた。汚れた壁に『恩里《エンリ》科《コ》費米《フェルミ》街』という道標があった。

ひとつのドアが開け放たれ、その中で背中の曲がった老人が底の抜けたヤカンと格闘していた。作業台は壊れた鍋釜、錆びだらけの刃物、折れた傘などに取り囲まれ、壁は工具で一杯だった。

他に開いているドアはひとつもなかった。しかし、どのドアも向こう側に人の気配がした。

行手に、スチールの防火壁が立ちふさがった。小さな非常ドアには『北洋酒店』と筆字で書かれてあったが、その上に瞬くネオンは『Hotel E'toile Rouge』だった。

呼び鈴を鳴らすと、ブザーと怒鳴り声が同時に聞こえ、ロックがはずれた。

防火壁の向こうも同じ廊下だった。少し行った先で、片側が拓けた。一部屋の壁が取り払われ、そこがロビーのようになっていた。

風呂場を改造したフロントがあり、カウンターの上でブラウン管テレビが映しているのは何年も前の紅白歌合戦だった。

中年の女がテレビから顔を上げた。無毛症の熊みたいな女だが、名前はベアトリス默《モー》。シミだらけのシャツに名札がピン止めしてあった。

「您住宿嗎？」と、広東語で尋ねてきた。それぐらいは私にも分かった。しかし向こうが、「お泊まりですか」と普通話で聞き直すまで黙って待った。

「客に会いに来た。ミスタ・タマダが今日チェックインしたはずだが」

「そういうことは、他人に話さない規則なの」

「来客だぜ。いるなら呼ぶのがサービスだろう？」

「うちのお客さんは、それがサービスだって思わないのさ」彼女は、口の周りの産毛をそよがせて笑った。「今も誰かを訪ねてきた人がいてね――」

「今って、いつごろのことだ」

「今は今だよ。たった今」

「訪ねてきたのは、どんなやつだ」

「知りたきゃ鏡でも見るんだね。来客だって自分で言ったじゃないのさ」

「名前の割に口が減らないな」

「名前の話はしないでちょうだい」

彼女は煙草を出して一本くわえた。「火を貸しなさいよ」

「煙草に火をつけてやるために三千キロも飛んできたわけじゃない」言ってから、ダイナにもらったマッチで火をつけてやった。

モーは煙を吸い込んでから、ゆるゆると笑いだした。破けた鞴《ふいど》のような笑い方だった。

「ぼくの前に来たやつは、部屋へ行ったのか」

「その前に、財布を出したよ。――奥へは宿泊客しか入れない決まりさ。クレジットカードもお断り。でも財布だけでいいんだよ。うちは旅券を見ないからさ」

私は百香港ドルを出してカウンターに置いた。

ベアトリスは目もくれない。もう一枚、上に乗せた。

彼女の手の中に古い真鍮の鍵が現れた。「案内してもらいたい?」

「いや。放っておいてくれ」

「それは、特別サービスになるね」

ベアトリスは冷やかな目を二枚の百ドル札の上に落とし、紫煙を吐きかけると、カウンターの下から出した薄手のブリーフケースを私の目の前に開いた。

ビロードを張ったクッションに無数のピンバッジがびっしり刺してあった。その中から二〇〇八年大阪オリンピック招致の公式ピンバッジをつまみ上げ、私にかざして見せた。

「レア物だよ。あんたなら四百ドルでいいけど」

「遠慮しておく。ネクタイピンだってつけてないんだ」

彼女は肩をすくめ、鍵を手にカウンターから出てくると、ロビーの奥にある引き戸を開いた。

その先の廊下は縞柄に塗られ、あちこちに客が溜まりをつくり、ビールと煙草、少々の大麻を回しながら世間話に興じていた。若者とは限らなかった。国籍人種もまちまちだった。

「何で放っておかれる方が特別料金なんだ?」私は訊ねた。

「あんたにあちこちのドアを開けられたらたまらないからだよ」彼女はツメが三つしかない旧式の鍵を振って見せた。「相性の良い鍵と鍵穴があるのよ。その組み合わせが一種類じゃないってわけさ。ほら、人間と同じにね」

さらに行くと非常口の灯が見えた。その下のドアが半開きになっていた。

「この先だよ。三四四号室」奥の暗がりに顎をしゃくり、鍵を手渡そうとした。

頭の片隅がかすかに痛んだ。誰かが虫ピンで頭蓋骨の裏側に小さなメモを止めたようだった。

今度は本当に音が聞こえた。威嚇射撃がキャリアの汚点になるような警察の職員は、ホテルの廊下なんかで生涯まず聞かない音、——銃声だ。

「ここで待っててくれ」私は言った。「三四四号室から誰か出てきたら大声で呼ぶんだ」

彼女は肩をすくめた。「それは、あんた、また別のサービスだよ」

20

非常口と書かれたドアを開けた先はゴミだらけのキッチンで、調理器具が申し訳程度に置かれ、コンロの上に『まだ生きている食材を持ち込まないこと』という注意書きが貼ってあった。

インスタント食品の空箱を踏み飛ばし、奥の明かりへ歩いた。埃がニカワのようにこびりついたガラス戸から漏れる明かりだ。

それを肩で押し開いた。いきなり宙に放り出された。踏み出した足が狭い踊り場に乗っていると気づく間に、心臓がカチカチに凍りついた。

非常階段というより梯子に近いものが、そこから上下に伸びていた。

私は目をつぶって錆びた梯子の手摺に取りついた。無数の煙突から這い上がる煙は耐えがたいほど黒く濃く、煤けた空気は生乾きのかさぶたのようだった。

屋上には密林が広がっていた。張りぼてのバニヤンツリーと樹脂製の下生え、海に傾きはじめた日差しが良い具合に南洋の木漏れ日を演出している。

どこかに人の気配があった。私は贋物の密林を掻き分けて行った。突然、目の前に黄色く塗られた煉瓦の小径が現れた。その上に濡れた靴跡が点々と続いていた。足ツボの図解に似たソールパターンに特徴があった。値打ちもののスポーツシューズに違いない。

私はそれを追い、煉瓦の小径を進んだ。

背の高い樹木が途切れると、映画館の前に出た。

東南アジアの海辺に捨てられたトタン張りのボートハウスみたいな建物で、ボートハウスにしては大きすぎるが映画館にしては小体だった。何度も増改築を繰り返した跡があり、造作には蜂の巣ほどの規則性もなく、蟻の巣ほどの合理性もなかった。

錆びたトタン張りの屋根をぶち破って大きな南洋楠がそそり立っていた。

正面の壁にはモルタルが塗られていたが、それもすっかり剝げ落ち、『零戯院／Theater ZERO』というネオンサインも、錆び朽ちた取り付け金具しか残っていなかった。その上にかかげられた〝大砂塵〟の絵看板がなかったら、誰も映画館とは気づかなかったろう。

足跡は切符売り場に上がる石段の途中で消えていた。

正面のドアが開くはずはなかった。真新しい錠前で外からしっかり閉ざされている。

一周したが、出入り口はおろか非常階段も窓もなかった。

私は来た道を引き返した。

黄色い小径はホリゾント幕に途切れて終わっていた。鉄パイプの足場と薄手の布で高さ五メートルほどの壁を造り、屋上を二分しているのだ。

ホリゾント幕の向こう側は、屋上庭園の残骸だった。贋物の草木は消え失せ、立ち枯れた樹木と繁殖した雑草に覆われた荒れ地に、温室のようなカマボコ型の上屋がそびえていた。

例の足跡を逆に辿って、私はぬかるんだ土の上を汚れたガラスのカマボコ兵舎へ歩いた。

新聞紙で裏張りされた大きなドアには『Swimming Pool』という文字がかろうじて読めた。

ドアを開けたとたん、瘴気のような匂いと熱く湿った空気が襲ってきた。

床は水浸しだった。煤と埃にまみれたガラスを透して入ってくる薄ぼんやりした光に、六コース二十五メートルの屋内プールが黒々と横たわっている。

水面には水蒸気が漂い、びっしり泛かんだボウフラで水面は見えない。

「おい、そこで何してる！」暗がりから広東語が飛んで来た。

胸まである水産長靴を履き、柄の長いスコップを担いだ親爺がこっちへ歩いてくるところだった。

「銃声がしたから上がってきた」私は普通話で言った。「撃ったのはおまえか！」

「バカ言わないでくれ」親爺は怯んで普通話に変えた。「でかい物音をいちいち気にしてたら、香港で生きちゃいけねえよ。出ていきやがれ」

「就業査証を持っているのか」私は空砲を撃った。「まさか黒戸口じゃないだろうな」

空弾《からだま》に当たり、親爺は一歩たじろいだ。「バ、バカ言うなよ。や、家主とはちゃんと契約してるんだ。ここはちゃ、ちゃんとしたモヤシ工場だ」

たしかに、ボウフラにしては大きく白かった。水面に漂うだけで動いてもいない。

「これだけでかい水槽、家主だって無駄にする手はないや。暗いし、煙突のおかげで冬もあったかい。今年からはシャワールームで白アスパラガスもつくるつもりだ」

「あの煙突はいったい何だ。なぜあんなに煙が出てる？」

「ガス管があちこち漏れるもんだからガスを止めちまったんだ。石炭に頼るしかねえや。ほとんどは町工場だ。初めは住居に借りて、部屋を増やして、壁をぶち抜いて、いつの間にか工場にしちまうんだ。俺は違うよ。俺はちゃんとやってる。石炭も使ってねえ」

「石炭はないが火薬なら使ってるっていうんじゃないだろうな」私は半歩詰め寄った。「答えろ！他に出入り口があるんだろう」

「おい、何柯磊《ヘケル》！」背後に大声で呼びかけた。「エレベータで誰か降りてったか！」

「いいや、嘉克乐《ジャケル》。しかし何かが破裂したぞ」奥の暗がりから返事があった。「ボイラーじゃねえ。それは今、見てきた」

人影が水浸しのプールサイドを歩いてきた。同じ水産長靴を履き、これもスコップを担いでいる。その足がふいに止まった。背伸びしてプールを覗き込み、水面に近寄った。ぼんやり開いた口がわななくと、二歩三歩と後じさった。

私は彼の方へ走った。

それはモヤシの中に泛かんだビート板だった。いや、ビート板ではない。人間だ。奇妙なほど平たく反り返っていたが、人間に違いなかった。仰向けに浮かび、毛髪が、流れ出た血やタンパク質や骨髄液と一緒になって海草のように広がっている。首は今にももげそうだ。いくつもの弾丸が喉から上顎に集弾し、そこを破壊したのだ。

「嘉《ジャ》。来てくれ。死体がモヤシにまじってる！」私の脇で親爺が相棒を呼んだ。

ジャは妙にのんびり近づいて来た。「そいつはヤバいぞ、何《へ》。商売になんなくなる」

へが胸当てのポケットから出した懐中電灯で水面を照らした。

顎がほとんど失くなっていたが、角張った大きな額は間違いなくスキップ麥のものだった。服装にも靴にも見覚えがあった。

「あんたたち、本当に銃声を聞いていないのか」私は二人に尋ねた。

「俺は聞いたよ」へが答えた。「おんぼろボイラーの音だと思ったがよ」

「屋上の出入り口はいくつある？」

「出入り口はいくらでもあるよ」とジャが言った。「あんたはどこから上がってきた？」

「非常階段だ」

「そんな危ないもの、誰も使わねえよ」へが眉をひそめた。「出入り口ならいくらでもあるさ」

「あるにゃあるがよ」ジャが口を尖らせた。「どこにどう繋がってるか分かんねえだけだ」

「あっちの映画館では何をしてるんだ」

「映画のセットだよ」へが答えた。「元はと言や、若い連中が勝手にこさえた芝居小屋さ。当局に御用になって捨てられてた。それを化粧直しして映画を撮るんだってよ」

私は外へ歩いた。スーツは汗と湿気を吸い、溺死者からはぎ取ってきたみたいになっていた。

「どんなもんかね？」二人のうちどちらかが背後で切り出した。「あんただって関わり合いにゃなりたくねえだろう」

「俺たちは黒戸口じゃない。警察なんかへっちゃらだ」もう片方が続けた。「問題は食物及衛生局なんだよ」

「プールをきれいにするのに、どのくらいかかる？」と、私は尋ねた。

「三時間か、――もう少しかな」

「よし。モヤシを全部運び出したら警察に電話しろ。変なことを考えるな」

私が言うと、ひとりがもうひとりに命じた。

「おう。吸引機を運んでこい。大急ぎで収穫だ」

「屍体まで収穫するなよ。そいつは警察の獲物だ」

「俺たちがそんなことをするもんかね」と、ふたりで笑った。「肉屋のルートは持ってねえもの」

21

屋上まで来ているエレベータは貨物専用で、それはつまりこの世のものとは思えないほどモヤシや泥で汚れているという意味だった。しかも十階まで止まらない。

私は来たときと同じ非常階段で二十二階まで引き返した。上りより下りの方がずっと高く見えた。心臓が桃の種より小さく硬くなるのが分かった。

キッチンの外に、むろんベアトリスの姿はなかった。

試しにドアノブを回すと、三四四号室の鍵は開いていた。

部屋は小金を溜めた独身女のウォークインクローゼットより狭く、天井も低かった。

突き当たりのはめ殺しの窓は一体型のエアコンで半分塞がれている。

何者かに荒らされていることに気づくまで、ほんの少し間があった。整然としていないのが当然の場所に見えたのだ。

それでも、ベッドが縦になっていて良いということはなかった。寝具は引っくり返り、壁から突き出たサイドテーブルの引出しも床に転がっていた。

荷物は何もなかった。客がいた気配さえなかった。

そのとき、ひとつだけ開いていないドアに気づいた。化粧ボードで造ったロッカーのドアだ。開けようとすると、廊下の方から何かが匂った。このビルから最も遠い芳香だった。

私は向きを変え、廊下を窺った。廊下ではなく、それは室内の、それも壁のあたりから匂っていた。背を向けていたせいで、ロッカーが開いたことに気づかなかった。音も聞こえなかった。

もっと強く、芳香が鼻をくすぐった。「動くな」

冷たい鋼の感触が私の首の付け根を打った。

「動くんじゃない」相手は英語をしゃべっていた。口ぶりは男っぽいが、明らかに女の作り声だった。「変な気をおこすなよ。この引き鉄は、すげえ軽いんだ」

私はゆっくり体を動かし、首をねじ曲げた。眼の隅に銃口が見えた。

コンパクトのように小さく平たい拳銃だった。グリップは螺鈿細工で、キラキラ輝いていた。薄いだけではなく、突起物が何もない。そのくせスライド一面に雲龍模様の彫金がほどこしてある。それがなかったら、あの気の毒な中華料理屋のオヤジの遺品にあった報告書の拳銃によく似ていた。

「ゲランのジッキーだ」と、私は言った。「ぼくはジッキーをつけている女性に弱いんだ」

「それが壁でも？」

「たとえドアでも。女性名詞なら」

私は振り向こうとした。銃口が耳の後ろに当たった。

「君は映画ファンだな。ヒチコックの真似か？」

「壁に香水をかけるヒロインはヒチコックじゃねえよ。それに、あんたを引っかけるためにやったんじゃない。入ったとき、臭くてたまらなかったからさ」

彼女は銃口で私の背骨を小突いた。「両手を頭の後ろに回して、うつ伏せになるんだ」

「その前に掃除をしていいか」

空気が耳元で音を立て、背骨を針が貫いた。すべての筋肉がそっくり返り、固まった。自分が倒れる音を聞き、スタンガンの一撃を食らったことに気づいた。

素肌に当たらなかったのかもしれない。意識はずっとあった。

手が背後からポケットを探った。財布を抜き取ると、中身が床に散った。財布がその後を追って転がった。目に光りが戻ってきた。だが体は動かなかった。

足が見えた。サブリナパンツから伸びる細く美しい足首にアンクレットが光り輝いた。靴は黒いフラットシューズ。真赤なアウトソールがのぞけ、クリスチャン・ルブタンだと分かった。

横倒しになったベッドを戻し、私の上に覆い被せた。それからドアを開け、部屋を出ていった。

ベッドを背中で撥ね飛ばそうとした。まだその力はなかった。

私は反転した。すると格子状のベッドフレームから鍵が垂れ下がっているのが見えた。マットレスの破れ目に突っ込み、安全ピンで止めたタグ付きの鍵だった。

私は床を転げ、ベッドの下から這い出た。鍵が気になったが、ぐずぐずしていられなかった。

床に放り棄てられた財布から、無くなったものはなさそうだった。クレジットカードや名刺を拾い集め、ポケットに押し込みながら廊下へよろけ出た。

足音の聞こえる方へ私は進んだ。窓はなく、照明も充分ではなかった。廊下は果てし無く、ダ・ヴィンチの遠近法をあざ笑うかのように続いていた。

行く手で鉄扉が音を立てた。

追いすがり、その扉を開けた。光が真上から降り注いだ。女は長い鋭角の影になって眼下の暗がりに降りていく。

井戸のように狭く深い吹き抜けだった。突きだされた竿に洗濯物がひるがえり、無数のエアコンがいきり立ち、涎を垂らしていた。外階段がその四囲を巡りながらずっと下まで続いている。

何階か下ったあたりで姿を捉えた。それでも顔は見えなかった。ただ長い長い影が井戸の中に踊るだけだった。

それが『12楼』と書かれた柱の陰で動きを止めた。もう影はなかった。鉄扉がゆっくり閉まっていく音だけが残った。

私はそのドアを肩で押し開けた。

躍り出た廊下には、大勢の人が行き交い、物売りの声が響きわたっていた。床にはビラが散り、光が瞬き、休日の伊勢佐木町と何ら変わるところがなかった。

人の流れに逆らい、犬掻きのように手を動かしながら走り去る女が見えた。追う間もなく、それが不意に掻っ消えた。何も書かれていないドアの前だった。

そこまで行くと、かすかだがジッキーが匂った。

今度こそ本当の囮かもしれない。思案する前に、私の手はドアを開けていた。

中は空だった。家具はおろか、絨毯も壁紙もなかった。

遠くで足音が聞こえていた。私はそこに踏み込んだ。ダイニングを抜け、最初の寝室に入った。

人の気配は風呂場の中にあった。

誰かが私の首筋を真後ろから殴ったのは、そのときだった。

「電気にやられるよりましだ」私は私の声を聞いた。もちろんしゃべってもいない声だった。

22

「One second!」

短く刈り込んだブロンド女が指を一本、頭上に突き立てて叫んだ。

「Two seconds! Three seconds!」

「いや、秒じゃない」と、言い返したのは私だった。「分だ。二分はたっている」

埃とコンクリートの粉にまみれた頭を両手で抱え、体を起こしたところだった。その頭から、ブロンドはもういなくなっていた。

私は壁に寄り掛かり、足を伸ばし、目を開けた。目の前にあるのも同じ壁だった。足下には、本物のパナマが無惨にひしゃげて落ちていた。

腕を上げると首の裏から尾骶骨に向かって激痛が走った。それでも傷はなさそうだった。首根っこを一撃。それで私を昏倒させたのだ。女である可能性は低かった。たとえ女だったとしても、私より上背がある女だったに違いない。

「腹が減った」誰かが頭の中で喚いた。「夕飯前に好徳來の排骨麵《パーコー》を食べるんだ」

やっと時計を見ることができた。どう短く見積もっても三十分以上はのびていたようだ。私は帽子を引き寄せ、型を直した。かぶり直す勇気が湧かないまま、壁に手をついて立ち上がった。首に直接、股関節がついているような気がした。

必要なのは水だった。やっとのことで足を動かした。水の上に浮かんでいるようでもあり、腰から下が水にはまっているようでもあった。

風呂場の洗面台まで、三光年ほどの距離を歩いた。

蛇口をひねり、飲むのを諦めた。香港の水道水がどんな具合か思い出す以前に、水は出なかった。

風呂場のフランス窓は一杯に開いていた。外のベランダから下のベランダに向けて避難梯子のような鉄階段が設けられている。先刻よりは少々頑丈そうに見えた。

ロイド氏には及ばないが、時計の針にぶら下がるロバート・パウエルほどの意気込みで帽子をかぶり、窓を出て階段を下りた。

真下の部屋の窓は半開きだった。室内の空気はどんより重く、甘い匂いがした。黴びたチーズと傷んだ野菜、それに大麻樹脂《ハシシ》。

ドアの隙間から覗くと、隣室では下半身剝き出しの女が尻をこちらに向け、熊が芸をするのにぴったりな丸椅子にしがみついてうっとりしていた。女は若かったが尻は若くなかった。

私は別のドアを開けた。狭いダイニングキッチンに二部屋分の家具が詰め込まれ、食卓には食器と食べ残し、ジャンクフードの空き袋が散乱していた。

玄関から出ようとすると靴が何かを踏みつけた。

ピンストライプのユニフォームを象ったピンバッジだった。背番号4。伝説の〝打撃王〟だ。

私はそれをハンカチに包んで拾い上げ、歩きだした。

廊下は清潔だった。照明も明るく、隅々まで行き届いていた。

アパートの廊下がすぐにショッピングモールの通路に変わった。小洒落た店の中には日本式のラーメン屋と回転寿司があり、快餐と呼ばれるファーストフード店もあった。

今週号の雑誌と今日の新聞、本物のクリネックスを売っているキオスクで、私は賞味期限が切れていないミネラルウォーターと萬金油を買った。

「ここは何階なんだ？」水を飲みながら店番の若者に尋ねた。

「十一階ですよ」彼は学校で習った普通話で応えた。

「十一階は無いんじゃないのか」

「事実こうしてあるじゃないですか。無いというなら、他の階がないんです」

私は萬金油を後頭部と首筋にすり込み、再び廊下を歩きだした。

あちこちに掲げられた立派なフロアマップを頼りにエレベータを目指し、ドアのない通路を歩いていくと、片側の壁が合金パネルから特殊ガラスに替わった。

ガラスの外は、化粧タイルを敷きつめた広大なテラスだった。そこにパラソルがついたテーブルと籐椅子が並べられ、天幕張りのバーカウンターや食べ物の屋台、満員の客は誰もが着飾り、そのくせ肌を晒し、値の張るリゾートビーチの賑わいがあった。

そのさなか、彼女は数台のテレビカメラに取り囲まれていた。ゴシップ誌のデジカメは数えきれなかった。顔が分かるような距離ではなかった。それでも昨日、調布の撮影所で見かけた香港女優だと分かった。靴底の赤い靴がいかにも似合いそうなことも分かった。

私は自動ドアからテラスへ出ると、オープンカフェの中央に設けられた円形のバーカウンターまで行ってウィスキーソーダを注文した。

そこからは地上が見渡せた。半分以上はのっぺりと広がる埋め立て地で、ビルの基礎になる竪穴が月のクレーターのように口を開き、鉄骨やタワークレーンがそこここに姿を現していた。

埋め立て地の果てには香港一の高層ビルが山のようにそそり立ち、あるはずの海は見えない。

こちらの端では取り残された防波堤がかつての波打ち際を主張して横たわり、手前側には、屋根の上に屋根を重ねた倉庫と市場、昆虫の死骸のようなビル、それぞれの屋上に部屋が載り物があふれ人がいて、地べたと同じ暮しがあった。

その光景を肴に一杯空け、二杯目を手に席を探して歩いた。

胸を整形した娘が、手術代の元を取るために前かがみになりながら男と話し込んでいた。相手はイギリス英語を話す黒人で、小鼻と眉の上のピアスは両方ともダイアだった。

ひとつ置いた隣の席では日本人の女が三人、口もきかず目も合わさず、宝塚のレヴュー衣装みたいに飾ったフルーツパフェを写真におさめ、その向こうの席では香港人の若者グループがバルサミコ酢で和えた干しナマコを箸でつまみながらピンク色のドムペリニョンを酌み交わしていた。

私はメスジャケットのボーイやエプロンドレスのウエイトレスを、臆病な闘牛士の要領でかわしながら彼女に近づいて行った。

アリアーヌ・ヤウは今日、薄く美しい肩をむきだしにしたドレスを着ていた。裾は、仕込み杖が乱れ斬りにした提灯のようなデザインで、そこから伸びた足首に見覚えがあった。しかしアンクレットはつけていなかった。靴底は赤かったが、ヒールは四インチ以上あった。

彼女は質問に答える合間に、翡翠でできた紙煙草のホルダーをときおり口にした。

そうして間を取り、台詞を検めているみたいだった。彼女の広東語はぎこちなかった。かといって北京や上海の出身者が話す広東語とも違っていた。

私は通りかかったウエイターを捕まえた。

「彼女、今日はずっとここにいたのか」

「三十分、いや二十分前かな。パーティーの途中から」

「パーティー？」

「知らないんですか？　ここで新作のプロモーションパーティーがあったんですよ」

「こんな場所で？」

「ここが舞台になるんですよ」彼は胸を張った。「ここと屋上にロケセットを組むんですって」

私は酒を空け、グラスと百ドル札を盆の上に乗せた。「近くの席で、もう一杯飲みたいんだ」

「もちろんです。誰だって、そう思いますよ」

彼は、人垣から少し離れたところにテーブルをパラソルごと引きずってくると、二組の客の間に無理やり割り込ませ、席をこしらえた。私は新しい酒を頼んだ。

少しすると太った男がアリアーヌとカメラの間に割って入った。「このくらいにして下さい。他のお客様もいらっしゃいます。借りた時間もとっくに過ぎていますし」

ひとつ話すのに目薬一瓶ほどの汗をかき、ハンカチで額を叩きながらカメラと記者を追い返した。

アリアーヌは椅子に腰を下ろし、ひとり、またひとりと去っていく記者やカメラをシャンパン片手にぼんやり見送った。ストロボもライトも無くなったが、光は彼女から去らなかった。

小太りで汗かきの男が他のスタッフが詰めている席に戻った。彼女はひとりになった。なぜ帰らないのか、なぜひとりなのか分からなかった。

私はグラスを手に彼女のテーブルに近づいた。目線を遠くへ飛ばし、脇を通りすぎるふりをして、いきなり正面の席に腰掛けた。ちょっとした椅子取りゲームの要領だった。

先に動いたのは小太りの汗っかきだった。少し離れた席で椅子から飛び上がった。

アリアーヌが右手を差し上げた。まるで指揮棒の一振りのように、それですべての動きを止めた。

「何かご用事かしら?」

「大した用じゃありません」私はポケットからハンカチで包んだピンバッジを出した。「これを落とされたでしょう。ヤンキースがお好きなんですか。それともゲイリー・クーパーかな」

「あら」彼女は細く白い指で口許をそっと抑えた。別の香水の彼方から、かすかにジッキーが漂ってきた。「覚えがありませんわ。何かの勘違いじゃなくって」

「だったら警察に届けよう。ぼくが生まれた町では、落とし物を届けるとピーガルくんのバッジが貰えるんです。こんな感じの小さなバッジです」私はハンカチを広げた。「エナメル加工だ。鑑識が喜ぶ。指紋がきれいにとれるからね」

背番号4にアリアーヌは素早く手を触れ、こっちを見つめながらゆっくり握りしめた。私は彼女のするに任せた。

「それを落としていった女性に拳銃を突きつけられたんです。不思議だな。彼女からもあなたと同じ香水が匂った」

「ジッキーに弱い男性って嫌いじゃないわ。でも大勢いすぎて覚えきれないの」

「その前に屋上で死体を見つけました。拳銃で撃たれていたが、その女性の拳銃から硝煙はにおわなかった。汗と違って、あれは香水じゃ消せない」

「あなた、お名前は？　ミスタ・タイガーバームとでもお呼びすればよろしいのかしら」

「そんなに匂いますか？――二村です。ご存じでしょう？　名刺は財布にあったはずだ」

彼女は、強張った顔の中から不意に微笑を取り出して見せた。雨の中にひとひらだけ混じった桜の花びらみたいだった。「あなたは何が欲しいの、二村さん」

「ぼくはフィルムを探しに来ただけです。だからお互い、相談する値打ちはあると思いますよ」

黒い大きな目の中に強い感情がのぞけた。怒りのようにも見えた。

ピンバッジを握ったまま立ち上がると、アリアーヌは別れも告げずに身を翻した。

近くのテーブルから四人の男と一人の女が、一斉に立ち上がり、彼女を取り巻いた。六人は一団となって歩き出した。そっちはテラスの縁で、出入り口どころか人けもなかった。

私は半分潰れた帽子を手に腰を上げた。

彼らを追おうとすると、真っ白なコットンスーツを着た男とぶつかりそうになった。

私より背が高かった。肩幅もあった。分厚い胸板は間違いなくこっちを威嚇していた。

「いや、失礼」拳銃を抜くような手つきで懐から厚手のシガーケースを出し、私に勧めた。「もし嫌いでなかったら、いかがですか。ここは禁煙じゃない」

中にはモーガン・フリーマンの中指ほどの葉巻が三本入っていた。

整った顔だちだが造作のひとつひとつに迫力がありすぎた。短くはないががっちりした首、腰は据わっているが長い足。

五十代になったばかりのようにも見えた。だが髪には白いものが多かった。表情は、いかついレイバンのせいでまったく読めない。

私は艶やかに湿ったキューバ葉巻を一本受け取り、上着の胸ポケットに入れた。

男は自分でも一本取り、吸い口をかみ切ってくわえた。

「酒と煙草を一緒にやれる場所は貴重だよ」低くはないがドスの効いた英語で言った。

「あんたは日本人か？」

「なぜそう思うんだ？」彼は驚いたように訊き返した。

「この街でコットンスーツにニットタイなんか締めて出歩くのは、年寄りのイギリス人か変わり者の日本人だけだからさ」

「君のようにか」

「ぼくのは労働者の喪服さ。煤と埃で真っ黒だ」

彼はひとしきり笑い、シンガポールの華人だと言って名刺を手渡した。

『Phoenix Resort Development／鳳凰度假開發公司
Vice-President & COO・Zhit Bantam／副總經理兼總支配人・哲本堂』

「バンタムだって？　どんなに絞ってもライト級だ」言いながら自分の名刺を出そうとした。手が懐で止まった。神奈川県警警務部嘱託の肩書がない名刺は札入れの中になかった。

「二村だ」私は名乗った。「二村永爾。フェニックスの哲《ツィ》に名乗るほどの者じゃない。こっちはせいぜい代打要員《ピンチヒッター》だからな」

「何だって？」彼は驚いたように目を見開いた。

「野球やっていたのさ。キャッチャーなのに九番だった。――すまないが急いでいるんだ」

すり抜けようとした私をツィ・バンタムが遮《さえぎ》った。「悪いが、この先は貸し切りなんだ」

「じゃあ、貸し切った客と相談してこよう」

「すまないな。借り切ったのは、このおれなんだ」

アリアーヌはもう見えなかった。一行が向かったテラスの端には、懐古的な鋳鉄の四阿のようなものが宙に突き出て、正装した客やメディアの連中で人だかりができていた。

ツィは私の視線を追って溜息をついた。「今は、こういうのが流行りなんだよ」

「縦に積み上げたスラム街か？」

彼はうなずいた。「そういうところでシャンパンを飲むことさ。もちろんおれのアイディアじゃない。プランナーが考えたんだ。三行のコンセプトを一万USドルで売ってる詐欺師さ。こんなビル、おれたちにとってはケチな犯罪の巣窟だが、若いやつにとってはワンダーランドらしい」

「別に珍しいことじゃない。今や横浜も同じだ」

「横浜の生まれか？」彼はふいに尋ね、あわててつけ足した。「昔、行ったことがあるんだ」

「あんたは、ここのオーナーか」

「地主みたいなもんだ。ここは私の会社が所有している。正確に言うと、私の女房の会社だ。私の権利は君の国の消費税程度さ」

「フェニックス・ファンドとの関係は？」

「下請けの、何でも屋さ。本業は映画のプロデューサーってことになっている」

「ぼくはフィルムを買いつけにきたんだ。昔の名画だ。オークションに出されているらしい」

「フィルム？」彼の額を深いしわが左右二つに分けた。「どっちのフィルムだ」

「どっちって？」

　レイバンのレンズが光った。「いや。アナログかデジタルか。その程度の意味さ」

　私は黙った。目を彼の背後に投げ、頭の中で数を数えた。すっかり低くなった太陽が、遥かにそびえる鉄とガラスの山塊を燃えさかるロウソクに変えようとしていた。

　結局、こちらが先に口を開いた。「彼女は行っちゃったぜ。エグゼクティブプロデューサーを待つ気はないらしい」

「飽きたんだろう。映画俳優って言うのは、いつも待つのに飽き飽きしてるんだ」

　ツィは自分のテーブルへ引き返し、テーブルの上の帽子を手にとって頭に乗せた。それが眞品のボルサリーノなら、私の買ったものは江ノ島土産の麦わら帽だった。

　立派な帽子のリボンには何やら変色した紙片が挟んであった。

「それは何だ？」

「お守りさ。待つのに飽き飽きしているのは映画俳優だけじゃない」吐き捨てるように言い、彼は廊下の出入り口へ歩き去った。

　私はアリアーヌが消えた方向へ歩いた。

　それは四阿ではなく、ビルに外付けしたエレベータの乗り口だった。アールデコ風の鋳鉄の門構えはこしらえもので、乗降口は『関係者専用』の立て札に塞がれ、警備員が固めていた。

工事用リフトを改造したエレベータは地上まで直通で、足許をメディアと野次馬のバカ騒ぎに取り囲まれていた。

アリアーヌ・ヤウは歩道のカーペットを渡り終え、ショールで肩を隠し、手を振りながら大きなリムジンに乗り込むところだった。

私は廊下へ引き返した。誰だってそうする。この高さからエレベータもVFXも使わず、まして保険もかけずに彼女を追おうとする者は、小林旭以外にない。

23

十一階にエレベータはなかった。階段も見当たらなかった。例の外付けエレベータの他に出入り口はない、どこも撮影隊が塞いでしまったと、訊ねた相手は口々に答えた。

来た道をたどり、ベランダを伝って十二階に戻った。下の部屋の住人は酩酊して寝こけていた。

空き部屋を抜けて廊下へ出ると、鍵のかかっていないドアを片端から開けて歩いた。

あの鉄扉はどうしても見つからなかった。しかし公衆トイレの奥の明かり取りの窓が、例の吹き抜けへ繋がっていた。

喉鳴りをたてゲップする巨大な井戸を巡る階段を歩いて二十二階まで上った。

長い廊下は実際、真っ直ぐではなかった。私は何度か迷って、三四四号室の前までたどり着いた。

部屋はすっかり片づいていた。たとえどんな悪徳不動産屋でも四畳半としか呼ばないような部屋だ。整理整頓するのに三十秒以上はかかるまい。

私はベッドにしゃがみ込み、マットレスの裂け目の鍵に手を伸ばした。

鍵は失くなっていた。頭を下げ、目で確かめようとしたとき、何かが私の座骨に激突した。

私は弾き飛ばされ、顔から床にめり込んだ。同時に右の二の腕をつかまれた。固いものが後頭部をこじった。銃口だ。今度は大きかった。

「動くな。動くな。撃つぞ」と、広東語が飛んだ。

「動け。ほら、威勢よく動けよ」別の声が言い、誰かの手が私を引き起こし、鉄芯の入った安全靴が脇腹に蹴りを食わせた。

気づいたときはもう、私の両手は腰骨の上でナイロン製の結束バンドに拘束されていた。

銃口が遠のいて、顔を見上げた。若いが貧相な顔だち。おまけにみそっ歯で上着は着ておらず、シャツの裾は外に出している。

そいつが膝の抜けたジーンズの尻ポケットから警察バッジらしきものを取り出して、私の鼻先にほんの一瞬突きつけた。

片方の声が「モー！」と叫んだ。「来てくれ。默《モー》」

大女が顔を覗かせ、私を指差して何か喚いた。これには明らかに悪意があった。さらに天井を両手で指し示し、何ごとか訴え続けた。モヤシ工場での出来事をすでに知っているようだった。

みそっ歯がハンディートーキーを取り出し、早口で報告した。

それから私を廊下へ引きずり出し、壁に向かって座らせた。やっと、もうひとりの顔が見えた。

大きく長い顔だった。顔より、中央で頑張っている鼻の方が目立った。鼻の穴はもっと目立った。鼻に比例して鼻の下も充分長かった。

鋭く疑り深そうな目に、狭くてしわだらけの額。腕と脚がやたらと長く、手と足はそれぞれ大きく、その取り扱いに始終困惑しているような風情があった。

「OK、ウォーカー」私は普通話で言った。「君が刑事とは驚いた」

「ウォーカーっていうのは何だ?」

「歩く男だ。やたらと歩き回って、でかい手で357マグナムを爪楊枝みたいに扱うんだ」

「おだてたって無駄だぞ」歯を剝き出し、満腹した馬のように笑った。

ベアトリス黙はもう見えなかった。彼女と入れ代わるように、足音が二つやって来た。

「この男か?」と、だみ声が尋ねた。

「ええ。この人です」さらに聞き覚えのある声。

アヒルの警備員がそこに立ってこちらを見下ろしていた。「旦那。言ったでしょう。防犯カメラはモニターなんかしてないけど、密告はやたら多いって、——あれ? 言わなかったっけ?」

「モヤシ屋の二人組に通報させたのは、このぼくだ。防犯カメラの画像記録に当たってみろ」

「記録は提供を受けた。今、署の方で調べている」警備員の脇に立った年嵩の刑事が、だみ声の普通話で言った。

シャツは汚れたアロハだったが、ただひとりスーツを着ていた。殷王朝の農民が使った鍬《くわ》のような顎をした五十がらみの男だ。髪は薄かったが、白髪まじりの眉はこんもり繁り、そこに小さな目が埋もれかけていた。

彼は何かを口に放り込み、私を見た。かすかにフリスクが匂った。「心配しなさんな。今のところ、あんたの拘束理由は大したものじゃない。建造物不法侵入と消防法違反だ」

「消防法違反？」

「それだよ」彼は私にかがみこむと、ジャケットの胸ポケットで無残にへし折れた葉巻を指で突ついた。「香港のビルに松明を持ち込んじゃいけないな」

「まだ火をつけていない」

「松明と認めたな。となると、立派な放火未遂だ」

「これは十一階である人からもらったんだ。あそこは喫煙できるんだろう」

「十一階は無いんですよ」丸顔の警備員が口をはさんだ。「別の所にあるんです。私たちのいない、別の所に」

「名前は？」刑事がフリスクを齧りながら訊ねた。

「ミズノ。ジョージ・ミズノ。警察を首になった男だよ」

後ろに衣擦れが聞こえた。私は左に体をかわし、背中を丸くして腰を浮かした。でかい靴が私をかすめ、宙を切った。背中が馬面の内腿に当たった。その瞬間を狙って跳ね起きた。足の根元を肩でカチ上げると、馬面は亀みたいに引っくり返り、後頭部を床に打ちつけた。

私は、両手を背後に拘束されたまま次に備えて身構えた。

みそっ歯の刑事が殴り掛かろうとした。その前に、私には馬面の鼻を踏み潰すことができた。

ミスタ・フリスクが、鋭く怒鳴ってみそっ歯を押しとどめた。

「俺たちは、困って懐へ飛び込んできた鳥を殺すほど不人情じゃない」私に向き直り、英語で言った。普通話よりしゃべり馴れていた。「〝飛ンデ火ニイル夏ノ虫〟とは思っちゃいないんだぜ」

「じゃあ、この特殊手錠は何なんだ」

「試験運用だ。使い心地のアンケートに答えれば月餅がもらえる」

「焼売にしてくれ。崎陽軒のだ」

彼らは答えず、みそっ歯と馬面が左右から私の二の腕を取った。そのまま引きずるように、廊下を歩きだした。

いくつものドアを抜け、いくつかの部屋を通り過ぎ、見たことのないエレベータの前に出た。地上階まで行くエレベータだった。操作パネルには屋上のボタンも揃っていたが、モヤシの匂いはしなかった。

「こんなエレベータがあるのに、なぜ教えてくれなかったんだ」私は警備員に尋ねた。

「私だって、案内人から聞くまで知らなかったんですよ」と、彼は言った。「言ったでしょうが、観光でうろうろするなら、あんた、案内人を雇わなきゃだめだって」

「そうは聞いてないぞ」

「あんたは何も聞いちゃいない」

「だから何だ？」

「あんたは何も聞いちゃいない」

「何だそれは？　アラン・レネじゃないだろうな」

「まあ、そう尖らずに」警備員は丸眼鏡を光らせた。「こっちが言ったつもりなんだから、そっちも聞いたつもり。それが世の中ってもんでないの」

24

警光灯を光らせれば車で三分とかからない油麻地警察署の一室に私を押し込むと、彼らは〝消防法違反〟を盾にしてあらゆるものを私から引っぺがした。

さすがに裸にはしなかった。靴下は脱がせたが、靴の中敷きまでは剝がさなかった。帽子を奪ったが、髪の毛を引っこ抜きもしなかった。下着一枚にして、床から五インチ置きに線が引かれた白壁の前に立たせただけだった。

カメラを三脚に乗せ、出動服姿の技術要員がシャッターを押す寸前、誰かが私の持ち物から名刺を見つけ、明かりにかざして何か喚きはじめた。その誰かは、『警察』という日本語を知っている様子だった。名刺とパスポートを見比べたあげく、殴り合いのような広東語が飛び交った。

「ミスタ・フタムラ」強烈な光の後ろ側から、ミスタ・フリスクの英語が聞こえ、辺りが静まり返った。「君は警察官か？」

「警官だったら大閘蟹《しゃんはいがに》でも食わせてくれるのか」

「シーズンにはまだ少し早い。蟹が好きなのか？」

「警察よりはね」

「その警察というのはＫＰＰのことか」

光の向こうで書類綴りを捲る音が聞こえた。

「カナガワ・プリフェクチュラル・ポリス」と、彼はそれを読んだ。「捜査員《オフィサー》なのか？」

「ぼくはパートタイマーだ」

「日本の警察にはそんな制度があるのか」

「捜査一課長の依頼で、ある男を捜しにきたんだ。それが、あの部屋に泊まっていると聞いて訪ねただけさ。重要な事件の関係者だが、犯罪者じゃない」

「どんな事件だ」

「言える立場にない。あんたからKPPに聞いてくれ」

「予算が限られている。国際電話をするには稟議書がいるんだよ」人を小馬鹿にしたような口調で彼は付け加えた。「いつまで裸でいるんだ。筋肉自慢か？」

天井の近くで固い音がすると、部屋の向こう側に並んだビーム球が一斉に灯を落とした。

取調室にしては広いが、会議室にしては狭すぎた。窓はなく、コンクリート打ちっぱなしの壁は雨上がりのナメクジみたいに湿っていた。

フリスクと馬面は、私の正面に据えたデスクで額を寄せ合い何か相談しはじめた。彼らの両脇にひとりずつ、制服警官が座ってノートパソコンを開いていた。

右側のひとりが、キャスターつきの事務椅子を部屋の真ん中まで転がしてきた。私は足下の竹籠に脱ぎ捨てた服を身につけ、靴を履いてその椅子に座った。

「費用はぼくが持とう。取りあげた電話を使うといい。捜査一課長に直接つながるはずだ」

フリスクが鍬のような顎を突き出し、目の前のプラスチックトレイを鉛筆の尻でかき回した。

「ミスタ・コミネに事情を話して、ぼくを笑い物にすればいいさ。しかし、君らは笑われるだけじゃ済まないぞ。ただの参考人に後ろ手錠をかけて暴力をふるったんだからな」

「ちょっとした行き違いだ」ミスタ・フリスクが大声を出した。

馬鼻が私を睨みながら、隣の制服警官に何か尋ね、突然広東語で怒鳴りだした。

「黙れ、ヴィンス！」上官は怒鳴り返した。「本気でおれにそんな報告書を書かせたいのか」早口だったが、よく分かった。彼は目を私に向けたまま、普通話で言ったのだ。

「君も君だ。阿城大廈なんて、ついこの間までは、まともな港人は足を踏み入れなかった場所だ。珠田竜也もスキップ麥《マック》も、あんな所に行かなきゃ何の世話もなかったんだ」

「なるほど。——君らはいつから竜也を見張ってたんだ」今度はこっちが大声を出す番だった。

「虎狩りのシーク族から辿ったのか」

彼は渋々うなずいた。「タクシーを当たった。何、大した手間じゃない。香港島をベースにしているタクシーは数が限られるからな。——楓丹白露酒店《ホテル・フォンテンブロー》に現れたって、やはりあんただったか」

坐り直した拍子に、フリスクの上着の襟で小さなピンバッジが光った。詰め襟の制服に黒い官帽を被り、目を仮面で隠したブラックビューティー号の運転手だった。

「いいバッジだな。高いプレミアを払ったんだろう」

「いくらファンだからって、おまけつき《ギヴアウェイ》じゃなかったらこんなものは買わないよ」フリスクは鍬で空気を耕した。「日本から捜査協力の依頼があったのは一昨日の夜だ。今朝になって、お鉢がこっちに回ってきた。おれたちは所轄の刑事じゃない。香港警務処本部の刑事情報課に所属している」

「珠田竜也を見つけたら、そこのタフガイが締めあげて強制送還。それが君らの任務だな」

「こいつがカンフー使いに見えるか？　この町は観光と交易で持っているんだぜ。警官も外国人には当たらず障らずさ。せいぜい飲茶をやりながら、早く帰るように説得するぐらいだ」

ドアがノックされ、許可を待って制服警官が入ってきた。彼はミスタ・フリスクの背後に進むと、膝を屈めてそっと耳打ちした。

「ＯＫ、ＯＫ」彼は煩わしそうに手を振って私に向き直った。「おれの名は羅《ロー》だ。こいつがヴィンス。ヴィンス石《セック》だ」

紹介された馬面は嫌そうに腰を上げ、私に向かって歯を剝きだして見せた。「お互い、ちょっとした行き違いがあったみたいだな」

「行き違いじゃない、勘違いだ。お互いでもない、勘違いしたのは君だけだ。君みたいなやつが町を走り回ったらみんなが迷惑する。跑馬地のコースから外れないほうがいいぜ」

跑馬地は競馬場を中心に拓けた町だ。ヴィンスがそのことを思い出すのに時間がかかった。

廊下へ出ると、馬面が喚きはじめた。二人の制服警官が彼を押しとどめ、フリスク・ローが私の肩を抱えるようにして本物の応接室に案内した。

螺鈿の細工がある座卓には、早々とお茶が用意されていた。

勧められたソファに座り、私は空港から阿城大廈までの出来事をひととおり話した。

ダイナの名は出さなかった。スキップに連れて行かれたホテルの筋向いで、シーク族の衛士から阿城大廈へ移ったことを知らされたという筋書きだ。北洋酒店の名は、たまたま中二階で出くわした日本人バックパッカーから聞かされたことにした。

十一階のテラスで起こったことも、最初から最後まで割愛した。十一階は彼らにとって存在していないのだ。文句はないだろう。

そのため十二階の部屋で殴られ、気絶していた時間は四十分ほど長くなった。

もうふたつ言わなかったことがある。三四四号室で私に拳銃を突きつけた誰かが底の赤いフラットシューズを履いていたことと、マットレスの裏にめり込んだ鍵だ。

話し終わるころには、馬面ヴィンスの怒鳴り声も聞こえなくなっていた。遠くでガラスが割れる音がして、それきり静かになったのだ。

「二十二階で君に拳銃を突きつけたのと十二階で殴ったのは同じ人物か」と、老練な刑事は訊ねた。

「殴ったやつは、ぼくより少し大きいと思う」

「拳銃を持っていたやつは女じゃなかったかね」

「拳銃は女物だった」

「それは、また別の話だ」彼は苦笑してお茶をすすった。「匂いがしたろう。香水の匂いだ」

「ああ。匂ったよ。それで振り向いた拍子に銃口で突つかれたんだ」

「声は聞いただろう。拳銃を使ってひざまずかせたんだ。黙ってやれることじゃない」彼はまた顎の鍬をふるった。私の墓穴を掘るつもりかもしれない。「なぜ隠すんだ」

「そいつは竜也の鞄を持って逃げたのかもしれない」私は話をずらした。「部屋に入ったとき、荷物は何もなかった。あったとしたら、やつが隠れていたロッカーの中だ。もしそうなら早く探した方がいい。多分十二階のどこか、ゴミ箱かトイレに棄てられているはずだ」

「トイレだよ」フリスクは鼻を鳴らした。「スポーツバッグがひとつ」

「十二階のトイレだね？」

彼は悠然と応じた。「そうさ。それも婦人用だ」

「さすがだ。女性警官まで総動員したのか。それならどんな事案でも百分でケリがつく」

「百分って何だ？」

「映画の常識だよ。百分にまとめるのが才能だ」

彼は眉間にしわを寄せた。「こっちが探したわけじゃない。映画ほど人手を割けないもんでな」

「通報があったのか。――鞄には何が入っていた？」

「君にそれを教えたら、われわれに何かいいことがあるのかね」

「ぼくが、鞄の中身を知っていたら？」

彼は表情を変えなかった。目も動かさず、瞬時に損得を計算した。「何も入っていなかった。入ってたら通報なんかあるものか。ここは香港だぜ」

「だったら荷物が少なすぎる。近くに隠れ家があるのか、有力な後援者《パトロン》がいるのか」

彼は目を細め、嫌な顔をして話題を変えた。「スキップ麥は現場で撃たれた。まだ確定はできないが、あんたが聞いた銃声というのは、彼を撃った拳銃の音だ」

「じゃあ、ぼくを脅したやつが撃ったわけじゃない」

「なぜ女を庇う？」

「女っていうのは被疑者という意味か。それとも婦人用の拳銃を持ったやつか」私はゆっくり聞き返した。「誰にしろ、殺してからぼくらの目に触れず、あの部屋へ戻るのは難しいよ」

ローは、ケースを出して小さなタブレットを口に放り込んだ。ケースには漢字があった。どう見ても本物のフリスクではなかった。「彼女は何のために部屋へ入ったんだ」

「ぼくに拳銃を突きつけたやつは鍵を持っていたんだ。どうやって手に入れたか、フロントの大女からピンバッジを買ったと考えるのが妥当だろう」

「あんな鍵を開ける方法なら、いくらでもあるさ」やぶ蚊でも振り払うように頭を横に振った。

「そっちこそ嫌に女を庇うじゃないか。それともあれは女じゃなく君のハトか？」

どこかで電話が鳴りだした。彼の懐から出てきた二台は沈黙していた。胸ポケットから引きずり出した三台目が正解だった。

「全部同じ着信音なのか？」

「いや。どれが何か覚えてないだけさ」彼は液晶に目を細め、画像ファイル付きのメールを開いた。

「犯人は脳幹に弾丸を集めていた。ほとんど貫通したが、一発だけ体内に残ってたんだ。二二口径LRでほぼ間違いないそうだ。あんたを突っついた拳銃も二二口径だったな」

私は曖昧に首を振った。「小さかっただけだ。おまけにシガレットケースみたいに薄かった」

「香水の匂いでクラクラしてたんじゃないのか」鍬が動いて喉が笑った。「次は、女にしては射撃の腕が見事すぎるって言うんだろう？」

「錠王牌って名を聞いたことがあるか。三十年以上前、名を轟かせた凶手だそうだ」

彼は億劫そうに眉をひそめ、訊き返した。「聞いたことはある。それがどうした？」

「そいつが使った拳銃も二二口径だ」

「話の腰を折るな。あんなもの、とっくに死んでる」彼は眉を吊り上げた。「スキップ麥は何だってあんたを出し抜こうとしたんだ？」

「じゃあ楊三元はどうだ？　名を聞いたことがあるだろう」

突然、鍬が人の顎に戻った。その奥で小さく歯ぎしりが聞こえた。

「KPPから照会があったんじゃないか？」私は畳みかけた。「横浜で射殺された被害者だ。あれは香港警察とどんな間柄なんだ」

「まだ分からない。調査中だ」彼は押し殺した声で言った。「こっちの質問が先だぞ」

「スキップのことか？――想像でしか言えないが、その想像が湧かない。昼を食べてないんだ」

フリスクは胸を鳴らして息を吐いた。「あんたも頑固だな。どうせパートタイマーなんだろう。何をそんなに意地になる？　本職はなんだ」

「本当にパートタイムの警察職員なんだよ。みなし公務員《オールモスト・オフィサー》だから、ときどきは守秘義務に縛られる。警官は数年前に辞めたんだ」私は溜め息に聞こえないよう、注意して息を吐いた。「断っておくが辞めさせられたんじゃない。本当だ」

ドアがノックされ、制服警官がプラスチックのトレイと私の帽子を持って入って来た。

トレイには、私のポケットの中身がひとつひとつ丁寧に並べてあった。私はソファに座ったまま、それを元の場所に戻した。

「スキップの車はもう見つかったのか」

「ああ。あのビルの近くで。――財布の中に駐車券が入っていた」

「じゃあ、ぼくのボストンバッグを返してくれないか」

「何てえこった！」フリスク・ローは天井に向かって両手を広げた。「日本ってところはそんなに安全なのか。全財産を車の中に入れっぱなしにできるなんて。それも、他人の車の中に」

「それを恥じる必要があるのか？　横浜が深圳の隣町じゃないことを、むしろ自慢したいぐらいだ」

「何とでも言え。捜査本部は、その荷物を手がかりに、あんたを指名手配してるかもしれないぜ」

彼は卓上の電話から受話器を取り上げ、一秒思案した。それから短い操作で発信すると、暴走族のエグゾーストノイズみたいな抑揚で話しはじめた。つまり事務的な広東語というやつで。

「指名手配は止めてやったよ」電話を終えて、私に言った。「しかし、それ以上はどうにもならない。われわれはＫＰＰから頼まれて珠田竜也の様子を見に行っただけだ。スキップ麥の事件は油尖区警察総部に捜査本部が立った。われわれは直接関係ない」

「ぼくの傷害事件はどこの誰が捜査するんだ？」

「嫌な言い方をするなよ。荷物を返してほしければ素直に返してくれと頼めばいい」

「返してくれるのか」

「多分、明日には。車ごと押収されたんだ。返すには手続きがいる。五時を過ぎたからな、もう窓口は閉まってしまった」フリスク・ローは眉をひそめ、腰を上げた。「どこの警察も同じだろう」

「違うと言えないのが辛いところだね」

「パスポートも金も持ってたな。クレジットカードもあったはずだ」

「なかったら、貸してくれたのか」

「金は貸せないが、泊まるところなら世話できる。香港の留置施設は北洋酒店より快適だぞ」

私は黙って立ち上がり、眞品《いい》のボルサリーノを手に取ると型崩れを直して頭に乗せた。

「いい帽子だな」と、フリスク・ローが言った。「香港では安物をかぶる方がいい。汗ですぐ駄目になる」

「安いが本物だ」私は言い返した。「そう書いてある」

25

阿城大廈は二十四時間出入り自由だった。少なくとも地上階には、昼よりもっと大勢の人間が行き来していたが、警備員だけ見当たらなかった。

廊下はどこも上階から遠征してきたアフリカ人に占領され、揚げ油とサモサの匂いで充満していた。バナナの葉に包んだ米料理を大釜で蒸し焼きにしている者までいた。

西側のエレベータホールでは、浅黒い肌の呪術師が客の未来を切り開くために鶏の首を刎ね、その血で床にメビウスの輪を描こうとしていた。

二十二階も事情は似たようなものだった。北洋酒店のロビーはバックパッカーであふれていた。ドレッドヘアの若者ばかりではなかった。バロウズやブコウスキーを斜め読みしていた時代から飽きもせず、ずっと家出し続けていたような山羊鬚の年寄りも大勢混じっていた。

フロントカウンターには伸縮格子のシャッターが降り、人けがなかった。

「誰か、ベアトリス・モーを知らないか」

答えはない。こっちを見る者さえいない。これだけ大勢の人間がいるのに、元から話し声ひとつ聞こえない。聞こえるのはキータッチ、ゲームの電子音、ヘッドホンからこぼれる音楽の断片。

カウンターの隅に小さなインターフォンが見つかった。コードはカウンターの中ではなく、壁を這ってドアの外、廊下の先へと続いている。

『Push me』と、呼び出しボタンの下に直接、油性サインペンで書いてあり、直ぐ脇にはこんな紙が張り出されていた。

『ドアは午前零時で閉まります。エレベータは午前一時で停まります。深夜のご用命には特別料金をいただくことがあります。總經理』


私は覚悟を決めてボタンを押した。

どこか遠くで耳障りなブザーが聞こえた。耳を澄ませ、もう一度ボタンを押した。

モーはすぐに現れた。花柄のパジャマを着て大きな鍵束を持った彼女は、ひと頃流行った女囚映画に登場する牢名主を思わせた。

「三四四号室を開けてくれ」と、私は言った。「珠田竜也の依頼で、忘れ物を引き取りにきたんだ」

「何言ってるの。あそこは駄目よ。警察が――」

「警察が人を残しているもんか。お客がこうまで羽根を伸ばしてるのがその証拠だ」

彼女は私の背後を見回した。「あんたたち！　何度言ったらわかるのさ。ここは禁煙だよ」

こっちが震え上がるほどの大声だったが、身じろぎひとつする者はなかった。

モーは南京錠を外してカウンターの端を撥ね上げ、鉤にした指で私をその中へ招いた。

奥は風呂場を改装した事務室だった。洗面台を取り払って冷蔵庫を入れ、木箱のデスクにＰＣが二台、座布団を敷いた便器が事務椅子代わりで蓋をしてクッションを置いたバスタブソファ代わりだ。

モーは私をソファに座らせ、自分は便器に腰掛けた。「何が目的さ？　何でも思い通りいくと思ったら、大間違いだよ」

「それはこっちの台詞だ。警察に顔が利くからって、法律を曲げられるわけじゃない。最近じゃ、香港警察は世界で五本の指に入る優秀な組織だ。中でもローはまともな警官だからな」

「だから、何さ！」

「警察の協力者《ピジョン》だからって、客の忘れ物を盗んでいい訳がないってことさ」

「冗談よしてよ。忘れ物は預かってるだけさ。ちゃんとノートにもつけてあるんだ」

「なるほど。あの部屋に限って早々と掃除をしたんだな。それも警察が来る前に。変だと思ったんだ。ロー警部は、まったくあの鍵について話題にしなかった。──鍵を返してくれ」

「本人じゃなきゃ駄目よ。規則があるんだ」

私はソファから腰を上げ、デスクに腰掛けた。それでやっと目の高さが同じになった。「あの女を三四四号室に入れてやったのは君だな。いくら貰ったんだ。あの女が誰か知っててやったのか」

「誰かって、それどういう意味？」

「ルー・ゲーリッグを売ったはずだぜ。だから警察に何も言わなかったんだろう。あの女なら、まだ口止め料を搾り取れる」

「変な言いがかりはよしとくれよ。いったい誰なのさ」

「顔を見ただろう」

彼女はゆっくり首を横に振った。「サングラスをして、スカーフと帽子で顔を隠してたのよ。たしかにしゃべり方は変だった。普通話を話してたけど、おかしな訛りがあったわね」

私は彼女の顔を覗き込んだ。

目が真っ直ぐこちらを見返してきた。「ねえ、誰なのよ。ヤバい人種じゃないだろうね」

返事の代わりに財布を出し、五百ドル札をキーボードの上に乗せた。

「金で密告するような女に見える？」彼女は肩を落とし、膝の上に広げた自分の手をしみじみ眺めた。「あたしはね、警察のスパイじゃないんだよ。これでも便利屋なのさ。このビルの便利屋。友達に便宜を図ってるだけさ」

「どうしたら友達になれるんだ」

ベアトリス・モーは尻を揺らして便器から降りた。冷蔵庫のドアを開けるとそこから例のブリーフケースを取り出して、デスクに乗せた。

「私の客は警察じゃない。友達のローが、たまたま警察の人間だったってだけさ」

「たまたま警官だった友人にあの女のことを話したな？」

彼女はそれに答えず、デスクのブリーフケースを開いた。「欲しいのはお金じゃないんだ。知ってのとおり、香港は土地が限られているだろ。生きている人間にとってもこんなに狭いのに、まして死んだ者にはもっと狭い。あたしの父親なんかは、いつか故郷の墓に入るのを夢見ていたけど、あたしはここの生まれだ。おまけに父親が帰りたがってた故郷にゃ今も共産党がのさばってるしさ。――だからあたしは、ここに墓を建てたいのよ。何といってもこの町じゃ、自家用車と墓は最高の贅沢さ。お金なんて、いくらあっても足りないんだよ」

私は手を伸ばし、たまたま友人だった警官が襟につけていた仮面の運転手の雇い主を探した。

何を探しているか気づくと、彼女は「いい趣味をしてる」と感心したように頷いた。

「残念だけど、あれは品切れ。レア物だからさ」

「じゃあ、それは手付けだ」

ベアトリス・モーはキーボードの上の五百ドル札を取り上げると、また冷蔵庫を開け、小さな葉巻の木箱とノートを一冊取り出した。木箱の中をかき回し、眼鏡や小銭入れ、クレジットカードなどの間から立派なアクリルのタグがついた鍵を探し出した。

「受け取りのサインをしなさいよ。こっちは規則通り、ちゃんとやってるんだから」

開いたノートには横書きでこうあった。『發現場所／三四四號碼。拾得物／鑰匙』

私が右隅にサインすると、モーは鍵を私の上着のポケットにそっと滑り込ませた。

「さっき、ぼくより前に誰かが彼を訪ねてきたと言ったね。それは、もちろんあの女じゃない。女は、ぼくが屋上へ行っている間にやって来たんだ」

「ああ。その通りさ」

「それは、どんな男だ」

「だから、あの死体だよ。屋上で撃たれたっていう。ローに写真を見せられたもの」

「それで？　彼らは何しに屋上へ行ったんだ」

「彼らって、――うちのゲストはもう出た後だったんだよ。警察にも言ったけど、あたしゃ客の出入りなんか見ちゃいない。部屋にいないと分かったらどっかに電話をかけてた。それだけさ」

私はさも気の毒そうに眦を下げ、ビーンボールを投げた。「まだローに聞かされてないのか。警察はプールの底からピンバッジを見つけたぜ。ほら、君がスキップに売ったやつだよ」

「おやおや、そういうことね」あっさり頷き、苦笑した。「あのゲストに屋上の行き方を聞かれたんでさ。聞かれたら教えたくなるでしょう。教えちゃいけないって言われてないし」

「あの非常階段を教えたのか」

「まさか。もっとマシなちゃんとした行き方だよ。あんたもバッジを買えば、――」

私は静かに息を吐いた。彼の写真が目に留まったのはそのときだった。

傷だらけの小さなスチールデスクの下、読み古した新聞や雑誌のてっぺんにツィ・バンタムの顔が覗けていた。しわくちゃになった映画雑誌の一ページだった。

私は手を伸ばし、それを取り上げた。深圳郊外に作られた、新しい映画スタジオの開所式で撮られた写真だという説明があった。哲本堂《ツィバンタム》は、それにいくらか出資しているらしい。

「今日この男に会ったよ」と、私は言った。「一杯おごってもらった」

「十一階でしょう」彼女は大袈裟に顔を歪めて見せた。「そのうちビル全部、買っちゃうんじゃないの。まあ、おかげで大分安全になったんだけどさ。昔の方が良かったような気もするし」

「外の人間が怖じけづいて近づかなかった頃の方が？」

彼女は、女子高生の携帯灰皿ほどには愛らしい唇に微苦笑を浮かべると、投げやりに応じた。

「痛し痒し。おかげで、うちなんかも商売繁盛するようになったわけだし」

「彼の本業は映画のプロデューサーじゃないのか」

「映画なんてロクでもない手品の種さ。シルクハットから大金を出すための。そのお金が身内の中でグルグル回って勝手に増える。――女房の親父っていうのが――」彼女は、そこで声をひそめた。

「波止場の顔役で、この街を走ってるコンテナトラックの半分がそいつのものだって聞いてるよ」

「黒社会ってことか？」

「映画屋で地上げ屋で、女房の親父は荷役に運送、その女房にしてからがネオン街で手広く商売をやってる。こんな連中にとっちゃ、黒社会かそうじゃないかなんてどうでもいいことさ」

「ツィは香港の人間じゃないって聞いたが」

彼女は顎のしわをアコーディオンのようにしてうなずいた。「ああ。父親はシンガポールの華商だってさ。お袋さんはマレー人だそうだけど。文化大革命のときラオス経由で逃げてきた中国人じゃないかって噂もあるんだ。そこの雑誌に書いてあったことだけどさ」自分で自分に頷くと、ふいにこっちへ鋭い目を向けた。「あいつと何かあったのかい？」

「いや。ちょっと気になっただけだ。この町でシミのないスーツを着てる人間なんて滅多に見かけないからな」

私は名刺を出し、自分の電話番号から頭の0を消し、＋８１を書き加えて彼女に渡した。

「ミスタ・タマダから連絡があったら電話してくれ」

「私は飲みこみが早いんだ」彼女は微笑んだ。「その鍵は、きっと貸し金庫サービスの鍵だよ」

「どこにあるんだ」

「それは、あちこちさ。郵便ポストと同じくらい」

「開けるのにＩＤカードやパスワードは必要ないのか？」

「必要なのは鍵とパスポート番号だけ。所詮は金持ち相手のコインロッカーってところだから」

私はポケットから鍵を出した。アクリルのタグには小さな金色の端子があり、真ん中に四桁の数字が刻印されていた。他には模様ひとつない。

「こいつの鍵穴はどこにあるんだろうな」

「墓が高いのよ。この町の墓は――」

私は五百ドル札をもう一枚出して、フロントカウンターの端に置いた。「ポケットがいっぱいなんだ。今度来たとき、例のレアものを買わせて貰う」

「駄目だよ」胸を拳で叩き、彼女は言った。「買うだけじゃなく、ちゃんと襟につけなくちゃ」

それから宿帳を広げ、珠田竜也のパスポート番号を小さな紙きれに書き止めると、カウンターの五百ドル札と交換した。

「ウェスタンフェデラルバンク貸し金庫サービス。すぐそこだよ。渡船街を下って佐敦道の先、右側だよ。バ・リック・フライングセンターの地上階。二十四時間営業だよ」

「情報の出どころは企業秘密なんだろうな」

「わたしが教えてやったってだけさ。どこかで貸し金庫を借りられないかって聞くんでね」

「何でローの前では思い出さなかった?」

「あいつは警官だもの」彼女は、いかにも残念そうに呟いた。「いくら友達でも結局は警官じゃない。あんたとは違うよ」

私は言いかけた言葉を見失い、おやすみも言わずに彼女の小さな執務室を後にした。

26

渡船街は広大な埋め立て地の縁をなぞる大通りだった。昔は渡し船が通う岸壁だったのかもしれないが、今では無愛想なビルの背中と無味乾燥とした埋め立て地を隔てる敷居のようなもので、人が歩くことは一切考慮されていなかった。

佐敦道の交差点を渡ると、片側に街の賑わいが湧いて出た。透明な壁でもあるみたいに、そこで街がぷつんと終わっているのだった。

反対側の埋め立て地には高層ビルがほんの数棟、猿に支配された未来の砂浜に情けなく埋もれた自由の女神のように松明をかざしていたが、人の気配はまったくしなかった。

少し行くと、その景色をやっとビルが塞いだ。ガラス張りの大きなビルだった。

瓦利克飛行中心《バ・リック・フライング・センター》の地上階は広いアトリウムになっていて、奥まった一角にひとつだけプライベートバンクの明かりが灯っていた。ドアにはロックがかかっていたが、インカムのボタンを押しただけですぐに錠が外れた。

ロビーはボロ儲けしていそうな歯医者の待合室そのものだった。高価だが居心地悪そうなソファとつくりものめいた観葉植物、ソープオペラのキッチンのようなカウンター。その中で、くたびれた顔の中年男が待ち受けていた。肌は色濃いが人種の知れない、どこか植物めいた男だった。

「ご新規でしたらまず、そこの用紙に記入してください。旅行者の方はパスポートを」

「新規じゃない」私は例の鍵を出して見せた。「貸し金庫から出したいものがあるんだ」

男は大きく頷くと、クレジットカードの決済端末のような機械をカウンターの下から取り出し、そのスロットに鍵のタグを差し込んだ。

「お名前とパスポート番号を」

「タツヤ・タマダだ」私はスペルを教え、モーに貰った紙片を手渡した。

キーを打ち、液晶ディスプレイを覗き込み、口をへの字にして頷くと、男は私に鍵を返し、カウンターから出て奥へ案内した。

金庫室のドアは録音スタジオの気密ドアより華奢だった。端末認証の電子ロックがついていたが、それもこけ脅かしのように見えた。

彼は無数に並んだスチールの引き出しからタグの数字と同じ番号を探し出した。引き出しの前面に並んだ二つの鍵穴のひとつに自分が手にしてきた鍵を差し込み、私を促した。残るひとつに私の鍵を差し、二人同時に回した。

解錠されたスチールの引き出しを仕切り板に囲まれた小さなカウンターまで持っていき、そこで蓋を開いた。ゴヤールの黒いクラッチバッグがひとつ現れた。

中にはアメリカの百ドル紙幣が百枚近くとiPhoneが一台入っていた。手つかずの新品だが、一目で山寨機と呼ばれるパチものだと分かった。背面のリンゴがあまりにも丸い上、左側が齧られている。

電源を入れると、すぐさまパスワードを求められた。

iPhoneをあきらめ、クラッチバッグを逆さにして振り、ポケットの奥まで探った。名刺ほどの大きさのプラスチックカードが一枚と厚手のクリアファイルが一枚、それ以外は何もなかった。

カードは『ザ・ブルーエンジェル』というクラブの会員証だった。プライベートクラブのようだが中国名は見あたらず、夜總會《ナイトクラブ》とも卡拉ＯＫ《カラオケクラブ》とも書かれてはいない。場所は湾仔、会員同伴でなければビジターを受け付けないと断っているところを見ると、安い店ではなさそうだ。

クリアファイルにははがき大の色褪せたカラー写真が一枚、挟まっていた。

四十がらみの男と小さな子供が、漆塗りのベンチに並んで座る記念写真だった。写真館で撮られたものだろうが、その写真館のホリゾントには共産党のスローガンと鄧小平のポスターがあった。

子供は頭にリボンを着け、花柄のワンピースを着ていた。まだ二歳にも満たないのに、長い睫に翳った大きな目が強い印象を残し、ぽっちゃりした唇に泛かんだ笑みは人の気を引いた。

男の手が、接着剤が生乾きのプラモデルを手にする少年のように、その肩を抱いていた。

黒っぽいスーツを着て、ネクタイをした男だった。体が大きく、脚が長く、目は真っ黒なサングラスに覆われていた。髪は油にてかり、きっちり七三に分けられ、少々尖らせた唇にかすかな微苦笑があった。そのせいで頬が膨れて見えた。

親不孝通りの楊の店に隠されていた写真とよく似ていた。しかし三十年以上、時を隔てている。中国共産党のスローガンは改革開放を謳い、鄧小平は最高指導者に返り咲いているのだ。

リボンをつけた子供はあの写真の少女より小さかったが、男の方はあの青年将校と年格好に大した違いはなかった。しかし同一人であるはずはなかった
私は電話を出してその写真を取り込み、現金とトラベラーズチェックと一緒にクラッチバッグへ

戻した。カードは自分の財布にしまい、パチものの iPhone はポケットに入れてバッグを引出しに返すと、教えられた呼び出しブザーを押した。

さっきの男がやってきて、開けたときと同じように引出しに鍵をかけた。

「万一鍵をなくしたら、どうしたらいいんだ？」私は入り口に歩きながら尋ねた。

「パスポートでご本人様確認が出来れば、金庫をお開けすることは出来ます」彼は困ったような顔をして見せた。「しかし、ご契約されたときにご注意しましたように、諸費用として前金二万五千香港ドル申し受けることになります」

「先払いか。つまり金庫を開けてもらう前に？」

「はい。もちろんです。付け直すのに数日かかるうえ、鍵はスイス製の特注品でして、交換費用と休業補償を考えれば妥当な処置かと――」

たしかに。スイス製では文句をつけられない。私は黙って表へ歩いた。スイスに山はあっても山寨《パチモノ》はないのだ。

27

渡船街の南で拾ったタクシーは人と光の濁流をかき分け、高架道路に駆け上がり、トンネルの入り口に向かって滑り落ちた。そこから再び地上に出たときは、こっち側があっち側に、あっち側がこっち側に入れ替わっていた。

しかしあっちもこっちも同じ、雲を突く光の壁が海辺を塞ぎ、ネオンが水面を騒がせ、違いを見つけるのが難しかった。

湾仔の裏通りに、もう遊園地の切符売り場のような造りの外人バーは見当たらなかった。カラオケラウンジを名乗る店はあったが、下着を着ていない女とのデュエットが売り物のクラブや、帰りに踊り子を飲み残しの酒のように持ち帰れる夜總會ではなかった。

それでもあちこちで、アメリカ人とは思えない西欧人がアメリカ人のように振る舞い、彼らの物欲しげな視線の中を東洋人の娘たちが回転寿司の大トロみたいに練り歩いていた。

一通の手前でタクシーを降り、角を曲がると目の前で光が破裂した。

『Blue Angel 鉄青天使』と書かれた五線譜の下で、ボンデージ姿でシルクハットをかぶった踊り子のネオンが、間欠スプロケットが壊れた映写機のようにカタカタ瞬きして、街路を8ミリフィルムのスクリーンに変えていた。

光の渦からコマ落としで登場した黒服に会員証を見せると、彼は門柱のスロットにそれを差し込み、ドアを開いた。

長い廊下は天井から絨毯までことごとく紫色に染まっていた。午後、日差しの輪舞の中で見かけた女と同じ鮮やかな紫だ。天井にはラメまで塗り込まれている。

突き当たりのドアを開くと、ざわめきと音楽が湧いて出た。

そこは広く天井の高いバーフロアだった。女も何人かいたが、席に着いているわけではなく、誰彼なく酒をねだって席から席へ漂い歩いていた。

入り口のクロークに帽子を預けていると、別の黒服が近づいてきた。「特別フロアになさいますか。今だと百ドルでご案内できますが」

手を伸べる方向に、ドレープカーテンで左右を隠したオーク材のドアが見えた。

「香港ドルか？」

「とんでもない。英語でドルといったらグリーンバックダラーですよ」

「特別フロアには何があるんだ」

「パートナーをお選びいただけます。それに、あっちの方がやり放題で――」

「じゃあ、そうしよう。ちょうど誰かと話したかったんだ」

地下は地上階ほど広くなかった。真ん中に回転する円形ステージがあり、それを囲むように革張りのブースが並べられ、ここでは空気まで例の紫に煙っていた。客の大半が煙草を喫っているのだ。

一方の壁は上から下まで鏡張りになっていた。黒服は、その手前のブースへ私を案内した。

ステージに灯が入り、バンドが〝最近いかが《ワッツ・アップ》？　タイガー・リリー〟を演奏しはじめた。

裾の短いメイド服を着た女が、首から販台を提げ、曲にあわせて踊りながらやってきた。販台は葉巻や紙巻き煙草でいっぱいだった。

「なるほど、やり放題なんだね」

「ええ。でも、ただじゃありません」

女に笑い返し、私は胸ポケットから折れた葉巻を取り出した。女から借りたシガーカッターで折れ目を切り、吸い口を開けた。

煙草売りと入れ代わりに、ボーイがブラック＆ホワイトのボトルと氷を持って現れた。灰皿とマッチが一緒だった。灰皿には『ミスタ・イトウ』のプレートが張られていた。

「どなたかお気に入りの女の子でも？」ボーイが紫の絨毯にひざまずいて尋ねた。

「サユリはいるか？」

「サユリですか。すみません。今日は休んでいて——」

「じゃあナンバーワンを呼んでくれ。アリアーヌって名前のはずだ」

「もっと、いい子がいますよ。私に任せてください」

私はいきなり立ち上がると彼の右手を捻じ上げ、顔から下にテーブルへ押えつけた。

「何をしやがる！」

「チップをやるんだよ」突きだした尻のポケットに、空いた手で五百香港ドルを押し込んだ。

「アリアーヌだ！　ナンバーワンを頼む」

ボーイはポケットに入ったものが紙屑でなかったことを手で確かめ、私を睨みながら去った。

床に百USドルが残された。チップを移しかえたとき、ボーイのポケットから落ちたようだ。

私は札を拾い上げ、折り畳んでウィスキーのボトルの下に隠した。

やってきた娘は、タンポポの綿毛のような髪をした肌の浅黒い東洋人だった。鼻筋が通り、大きく強い目が印象的だった。脚が自慢なのか、気前よく太腿をのぞかせていた。

「君がアリアーヌなのか？」

「そうよ。この店じゃあたしがアリアーヌ」彼女は慣れた英語を話した。「お酒はどうなさる？」

「ソーダで割ってくれ」

彼女はマッチを擦り、店の奥に向かって炎でSの字を描いて見せた。

霞みの中から、さっきのボーイがソーダを盆に乗せて登場した。

女がグラスに氷を入れ、ウィスキーのボトルを取り上げると、底にへばりついた百USドルが卓上に落ちた。

「それは君のものだ」私はボーイの顔を見ながら女に言った。「神様からの贈り物だよ」

色黒のアリアーヌが歓声を上げげた。百ドル札はすぐさま彼女の胸の谷間に消えていた。「嘘みたい。あなた素敵よ」

ボーイがどこを見ているのかは分からなかったが、口の中で誰かを罵ったのは分かった。

「ここは初めて？」女が訊いた。

「いや。二度目だ。友人に連れられて来た。知ってるだろう、イトウ・タツヤだ」

「チョコレートを食べてもいいかしら」しなだれかかり、甘い声でささやいた。

「まず楽しい会話だ。今日の朝、君はどこで目を覚ました？」

彼女は腕を組んで胸を抱え上げた。すると、ドレスがずれ上がって脚の付け根に隠された龍の刺青が尻尾をのぞかせた。

「明日の朝は、あなたのベッドで目を覚ますわ。だってあなた、私の話が聞きたいんでしょう」

「ここはそういう店なのか」

「お店に早退のペナルティーが二千ドル。午前零時を回ったらペナルティーはいらないけど、それまで待てないでしょう。私へのチップについては外へ出てからね」

私はボーイを呼んで、チョコレートを頼んだ。「他に何か欲しくないか。シャンパンは駄目だぜ」

アリアーヌは私の目をうかがいながらフルーツセットを追加した。

ボーイはアイスピックの先端のような視線でわれわれを交互に睨みつけて去った。

私は電話を出し、ディスプレイに竜也の顔写真を呼び出して見せた。

「このひとがミスタ・イトウ？」尋ねるのは早く、その後の間は長すぎた。「私のお客じゃないわ」

「じゃ、スキップはどうだ。スキップ・マック。彼はここの常連だろう」

彼女はまた長い間を取った。「だから、お話はベッドでシャンパンを開けた後」

「サユリは今日、どこにいるんだ。——彼女の本名、知らないか」

「人のことなんか知らないわ。もちろん本名も」

「自分の本名なら知っているのか」

「もちろん。でも、男が先に名乗るものでしょう」

私が名乗ると、彼女はまた間を置いた。今度は科《しな》をつくるためだった。「ティファニーよ。父親が深圳の外れでティファニーの偽物をこしらえているとき生れたの」

「ブシュロンじゃなくて助かったよ。そうだったらアラン・ドロンでもない限り手が出せない。それも大スター二人の手を借りてだ」

照明が絞られた。〝さよなら、魚をありがとう《ソーロング&サンクス・オールザフィッシュ》〟の序奏が高鳴り、ダウンライトがスポットライトに変わると、その光線の中に胸を出した女が飛び込んできて、体につけたラメをまき散らしながら新体操のようなダンスを踊りはじめた。

ステージの前を人影が横切った。真っ白なスーツの背中に見覚えがあった。

私は立ち上がった。

トイレなら案内するというアリアーヌを押しとどめ、哲本堂《ツィバンタム》が消えた方へ歩いた。

その先の席に彼の姿はなかった。さらに先は、さっき降りてきた階段だった。

地上階には客が増えていた。中央に百インチほどの液晶ディスプレイが四基、四方に向いて天井から吊りさがり、階下のステージを映し出していた。ダンサーは、すでに金ラメ以外のものを身につけていなかった。

一段高くなったスペースに、馬蹄形のバーカウンターがあった。エミール・ガレの花瓶がいくつか飾られ、中のLEDでカウンターをぼんやり明らめている。スツールは造りものの兵馬俑だ。ツィ・バンタムと二人してその場に君臨している太った大きな黒人が、サユリに火を貸してやったアフリカの閣下だったとしても、私はもう驚かなかった。いかにも、映画の偶然は人生の必然だ。

カウンターの片端では、ノコナのブーツを履きフリンジのついたウェスタンジャケットを着た男が、立ったままギターをつまびいていた。チューニングしていただけかもしれない。

目の前に空のショットグラスが置かれていたが、その男が店の人間か客かは判らなかった。

「一日に二度も会ったな」

ギター弾きに気をとられていた私に、ツィ・バンタムの方から声をかけてきた。「もし追い回されていたんじゃないなら、一杯奢る値打ちがある。好きなものを言ってくれ」

「それは何だ？」彼のグラスを指して尋ねた。都会の汚れた夜空のような色をした酒だった。

「ウォツカに黒のサンブーカをほんの少し。シェイクじゃなく、静かにステアする。シシリアンマーティニだ」

「そういう名前なのか？」

「確か、――違うかもしれない。酒の名前を覚えるヒマがあったら、女の誕生日を覚える口でね」

私は指を立て、バーテンダーを呼んだ。「ポーラーベアヒーターはできるか？」

「もちろんでございます」禿の英国人がボウタイを抓んで応じた。

「ビネガーを効かしたやつだよ」

「はい、さようで。今ここで召し上がりますか。それともお部屋へ戻られてからシャワーでお使いになるので？」

黒い閣下が声を出さずに笑った。間近で見るとさらに巨きかった。曼陀羅模様に織られた民族衣装を着て、同じ生地でつくったタキヤ帽を被り、トランプカードのひとり遊びに興じていた。

濁ったオレンジ色のカクテルが来て、私は静かに最初の一口を飲んだ。凍えた北極熊《ポーラーベア》の心を温めるには十分な味だった。

「ミス・ヤウは一緒か？」私はツィに訊いた。「ここで彼女に会えると聞いて来たんだよ」

「アリアーヌにいったいどんな用があるんだ」

「あの人は自分で苦境を引き寄せている。ぼくなら少しは手助けできるような気がしてね」

黒い閣下が、そのとき動いた。帽子の下の小さな黒い貝殻がもし耳なら、聞き耳をたてた様子だ。

「君は下の階にいたのか」と、ツィが言った。「気前がいいな」

「黒服に騙されたんだ。煙草はやらない」

「それはそれは」彼は肩をすくめた。「おれは紙巻きをやらないからな。葉巻は癖になるが中毒にはならない」

「彼女は中毒なのか。シガレットホルダーを齧っていたぜ。地下酒場《スピーキンイージー》の特別会員なんだろう？」

ツィは答えず、自分のグラスを光にかざした。酒は半分ほど残っていた。氷を鳴らし、ウォツカの中で黒いリキュールが夕立の予兆のように踊るのを眺めた。

私は仕方なく尋ねた。「どんな映画をつくってるんだ？」

「デニス・ホッパーの〝フランキー・ザ・フライ〟」

「あれをつくったのか？」

「いや、ああいうのをつくりたいと思っている。ベン・ギャザラの〝チャイニーズ・ブッキーを殺した男〟、ベルモンドの〝冬の猿〟。しかしなかなか難しい」

「〝冬の猿〟だって？」黒い閣下が突然、振り向いた。「あれはジャン・ギャバンだろう」

「いや。ジャン＝ポール・ベルモンドだ」ツィ・バンタムはきっぱりと言い返した。それから今初めて気づいたと言うように私に向き直り、

「紹介するよ。ミスタ・リンバニだ。何年か前、ザンガロでレアメタルが見つかったのを知っているか。あれは彼の一族の領地だったんだ」

「ザンガロ共和国。アフリカの真ん中ですね」私は尋ねた。

「北をチャド。東西を中央バタネイと外バタネイに囲まれておる」

「国境の南は？」

「川だよ。広く大きな川。それだけが救いだ」リンバニは笑顔で手を差し出し、私の手を握った。

革装の広辞苑に挟まれたみたいだった。

「あなたも煙草をやめられたんですか？」

「いや、生まれたときから喫わない。呪術師として育てられたもんでな。マリファナなら喫うがね。それがザンガロの伝統文化だからだ。君たちがタコを食うのと同じだ」

顎のしわを震わせて言うと、リンバニは一人遊びに戻った。三度捲るとスペードのエースが出た。彼は舌打ちをくれ、場の手札をかき回した。

「わしはもう帰るよ。最低の運勢だ」

「日本では頼りになる切り札ですよ」

言ったのはカウンターの隅にいたウェスタンジャケットの男だった。こちらに会釈すると、ギターを抱いてフロアへ出て行った。

「王牌《ワンパイ》をありがたがるのはアメリカ人だけだ」リンバニはなぜか、そこだけ中国語で言い、帰る気配もなく再びカードを切りはじめた。

ツィ・バンタムは、その手許を嫌そうに見ると顔を背けた。

「バーが禁煙とはね」私は彼に言った。「香港も変わったな」

「本当に変わったよ。このひとつ北の通りに桟橋があって、空母エンタープライズから通船が水兵を運んでたなんて、もう誰も信じないだろう」

「錠王牌が活躍していた時代だね」

ツィの目がひとところに止まり、動かなくなった。「何者だ、そいつは?」

「さあね。誰かから聞いたんだ。昔、この街の人気者だったんじゃないのか」

「おかしなことを言うやつだ」

主牌《エース》ではじまった話題を続けようとして、言葉に詰まった。奥まった円形のブースにあの男がいた。前髪をワックスで後ろに梳かしつけていたが、それでもあのときのおかっぱ頭だと分かった。殺人の被疑者と三千キロ離れた場所で再会したのだ。

思わずスツールから腰を上げ、天井を振り仰ぎ、あたりを見回し確かめた。もちろん、凝った照明も抜け目なく見据えるパナビジョンカメラも見当たらなかった。

私は静かに息を吐いた。「今夜は失礼するよ」

「帰るのか」

「席へ戻ってから考える」

リンバニ閣下に挨拶して数歩行ったとき、ティファニーが黒服に連れられ、ゆっくりあの男の席に近づいた。

私の席からワープしてきたのだろう。無限不可能性ドライヴの効果などでなく、おそらく金の力で。

私は彼と彼女の間に割って入った。

「あら」と、山寨のアリアーヌは声を上げげた。「だって、ちっとも戻ってこないから――」

「失礼します」私は、ブースの片端に彼女のために開けられたスペースへ強引に腰を下ろした。

「お客様」黒服が胸ぐらを摑みかねない勢いで私に言った。「この子はこちら様のご指名で――」

「横浜でお会いしました。お忘れですか」私はおかっぱ頭に会釈した。「一杯おごらせてください」

「おれはお前など知らない」彼の普通話には強い訛りがあった。

「ヨコハマのキャッチャーだよ。君をアウトにしかけただろう」

彼は私を一瞥して、黒服に顎をしゃくった。「下で待たせておけ。すぐに行く」

黒服とティファニーが特別フロアのドアの方へ歩き去ると、おかっぱ頭の手がいきなり動いた。

次の瞬間、それが私の右手首を摑み、ねじ上げげた。

「ピアニストは二本の指で鶏をひねることができるとさ。どうだ？　試してみせようか」

たしかに鮮やかな体技だった。手首を背後に取られただけで身動きがとれなくなった。

空いた手が私の脇腹とトラウザーズのポケットを探った。

拍子に懐が覗けた。肩にホルスターのようなものを吊っていた。革のショルダースリングに馬車の刻印が見えた。

「少し離れてくれ。君とこれ以上親密だと思われたら、女に見捨てられる」

「じゃあ、互いに片手をハンカチで縛って、ナイフで切り合いでもしようかね。スペイン式の決闘だよ。なかなか粋なものだぜ」

唇の端が笑いで捲れ上がると、牙のような歯がのぞけた。

「素敵なズボン吊りをしてるじゃないか」私はやっと声を上げた。「女人街のエルメスか？」

「さあ、忘れたな。一度使ったらすぐに捨てるもんでね。これはまだ使っていない。だからここにあるってだけだ」

男の手が動いた。瞬間、何かが腋の下から手の中に移った。そこで光が弾けた。

鹿角の柄がついた大ぶりな日本剃刀だった。それが眼下を一閃すると、音も振動もなく、私のネクタイがリボンタイに変わった。残りは芯地ごと足下に落ちていた。

「素晴らしい度胸だよ」男は言って、ナイフの刃に舌を這わせた。「何の得物も持たずに来たとは。ここがフーシンさんの店でなけりゃ、その度胸を試してやるんだが」

「試すのは今度にしてくれ。まだ中華料理を食べていないんだ」

私は右手の力を抜き、敵に体を預けた。体を思い切り沈め、頭突きを狙った。

手応えは無かった。敵はのけぞってかわし、同時に膝打ちをくれた。それがカウンターで下腹に入った。

息ができなかった。それでも目は見えた。めくれ上がった髪の下、右耳があるべきところにはちぎったクロワッサンのような傷跡しかなかった。

「動くな。目をつぶって十数えるんだ」

私は言われた通りにした。ひとつふたつ少なめに数え、顔を上げると、大耳朶の姿はなかった。

誰かの好きなジャンプカットのように、彼はフロアの向こう端へ音もなく移動していた。そしてそのまま消えて無くなった。

28

「お客様――」

切られたネクタイを外し、立ち上がった私に、例のボーイが声をかけた。

正面に黒服が現れ、私の動きを巧妙に塞いだ。右側にもうひとり降って湧くと、そいつが利き腕にそっと手を触れた。

「今のを見たか」私は言った。「君のところの常連に殺されかけた」

三人が声を立てずに笑った。何も見ていなかったのか、それともグルなのかは分からなかった。

「ご冗談を。お客様はどなたも紳士ですから」右手の黒服が言った。

取り囲まれたまま歩き出すと、リンバニがこちらを見て眉をひそめ、何か合図を送るように指を動かした。

ツィ・バンタムは背を向けてモニターをぼんやり見ていた。

地下へ降り、トイレへ向かった。手前にノブのないドアがあり、ひとりが鍵でそれを開けた。

短い階段がすぐに始まっていた。段差は一メートルかそこらしかなかった。

階段を降りた先でまた別の黒服が待っていた。強情そうな頬骨に吊り上がった目、右の耳の裏に人魚の刺青があった。

その男が奥のドアを開いた。中は三十坪ほどの事務室だった。スチールの机が整然と並び、ノートブックがそれぞれに開かれていた。

奥の壁一面がマジックミラーになっていて、ＶＩＰフロアの様子が見て取れた。客の入りは変わらなかったが、女の数も賑わいも増していた。光量があまり変わらないので鮮明ではないが、それでも客の顔ぐらい区別がついた。

鼻は尖っているのに高くない。顎がしゃくれ、口唇は薄く、口はただの切れ目でしかない。男のくせにペシルの村の魔女みたいだった。

ティファニーはその脇に座り、退屈そうに時計を気にしていた。

そうした沈黙の動画を背に、大きなアンティークのデスクの向こうから、背の高い、歳の割りにがっしりした西欧人が立ってくると、私にソファを勧め、自分は肘掛け椅子に腰掛けた。

誂えのスーツを着て、首にはアスコットタイ、小紋の絹のチーフを胸ポケットから拳骨のように覗かせていた。実にきれいな銀髪で、口髭さえ煙草の脂に汚れてはいなかった。

彼は口を引き結んだまま、私を見つめた。目には怒りも、脅しもなかった。かといって穏やかでもなかった。

「私はクローカーだ」銀髪が言った。「チャールス・クローカー。二村さんだね？」

ロンドンの下町言葉《コックニー》だった。そのことの方が、彼がこっちの名前を知っていたことより、よほど気になった。

「私がここの社長だ。いくつか似たような店を束ねている。まあ、どうでもいいことだがね。チャーリーと呼んでくれてもかまわんよ」

「最近のキャバレーは、そんなものの密輸にも手を出しているんですか？　ＭＩ６から引き継いだのかな」

「遠慮のない男だ。しかし君、コカインをチャーリーと言うのはインド人だよ。この辺じゃ日本兵のことをそう呼んだもんさ。もっとも、今どきそんなことを知ってる者もいないだろうが」

「それで？　これはC作戦の仕返しか。ぼくは酒井中将の部下じゃないぞ」

「私に用事があったのはそちらじゃないのか。いい機会だ、何でも聞きなさい。答えてあげよう」

「用があったのはアリアーヌという子なんだ」

「アリアーヌならうちのホステスだ」

「アリアーヌ・ヤウですよ」

「君、勘違いしているな。うちの子たちは女優でもモデルでもない。同じ名前を揃えているというだけのことさ。もちろんミーチンはいるし白蘭もいる。サユリとチエコとメイコもいる」苦笑して指を立て、横に振った。そこに大きなカレッジリングが見えたが、どこの出身かは分からなかった。

「日本の警官だって本当かね？　だったらなおさら、他人のものを勝手に盗んじゃいけないな」

「何でぼくが警官だなんて言うんだ？」

「会員証を不正に使うからだよ。それで、君の身元を今しがた買ったんだ。何、難しいことじゃない。この街は金で買えないものの方が少ない」

「会員証は殺人事件の現場で拾ったんだ。殺人捜査を混乱させないよう、香港警察には届けなかった。礼を言われたいぐらいだ」

「話を逸らすものじゃないよ」クローカーがまた指を横に振った。「私が盗んだと言ったのは会員証のことじゃない。人の酒を飲んだことだ。恥とは思わないか」

「言われてみれば、もっともだ。タツヤ・イトウにはぼくから詫びておく。生きていればの話だが」言って顔をのぞきこんだ。彼の目は濡れたドロップのようで、そこには何の変化もなかった。

「誰から買った話か知らないが、ぼくは警官じゃない。ここへ来たのは、鼻っ柱の強い女優と、姿を消したがっている日本の青年に会いたかったからだ」

「女優というのがアリアーヌ・ヤウ嬢のことなら、それは無駄骨だ。ここに来たことはない。日本の青年とは、会員証の持ち主のことかね？　だったら答えようもない。私の店が会員の個人情報を漏らすと思うか」

「それならこっちも言うことはないな。もう帰ってもいいか」

「まあ、そう言わず、――ああ、これは失敬した。酒は売るほどあるというのに」

彼は私の背後に手を掲げ、「ミスタ・クウォーク」と呼びかけた。そこにはもう、耳の裏に刺青がある男しかいなかった。「シャンパンと、――何か適当に」

「警官は他人の酒を飲んじゃいけないんじゃなかったのか」

「飲んだのは君だ。それに君は警官じゃないんだろう」

「だが、警察の下請けで人探しをしている。ぼくが探している男について何か知っていることがあるなら、今のうちに言っておいたほうがいいぞ」

「男？　君は女を探しに来たんじゃないのか」

「男を探すにはまず女。これが鉄則だ」

「なるほど。素人の意見じゃない」クローカーが大声で笑った。

「男と言えば気になる男が一人、そこにいる。タツヤ・イトウの母親と因縁のある男だ」

クローカーが指をくるくる回して見せると、ミスタ・クウォークがクローカーのデスクへ歩き、小さいタッチパネルのコントローラーを撫で回した。

照明が落ち、部屋が暗くなった。壁はすっかり透明になった。紫煙にけぶるＶＩＰフロアは、まるで水族館の大水槽のように昏く深く輝いた。

「ほら、あの男だ」私は、言いながらマジックミラーへ立って行った。

「誰なんだ？」クローカーが黒服に尋ねた。とぼけている様子はなかった。

「さあ。オーナーのご関係らしくて――」ミスタ・クウォークが口ごもった。

「社長の上にオーナーがいたのか。雇われ社長には見えなかったぜ」私は底意地悪く笑いかけた。

「あんたがフーシンさんとばかり思っていた」

効きめがあったかどうかは分からない。クローカーは睫毛一本動かさなかった。

動いたのはミスタ・クウォークの方だった。彼は素早くデスクへ歩き、コントローラーで部屋を明るくすると iPad を取り上げ、何かを呼び出して恭々しくクローカーに手渡した。

社長は紳士然と頷き、ディスプレイに目を落とした。「あの方の身元は確かだ。うちのゴールドメンバーだよ」

「そんなものが本当にあるとは思わなかった」

「二千香港ドルと運転免許証かパスポートがあればステップアップできる」

「何千ドル持っていようとあいつは日本の警察に手配されている。知っていて匿っているなら急いで掃除することだ。香港警察のロー警部がじきに乗り込んでくるぞ」

クローカーが顎をしゃくった。ミスタ・クウォークがドアを半開きにして、廊下に何やら指示を飛ばした。

私はかまわず続けた。「今日の午後、阿城大廈で殺人事件があった。警察はあの男を疑っている」

クローカーは立ち上がり、眉をひそめてゆっくり頭を振った。

「しょうがない人だ。目につくドアを片端から開けて。――開けちゃならないドアまで開けてしまったらどうするね」それから私に背を向けて、デスクに戻った。

大きな水槽の中では、耳はひとつしかないが大耳朶《おおみみ》と呼ばれている男が山寨のアリアーヌを伴い、立ち去るところだった。まだペナルティーが必要な時間だったし、彼が三千ドルを払った様子はなかった。それがゴールドメンバーの特権なのだろうか。

「彼に教えて上げなさい。こういうときに誰かが都合よく助けてくれるのは映画だけだとね」

そこは広東語だったが、私にも分かった。言われるまでもなく映画で何度も聞いた台詞だった。

ドアが外から開き、二人の黒服が入ってきた。体の大きな方が、左の拳にポケットから出した革紐をぐるぐる巻きはじめた。

ミスタ・クウォークはデスクに行き、またコントローラーに触れた。

歌声が部屋中に響きわたった。

金粉にまみれたステージで、先ほどのウェスタンジャケットがギターをかき鳴らし、甲高い声で唱いはじめたところだった。

Night has come once again
To lead me into memories
Lead me on and let me cry
And then leave without a sound

体の大きな男が革紐を左拳に巻き終えたとき、ドアが開いて、ちょっとした騒ぎがおこった。

二人のボーイを道端の小石のように弾き飛ばして入ってきたのは、黒い大きな閣下だった。体も押し出しも格違いだった。革紐の男は、なすすべもなく拳を開いた。

「困りますな、閣下。楽屋にこられては」クローカーが当惑気味に首を振った。

「彼と一緒に帰る約束だった」リンバニはがらがら声で怒鳴った。「この私を待たせているのは彼ではなく君らかね？」

「ミスタ・ツィもご一緒ですか？」私はクローカーから目を外さずに尋ねた。その名前に強く反応するのが見て取れた。「彼に言われていらしたんですね」

「おいおい。約束したのは、わしと君だぞ」

クローカーは口をへの字にして私を睨んだ。その顔はジャンケンに負けた子供を思わせた。

「じゃあ、先に行く。わしを待たせた者は、君を含めて三人しかおらん。前の二人は星になって闇を周回している」言い捨てて、リンバニはドアから出て行った。

「なるほど、こうしたわけだ。名残惜しいが今夜はこれくらいにしよう」ドアが閉じると同時に、クローカーが言った。

ミスタ・クウォークが右手を内ポケットに差し入れた。私は身を硬くしたが、取り出して私に突きつけたのは伝票だった。

クローカーがそれを見咎め、素早く横取りした。「〝灰皿セット、五百ドル〟とは何だ。これじゃ、うちが客に煙草を喫わせているみたいじゃないか」

彼は伝票を投げ返し、私に向き直ると穏やかに笑った。「中国人は儲けしか考えないんで困るよ。いつまでたってもサービス業の本質が身につかないんだ」

29

瞬くネオンで光過敏性発作《PSE》を起こしそうな通りに、あちこちの店から煙草を喫いに出てきた酔客だけが目立った。探すまでもなかった。こんな通りで、リンバニ閣下が誰かを待つわけがない。たとえ相手が私でなく、エリザベス女王だったとしてもだ。

「置いてきぼりか？」様子見についてきたミスタ・クウォークが、私の真後ろで呟くのが聞こえた。「いつもは運転手つきの車を待たせてるんだが」

「君の所のオーナーは港人か？」

彼は一瞬、困ったような顔をした。それを薄ら笑いにすり替えて、

「いや。生まれはロンドンだ。生まれて二十九カ月、住んでいたそうだ」

「社長じゃない。オーナーだ。フーシンさんだよ。ツィ・バンタムの仇名じゃないのか」

「口から出まかせばかり言ってると恥をかくだけじゃ済まないぞ。オーナーが誰だろうと、後ろ暗い連中とは違うんだ。うちはそういう店じゃない」ゆっくり思わせぶりに右手をポケットに突っ込んだ。出てきたのは煙草だった。

「驚かさないでくれ。また請求書を突きつけられるのかと思った」

私は市電通りに向かって歩きだした。

角を曲がりPSEの恐れから逃れたところで、ポケットの電話がやかましく震えた。

相手はフリスク・ローだった。「こんな時間まで起きて仕事をしている元同業者に荷物を返してやろうと思ってな」

「窓口が閉まってるんじゃなかったのか」

「閉まったものは、こじ開けろ。警察学校で習わなかったか。油麻地警察の夜間受付で受け取れるようにしてある」

私は立ち止まった。「礼代わりにいいことを教えよう。たった今、横浜の殺人事件の被疑者を湾仔のブルーエンジェルで見かけたよ。女と出ていった。店は女の居所を把握してるはずだ」

「そう言われても困る。君のボスから頼まれたのは珠田竜也の所在確認だけだ。何は無くともまず手続き。それも警察学校で習ったろう」

「覚えが悪いのさ。だからこんなことをしている」

電話を切って歩きだした。少し行くと、鈍く光る巨大なセダンが、ゆっくり静かに私を追い抜いた。塗装だけでも、眞品《いい》のティファニーの銀製品より高価そうだった。

タイヤが路面をこするかすかな音を頼りに、私は襲撃に身構えた。三歩左に小さなバーがあった。入り口は開かれていた。

車はロングサイズのロールスロイス・ファントムだった。後ろ姿はローマの偉人の墓みたいで、大きさも同じぐらいあった。私はバーのドアに飛び込まなかった。ロールスロイスで人を轢いたり襲撃を企てる者など、現実には殆どいない。

後部シートの窓が音もなく開き、リンバニ閣下が窓枠一杯に顔をのぞかせた。

「君は一体何をしているんだ？」

「あなたみたいな人物の興味を引くようなことじゃありません」

私は立ち止まった。しかしドアは開かなかった。乗っていかないかとも尋ねられなかった。

「日本の警官なのに強請《ゆす》りでも企んでいるのか」

「日本の警官って、それはツィ・バンタムから聞いたんですか。それともアリアーヌ？」

「そんなことはどうでもよろしい」閣下は嘘をつくのに不慣れな様子だった。

「ぼくは警官だなんて言っていません。懐を探って名刺を取らない限り分からないはずだ」私は笑い声を上げた。「そいつは日本語がよくわからなかったんでしょう。だから警官と思い込んだんだ」

「道路で歩きながら笑うな。月の精霊にとり憑かれるぞ」

「もう歩いていない」

リンバニは困ったように辺りを見回した。「それならいい。――それよりわしの質問に答えるんだ」

「ぼくはアリアーヌ・ヤウの手助けがしたいだけです。このまま放っておけば自分で自分に泥を塗ってしまう」

「何かの事件にでも巻き込まれているのかね？」

「もう首まで漬かっている」

「君は、彼女がどうすればいいか分かっているのか」

「少なくとも、ツィ・バンタムよりは理解しているつもりです」

「あの男は彼女に関して何の権利も持っていない。ただ個人的な債務を背負っているだけさ」

「債務と言うと？」

「L・O・V・E――ラブだよ。ラブ」リンバニは片目を眉と頬の間に埋めて見せた。ウィンクだと気づくのに少し時間がかかった。「すなわちL《ロ》ー・O《オ》ブ・V《ヴ》ァリュー・E《エ》ロス。その件については、あらためて相談しよう。明日の朝早く、香港クリケットクラブへ来るといい。跑馬地の裏山を登り切ったあたりだ。一番の試合に来ればアリアーヌに会えるだろう」

「彼女はクリケットをするんですか」

「我がチームの勝利の女神だ」大きな黒い閣下は唐突に私に興味を失い、顔を逸らすと口髭の濃い運転手に命じた。「出してくれ。ジョ・ブ」

ロールスロイスが動き出した。あまりに大きいので、車ではなく道路が後ろに向かって動いているように見えた。

30

〝役所の手続〟は九十九パーセント、ロー警部が済ませていた。私はパスポートを見せ、サインをひとつしただけでボストンバッグを取り戻し、正面玄関から外へ出た。

油麻地警察は角地に半円の厳めしいポーチを突き出し、両翼をV字に伸ばした、日本ではA型庁舎と呼ばれていたやつで、張り出した二階部分が両袖の歩道をアーケードにしていた。

そのアーケードの下で空車を見つけ、九龍半島の先端を目指した。目抜き通りを下れば、海にぶつかるまでにいくつも手頃なホテルがあるはずだった。

運転手は普通話ができないか、私をからかっている様子だった。いくら言っても聞き入れず、狭い一方通行を南に下った。方向は間違っていないが、混雑を引き寄せているだけだった。結局、いくらも走らぬまま高架道の下でひどい渋滞につかまった。

むろん一方通行路だった。運転手がバックしようとすると、後ろを大型トラックが塞いだ。料金を払ってタクシーを降り、別の道から南へ下ろうとした。どれも警察の警戒線で塞がれ、車と人でごった返していた。

大きなボストンバッグを担ぎ、地下鉄駅を探して歩くうち、ホテルの前へ出た。ロビーへ上る狭い階段の壁にガラスタイルで海辺が描かれ、『港館酒店』という金属切文字が、得体の知れない荒物屋と見たことのないコンビニの隙間にひっそり輝いている。

私は上階の帳場で前金を払い、鍵を受け取った。カウンターの中には、髪を明かるく染めた口煩そうな老婆と、猫背になるほど胸の大きな中年女がいて、昔このあたりは波打ち際だったのかという私の質問に、「係呀係呀《ハイヤーハイヤー》」と二部合唱で頷いた。

部屋は狭いが窓は大きかった。シャワー室も肘をぶつけず頭が洗える広さがあった。ベッドは固く小さかったが、足がはみ出すほどではなかったし、寝返りをうっても転げ落ちることはなかった。

時間をかけてシャワーを浴び、新しいシャツを着て外へ出た。

北に向かって歩くのは難しくなかった。

交差点をひとつ越えると、車道をミニバスが埋めつくし、歩道は帰りを急ぐ人であふれていた。

その脇をオーストラリアの観光客が何組も、大きな図体を揺すってすり抜けていった。男も女もショートパンツを履き、Tシャツかアロハを着て、顔も体も緩みっぱなしなのに足だけは早い。カンガルーの糞以上に栄養価のあるものがない土地で育った連中が、中国人の残飯の桶から魔法でひねりだされた食物を求めて歩いている。それを鯨飲馬食などと言ったら、鯨にも馬にも失礼だ。

いや、ちょっと待てよ。そいつは言い過ぎじゃないか。私はつまずくように立ち止まった。オーストラリアにだって痩せた女はいるし、腹周りのしまった男もいる。プロの野球選手さえ輩出しているのだ。咸魚や腐乳を、いや、鯨を楽しめる者だっているに違いない。

海老の焼ける匂いがやって来た。私の足が、また動きはじめた。

行く手の交差点は椅子とテーブルに占領され、塡鴨式飼育場の北京ダックのように詰め込まれた中国人の観光客が、香港式バーベキューに熱中していた。路上の炭火コンロから噴き上がる煙は容赦なく、ごみ処理場の煙突の中で食事しているのも同然だった。

何が香港風なのだろう。どの店も同じ形、同じ大きさ、同じ味の、重金属に汚染された食品工場や養殖池から届けられた冷凍の屍肉や甲殻類を、二酸化硫黄をまき散らす炭団で焼いているだけではないか。

待ってくれ。私の足がまた止まった。そいつは言いがかりというもんだ。美味くもなんともないかもしれないが、有毒食材と決めつけたものでもない。それに万一美味かったら、香港式かどうかなんて関係ない。不衛生でも冷凍でも、たとえ下水口で取ったミジンコだろうと美味ければ立派な食べ物だ。北京の煤塵スモッグだって、鰻の煙ほど良い匂いならご飯の供だ。

食事を丹念に描く映画にロクなものがないのは、その辺に理由がある。本当に素晴らしい映画では、食事はいつも過去の出来事だ。

おい、今夜はどうかしてるぞ。遠くで笑い声がした。誰かが喚いた。私は再び歩きだした。

そこから北へ延びる道は、両側に背の高い天幕屋台が連なり、縁日の射的の景品のような品々を何とか売りつけようとする俄か商人で一杯だった。

世界中の観光客が行き交い、品定めをしていた。「わーっ。メッサ香港！」日本語が聞こえた。若い女がモノグラム柄の〝ルイ・ヴィトン眞品ワールドカップ公式球〟を抱え、電話で自分を撮っていた。店の親爺が何やら怒鳴った。仲間の女たちが笑った。「観光客の特権ってやつ？」

何が観光だ。写真や動画で見たものと同じ風景、同じ食べ物があることをただ確かめ、目で見もせずに写真に撮ることが、今では観光のすべてなのだ。

数万の笑いが渦巻いていたが、どの笑いも黒くなったバナナの皮のように疲れていた。誰もが、満腹を知らないミナミゾウアザラシよろしく、自分の気持ちを持て余していた。

今度こそ立ち止まらなかった。いったい今夜はどうしたんだ？　私は前のめりに足を早めた。いったい今日、何があったというのだろう。

電気火花と鉄拳、続けざまに二度、後ろから一撃を食らった。何よりこれが効いている。痛みは少し引いたが瘤はますます大きく、首を動かすと目眩がする。

顔見知りが頭の半分を失くし、プールに浮かんでいるのを見つけ、馬面の警官に後ろ手錠をかけられ、三千キロ離れた場所で殺人を現認した犯人に、ネクタイを真っ二つにされた。これも大いに効いている。殴られた痛みより、ずっと応《こた》えていても不思議はない。

それもこれも、天を突き差す鼻と空気を切り裂く目を持った女が原因だった。何故かは分からない。理由などなくそうなのだ。香港の警官に事実をいくつか隠したのは、乱暴に扱われたことへの腹いせなどではなかったし、違法喫煙酒場《スモーキンイージー》にのこのこ出かけて行ったのも、珠田竜也を探すためではなかった。そしてあの黒い閣下につまらない取引を持ちかけたのも。

今夜は本当にどうしたというんだ？　頭のどこかがショートしている。腹が空いているせいだ。

私は歩き続けた。行けども行けども中華料理を食べられそうになかった。生け簀を構えた店はどこも満員札止めだった。まだ煲仔飯の季節ではなかった。火鍋は気が進まなかった。

やがて頭上から飲食店の看板が消え、蝙蝠に『押』の字の質屋の看板が目立つようになった。車道は暗く、歩道には占いと仏具の屋台が増えはじめた。その先では老境に差しかかった男女が何組も、巨大なスピーカーの脇でカラオケに興じていた。歌ではなく、スピーカーの大きさを競っているみたいだった。

道路は古びた寺の前庭にぶつかって終わった。

立派な枝ぶりのガジュマルの下では男たちがベンチに座り、煙草を喫っていた。本堂では編笠ほどもある渦巻き線香がもうもうと煙を上げ、煙草の健康被害をあざ笑っていた。

境内を通り抜け、車道を渡った角地に軽食堂が明々と灯をともしていた。

高い天井でもっさり回る天井扇が手を振るように、私を招いた。太った女主人に促されるまま、パンを並べたガラスケースの前を通り、小さなタイルを張りつめた階段を上った。

二階はずっと広かった。歩道へ迫り出した窓辺に私は座った。カーブのついた鋳鉄の格子窓から見下ろす夜は、〝これがシネラマだ〟った。

遠い看板、近いネオン。弱い光、強い灯。そこを自在に動き回る人々と言葉、そのすべてが洪水寸前のチグリス＝ユーフラテス河のように揺れていた。河はすべてを押し流した。線香やバーベキューや小便のにおいも、あらゆる痛みも何もかも。

それは素晴らしい体験だった。香港の夜を発明したやつにアカデミー賞をやらなければいけない。

私はシネラマビジョンの銀幕の中央に座り、酒を注文した。

「ないよ。ビールもない」女主人は広東語で言い、普通話に切り替えた。「ここは茶餐庁よ。ホンコン・ティールーム。ノー・リカー。酒は何が飲みたい？」

「ウィスキーがあれば、それに越したことはない」

「どっちにしろ、うちにはないよ。茶餐庁だから」

「じゃあ聞くなよ」私はメニューを引き寄せ、指差した。「これは普通の排骨麵か？」

「排骨麵。グッド、グッド」女主人は指を二本立てて見せた。「お金、出しなさいよ。お金が先」

疲れていたに違いない。私はすんなり財布を出して、彼女の手に百ドル札を二枚乗せた。

排骨麵はすぐにやって来た。排骨は一口カツにより近かった。麵はチリソースをかけた出前一丁で、スープはなく、高校生がコンビニの食材から発明したような食べ物だった。

皿が半分空になるころ、女店主が戻ってきた。二百ドルは食事の代金ではなかった。彼女が手にしたレジ袋にはウィスキーの半リットル瓶と釣り銭が入っていた。

「サービスチャージ」と言って、彼女は八十一ドルの釣り銭の中から三十一ドルを取り、前掛けのポケットにいれてワッハッハと笑った。

私は見たことの無い銘柄のスカッチをストレートで飲んだ。

三杯目を飲み終え、シネラマビジョンから離れようとすると、遠くでブザーが響いた。インターミッションの合図ではなかった。

「まだ、おやすみじゃなかった？」桐郷映子の声が尋ねた。「今し方、彼から電話があったの。タッちゃん、ホテルを移ったんですって。安いゲストハウスに」

「そこまではぼくも辿り着きました。北洋酒店でしょう」

「名前は聞かなかったわ。携帯も繋がるようだから」

「今、電話には出るんですか」

「かけてごらんなさい。あなたのことは伝えておいたから」

「じゃあ、ぼくはもう用済みだ」

「そんなことはないわ。お金を送ってくれというのよ。クラッチバッグごと盗まれたらしいの。だから、あなたから融通してもらうようにと——」

「有り金残らずというんじゃないでしょうね」

「いいえ。USドルで八百ドルぐらい残っているらしいわ。とりあえず、二千五百ドル必要なんだそうよ。あなたから渡してくれる？」

「二千五百ドルね。それはぜひとも必要でしょう。しかし、彼は新しいゲストハウスにもいないんです。チェックアウトしたわけじゃないが、多分もう帰ってはこないでしょう。——アリアーヌ・ヤウという女優をご存知ですか」

「なあに、いきなり。——お名前だけなら存じてます。面識はないけど」

「ツィ・バンタムというプロデューサーはどうです？」

「知ってるわよ。〝滅びのエレクトラ〟で当てた人でしょ。そちらに行ったとき、お食事しました。それが何か？」

「フィルムを探していると言ったら、どっちのフィルムかって聞かれたんです。アナログかデジタルかと」

「そう」彼女の息づかいを、耳元に熱く感じた。私は、つい店内を見回した。

「デジタルなら、それはそれでありね。私はあまり気にならない」

「ひとつ教えてください。この話は珠田竜也が持ち込んだって言っていたでしょう。それ以前に彼と、お父様の映画の話をしたことがあるんですか」

「そうね。話したかもしれない」億劫そうに、やっと答えた。「それでネットのオークションを見つけてきて、――あのことも彼から聞いたのよ」

「あのこと？」

「作品ナンバー42って、世間では呪われた映画って呼ばれているらしいの。いいことがひとつもなくて、完成したのにとうとう公開されずに終わった映画なんですって」

「何で彼がそんなことを知っていたんでしょうね。香港映画のマニアなんですか？」

「いいえ。彼が入れ込んでいるのはヒチコックとパゾリーニ。それからジャック・スマイト」

「変わってる。ぼくには理解できない」

「そう、変わってるのよ。そこがいいんだけど」彼女の喉でオンザロックスの氷がひとつ、転がった。「ああ、忘れるところだった。次の日曜日、オークションがあるんですって。ネットではなくて本当の。――タッちゃん、それに42が出品されるって言っていました」

「分かりました。彼と連絡をとってみます」

「お休みなさい、二村さん。私、明日が早いのよ」

彼女が電話を切るのを待ち、竜也の携帯にかけなおした。ダイレクトに留守番電話へ繋がっただけだった。三度試したが、まったく同じだった。

私はウィスキーにキャップをしてレジ袋に入れ、階段を降りた。

夜気はまだ暑く湿っていた。歩きだすと、湧き出た汗でジャケットが濡れていくのが分かった。

31

ホテルへ戻って電話を充電プラグに繋ぎ、哲本堂からもらった名刺を接写すると、メールに添付して小峰一課長へ送った。

明日の朝九時を過ぎなければ返事はない。課長はひとりでメールを開けないのだ。

そのときになって、こんなホテルでも無料のWi-Fiを備えていることに気づいた。私はモバイルノートを出し、ネットに入って次の日曜、香港で行われるオークションを検索した。

難なく香港の新聞社の英語版サイトでその記事を見つけた。


『——香港の国際オークションはかつて宝飾品が中心だったが、近年では美術品もセールされている。大陸の富裕層の成熟によって、コンテンポラリーアートから果ては映画スターの遺品のようなものまでが注目を浴びるようになったのである。

十年前には七億香港ドルに過ぎなかったサザビーズの年間売り上げは、去年五倍近くまで急伸した。これも幅広い美術品が取引された結果である。

そしてついに、ロンドンのショウ&オッペンハイム・ギャラリーズが乗り出してくることになった。日曜日に行われる〝忘れ得ぬ香港映画の栄光〟はそうした意味で時代を画すオークションとなるだろう。貴重なポスターやパンフレットはもちろん、チョウ・ユンファのステージガン（銃口が泥で汚れている！）をはじめ、ジョイ・ウォンの屍衣から、果ては誰も見たことのない幻のフィルムまで出品される。これらがどれほどの額で落札されるか、注目されるところだ』

おおよそそんな内容だった。

文末には出品リストがリンクされていて、森富拿こと桐郷寅人の〝作品42〟は目玉のひとつと目されているのか、各別文字が大きかった。

日曜の午後三時スタート、会場は中環に建つ中華銀行《セントラルバンク》旧本館の最上階の会員制クラブだ。

私はそれをメモパッドに書き留めた。

次は珠田竜也が残したパチものの iPhone だった。電源は入っても、四桁の暗証番号を入れないと、通話やメールの履歴を開くことができない。

他に当てもなく、デフォルトの0000を入力した。すると呆気なくメニュー画面が開いた。しかし、それだけのことだった。通話履歴もなく、メールの送受信記録もなかった。電話帳もメモも、何もかも空白だった。

眞品と違って、この山寨機は裏蓋が開き、電池の出し入れができた。

試しに電池を取り出すとシムカードのスロットが見えたが、カードは入っていなかった。

脇腹の小さなスロットのラッチを押すと、マイクロSDカードが出てきた。容量は32ギガバイト。携帯電話にこんな大容量のメディアが必要だろうか。

私はそれを自分の電話に入れてみた。もちろん、ウンでもなければスンでもない。

カードを自分の電話に入れたままにして、山寨機を財布やパスポートなどと一緒に部屋の金庫に片づけようとした。

部屋のどこにもそんなものはなかった。私はネットに入り、金庫とランドリーサービスのあるホテルを予約してからボストンバッグをドアの内側に立てかけ、服を脱いでベッドに入った。もう一杯、ウィスキーが必要かどうか思案しはじめたとき、電話が鳴った。

「夕食の約束、してなくない？」探るような口調で尋ねたのはダイナ・タムだった。「ひどい目に遭ったの。今やっと解放されたところ。お腹ぺこぺこなの」

「おかしいな。警察に君のことははぐらかしたんだが」

「ありがとう。優しいのね」彼女は窓のエアコンより深い息を吐いた。「電話の通話記録からバレたの。スキップは朝から私と竜也にしか電話してなかったから」

「口裏を合わせるように頼まれたんだね？」私はウィスキーを引き寄せ、グラスについだ。

「ごめんなさい。あのとき全部話しちゃっても良かったんだけど」不意に言葉を止めた。次に口を開くとそれが破裂して溢れ出た。「最初、あたしに電話してきて、タツヤはフィルムを探しに広州へ行って二、三日帰らないことにしろって言うのよ。命令されるなんて気分悪いから目の前であんたに言いつけてやったの。見たでしょう、あの困った顔。いい気味よ。あの呼び出し電話も自分で鳴らしたのよ。あんたを出し抜くためにね。喧嘩になったのも半分はそのせい。これ以上余計なことを言ったら殺すって、――自分が死んじゃっちゃ、バカ丸出しだわ」

しまいは泣き声だった。永遠に和解ができなくなったことを思い出したのだろう。和解したかったのではなく、そのチャンスが無くなったことがショックなのだ。

「ねえ。ホテルはどこ?」

「すまないが約束は明日にしてくれないか。警察に二度も呼びつけられて帰ってきたところなんだ」

「そう――」彼女は気を引き立てようとするみたいに深呼吸して続けた。「わたしね。スキップのアパートに行きたいの。明日つきあってくれる? 警察がまだいるかもしれないし――」

「何をしに行くんだ」

「私の荷物が少しあるの」

「着替えと化粧落とし?」

「それに避妊具」そこだけきれいな日本語だった。

「鍵は持っているんだな」

「うん。でも隠してたわけじゃないわよ。別にあなたに隠しても仕方ないし」

ダイナ・タムはお休みを英語と普通話で繰り返し、電話を切った。彼女の普通話には、どこか奇妙な訛りがあった。

それが長く引っかかり、寝るまでに結局、ストレートをもう二杯飲むことになった。

32

朝早く目を覚ますと、ビルとビルの隙間のほとんどに、レンブラントの夜のように暗い雨雲が垂れ込めていた。下は海で、その表にだけ甘やかな光があった。

荷物をまとめ、タクシーを拾った。秋晴れと驟雨が上下二つに割った空を目の前にしながら、私は街一番の目抜き通りを半島の行き止まりまで下った。左角が予約したホテルだった。

右角にもホテルがあった。ディムラーロイヤル以外寄せつけないようなファサードと、植民地官僚や彼らの愛人たちしか歓待されそうにないロビーを誇る老舗のホテルだったが、そのロビーは今、観光客の婆さまによって占拠され、欠品ものの北京ダックみたいな鳴き声が響きわたっている。

左角のホテルには大通りに面した車寄せもなく、ロビーの天井も低く、地方都市のショッピングモールのような造りだったが、人けがなく、自分の足音が心地よいほど静かで、おまけに一泊あたり三千五百ドルも安かった。

チェックインまで、まだ時間があった。私は荷物を預け、タクシーに乗った。

香港木球會と伝えるだけで充分だった。

運転手は海底トンネルを潜り、湾仔市街の東端から香港島の南北を隔てる山へ上った。

かつては島の南側へ向かう幹線道路だったものが、山を貫くトンネルができてから交通量も減り、今では豪奢な住宅地を巡って山頂の観光名所へ通じる木陰のドライブコースに変わっていた。

銅鑼湾の高層ビルを足許に見るあたりまで上ると路肩の向こうに広い芝生のグラウンドが現れた。クラブハウスは背の低い地味なビルだったが、正面玄関のガラス扉には馬蹄を模した真鍮のステーがついていて、屋内にはイギリス風の物々しさがあった。

私はフロントでリンバニを呼んだ。予約は入っていたが、まだ誰も来ていなかった。クリケットの試合は、ゴルフほど早くから始まるわけではないらしい。

ビジターでも朝食がとれるだろうかと、私は尋ねた。

フロント係の娘はにっこり笑って、副支配人を呼び出した。

「ミスタ・フタムラですね。リンバニ様からうかがっております」香港で生まれて香港で年取った英国人特有のアクセントと物腰。クラブのエンブレムが入ったブレザーが誰より似合っていた。

「失礼ですが、お帽子を」

私はあわてて眞品《いい》のパナマを脱ぎ、副支配人に手渡した。「忘れていた。被り慣れていないんだ」

彼は私を階上のタバーンへ案内した。

オーク材のがっしりした梁と柱、漆喰壁には各国チームのエンブレムやペナントが飾られている。生ビールのサーバーが何本も突き出たバーカウンターでは、こんな時間から、巨大な優勝トロフィーの形をしたシャンパンクーラーでクロ・ド・メニルの年代物が冷やされていた。

副支配人がメニューを広げた。粥も点心もなかった。もちろん麺も焼臘飯もだ。私は、パンケーキにリンクスとポーチドエッグを頼んだ。

「何もかもイギリス風だな。フラミンゴと針ネズミはどこにいる？」

「さあ。――いくら広東でも、そのようなものを食べるとは聞いておりませんが」

私一人、取り残された。とたんに窓の外が暗くなった。いきなり雨が来た。四五口径で撃たれても、死ぬまで銃声に気づかぬほどの降りだった。

眼下に広がるグラウンドでは、一面刈り揃えた芝が雨にけぶっていた。銅鑼湾の町並は深い霞の中に沈み、高層ビルのてっぺんがいくつか、春先の筍のように頭をのぞかせているだけだ。

「君か？　リンバニ閣下の賓客って」誰かが雨に抗い、大声で怒鳴った。

昨日と同じ帽子から前髪が一筋垂れ下がっていたが、眼鏡は競泳用のゴーグルみたいなものに代わっていた。彼は自分から英語で名乗った。「ぼくはンだ。チャーリー・ン」

「二村です。昨日、アルバート・ジャーデン・ホールでお見かけしました」

「やあ、そうだったのか。一声かけてくれりゃいいものを」濡れたポークパイを膝に叩きつけて雨粒を払った。あちこちが水浸しになった。

「これを捨ててくれ、ジェイムズ」

ちょうど私の朝食を運んできた副支配人に、濡れてひしゃげたポークパイを押しつけた。ついでに自分の朝食を言いつけ、私は生ビールと勘定書を頼んだ。

「つまらないことを心配するな」ンが言った。「請求書は彷徨う亡霊さ。どこかの赤く濡れた手が闇の中でそっと処理する」

「それが中国のやり方？」

「つまり、世界の流儀だ」

私たちはカウンターに並んで朝食を食べた。

ンはiPadで新聞を読みながら黙々と手と口を動かした。まるで私がいなくなったみたいだった。

「あなたもアリアーヌの関係者ですか」彼の皿が空になるのを待ち、私は尋ねた。

「そういう言い方も成立するな。リンバニ閣下と一緒に少々金を出したら大当たりしちまったんだ。ほら、〝滅びのエレクトラ〟だよ」

「噂には聞いてるが、まだ見ていない」

「それは賢明だ。監督が監督だもんだから、ちょっとシュールな出来になってさ、カンヌでヨーロッパ人がコロリと騙されちまったってわけだ。一夜明けたら、ただのカンフーアクションが芸術だよ。それで、もう一本。今度はうんと金をかけて大々的にやろうってわけさ」

「制作委員会のひとりということ？」

「いや。委員会方式じゃない。あんなのは臆病者の痛み分けさ。おれたちは勇敢な博奕打ちだ」

「ツィは金を出してないんですか。ほら。製作総指揮の」

「出してるといえば出してる。出してないといえば出してない。こっちは映画じゃなく、ツィに投資してるようなところがあるからさ。リンバニ閣下はまた別に、アリアーヌにも投資している。映画を二年に三本つくるって契約で彼女を拘束しているんだ。君も映画関係者なのか」

「いや――」私は少し黙った。「フィルムを買いに来たんです。森富拿の遺作」

「まさか〝42〟のことじゃないだろうね」

「知ってるんですか」

「世界一気の毒な映画！　しかし凄いね。あれを買いつけに日本からやってくるなんて。これはぼくの個人的な意見だけどさ。あれは、――」勿体をつけ、カフェオレをすすった。「本当はなかなか面白いんだ。殺し屋が人生について語る。鰐に食われながらね。あそこは本当に素晴らしい」

「あのフィルムを見たことがあるんですか」私は彼に目を向け、尋ねた。

「もちろん見たことなんかない。噂を聞いただけさ。何人か、香港の映画人から」

「やっぱり殺し屋の映画なのか」

ンは大きくうなずいた。「人殺しを天職とした男の一代記という体裁らしいよ。その実――」

ドアが音を立てて開き、彼の言葉を遮った。

リンバニが巨体を揺すり、入ってきた。三歩で立ち止まると、尊大に振る舞うことこそ自分に課せられた最大の任務だと信じて疑わない男が、どこか不安そうに私を見て言った。「親切にしてやったわけじゃないぞ。君に興味を持っただけのことだ。それも通り一遍の興味だ」

「分かっています」

やっと追いすがった副支配人の手からタオルを乱暴に奪い取って、肩を拭い、窓の近くの肘掛け椅子に歩いた。

バーテンダーが夏雲のごとく湧いて出ると、凍ったシャンパングラスを差し出した。

「シャルドネ」と、ひと口飲んでリンバニが呟いた。「シャンパンは単品種でなくてはな。そうは思わないか、チャーリン」

「どうしますか。チームはもう揃ってますけど」チャーリー・ンが尋ねた。

雨足は衰えていなかった。ガラスを叩く雨が、窓辺の絨毯にうねうねと動く影を映し出していた。

「残念です、閣下。今日は午前中九十パーセントの降雨確率とか」と副支配人。

「ああ、雨か。これはすぐ止む」私に向き直った。「君の道具は?」

「道具なんか持っていませんよ。ぼくはクリケットをしに来たんじゃない」

「わしはチームメイトしか信じないんだ。信じん者とは何の話もせん」

「この雨ではどんな道具を持っていてもしかたない。役に立つのは傘だけだ」

「まったくだ。アフリカに蛇口を売りに行くようなもんだな」ンは無遠慮に割り込んだ。

「アフリカに蛇口だと?　おまえなんぞにアフリカの何が分かる。アフリカでは蛇口など無くても水は湧く。この二十一世紀の今もシェークスピア劇が横行しているんだ」

「それはそれは。ロマンチックなことで」

閣下は首を横に振った。「ロマンティシズムはあってもレトリックが無い。言葉そのものが無い。そこが悲劇だ」

「それじゃ、まるでハリウッド映画だ」

リンバニがやおら立ち上がり、窓辺へ歩いた。顎を上げ、雨空に向かって瞑目した。

「これだから嫌だよ、オックスフォード出のザンガロ人は」ンが声を殺してささやいた。「人を食ったようなことを言うならまだしも、本当に食っちゃうんだから」

「認識とは食うことだと言うぞ」リンバニが不意に応じた。この雨音の中、五メートルは離れた所から。「騙されちゃいかんぞ。そいつは中国軍なんだ。だからオックスフォードを良く言わない。中国軍じゃハーバードの高級官僚養成プログラムが出世コースだからな」

「軍人じゃありませんよ」ンは口を尖らせた。「人民解放軍駐香港部隊の司令部ビル管理事務官。昔のプリンス・オブ・ウェールズ・ビルの賄いをやってるだけだ」

「しかし役人だ」リンバニが歯を剝いて笑った。「それも武器を飲んでおる」

「それは、まあ、――武器は別にしてね」

「そしてスパイだ。チャーリン」

「チャーリンじゃありませんよ。チャーリー・ンだ」彼は私に言った。「普通話だと呉《ウー》だって」

「コードネーム〝ン〟だ」リンバニが雑ぜ返した。「中南海のスパイだからな」

「バカなことを言ってないで、今日のゲームをどうするか早いとこ決めてください」

リンバニは喉を嗄らして笑いだした。「どうもこうもない。何の問題もないぞ」

笑いながら窓辺の絨毯に胡坐をかくと、懐から革製の眼鏡ケースのようなものを取り出し、蓋を開いた。中には磁石が入っていた。慎重にそれを前に置き、西の方向を向いて祈りはじめた。呪文が口の中に小さく谺した。

「まったく。本気かよ」ンが言った。脅え声に聞こえた。

バーテンダーがカウンターから飛び出してきて、どこかに隠してあった灰皿を磁石の前に置いた。するとアフリカの閣下は両切りのインド煙草を出し、灰皿の中に煙草の葉をほぐし入れ、デュポンで火を点けた。煙草ではなかった。発酵した麻の葉の匂いがした。

「魔法だよ。魔法使いなんだ」ンが口を歪め、私に言った。

リンバニが大きな叫び声を上げた。部屋の空気が二つに裂けた。

バーテンダーが震え上がった。チャーリー・ンはソファの上で身を縮めた。

私は目を見張って体を乗り出した。

四度叫ぶと、鋭い音をたてて息を吸った。吐かずに目をかっと開け、ガラス戸を睨み据えた。

雨が前触れなしに止んだ。

テラスの格子屋根がパラパラと水滴を落とすと、陽光がそこで瞬きした。

「何てことだ」バーテンダーが頭をゆるゆると振り、テラスに歩いてガラス戸を開けた。

山肌の輝きが目に飛び込んできた。眼下の高層ビル群が流れる雲の中から姿を現した。

「偶然にしては出来すぎだったろう」と、ンが言った。「だから言ったんだ。魔法だって」

「信じてるのか？」

「信じる信じないにかかわらず、嫌じゃないか。何が嫌って、こういうのが一番嫌だろ」

「事実は雨が止んだということだけだ。調書に書けない事実は事実じゃないからね」

リンバニは肩で息をしていた。額に脂汗が湧き出てそこを金属のように光らせた。

私は腰を上げ、窓辺に歩いた。「太陽を呼び寄せたんですか」

「雨の精霊を追い払っただけだ。だから太陽が出た。あれはただ燃えているだけの火の玉だ」

「他にない世界観だ」

「空にいるのは大きな蛇だ。ときどき水の精霊にたぶらかされ、荒れ狂う。それを宥めただけのこと。他にない訳ではないぞ。金枝篇によれば、日本のミカドもサポテク族の大法王も同じような考えだという。もし太陽が聖なるものなら、聖なる者の頭上に在るなどけしからんとな」

言うと、ゆっくり立ち上がり、よろけるように音をたて手近な椅子へ腰を埋めた。「蛇に力を奪われた。試合が思いやられる」

「天気を変えられるんだ。クリケットで勝つことなんか訳はないでしょう」

「何をバカな」呪術師は軽く憤った。「わしは私利私欲でこの力を使うような未熟者ではない！」

33

ローンキーパーが一ダース近く出て吸水ローラーで芝を撫で回したが、グラウンドから水を完全に掃き出すことはできなかった。

リンバニはかまわず、グラウンドの中にずかずか分け入り、審判団を急かした。

「ダッグアウトはないんですね」私は尋ねた。

「恐妻家《ダッグウッド》なら大勢いるぞ」彼は喉を枯らして笑った。

「選手でもないのに、グラウンドにいていいんですか？」

「ローカルルールだ。わしはオーナー監督だからな」

「ぼくは？」

「君は選手だ。ユニフォームを着ている」

「着ろと言われたから着たまでです。――相手チームがよく黙っているもんだ」

「あっちの方が、ずっとローカルルールが多いんだ」

チャーチルサイズの葉巻のような指で差す方向に、相手チームの監督らしき人物が見えた。

車椅子に乗った八十がらみの老人だった。光沢のあるシャークスキンのスーツの下に柄物のポロシャツを着て、歳のわりに背筋はしゃんとしていたが、中国人にしては背が低く手足も短かい。髪は耳の周囲に少し遺っているだけで、頭は赤ん坊の尻のように白く艶々していた。

車椅子を押しているのはプラチナブロンドの若い女。しかも芝生にピンヒールだ。

「知ってるかね、フーシンだ。ツィはやつの娘婿なんだ」

「フーシン」私の声が裏返りそうになった。「フェニックス・ファンドの会長ですか」

「うん。ファンドは実質、ツィが転がしてるがな。あいつは運輸と荷役、不動産。汚い男さ」

「商売が汚い？」

「汚いのは試合運びだ。この間なんぞ、インドからプロを呼び寄せやがった。おかげで九連敗だ」

リンバニは声を荒げ、「ジョ・ブ」と呼んだ。

背後から口髭の運転手がシャベルのようなステッキを持って飛んできた。シャフトは紫檀、スコップの部分は革製で、それを左右に押し広げると、一本足のスペクテータチェアになった。

石突きを芝に突き刺し、閣下は革のスコップに腰掛けた。気の毒な椅子が悲鳴を上げた。

芝生を敷きつめた広大なグラウンドの中央で十一人ずつ二チームの選手が向き合い、握手した。グラウンドには二十メートルほど離して二本、短い線が引かれ、それぞれに三本の杭が立っていた。高さは一メートルほど、上端で櫛状に繋がっている。

打者と投手が、その杭のすぐ内側に立った。捕手は杭の後ろで構えた。腰は落とさない。

野球によく似ていた。しかし、残る九人の野手は思い思いの場所に散り、ベースも無く、守備位置も決まっていない。

プレイボールがかかった。投手は助走をつけ、革巻きのボールをワンバウンドで投げた。

打者がゴムボートのオールのようなバットでボールを打った。レジー・ジャクソンも顔負けのアッパースイングだったが、ボールは真横に転がった。

捕手が横跳びになり、体全体で押し止めた。溶接工の手袋のようなグローブをしていたが、プロテクターは着けていない。他の野手は残らず素手だ。

逆に、打者は大げさな臑当てを着けていた。彼は、何度も何度もバットを振り続けた。三振も四球もない様子だ。

そのうち、バットをかすめたボールが後ろの杭に当たった。するとアウトが宣告され、バッターが交代した。

「野球と比べたら分からなくなるぞ」リンバニの声がした。

「しかし、よく似ている」

「打つ方が守備だとしてもかね。ボールからあのウィケットを守っているんだとしても？」リンバニが三本杭を指し示し、言った。「投げてるのが攻撃なんだ。三本杭《ウィケット》を倒すとアウトになる」

「得点は？」

「そこは野球に似ている。打ったボールが戻ってこないうちにウィケットとウィケットの間を走るんだ。一往復一点になる」

「いくつアウトになると攻守交代するんです？」

「その試合による。問題はアウトの数じゃない。投球数だな。ゲームの帰趨は杭を巡る攻防にあって、打点はおまけのようなものだ」

「何球で交代なんです？」

「これも試合による」

「公式ルールはあるんでしょう？」

「何者にとって公式か、肝心なのはそこだ。一試合が終わるのに五日かかるルールもある。一時間足らずで終わるルールもある。どちらも公式だ」

「あなたにとっては？」

「わしにはどうでもいい。ルールはわしに従うものだ」リンバニは黒々とした顔の中から真っ白い笑いを取り出して見せた。

鋭い音が私たちを振り向かせた。ボールが野手の脇をすり抜け、グラウンドの外れへ転々として行くところだった。

打者走者《バッツマンエンド》が投手側の杭に向かって走り出した。向こうからもひとり、走ってくる走者がいた。今までずっと投手の脇にバットを持って立ち、手持ち無沙汰にしていた選手だった。

「二人の打者が持ち場を代えると得点になる。ただ、その前にボールが返ってきてウィケットが倒されたらアウトだ」リンバニが楽し気に言った。そして口調を変えずに続けた。「アリアーヌが自分で自分に泥を塗ってしまうと言ったな。君は彼女がどうすればいいと思うんだ」

「正直なところを話すよう、あなたから勧めてください。それが彼女のためになる」

唸り声を漏らし、息を吐いた。「君の目的がいったい何か、まずそれを聞きたいものだな」

「ひとから頼まれて、ある男を探しに来たんです。ツィともアリアーヌとも関係ない男です。その男は人から金を渡され、ある物を買うためこの町に送り込まれた。そして姿をくらました。その人にとっては大した金じゃない。あなたにとっては金ですらない金額です。しかし世の中には豚の貯金箱を盗むやつもいるし、そのために人を殺すやつもいる」

「持って回った言い方はやめるんだ。その男は何を買いにきた？」

「フィルムです。忘れられた古い映画のフィルム。死人の想い出みたいなもんです」

「それは厄介だな。闇の精霊に吸い寄せられたやもしれん」呪術師は瞑目して息を継いだ。「その男とアリアーヌと、いったいどんな関係があるんだね」

「見かけたんです。その男が泊まっていたホテルの部屋で彼女を。その直前、同じ部屋を訪ねた別の男が、阿城大廈の屋上で殺された。死体を見つけたのは、このぼくです」

「それは昨日のことか？」

「そうです。あのクラブへ行ったのも、失踪した男の遺留品から会員証が見つかったからだ」

「警察には伏せてあるんだな」

「そうでなかったら、ここにはいない」

「それで?」リンバニは一本足の椅子ごと体を回し、私を見た。「君は何が欲しいんだ」

「彼女の話が聞きたいだけです。フィルムとその男を探すために」

「それがあの娘のためになるという保証は?」

「保証なんかありません」

彼は一秒、考えた。「あまり利口な取引ではないな。どちらにとっても、損得が明確じゃない」

「ホテルの女主人は彼女と話をしている。その女は香港警察の協力者です」

リンバニは首にしわを寄せ、頭を揺らした。「君は不思議な男だな。そんな与太話で、このわしを乗せられると思うなんて」

「彼女はその部屋にルー・ゲーリッグのピンバッジを落としていった。部屋の鍵を開けさせる代わりに、ホテルの女主人から法外な値段で買ったものです」

「そんなものに、たとえ彼女の指紋が残っていたとしても、そこにいたという証拠にはならんぞ」

「ぼくは昨日、それを彼女に見せました。彼女は黙って持ち去った」

彼は黙って、顎に当たる部分を撫で回した。すると、そこがにぎやかに震えた。「サユリとはどういう関係だ?」

「サユリって、——まさかブルーエンジェルの?」

彼は眉を険しくした。「とぼけるな。昨日、半山区のロケセットで話していたではないか」

「やっぱりダイナ・タムですか。——なるほど、それでぼくに興味を持ったんですね。彼女は、ぼくが探している男といい仲なんです」

「あの女から何かを得ようというなら気をつけた方がいい。例のクラブの真ん中で、あろうことかこのわしを脅そうとしおったんだ。あんたたちのフィルムの成功を脅かすような画像《ピクチャー》がある。それを買ってくれないかとな」

「ピクチャー。そう言ったんですか？」

「ジョ・ブに任せたが、ここ数日は連絡が取れないようだ。ああ見えて抜け目のない野良猫だよ。日本で女優をしていたというが、どんなもんだか」

「映画に出ていたんですか」

「さあ、よくは知らん。あの女の相手なら、君の探している男もロクなものじゃあるまい」

「まさか、ぼくに彼女との交渉を任そうっていうんじゃないでしょうね」

「君に頼むのは第一に局面の打開だ。ツィから野球選手だと聞かされている」

「監督！」チャーリー・ンがわれわれをさえぎった。「サムが痛んで、もう打てません」

彼が指さした三本杭のすぐ近くで、私たちと同じユニフォームを着たバッターがグラウンドにうずくまり、うめいていた。クラブハウスから救急箱を持った男が走り出てくるところだった。

「さあ、君の出番だ」

「今になって、——」ンが両手を広げて天を仰いだ。「そんな、無茶な」

「いや、試合前に選手登録はしておいた。正選手の復帰だから打つこともできる」

「ローカルルールですか」

「クリケットに一チーム何人という決まりはないんだ」リンバニは言い放った。「日本野球の実力を見せてくれ」

「学生野球ですよ」

「ディマジオほどの選手だったと聞いたぞ。つまり女に甘いんだろう」

黒い呪術師が指差したのはクラブハウスの左端、白い木柵に囲まれたガーデンテラスだった。そこに並んだ木骨のパラソルの下に、アリアーヌが今、腰を下ろそうとしていた。

キャプリンハットの大きなつばの下に、よく光る唇が微笑んでいた。ピーターパンカラーのワンピースを、雨上がりの陽光と芝の照り返しが初夏の木洩れ陽のように飾りたてた。

「いいところを見せる他ないよ」ンが私の手首を取り、ウィケットに向かって歩きだした。

「選手交代！」リンバニが背後で叫んだ。

「フライを捕られたらアウトだ」私にプロテクターを押しつけながらンが言った。「ウィケットを倒されてもアウトだ。その代わりファウルはない。たとえボールが真後ろに飛んでも、ボールが戻ってくる前に向こうまでたどり着けば一点だ。往復したら二点。しかし、点を取るよりウィケットを倒されないこと。それが一番だと思え」

私はバットを受け取り、ウィケットの前に引かれた打者線《ポッピング・クリース》を跨いで立った。

投球モーションはテニスのサーブに似ていた。ボールはワンバウンドで、ストレートはなかった。ルールではなく、遠くへ運ばれないため、そしてウィケットを倒しやすくするためだった。

最初の二球は前に飛ばなかった。三球目は真横だった。しかしどれも比較的遠くまで飛んだ。

私はゴロを打ち続けた。

七球目は良いコースに飛んだ。全力で走れば一点取れたろう。それでも私は動かなかった。アリアーヌが何か言ったのはその時だった。何かは分からない。芝目を震わせるほどの透き通った声を上げ、私に向かって拳を回して見せた。

八球め、地面に落ちる前から跳ね返ってくる球筋が見えた。私はバットを振った。完全なゴルフスィングだった。それでも芯を捉え、ボールはピッチャーの頭上に消えた。走る私をアリアーヌの声が追い抜いた。

「太酷了《カッコイイ》！」

ボールが戻ってくる前に、私はウィケットの間を二往復した。

「契約金は？」

「ミスタ・フタムラ」リンバニが手を差し出して出迎えた。「よろしい、君をチームに迎えよう」

「出来高払いだ。君は本気で走らなかった。紳士はベストを尽くすものだぞ。そしてクリケットは、選手である前に紳士たることを要求する」

私は結局、アウトになるまでに三十三点取った。

「また、やったな」引き上げてきた私をリンバニは詰《なじ》った。「わざとアウトになったろう。百得点《センチュリー》の栄誉も夢ではなかったのに」

「そんなことはない。三十三が、きりのいい数字だと思っただけです」

彼は唸り声を喉に鳴らした。「まあ、仕方ない。紳士が勝利の役に立ったためしはないからな。しかし、ここから先は紳士でなければいかん。アリアーヌの利益が最優先だ」

「ぼくにとっては、フィルムを手に入れることが一番です。それと折り合いがつく限り、最善を尽くしますよ」

「最後まで折り合いがつくことを祈る。君の身のためにだ」リンバニは私をじっと覗きこんだ。食べものを択ぶためにメニューを覗くような目つきだった。

試合はすぐに終わり、グラウンドで互いの健闘を讃えていると、車椅子が近づいてきた。

「素晴らしい活躍だ」フーシンが私に手を差し出した。

近くで見ると、風采のあがらない年寄りにしか見えなかった。目を絶えず動かし、口を尖らせてしゃべる様子は、新幹線が素通りする町の商店街の顔役を思わせた。

「どうだ、私のチームで働かないか」

「今日のはビギナーズラックですよ」

彼は懐の財布から名刺を出し、私に手渡した。「その気になったら連絡してくれ。もちろん、悪いようにしないよ」

名刺には〝南海ビーコンファイアーズ〟のロゴが描かれ、名は福星《フーシン》、肩書は〝オーナー監督〟となっていた。プロでもないのに事務局がある様子で、住所はここから少し離れた湾仔の南だった。

「日本人なんだって」彼は尋ねた。「日本のどこから?」

横浜だと答えると、福星の目が止まった。それも私の右耳のあたりに。

「ケヤキ坂の団地ですよ。いつも、そこでキャッチボールをしている」

相手の目がまた落ち着きなく動き出した。「それはそれは。素晴らしい町に住んでいる」

「いえ。素晴らしいのは東京の方です。横浜のケヤキ坂は治安が悪くて」

福星は口を丸く尖らせ、頷いた。口を開こうとする気配はなかった。

「昨夜、ブルーエンジェルでツィさんとお会いしました」

「そうかね。店の名を言われても、私にはどこだか——。飲食業は娘に任せきりだもんで」

「選手を引っこ抜く気かね。それも神聖なグラウンドで」背後にリンバニの声が響いた。

口をますます尖らせ、福星は車椅子を押す女に手を挙げて見せた。

背もたれと一体になったバッグから、彼女は光るものをつかみ取り、福星に渡した。

金の延べ板だった。スマートフォンより一回り小さいが、日本円で五百万近くするはずだ。

白い手から黒い手へ黄金が持ち主を替えた。

福星はさらに口を尖らせ、空いた手で拳固を子供みたいに振り上げて見せた。

プラチナブロンドの中国女が車椅子をUターンさせ、クラブハウスの方へ立ち去った。

「賭けていたんですか」

「紳士の嗜みだからな」リンバニはチョコレートプディングのように肩を揺すって笑った。


ロッカーで着替えてタバーンに戻ると、オーナー監督はクリアフォルダに挟んだプリントを持って待っていた。ロールスロイスのセンターコンソールには、シャンパンクーラーだけでなくプリンターも載っているのだろう。

私はカウンターのスツールで契約書に目を通した。成功報酬は三万三千三百三十三USドル、経費は週に三千三百三十三USドルまでとなっていた。

「その数字が好きと聞いたんでな」と、リンバニが言った。「君の与太話に乗るのは験かつぎみたいなものだ。映画業界の悪いところはこれだよ。あまり分の悪い博奕ばかりなもので、わしのような人物でさえ、時おり他者の幸運にすがりたくなる」

署名を済ませ階下へ降りると、副支配人のジェイムズがさも恭しく私を出迎え、今日の記念にと言ってクラブのペナントをくれた。

私は、在学五年間で自分の通算得点が四、打点が一だったことを、そのときになって思い出した。

34

アリアーヌ・ヤウは、テラス席のパラソルの下で紅茶を飲んでいた。

リンバニに笑いかけると、私には目をくれず、椅子を勧めた。

「残念だが、ここで失礼するよ」巨きな閣下は立ったまま身をこごめて言った。「どうしても抜けられない用件が入ってしまったんだ。どうか許してくれたまえ」

「かまいませんわ」アリアーヌは微笑んだ。「私は脚本を読んで過ごします」

「紹介するよ。ミスタ・フタムラ、ラッキーナンバー3。今日からわれわれのチームの一員だ。君が映画に集中できるようにするのも、彼の仕事だ。昼食は彼がお相手する」

運転手のジョ・ブがウエストコートから出した懐中時計に目を落とし、踵を鳴らして一礼した。

それが何かの合図でもあったかのようにリンバニは身をひるがえし、大涌谷の茹で玉子みたいに弾みながらクラブハウスの中へ消えていった。

アリアーヌはボーイを呼び、ピクニック用のランチバスケットを注文した。私などどこにもいないといった風情だった。

「座っても良いですか」

「ご自由に。ここは特別行政区だから」彼女はあらぬ方向に、つんと鼻をそばだてて言った。「だからあなたみたいな男が彼に取り入ることもできるのよ」

「良かった。今日は丸腰でも言葉が交わせるようだ」

「これで彼が手出しできなくなったと思ったら、それは勘違いよ。彼と彼らの関係って、そんなに一方的なものじゃないから」

「彼って誰ですか」私は尋ねた。「もしぼくの考えている彼なら、そんなのはどうでもいい。ぼくは彼の所に行って、あなたが泳ぎに行ったなんて言ってませんよ。モヤシのプールへね」

アリアーヌは帽子のつばに指を触れ、私をきつく睨んだ。

「この間いただいたバッジの代金、おいくら払えばいいのかしら」

「何でも金で買えるわけじゃない」

彼女は不意に笑いだした。あまり大きな声だったので、周囲の視線が集まった。

その視線をかいくぐって、ボーイが籐編みのランチバスケットを手にやってきた。

私はすかさず立ち上がり、それを受け取った。

アリアーヌは鼻を空に向け、先に立って歩きだした。玄関まで一度も振り向かなかった。副支配人が車の鍵を手渡し、玄関ドアを開いた。

真っ赤なライトウェイトがわれわれを待っていた。

ダットサンブランドで売られていた時代のフェアレディSR311だ。半世紀近く昔の車だが、インナーとシートは白い革でレストアされ、クローム部品はメッキし直され、ボディは溶融石英ガラスでコーティングされ、新車のころより光り輝いていた。折り畳まれた幌も新品だった。ランチバスケットをトランクキャリアに革ベルトで縛りつけ、私は助手席に乗り込んだ。

「気晴らしにドライブへ行くのよ」アリアーヌはなぜか副支配人に言った。「どこか静かな場所で脚本を読もうと思って」

クラブのゲートを出ると、彼女はシンクロ五速を軽々と操り、九十九折りの山道を駆け上った。

「あなたの車ですか」と、私は尋ねた。

「ツィに借りたの」彼女は返事をした。さっきよりよほど親しげに、しかも笑顔で。「ガレージから黙って乗ってきたのよ」

分かれ道を南シナ海の方向へ折れ、緩いループを抜けた先をヴィクトリアハーバーの方へ引き返した。道が狭くなり、下りはじめた。左の路肩は断崖だった。S字カーブが迫った。

彼女はヒール・アンド・トゥを試そうとした。それもハイヒールで。二つ目のカーブで後輪が滑った。空気が真後ろから頭をたたいた。帽子はとっくに脱いでいた。

「いい車だ。一九六八年のモンテカルロラリーでクラス優勝したんですよ」私は膝を両手で抑えながら風に逆らって怒鳴った。

「あなたも車を女に譬えるのかしら?」

また次のS字が来た。彼女は二速に落とした。いつの間にか裸足になっていた。

「女も車も最初に乗った者が肝心だとか。そういう話って楽しい?」

「肝心なのは愛情だ。もっと愛情を持って接した方が良い」

「甘やかすだけが愛情じゃないわ」

右から来た道路と合流すると、山の稜線に沿って道は上りはじめた。向こうからムカデのように連結したトレイラーがやってきた。きわどい左カーブ。彼女は縁石を蹴って、速度を落とさずそれをかわそうとした。これがローマの郊外だったら間違いなく命はなかった。

最後のトレイラーとすれ違ったとき、追いすがってくるエンジン音を聞いた。黒い三菱ランサーだった。

「勇敢な女性だ」私は言った。「ぼくは勘違いしていたのかもしれない」

「毎日が冒険よ。──生れた家がとても大きかったの」

「撮影所のように？」

「庭に動物園があったわ。日曜の朝にはキリンに餌をやれるのが嬉しくって」

「ぼくも飼ってたぜ。首の細い若いメスだった。名前はギャビーだ」

「でもいいことは長く続かなかったわ。父は私が三歳のとき、女をつくって家を出ていったの。だから私、男に意地悪なのよ。それでも助けたい？」

「ますますファイトが湧いてきた。君はどこで生まれたんだ？」

「タクシーの中よ。三月三日午前三時三分。産院に向かっている途中」彼女はギアチェンジのリズムに合わせて歌うように言った。エンジンの喉鳴りとドリフトの悲鳴とみごとな三部合唱だった。

「三が多いな。祝福された子供だ」

「引っ越しも三十三回」

「うるさい男の子たちから逃げて回ったのか？」

「最初は父の借金を返せという男から。次は借金のカタに私をよこせという男から。その次は私の稼ぎをよこせという男から。最後は、何もかもよこせという男から」

「最後の男は、いったい何者だ？」

「ずっと同じ男。借金取りの男。私が十三歳のとき、父の遺産が転がり込んだの。父は女と結婚しなかったのね。結局、身寄りもないまま亡くなって、ある人がそれを私に届けてくれたの。何年もかけて広い中国を探し回って届けてくれたのよ。その遺産をよこせってわけ」

左カーブを抜けたところで、向こうからトヨタのSUVが膨らんできた。避けようとしてステアを取られた。リアが流れた。真横へ尻を振り出した。グリップがない。

ガードレールの外は切り立つ崖だった。

寸前、彼女はステアを揺すった。わざとカウンターを当ててタイヤを縁石に擦りつけた。

ギヤを落とすとハンドルが効いた。

後ろで機械の悲鳴が聞こえた。黒いランサーだった。

ロックした後輪から白煙を吐きちらし、半回転したところだ。横転しなかったのは幸運だった。

擁壁にぶつかり、跳ね返ってくる車内に男たちの顔が見えた。ひとりはミスタ・クウォークだった。

「借金取りには最後まで払わず済ませたのか」私は尋ねた。耳の中にまだ鼓動が聞こえていた。

「払うくらいなら三十三回も引っ越さないわ。結局、人はお金ですもの。あなたもそうでしょう」

「この町で生きていくのが大変だってことはよく分かった」

「香港のせいじゃないわ。こんな世の中をつくったのはアメリカよ」

「中国は一枚嚙んだだけか」

彼女は短く笑って終わった。

小さな看板に従って木立に分け入ると、道は砂利敷きの広場に行き止まって終わった。

彼女は奥の草むらにフロントを乗り入れ、車を止めた。

香港仔《アバディーン》の港と南シナ海が足許百八十度に広がった。島のこちら側に雨の気配は無く、気ままに生えた背の高いビルと足許を埋める小さくいじけた家々が強い日に晒されている。ヨットハーバーの外れに浮かぶ名高い水上レストランは、洪水にさらわれた日光東照宮といった具合だ。

私が断崖の縁で息を整えているうちに、アリアーヌがストレッチベルトを解き、ランチバスケットを助手席に開いた。ローストチキンの香りが飛び出してきた。

「脚と胸と、どっちがお好き？」

「尻という選択肢はないのかな」

「お尻を食べるのは日本人だけよ」

「チキンの話？」

「もちろん。チキンの話」

彼女は、私に鶏のモモ肉とシーザーズサラダが載った紙皿を渡し、ステンレスのゴブレットにワインを注いだ。

私は助手席のフロアに腰かけ、足を外へ投げ出して昼食を食べた。

問題の脚が骨を残すだけになると、それを放り出し、口をワインで濯ぎ、ティッシュを探してグローブボックスを肘で開けた。

ボルサリーノのパナマ帽が転げ出て、私の膝に落ちた。リボンに奇妙な紙綴りが挟まっていた。東京の首都高速道路の回数券だ。六十枚のうち二枚だけ使われていた。通行料は二百円、六十枚綴りで一万円。すっかり黄ばみ、片端には黴のようなシミが広がっている。

「よしなさいッ！　彼に殺されるわよ」

アリアーヌはそれを帽子ごと奪い取ると、グローブボックスに戻した。「彼の宝物よ。この車もそのひとつ。誰にも触らせようとしないの。全部で三つあるの」

「もうひとつは？」

「秘密よ」彼女は胸を反らせて笑った。「警官なんでしょう。たまには自分で調べたら」

「名刺をちゃんと見ていないな。嘱託とあったろう。派遣社員みたいなものだ」

私はポケットから貸し金庫の鍵を出し、指の先で鳴らしてみせた。「君の宝はこれだね」

彼女は手を伸ばそうとした。私は手を返し、鍵を振り回した。

「何でワイヤーも無しにあんな冒険をしたんだ」

わずかに吊り上がった目が冷たい光をたたえ、私を睨んだ。

不意に背中を向け、車を降りて歩きだした。陽光が白いワンピースをふっくら包んだ。

「こっちの方が景色がいいわね」

「高層ビルが好きじゃないんだね」

「いいえ。大陸が見えないからよ」彼女は歩き続けた。

そのうち、歌声が聞こえてきた。アリアーヌは崖っぷちの立ち木にもたれて、湧き水のような声で歌っていた。華奢な体が明るい空に溶け入りそうだった。

ぷつりと歌が止み、私に向き直った。「フランシス・トムスン、知ってる？」

「映画なら知っている」

「それは春先に咲く棘のないバラ。それはあの男を王に導く黄金の冠。――映画はただの引用よ」

「お父さんはイングランドの人？」

「いいえ。でも私は四分の一、ロシア人の血を引いているそうよ。なんでそんなことを聞くの」

「ジェニファ・ジョーンズがそうだったから。――いや、本当は借金のことが気になってしかたないんだ。君は顔を世界に知られてしまった。借金取りだって君に気づくだろう」

「あなたに心配していただく謂れはないわ、二村さん。ある人がすっかりきれいにしてくれたから」

「お父さんの遺産を届けてくれた男だね」私は彼女の方へ少し歩いた。

「何故そう思うの？」

「別に、――君の味方は限られているようだから」

「自分がそのひとりだってわけ？　笑わさないでちょうだい」

「いや。ぼくの場合、それが仕事だ」

彼女は、そっと空を睨んだ鼻をさらにそびやかせた。「どうでもいいことよ」

「そうだな。どうせ黄金の王冠を得る男はひとりだけだ」

「そんなもの無いのよ。だから人は詩や映画なんてくだらないものにお金を出すんじゃない」

「しかし、その男は何年もかけて遺産を届けてくれた。ポケットに入れてしまうことだってできたんだ。世の中、金ばかりじゃないって見本みたいなものだ」

「いいえ。結局はお金よ。彼だって、そのことでもっと大きく値の張るものを手に入れようとしていたんだもの」彼女は怒ったように言って、長い睫毛を伏せた。「みんなそうよ。私に近づく男は「じゃあ、ぼくを信用しなさい。ぼくはリンバニに金で雇われている。君を守るためにだ」

睫毛がジャン・ルノワールの踊り子のスカートのようにパッと撥ね上がった。

「さあ、もう終わり」手をふたつ叩いた。「作り話にまんまと引っかかったわね、ミスター・ナンバースリー。いいシナリオだったでしょう」

「ぼくのシナリオの方がもっと面白いよ」手を伸ばせば触れられるところまで近寄って、私は言った。「君はひとりで借金取りを葬ったんだ。男も金も、助けは君にはやってこなかったからだ。しかし――残念だな。それを見ていたものがいた。売れない脚本家でコーディネータのちんぴらだ。君は、そいつをプールサイドに呼び出し、またひとりで出かけた。スタンガンと拳銃を持ってね」

彼女は黙っていた。目は私に真っ直ぐ向けられていたが、何も見ていなかった。

「あの拳銃はゲルニカか？」

アリアーヌは二歩進んで右手を耳の後ろまで振り上げ、私の頰を叩いた。目の裏に火花が飛んだ。

「そろそろ帰ってちょうだい。私は台詞を入れに来たの」

静かに落ちついた声だった。ただ両手が固い拳を作って小刻みに震えていた。

私は崖に背を向け、草むらを歩いた。砂利の広場まで戻って振り返ると、彼女はまだこっちを睨んでいた。

私はまた貸し金庫の鍵を出し、差し上げて見せた。

「必要なものがあるなら、ちゃんと教えてください。必ず見つけてくる。誰かの代りにね」

それからザ・ピークへ続く自動車道路へ歩きだした。

背後で物音がして、エンジンが高鳴った。すぐにフェアレディが私を追い抜いて行った。レディは目もくれなかったが、帽子のツバは私に大きく手を振ってくれた。

35

ハイキングコースを探しながら、来た路を引き返した。それでショートカットすれば、四十分ほどで香港木球會まで戻れるはずだった。

十五分ほど行くと、谷に向かって切れ込んだカーブの向こうから話し声が聞こえてきた。

私は山側の擁壁に体を寄せ、カーブを進んだ。声が大きくなった、乱暴な広東語だ。

擁壁に葉を広げたヒサカキの陰からうかがうと、谷側にリアタイヤを脱輪させて停った三菱ランサーが見えた。ガードレールはめくれあがり、車体は傷だらけ、ボンネットも半ば潰れていた。

車の外で電話と話しているのはミスタ・クウォークだった。

彼が電話を切ってから、鼻先にリービングキャットをそびやかしたディムラー・スーパー8が姿を現すのに五分とかからなかった。

ワッとエンジンを鳴かせ、ランサーの前方に停まると、ディムラーの運転席からチャーリー・クローカーが降りてきた。

ブルーエンジェルの雇われ社長は、両手をカントリージャケットのポケットに差し入れ、バカにしたように二人の中国人と日本の族車を見比べ、口を鋭く曲げて何か言った。

クローカーは、すぐにディムラーをUターンさせ、道路を下って行った。

二人の男はぼんやり煙草を喫いはじめた。レッカー車を待っているのだろう。

私は背を正して歩き出した。わざとゆっくり彼らの前を通り過ぎた。

軽く会釈をくれてやると、向こうはひどく弱った様子で視線を逃した。

カーブを曲がり、姿が見えなくなったところで立ち止まり、しばらく待った。

彼らは後をつけてきた。ミスタ・クウォークは、少し遅れて電話をかけながら歩いていた。

だからと言って、彼らが尾行してきたのはアリアーヌではなく私だと決めつけたものでもない。

昨夜の仕返しをするために、こうまでして私を探し出し、追い回すほど彼らも暇ではないからだ。

次の交差点にさしかかったとき、右からどこかの邸宅へ客を運んだ帰りのタクシーがやって来た。

私はそれに飛び乗り、二人の男を置き去りにして山を下った。


ダイナと約束した時間まで、まだ少しあった。

タクシーの運転手に近くのコンピュータショップに行くよう伝えたが、上手く言葉が通じない。

私は電話のメモパッドに『電脳城、向附近』と書いて見せた。

運転手は「ＯＫ、ＯＫ」と喚き、アクセルを踏んづけた。

市街地まで降りると、タクシーは高架道を下り、跑馬地の競馬場の端へ引き返し、市電《トラム》の軌道を辿るようにして湾仔のビル街に入った。

停まったのは地下鉄駅の脇に建つ、大きな雑居ビルの前だった。地上階から二階までコンピュータ関連の小売店がすし詰めになっていた。どの店も広さは阿城大廈の小売と変わらないが、いくらか明るく、清潔で、少なくとも六週間は壊れそうにないものを売っていた。

私は英語が通じる若い店員をみつけ、ＳＤカード・アダプタを買った。

その場で包装を解き、自分の電話に入れたままにしていたマイクロＳＤカードを差し込み、店頭のデモ機で試すことができた。店員へのチップ無しでだ。

やはりあの山寨機用に初期化されたものではなかった。カードは難なく開いた。中にはフォルダがひとつに画像ファイルがふたつ、画像はそれぞれ親不孝通りの中華料理屋で見つけたコピープリントと昨夜貸し金庫屋で記録した写真と同じものだった。

フォルダを開けようとすると、パスワードを要求された。私はすぐにあきらめた。

閉じる前にプロパティを確かめた。フォルダが作成されたのは半月近く前、彼が香港へ渡る少し前だった。重さは二・八六ギガ、映画の一本ならそれなりの画質で収められる。

若い店員に礼を言って外に出ると、二歩か三歩で電話が鳴った。

「よそ様の警察にまで迷惑をかけるもんじゃねえよ！」一課長の声が警笛のように飛び出してきた。

「いったいいくら払って、ぼくにあんなドツキ漫才を見せたんですか」

「ほう。そんなひょうきんな警官が香港にもいたのかね。死体《オロク》の近くで気絶して笑いを取れるようなやつは横浜にしかいないと思ってたよ」

「スラプスティックにだって目に見えないスジ《プロット》がある。関係者は残らず、あのフィルムで繋がってるんです」課長の喚き声を無視して、私は続けた。「昨日、ぼくが見つけた死体は竜也の知り合いってだけじゃない。香港警察には言わなかったが、映子さんからぼくの手伝いを頼まれた映画関係者です。あのフィルムについても、彼女に隠し事をしていた」

「なあ、君」不意に言葉が和らいだ。「まだ私が知らない関係者がいるのかね？」

「嫌だなあ。メールに名刺を張り付けたじゃないですか。まさか、まだ開いてないんじゃないでしょうね。あの男の身元を洗ってください。映画のプロデューサーで、竜也が行ってた会員制クラブの常連です。フーシンって人物の娘婿なんですが――」課長がメモを引き寄せるのを待って、私は一呼吸置いた。「幸福の福に空の星と書くんです。荷役と運輸では香港を代表する実業家らしい。その娘は――これがツィの女房ですが、手広く飲食業をやっている」

「君の好奇心のために帳場の戦力を割くわけにはいかんでしょう。分かるよね？　そのくらいは」

「さっき言ったクラブ。ブルーエンジェルって言うんですが、福星の娘がやってる。昨夜、そこで大耳朵を見かけました」課長が何か怒鳴った。私は無視した。「やつはその店の特別会員なんです」

大声になっていた。気にすることはなかった。道行く人は誰も電話と怒鳴り合っていた。

課長は逆に声をひそめた。「君。何か勘違いしていないかな」

「何も勘違いしていません。ぼくは役に立ってるでしょう？　捜査員でもないのに被疑者の所在確認までしたんですよ。――楊と珠田真理亜の関係は割れましたか」

「捜査中だよ」

「楊も映画関係者じゃないんですか」

「思いつきだけで口をきいて恥ずかしくないのか」口調が元に戻った。「香港警察で働いていたことがあったようだ。今朝になって、ロー警部から回答があった。詳細はまだだが、三十年も前のことだからしかたない。珠田真理亜との関わりは、あの団地に入居して、この二年内外だ」

「彼女と香港の通話記録は？　もう押さえてるんでしょう」

課長は間をとった。吐息が聞こえた。「電話会社の記録に残ってるだけで香港から六本。これは身元の辿れない闇携帯だった。ひとつだけ、彼女からかけた番号な。あれは固定電話だ。港灣十三號。ビルの管理会社としか分からなかったが――」

「いいですよ、そんなに遠慮がちにしなくても。ついでに見に行ってきます」

「頼みもしねえのに、えらく張り切ってるじゃねえか」それでも課長は住所を伝えた。湾仔だが、港湾道《ハーバーロード》でも十三番地でもなかった。港灣十三號というのが会社名らしい。

「お遣いの駄賃というわけじゃないが」私は言った。「珠田の長女のこと、何か分かりました？」

「長女と言っても、ありゃあ姪なんだ。兄貴の一人娘だ。自分の娘として育ててきたらしい。帰国したとき向こうに残さざるを得なかったのもそのためだ」

「家庭で何かあったんですね」

「いや。家庭じゃねえ。厚生省だ。書類上、養子縁組みしていなかった。兄貴というのが所在不明で消息が摑めない。娘が日本人ということを証明するものが一切なかったんだ」奇妙な沈黙があった。頭を横に振ったことがなぜか分かった。「厚生省に言われたそうだ。家畜やペットを連れて帰国することはできない。それと同じだってな。警察だってそんな不人情は言わねえ」

吐いた息が木枯らしに聞こえた。背後の雑踏が突然途絶え、割れた雲から路上に光が落ちた。

「満映時代の知り合いが八方奔走して、やっと帰国させた。日本で短大まで行ったが、高校を出てからは独り暮らしだ。二十代の半ばには中国へ戻った。向こうで日系企業の下請け会社に勤めているらしい。その件が応《こた》えたんだってよ。気の毒になあ」

「何が気の毒なんですか。今じゃ向こうの方がずっとチャンスがある。会社員にも、もちろん警官と犯罪者にも。彼女の勤め先なんですが――」と言った瞬間、私の口から、まったく別の言葉が転げ出た。「そうか！　従姉弟なら結婚もできるわけだ」

「何言ってるんだ、二村。おまえ、また何か隠してるな！」

「女って、なぜあんなに結婚にこだわるんでしょうね。つきあってるか、つきあっていないか分からないような相手とまで」

「そりゃ不景気のせいだ。決まってる。――おい。どうした、二村。何を知ってる」

　そのとき電話が震えた。いいタイミングだった。なぜかダイナからだと分かった。

「電話が入ったんです。昨日の事件の重要参考人から急な要件が――」

言いっぱなしで電話を切った。同時に通話が切り替わり、ダイナの声が飛び出してきた。

「用事が早く終わっちゃったの。それもあいつの家の近くで。別にすることないから歩いてきたんだけど、もう目の前」

「場所はどこなんだ」私は聞きながら目でタクシーを探した。通りの路肩は隅から隅まで駐禁の斜線が、あたかも捕虜収容所の鉄条網のように張りめぐらされ、人と車を遠ざけていた。

「北角《ノースポイント》。フェリー桟橋のすぐ隣。来れば分かるわ。駐車場の外れに古い水門があるから。そこから海に突き出た管理小屋《バラック》。バラックって言うより番小屋《セントリーハウス》かな。分からなかったら北角のフェリー乗り場から電話ちょうだい」彼女の後ろから、九龍サイドへ向かうフェリーのアナウンスが聞こえてきた。「いい？　地下鉄に乗るのよ。絶対早いから」

「もちろん」と私は言った。「小娘と兵隊は昔から地下鉄に乗りたがるもんさ」

36

どの町にも、街市《ガーイシ》と呼ばれる公設市場の複合ビルがあって、近くには小さく不潔な路面店が軒を寄せ合う昔ながらの生鮮市場が残されている。

北角では、その狭い市場通りの中央を市電《トラム》の折り返し線が走り、二階建ての電車が警笛を鳴らしながら押し入ってくるたび、気ままに置かれた屋台や荷運びの台車、豚を担いだ男たちや魚を背負った女たち、蟹、亀、蛇から野菜クズに裸電球までもが入り乱れ、押し合いへし合い、ブロードウエイ風のレビューを繰り広げる。

その晴れ舞台に背を向け、車道に山積みになった段ボール箱をかき分けて高架道を潜ると、いきなり景色が拓けた。砦のような街市の向こうに埋め立て地が広がり、だだっ広い駐車場の外れにフェリー乗り場と煉瓦積みの古い水門が見えた。

運河は埋め立てられたか暗渠になったか、水門は陸に取り込まれ、管理小屋だけが、波打ち際に沿っていくフリーウエイの高架下、暗く閉ざされた海に取り残されていた。

それは水面から突き出た小さな塔だった。こちら側には窓もない。ドアと岸壁を繋ぐ狭く短いコンクリートの渡り板に警察の警戒線はなく、監視もいなかった。

それを渡り、鉄のドアをノックしようとしたとき、かすかに声が聞こえた。粗野な広東語だった。

上空のフリーウエイを行き来する車の音が煩かった。私はドアを少しだけ開けて耳を澄ませた。

「時間がない」別の男が普通話をしゃべった。強い訛りに聞き覚えがあった。「おれに任せろ」

ダイナの金切り声。涙でかすれている。

「ヴィンス」普通話が広東語の男に呼びかけた。「アイロンを探してくれ」

「そんなもので何をする？　田舎に持って帰るのか」

「おれの家にはアイロンが三つもある」普通話の男は冷やかに応じた。「ないならこいつで指を弾き飛ばしてもいいぞ。指なら二十回、返答のチャンスがある」

ダイナが悲鳴を上げ、〝ヴィンス〟でない方の男が腕力で黙らせた。

反射的にドアを開けていた。鉄のドアを楯にして待ったが何も起こらない。

薄暗い部屋だった。海側に汚れた窓が並び、中央に分厚い木の作業台が置かれ、万力とデスクトップ、刃物と筆記具と本が山と積まれていた。床にはジャンクフードのパッケージや食べ残しが散乱し、足の踏み場もない。そのくせ壁一面の棚には大工道具や工作器具がきちんと整頓されている。

小さな工務店に、掃除の苦手な脚本家が勝手に住み着いたといったところだ。

片隅に上階へ続く急な階段があった。私は靴を脱ぎ、足音を殺して階段を這い上がった。

二階はベニヤ張りのドアに閉ざされていたが、節々が腐り、蝶番が緩み、隙間から室内をうかがうことができた。

真っ先に女の足が見えた。後ろ手に縛られ、大きなテーブルにうつ伏せに寝かされているようだ。

その足を見下ろしているのが大耳朶だった。今日は白いTシャツに新聞紙でこしらえたような背広を着て、素足にビニールのサンダルを履いている。

私は電話を出し、隙間から室内の画像を何点か記録した。

「おい、やめろ。おれのいる所で仕事はするな」ヴィンスが怒鳴った。姿は見えなかった。「家捜しだけって約束だろう」

「だったらアイロンだ」唇に真冬の新月のような笑いを刻み、大耳朵はダイナの足の裏をそっと撫でた。そこをアイロン台代わりにハンカチのしわでも伸ばそうというのだろう。

ダイナは「知らない。知らない」と泣き続けている。もうほとんど言葉になっていない。

私は同じ体勢で階下へ引き返した。

壁を埋めた工具の中に金属バットなどあるわけもなかった。パイプレンチは重すぎた。手加減できなければ殺してしまうかもしれないが、こっちに手加減する余裕はない。

ガス圧式の釘打ち銃《ネイルガン》が目にとまった。コンプレッサーを必要としないタイプだ。

銃尾のキャップを外し、ガスボンベを押し込み、外へ出た。コックを開くと、引き鉄の前に着いたドラム弾倉にはナイロンの弾帯でつながれた釘が充分残っていた。

一メートル離れて、岸壁に吊るされた緩衝用の古タイヤに突き刺さるだけの威力はあった。

ダニー・グローヴァーが使ったものより小さかったが、技術は確実に進歩している。

それを手に再び階段を上った。ドアの前まで辿りついたとき、嫌な音を聞いた。

「汚ねえな。こいつ吐きやがった」大耳朵が言った。「早くよこせ、ヴィンス。タオルじゃない。アイロンだ」

ヴィンス石《セック》がいきなり視野に入った。右手にアイロン、左手に花柄のタオル。背を向けていたが、後ろからでも馬面と分かった。

私は右手にネイルガンを持ち、左手でドアノブを静かに回した。

ドアを三センチほど開けると、大耳朶の右手が見えた。そこには、さほど大きくないクロームの自動拳銃があった。銃身を覆うように装着した消音器。私の手足が動きを止めた。

大耳朶は拳銃をホルスターへ戻し、アイロンを受け取った。「何だ。冷たいぞ！」

「そんなにすぐ温まるもんか」ヴィンスが分厚い唇に平たく金属的な笑みを浮かべた。「そこを押すんだ。スチームが出る」

大耳朶がダイナの足の裏にアイロンを押しつけた。彼女は海老反りになり、足をばたつかせた。

「熱くねえのに。大げさな女だ」

「いいかげん思い出せよ」ヴィンスがダイナに怒鳴った。「あれはどこにある？」

うめき声が漏れた。何か言ったようだ。

「だったら何でここに来た！　何で鍵を持ってる」

大耳朶が指を動かすとアイロンからスチームが吹き出した。

私は感電したみたいにドアから飛び退さり、電話を取り、ダイナ・タムの番号に発信した。

室内からミシェル・ルグランのダンスナンバーが聞こえはじめた。

わたしのかすかな運命線。わたしのかすかな運命線。

手の中に、ほら、悲しい運命。


ヴィンスがテーブルの下でそれを見つけた。

発信人の名を見ると携帯電話を投げ捨て、足で踏みつぶした。

私は階下へ引き返し、外へ出て別の番号を探した。

「はい。ロー警部」呼び出し音一回で、だみ声が転げ出た。

「二村だ。黙って訊いてくれ。スキップ麥の部屋の外にいる。そこで男が二人、若い女を拷問しているんだ。片方の男は拳銃を持ってる。すぐ警官をよこしてくれ。それとも999にかけようか」

短い沈黙。笑おうか怒鳴ろうか考えているのかもしれない。結局、彼は第三の対応を選んだ。

「そこにいろ。すぐに行く」

受話器を手でふさぎ、背後に広東語で何か怒鳴った。

私はかまわずしゃべり続けた。「それじゃ間に合わない。彼女にアイロンを押しつけてるんだ」

「分かった。近くの警官を送る」

「警官は近くにいる」私は言った。たった一枚の宝くじで四等賞を当てる程度のギャンブルだった。

「君の相棒の携帯番号を教えてくれ」

「何だって！」彼の喉がノッキングを起こした。「どういう意味だ。女をアイロンがけしてるのはヴィンスなのか？」

「いや、そのまた相棒だ。早く教えてくれ。——君がドブに足を突っこんでいないなら」

また黙った。それから、妙にゆっくり番号を伝えた。

上階からかすかな悲鳴が聞こえた。私は電話を切り、教えられた番号にかけ直した。

相手はなかなか出なかった。「ヴィンスか。仕事熱心だな」

「おまえ、——誰だ？　あの日本人か！」

「おまえらがしていることは画像に収めた。それ以上、女に何かしてみろ。画像をロー警部に送りつける。早く逃げた方がいいぞ。警察を呼んだ」

「ふざけたことを言うな！　この女は住居侵入の現行犯だ」馬面は怒鳴った。

「彼女は鍵を持っている。その家の主と内縁関係にあった」

「窃盗未遂に物色行為もある」

「部屋からはまだ何か持ちだしてないだろう。内縁関係にあった以上、どっちも成立しない。ひとつ言っておく。女がどうなっても知ったことじゃないが、フィルムが目的なら無駄骨だぞ。あのフィルムなら、ここにある。ぼくの手元にだ。いい子にするなら売ってやらないものでもない」私は言葉を切ってひとつ数えた。「阿城大廈の例の部屋で見つけたんだ」

　今度は向こうがひと呼吸置いた。「いくらだ？」

「安くはないぞ。昨日、やつが十万ドルと言ってきた。緑色のドルでだよ」

「やつって誰だ」

「ツィだよ。知ってるだろう。ツィ・バンタムだ」

「あいつと取り引きしてみろ。間違いなく殺されるぞ。あいつの女房の親父が誰か知らねえのか」

「福星《フーシン》とは今朝方決着をつけてきた。こっちの圧勝だ」

「バカめ。酒でも飲んでるのか」

「まず、女を解放しろ。商談はその後だ。９９９に電話したのは五分前だ。この町の機捜は動きが鈍いな」返事を待たず、電話を切った。

　部屋に戻り、階段の裏側に身をひそめると上から広東語の怒鳴り声が聞こえてきた。

「他媽的《クソッ》！」だの「去死吧《しね》！」だの、普通話の単語がいくつか混じった。

上のドアが開き、足音がひとつ駆け下りてきた。何を思ったか手近なハンマーでデスクトップを壊しはじめた。ディスプレイを破壊すればPCが死ぬと思っている様子だった。

私に気づかぬまま出て行こうとした瞬間、太腿の裏側に向けてネイルガンを放った。

引き鉄に手応えがなかった。音もなかった。ドアが閉まり、拳銃を持った凶手は出て行った。

銃尾のキャップを開け、ガスボンベを抜き取り、振ってみると音がしない。さっきの試し撃ちで空になったのだ。

階上で大きな物音がした。何かを床に打ちつける音だ。

ネイルガンを捨て、私は階段を上った。

上のドアは半開きになっていて、室内の半分近くが見渡せた。馬面の刑事は、薄手のノートブックとタブレットを盛んに足で踏みつぶしていた。

ダイナはテーブルの上に半身を起こしていた。ミニのワンピースが捲れあがり、剝き出しになった足は赤く火照っていたが、火傷をしている様子はなかった。

馬面が壊れた二台のPCを両手に持ち、こちらに近づき、ドアの影に消えた。

私はドアを肩で押し開け、部屋に飛び込んだ。

ヴィンスは窓辺から海へ、PCを投げ捨てるところだった。両手はふさがっていた。

振り向きざま、顎に拳をカウンターで叩き込んだ。のけぞった瞬間、キドニーにもう一発。

ヴィンスはひょろ長い手足をバラバラに動かし、溺れかかった蛸みたいに床へ崩れた。

ポケットを探り、昨夜の特殊手錠と警察バッジを取り出し、手を結束バンドで拘束した。

「殺して」と、ダイナが普通話で喚いた。「そいつ、ブッ殺して！」

「もっといいことがある」私は窓辺に歩き、ヴィンスの警察バッジを海に投げ捨てた。「これで間違いなく懲戒免だ。年金ももらえない」

37

縄を解いてやると、ダイナ・タムはテーブルから転げ降り、金属ヒールのパンプスを履いてヴィンスの頭を蹴りつけた。

馬面が呻いた。裂傷から血が沸きだした。

「やめてくれ。目を覚ましたら面倒だ」

肩を抑えると急にがたがた震えだし、泣き崩れた。しかし、長くは続かなかった。貸してやったハンカチで鼻をかみ、不意に立ち上がって切れ切れに広東語を喚きながらバスルームに飛び込んだ。

私が追いついたとき、彼女は窓辺に半身を乗り出し、窓のロックに縛りつけた釣り糸を取り外していた。それを目庇《まびさし》から吊り下がった滑車にかけ、引っぱった。

釣り糸の先は海に垂れていた。それが魚ではなく、ナイロンロープを海中から釣り上げた。

ロープが滑車に届くと、ダイナは力仕事を私に任せた。

ロープはプラスチックの籠の把手に縛りつけられていた。油染みた海水を吐き散らしながら窓辺まで上がってくると、彼女は籠を横から奪い、風呂桶に中身をぶちまけた。

「驚くほどアナログだな」私は言ってやった。「やつらの目的はこれか？」

「分かんない。あいつら画像《ピクチャー》を出せって――」ダイナの声はまだ震えていた。「考えられるのはこれしかないけど、そんなもの入ってないと思う」

「ピクチャーを欲しがったのか。フィルムじゃなく」

彼女は頷いた。「欲しかったんじゃないの。消そうとしてたみたい。メモリもディスクもＨＤも片っぱしから海に放り捨ててたから――、あとはこれだけ」

籠に入っていたのは、食品保存用の密封パックで何重にも梱包した二つの大きな包みだった。中を検めている暇はなかった。私はそれぞれから濡れた外側のビニールパックをはぎ取り、手近なレジ袋に放り込むと、彼女を急かして階下へ降りた。

フェリー桟橋の方へ歩き出したとき、遠い街市の向こうからパトカーのサイレンが聞こえてきた。そのさなか、震えと涙がおさまらない二十代の娘を抱えて歩くのは大仕事だった。ただの娘ではない。人生の曲り角を曲がるたび、喜怒哀楽をクラクションのように打ち鳴らす中国女だ。

フェリー桟橋のエントランスに着いたときにはもう、鮫に追われて珠江デルタの河口を渡ってきた大昔の亡命者のようにへとへとだった。

跡の残るような火傷ではなかったが、ダイナの足は腫れていた。

彼女をベンチに座らせ、ポケットの萬金油を手渡し、目の前の売店でクリネックスと水を買った。

水が空になり、萬金油とクリネックスが半分に減るころ、彼女はやっと泣くのを止めた。

「あの部屋は、いったい何なんだ？」私は尋ねた。

「あるスジから、あそこに住みついて水門の保存運動をするように頼まれたんだって。黒社会じゃないよ。クライアントはちょっと過激な堅気のＮＧＯ。立ち退き料の三割がもらえるんだ」くしゃみの兆しに言葉を途切らせ、彼女はブルッと震えた。「あんたを待ってたら、あいつらが入ってきたのよ。鍵を持ってたの。警察が彼のポケットからピックアップしたんだわ」

「あの刑事とは初めてじゃないんだな」

ダイナは小刻みに頷いた。「でも、あそこに来たのは初めて。街で出会ったことがあるの。尖沙咀で呼び止められて、――そのときはスキップと仲良さそうに話し込んでたけど、――」

「クリーニング屋は？」

「知らない。初めてよ、あんな変態。フレディ・クルーガー顔負け」言いながらまた泣きはじめた。

「探してたのはどんなピクチャーなんだ」

ダイナは頬と頭を同時に横に振った。「ただもう、あれを出せあれを出せの一点張り」

水門の周囲に警察車両が続々と集まっていた。光が瞬き、サイレンはここまで聞こえた。

目の前に空車が列をつくっていたが、警察はすぐそこに検問を敷きはじめていた。

頭上にベルが鳴り渡った。ローマの中央駅《テルミニ》で気の毒な英語教師を急かせた音によく似ていた。

眼下の桟橋に角張ったフェリーボートが接岸するところだった。

「あの船はどこへ行くんだ？」

「九龍サイドよ。次のは紅磡《ホンハム》行き」

手を貸して立たせ、自販機でチケットを買い、桟橋へスロープを下った。

二層デッキの大きなフェリーだったが、車を載せられるほど大きくはなかった。

客の少ない下層デッキを船首まで歩き、窓際に腰掛けた。

ダイナは私の持ってきたレジ袋を取り上げて足の間に置き、前かがみになって手を突っ込んだ。

「不法なものが入ってるんじゃないだろうね。みなしとは言え一応公務員なんだ」

「大丈夫。あったらすぐ海に捨てるから」彼女は半ば手さぐりで、密封パックをタマネギのように剝いていった。最後の袋から出てきたのは、それぞれ表紙の色が違うパスポートが三通、怪しげなIDカードとクレジットカード、それにUSドルが五十枚近く、どれも百ドルの新券ばかりだった。

「ない！　やだ」ダイナが喉で呟いた。「軽いわけだ」

「何が無くなってるんだ」

彼女は顔を上げて少し考え、言おうとして戸惑い、私を見た。これが芝居なら、リー・ストラスバーグ先生でなくとも彼女の未来に疑問を持ったろう。

「手槍《ショウチアン》」の二文字を四文字言葉のように発音した。「あったはずなのに」

「二二口径か」

「そんなの分からないよ。PPKっていうの？　ショーン・コネリーが愛用してたって。もちろん中国製の山寨《パチモン》だけど」

「何でそんなものを持ってたんだ」

「護身用、――というかスキップのおもちゃ。でもあいつ、お金になれば何でも売るから、どこかに売っちゃったのかもしれない」言いながら緑色のドル紙幣を束ねて自分のバッグに押し込んだ。

「パスポートに関しては見なかったことにしよう」

「そうね。その方がいいわ。どうせあたしじゃお金にできないし」

私はポケットから自分の電話を出し、天洋の二階で盗み撮りした画像と中環の貸し金庫で記録した画像を交互に立ち上げ、ダイナに見せた。

「何これ？」目がわずかにそよいだ。「あいつらが探してたピクチャーがこれってこと？」

「リンバニ閣下に売りつけようとしたのに、君が現物を見てないなんて不思議だね」

口の端が動き、また目がそよいだ。彼女は押し黙った。

船はもうとっくに桟橋を離れていた。舳先を横切った大型船の引き波にキャビンが揺れ、舷窓の半分を埋める海が大きく踊った。

水平線は低い石積みに遮られていた。使われなくなった啓徳空港の、ほぼ全体を海に突き出した滑走路だ。

「本当に何も判ってないのね、二村さん」ダイナの声がした。

「ピクチャーって言ってもやつらが探してたのは、――そうね、モーションピクチャーよ。スキップがリンバニに売りつけようとしてたものとは違うと思う」

「やっぱり君は見たんだな。いくらお気に入りの〝サユリ〟だって、手ぶらじゃ商売にならない」

「スキップから封筒を渡されたのよ。厳重に封がしてあったし――」

「君なら開けてみるさ。封筒はどこかで買って入れ換えればすむ」

彼女は口を尖らせ、頭を振った。「ＵＳＢメモリがひとつ。でもそれだけ。ネットカフェに寄る時間もなかったし、他にＰＣなんか見当たらなかったし」

「つまり、スキップはフィルムをもう手に入れてたってことだ」

「そうね。きっとね」ダイナが首を傾げ、はぐらかすように眉をひそめた。「竜也が持ってきたの。

日本でたまたま友達が見つけたんだそうよ。スキップが持ってたのはスチール。それこそただのピクチャー。竜也に隠れて切り出したのね」

「モーションピクチャーの一コマってことか。今見せたのとは違うんだな?」

「そうね。そうだと思う。だって見たら目が潰れるようなお宝だって、スキップが――」

「目が潰れる? スキャンダルか」

「知らない。それしか聞いてないし。でもいいピクチャーはみんなスキャンダルでしょ」

「待ってくれ」私は話を引き戻した。「彼らは誰を脅そうとしていたんだ」

「彼らじゃなく、竜也が誰と商売しようとしてたかでしょ?」彼女の目が海に傾きはじめた陽光を呑み、瞬いた。「本当、詳しくは知らないのよ。あたしが知ってるのは、二人が何か企んでて、フィルムを探してたこと。スキップがあたしに、リンバニと話をつけるよう頼んだこと。竜也を出し抜こうとしたのよ。儲けは少なくなるけど、虎の尻尾を踏むよりはましだって。――それだけ」

「ツィ・バンタムを脅そうとしてたんじゃないのか」

「まさか! あり得ないよ。ツィさんを裏切ったっていいことないじゃない」

「裏切る? 竜也はツィ・バンタムと親しいのか」

「親しいってほどじゃないけど、会ったことはあるみたい。ツィさんから今の役を貰ってくれたの、彼だし。店によく来るって話したら、次に来たとき呼べって」

「会員証を手配してやったのも君だな」

「まさか! 日本人だもの。お金さえ出せばエブリバディOKよ」

「それで、二人を引き合わせた?」

彼女は小さく頷いた。「それとなくね。ツィさんの方から気がついて席に呼んでたわ」

「あの大物が――。驚いたな」

「日本じゃ、そこそこイケてるって本当なんじゃないの。彼の目的は売りこみよ。それも直談判」

鼻から息を吐き、唇を引き結んで「ふう」と声をもらした。「〝ユリシーズ〟の原作に、主人公の仲間を豚に変えちゃう魔法使いが出てくるのよ。映画ではグァンタナモ基地の将校クラブのバーテンダー。彼はそれをやりたかったのね。さかんに売り込んでたけど、ツィさん、ちょっと困ってた。重要な役だし、アリアーヌとベッドシーンあるし。釣り合わないじゃん」

「強請った相手がツィじゃないなら、今の二人は誰が寄こしたんだ」

彼女は答えず、無言で萬金油を返して寄こした。それから水を飲み、匂いが移ってしまったと言って苦笑した。

「虎の尾を踏むような大仕事を抱えて、竜也は何だってマカオなんかに行ったんだ」

「しばらく姿を消して、相手を焦らすんだって言ってた。それにあいつ博奕好きだから」

「誰かに会ったんじゃないのか」

彼女は唇を尖らせて首を横に振った。「ずっと一緒だったし、電話も切ってたから――」

「夜遅く香港へ帰って、朝までずっと？」

そうだと言って、不意に目を瞬かせた。「ああ、夕食の後どっかに行ってたな。人と会うって、二時間くらい。帰ったらちょっと不機嫌で、――スキップのことで怒ってたのかな。本当に広州へ行ってるのかとか何だとか――」

目の前に滑走路の石積みが迫り、右舷の海はまるで巨大な掘割のように見えた。

着陸態勢に入った旅客機の窓から、住民が屋上で蒸している焼売の数を数えられたというほど危険な空港が、そこでスチールの覆いに囲われ、再開発を待っていた。

「もう九龍サイドか」私は驚いて言った。「ずいぶん近くなったような気がする」

「実際近くなってるのよ。埋立てばっかで、そのうち陸続きになっちゃうんじゃない。大金持ちの連中にはその方が都合いいんだろうけど」

「大金持ちと言えば、福星を知ってるだろう。ツィ・バンタムの女房の父親だ」

「よく知らない。ケーブルテレビを全部牛耳ってる人でしょう」

「黒社会とは関係ないのか」

「やめてよ、そんな話」ダイナは付け睫を芭蕉扇のように振って、何かの火種を消そうとした。

「日本人には分からないのよ。香港じゃ黒社会っていうだけで犯罪なの。そのくせこの町の大金持ちは、どこかで黒社会か中南海か映画、じゃなかったらその全部と繋がってるの。——でも、ツィさんが奥さんにからきし弱いのは福星のせいじゃないのよ。あの奥さんが強いだけだって話だわ」

「あいつが恐妻家とはね」

「雑誌にも載ってるもの。二人して手広く事業をやってるから、ゴシップ雑誌の記者は話題が足りなくなるとあの家に行くのよ」

私のポケットで電話が呼んだ。ダイナに一言断って、通話ボタンを押した。

「どこにいる！」フリスク・ローが叫んだ。ハッカの匂いまで伝わってきそうだった。

「女は無事だよ。やつは逃げてしまった」

「誰か分かっているのか」

「スキップが昨日紹介してくれた女だ。君の相棒と拳銃を持ったヤクザが彼女を拷問していた」

彼は押し黙った。少しすると、息を吸う音が伝わってきた。

こっちが先に口を開いた。「所轄の警官につかまるとまずいと思って現場を離れたんだ。君のためにだぜ」

「何がおれのためだ！ ヴィンスは現場で保護された。ひどい状態だ。軍器廠街の警察総部じゃ、もう噂の的さ。いい恥さらしだ。すぐに女を連れてこい。住居侵入で手配するぞ」

「女には逃げられた。恐くてドアの外で小さくなっていたんだ。ふと気づいたらヴィンスが倒れていて、他には誰もいなくなってた。これが真相だと言ったら勘弁してくれるか」

「何が真相だ。どこをどうしたらおまえを小さくできるんだ！ 冗談なら法廷までとっておけ」

「法廷も悪くない。現場の画像は記録してある」

フリスクはまた黙った。今度は気配さえしなくなった。

「メールに添付して日本の友人へ送ったところだ。ぼくの保険だよ」

「臆病者め」

「臆病にもなるさ。君の同僚が人殺しと一緒になって、女をアイロンで偏平足にしようとしていたんだぞ。——君が警察の金だけで飯を食ってることを祈るよ。それなら、この件は君に預ける」

彼は息を吸い、溜め息に聞こえないよう注意して吐きだした。「いいだろう。しかし、あんたには聞きたいことがある。今夜、時間をつくれるな」

「もちろんだ。棺桶屋を連れてこないと約束するなら、どこへでも出ていくよ」

電話を切ると、真っ直ぐこっちを見つめている目と出くわした。「ねえ、二村さんが探してるのはフィルムなんだよね。竜也が、最近になって探しはじめたフィルムの方？」

「多分、そうだろうな。スキャンダルかもしれないが、目がつぶれることはないと思う」

「じゃ、先週スキップが見つけたやつのことかな。昔の映画でしょう」

軽い衝撃。接岸したのだ。船が揺れ、私も揺れた。「売り主を知っているのか？」

「知ってるってほど知らないけど」

彼女は精一杯頭を使っていることを示して、黒目をぐるっと動かした。「年寄りよ。九龍城《ガオルンサン》に住んでる年寄り。それは確か。爺いと言ってたし、その人に会うたび、重慶森林って店の菠蘿飽《パイナップルパン》を買って来てたから――」声を途切らせると目に涙が湧き上がった。それでも声にはしなかった。

彼女は残ったクリネックスで鼻をかみ、目元を拭い、笑顔をこしらえた。

「死んだ男より生きてる男のことを考えるんだ」私は彼女の肩に手を触れた。「さっきの凶手が捜し出す前に竜也を見つけないと、――君だって心配だろう」

「どうでもいいのよ、あんなやつ。ううん。たとえどんなやつだって」妙に投げやりに言うと、また表情を変えた。「二村さん。あのブルースブラザー、どうやって追い払ったの？」

「大したことはない。君と魚釣島を交換しただけさ」

ダイナは目を輝かせ、本当に笑いだした。

「すてき」という声が耳のすぐ近くで聞こえ、頬にキスが飛んだ。「今まで貰ったギャラの中で一番だよ」

38

重慶森林茶餐庁は、ティールームというより屋台に毛が生えたような軽食堂だった。

店は大きな公園に向き合っていて、香港にしてはいくらか趣があった。公園はかつての魔窟、九龍城砦の跡地で、コンクリートと鉄筋を使わなかったせいで、傾きながら横に広がった阿城大廈みたいなものだったと、実際は一度だって目にしたことのないダイナが説明した。

脂汚れでぶ厚くなった前掛けを化粧回しのように翻し、コーヒーと菠蘿飽を運んできた女店主は、実際見ただけでなく、そこに出入りする闇屋や密売人や密入国者、アル中にシャブ中、それに警官とやりあってきたに違いない。客の噂や身の上話にはとても敏感だった。

「お客は沢山、いつも出たり入ったり。週に八日来なきゃ顔なんか覚えないよ」

「昔の映画人が常連にいないのか聞いてくれ」

ダイナが通訳すると、太った女店主は早口の広東語をまくし立て、ぽんと柏手を打ち、化粧回しをつまみ上げた。今にも四股を踏みそうだった。

「新聞とテレビ局を辞めたのはいるけど、両方とも最近顔を見せないって」ダイナは、聞こえよがしの日本語でこう続けた。「この人、知ってても教えてくれないヨ。なんか日本嫌いって感じスル」

「前より日本語が上手くなっているみたいだな」

彼女は鼻を膨らませて微笑むと、菠蘿飽を頬張った。

それはクッキー生地に包まれた、ほのかに甘い丸いパンだった。見た目は日本のメロンパンと変わらなかった。味も香りもパイナップルと無関係なところまで、よく似ていた。

私はさらに二十個、持ち帰り用に包んでくれるよう頼んだ。しかし、それくらいで関取の態度が変わるわけもなかった。私の拳固より大きなパンが二十個で八百円もしないのだ。

「今日の仕事はもう終わりみたいだな」私はダイナに言った。「ぼくの仕事も君の仕事も」

「朝から夜までスケジュール帳を真っ黒にしてみたいものだわ」

「何でもいい、竜也の居どころに心当たりはないのか」

彼女は素気なく首を横に振った。「全然。あったらあいつらに言ってたよ」

「君の部屋じゃないのか。やつは、君が目当てで香港に通ってたんだろう」

「よしてよ。こっちで願い下げ。結婚するならもっと金持ちじゃないと。金持ちって、ちゃんとした生活が出来るって意味よ。せめてあんたぐらいにね。わたしも、すぐ二十九になっちゃうし」

「なるほど、それでやっと計算が合った」

「もっとサバ読んでるって疑ってるのね。年齢は見た目で決まるんだよ」

「君には弟がいるだろう」

彼女は目を細めて私を見た。「いるわよ。故郷にね。それがどうしたの？」

「故郷って、長春か」

「大連よ。そんな田舎者に見える？」

「君はどうして日本語を覚えた？」

「日本の事務所と契約したことがあったの。ほんの一年足らずだったけど。日本のドラマにも出たわ。不法滞在の女の役。雪の公園で強姦されて風邪引いて死ぬのよ。日本の芸能界なんて大嫌い」

私はコーヒーを空にしてうなずいた。「どこかにホテルを取ろう。今夜は家に帰らない方がいい」

「部屋はひとつでいいんじゃない」ダイナは口の端に笑みを浮かべた。「ベッドもひとつで充分よ」

「恥ずかしがり屋なんだ。知らない女と一緒じゃよく眠れない」

「やだ。お爺さんみたい」

私はパイナップルパンの包みを受け取り、釣り銭をテーブルに残して店を出た。

女店主が外まで追ってきた。釣り銭を突き出し、忘れ物だと喚いた。

「君のものだ。チップだよ」

「おや。そうかい」彼女は驚いたように私の顔と手の小銭を見比べ、ゆっくり微笑を広げると、不意に普通話を喋った。「さっきの話だけどさ。ひとりいるよ。映画関係者じゃなく、映画好きの年寄りでもいいんならね」

「どこに住んでるんだ」

「それは知らないね。でも荷李活道《ハリウッドロード》で画廊をやってるってさ。番地は分からないけど、すぐ見つかるよ。普通の画廊じゃないんだ。昔の映画のポスターばっかり売っているそうだよ。十万ドルするポスターもあるらしいよ。ズーさんって名前さ」

「今、何と言った」私は半歩にじり寄った。「ズーって苗字か」

「きっと朱徳《ジュードゥー》と同じ朱」ダイナが代わりに答えた。「広東語だとズーになるのよ」

「君の友人に騙されたな。これで三度目だ」

「画廊の近くで、そういうマニアが集まる酒場もやってるんだとさ」女店主は続けた。「そこは日本人に任せてて結構繁盛してるそうだよ」

彼女は小銭を握りしめた手で三度、手刀を切るみたいな仕種をして踵を返した。

私たちはタクシーを探して乾物と生ものの匂いが入り混じる街路を少し歩いた。

「ハンマーヒルまで送ってよ」ダイナが言った。

「ゴールデンハーベストの撮影所か」

「今じゃ跡形もないわ。再開発されて清潔な住宅地。チョーフの撮影所と同じね」

「それも日本の映画界で覚えたことのひとつだな。――しかし調布にはまだ撮影所が残ってる。半分だけだが」

「あら、そうなの。両方ともボーイフレンドが住んでるのよ」

言うと電話を出し、広東語の命令口調で誰かと話しはじめた。

すぐに通話を終え、私に笑いかけた。「香港の売れない女優は、金持ちのベッドを渡り歩いている野鴨だと思っているんでしょ」

「そんなことはないさ」

「いいのよ。そうなんだから」冷やかに言うと、自分の尻を強く叩いた。自動販売機から、出てこない釣り銭を取り戻そうとしたみたいだった。「あんたの考えてる通りかも――」

「ぼくが考えていたのは残っていない半分のことだ」

私は正面から走ってきたタクシーに手を挙げた。

「すまないがひとりで行ってくれ」ダイナを乗せ、膝の上にパイナップルパンの袋を置き、中に百ドル札を二枚、そっと忍び込ませた。

「二十個もどうしろっていうの。どこかのベッドで誰かと片づけろとでも？」ダイナ・タムは伏目がちにこっちを見ると、口を尖らせた。「あたしが迷鳥だと思ってるんでしょ」

「野鳥は迷ったりしないものだろう」

「勘違いしないで。誰かさんが部屋に帰るなというから、そこに泊まるのよ」

「渡り鳥にだって行かなきゃならない所はある」私は車内を覗き込んだ。「まだハリウッドロードの画廊が閉まる時間じゃないからね」

ダイナの手が私の頬を軽くを叩いた。「本当は女友達の部屋！　あんた、最低ね。そんなことでヘソを曲げて」

タクシーは動き出した。彼女がドアを閉める大きな音は、シェーンを呼ぶ子供の声のようにアスファルトの荒野に透明に響き渡った。

39

渋滞したトンネルを抜け、荷李活道《ハリウッドロード》の西の外れでタクシーを降りたときはもう、谷側に拓けた公園の向こうで、痩せて古ぼけた高層ビルを夕陽がシルエットに変えようとしていた。

灯のともりはじめた街を東へ歩いた。

小さなカフェのソファ席に、初老の男女がまるで骨董屋の急須と茶碗のようにかしこまっていた。狭苦しい非常階段を、スーパーマーケットのタイムセールから帰って来たフィリピン人のメイドがよたよたと登っていった。

高低差のある狭い五叉路に差しかかった。そこから街へ下っていく路地は、溢れ出た椅子とテーブルに塞がれ、人いきれと裸電球に揺れていた。傷みはじめた生ものの匂いとラードの焦げる匂いをかき分けて進むと、道の両側に画廊と骨董商が多くなった。

ポケットが震えて私の足を止めた。電話は日本からだった。

「さっきの話だがな――」一秒前の続きみたいに、課長の声が切り出した。「竜也の姉とそっちの事件と何か関わりがあるのか」

「楊三元と竜也の間に何か出てきたんですね」

「聞いてるのはこっちだ」

「先にボールを投げたのはぼくですよ」

課長の爪がマイクの近くで音をたてた。電話を握りつぶそうとしたのかもしれない。「あのコック、なかなか几帳面な男でな。予約を受けると細大漏らさずノートにつけてたんだ。そのリストに柳瀬章生の名があった。知らないか？　よく極道や殺人犯をやってる中堅の役者だ」

「伊藤竜矢と事務所が同じなんですか」

「いや。同じなのは榎木圭介の方だ。帳場の若いのが、ノートに残ってた柳瀬の連絡先と榎木の携帯番号が同じだと気づいたんだ。本人に当たったら、榎木に予約をとらせたと証言した。九カ月前、横浜でドラマの撮影があって、チンピラ俳優を何人か連れて楊三元の店へ行ったんだそうだ」

「そのひとりが伊藤竜矢だった？」

「ああ。柳瀬によれば、実家と同じ団地だってことで意気投合してたそうだ。中国語で盛んに話してたらしい。通話記録によれば、その直後からしばらく楊と竜也との間でやりとりがあった。その後間遠くなってたものが、ちょうど半年前、竜也が初めて香港に旅行した直後からまた頻繁になるんだ。これがどういうことか、おまえ分かるか」

「分かるようなら今頃一課長ですよ」

我らが捜査一課長は歯の隙間から、さも得意そうな笑いを吐き出した。「おまえに問題があるのは能力じゃない。人柄だ。だから聞いてる」

「楊の銀行口座はもう押さえてるんでしょう。不審な金の出入りはないんですか」

「この半年に三回、五十万円ずつ」課長はいかにも口惜しそうに答えた。「現金で〝ホンニン〟が預け入れしている。ホンニンによる入金は少なくないんだが、他は数万円単位でもっと半端な額、——これは売り上げだな」

「半年前から今回も含めて、竜也は何度香港に渡航してるんです？」

「五回。——多すぎるだろう。桐郷映子にものを頼まれる以前のことだぜ」

「さっき聞き忘れたけど、竜也の姉の中国名は分かりますか」

「忘れたんじゃねえ。勝手に手前《てめえ》で切ったんだろうが」言いながら手帳を捲った。「琉球のリュウで琉璃《リウリー》。日本名の瑠璃と意味は同じだ」

「良い名だ。結婚は？」

「いや、まだらしい」

「おあつらえ向きだ」

「いったい何だ。結婚結婚って？　おまえ、まさか――」

「さっきの話は忘れてください。彼女の勤め先は分かったんですか」

「いや、まだだ。珠田の婆さんが娘が鹹になると言って口を開かない」

「彼女の写真を手に入れてください。それから珠田竜也の生年月日。固定電話を持ってるようならその番号。何でもいい、彼に関わる数字を全部、リストにしてくれませんか」

「何、勝手なこと言ってやがる。そんなこと教える義理はない」

「若いやつの手が空いたらメールさせてください」

「君、いいかげんにしなさい」課長は言葉を改めた。「私の質問にまず答えなさい。珠田の娘に何があるんだ」

「大耳朶は拳銃を捨ててったんですよ。携帯電話を奪って行ったのも、自分の犯行を隠すためとは考えにくい。誰か分らないが、クライアントの関与を隠すためだったらどうです」

「私は娘の方について聞いてるんだがね」

「弁護士が飛んできたんでしょう。香港のブラック企業の顧問だったそうじゃないですか」

「それだけじゃスジが薄い！」

「捜査会議じゃあるまいし。――人柄に問題があるんだ。仕方ないでしょう」

電話を耳から離すとそのまま通話を切り、歩きだした。

40

次に私の足を止めたのは、ショーウィンドーの中に飾られた全紙判のポスターだった。

水着姿の娘と上半身裸の青年が抱き合っていた。青年は太陽をまぶしげに見上げ、娘は彼を背後の壁に激しく押しつけている。海とも空ともつかない背景にはモーターボートが白い航跡を描いてタイトルを丸く切り取る。

“Passions juvéniles”

売値は『270,000$』。

0を何度か数え直すと、メキシコ人のような顔だちの青年が、西欧人の描いた石原裕次郎だということに気づいた。初主演作がパリで公開されたとき刷られたポスターだった。フランソワ・トリュフォーが、白トリュフを見つけた豚ほどに褒めそやしたという太陽族映画だ。

その脇には、黒いソフトと黒いスーツに身を包んだ宍戸錠とカーディガンで空手のポーズを決めた浅丘ルリ子が背中合わせに描かれた縦長のポスターが、麗々しく飾られていた。

タイトルは〝危《ヤバ》いことなら銭になる〟。正札はついていないが、相当な銭になるのだろう。

ショーウィンドーには『電影廣告專家・歴史在夜晩發生』と隷書体でエッチングされていた。夜に作られた歴史とでも訳すのだろうが、おかしなことに英名は『Old Cinema Paradise』だった。

私はドアを開けた。裏側でバネが揺れベルが鳴ったが、誰ひとり姿を現さなかった。

店内は古い映画のポスターとパンフレットで一杯だった。

私は奥に声をかけた。返事どころか人の気配もない。

〝お姐ちゃん罷り通る〟と〝無責任遊俠伝〟の立て看サイズのポスターに挟まれ、『辦事處』とプレートを打たれたドアがあった。ノックしようとして、手が止まった。腰が何かに当たり、突然背後で〝The Band Played On〟のメロディーがカットインした。小机に置かれたオルゴールだった。台座の上で小さなメリーゴーラウンドが物凄い勢いで回っていた。

メロディーも回転もどんどん勢いを増した。見る間にメリーゴーラウンドの軸が折れた。

首を横に振ると、それが頭の芯に届いた。硝煙の匂いだ。

いまさらどうしようもなかった。ここで靴を脱ぐという手もあったが、足紋を取られるかもしれないし、DNAを残すことだってありうる。

入り口のドアに戻り、内鍵をハンカチで包んで施錠した。それから事務室のドアを同じようにして開けた。

人間の体の中でつくられる液体と分泌物の入り交じったにおいが押し寄せてきた。

事務室は荒らされていた。雷文で装飾された大きな紫檀のデスクの向こうに椅子が転げ、床には紙片が飛び散って、踏まずに進むには骨が折れた。

まず靴に気づいた。脚の大半は、デスクの向こうに隠れていた。

脚にはちゃんと体がついていた。体を包んでいるのはテイラーメイドのツイードスーツで、馬車柄のネクタイは誰がどう見てもエルメスだった。眼鏡は本鼈甲、半白の口髭顎鬚ともに手入れが行き届き、九龍城の茶餐庁でパイナップルパンを頬張るような人物には見えなかった。

残念なのはシルクシャツが血に汚れ、取り返しのつかない焼け焦げとシミができていることだ。小口径の拳銃で至近距離から胸に二発、上顎と喉の中間に二発。椅子ごと後ろに弾け飛び、壁に額装された〝血まみれギャングママ〟のオリジナルポスターを叩き落とし、床に崩れたのだろう。

弾丸のひとつは彼の体を貫通し、葉巻をくわえたシェリー・ウィンタースを血まみれにして、さらにその脇に掲げられた〝東京暗黒街・竹の家〟のロバート・ライアンに穴をあけていた。風呂上がりの山口淑子がびっくりして、今にもバスタオルを取り落としそうだった。

デスクの上に小さな空薬莢が落ちていた。直径は手帳用のペンほどもない、——二二口径だ。失われた片耳をおかっぱ髪に隠した男は、どんな道具だろうと一度使ったらすぐに捨てる。薬莢を拾って帰るような行儀のいい職人肌の人殺しは、今や絶滅危惧種なのだ。

そうした職人の技に旦那衆がご祝儀を惜しまなかったころ、殺傷力の弱い二二口径は、逆に針の穴に火線を通すような達人に愛用されたものだった。

しかし今は違う。台北で、マッチをくわえた感傷的なプロが四丁の軍用拳銃を撃ち尽くし、大仕事を果たしてから、すべてが変わったのだ。

だからといって、大耳朶の仕事でないとは言い切れなかった。

薬莢は二二口径だが、冷静に心臓と脳幹を撃ち抜いている。拳銃は見当たらないが、どこかにあるかもしれないし、通りに出て通りすがりのトラックの荷台に放り込んだのかもしれない。

もちろん、たとえばクリスチャン・ルブタンのハイヒールを履いた女と、シャネルのポーチに忍ばせたコンパクトのように薄べったい拳銃との取り合わせも否定はしきれない。

薬莢の近くに写真立てが転げていた。まだ若いジョイ・ウォンと因業そうな年寄りに挟まれて晴れやかに笑っているのは、床で死んでいる男だった。十五年は前の写真だ。

『朱平康先生へ。王祖賢、許家屯』と、連名でサインがあった。

現役だったころのキョンシー女優と、鄧小平から香港回収工作を一任され、陰の香港総督とまで呼ばれた人物と知り合いだったのだ。朱《ズー》さんも隅に置けない。

私は自分のボールペンで、卓上や床に散乱した紙片をひとつひとつ捲り上げた。今朝の蘋果日報《アップルデイリー》の下から細長い革のバインダーに挟まれた領収証の綴りが出てきた。

発行した控えは、どれも貸したか売ったポスターの代金で、宛て先は法人個人まちまちだった。

書きかけの請求書の下で、それを見つけた。自然、ボールペンが震えた。

『ショウ&オッペンハイム・ギャラリーズ　オークション出品の委託契約書』の文字が読めた。

出品者は朱平康、仲請けはドクター・オーランド・メンドーサとあり、手数料やカタログ掲載料、保管料、輸送費、保険料など事細かな取り決めがされていた。

最低売却価格が三十万香港ドル。

表の通りでクラクションが高鳴り、広東語の罵声が飛んだ。イギリス英語の笑い声が後を追った。

外が静まると、エアコンの運転音が、低くかすかに聞こえてきた。

螺鈿飾りのある漆塗りのキャビネットの陰に隠れた狭く低いドアの奥から、それは響いていた。

ドアの中は窓のない納戸だった。壁はくまなくスチールの棚に覆われ、そこに整理されていた映画のフィルム缶が大半、床に散乱していた。

誰かが何かを探していたのは明らかだった。しかし、その誰かが目的を果たせたかどうか、一週間かけても分からなかったろう。

足の踏み場もなかったし、あえて踏み入る必要もなかった。作品42は二日前、ショウ&オッペンハイム・ギャラリーズの手に渡っているのだ。

一番手前に転げた缶の蓋に、こんなラベルが見えた。


『〝アナタハン〟主役オーディション・テストフィルム。撮影フォン・スタンバーグ』

その向こうに積まれた十数巻はすべて同じタイトルだった。

『〝上海から来た女〟覆面試写会《スニークプレビュー》用オリジナルプリント、154分バージョン』


私は、幻の根岸明美と秘密のリタ・ヘイワースを永遠に封じ込めたフィルム缶を、長いことぼんやり見下ろしていた。

胸の中で何かが破裂した。何でもない、ただの溜め息だった。

店の外まで出てドアを元に戻すと、夜に気づいた。数万の窓に、すでに明かりがともっていた。

私は急いでハリウッドロードを離れた。防犯カメラなどありそうにない、鮮魚店や八百屋などが並ぶ石段の坂道に折れ、海の方へ下りはじめたとき、電話がポケットで身震いした。

41

「凄いな」あの懐かしい映画俳優のしわがれ声が聞こえた。「一発でつながった」

私は返事ができなかった。硝煙と血の匂いの直後に彼の声を聞くのは得難い体験だった。

「抜き手は遅いが電話は速い。並の男じゃないぜ」宍戸錠は短く笑った。

「何で分かるんですか。あなたと撃ち合いをした覚えはない」

「腕前はテレビで見た。おっぱいの大きな姉ちゃんのワイドショーだ」

私はまた黙った。

「飯の約束をしただろう。今すぐ、これからどうだ？」

「嬉しいんですが、今し方食欲をなくしてしまって」

「はっはあ」錠は三度、舌打ちをくれた。「蘭桂坊を山側に外れた五叉路の先だ。ウィンダムストリートに香港ジョーって店がある。あそこなら三杯は待てるからな。たとえ死体につまずいた後だって、三杯も飲めば食欲も出るさ」

私は脚を速め、すぐに本気で走り出した。

ハリウッドロードがウィンダムストリートと名を変えるあたりまで五百メートルもなかったが、我らが映画スターがいったい何秒で三杯飲み干すのか、それが分からなかった。

カウンターバーで待ち合わせるには、実にいい時間だった。

照明は昼と夜の中間で、客は他におらず、バーテンダーもまだほどよく緊張している。

店内の空気は毛沢東が千里冰封と歌った長征の山々より冷たく、一歩足を踏み入れたとたん、汗の乾く音が聞こえてくるほどだった。

宍戸錠は長いカウンターの一番奥のスツールに腰掛け、背を壁に押しつけ、店内を見渡すような格好で飲んでいた。すばらしい銀髪が甘やかな暗がりの中に葉巻の煙のように浮かんでいたが、今ではこんなバーでさえ、紫煙が漂うことはない。

私は黙って隣に座った。見たこともないシングルモルトを天井まで詰めこんだ酒棚を背に、年取った中国人のバーテンダーが胸をそびやかした。

「何を飲んでいるんですか」

「ラスティネイル」彼はオールドファッションドグラスを差し上げ、氷を鳴らすと、舌打ちでデュエットした。「甘い酒だと思っているだろう。本当は違うんだ。スカッチに、その半量のドランビュイ。他には何も入れない。しかし、入れて搔き回すだけじゃラスティネイルにはならないんだ」

私は同じものを注文した。「錆び釘《ラスティネイル》って、時代後れとでも訳すんですか」

銀幕の殺し屋は、照星にたかった邪魔臭い蝶でも見るように、私を睨んだ。

中国人のバーテンダーは、英国製のスパイ映画に出てくる科学者がロンドンを消滅させる新兵器を組み立てるような自負と緊張をもって酒をステアした。

「アルコールは映画に似ているな。闇をつくるために必要な無尽蔵の光」錠は言って、グラスを空にした。

すかさず二杯目が登場した。

「一パーセントの真実を九十九パーセントの嘘で語るんだ。そのためには金が要る。原爆がつくれるほどの金」彼は言葉を続け、酒を口へ運んだ。「世界中どこの独裁者も、映画と原爆と女が大好きだろう。これは決して無縁じゃねえ」

「他人の代わりに見ず知らずの人生を生きる代償ですか」

「いや、ギャラだけじゃないんだ。あらゆる嘘が金を必要とする。青いバラを育てるのと同じだ」

「ハンフリー・ボガートは映画の外で死ぬべきじゃなかったと言ったのは誰でしたっけ？」

「さあな。誰だろう。近頃、人の名前がさっぱり出てこねえ」

私はグラスを空け、小声でゴールドラッシュを注文した。バーテンダーは広い棚の中から一瞬にしてアクアビットを選び出し、目分量でドランビュイと混ぜ合わせた。

錠は、単眼ルーペを目に括りつけた時計屋のように自分の記憶と格闘していた。「あいつは自宅のベッドで死んだんだ。女房に手を握られて。この先ずっと自分の死を映画に弁解させるのが赦せなかった。それがとんでもないわがままだって言うのか？　映画の中で死に、映画の中で生き返る。永遠にそれを繰り返すべきだったって。——これは誰の言葉だ？　トルーマン・カポーティか。いや、あいつにそれほど洒落たことは言えねえ。田舎出の苦労人だからな。ノーマン・メイラーか。そんなわけはない。やつはユダヤ人のスクールボーイだ。——まさか慎太郎じゃねえだろうな」

彼は私が来てから三杯目の酒をひと息に空けた。私はあわてて二杯目を空け、財布を出そうとした。

バーテンダーが首を横に振った。カウンターの向こう縁に、何枚かの札が積まれていた。

「酔っぱらいはキャシュ・オン・デリバリーに限る」錠が言った。「クレジットカードなんか使いだしたら酒場から一生出られなくなる。監獄と同じだ」

　正式な夜会服ほどではないが、着丈の長いジャケットを乗馬服のように翻し、彼は先に立って奥へ歩きだした。

「ここで食べるんですか？」

「男二人で中華料理を食べるなんて芸がない」

「そんなこと、ありませんよ」私の声は少々抗議染みていたかもしれない。

　緞帳の向こうはレストランになっていた。

　絨毯を敷いた短い階段の下で、白いタキシードを着た初老のアメリカ人が出迎えた。

　彼は私に手を差し出し、自分で自分の薬を試しすぎた漢方薬屋の親爺みたいな顔で小さく笑った。

「ジョーだ。ジョー・バレット」

　握手をすると、背はそれほど高くないことが分かった。大きいのは顔だ。そのおかげで、姿勢はいいのにどこか猫背に見える。

　錠は、まるで自分の家の応接セットへ招くように私を誘うと、一番奥のブースに陣取った。そこからは大きな煉瓦の竈があるオープンキッチンも含めて、店内のほぼ全体を見渡すことができた。

「シューティングポイントの確保ですね」私はテーブルに身を乗り出し、小声で言った。「でも、逃走経路からは一番遠い」

「そこだ」彼はオープンキッチンの仕切りを指差した。「それを飛び越えれば通用口まで四歩だ」

　店主が、新聞の衛星版より大きなメニューとフリュートグラスに入った酒を三つ持って来ると、「私から」と言って、自分のグラスを掲げた。

シャンパンカクテルにしては甘すぎた。

「本当のフレンチ75には上等な砂糖を一匙」錠がささやいた。「これがなければ良いやつなんだが」

「肉はどうするね」耳朶を引っ張りながら歯を剝き出して、香港のジョーが尋ねた。

「ステーキは熟成《エイジング》だ」錠が私に口を尖らせた。「ここは特製の竃を使って、九百八十度で焼く」

「摂氏だったら炭になるんじゃないですか。華氏でもおかしい。本が燃える温度の二倍だ」

「ぐずぐず言うな。食い物は算術じゃねえ。それに、二倍には二度足らない」

ジョセフ・バレット氏はいつのまにかグラスを空け、ワゴンから取ったスカッチをストレートグラスに注いだ。それも一息に空けると、結局注文など聞こうともせず、キッチンへ歩き去った。

「野球をやっていたんだってな」錠が尋ねた。「人殺しにビーンボールを投げたそうじゃないか」

「まさか、――ワイドショーって本当なんですか」

錠は口をすぼめ、目を伏せて軽く肩をすくめた。「おまえがバイトの警官なら、おれはリストラされた殺し屋だ。近ごろの世間が必要としている殺し屋は、トレンチコートにソフトなんかかぶっちゃいない。セーラー服を着てリュックサックを背負っているんだ」

「ビーズで飾ったピーちゃんで仕事をするんですね」

「何だ、それは？」

「隠語ですよ。一部警察官の」

そこへ赤ワインと肉が運ばれてきた。靴底のように大きく、どんな靴底よりずっと美味そうなニューヨークカットが、熱した陶器の皿の上でまだ音をたてていた。

「早く食え。インディアンが攻めてくる前に」そこで声をひそめた。「インド人のことじゃないぜ」

肉は嚙み応えがあり、嚙むと格別な香りが鼻に抜けた。

三切れ食べて私は尋ねた。「エースのジョーを演じたのは三回だけって、あれは本当ですか」

「ああ。映画で名乗ったのは三度きりだ」

「公表できないような事情があったんですね」

「公表はできない。しかし飲み屋で話すならできる。その手の事情だ」彼はナイフの刃で自分の親指を撫でた。「あのころ、日活アクションはこの香港でも人気があった。それは知ってるだろう」

私は頷いた。「だから、チョウ・ユンファが両手で拳銃を撃つようになったんでしょう」

「そう。調布からはじまったのはヌーベルバーグだけじゃないってことさ。おれが初めて主役を張って、エースのジョーを名乗ったとき、香港の配給を一手に引き受けていた男が言ってきたんだ。エースのジョーはまずいってな。後から考えれば半分黒社会みたいな男さ。映画とヤクザが切っても切れない仲なのはどこも同じだが、ここは殊にそうなんだ」

「香港の黒い金が日活映画に流れ込んでいたってことですか？」

「そうじゃない。その手の話じゃないんだ。金の問題じゃない。エースのジョーで売るのはヤバいって忠告だ。同じ名前の凶手が実在していて、その筋がひどく腹を立てているというんだ。脅迫が来て、サブマシンガンでカチ込みをかけられた小屋がある、ドラム缶に詰められて海に沈んだ小屋主もいる。そんな話だ。な、笑うだろう」

「夢のような話ですね」

私を指差し、舌打ちをくれた。「そいつは禁句だ。夢のような話なんて言ったら、映画は何もはじまらねえ。何も終わらねえ。警察も同じだろうが」

「そのとおりです。それで会社が笑い話に従った？」

「いや。こっちは、もともとエースのジョーだ。漢字の錠じゃない。カタカナなら中国人にゃ分からないって、屁理屈みたいな言い訳さ。宣伝部の谷口が考えたんだ。どっちにしろ向こうが字幕や吹き替えを工夫すれば、それで済むことだ。しかし、よほどひどい目にあったのか、何度もうるさく言って来るもんで、本編じゃ三回しか使わなかった」

「錠王牌って知ってますか」私は電話を取りだし、天洋の二階で記録した新聞記事をディスプレイに呼び出した。

彼は目を細め、鼻から息を吐いた。「エースのジョーの中国訳は王牌喬だ。錠王牌じゃ、香港どころか大陸にだって通じない。錠なんて苗字は在り得ねえ」

「これは新聞記事の見出しなんです。錠王牌という殺し屋がいて、少なくとも一九八〇年前後まで実際に仕事をしていたようです。しかし愛用銃は二二口径。エースのジョーの半分ですね」

「おれのコルトは四五口径」彼は歯を剝いて笑った。「半分には百分の一インチ足りねえな」

彼はナイフとフォークを持ち直し、残った肉を口に放り込んだ。「中国語はさっぱりだが、その記事を書いたやつは半可通だ。ゲルニカは二二口径じゃない」

「22ロングライフル弾じゃないってことですか」

「二二口径っていうのは百分の二十二インチ、つまり直径五・五六ミリだ。ロングだろうがショートだろうが変わらない。しかしゲルニカの弾丸は五・四四ミリ、――」錠は口を尖らせ、しばらく考えた。「四捨五入すりゃ二一・五口径だ」

「特殊な弾丸なんですね」

「ゲルニカは暗殺部隊《スペツナズ》の官給装備品だ。ソ連崩壊後は西側に渡って、毛皮やダイヤと一緒にご婦人の武装に一役買っているそうだがね」

「それがゲルニカ？　それほど小さなものに、なぜあんな大きなものの名をつけたんでしょう」

「小さくても仕事は強面、しかもシンボリックだ。鋼芯弾だからな、防弾ベストなんか軽く貫通する。持つやつが持てば恐ろしい武器だ。何しろ君の財布より軽くて小さいんだ」

「ただし粋じゃない？」

「さあな。スペツナズには組織のバックアップがあった。個人事業主が使うんじゃリスクが大きすぎる。それをもし職人が使ったなら、相当に自信過剰で自己顕示欲が強いやつだろう」

「〝俺は地獄へ行く〟の主人公みたいに？」

錠は私を睨んだが、何も言わずワインを飲み干し、遠いボーイに向かって人差指を回して見せた。

「この後、用事がないならもう一軒どうだ。生き字引みたいな男がいる。両場源一って、ちょっとは名の売れたカメラマンだ」

「〝地獄へ10秒〟の撮影監督ですか」

「そう。ゴウちゃんに誘われて同じころ香港へ渡ってな、そのまま居ついたんだ。今はハリウッドロードの近くで名画座のロビーみたいな狭い酒場をやってるよ」

「映画マニアの店ですね。本当は中国人がオーナーだ。違いますか」

「お見通しか」錠は指を立て、目を細めて舌を鳴らした。「大した刑事《デカ》だ。バイトじゃ惜しいぜ」

ボーイが空いた皿を片づけると、ジョー・バレットが十二年もののラガブーリンを運んできて三つのストレートグラスに注いだ。

「一九九二年の限定生産だ」店主はひと口で飲み干し、鼻から息を吐いた。

錠は二度に分けて空にすると、二本の指でグラスをくるりと回し、目だけで笑った。

香港のジョーは全員に二杯目を注ぎ、しゃがれた声で言った。

「一杯は自分のため。もう一杯は死んだやつのために」

42

私と三周りも年の離れた映画俳優は息も切らさず、まるでそれが責務だとでもいうように一段飛ばしに街灯の点った石段を駆け上がった。

町並みが途切れ、左手が拓けた。ビルと崖に囲まれた袋小路の飲食街が眼下に横たわっていた。道路まで音楽と人があふれ、そこはネオンと足音とお喋りの火鍋だった。

男は四十代から二十代、白人が多かった。女たちはもっと若く、ほとんどが東洋人のように見えた。必要以上に体を寄せ合い、ぶつかり合い、練り歩き、音楽と関係なく尻を揺すり、道路に出したテーブルで舐めるように酒を飲んでいた。

日本語が聞こえた。渋谷でも濃く見えるような化粧をした娘たちだった。ひとりが、男のこしらえた力こぶで懸垂をはじめた。男がよろけ、笑い声がネズミ花火のようにぐるぐる回った。

「湾仔からアメリカ兵がいなくなったら、今度はここだ」錠が言った。

「蘭桂坊にアメリカ兵はいませんよ」

「株屋と金貸し。似たようなもんだ」

「どこが似ているか、ぼくには分からない」

「近頃の銀行屋なんて立ちんぼと同じさ。出し入れだけで稼いでる」錠は鼻を鳴らした。「つまりアメリカ軍と大差ない」


ネオンと音楽の花火大会に背を向け、歩きだした。じきに道路はハリウッドロードと名を変えた。〝ZOO〟さんの店を通りすぎた。ひっそりと明かりを灯し、店内に何の変化もなかった。

例の五叉路の先で右に折れ、すぐに狭い石段を下った。

それは町の裂け目のような路地だった。少しすると裂け目が切り通しに変わり、配線配管が這い回るビルの背中に挟まれた通路とも裏庭ともベランダともつかない場所へ出た。

頭上の裏窓から降ってくる明かりに照らされた不揃いのテーブルには若者たちの賑わいがあった。片側の外壁が一部、砲撃でも受けたように無雑作に削ぎ取られ、片仮名で『サンセット77』と書かれた麻暖簾が下がっている。錠は無言でそれを掻き分けた。

中は狭く深い坑道のようなカウンターバーだった。

陽気だが仕事にはシリアスな殺し屋は、一番手前のスツールに座った。他に出口がないのだろう。背の低い老人がにこりともせず出迎えた。胸板がぶ厚く、肩から二の腕にかけてはスペインの生ハムのように太かった。顔は木槌で殴ったみたいにひしゃげていた。

「両場の源」と錠は言い、私を桐郷映子の知人だと紹介した。

老人が見たことのないシングルモルトを探し出し、何も聞かずに二杯、ストレートで注いだ。突き出しの小皿は、きんぴらゴボウと切り干し大根だった。

「夕日が見えるんですか」私は店先を埋めたビルの隙間に明らむ洋上の空を見ながら尋ねた。

「いや。あっちは北東だ。目の前の空き地みたいな所がまだ道だったころ、そこが晩霞街でここが七十七番地だったのさ」親爺はすり切れた眉をひそめ、一番奥の壁を指差した。「ところが道の上にビルを建てたやつがいてな。道が道じゃなくなっちまった」

「この男は調べごとをしに来たんだ」錠が言った。「アルバイトの刑事《デカ》だそうだ」

「あんた以外にも、そんなのがいたのかね」

「おれがバイトでやったのは堅気の交番巡査だ。その後はずっとプロで通してきた」錠はにこりともせず、最初のグラスを空けた。「こいつはな、お嬢に頼まれてあるフィルムを探してるんだ」

「映子ちゃんに？」老店主は私を見て小さな目を細めた。「それは、あれかね？　郷さんの遺作か」

「ご覧になったことがあるんですか？」

「いやあ。あの映画《シャシン》、おれは回しちゃいねえんだ。レイモンド・チョウが〝ミスター・ブー〟シリーズで巻き返したころだったな。郷さんは、やつに誘われてショウブラザースからゴールデンハーベストに移ったんだ。こっちは契約に縛りがあって一緒に移籍できなかったのさ」

「タイトルをご存じですか？」

「〝黒色影片《ハクシクジンピン》〟。フィルムノワールってあるだろう。あれの中国語だ」

「そのフィルムを、ここのオーナーが持っていると聞いて来たんです」

すり切れた眉の下で小さな目が私を睨んだ。「ひとつ言っとくがよ、ここは俺の店だ。ズーさんから買ったんだ。このポスターを借りてるもんで、今も自分の店みたいに言いやがるがよ」

彼の背後に色あせたポスターが額装され、掲げられていた。田坂具隆監督〝土と兵隊〟。戦前、日活が多摩川のもっと上流にあったころつくられた映画だ。

「何か謂われがあるんですか」

私の質問には無精髭一本、動かそうとせず、老店主は自分の話を続けた。「あの映画《シャシン》のことは、俺がズーさんに教えてやったんだ。狂がつくコレクターだからさ、以来ずっと探していて、五年前かねえ、見つけたと言って大騒ぎしたのは」

「どこで見つけたんです?」

「ロンドンだよ。売り主の方から声がかかったと聞いたがね。香港出身のコックで、今はイーストエンドのベクトン・ガス工場の食堂で働いてるって、身銭切ってこっちからぶっ飛んでったもんだ」

「それほど苦労して手に入れたものを、なぜネットオークションなんかに出したんだろう。一万USドルは相場なんですか」

「まさか!」額をしわで波立てた。「そんな額で売るわけがねえ」

それから息を整え、空になった錠のグラスに酒をつぐと私を見据えた。「あんた、――伊藤竜矢ってえのと知り合いかね」

「ここへ来たんですか? 映子さんに頼まれてフィルムを買いに行った男です。何日も連絡が取れなくなっている」

「そんなとこだろうと思った。映子ちゃんはフィルム代をいくら渡したんだね」

「手付け程度です。持ち逃げするには失うものの方が大きいと彼女は言っている」

「その手の小僧が持ち逃げなんかするか」錠が不意に割り込んだ。「一度に一億円なら持ち逃げするしかない。しかし百万円ずつなら、胸に顔をうずめて〝ごめんね〟を百回ささやきゃ済む。どうせ手より口が先ってタイプなんだろう」

「あんたは手が早すぎるんだよ」源さんは口を開けずに笑った。「あれにもこれにも、手の方がよ」

「おかしいな」私は言った。「だとしたら、竜也は売り主を知ってて彼女に持ちかけたことになる。ネットオークションで見つけたなんて嘘までついて」

「金だろう。相場をつり上げたんだ。初めから買う気なんかなかったのさ」錠が歯を剥いて笑った。

「そうかも知れねえ」老店主がゆるゆると首を振った。「買う気があるようにも思えなかったし、映子ちゃんが欲しがってるって話も初耳だ。やつは見たがってただけだ。見るだけならこっちだって話をつけられねえもんでもない」

私はグラスに残っていた酒で、溜息を喉の奥へ押し戻した。「竜也とはいつ会われたんです」

「一昨日も来やがったよ」

「夜遅くですね？」彼が頷くのを待たず、私は続けた。「何かもめ事があったんじゃないですか」

「スキップってやつのことで腹を立てはじめて。別に俺とどうこうってんじゃないが——」

「この店へはスキップが連れてきたんですか」

「いやあ、去年日本のガイドブックに載っちまってよ」

「ここが？」錠が声をたてて笑い出した。

老店主はもの悲しげに顔を背けた。「香港でも有名な映画のコレクターが経営してるってな、調べもせずに書きやがって。それを見てやってきたんだ。あのシャシンのことを聞きに。——映子ちゃんの付き人だって言うから、まあ話だけは聞いてやったんだがよ」

「じゃあ、スキップはここへ来ていないんですか」

「名前しか聞いてねえ。ズーさんに、あれを売れと言ってきていた若いのだろう？　ズーさんはひと桁違うと笑ってた。竜矢の使ってる案内人だと知ったのは一昨日の夜だ。自分を飛ばして、そいつがズーさんに直《じか》取り引きを持ちかけたと分かったとたん、やっこさんが怒り出してな」

「裏をかいて先に手に入れようとしたんでしょう。――しかし、そんなコレクターが何であれを売る気になったんでしょうね」

「そりゃあ金さ。このところ、香港は地代が暴騰しちまってなあ。半端な暴騰じゃねえ。個人事業主はバタバタ討ち死にだよ。ミシュランで騒がれたレストランが、家賃が払えず潰れるほどだ。香港の土地は基本的にゃあ公有だ。使用権を政府が競売する。誰でも入札できるったって、莫大な資金を持った者じゃないと勝ち抜けねえ。そこへ大陸で余った金が流れ込んだ。今じゃ、ユダヤ系も含めて六つか七つの立派なご家族が、地べたを独り占めしてるんだ。やりたい放題、強権強欲足るを知らずってとこさ。正直、ここも長くねえよ。ここの家賃が銀座のクラブと変わらねえって言ったら、あんた信じるかね。――ズーさんも、このところずっと売り食いでしのいできたようだ。あれを売ると聞いても、まあ、驚きはしねえな」

　両場は息をゆっくり吐くと、カウンターの下からブラックベリーを取り出し、ズーさんを呼んでやろうと言った。「向こう岸に帰ってなけりゃ、そこらで夕飯を食ってる頃合いだ」

　私は口から出かけた言葉を飲み、押し黙った。

　両場は太く短い指でキーを叩いた。まるで小さな算盤でお代を計算しているみたいに見えた。

結局、応答する者はなかった。本人はもちろん、警察関係者も。

「両場さんと監督とは、満映時代からのお知り合いなんですね」私は急いで尋ねた。

「知り合いったって、こっちは中学生だ。親父の飲み友達ってとこさ」老店主は、私たちのグラスに酒を足し、自分にも同じ酒をロックでつくった。「その親父がロシア軍に引っ張られてシベリアで死んじまってな。本土に引き上げて学校を出た後、就職を頼みにいったら、撮影所で生れて三つの頃からカメラをいじってたなんて大ボラ吹いて、新東宝へ引っ張ってくれたんだ。第四次東宝争議の後、日活に呼んでくれたのもあの人だ」

私は電話を出し、幼い残留邦人の兄妹がカウチに並んで写っている画像を呼び出して見せた。

「女の子が珠田真理亜。隣はその兄で珠田定俳。父親は満映で制作部にいたようです」

「さあな――」彼は耳を動かした。首を捻ろうとした様子だ。「何しろ大きな会社だったし、俺はまだガキだったからねえ」

「女の子は伊藤竜矢の母親ですよ」言いながら画面を撫で、もう一枚を出した。花柄のワンピースを着た少女とスーツにサングラスの男が写っているカラー写真だ。

両場は少し驚いた様子で目を上げた。「こっちは一昨日も見せられたよ。竜矢が持ってきたんだ。郷さんとこの写真の関係を聞くんだわ。しかし、俺にゃまったく覚えがない」

「何を聞かれたんです？」

「この男が、香港で郷さんと知り合いだったんじゃないかってさ。――そのうちスキップの話が出て、何だかえらく不機嫌になって帰っちまった」

私は珠田兄妹のモノクローム画像をもう一度呼び戻し、背後の将校を指差して尋ねた。「この男が満映に潜り込んでいた共産軍のスパイってことはありませんか」

「そりゃ、あるだろう。ともかくスパイだらけだったからよ。甘粕自身が特務の親玉だもの。聞いた話だが、二重スパイ三重スパイと知りながら、近くに置いて逆に利用していたそうだぜ」

老店主は酒を飲み、一度目を閉じて大きく頷いた。「そう言えば、いつだったか郷さんから聞いたなあ。レイモンド・チョウがショウブラザースを追ん出てゴールデンハーベストをつくったとき、大口の出資者がいてな、郷さんを呼べと言ったのはその男だって。文化大革命の最中に大陸から逃げてきた男で、満映に身を寄せていたこともあるってな。——駄目だ。名前が出てこねえ」言い訳のようにつぶやき、酒を口に運び、目を遠くへ飛ばした。「あの時代、そういう人間は大勢いたんだ。満州の八路軍、ことに特務は毛沢東に嫌われたから——」

突然、水音が響きわたり、彼を遮った。ビル全体が激しくうがいをしているみたいだった。

「上の階のトイレの音さ」両場が言った。「二十七階建てのくせして、下水管が壁の外なんだ」

「両場さんは、あの映画をまったく見ていないんですか」

「ああ」彼はしわの中に表情を隠した。「まだ完成していなかったし、会社が違ったからな」

「でも、ズーさんが手に入れたんでしょう」

「コレクターにゃ二種類いてよ。見せびらかしと抱え込みだ。あいつは後の方の典型さ。フィルムが傷むって、映写機になんかかけもしない。オークションに出す前にデジタルに落として見せてくれるって言ってたが、本当かどうか、——本当なら竜矢にも見せてやるつもりだったんだが」

「どんな話か、それもご存じないんですか」

彼は困惑したように首を揺すった。「もとはと言えば、日本で大ヒットした実録ヤクザものだ。

あれがずっと頭の片隅にあったんだろう。レイモンド・チョウが、前々から似たのを作れと言ってたんだ。ところが郷さんは、今さらあんな貧乏くさい田舎ヤクザのシャシンなんか撮れるかって相手にしなくてさ。あるとき、チョウに泣きつかれて俺が取りなしたんだよ。昔のフィルムノワールにも実録物はあったじゃないか。〝拳銃魔〟とか〝死の接吻〟とかな。〝俺たちに明日はない〟も〝ゴッドファーザー〟も実録といえば実録だ」

「それで、凶手の実録ものを？」

「まあ、そんなところだ」

「そのモデルが、錠王牌ですか」

細い目が金壺の中から飛び出て、私を睨んだ。「その名は噂で聞いた。後になってついた尾ひれのひとつさ。モデルが誰かなんて知りもしねえ」

彼は目を逸らし、汚れてもいないカウンターをダスターで磨きはじめた。

私が口を開こうとすると、錠がそっと二の腕を摑んで止めた。

「当時、監督には取り巻きみたいなのが何人かいてな」両場がまた口を開いた。「助監督に若い脚本屋、果ては映画界にゴロまいてるチンピラまで。そんな中にひとり、多分、黒社会に片足突っ込んでるようなやつがいたんだろう。そいつの裏話や与太話を元にプロットをこしらえたんだそうだ」

「どんな与太話だったんです？」

「香港と北京を根城にするすご腕の殺し屋の話。そうとしか聞いちゃいない」老店主はカウンターに手を突き、溜め息をついた。一メートル先のロウソクでも吹っ消してしまえそうな溜め息だった。

「会社も違った。敵対関係にあったから、新しい企画の話なんか、本当ならお互い御法度だ。しかし、それでも、――撮了寸前のことだ。たまたまどこかの飯屋で会ったら、ラストシーンを書き直すって、それも嬉しそうに言うのさ。近々、モデルにした殺し屋が仕事をする。最後の大仕事だ。それを見て、ラストシーンを書き直すんだと。おれはやめろと言ったよ。そんな、ばかばかしい。映画じゃあるまいし、実際の人殺しを見物に行くなんて人の道に悖るじゃねえの」

「人の道か」言ったのは錠だった。「そいつは映画とあまり関係がないな」

「ああ。郷さんも同じことを言ったよ」手をカウンターに突いたまま、自分の手の甲に浮いたシミに向かって頷いた。「相手は、香港でパクられて台北に送還される大物だ。空港までは装甲護送車で運ばれる。警察の地下駐車場から出て、十何台かで取り囲んで、飛行機の真下まで直接乗り付ける。あのころ空港と言や、すぐそこの啓徳空港さ。あちこちのビルからエプロンも滑走路も丸見えだが――」

「窓辺に座らせるわけがない」錠が愉快そうに引き取った。「シェードだって下ろしている。チャンスは一回、エプロンで装甲車から機内へ乗り移る瞬間だ」

「さすが、あんただ。当時の警察も同じ予想をたてたそうだ。それでボーディングブリッジでもタラップでもない、モービルラウンジってやつを使うことにしたって話さ。動くプラットフォームだよ。飛行機の下まで走って行って、屋根つきの客室が撮影用の昇降デッキみたいに上下して、飛行機のドアにぴったり張りつくんだ」

「そいつの窓を塞がれたらチャンスはゼロ」錠は酒を飲み、不敵に微笑んだ。「自爆覚悟のテロリストか組織を背負った軍人でもない限り手は出せない。殺し屋は自営業だ。頼るのは自分ひとり」

「どうやったんです？」

「分からねえ」と答えたのは両場だった。「知りたきゃ試写に来いって、――それきりだ」

「成功はしたんですか」

「それが、ウンでもなけりゃスンでもねえ。黒社会の大物が台湾に送致されるってニュースはあったが、その後どうなったか一切報道されなかった。ポスプロが終わって、ゼロ号が上がったって聞いたら、ほら、あの事件だ。拳銃強盗で亡くなったってよ。あれで宣伝すりゃヒット間違いなしだった。それなのに、香港人ほどの商売人が何もしねえ。挙句にお蔵入りだ。よくない噂はいろいろあったよ。しかし、監督の死後、ハンマーヒルのフィルム倉庫から小火が出て、ネガも何も全部燃えちまったとあっちゃ噂をするのも憚られるだろう」

　私は錠に向き直った。彼は肩をすくめ、目で笑った。

「消えてなくなったって、そういう意味だったんですか」

「ただの失火じゃ、都合がよすぎるな」錠が呟いた。

「そりゃ、すごい賠償額だ」両場が応じた。「保険会社にせっつかれて、消防も警察も本気を出した。食堂のコックが怪しいと新聞は書き立てて、実際事情聴取に何度も呼ばれたんだが、――香港返還の共同声明が出た後のことだ。イギリスに逃げられちゃ、召還もままならない」

「イギリス？　さっき朱さんにフィルムを売ったのは、ロンドンに住んでる港人のコックだったって言いましたよね」

「そりゃ、おれも気になったさ。しかし、ズーさんは知らんぷりだ。敢えて身元を探ろうとはしなかった。マニアって言うのは、そんなものかもしれねえな」

錠が懐からロブストサイズを一本取り出し、吸い口を噛み切って火をつけた。

「良いんですか？」私は老店主に尋ねた。

「カウンターのこっち側は屋内じゃない」錠が代りに答えた。「登記上、屋外なんだ」

「この屋根はズーさんと俺がつけたんだ。そっちの席のあたりはビルとビルの隙間さ」

両場はカウンターの下にしゃがみこむと、何かを探しはじめた。やがて、紙片を一枚見つけ出し、私の前に置いた。新聞記事のデジタルコピーをプリントアウトしたものだった。

「一昨日あいつが持ってきたんだよ」

「伊藤竜矢が？」

両場が頷くより早く、錠がそれを奪い取り、灯にかざして目を細めた。

「よかったら持ってくといい」老店主が、どちらへともなく言った。「レイモンド・チョウが会社を挙げて押さえ込んだか、あの強盗事件は大したニュースにゃならなかった。こんな記事が出たとも見せられるまで知らなかったぐれえさ。ただし映子ちゃんにだけは言うんじゃないぜ」

錠が新聞記事のコピーを私の前に滑らせ、後段の一行を指で叩いた。「五・四四×十八ミリ。郷ちゃんを撃った弾丸だ。中国語は読めねえが、数字なら分かる」

それは中環の路上で物盗りに抵抗し、射殺された日本人映画監督の悲劇を伝える記事だった。凶弾は五・四四ミリ、ゲルニカの専用弾であったことを除けば、記事の大半は日本人映画監督の人物紹介にあてられていた。

「強盗じゃなかったんだ」私は声を上げた。「深入りしすぎた監督が錠王牌に殺され、フィルムは不審火で消えてなくなった。つまり――」

「いくら珍しい拳銃だからって、工業製品だ。世界に一丁って決めたもんでもないさ」

私がさらに言おうとするのを絶妙なタイミングで逸らし、錠は腕を大きく振り上げた。カフスから覗けた武器のようにいかついローレックスに目を落とすと指を立てて見せた。

「明日、もう一仕事あるんだ。——そろそろ呼んでくれ」

両場はブラックベリーを取ってキーを叩いた。相手が出ると、日本語で「お帰りだよ」と告げた。

それから錠に向き直り、

「ハリウッドロードに着けてるそうだ」

葉巻を指に挟んだ手でグラスをつかみ、一息に空けた。カウンターに戻して立ち上がると、グラスの下にはいつの間にか、大きな紙幣が数枚置かれていた。

後ろも見ずに片手を上げて、エースのジョーは退場した。

「さっきの画像は竜也が残したメモリにあったんです」私は席を立ち、両場に告げた。「その中に開かないファイルがある。ロックが掛かってるんだ。もし彼から連絡が来たら、ぼくに電話するよう伝えてください。番号は知っているはずだ」

ビルの隙間を小走りに、ロバを急かせるサンチョのように追っていくと、表通りの灯が背中をシルエットにする頃合いを見計らって錠が立ち止まった。

私はその背に声をかけた。「知っていて連れてったんでしょう？」

「さあな、どうだろう。しかし映画の良し悪しなら分かってる。そいつは偶然の気まぐれだ」

「実物がいたのは知ってたんですね」

彼は振り返り、私を指差して舌打ちを連発した。「実物？　エースのジョーは満映なんかと関係ねえ。チブルスキーの最初の仕事を飾った、あの花火から生れたんだ」

「例の映画のことも知っていた。両場さんとは前々から連絡を取りあってたでしょう」

「やつとは五年会ってない。二十年かもしれねえ。たとえ一秒前でも同じことさ。映画になったとたん、すべては同じ昔の話さ」

彼は身を翻して石段を上りはじめた。上階のベランダが無法に張り出し、その先はトンネルのようになっていた。スタンダードサイズに切り取られた都会の夜の薄闇に、錠の背中は静かに揺れた。

ハリウッドロードへ出たところにキャディラックの巨大なＳＵＶが停まっていた。まるで酒場が一軒、道を占領しているみたいだった。

運転席から若い男が降りてきて後部シートのドアを開け、錠を待ち受けた。

「フィルムを見つけてやってくれ」背中が言った。「女の人生は、総天然色シネマスコープじゃなきゃいけねえよ。たとえどんな女でもな」

宍戸錠は右手の中指で額を叩き、その手を広げて別れを告げ、キャディラックに乗り込んだ。

「それにしても嫌な時代だ。車がみんなバスに似てくる」

43

ホテルの部屋にはヘディ・キースラーを描いたリトグラフが飾られていた。

初主演作〝春の調べ〟の一場面を焼き付けた墨版を、桜吹雪の背景に乗せた小品で刷り番号《エディション》は六九六／一〇〇〇、署名は『余友涵』となっていた。

私は書き物机の椅子に座り、人類史上初めて銀幕に記憶された裸身を見やりながら昨夜のウィスキーの残りを飲んだ。

ふっくら尖った唇と固く引き締まった乳房が、世界に異を唱えているように見えた。その表情を、濡れて乱れた前髪が二つにしていた。彼女は水浴びに興じ、何ひとつ身につけず、今しがた池から上がったところだった。

貝殻からでも海の泡からでもなく、木立と木漏れ日をかき分け、自分の意志でこの世に生れ出たヴィーナスは、否応なくあの映画女優を思い出させた。コンパクトのように小さく平たい拳銃を私に突きつけた女優、ピクニックに誘い、古いライトウェイトを荒馬のように乗りこなし、草の上の昼食を楽しむ間もなく、風もないのに風にまかれて立ち去った女優を。

私はいったい何をしているのだろう。

すばらしい膝小僧の持ち主に呼ばれ、人探しを頼まれた。それは間違いない。

脚を一度組み直すだけで申し出を受けるはずの元刑事は、二度組み直すまで持ちこたえたが、結局は降参した。それは事実として間違いないが、動機として賛成しかねる。私は膝小僧に釣られて、ここまで来たわけではない。

リトグラフの女優はこの映画の後、ナチ御用の武器商人だったユダヤ人の夫を捨て、ハリウッドへ渡り、ヘディ・ラマーと名を変えてセシル・B・デミルのヒロインとなった。二十世紀で最も美しい女優と評されながら、周波数ホッピング・スペクトル拡散に関する特許を取得し、携帯電話や無線ＬＡＮの礎を築いた。

彼女が世界最初の動くヌードを銀幕に刻んだ一九三二年、アジアでは満州国が建国され、ヨーロッパではナチが総選挙に圧勝し、そしてパリの桐郷寅人は初の長編映画を完成させた。例の評伝によれば、そのヒロインは〝モンパルナスのキキ〟ことアリス・プランだった。

私は二人、いや三人のヒロインにもう一度乾杯した。それで酒瓶は空になった。

ミニバーには〝ミニ〟ではなくハーフサイズのウィスキーが入っていた。廊下の製氷機まで氷を取りに行き、オンザロックスをつくると、サンセット77の店主にもらった新聞記事を引っ張り出し、手書き入力の電子辞書を片手にもう一度読んだ。

『被害者は強盗から逃れる途中、銃弾を受け、倒れた。銃撃が一度であったせいか、大勢の通行人が居合わせたにもかかわらず、犯人らしき人物や銃火を見た者はない』

夜十時、中環の繁華街で、どうやったら人目につかず、拳銃で人を殺せるだろう。遠くからただの一撃、それしか方法はない。しかしゲルニカの銃身は極端に短く、遠距離命中率も低い。

その上、凶弾に関しては百分の一ミリまで事細かに書かれているのに、その弾丸と、当時世間を騒がせていた名うての殺し屋との関係について、記事は一行も触れていなかった。

珠田竜也はなぜ、こんな新聞記事を持ち歩いていたのだろう。

なぜかは分からなかったが、どこから手に入れたのかは見当がついた。

脅したか盗んだか何らかの取引があったか、経緯はどうあれ入手先は、親不孝通りの元洋服屋で中華料理をこしらえていた元香港警察関係者の他に考えられない。小峰課長が言ったではないか。竜也は、あの店で楊三元と面識を得た後、五回も香港に通っていたと。あそこで燃やされかけていた新聞記事とこの記事を合わせると、もっと人の興味を引くストーリーが作れそうだった。

ベッドに脱ぎ捨てた上着のポケットでメールの通知音が聞こえた。

小峰一課長からだった。

彼が仕事をしている時間ではなかったが、もとからPCの前に座っただけで感電するようなタイプだ。『お尋ねの件に関しまして』というタイトルからして、貧乏くじを引いた若い警官が残業させられたのだろう。

本文には前置きも挨拶もなく、珠田竜也の誕生日やIP電話の番号、いくつかのメールアドレス、日本へ帰国した年月日、正式に日本国籍を取得した年月日、彼が今住んでいる渋谷区の住所から唯一レギュラーを摑んだ連ドラの放映日時まで――捜査資料から拾い上げた数字が列記してあるだけだった。見事な仕事ぶりだ。若くないのかもしれない。

湾仔の電脳城で買ったSDカード・アダプターには、八ギガのカードがおまけについていた。それと、私の電話に入れてあったものとを入れ替え、ノートブックのスロットへ差し込み、例のフォルダが要求するパスワードに数字を片っ端から放り込んでいった。

西暦を元号に直し、年月日の合間にハイフンを入れたりY、M、Dと加えたり、いろいろ試したが、結局岩戸は開かなかった。

半ばヤケになって『OpenSesame』と打ち込んだとき、着信音が私を袋小路から救い出した。

「二村さんですか。起こしちまったかな。だったら申し訳ない」と、両場の源さんが言った。「さっきの話さ。店じまいしてたら急に気になって――」

「火薬も使えないような機械に手こずっていたところです。話ってどの話ですか」

尋ねながらエンターキーを叩いた。『開けゴマ』で開けば苦労はない。開くのは阿里巴巴ぐらいだ。

すると両場の声がした。「あのパスワードってやつ、マクガフィンはどうかね。竜矢のやつ、キープしたボトルに、名前の代わり、そう書いてったんだ。今、それを見かけてなあ」

返事も忘れ、その場で試した。カタカナは駄目だった。『McGuffin』も駄目だった。『MacGuffin』と打ち込むと、フォルダは開いた。

私は電話口に礼を言った。両場の源は、役に立てて嬉しいと応え、電話を切った。

フォルダには、静止画と動画のファイルがひとつずつ入っていた。

まず静止画の方をクリックした。またパスワードを要求された。動画ファイルも同じだった。両方とも、ロックがかかっていた。今試したことを『MacGuffin』から逆に繰り返してみたが、そんなことで開くわけもなかった。

ファイルはそれぞれ二・一メガと二・八五ギガの容量があった。二・八五ギガもあれば、百分の映画ならそれなりの画質で記録できる。しかし、ミスタ・ズーはフィルムを誰に売ることもなく、オークションハウスに渡していた。竜也にしてもスキップにしても、桐郷寅人の遺作をデジタル化するチャンスなどなかったわけだ。

彼らふたりは女だけでなく、フィルムでも互いを出し抜こうとしていた。問題は、このファイルが、ダイナの言う〝最近になって探してた方〟なのか〝前から持ってた方〟なのかという点だ。

私はマイクロSDカードをアダプターごと金庫にしまい、手元に残ったおまけの八ギガを、理由もなく自分の電話のカードスロットに差し入れた。

それから冷蔵庫へ立っていき、最後のオンザロックスをつくると窓辺で飲んだ。

遠くのネオンまではっきり読めるほど乾いた、過ごしやすい夜だった。香港では滅多にやってこない夜だ。

ベッドに放り出した電話が身震いして私を振り向かせた。

「フタムラさん？」女の声が上手くない英語で尋ねた。「あたしだよ」

喉をノックさせて笑うと、やっと誰か分かった。阿城大廈の二十二階でピンバッジを売っている女支配人だ。

「忘れちゃった？」と、ベアトリス默《モー》は言った。「あたしはさ、誰にとっても忘れられない女でいようと心がけているんだけどね」

「忘れるわけがない。レア物は入荷したのか」

「ちょうど手に入ったところさ」

「いくらなんだ？」

「高いわよ。でも金に汚いわけじゃないの。父に墓を立ててやりたいだけなんだ。父はね、返還前にパリへ渡って劇場の支配人をしてたんだけど、不幸な事故が重なってね、今じゃモンパルナス駅のキオスクでボンボン売りをしてしのいでいるのよ。この町の墓に入るのだけが夢なのさ」

「喜んで応援するよ。それで、どんな情報だ」

「ねえ、三四四の客はジャンキーだった？」

私は答えに詰まった。「さあな。やつの行き先はアヘン窟か」

「今どき、あんた、いくら香港でもアヘン窟だなんて！」彼女は喉で笑った。オットセイがうがいをしているみたいだった。「今から来る？　キャッシュ・オン・デリバリーがこの町の習いだよ」

「酒飲みも同意見だ」私はサイドボードの時計を見た。宵の口よりずっと朝に近い時刻だった。

「しかし、時間が時間だ。失礼があったら困る」

「あらやだ。明け方のホテルへ女を訪ねたこともないような口ぶり」

そのとき、背後に音楽が聞こえた。ユーゴー・ウィンターハルター楽団。〝裸足のボレロ〟。

「そこまで言われちゃ断るわけにはいかないな」

「そうよ。あたしゃそれなり、値打ちもんさ。今夜だって、もしかするともしかするかもよ。灯籠の足下は一番暗いって言うじゃないの」

44

阿城大廈の地上階に、今夜もアヒルの警備員の姿はなかった。それどころか人影もまばらで、明かりが灯っているのは入口付近の両替屋だけだった。

その先で、白いクフィーヤをかぶったベルベル人が三人、私の行く手を遮った。

三人とも私より背が高く、首から下は洗い晒しのTシャツにジーンズだった。

「夜の来訪者には案内人が必要だ」と、ひとりが言った。上手くはないが、まともな英語だった。

「この間の夜は誰もいなかった。ここを自由に通れたんだがね」

「昨日までは断食《ラマダーン》で、夜は一日分の食事をとらねばならなかったのだ」

「一時間二百香港ドルだ」もうひとりが身を乗り出して言った。

「百七十ドルと聞いてるぞ」

「それはこちらの取り分だ」

「残りはアヒルへの上納金？」

三人目が私に向き直った。「三十ドルは安全のための寄付だ。安全は金でしか得られない」

私は金を払い、三人目の案内人を先に立て、コンクリートの砂漠に分け入った。

彼はただの一度も迷わなかった。磁石どころか、ラクダも水筒も必要としなかった。

ほんの一分十秒後、われわれは二十二階の汚れた廊下を歩いていた。

北洋酒店のロビーは静まり返り、人影もなく、大麻煙草の残り香が床の埃やワックスと気だるいチークダンスを踊っているだけだった。

フロントカウンターには伸縮格子のシャッターが降りていた。

「もうここでいいよ」私は案内人に言った。

「あんた、ここに泊まっているのか？」

「泊まり客なら君を雇わない」

「それなら送り出すまでが契約だ」

「何の契約だ？　まさかどこかの神様との契約じゃないだろうな」

彼はクフィーヤを羽ばたかせて頷いた。「契約はすべて神の名の許に」

私は例の呼び出しボタンを押した。夜中に押したら金を取るぞと注意書きされたボタンだ。ブザーの音が遠い廊下にかすかに響いたが、総経理殿はやって来なかった。

三度押しても物音ひとつしない。四度目を諦め、廊下に出た。人の気配はどこにもない。

「ぼくが合図したら、このボタンを押してくれ」カウンターに戻って案内人に言った。「その後、間を開けて短く押し続けるんだ」私は百ドル出して、彼の手に握らせた。

「われわれは三人いる。すべてを分かち合う仲だ」

試しに二ドルコインを乗せると、彼は手を引っ込め、ボタンの前へ歩いた。「いつでもいいぞ」

廊下へ戻り、声をかけた。ブザーはエレベーターホールの方向で鳴った。

ゆっくりそっちへ引き返した。

次にブザーが鳴ったのは、ヤカンを修繕していた老人の店の中だった。

鋳掛け屋のシャッターは南京錠で床に固定されていたが、隣のドアは簡単に開いた。

奥から音楽が聞こえた。裸足のボレロだ。

「モー。いないのか」

室内には薄明かりがあった。チェーンロックはかかっていなかった。

入ってすぐは灯の消えた台所だった。食卓もあったが、雑誌と新聞、古いデスクトップや文具に埋もれ、どうしてもダイニングキッチンとは呼び難かった。

寿命の尽きかけた冷蔵庫が呻いていた。冷蔵庫に入れる必要のない食材は、床に置かれた旅行トランクの中だった。食器は食卓と流し台に転げていた。きれいなものはひとつもなかった。

しかし、そのにおいは別格だった。朱《ズー》先生のオフィスで嗅いだものとは微妙に違う。しかし別の拳銃が残したと決めつけたものでもない。

隣室でブザーが鳴った。その音が私を急かせた。物を踏まないよう、手が何かに触れないように注意しながらそっちへ歩いた。

ノブにハンカチをかぶせ、ドアを引き開けた。

踏み込もうとして立ちすくんだ。あと少しで彼女の頭を踏みつけるところだった。

入ってすぐを、大きな体がふさいでいた。枕やタオルケット、脱ぎ捨てた服だの下着だのが床を埋め、奥のベッドには逆に何も乗っていない。手狭な寝室は、それで一杯だった。

彼女の耳元には古く厳めしいラジカセが転がり、今もボレロを演奏している。

しかし、伯爵夫人が裸足で踊り出すことは二度とない。たとえそれが無毛症の熊のようなご婦人でも、死者を踊らせる音楽は今のところ存在しない。

ベアトリス默は完全に息絶えていた。

死因は見当がつかなかった。目を剝き、歯を食いしばっていたが、苦悶というよりビックリしているように見えた。首はきれいなもので、索条痕どころか虫刺されの跡もなかった。パジャマ代りの白いTシャツには銃創も刺創も、血の飛沫すらなく、剝き出しの下半身にも膝の擦りむき傷がひとつあるきりだった。

彼女は右手を不自然なほど大きく広げ、肘から上をタオルケットに潜り込ませていた。そのあたりに無数の羽毛が散っている。

片足だけ室内に踏み入れて身を乗り出すと、枕の真ん中に焼け焦げに縁取られた弾痕が見えた。

私は彼女の右手を隠したタオルケットの端をつまみ上げた。

血溜まりはそこに隠れていた。右手からは中指が失われ、出血はまだ止まっていない。手首には鬱血と土汚れがあった。

拳銃を手に押し入った人物が、ここまで追い詰め、押し倒し、右手首を靴で踏みつけ、手の上に羽根枕を押しつけて指を吹き飛ばしたのだ。

彼女が持っている何かを奪おうとしていたなら、私に売ろうとしていた何かと多分同じものだったのだろう。

『もしかするともしかする』。阿城大廈の情報通はそう言った。これがもしかした結果なのか、しなかった結果なのか、そこは分からない。

分かっているのは、人にものを尋ねるたび指を撃ち落とそうとする男に、ついさっき会ったということだ。そいつが、二十回あるはずだった尋問を一度で終わらせてしまったのかもしれない。

人間はなかなか死なない反面、実に簡単に命を落とす。指を吹き飛ばされたぐらいでも、痛みや極端なストレスが血管迷走神経を刺激して、心拍数や血圧の極端な低下を引き起こすことがある。

かつて日本には敵の命を奪う代わり、指を弾き飛ばすのをモットーとしている拳銃使いがいたが、彼が一度として殺人者にならなかったのはただ運が良かったのか、日活の大部屋俳優がよほどタフだったか、どちらかでしかない。

私はベアトリス獣の死に顔をのぞき込んだ。

そのとき初めて彼女がキャスリーン・フリーマンに似ていたことに気づいた。力一杯引き結んだ口元が何かで膨れていた。そのせいで、よけい似て見えるようだった。

けたたましくブザーが鳴って、部屋中を震え上がらせた。砂漠の案内人が契約を思い出したのだ。

私は彼の連絡先を聞いてこなかったことを後悔した。

しかし、引き返す前に彼女の口の中を確かめる必要があった。いや、必要などどこにもなかった。私はこの町の警官ではなかったし、今やどこの町でも警官ではなかった。

底知れぬ契約の力が、私の指を死人の口腔に誘った。ただの興味、ただの好奇心、ドアから叩き出しても窓から飛び込んでくる自分自身の性癖、人を破滅へと導く黒犬との契約だ。

口の中はまだ温かかった。死後硬直ははじまっていなかった。私の指は丸めた紙片を簡単に探り当てた。殺人者が突っこんだものではない。舌が強い意思でそれを吐き出すまいとしていた。広げると、今どき珍しい手書きの処方箋だった。唾液にすっかり濡れていたが、印刷された部分は読めた。

肆《サイ》範《ファン》施療院／傅滿舟博士
中藥、鍼灸、氣功、補運、打城、／東洋医術の粋、五運六気の調和をもたらす

問題は施療院の住所だ。傅滿舟博士は阿城大廈の十四階、百十四号室、――つまりこのビルのすぐ下で営業している。

私は処方箋の切れ端を元のように丸め、モーの口の中に戻した。

するとベッドの足下にピンバッジと空薬莢が落ちているのが見えた。バッジは私が買うはずだったレア物で、薬莢は七・六二ミリ、トカレフ弾に似ていたが、ボトムネックが少し浅かった。

薬莢には手を触れなかった。バッジの方は拾ってポケットに入れた。

またブザーが鳴った。律儀なベルベル人をこれ以上待たせるわけにいかなかった。

私は後じさりするようにして部屋を出た。出るときはドアノブをハンカチで包んで回した。指紋を残さないためではなく、他の指紋を消してしまわないためにだ。

引き返していくと、砂漠の案内人は廊下の真ん中で携帯電話を手に、あたかもそれが半月刀でもあるかのように身構え、佇んでいた。

「駄目だ。ドアは見つけたが返事がなかった」私は言った。「もう一ヵ所、行くところができた」

「どこだ？」

「十四階のサイファン施療院。分かるか？」

「いいだろう。案内しよう」

我らが案内人は意外にも追加料金を請求せず、マスツラの井戸を背に傲然と微笑む族長のように胸を張り、歩きだした。何か別の、――私には与り知らぬ契約に従ったのだろう。

エレベータホールまで行き、鍵を使って十四階へ降りた。

そこは窓から差し込む照明灯の光で目が眩むほど明るかった。見下ろすと十一階のテラスでは、はるかに聞こえる発電機とモーターの歌声に乗って、電動工具を振りかざした作業員が入り乱れ、クールに行こうと踊っている。

エンジンが唸り、クレーンが荷を吊り上げ、荷台車《ターレ》が走り回り、サーチライトが空を射抜き、十一階のテラスは巨大なXバンドレイダーとレトロな地対空ミサイル、そして突撃ラッパを吹き鳴らすR2D2みたいな格好の近接防御火器管制システム《CIWS》でハリネズミのように武装した宇宙要塞へと変貌しつつあった。

「映画の撮影に使うらしい」と、ベルベル人は言った。「十一階と十二階は金持ちのプロデューサーに買われたんだ」

「SF映画みたいだな」

彼は窓に目を投げ、さも見下したように頭を振った。「内容などどうでもいい。映画は破壊の口実だ。派手に壊して住人を追い立てる。やがて全部のフロアを手に入れ、ここに何か建てるんだろう。天を穿つような何かを」

砂漠の案内人は鼻をそびやかすと光に背を向け、廊下の奥へ歩を進めた。

45

廊下は行くほどに暗く、ドアは少なくなった。百十三号室でドアが途切れ、廊下は直角に曲がっていた。そのドアには葬儀社の看板が掲げられ、両脇にはロウソクの灯った神櫃が飾ってあった。百十四号室のドアは、そこを曲がったずっと奥にひとつだけ離れていて、傅博士の施療院がその一角すべてを占有しているようだった。

看板のないアルミ格子のガラスドアはほの明るく、人影が動くのも見えた。

『如有事、推電鈴』と書かれた携帯用の靴べらみたいなスイッチを押すと、天井から市場の物売りみたいな女の声が降ってきた。「どちらさま？　時間外の診療は再診の方だけですよ」

「先生に会いたいんだ。急患だ」ひと呼吸置いて、付け足した。「有力者の紹介だよ」

短い雑音と短い沈黙。ドアの中で小声が聞こえ、内側からロックが外された。

「どこの誰？」顔をのぞかせたのは、毛蟹の甲羅に目鼻を描いたような中年女だった。

「ミスタ・ツィに聞いて来た。フェニックス・ファンドのツィ・バンタムだ」

「金蓮さん。入ってもらいなさい」白く大きな甲羅の後ろで男の声がした。

「ここでいい」私は背後の案内人に向き直った。「君の仕事は終わりだ」

「ここに泊まるのか？」

「オーバーワークだったからな。ブドウ糖の点滴を受けるんだ」

「われわれは警備会社と友好的な関係にある。警備会社は警察と友好的な関係を維持したい。分かるか」彼は厳かな口調で言った。

「真夜中に案内した客が怪しい行動をとったら、誰だって当局に報告するよ」

「いかにも。われわれはすべきことをするだけだ」

「一時間してもぼくが君のオアシスから離れなかったら、そうしてくれ」私は何枚かの紙幣とともに彼の手を握った。「礼を言うよ。してくれたことすべてに」

砂漠の案内人は大きく頷くと、私がドアの中に招き入れられるのを、異教徒を永遠に見送るアンソニー・クインのように見守った。

入ってすぐは受付カウンターのある小さな待合室で、四人掛けのソファでは毛布とクッションと古雑誌が互いをまさぐり合い、ソファの前の小卓にはタロットカードが几帳面に並んでいた。

金蓮女史は真っ直ぐそこへ戻り、誰かの運命に向き合うと、目を見開いて動かなくなった。

「こっちへどうぞ」カウンターの脇にある半開きになったドアの奥から、男の声がした。

診察室は待合室よりずっと広く、医療用のキャビネットやステンレスのワゴンにまとめられた診療ユニット、小型の臨床検査装置と消毒器が並んでいた。どれも置かれたまま古くなったという風情で、LEDを瞬かせている空気清浄機だけが真新しく、唯一ものの役に立っているように見えた。

窓辺のデスクの向こうから、白衣姿の小柄な男が立ってくるところだった。神経質な細面の顔、切れ長の鋭い目、使い古した歯ブラシのような眉にみごとなドジョウ髭。すっかりくたびれた三つ揃いのスーツを着て、ネクタイはしていない。

「私が傅《フー》博士です」香港訛りの英語で言った。「ツィさんが私のことを御存知とは、こりゃ光栄だ」

勧められるまま、私は診療台ともカウチともつかない寝椅子に腰を下ろした。

正面の壁の、ちょうど目に止まる位置に、タシュケント医療大学の卒業証書とウズベキスタン共和国政府発行の医師免許が額装して飾られていた。

「東洋医学がご専門と聞いてましたが」私は尋ねた。

「東洋の医術に免状はありません。中医師免許なんぞ、中共の、文革の虚妄にすぎん」彼はデスクの向うの巨大な毒キノコのような椅子に体を預けた。「――それで、ご用件は?」

「そこがよく分からないんです。いったいここへ何をしに来たものか。先生はツィ・バンタムと、どんなご関係ですか」

「どんなって――」彼は大げさに肩をすくめた。「そりゃ、名士だからな。このビルでは知らない者はない」

「それだけの理由で、こんな時間にドアを開けてくれたんですか。医者の鑑だな。もし開けてくれなかったら、廊下に倒れているところだった」私はさも痛そうに頭を抱えて見せた。実際、痛くないわけではなかった。

「私はここに住んでおるんだ。空き部屋を次々と買い取って、急患に備えておるのです」彼は自分で自分に頷いた。「それで、どうしました。ミスター——そう！　お名前がまだでしたね」

「タツヤです。タツヤ・イトウ。いや、タマダだったかも知れない」

フューエルタンクの注入口ほどに表情のない黒目が、私を覗き込んだ。「旅行保険はお持ちですか。なければ、パスポートを」

「パスポートはいくつかあるんですがね。最近使ったのは大耳朵《ダーエアドォ》かな。いい名前でしょう。人口の調節を仕事にしています一人っ子政策より、よほど効果のある方法でね」

「それは日本人の名前じゃない。」

「すいません。紹介してくれたのはベアトリス・モーという女性なんです。情熱のベアトリス。百年戦争の後、自分を犯した父親を殺した王女と同じ名だ。ご存じでしょう」

「真夜中をうろつき回っておかしくなったのかね。そんな女は知らんよ」

「こんな近くに住んでいるのに？」私は身を乗り出し、口調を変えた。「二十二階の北洋酒店。彼女はそこのマネージャーで、自宅も同じフロアにある。あんたが書いた処方箋が彼女の口の中に今も埋まってる。まだ警察は気づいていないが、まあ、時間の問題だな」

傅博士は私を見なかった。何かを決心したように背を向けるとデスクに手を伸ばし、大きな分留フラスコから伸びるラバーチューブを引き寄せ、その先端の吸い口をくわえた。

フラスコには水が入っていて、ゴム栓から火皿のついたガラスの導管が突き出ていた。

彼は曼陀羅模様を印刷した缶を開け、糖蜜で固めた煙草を出し、火皿に乗せて火をつけると、長い眉毛で隠すようにして目を閉じ、美味そうに煙を吐いた。

甘い香りが部屋に漂った。私は静かに、しかし大きく息を吸った。

「治療用ですか？――まさか病棟のベッド全部にそれが用意されてるんじゃないだろうな」

「何が言いたいんだね」

「ぼくは、伊藤竜矢を探している。本名は珠田竜也だ。昨日からここに入院しているんだろう」

「そんな患者に心当りはないな。急患でないなら、そろそろお引き取り願おうか」

「帰したいなら警察を呼んだらどうだ。何だったらぼくが呼んでやろうか」

「おいおい。ここは警察を呼ばれて困るような場所ではない。勘違いしなさんな」

「伊藤竜矢は犯罪に巻き込まれている。警察は、あんたが彼を拉致監禁していると疑ってるんだ」

「戯言もいい加減にしてくれ」歯ブラシが動き、黒い目がやっと私に焦点を合わせた。「いないものはいない。だが、もし訪ねてきたら、君が探していたことを伝えておこう」

「じゃあ、ぼくが彼の大切なものを預かっていることも伝えてくれ。iPhoneと現金だ。クライアントから預かったトラベラーズチェックもある」

「それで、――君は何と言う名前だったかな」

「本当の名前を思い出したら、入院させてくれますか」

「支払い能力があるなら拒まんよ。何しろツィ・バンタム氏の紹介だ」

「言ったじゃないですか。それは間違いだって。紹介してくれたのはベアトリス・モー。彼女はついさっき死んだよ。殺されたんだ。伊藤竜矢の知り合いが次々と殺されている。榎木圭介、楊三元、それにスキップ麥――」

博士は水煙管を放り出した。

「いったいここを何だと思っとるんだ！」

「セルジオ・レオーネ最期のワンカットで主人公が眠りに落ちた場所。ほら、彼が縞ネコのように笑う蚊帳の中の、――あんたは客に、ああしたベッドを提供しているんだ」

そのとき診察室の奥で『Private』と書かれたドアが小さな音をたて、裏側からノブが回された。

46

「そのラスト、この間カンヌで公開されたレストア版も同じなんですか？」日本語が聞こえた。

ドアを潜るようにして入ってきたのは珠田竜也だった。映子から渡された写真よりずっと精悍な印象で、笑顔に鋭いものがあった。顎は、せんべいでも食べたら割れてしまいそうなほど細い。

「あれ、夢オチっぽいところが、どうにも好きになれなくて。ともかく、おれならあんなふうに笑えませんよ。たとえ阿片をやってても」

傅博士が眉間に深いしわを寄せ、彼を見上げた。

「大丈夫。この人は喝あげ屋なんかとは違うから」

竜也は普通話で言い、部屋の隅に置かれた椅子を引き寄せると馬乗りに座った。

白いTシャツにティーセットとバタートースト模様のアロハを羽織り、下はジーンズにローカットのバスケットシューズ、頭にはラフィア椰子で編んだ帽子を乗せていた。

「珠田君だな。それとも伊藤竜矢と言った方がいいのか」私は日本語で尋ねた。

「香港人には本名で通してるんです。芸名だとホテルなんかで面倒だから。——二村さんですね。映子さんから名前は聞いています」

「帽子ぐらい脱げよ。天井の下でも被ってるのは、映画のギャングスターかスター気取りのテレビ芸人だけだぜ」

「そうなんですか」いかにも不満そうに帽子を取り、所在無げに膝へ乗せた。

「二人で何を話しているんだね」傅博士が口をはさんだ。「私にも分かるようにしてくれないか」

「その前に、酒をいただけませんか」と、竜也が普通話で言い返した。

「これは気づかなかった」博士は金蓮の名を呼んだ。

返事はなかった。彼は口の中で小さく罵り、部屋を出ていった。

「ここはスキップの紹介なんです」珠田竜也が言った。「彼が屋上で死んだのはご存じですよね？」

「死んだんじゃない。射殺されてモヤシのプールに浮かんだんだ。君が三四四号室から姿を消した直後にね。なんで着いて早々に姿をくらませた。大事な荷物を置いたまんま」

彼は目を逸らし、頭を振った。「怖かったんですよ。日本の新聞は連続殺人とか黒社会の凶手なんて書いてるし。すっかりビビリあがってスキップに電話をしたら、ここを紹介されて、——」

「電話をした？」私はアクションを促すカチンコのように眉を動かした。「そうか、あの電話、君からだったのか。しかし、おかしいな。スキップはなぜ別件の仕事だなんて嘘をついたんだろう。それに君らは女のことで揉めてたんだろう？」

「女って、――？」竜也は額にしわを刻んだ。「ああ、ダイナね。あれは誤解。頼みごとがあったんでヨイショしてただけなんです。女は女で、すぐ見栄張って、寝ただの何だの言うもんだから」

「いいのか、そんな陰口を叩いて。ぼくは彼女をよく知ってるんだぜ」

彼は激しく瞬きすると、椅子の上で身じろぎした。「それがどうしたんです？」

「スキップは映子さんから君を探す手伝いを頼まれたんだぜ。なぜ、ぼくに嘘をつく？　なぜ君を隠すようなまねをする」

「知りませんよ。香港人だもの。遠回りして案内料を吊り上げようとしたのかもしれない。この町のタクシーが、いつも遠い方のトンネルを使いたがるのと同じにね」

「そもそも何だって二十二階のあんなホテルに移った？」

「だから、スキップですよ。やつが朝一番に電話してきて、――いや。今思えば、ぼくをあなたから隠そうとしたのかもしれない」

私は背を伸ばし、彼を見据えた。「変だな。あの朝かかってきた電話は女だったんじゃないのか」

「なぜ分かるんです――」言葉の途中で言い直した。「いや、おかしなこと言うなあ」

「香港警察から聞いたんだ。通話記録を押収したんじゃないのか」

「警察はぼくのことを疑ってるんですか？」

「どっちの警察だ。香港か横浜か」

「――まあ、いいや。疑われるのはガキのころから慣れっこだ。どうせ本物の日本人じゃないし」

「疑われているのは、お母さんの方だ。——気の毒に。彼女が何しに町田駅に行ったか、君は知ってるんだろう」

彼は小さく頷いた。「おれがおふくろに頼んだんです。桐郷監督の遺作の関連で、実家に残してた資料が必要になったんで、圭介に手渡してくれって。——おふくろには、スキャンして添付ファイルで送るなんて芸当、とてもできないから」

私は彼の目を見据えたまま半秒間をとった。「そんなつまらないことを、お母さんはなぜ警察に隠そうとしたんだ？　通話記録を突きつけられるまで榎木に呼び出されたと言い張ってたんだぜ」

「いや、それはあれですよ」目の隅で鋭角に笑った。「聞き間違ったか、言い間違ったか。中国時代のトラウマで警察にやたら怯えるし、——」

「楊三元をやったのは香港から来たプロだよ。お母さんは自分の部屋から楊の部屋の前まで、その男と並んで歩いて行った。そして楊を部屋から呼び出した」

「すごいな、日本の警察は。——ずっと張り込んでいたんですか」

「偶然見ていたのさ。間の悪い警察関係者がね」

「しかし楊とお袋が知り合いだなんて意外中の意外だな」彼は目を丸くさせて私を見た。「やっと知り合ったのは本当、ただの偶然だ。あの店に飯を食いに入ったら、店主が長春の生まれだというし、しかも実家と同じ団地に住んでるっていうから——」

「遠いトンネルを使おうとしてるのは君の方じゃないのか。楊は思いがけずに宝の山を持ってた。昔の新聞記事に古い記念写真、香港警察の内部資料まであった。錠王牌という殺し屋と桐郷監督の強殺事件の関連について調べていたか、すでに秘密を握っていた。君は楊とどんな取引をした？」

竜也はフィリップ・レオタールのように眩しげに笑った。「ったく！　意地が悪いや。そこまで知ってて──」

私は片手で電話を取り出し、ディスプレイに両場から渡された新聞記事の画像を呼び出した。「マカオから帰った夜、君が両場さんの店に持って行ったものだ」言いながら天洋の二階で撮影した古新聞をスクロールさせた。「こっちは楊三元が隠し持っていたもの。日付はほぼ同じ、三十年前。いったい、これは何なんだ」

「分かりませんよ！　分からないから調べてた。楊はこれを使って誰か、──もしかすると何人かを脅してたようなんです」

「その何人かの中には君の母親も入ってるのか」

「いくら何でも飛躍しすぎ。お袋を強請ったって餃子の皮しか出てこやしない」

「ツィ・バンタムなら干し鮑より高いものが出てきそうだな」

「マジですか！　本気で言ってるならヤバいですよ。たとえどんな材料持ってても、あれを脅すには頬に綿詰めたマーロン・ブランドでも持ってこない限り無理だって」

「なめられたもんだな。楊三元から何も聞かされていないのか」ディスプレイを振り翳し、私はブラフのチップを積み上げた。「やつが死んだのはこのせいだ。こんなもので強請を企てるからだ。それも太子党を相手に」

「太子党って、──共産党が何か関係してるんですか？　そんな、まさか」

モードを変え、天洋のキッチンに張られた倒福札の裏からみつけた写真の画像を探した。小さな男の子と女の子が共産軍の青年将校と一緒に写っている写真だ。「定俳《さだおぎ》というのは君の伯父さんだろう。隣にいるのは君のお母さんだ。その後ろにいる軍人が今も生きていて、二度の天安門事件を無事にやり過ごしていたら今頃は軍か党の大幹部だ。違うか？」

竜也は風船がしぼむみたいに息を吐きだした。「それは、うちで見たことがありますよ。後ろの男は中国で世話になった近所の人だって聞いてるけど、――」

「この古写真を君の母親の家から持ち出し、コピーをこしらえて楊三元に渡したやつがいる。強請のネタとしてだ。君なら心当たりがあるんじゃないか？」

「嫌だな。人聞き悪い。仮にも親子ですよ。自分で小遣いをねだるならまだしも――」

指を滑らせ、次の画像を開いた。花柄のワンピースの幼女とサングラスにダークスーツ姿の中年男が写った写真、竜也の iPhone のＳＤカードからコピーしたものだ。

「これも出所は同じだろう。スキップはこいつをリンバニに売りつけようとしていた」

竜也はまた目を瞬かせた。「誰ですか、それ。聞いたことのない名前だ」

「〝銃火のユリシーズ〟の出資者を知らないのか。ブルーエンジェルの常連だぜ」

「あの店には一回しか行ってないから――」

私は答えなかった。口をつぐみ、彼の目を凝っと見て待った。

彼は目を逸らすと背もたれに体を伸ばし、足を前に放り出した。

素足に履いたバスケットシューズは本物のワニ皮だった。

「いい靴だな。どこかで見たことがある」

「目が高いな、二村さん。横浜のナショナルってハンドメイドブランド」

私は靴底を覗き込んだ。足ツボの分布図みたいなアウトソールには渇ききった泥が挟まっていた。

「ソールはバルカナイズ成形のヘブンズウォーク」

「銃声を聞いたな」私は頭突きの要領で身を乗り出した。「プールサイドで何を見た？」

「プールサイドって、いったいどこの？」

「屋上だよ。スキップに会いに行っただろう。屋上でうたた寝して金を盗まれたって聞いてるぜ」

瞬きが止まらなくなった。私はかまわず続けた。「鍵をベッドに隠したんだ。取りに戻るつもりだった。そうだろう？　正直に言えよ。プールで何があったんだ。何かあったから、三四四号室に戻らず、その足でスキップの小屋へ行ったんだ。警察に住居《ヤサ》が割れる前にだ。やつが作品42を手に入れたとでも思ったのか！——」

臼砲をぶっぱなしたような音が響きわたり、私を黙らせた。ドアの開く音だった。

最初に入ってきたのはステンレスの盆を持った蟹面の看護師で、盆に三杯、ウィスキーのオンザロックスとアイスペールとミネラルウォーターのペットボトルが載せられていた。スカッチは、その後ろの傅博士の手の中だった。

「もし水で割るならご自由に」博士はグラスをそれぞれに手渡し、デスクの向うの毒キノコに戻ると、リンクウッドの年代物はそっと卓上に置き、自分のグラスを差し上げて見せた。

スカッチは磯の香りがしたが、私の口には少々甘すぎた。

「二村さん、さっき言ってた太子党ってハッタリでしょう」と、竜也が天井に向かって尋ねた。

「それとも勘違いか。なにしろツィが本物の中国人に見えるくらいだから」

「見えるって、ツィ・バンタムはシンガポール出の港人じゃないのか」

竜也が笑いで背中を揺らした。手の中で氷が鳴った。「港人と言や港人さ。ここじゃみんな騙って生きてるから。違う名前で違う人生をね。おれが日本で、日本人の名前で生きてたみたいにさ」

彼はまだ天井を見ていた。私はその視線の先に目を上げた。古い漆喰には埃とシミが顔を描いていた。そのひとつと目が合った。天井の顔は笑っていた。

「あの映画に出たかったんだろう。ほら――」言いかけて口ごもった。いや、口ごもったわけではない、舌が縺れたのだ。天井の顔が鼻を鳴らした。

「オデュッセウス、第十の歌。イタケーをやりたかったって聞いたぜ。そのために強請ったのか」

「人聞き悪いな。頼んだだけです。人を通して、礼儀正しく」

「どんなに礼儀正しくしても、殺されたのは事実だ。榎木に楊、スキップ、それに朱平康――」名を出して半秒、私は待った。相手は何も訊き返そうとしなかった。「彼も昨日から行方が知れない。順当に行けば、次は君の番だな」

「ばかな」と、天井が言った。「タマダマリアの息子を殺せるもんか」

「それはどういう意味だ？」

天井が遠のいた。急に背丈が縮んだみたいだった。ウィスキーのグラスが一斗樽のように見えた。

「そんなことより、ねえ、二村さん」

天井の顔が溜め息をついた。吹き飛ばされないよう、私は両足を踏ん張った。

「おれの iPhone を持ってるようだけど、――貸し金庫開けたんですか」

「あの鍵を警察に渡した方がよかったか？」誰かが耳の後ろで言った。呂律が回っていなかった。

「中を覗いただけだ。何も持ち出しちゃいない」

「鍵はどこです？」と、天井が尋ねた。口が大きく開き、湿った舌が見えた。

「こっちが聞きたいよ」私は応じた。「オークションにかかるのはどっちなんだ？　アナログか、それともデジタルか」

「映子さんはどっちでもたいして気にしませんよ」

遠い天井が闇に包まれた。黒雲が湧いたようにも見えた。雲間に小さな雷が光った。コップの中の嵐とは、まさにこのことだった。そのコップを、雲が私の手から奪い取った。

「何したんだ。ヤバくないか？」見えない天井が中国語をしゃべった。「まさか、毒を盛ったんじゃないだろうな」

「そんなことはない。酒にフルニトラゼパムを少々。すぐに効果は切れる」

「余計なことを、――警察にますます疑われるじゃないか」

広東語が落雷のように轟き、腰の下から寝椅子が失われた。何者かが私を抱き上げた。いや、椅子に倒れ込んだだけだった。

「聞いてください。いいですか？」闇が日本語で呼びかけてきた。「今はちょっと、警察もヤバいんです。当面は、どこかに潜っておとなしくしています。だから、悪く思わないで――」

「待て」私は立ち上がり、目を開けた。見えるのはただ黒雲しかなかった。再び目を閉じると、自分の後頭部に向かって目玉が転げていくのが分かった。

私は大きな毒キノコのカサに崩れ落ちた。

47

天井の闇を抜け、屋根の上に立った。白くて急な切妻の屋根だ。

あの目玉が、すぐそこで車輪に代わり、熱もないのにぐにゃりと溶けた。

屋根には煉瓦の煙突が突き出ていて、煙に巻かれながら男がひとり這い出てくると屋根の傾斜を転げるように下った。白い屋根には足跡でなく、引っかき傷のような轍が残った。

重く垂れ込めた空が大きなはさみで切り裂かれると、その裂け目に髭のある賭博師が覗けた。

「これでジャックポットだ」と彼は言った。しかし開いて見せたカードはどれも真っ白だった。

そのとき巨大な天使の翼が空一杯に羽ばたいて、私は屋根の上を転げた。押され、弾かれ、また翼にあおられて宙に飛んだ。

「静かにしろって！」中国語が言った。「おい。静かにしろ。もう大丈夫だ」

私は目を開けた。すでに瞼は上がっていた。いや、上がったのは上半身だった。

目の前に光があった。やっと目が焦点を刻んだ。鼻先にヘルメットをかぶった救急隊員が二人いた。四本の腕が私をねじ伏せようとしていた。

キャスターレッグ付きのストレッチャーの上だった。腰と脛は拘束ベルトで固定されている。

「ここはどこだ」私は日本語で尋ねた。

真上に夜空があった。夜明けの気配が、無数のネオンと消え残った窓明りとせめぎ合っている。沢山の足音、沢山の怒鳴り声、そして沢山のエンジン音。遠くで市場の朝が始まっていた。

「フルニトラゼパムを飲まされた」普通話で叫び、英語で繰り返した。「何か手当てが必要だ」

「薬物はやってませんね」救急隊員のひとりが英語で聞き返した。「飲酒は？　量はどうです」

「大したことはない。いつもの半分ほど。肉を食いすぎた」

「肉ならいくら食べても大丈夫です。フルニトラゼパムはベンゾジアゼピン系の睡眠導入剤です。ドラッグや大量の酒と併用すると肝機能障害を起こすことがある。——気を楽に持って」

直後、救急隊員と遠巻きにしていた警官のあいだで言葉の応酬が始まった。何を揉めているか分からなかったが、言葉が広東語である以上、それは応酬というより殴り合いだった。

私はリングサイドでタオルを待った。おかげで、自分で自分に辻褄を合わせることができた。それから普通話で怒鳴った。「ぼくはもう大丈夫だ！　誰か、言葉が分かるやつはいないか」

少なくとも五人は黙った。

「参考人聴取なら、弁護士抜きで今すぐ引き受ける」制服警官のうち、一番バッジが立派なやつに持ちかけた。「その代わり刑事情報課のロー警部に連絡してくれ」

それでほぼ全員が黙った。

私は広東道沿いの雑居ビルに入った〝急症中心〟に運ばれた。専用の緊急搬送エレベータはあったが、乗り込むと獣脂の匂いがした。

救命医は胃洗浄どころか点滴さえ打とうとしなかった。むしろ一昨日の打撲痕を気にしてＭＲＩ検査を勧めた。

病室に移ると、私服の捜査員が二人、通訳を連れて待ち受けていた。

油麻地署から来たと自己紹介したが、所轄の刑事ではなく、特定の薬物事犯を捜査するため署内に設けられた特捜ブランチからやって来た様子だった。

私は、話を小出しにした。県警一課長からの依頼で事件参考人を聴取しに来た日本の捜査関係者と名乗ったが、桐郷映子はもちろん、竜也の名も出さなかった。

「この一件に関しては日本から公式の依頼が行ってる。詳しいことはロー警部に聞いてくれ」

何故、目当ての男があの施療院にいると当りをつけたのか、彼らはそこを突いてきた。

そこでスキップの事件を、こっちから持ち出した。事件参考人の知人で、私の道案内、そして本人に接触しようとして阿城大廈のプールで命を落とした売れない脚本家。「その関係からあの施療院の名が上がったんだ」

「あんたが探してる重要参考人ってやつの身元を教えてもらえないかね」

「下働きなんだよ。君に教えていいのかどうか分からない。ロー警部に聞いたらどうだ」

通訳を含め、早口の広東語でやりあうと、二人の捜査員は廊下へ出ていった。しばらくすると、戻ってきて、何事もなかったかのように、別の質問をつづけた。

ベアトリス默の死はまだ警察の知るところではないのか、それとも何か格別の事情があるのか、ついに触れないまま、彼らは立ち番の制服警官を外に残して帰っていった。

そのとき、格別の事情というやつが何か分かった。フリスクが匂ったのだ。

三つ数える間もなく、再びドアが開くと警部が鍬から先に入ってきた。

「で、実のところどうなんだ。あそこへは何をしに行った？」

「阿城大廈の案内人から聞いているんだろう。彼が警察に報告したんじゃなかったのか」

「連絡をしてきたのは警備会社だ。その通信センターから所轄に、日本人の観光客がビル内で危ない目にあっているようだって言ってきたのさ」彼は丸椅子を引き寄せ、窮屈そうに腰掛けた。「警察総部の掃毒組は前々からあの施療院に目をつけていたらしい。でなければ、あの時間に即刻、行動班を一個中隊も出動させたりしない。間抜けな日本人観光客のためにな」

総員六十人が廊下とエレベータに配備を済ませたとき、孤独な蟹面の看護師が買い物カートを引きずって傅博士の秘密の入院施設から出てくるのに出くわした。買い物カートの中からは純度の高いオピウムが一キロほど出てきた。

「すごいじゃないか」私は声を上げた。「その間抜けのおかげで掃毒組は満塁ホームランだ」

「バカを言え！　たったの一キロだぞ。成果はそれだけ。昨夜、客は六人いたそうだが、行動班が突入したとき施設に残ってたのはあんたひとりだった。博士は、看護師とわずかな麻薬を煙幕にして裏からとっとと逃げていた。在庫と商売の秘密を洗いざらい持ってだ！」

「そっちが勝手に取り逃がしたのさ。どこかの間抜けのせいじゃない」私はベッドに跳ね起きた。「そのタイミングなら、博士も竜也もまだビルのどこかにいたはずだ」

「全館封鎖でもしろっていうのかね？　あそこはな、つい数年前まで警察の力が及ばない場所だったんだ。今は逆に、半分以上が立派なご家族のもんだ。法律と金でがっちり守られている」

「そんなビルに、怪しげな医者が豪勢なアヘン窟を構えてたとは驚きだね。大きな後ろ楯がいたんだろう。あそこに竜也を匿ったのも、きっとそのバックだ。警察の手入れより早く、博士が余裕で逃げ出したのがいい証拠さ。立派なご家族は警察にお友達が大勢いるんじゃないのか」

「それ以上、香港警察を侮辱するのはやめた方がいい」ロー警部は立ち上がった。両手が顎より頑丈そうな拳をつくっていた。「おまえをあの阿片窟の客として逮捕することだってできたんだ！」

私はロッカーへ立っていき、病院のガウンを脱ぎ捨てて、服を着替えはじめた。

「おい、何している。勝手に出られると思ったら大間違いだぞ」

「ぼくにだってまともな朝飯を食う権利がある。来てからまだ中華料理を食べていない」

上着に袖を通し、靴を履こうとするまでフリスクは黙っていた。

「モーとは二十年来のつきあいなんだ」背中に声がした。冷めた白粥のように穏やかな声だった。「おれが刑事昇任して油麻地署に配属されたときからの仲だ」

「すまなかった」私は振り向かなかった。「もっと早く君に連絡すべきだった。昼間のことがなかったら、そうしてたんだ。スキップの小屋で、君の相棒と一緒にいた人殺しが、女の口を割るには指を一本ずつ弾き飛ばす方が手っとり早いなんて言うのを聞かなければね」

「やっぱり、――大耳朶なのか、ヴィンスとつるんでたのは」

「大耳朶のバックは誰なんだ」私は靴を履き、ネクタイを締めた。「傅博士と同じかと思ったが、君らの見立ては違うのか？」

「その前に、おれに言うべきことがあるだろう」

私はひと呼吸考えた。それから、モーに呼ばれて彼女の部屋を尋ねた経緯をあらかたしゃべった。

フリスクは黙って聞き終えると、しゃがれ声で言った。「モーの口の中に手を突っ込んだな」

私は答える代わり、上着のポケットを探った。貸し金庫のスイス製の鍵は失くなっていた。他のものはすべてあった。そこから例のレア物のピンバッジを選び、彼の手に握らせた。

たまたま警官だったモーの友人は、手の中の小さな覆面探偵を見やり、鍬で宙を耕した。

「まだ手付けしか払ってないんだ」私は財布を開け、五百ドル札を取り出した。「花でも供えてやってくれないか。供える墓があればの話だが」

「あるさ。それも海が見える丘の上に。あいつ、口で言うよりずっと貯め込んでやがったんだ」

私は記憶にある限り最も短く笑った。彼はもっと短く笑い、花より一杯やった方がいいと言った。もちろん、私に異存はなかった。

48

勤め人の朝が観光客の朝に取って代わろうという時刻だった。

九龍公園の脇を東へ歩き、地下鉄駅から湧いてくる老若男女をかき分けながら大通りを渡ると、今度は市場へ向かう買い物客が前方にふくれ上がった。

フリスクは手にしたキャンバス地のブリーフケースから中国製のタブレット端末を出して『香港《オー》餐廳指南《プンライス》』のサイトを開き、早朝営業の店を探し始めた。

「相棒はどうしたんだ?」私はその背中に言った。「やつを偵察に出せば面倒はなかったのに」

「あいつの身柄は総務預かりだ。監察官の監視下、事実上拘禁されてる。おれが気にしてるのは、あんたに警察バッジを盗まれたと騒いでいることだ。まさか本当じゃないだろうな?」

「家捜しの最中、自分で勝手に落としただけさ。嘘だと思ったら海の底を浚うといい」

フリスクはタブレットから顔を上げ、口の端で笑った。「監察官はあんたのことを日本から来た捜査員だと思ってるんだ。だから、今のところは聞いても聞かぬふりで済んでる」

「そう思い込ませたのは君だって言うんだな。それがそっちの取引材料か」

「取引だなんて人聞き悪い。だいたい材料ならいくらでもあるぞ。掃毒組もスキップの事件を扱っている捜本も、本当はあんたを引っ括りたくてうずうずしてる」

彼はタブレットをブリーフケースに戻し、来た道を引き返しはじめた。「すぐ近くに二十四時間営業の料理屋があるみたいだ。そこなら酒もある」

「中華料理だろうね」

「あの小屋で見たことを明後日まで日本に黙っていてくれれば、ご馳走するよ」

「明後日？　香港警察は、あれを二日間で隠蔽できるほどのお気楽体質か」

「見損なうな。明後日、監察官の処分が下るんだ。警察は筋と面子で持ってる。ＫＰＰにはこっちから先に経緯と処分をきちんと報告したい。警官だったくせに分からないのか」

「分からないから、もう警察官じゃないんだろう。――心配するなよ。あの画像はまだどこにも送っちゃいない。必要だったら朝飯と交換しよう」

ジョーダンロードに出て左に曲がった。佐敦交差点の混雑が舗道にもあふれていた。

大通りを南へ下ると、『翠華餐廳』という大きな原色の看板が頭上に危うく突き出ていた。餐庁というのに半秒足が止まったが、メニューは分厚く、たしかに中華料理もあった。

しかし呼ぶより先に飛んで来た若い制服姿の店員が、世界共通の段取りでこう言うのだ。

――申しわけありません。お客様。この時間はモーニングセットのみでお願いします。

メニューにはソーセージ&エッグスやフレンチトースト、塩鮭と白飯の日式朝食などに混じって『金牌・肉餅包』というのが並んでいた。写真では咸魚肉餅を餡にした中華饅頭のように見えた。油菜の炒めものと雲呑スープがセットになっていた。説明を聞く前に私はその写真を指差していた。

フリスクは、さっきの五百ドル札を店員にそっと手渡し、広東語で何やらささやいた。

「ビールしかなかったんだ」彼は私に説明した。「手頃なウィスキーを買ってくるように頼んだ」

料理より先にラフロイグの十年がやってきた。実に手頃な選択だった。釣りはチップなのだろう。

フリスクはこれ以上ないというほど薄い水割りをつくった。私はストレートでグラスに注いだ。

われわれは乾杯もせず、黙ってそれを飲んだ。

一杯が空になると、彼はさっきのタブレットを取り出し、画像を立ち上げて見せた。

俯瞰で捉えた廊下を、背の高い男が歩き去ろうとしていた。顔をうつむけ、目から上は見えなかったが、鋭い鉤鼻と尖った顎、おかっぱに刈り込んだ髪形は見間違えようがない。

「阿城大廈の防犯カメラから切り出したものだ。一昨日の午後、ちょうどあんたが例の部屋で、女に拳銃を突きつけられていたころさ」

「女物の拳銃」私は言い直した。「相手の姿は見ていない」

「で、こいつなんだな？　スキップの部屋で見たのは」

私は液晶に手を伸ばし、頷いた。

「横浜の二件はどうなんだ」

「楊三元もこの男に射殺された。もうひとり、榎木圭介もこの男の仕事と見ていいだろう。――これは二十二階か？」

「いや十二階から上には防犯カメラなんかないんだ。一階の貨物エレベータの出入り口さ。あの天台窩農民の言い分を信じるなら、犯行の直後と推測できる」

「天台窩農民ってなんだ？」

「プールでモヤシを造ってた連中だよ。香港のビルの屋上は半分以上、本来いるはずのない人間が住み着いている。そのさらに半分が、そこで商売をしているんだ。金型、縫製、印刷、花火に製麵、それに農業。あんまり多いんで、ああして事件でも起きない限り、こっちは見て見ぬふりさ」

「スキップはあそこに家庭菜園でも持ってたのかな」

「何をとぼけていやがる。やつが会いに行ったのは珠田竜也、――そうに決まってる」

「――それも防犯カメラか」

フリスクは歯を剝いて頭を振った。「竜也の画像はどこにもなかった。もっとも画像記録はあのビルの警備室から提供を受けたものだ。押収したわけじゃないから、全部とは言いがたい」

「そこを疑う理由があるわけだ？」

「廊下に死角が多すぎるそうだ。カメラがもっとないと、防犯にはならない」

「画像が足らないんだな。ビル側が隠してるんだ。つまり、ビルオーナーの立派など家族が――」

言いかけたのをいかつい顎が遮った。「待てよ、二村。彼らが日本人のチンピラの足取りなんかを、なぜ隠す必要がある。大耳朶がいたことを隠すならまだしも、それじゃ話が逆ってもんだ」

「口が滑ったな。大耳朶と例の立派な一族の関係を、君らも疑ってるんだろう」

「バカを言うな！」彼は目を見開き、鍬をシャベルに変えた。「簡単な理屈だ。三四四号室から消えたチンピラと被害者の関係は、もう警察に知れている。大耳朵の目撃情報は一切なかった。誰かが画像を隠匿したなら、大耳朵の存在の画像を晒して竜也を隠すというのは理屈にあわない」

「大耳朵の素性は割れてるんだろう」私は遮って尋ねた。「どこに雇われてるんだ」

胸ポケットからペンを出し、紙ナプキンを引き寄せ、彼は『英天世』と書いて見せた。

「イン・ティエン・シー。中国名はそうらしい。しかし銃犯罪ユニットの連中はカンボジア人だと睨んでいる。ポル・ポト政権に育てられたクメールルージュの精鋭。秘密警察や処刑人とは違う、ある種の趣味人。つまり完璧な殺し屋だとさ。それが本当なら皮肉な話じゃないか。原始共産主義を目指した社会が、消費行動としての人殺しを生んだんだ」

「ぼくは、阿城大廈の大地主とはどんな関係だって聞いたんだ」

彼は私を睨んだ。それから自分の右手を睨んだ。どちらに喧嘩を売ろうか迷っている様子だった。結局、この思慮深い警察官は何事も聞かなかったふりを決めこんだ。「スキップは、脳幹を四発の九ミリ口径で撃ち抜かれていた。ありふれたＮＡＴＯ弾だ。モーの指を弾き飛ばしたのは鑑定待ちだ。現場の見立てではトカレフ弾に似ているが、もっと特殊なもののようだ」

「だからどうした。大耳朵は毎回道具を使い捨てにする」

「そのうえ、女からものを聞くのにいちいち指を撃ち落とす、か？」

それには答えなかった。私のどこかで別のスイッチが入った。「いいか、ぼくは一昨日の夜、湾仔のブルーエンジェルであいつと出くわしたんだ。やつは店に歓待されていた。その店の社長というのは、事前にぼくの経歴を知っていた。香港に着いたその夜だぜ。そんな情報を社長に吹き込むやつがいるとしたら、君と一緒にぼくを取り調べた相棒かそのまた相棒以外ない。——そうは思わないか？　どれもこれもあの店のボスにつながってるってさ」

「ツィの女房のことか？」

「さあな。本当のボスが誰なのか、ぼくはまだ君から聞いていない」

彼はテーブルに身を乗り出した。お茶をこぼしそうになったが、そんなことは気にも止めなかった。「滅多なこと言うもんじゃない。黒社会はそれだけで違法だ。日本のヤクザのように看板を出したただけで犯罪なんだ。福星ほどの名士が黒社会なら、これは世間が引っくり返る」

「福星というのは本名なのか？」

「本名はシン・フイオンだ」と言いながら、さっきの紙ナプキンの隅に『承奎安』と書いた。

紙ナプキンを手に取ると、入れ代わりにどこからか皿が降ってきた。

無愛想なウエイトレスが大きな音をたて、朝食の皿でテーブルを埋めていった。

〝肉餅包〟は、豚肉のメンチカツバーガーだった。咸魚とは何の関係もなく、オイスターソースとマヨネーズがかかっていた。油菜はバター和え、スープはミネストローネで雲呑に見えたのはニョッキだった。

「これは中華料理じゃない」私は抗議した。「さっきの約束は反故だ」

「何言ってる。立派な香港料理じゃないか」彼は誰がどう見ても油揚げにしか見えないフレンチトーストから顔を上げ、肩をすくめた。「そして、今じゃ香港は中国だ」

「そのフレンチトーストと同じようにか？」

「これはピーナッツバターとバナナのサンドイッチを揚げたものだ」

私は言葉を失くし、肉餅包を放り出した。「もういいよ。中国人には子供のころから騙され慣れてる。最初は小学校の同級生だった。学校一かわいい女の子だ」

「そういう言い方をするな。日本人がそんなふうだから世の中が暗い方へシフトする」フリスクは油揚げからはみ出してきた厚切りバナナをフォークですくい上げ、口に放り込んだ。

「今の話は、おれが腹の中に畳んでおく。悪いようにはしないよ。おれは、花よりもっといいものをあの女の墓に持っていきたいんだ」

しばらくの間、彼は目も上げず、大きな油揚げを黙々と食べ続けた。

「それで、どうなんだ」食べながら、いきなり尋ねた。「あんたが探しているフィルムと一連の事件と、どんな繋がりがある」

「課長のおしゃべりめ」私は天井を仰いだ。「そっちこそ、どう思ってる？」

「思うも何も、どんなフィルムなのかも知らない。聞いたのは、あんたが公的な身分で――つまり警察の仕事で来たんじゃないってことさ。気に障ったらいつでもブタ箱にぶち込んでいいそうだ」

私は電話を出し、サンセット77の老店主からもらった新聞記事の写しを呼び出した。「日本人の映画監督が撮った香港映画だ。公開されないまま、この世から消えてなくなった。フィルムも監督もだ。強盗に殺されたことになっているが、彼を殺したのは特殊な拳銃弾だ。二二口径より少し小さい。一昨日話しただろう。錠王牌が使っていた拳銃だ」

手渡された画像を、彼は指で拡大し、目を細めた。

「ゲルニカか。今じゃパウダールームのお供ってやつだ。ハンドバッグから出し入れしやすくするため、あちこち削り取ってスマートになってるそうじゃないか」

「ぼくが見たのは、むしろ装飾のし過ぎで扱いづらそうだった」

「やっと自白したな。持っていたのはどんな女だ？」

「言ったはずだよ。婦人用の拳銃だったって」私は彼を真っ直ぐ見つめた。「どっちにしろ、錠王牌のゲルニカは戦前の軍用タイプだ」

彼はゆっくり目を落とし、長くて強《こわ》い眉の中に隠した。「そうみたいだな。スペイン内戦終結後、旧ソ連へ亡命したバスク人の技師が参謀部情報局《GRU》の要請で開発したらしい。それで愛称がゲルニカなんだ。大戦中から東西冷戦の初期にかけて東側スパイに愛用された。小さいからってバカにしたもんでもない。弾芯にスチールが入っていて最新型の防弾ベストを軽く貫通する」

彼はフォークとナイフを手放すと、黄色い油が浮かんだ皿を脇へ押し退け、身を乗り出した。

「仕事に使ったのは、主に狙撃銃だがね。中でもＶＳＳ消音狙撃銃を好んで使ったようだ。台北では、六百十メートル離れたビルの窓から、満員電車で通勤途中のシステムアナリストの頭を一撃で撃ち抜いたという記録が残ってる。変わってるな。ソ連製の道具が好きだったらしい」

「原点なんだろう。ヨーク軍曹より早くから狙撃兵がいた国だから。世界中の映画監督が、いまだに階段を見ると何かを突き落としたくなるのと同じだよ。――二晩でいやに詳しくなったな」

「あれは、おれたち当時のガキにとっちゃ有名人だ。あのころは英語で殺し屋ジョーとかジョージ・エースとか呼ばれていた。お前が言うから思い出したのさ。捜査資料はまだ電子化されていない。新聞のデータベースを眺めただけだ」

「人のせいにするなよ。日本で楊三元が殺されたからだろう。あいつは警察で何をしていた？」

彼はちょっとの間、口ごもった。「事務職だったらしい。何しろ三十年も前の話だ。人事関係の資料なんか残っちゃいない。当時を知る先輩に当たったんだが、良からぬ筋から良からぬ銭を受け取ったようだと、――それだけだ」

「いったい誰のために何を隠しているんだ」

彼はハンカチを出すと、犬を食う人間を目撃した植民地官僚のように口許を抑え、怒りと恐れを同時にそっと覆った。「隠しちゃいない。いろんなものが足りないだけだ。内部資料もそうだし、捜査関係者もそうだ。たまたま、錠王牌が殺られたとき検死した技官が知り合いでな、昨日電話したら様子がおかしい。三十年も前のことだ。覚えていないの一点張りさ。しかし――」

「待ってくれ。錠王牌は殺されたのか！」

「そうさ。名前も死んで初めて、――確か、所持していたパスポートから分かった。それだって本名じゃない。本名はついにわからなかった。昨日、新聞のデータベースを漁ったんだが、その桐郷って監督が殺された二、三カ月後のことだ。桐郷の名は知らなかったが、あのころジョー・ジ・エースの映画ができるという噂はあった。おれは高校生で、楽しみにしてたのはよく覚えてる」

「誰に殺されたんだ」私は唸り声で尋ねた。「楊が持ってた報告書には遺体収容時、拳銃を所持していたとあったぞ。だとしたら相手もよほどの凄腕だったんだろう？」

「犯人不詳だ。決まってる。心臓を一突き。刺創から、日本の刀か匕首が凶器と推定されたようだが、所詮当時の新聞が言うことだ」

「どこで殺られたんだ？」

「香港さ。ハッピーバレーの競馬場だ。最終レースの客席さ。大勢の観客がいたが、誰も気づかなかった。予想外の馬が入った直後だった。錠王牌は大穴の馬券を握って客席に座ったまま死んでいた。死体の上には高速道路の通行券が乗っていたそうだ。まあ、これも新聞の書くことだが」

「高速道路？」自分の眉が吊り上がるのが分かった。「回数券か！」

「ああ、そうだよ。そのころ香港にそんなものはない。日本の回数券の一枚だったようだ」

私は返事をしなかった。いよいよ混んできた店内を見回し、溜め息を飯屋のざわめきに紛らせた。

「これはどこかの間抜けからの供物として貰っておく」フリスクはラフロイグに栓をしてブリーフケースにしまい、請求書を手に立ち上がった。「錠王牌の拳銃には弾丸が三発残っていたってよ」

「どういう意味だ？」

「一発も撃たなかったってことさ。護身用の拳銃には弾丸三発、それ以上は必要ないっていうのがモットーだった。相手は刃物だ。正面から心臓だぞ。それなのに抜いてもいなかった」

「最後の三発か。まるで〝駅馬車〟だね」

返事を期待したわけではなかったが、彼は一切に背を向け、請求書を手に入り口へ歩きだした。丸まった大きな背中が、私に後悔を押しつけた。

通りには人があふれていた。日は高く、空気は熱く重かった。小さな商店や飲食店、通りに並んだショッピングモールの従業員、コックに看護師、運転手、海側の埋め立て地にできたビジネスセンターで働く会社員、都会に働くおおよそ考えられる限りの人種が行き来していた。

歩道は彼らに朝食を売りつけようとする連中で一杯だった。多くの人々が、その騒ぎを避け、車道の路肩を歩いていた。どちらにしろ、道路は食べ物の匂いで一杯だった。

「何か隠してるのはお前の方だろう」フリスクが突然言った。「竜也は昨日、どこへ消えたんだ。捜本にとって、今やあいつはスキップ殺しの重要参考人だ。しかし、おれの考えはちょっと違う。次に殺されるのは、やつかもしれないんだぜ」

私は向こうから来たタクシーを止めた。ドアを開け、乗り込んでからフリスクに朝食の礼を言った。

「次に殺されるのは竜也かもしれないって言ったな。実はぼくが探しているフィルムの持主が割れたんだ。中環のハリウッドロードで美術商をやってるらしい。昨日からずっとかけてるんだが、誰も出ない」

フリスクが何か言おうとしたとき、タクシーの運転手が広東語で私を怒鳴りつけた。

フリスクが大きな顎を車内に押し入れ、運転手を叱り飛ばした。それから、

「美術商って映画関係か！　何という名だ」

「ズーさんと呼ばれているそうだ。——君が余計なことを言うもんだからちょっと不安になってさ。五人目になったら目も当てられない」

最後まで聞かず、こっちに背を向けると慌てて電話をかけはじめた。

その隙に私は車のドアを閉め、ホテルの名を連呼した。

49

電話に頭をひっぱたかれ、ベッドに跳ね起きた。

部屋は闇に閉ざされていた。カーテンをしっかり閉めて眠ったのだ。

「お休みでした？」桐郷映子の透きとおった声は、しかし私の目を内側から灼いた。「大丈夫？」

「朝食まで起きていたんです。ずっと警察に足止めされていました」

「あら、いやだ。何をなさったの？」

喉元で妙な音がした。しゃっくりではなかった。「また人が死んだんです」

「困ったわね。いえ、そういう問題じゃないけど。いったい、どうしたことかしら」

「竜也君と会いましたよ。元気な様子だった。これで、ぼくの仕事は半分以上終わった」

「あら、こちらは昨日からまた連絡が取れなくなってしまって。――いつ会われたの？」

「今朝です。――まだ夜は明けていなかったが」

「あらあら。またお酒ね。しようがない」

私は電話を顔から離し、気兼ねなく息を吐いた。「目指すフィルムが一本きりとは限らないみたいです。竜也君と話していて、そんな気がした」

「いやあね。映画のフィルムというのはリールに巻いて、何巻かに分かれているのよ」

「何人かの人間がフィルムを追いかけているんですよ。あなた以外は誰も損得でやっているんだが、その損得勘定がどうにも合わない。皆が同じフィルムを探しているようには見えないんです」

「だったら二村さん、全部手に入れてちょうだい。父のものなら何でもかまいませんわ」

「いいですか。そのフィルムと関わりのある人間がもう何人も死んでいる。自然死でも病死でも事故死でもない。竜也君はそのひとつ、――いや、ふたつの事件で重要参考人と目されている。何とかしようと思ったんだが、彼は結局ぼくからも警察からも逃げてしまった」私は言葉を止め、手さぐりでナイトランプのスイッチを押した。正面の壁で裸の乳房がぴかりと光り、こちらを睥睨した。

「そんなもの何だって言うの。彼や彼のお母さんのことは事務所が処理する問題よ」

「彼はあなたの金を大部分残していきました。さらに支払うつもりがおありですか？」

「当然でしょう。オークションと聞いたときから、それなり覚悟しています。明日のことはお願いね」

「オークションで競り落とすなんて、ぼくには荷が勝ちすぎる。気が小さいんですよ。夕方の魚屋で青魚を値切ることもできないのに」

彼女は黙った。不機嫌な沈黙ではなく、何かを考えているようだった。

「もちろん、ちゃんと専門の方にもお願いしてあります。うちの事務所の社長が一時、父の助監督だったたってお話ししたかしら」

「錠さんからうかがったような気がします」

「そう。――彼とご縁のある日本人の方がそっちにお住いなの。ヤカモトさんってお名前」

「ユニオシならまだしも、――どんな字を書くんです？」

「さあ、知りません。でも美術関係にお詳しくて競売にも慣れていらっしゃるって。――参加手続きやら何やら、一切お任せしてありますから安心なさって」

「だったらますますぼくの出る幕じゃない」

「あらやだ。九郎判官は、たとえ幕間でも登場するものよ。さしたる用がなくてもね」

「それじゃあまるで渡り鳥だ。こっちは龍笛どころかギターだって弾けないのに」

「じゃあ、お願いね」彼女は意にも介さず電話を切ろうとした。

「竜也君の姉さんをご存じですか。琉璃って名前です」

「ええ、お姉さんがいることは。――苦労されたようよ。アルバイトと奨学金だけで大学を出られたと聞いたわ。学生時代、ある劇団の座頭に見初められて板に乗るようになったんですって。蜷川のシェークスピアにも出たというから、そこそこ行ってたんじゃないかしら。でも、結局はちゃんと就職されて中国に戻ってしまったの。よほどしっかりされた方みたい。——お名前までは存じあげませんけど」

私は礼を言った。彼女は小さく笑って、こんなことが何の役に立つか分からないと呟いた。私にも分からなかったが、それは口にしなかった。

「ヤカモトさんから直接電話をしていただくわ。いいでしょ？」返事を待たず電話が切られた。

私は時計を見た。半日近く話していたような気がしたが、まだ百秒と経っていなかった。

私は起きていき、ヘディ・キースラーの下で湯を沸かし、部屋に備え付けの烏龍茶を淹れて飲んだ。安物だがティーバッグではなかった。

それからまた眠った。まるでお茶にカフェインではなくフルニトラゼパムが含まれていたかのようだった。

二時間ほどで目を覚まし、電話をチェックすると、フリスクから不在着信が六通も入っていた。それを無視して風呂につかり、半日以上ドアの外にぶら下がっていた日経の衛星版を読み終えるころ、時刻は昼より夕に近くなっていた。

私は服を着て外へ出た。迷わず尖沙咀の北にある料理屋を目指して歩きだした。

最初の交差点で『港灣十三號』の五文字が、魚の浮き袋のスープを頭から押し退けた。珠田真理亜が唯一自分からかけた香港の会社の名だ。

咸魚の炒飯が私をまた道路へ引き戻した。頭を振って角を曲がり、人と車でごった返す坂を上った。誰かが私の足を止めた。同じ誰かが懐から財布を取り出し、名刺を探した。クリケットクラブのグラウンドで敵将からもらった名刺だった。

まったく大した記憶力だ。福星のチーム、『南海ビーコンファイアーズ』のクラブオフィスは『港灣十三號』というビルの八階に入っていた。

再び坂を上らせようとする仔鴿のオーブン焼きを振り払い、今来た道を引き返した。

50

的士塘に並んだタクシーは、どれも島側へ渡るのを「不行《やなこった》！」と断った。

電話を出し、地図で検索すると港灣十三號は湾仔と金鐘の境界に建っていた。私は人混みをかき分け、歩道と車道の隙間を走り、ネイザンロードまで出て地下鉄に乗った。

海を潜って一駅目で降りると、地上へ這い上り、盤広な道路とトラムの専用軌道を行人橋で渡った。

香港の大きな交差点の歩道は、遊園地のアトラクションに良く似ていた。どこかへ行けそうでいて、どこへも行けない。

それを何度も行ったり来たりして、やっと皇后大道の山側の歩道にたどりつき、地番を確かめながら東へ歩いた。

かつて香港最初の発電所を取り巻いていた、いくつもの坂道にはファッションビルが建ち並び、輸入家具や雑貨、カフェやレストランで足下を飾っていた。漢字の看板どころか、看板そのものがあまり目立たない、香港では珍しい一角だった。

その角口に、壁のタイルが剝離しはじめた八階建ての古ぼけたビルがひとつ、踏ん張っていた。路面にはコンビニと不動産屋が入居し、上階の窓にはペンキ文字が踊っているが、人けはない。

不動産屋の裏手に小さなドアがあり、入ってすぐがエレベータホールだった。階段室の鉄扉には鍵がかかり、エレベータの呼び出しボタンは鍵を差して回さないと動かない仕掛けだ。

そのすぐ上に『港灣十三號』の名を浮き彫りした真鍮フレームが掲げられ、ネームプレートが並んでいた。最上階が南海ビーコンファイアーズの事務局で、その下の二つのフロアが『港灣十三號』という名の会社だった。

そこから下には、ひとつのフロアに複数のオフィスが入っていた。司法書士、会計事務所、弁理士のような職業ばかりで、名称も全球第一だの五州新天地、國際陽光などと、眉に唾をつけたくなるようなものが多かった。

ネームプレートの下にあるインタフォンで最上階を呼んだ。ずいぶん待たせて、年寄りの広東語がやっと答えた。

私は普通話で言った。「二村といいます。福星さんにお会いしたいんです。先日クリケットクラブで彼にスカウトされた者です」

「今日は跑馬地のグラウンドで練習だよ。誰もいないよ。私は留守番だよ。何も分からないよ」

通話は一方的に切られた。私は外へ出て、ビルを見上げた。どの窓にも動くものはなかった。

表通りへ出る角で、李朝の壺みたいに禿げ上がった男が縁石にしゃがみ、煙草を喫っていた。

なるほど、こんなとき煙草は役に立つ。少なくとも五分、人の出入りを見張ることができる。

「喫うかい」地べたの男が煙草を差し出した。

しっかりしたビジネス英語だった。腰蓑のような短パンを履き、白いTシャツを汗だらけ染みだらけにした初老の港人がしゃべる言葉ではなかった。

「ありがとう。しかし、今は結構だ」私は慎重に応えた。

「おや、日本人かね。会社でも買いに来たのか」

私は言いかけて黙り、曖昧に頷いた。

「よければ話を通してやるよ。おれの息子が、この上で司法書士をやってるんだ」

「会社を買うほどの金があったら福臨門で干し鮑を食べる」私は声を出さずに笑った。「ひょっとして、このビルのオーナーかい？」

「そうだといいんだがね。これがおれの店さ」彼は腹を揺すって笑い、物件情報に埋もれたショーウインドーを平手でぴしゃりと叩いた。「オーナーがこのビルを建てて、おれが最初のテナントだったんだ。だから港灣十三號の物件も扱わせてもらっている」

「オーナーというのは福星さんのことですか」私は口調を変え、半歩、近寄った。「これは失礼しました。ぼくは福星監督を訪ねてきたんです。先日、チームに入るよう勧誘を受けたもので」

「おや、そうだったのかい。ビーコンファイアーズの事務局に？　それはいいや。クリケットはいいもんだ」

彼はクリケットがオリンピック競技でないことを残念がってみせた。

私は適当に相槌を打ち、それから尋ねた。「香港じゃ不動産屋で会社を売ってるんですか」

彼は全身を波立てて笑った。「あんた、おもしろい人だ。しかし、まあ、おれが売っていけないものでもない。香港で株式会社をこしらえるのは、居心地のいいアパートを借りるよりずっと簡単なんだ。登記には十日もあれば充分。事務所と港人の会社秘書役が必要だが、それぞれ一万ドルも払えば調達できる」

「つまり、事務所も社員もないのに会社がつくれるわけですね」

彼は腕を組み、頷いた。「経営者さえ必要ない。――うちの倅のような司法書士や弁理士に頼めば、もっと手っとり早い。あらかじめ登記してある会社を右から左へ売ってもらえるのさ。名前は選べないが、いずれ社名変更すればいい。資本金は一ドルから。それが香港ルール、まったく合法なんだ。このビルに五千以上の会社が存在しているって、あんた信じられるかね」

「それ、要するにペーパーカンパニーじゃないんですか」

彼は目で笑い、声をひそめた。「ものは言いようだよ。この町じゃ立派な会社だ。日本人は香港をタックスヘイブンなんて呼ぶが、おれらに言わせりゃ国際金融センターだ。それと同じだよ」

「マネーロンダリングじゃなく金融取引というわけか。――港灣十三號っていうのは、その手の会社なんですね」

彼はちょっと意外そうな顔になり、首を勢いよく横に振った。「とんでもない。それは勘違いだ。このビルの名前だし、それを持ってる会社の名前さ。ここが振り出しだから、初心を忘れないようにって、会長は今も建て直さず大事にしてるのさ。本体はもうここにはないんだよ。今や香港一の総合デベロッパーだ。不動産賃貸や管理事業、ビルだけじゃなく、住宅や商業施設、ホテル、ゴルフ場なんかの運営管理もやってる。そっちの方は主に義理の息子さんがやってるって話だ」

「それがここの親会社なんですか」

「いや、グループ企業だね。親は持株会社、――ほら、フェニックス・ホールディングスって知らんかね。中環にでっかいビルがあるの。福星さんは、そこの会長だ」

「相当にお親しいんですね」

「おれ？」私に目を見開き、笑みをこぼした。「まあな。初めて所有したビルの最初のテナントってだけの男に、あれだけの人物が、今も顔を合わせればきちんと挨拶してくれる。事務局へ来るときはクリケット好きのただのオヤジだよ。もともとあの人もおれと同じ、珠江口を泳いで逃げてきた口だしなあ」

「大陸から逃げてこられたんですか」

「ああ。大躍進政策の失敗で、食うに困って逃げてきたんだ。知ってるかね、大躍進？」

「共産党の失政で数千万人が餓死したんでしょう？」

目を逸らし、今度は口を歪めた。「二年で英米の経済に追いつけって、――党というよりゃ毛沢東の大号令だ。鉄もないのにあちこちに鉄工所おっ建てて、種も苗もないのに森まで潰して畑を増やして、米どころか木の根っこも口に入らなくなってよ。――毛沢東様が自己批判せざるを得ないほど酷かったわけよ。そのころだよ、あの人もおれも逃げてきたんだ」

彼は言葉を止め、地面に屈んでタバコを丁寧にもみ消した。溜め息でうなだれたようにも見えた。

「そうか、あんたクリケットの選手か。会長は日本贔屓なんだ。いい人だよ」

「日本と特別な関係でも？」

「苦しいとき日本人に世話になったってさ、おれも詳しいことは知らんけど」

「福星さんの本名はシン・フイオンというんでしょう」

彼は首をかしげた。「さあ本名があったことも知らなかったな。しかしそれ、広東人の名前だろ？　どんな字を書くんだね」

何かが私のこめかみで弾けた。両手が大急ぎで両方のポケットをかき回し、紙片を探した。朝方、フリスクがその名を書いた紙ナプキンだ。

「チェンさんか」私の手元を覗き込んで、不動産屋は言った。「偉い人はよく名前を変えるからな」

「チェン司令官《シリン》」知らぬうち、私の口から言葉がこぼれた。

あの気の毒な犯罪被害者が、町田の殺人現場で叫んだと言う言葉だ。電話の呼び出し音が私の次の言葉を遮った。音は店内から聞こえていた。

今どき固定電話にかけてくるやつは稀なんだがと呟きながら、店主は店のドアを開けた。

私は挨拶もせず、素早くその場を離れた。東に向かって徐々に足を速めた。

途中の信号で海側の歩道に渡り、さらに東へ進んだ。歩行者用の信号が行く手で真鍮のカスタネットを連打して私を急かせた。

路地から市場の匂いとざわめきがあふれだしていた。そっちへ曲がると、人混みが押し寄せてきた。左右の路肩には屋台のような商店が連なり、軒下では乾物と生ものが半々に売られ、強烈な掛け声が礫のように飛んでくる。

それをかわし、人をかき分けて行くと、生ハムのように熟成した咸魚が無数に吊り下がっている乾物屋の店頭で、山積みされた泥団子が私を手招きした。

塩漬けにした家鴨の卵を泥で固めたもので、茹でればそれだけで酒の肴になる。蒸し肉の味付けに使うと、ただの豚挽きがフォアグラに変わる。

私は立ち尽くした。何もなければ、泥団子を山盛り抱えて途方に暮れていただろう。寸前、誰かの手が私を引き止めた。「ちょっと、付き合ってください」

手は大きく、声は野太かった。無理に振り向くと、顔より先に耳の裏の刺青が見えた。

私は腰を沈め、肩を振り出し、彼の手首を取って逆ねじにした。

「おいおい」ミスタ・クウォークが哀れむように目を細めた。「あんた、何か勘違いしていないか。連れて行く方法なら、いくらでもあるんだぜ」

「勘違いしてるのはそっちだ。ぼくは礼を言おうとしてるんだ。君のおかげでとんでもないものを買わずに済んだからな」

私は手首をさらにねじ上げ、同時に足払いを食わすと彼の背後へ走り出した。

追ってきたのは三人ほど、ひとりは足が速かった。私は露天市場から市電通りへ抜け、手近のビルに飛び込んだ。出入り口が二つ以上ありそうな雑居ビルだった。

エレベータホールの案内板によると、出口は四つあった。しかし廊下は服地屋の商品や荷物を満載したワゴンで埋めつくされていた。

私は引き返し、階段室の防火ドアに飛び込んだ。

階段を駆け下った。地下一階の防火ドアは閉まっていた。地下二階も同じだった。

私は階段をゆっくり上った。すぐ上の踊り場でクウォークが待っていた。

「スポーツが得意なのは昨日から知ってる」苦笑しながら言うと、返事も待たずに背を向けた。

地上階のドアを出た瞬間、両脇を取られた。Tシャツ姿の屈強な男が二人、私を引きずるように歩きだした。

道々、敵は七人に増えた。彼らはこのあたりを知り抜いていた。一軒の店に入ると、店主に黙礼で迎えられ、そのまま店を通り抜けて裏の廊下へ出た。

なるほど。通路を店にする者がいるなら、店を通路にする者もいる。

先の廊下には風水師や気功師、それに学習塾が名をつらね、神棚が置かれていた。

入ったのとは反対の大通りへ出ると、目の前に丸目で鼻筋の通ったサルーンが停まっていた。XJジャギュアに似ていたが、エンジンと内装と名前が違った。ディムラー・スーパー8と言うのだ。

歩道は狭く、ドアが内側から開くと外壁工事の竹の足場にぶつかって厭な音をたてた。

「あまり待たせないでくれたまえ」運転席から〝社長〟の声が聞こえた。「香港の道路で凝っとしているのはインドの映画館で瞑想するより難しいんだ」

男たちが私を助手席に押しこむと、クウォークが真後ろに乗り込み、ディムラーは発進した。

「飛び下りようなんて考えるなよ」チャーリー・クローカーは口髭を薄笑いで歪めた。「香港の自動車は歩行者に甘くない。後ろからついてくる連中はことにそうだ」

私はフロントシールドに身を乗り出してドアミラーを覗いた。さっきの男たちを満載したミニバンが真後ろにぴったり張りついていた。

「港灣十三號の不動産屋から連絡があったのか？」私はクローカーに尋ねた。「それとも君らもあそこで会社を売り買いしてるのか」

「われわれは耳自慢だ。言っただろう。町中どこにも耳がある」

「警察にも？――ヴィンスはもう目も耳も塞がれたぜ」

「ヴィンス？　誰だね、それは」チャーリー・クローカーは、その下町言葉とは裏腹に、物腰穏やかに眉をひそめた。

51

『カーザ・コメ・メ』は、マンションというより大きく豪華な集合住宅だった。

海に向かって屋根を階段状に張り出した邸宅が、複雑に肩を寄せ、軒を重ね、香港島の南端、赤柱《スタンレー》半島からさらに突き出た狐の尻尾のような岬の崖縁をぐるりと取り巻いて建っていた。高い所から見下ろしたら、海にそろりと踏み出した馬の蹄のように見えただろう。

地上から見るとその屋根は、戦火で跡形なく失われた大聖堂の、唯一残った階段のように、何もない海上の空へせり出し、事実掃除夫が数人、そこを昇り降りしながら潮を洗い落としていた。

エレベータは専用で、ドアにはボタンの代わりにカードスロットとインカムがついていた。クローカーは、それをプラスチックカードで開けた。

再びエレベータのドアが開くと、目の前に背の低い中国人がメスジャケットを着て立っていた。「お待ち申しておりました」彼はドイツ製の蝶番のようにきちんと一礼した。「こちらへ」

「私はここでお役御免だ。幸運を祈るよ。本心から」背後にクローカーの声が重く響いた。「忘れないでくれ。私は君を嫌いじゃなかった」

振り向くと、すでにエレベータのドアは閉まっていた。

こうして何もかもが——私を取り巻く言葉までが過去形になった。

仕方なし、メスジャケットの背中に従った。

まずは樫の一枚板でできたドアだった。それが開くと、これでもかとばかり緋大理石を使った居間が現れた。長いバーカウンターがあり、広大なソファセットがあり、ビリヤード台とそれより大きな円卓があった。家具はどれも大理石に負けない代物で、あるべきところにあるべき金ぴかが、すべて怠りなく施されていた。

次のドアの右脇に、大きな紙焼きが飾ってあった。夜の中からサンタフェ式五軸動輪の蒸気機関車が飛び出してくるところを、焼夷弾のような照明と大判フィルムで細密に捉えた写真だ。

ドアは合金とアクリルに満ち満ちたダイニングキッチンへ続いていた。

まな板だけで私のアパートより広そうだった。いや、フライ返しにすら負けていたかもしれない。食器も料理道具も何もかも、完璧に揃っていた。ただ食物と食欲だけが見当たらなかった。

執事が大きな明るいガラス戸を開けて招じ入れた。

いきなり熱く湿った空気が押し寄せてきた。発情した象の鼻の穴に吸い込まれたみたいだった。

南国の花が匂った。空気は湿気で淀み、赤道近くのジャングルがぼんやりと広がっていた。

メスジャケットの執事はインファント島の長老よろしく草木をかき分け、前に進んだ。

天井に空が見えた。広いベランダをガラスで覆ってこしらえた温室だった。ビロードのように分厚い花びらを持った花々が咲き誇り、靴の中まで汗が滴った。

やがてジャングルが拓けた。目の前に真っ白いものが現れた。女の体だと分かるのにちょっと手間取った。

　彼女は世界最小と思われるTバックの上に、今どきミッキー・ロークの愛人役でも着ないような、つまり今となっては調布の第一衣裳にも残っていないような紫のベビードールを着て、バスタオルで覆った寝椅子に伏せていた。

　見事に丸い尻と矢尻のように鋭い背中との組み合わせには、見る者すべてにウィリアム・テルと林檎の逸話を思い出させる力があった。

「こんな格好で御免なさいね」紫に塗られた大きな唇が、羽の傷んだ蝶のような抑揚の英語をしゃべった。「でも、私には湿度が必要なの」

　一昨日、〝チェザーレの寝床〟で見かけた紫の女だった。大きなサングラスで顔の半分を覆っていたが、その唇とふくらはぎ、見間違えるわけがなかった。

「ウィンストン・リンクの写真がお好きですね」

「うちの人が買ってきたものの中では唯一。——写真家じゃなく、トンネルを出入りする蒸気機関車が好きなのよ」

　メスジャケットの執事が、銀のワゴンを押してやってきた。シャンパンクーラーの氷が、音をたてて溶けていくのが遠くからでも分かった。

「あなたもいかが？」と女が言った。寝椅子の上に半身を起こすと、見事な、しかし作り物の胸が透けて見えた。彼女の背後には花々に見え隠れして、湿潤にけぶった南シナ海が広がっていた。

「明るい内から飲まないことにしているんです」

「探偵のくせに、変わってるわ」

「古いタイプなんです」私は言った。「失礼ですが、ぼくを誰かと人違いしていませんか」

「二村さんでしょう。私は秋波《キウボ》、オータムンと呼んでちょうだい。父も夫もそう呼ぶから」

彼女はシャンパンを飲み干した。たしかに、誰の喉にも湿潤が必要だった。

「ぼくもいただこう。考えてみたら探偵じゃないし、もう警官でもないんだ」

ミセス・オータムンが顎を動かすのを待ち、執事は私のグラスにシャンパンを注いだ。

「あなた、夫に雇われたんでしょう。捜し物が得意だそうね」

「まさか」少し余分に驚いて見せた。「片方の靴下が見つからないばっかりに、就職試験に遅刻してしまったことがあるんです。それで仕方なく警察に奉職したぐらいだ」

「さあ、お言いなさい。いったい彼にいくらで雇われたの？」

「その前に、まずどこのどなたか教えてもらえませんか。この街じゃ、あなたに睨まれた者は石になってしまうのかもしれないが、あいにくぼくはよそ者だ。どこの誰か知らなきゃ、硬くなるにもなりようがない」

彼女は笑ってこちらを見た。すると鈍い音をたて、ベッドがゆっくり椅子へと変身を遂げた。

執事がすかさず、マノロ・ブラニクの花飾りがついたサンダルを足下に揃えた。

「だからオータムン。主人は哲本堂《ツィバンタム》よ」

「お父上は福星さんですね」

「いやあね。それはどうでもいいの。私はあのフィルムが欲しいのよ」

「あんなものを手に入れてどうするんですか」

「離婚の材料集めと思ってるのね。それは邪推よ」

「いや、あんなフィルムが離婚の材料になるとは思えない。どちらがコレクターなんですか？」

「コレクターって、――からかわないでちょうだい」

彼女はそこだけ気立てのよさそうな丸く大きな尻を見せ、ガラスの壁に向かって歩いた。「いくらで雇われたか知らないけれど、倍でいかが。あれが見つかったら、コピーを渡してちょうだい。主人には本物。このことは私たち二人だけの秘密。それなら何の問題もないでしょう」

「あんなものが見たいんですか。それとも他に目的でも？」

「見たいのよ。とっても。どうしようもない人間たちを笑って許すためにね」彼女はゆっくり皮肉をこめて、単語をひとつひとつ発音した。

「愛すればこそってことですか」

「愛は結婚生活の足手まといよ。今も続けているのは、彼より長生きして死ぬところが見たいから」

私は姿勢を正し、彼女を見た。「ぼくはツィ氏から何も頼まれていない。ちゃんと自己紹介したことさえないんです」

「リンバニがお金を出したんでしょう。それは夫の差し金よ」

「ミセス・オータムン。あなたもクリケットクラブに顔が利くようですね」

「顔が利くのはこの町全部。父の顔が利くところはもっと広いわ」

「北は北京、南はシンガポールまでといったところか」

「北は長春、哈爾浜まで。――あんたまで、あのあばずれにたぶらかされてるの？　若い女がいいなんていうのは年をとった証拠だよ」

「仕方ない。ぼくは見た目よりずっと年をとってるんだ。次の月曜には曾孫が生れる」

言い終わるより早く、シャンパングラスが真っ直ぐ私の顔めがけて飛んできた。ぶつかる寸前、熱帯蘭の分厚い葉に遮られ、グラスは床に砕けた。膝から下をシャンパンが汚したが、服はすでにびしょ濡れで大して被害ではなかった。

「あんたとぐずぐず付き合っている暇はないんだよ！」

「じゃあ、そろそろ失礼しよう。お時間をとらせて申し訳なかった」

ミセス・オータムンが鋭く叫んだ。広東語には違いないが、何を言ったか分からない。

執事がジャングルをかき分け、鉄砲玉のように出ていった。

「動くんじゃないよ！」今度は私に英語で怒鳴った。「ここで待ってるんだ。その方が身のためだ」

私は待たなかった。踵を返すと頭を低くして緑のジャングルをかきわけていった。

彼女が広東語で罵った。その声は四五口径のように私の背中を撃った。たとえ裸でも、女には拳銃を隠す場所があるのだろう。

52

ダイニングキッチンへ抜け出ると、服のあちこちから生暖かな水が滴り、床に音をたてた。

私は流しの前に歩き、ペーパータオルを探した。それで顔を拭いていると居間の方で足音が乱れた。いきなりドアが開いた。おかっぱ頭を砲丸のように突き出し、背の高い男がひょろっと入ってきた。

大耳朶こと英天世は今日、スタンドカラーのゆるやかなシルクシャツに黒いスーツ、頭の上に河童の皿のようなスカルキャップを被っていた。

「お嬢さんの言うことを聞いてやっちゃどうかね」彼は普通話で言った。

「君は誰に雇われているんだ？　お嬢さんか、フーシンさんか」

不意に目がすぼまった。メイキャップ無しでマクベスの魔女役を演じられそうな鼻に細かなしわが刻まれた。「自分が今どんな立場か分かってるのか。拳銃で歌わしてやってもいいんだぞ」

「歌え。もはや語るな。――そんなところか？」

彼は私の目を凝っと睨んだまま、油断無く温室の入り口に向かって後じさりした。

「どうしましょう、お嬢さん」ドアの中の熱く湿った空気に顔を背け、彼は大声で尋ねた。

「フィルムの在り処を聞き出すのよ。まず左足の小指にでもお聞きなさい」

「承知しました」懐に手を差し入れると、こちらへ戻ってきた。

「ちょっと待ってくれ《ギヴ・ミー・ア・ブレイク》」私は言った。

「分った。お望みならコーヒーブレイクにしてやろう。俺が何を考えているか当ててみろ。当たったら拳銃は使わない」

私はほんの数秒考えた。「君はぼくを撃とうと思っている」

「それはしようとしていることだ。考えていることじゃない」

「考えたからするんだろう。考えていないなら、何もしないはずだ。もし、それが君の考えていることと違うなら、君は撃たないはずだ。考えていたことなら、クイズに当たったわけだから、君はぼくを撃たない。――失礼してもいいかな」

「約束だ。撃ちはしない」

大耳朶は言ってポケットから手を出した。その手には何も握られていなかった。

それから私を押し退け、流しに歩いた。下のドアを開き、そこを見下ろしながら何か考えていた。

ほんの一瞬とも言えたし、テレビのコマーシャルタイムほどとも言えた。

直後、彼の右手が包丁を持って現れた。木こりの斧のような中華包丁だ。

「誤解があるようだ」私は大声で怒鳴った。「ぼくは彼女の頼みを断っちゃいない。夫婦で調整してくれと言っただけだ」

温室から反応はなかった。

大耳朶は滑るように近づいてきた。二歩手前で害意が消えた。あいかわらず大きな包丁を手にしていたが、会社員がクリアファイルを持ち歩いているのと変わらなかった。

さらに一歩。そこで何かのスイッチが入った。気づいたとき、すでに包丁は私の頭上にあった。ぬめっと光る刃が視界をかすめた。

私は手でかばおうとした。間に合わないことは分かっていた。全身がギュッと縮み、心臓が冷たい金属に変わった。衝撃がきて首筋に火花が散り、私は倒れた。

割れた頭蓋を両手で塞ごうとした。指が髪に絡みついたが、血は感じなかった。

私は両手を目の前で開いた。血は出ていなかった。

脳天に瘤ができかかっていた。身じろぎすると、激痛が尾骶骨まで駆け抜けた。

何故かは分からない。寸前に手首を返し、刃ではなく腹で叩いたのだ。

私は体を起こし、やっとのことで声を出した。「左足の小指じゃなかったのか」

「まず、そうして足を投げ出してもらわないとな」

腰が動かなかった。膝が笑っている。思わず身震いした。「待てよ。フィルムが欲しいんだろう」

「その話は左足の小指に聞く。靴を脱げ」

居間のドアが音を立てて開いた。

「おい。おまえ。おれの家で何をしてる！」

ツィ・バンタムが視界に入った。白くパイピングされたブルーブレザーにボタンダウンのシャツを着ていた。胸ポケットに金糸で刺繍された蘭のエンブレムが騎兵隊の戦旗のように見えた。

「動くなよ。その前に包丁を捨てるんだ」

「何をしてるかは、奥様にお尋ねください」大耳朶は振り向かずに言った。それでもゆっくり手を伸ばし、包丁を調理台の上に置いた。

やつの視線が離れると同時に、私は渾身の力を膝に集めて立ち上がった。

「二村さんじゃないか」ツィは目を見開き、何故か急いで右手を背後に隠した。その手は華奢な金属を握っていた。「奇妙なところで会うな」

私は温室のドアを睨んで見せた。「奥様に招かれたんだ。大耳朶も同じだが、待遇が違う」

「大耳朶？　こいつの名前か」

「とぼけ方がありきたりだ」

「おまえ、誰だ」彼は普通話で大耳朶に尋ねた。「岳父《オヤジ》さんのところから来たのか」

「それも奥様に聞いてください」

ツィは私を見て、何故か困ったように眉を動かした。「女房に何かされたのか？」

「それについて、ぼくの口から言わない方がいいような気がする」

ツィは温室に歩いた。ドアを開け、

「愛老婆《ダーリン》」と呼びかけた。

本当に薄い拳銃だった。腰骨の上に狭んでも、ツィの上着のシルエットを少しも崩していない。

大耳朶が何か言いたそうに私を見た。それからゆっくり後じさりすると、後ろ手に居間のドアを開け、不意に姿を消した。

私は冷蔵庫を開けた。氷とアイスクリームと飲み物以外、何ひとつ入っていなかった。

私はジップロックに角氷を詰め、頭に乗せて温室のドアへ歩いた。別れを伝えるのは無理そうだった。広東語の乱打戦が休むことなく続いていた。

ミセス・オータムンが「あの女」にひどく腹を立てているのは分かった。「あのエロ女優」「エレクトラなんておこがましい」という具合に。

「お父さんに言ってやる」しまいに吠えた。「お父さんがあんたたちを始末するからね」

ついに泣き出し、ツィの声が低くなり、慰めるような調子に変わった。彼女の泣き声も、やがて小さくなった。

居間の方からメスジャケットの執事が入ってきた。

「ソーダ割りを一杯つくってくれないか」と、私は声をかけた。

「ウィスキーは何にしましょう」

「ウスクベがあるなら」

「もちろんです」

小さな執事はバーへ行き、すぐに酒を見つけ出し、グラスに注いでソーダで割った。

「大したもんだ。何でも揃っている。酒も美人も凶手まで」一口半で、グラスが空いた。「あの男はこの家で何をしている？」

「さあ、奥様のお客としか——。あなた様より少し前に見えられて、応接室に」

「ツィは仕事だったのか。ぼくは彼が呼んでると言われてやって来たんだが」

「今日は午後からボートでお出かけに。下の海岸に船置場がございますので」

「それだな」私はグラスを揺すり、氷を鳴らした。「ツィがぼくに自慢しようとしていたのは、きっとそれだ。ぼくもヨットには目がないんだ」

「さようですか」

「ぼくに船を見せてもいいか、聞いてきてくれないか」

彼は結露で曇った温室のドアに目を投げた。タイミングよろしく、マダムの泣き声が聞こえた。

「いえ、その必要はございません。日々の管理は私に一任されておりますもので」

小さな執事は私がグラスをカウンターの上に置くのを待ち、メスジャケットの胸を反らせて歩き出した。

53

エレベータでメインロビーへ戻り、別のエレベータに乗り換えて一階まで下った。ホールの一番奥まったところに『碼頭／PIER』と書かれたオーク材の扉があり、ノブの位置にテンキーがついていた。小男が五、六桁の数字を打ち込み、それを開いた。

緩い螺旋を描いた階段を下ると、やがて海が開けた。

分厚い木製のキャットウォークが岩だらけの海岸線に巡らされ、いくつもの桟橋を繋いでいた。桟橋は部屋の数だけあるようだった。居並ぶボートは、小さいものでも四十フィートを越え、中には手の込んだニス塗りの木造船や二本マストの堂々たるガフケッチもあった。

〝ローズ・セイヤー〟と名付けられたツィの船は、その中ではかなり小さく、質素に見えた。しかし、見えただけだ。彼女はリーヴァ社の特注品だった。キャラメルで造られているのではないかと疑うくらい丹念に磨かれ塗装されたチーク甲板、どこまでも流れ続ける曲面で涙滴のように一体化した船体と船楼、船尾板《トランサム》にはスクリューの代わりにハイドロジェットの噴出口がふたつ、――これ一隻で機動隊の遊撃放水車が一ダースは買えるだろう。

執事に断って甲板に上がった。

前部甲板はまだ波飛沫に濡れていた。キャビンの窓も生乾きの汐で真っ白だった。

私は桟橋に立つ執事近くまで戻り、尋ねた。「船室を見せてもらえないかな」

「申し訳ありません。あいにく鍵を持ってきておりませんので」

「彼は今日、この船でどこまで行ったんだろう。外海を走ったみたいだが」

「ここは香港島の南端です。三方が南シナ海ですので」

「香港のプレジャーボートは大陸の港に接舷できるのか」

「ええ。大して面倒ではございません。もっとも主人がそんなところへ〝ローズ・セイヤー〟の舳先を向けるとは思えませんが」

私はその場を離れ、後部甲板を一巡りした。船尾に折り畳まれた電動式のプラットフォームに目がとまった。踏み板とトランサムの隙間に何かが光ったのだ。

頑丈なヒンジの隙間に挟まっていたのは黒く四角いピンバッジだった。左右にコマ送りのパーフォレーションが穿たれたスタンダードサイズのフィルムを模したもので、黒い画面にはヒチコックのシルエットの輪郭が白く浮き上がっていた。

悲鳴とも笑い声ともつかない音が聞こえた。すっかり日の傾いた遠い風のない海原に、萎えたセールをだらしなく垂らしたヨットが見えた。からかっているのか、威しているのか、ほとんど動きを止めたその周囲を、一隻のランナバウトが駅馬車に襲いかかるアパッチ族のようにぐるぐる回っていた。エンジン音が洋上に揺れ、朝の住宅地の草刈り機のようにやかましかった。

私はもう一度ヒチコックのピンバッジを見下ろし、ポケットにしまった。

そのとき、誰かが私を呼んだ。桟橋側へ戻ると、ツィがこちらを眩しげに見ていた。

「監視カメラでもついているのか」私は尋ねた。

「オータムンが気づいたんだ。ここは温室の真下なんだよ」

温室に入って行ったときと同じ出で立ちだった。しかし汗ひとつかいた様子がなかった。

「送っていこう」と、彼は言った。「無理やり招いたそうじゃないか。送らないわけには行かない」

「その前に船内が見たいな」

「どうしたんだ。〝ローズ・セイヤー〟に何かあるのか」

「ただ見たいだけさ。港町に生まれて一度も船を欲しがらなかった男なんていないよ」

ツィは執事に「温室の掃除をしてくれないか」と言い残し、こちらへ上ってきた。

ツィはポケットから鍵を出し、キャビンのドアを開けた。ほどよく夕陽を孕んだキャビンの中は、まるでカッシーナのショールームだった。

ローズウッドがふんだんに使われ、シートもソファも真っ白な本革張りで、操舵室はロールスロイスさえ見劣りした。

秘密めかしてこしらえた天窓のある寝室まで見て廻り、引き返してくると、後部甲板へ出るステップに泥に汚れた靴跡が目立った。足ツボ解説図のようなソールパターン。ワニ皮のバスケットシューズが自慢のちんぴら俳優は、それをバルカナイズ成形のヘブンズウォークと呼んでいた。

顔を上げると、この船の船長と目が合った。

「この足跡とそっくりなソールのバスケットシューズを今朝見たんだ」私は言った。「君の大事なビルの十四階だった。ぼくらの間で今ちょっと評判の男が履いていた」

「そうか。流行ってるからな。映画スターがタキシードでバスケットシューズを履くご時世だ」

彼は背を向け、何も言わず船を降りた。

桟橋からキャットウォークへ出たところで、私は声をかけた。「奥様の機嫌は直ったのか」

「直るなんてことはない。あれが普通なんだ。香港の女と結婚するってことは、そういうことさ」

「結婚生活に拳銃が必要だということか」

エレベータに乗るまで、彼は返事を渋った。「彼女と不仲だって意味か？　それは間違いだよ、二村。あれは会ったときからあんなふうだ。もし不仲なら三十年も一緒に暮らしていられない」

エントランスの階まで上がり、駐車場へ歩きだすと彼は続けた。「いろいろな感情を持っていて、そのどれも激しいんだ。いつも何かとやりあっている。主に自分とだ。そうしないと前に進めない。おれは嫌いじゃないんだよ、そういうのが」

「なんで彼女がぼくを連れ込んだか聞こうとしないんだな」

何を思ったのか、ツィの胸から喉へ笑いが這い上がった。「去年のクリスマスだ。おれの知り合いが病院に担ぎ込まれた。ピンヒールが頭に突き刺さって、骨までいってたそうだ」

「奥方の靴か？」

「ああ。――この町の歩道を知っているだろう。ただでさえ歩きづらいのに、そこをピンヒールで歩くなんて、靴じゃなく足首を細くする矯正器だと思ってきたが、実は凶器だったんだ」

「靴は違法な凶器じゃない。たとえポケットに隠していてもね」

「まあ、乗れよ」

彼がポケットに隠していたのは車のキーだった。目の前でシトロゥエンＣ６がウィンクをくれ、ドアロックが音をたてて外れた。

私が助手席に乗り込むと、アメリカ人が〝蛙〟と呼んだ時代の面影を今もどこかにとどめる大型セダンは、縁側の猫のように伸びをして、岬の稜線にそってくねくねと続く私道を走りはじめた。

「いい趣味だね」私は前を見ながら言った。

「趣味の問題じゃない。たとえそんな目にあっても、一緒にやっていく価値がある女もいるってことだ。そいつらも、きっと二人で今年のクリスマスを祝うだろうよ」

「ぼくが言ったのはこの車のことだ。それからあのボート。いい名前だ」

「そうか。おれがつけたんだ。ファンなんだよ。もちろん、オードリーじゃない方だぜ」

「あのボートは奥さんのものじゃないのか」

「いや。あいつは船酔いがひどくて近づきもしない。なぜ、そう思ったんだ」

「二年も待たされてまでリーヴァのボートを買うような人間は、普通こんな実用車に乗らない」

「これを実用車だと思っているのは大統領選挙のたびにド・ゴールに投票しているフランス人だけだよ。それから二年じゃない。待ったのは三年だ」

「奥様はアストンマーチン！」私はいささか囃し口調で言った。「ピンヒールよりましなのかもしれないが、市電《トラム》に乗る小銭でポケットを一杯にしてる人間には計り知れない世界だな。何千万円も出して女房に轢き殺される危険を買うなんて」

彼は何か言いかけ、それを止めて口の端に苦笑を泛かべた。もしかすると七十七台限定でつくられたというビンテージなのかもしれない。それなら軽く億を越える。

車は街道に入り、やがて木立ちを抜けて海と軒の間を走りはじめた。

じきに赤柱《スタンレー》の町が現れた。ガイドブックからはイギリス風のビーチリゾートと呼ばれているが、見る者が見れば水兵と軍艦のいないヨコスカだ。

「あの拳銃は奥さんのだろう」私は尋ねた。

「見てたのか」彼はすんなり認めた。「なんでそんなことを訊く？」

「ご婦人用の拳銃みたいだったからね」

「あれは映画の小道具だ。こっちの強盗は大型の刃物を持ってる。物音と悲鳴を聞いたからな。万一の用心に持ち出したんだ」

「一昨日似たような拳銃を見たよ。アリアーヌが持っていた」私は言って、二秒待った。

彼は息を吐きだし、ブレザーの内ポケットからそれを出した。ゲルニカを知らなければ、全体に彫金をほどこしたアンティークの銀製品に見えたかもしれない。

手渡されるままスライドを引いた。薬室にもクリップにも弾丸は入っていなかった。スライドのバネは異様に軽く、銃身にはライフリングが見当たらず、セイフティはダミーで動かなかった。よく出来ているが、たしかに実銃ではない。

「嘘ってわけでもないんだ」ツィは前を向いたままステージガンを受け取った。「扱いに慣れるよう、余分に造って彼女に渡したんだ。ある日、ハンドバッグの中に入れてるのを見咎めて取り上げたのさ。そのまま忘れていた」

「上手いことを言うね。さすがにそつがない」

「リンバニを丸め込んだつもりだろう。しかし、あの男は一筋縄じゃいかないぞ。君のことだ、金が目的とは思えないが」

「横浜の外れで殺人が二件続いた。その関係者が香港に来ている。ぼくは彼を探しに来たんだ。リンバニ閣下はそう言わなかったのか」

「さあ、どうだったろう。彼はビジネスパートナーだが、アリアーヌに関しては、そうじゃない」

「君とアリアーヌとの関係は、ビジネス抜きってことだね」

彼は答えなかった。その代わりスピードを上げた。C６は風に転がる綿菓子のように赤柱半島のアップダウンを駆け抜けた。

「一昨日、阿城大廈の屋上で射殺死体が見つかったのを知っているだろう」私は言った。「同じころ、ぼくは二十二階で彼女を見かけたんだ。そのときさっきの拳銃をぼくに突きつけた」

彼は、食後の一服を吐き出すように息をついた。目が遠くを見ようと細められた。「なあ、二村。なぜ、誰も彼も本当のことを言わないんだろう」

「君が言わないからじゃないのか」

「おれはあの子の名付け親だよ」目に見えない煙草を吐き捨て、彼は話しはじめた。「もちろん特別な感情を持っている。オータムンはそれが気に入らないのかもしれない。誤解しないでくれ。寝たか寝ないかなんて、この世界、いや、どの世界でも今どき大した意味はない。意味があるのは、おれはあの子に関して責任を負っているってことだ。磨いて光らせる責任だ」

「もう充分、光っているじゃないか」

「いや、おれたちが考えているのはあんなものじゃない。ディートリッヒやバーグマンのような、ハリウッドに発見されるんじゃなくハリウッドを発見させる女優だ」

右手前方に厚みのない衝立のようなビルが見えてきた。どてっ腹には四角く大きな穴があいていた。風水師の意見が建築家の良心を上回った見本のような香港のマンションだった。

左手には、最後の夕陽に色づいた弓なりの砂浜が広がっていた。

立派な石垣の上に古ぼけた植民地風のレストランが見えた。穴があいたマンションの、ちょうど足許だった。そこはアメリカ人の新聞記者と混血の女医が愛に溺れたホテルの一部で、今も悲恋の記念に残されている。もちろん、その女医は裸で温室に寝そべったりしなかったし、大陸から来た殺し屋を自宅に隠してもいなかった。それどころか始終、周囲と調和を保とうと努力するような女だった。夫がいなかったからか、イギリス人の血が混じっていたからか、それともジェニファ・ジョーンズが演じたからか、私には分からない。

「奥さんの父上は映画の世界でも大物なのか？」

「なあ、二村」彼は溜め息半ば、諭すように言った。「おれはあんたが考えているような人間じゃないんだ。ただの退屈な小金持ちに過ぎない。やってることは似てるが、似てるだけで、きっと映画のプロデューサーですらないんだ。実際は年金暮らしの年寄りと変わらないのさ」

「違うのは、金額と金の出所だけなんだね」

「映画は金がかかるんだよ。得体の知れない金が出入りする。数字はいつも不透明だ。現金がものを言う。いくら入っていくら出たかは分かるが、どこから入った金がどこへ出たかは分からない。おれはつまり大きくてポケットがいっぱいついた財布みたいなものだ」

「汚れた金を洗うにはもってこいだな」

「バカを言わないでくれ。たしかに良からぬ金も入ってくるさ。しかし、ほんのときたま、汚水溜めからとんでもないものが飛び出すんだ。とんでもなく素晴しいものがね。おれの目的はそれだけだよ。トンネルばかりしている三塁手が、生涯たった一度の代打満塁サヨナラホームランをかっ飛ばす。その瞬間を待って、懲りもせずに野球場に通いつめてるようなものさ」

「驚いたな。香港人なのに野球好きか」

「あんたに合わせただけだ。リンバニから聞いたよ」

香港仔《アバディーン》の大分手前で立体交差を駆け上がり、料金所を通って六車線の有料道路に入った。香港島の真ん中を縦に貫くトンネルだった。

「最初に会ったとき」と、私は言った。「ぼくが昔の名画を探しに来たと言ったら、あんたはデジタルか、それともアナログかって尋ねた。昨日からずっと考えてたんだ。映画のプロがデジタルコピーをフィルムと呼ぶもんだろうか」

「おれが映画屋として一人前じゃないんだろうよ」

「同じ作品のアナログプリントとデジタルコピーがあるんじゃゃなく、アナログとデジタル、それぞれ違う作品がある。あんたはどっちを必要としているんだ」

「言っている意味が分からないな。おれが必要としているのは今撮っている、あのどうしようもないい四次元活劇だけさ」

ポケットから黒いピンバッジを取り出して運転席の方へかざした。「これがミス・セイヤーの船尾に挟まってた」

いきなり視界が拓け、光りの渦が押し寄せた。山のこちら側はもう夜だった。素晴らしく明るい夜だ。C6はすぐさまその中に紛れ、ゆるやかに背の高い町の底へ下って行った。

「変わったな。おれが最初に来たころはこれほどじゃなかった」ツィは変わらぬ口調で言った。「モグラを踏んづけた戦車ほども動揺していなかった。「道路の看板がビルよりでかく見えたもんだ」

「これを売ってた女が昨日、同じ二十二階で死んだ。例のバスケットシューズを履いていた男は彼女の知り合いだったし、ヒチコックが好きだったんだ」

私など、ここにはいなかった。彼は火事場の布団のように汚れたビルを指差して、こう続けた。

「何年か前まで、あのビルでアルマーニの金ボタンが買えたんだ。一個たった七十ドルでな」

「負けたよ」私は両手を掲げて見せた。「ずいぶん高いな。本物なのか」

「象牙のボタンが百五十ドルだったから、決して高くはない。――アルマーニはボタンを別売りしていないんだ。スペアがひとつついてくるだけで失くしたらもう替えはない。えらく便利にしていたのが、あっさり閉店だ。訳を聞いたら北京オリンピックだ。北京政府も商標や版権の問題に本腰を入れざるを得なくなった。大きな拳固ではたかれて、魔法のボタン屋も一巻の終わりだ」

「リーヴァのボートを自宅に舫いでいる人間が、そんなことでくよくよするのか」

「悔やんでるのはボタンのことじゃない。服でもないんだ。変わってしまったことより変わってしまった理由さ」彼は言って鼻を鳴らした。笑おうとしたみたいだった。

「奥さんと同じように？」

「いや。オータムンは何も変わっていない」

車は高架道を出て、町の底へ下りきった。シトロゥエンも荷車も区別のつかない喧騒と、ハイドロニューマチックも板バネも同じ乗り心地に変えてしまう混乱の底に。

「地下鉄の駅が良いのか」彼は停まるところを探しながら尋ねた。

「どこでもいい。その前に教えてくれ。さっきの男、本当に知らないのか。横浜で殺人事件があったと言ったろう。やったのはあいつだ。ぼくが目撃した。君と会ったあのクラブでも見た」

「それがどうした？」

「彼は君の奥さんの命令で動いているそうだ」

ツィは黙った。目に見えない煙草の煙を吸い込み、吐き出した。「オータムンが良くないのは、おむつがとれて四十年たつのに父親のものと自分のものの区別がつかないところだ」

「彼女は何も変わらない」私は言った。「そして、アリアーヌは変えようとしている」

彼は小刻みに頷いた。何かに同意しているわけでは決してなかった。私の言葉に答えるつもりもないようだった。

「おれに言わせれば女は二種類だよ」と、彼は言った。「女房とそれ以外のいい女だ」

「それ以外のよくない女っていうのはどうなる？」

「そんなのは男も女もない。ただの他人だ」

彼は信号の手前の駐禁斜線に覆われた路肩へ、静かに堂々と車を停めた。

54

目の前を市電の線路が横切っていた。銅鑼湾も湾仔も、地下鉄駅はどちらも同じくらい、人混みと格闘しながら行くことを考えるとうんざりするほどの距離があった。

私は次から次へと湧いて出る通行人を避け、シャッターを降ろしている店の軒先に体を押し込めるようにして電話を取り出し、電源を入れた。フリスクからの不在着信は十一に増えていた。

リンバニはまだ電波が届かない場所にいるか電源を入れていない様子だった。

どうした具合かディスプレーに指が触れた途端、小峰一課長の声が飛びだしてきた。

「おまえ、日本へ着いたらレッドカーペットでお出迎えだぞ」声はいつになく弾んでいた。「大暴投の写真がマスコミに出ちまったんだ。——いや、相模原南署のあの子じゃない。何種類も、いろんなのがネットに流れてる。人生はどこもかしこも地雷源だな。あの団地、中国人が多いからな。中国の放送網に流されちゃ削除もままならない」

「放送網じゃない。ＳＮＳでしょう」

電話が笑いで破裂した。「動画もあるそうだ。軽トラの窓が割れるところまで写ってる」

「じゃ、後逸した警視庁の捜査員も写ってるわけですね」

「それさ。外2《そとに》の連絡要員《リエゾン》が写っていたらしい。桜田門じゃ上を下への大騒ぎだ」

「外事二課まで出張ってきてたとなると、背景はただの黒社会じゃ収まらないな。——福星のこと、何か分かりましたか」

「昨日の今日だぞ！　時間がかかるんだよ。組対の国際捜査課長な、あいつ、出が公安なもんで顔が東京にしか向いてない」

「同じ刑事部でしょう。花の捜査一課長が何言ってるんです。号令かけてやればいい」

彼は鼻を鳴らした。それでやっと普段の口調に戻った。「珠田真理亜の普通預金、この三年ほどの出入りが分かった。野毛の居酒屋の給料の他に月々二十万円、決まって入金がある。残高からすると十年以上前、日本に永住帰国したころからずっと続いている様子だ」

「娘の仕送りじゃないんですね」

「それはまた別だ。そっちは中国銀行の深圳支店から年に四回ほど、金額は毎回違う。それを彼女は残らず娘名義の口座に移動している。積もり積もって三千万円以上ある。二十万の方は振込じゃない。預金なんだ。毎回、横浜駅周辺のATMから、〝ホンニン〟による現金での預け入れだ」

目の前の人混みが静止したように見え、私はあたりを見回した。「地下銀行ですか？」

「ああ。それが帳場の見立だ。中国の窓口が現金を受け取ると、こっちの窓口が現金を直接支払い先に手渡す。これなら絶対足がつかない」

「じゃあ、楊三元が自分の口座に入れてた五十万円も――」

「まあ、聞けよ」私を遮ると、課長は焦らすように続けた。「珠田真理亜はこれまで、部屋代以上に大きな金額を一度に引き出していない。三年前、環八沿いの中古屋に百二十万振り込んでいるが、これは伜が買ったBMWの頭金だ。それがこの半年に三回、五十万円ずつ現金で下ろしてたんだ。同じ額、楊が自分で自分の口座に預金していたのと同じ日にな」

「強請だな、間違いなく。――どうやって令状を取ったんです？　取ったんでしょう」

「聞かないでくれ」花の一課長は苦々しげに舌打ちをくれた。「違法捜査なんかじゃないぞ」

「そう言えば今朝方、珠田竜也に会いましたよ」

「なんでそれを早く言わない！――で、どうだったんだ」

「やつの話はメールにして送ります。しかしひとつだけ。あいつ、こう言ったんです。珠田真理亜の息子を殺せるわけがないって」

「どういう意味だ。誰かに命を狙われているのか」

私は口を閉ざし、課長に考える時間をたっぷり与えたが、彼は結局こう呟いただけだった。

「まったく！　どいつもこいつも」

「深圳支店まで割れたんだ。珠田琉璃の居住先も割れたんでしょう」

「いや、中国銀行は口座があることすら認めてない。調査の上、返事をするとさ。調査に一カ月はかかるそうだ」

「そうだ。港灣十三號に行ってきたこと、まだ伝えてませんでしたね？」私はわざと間をとった。「あそこは福星が最初に買ったビルのようです。港灣十三號というのはビルの名前で、同時に彼の会社です。ビルの中はペーパーカンパニーではちきれそうだった」

「なぜそれを先に言わん！」課長は怒鳴った。それから急に声を改めた。「となれば、だ。月々二十万の出所が、その福星だという見立はあり得る。しかし現状じゃ線が細すぎるな。何せ、電話を一本したってだけなんだ。あの婆さまと、そんな大物との繋がりも見えてこねぇ」

「確かにね。隣の親切な将校さんが六十年以上も親切を続けるにはそれなりの理由がいる」

私は電話を切ろうとした。課長がそれを引き止めた。「ちょっと待て。おい、隣の親切な将校さんって何だ！」

「すいません。長く立っていられないんです。ここの歩道は歩行者停止禁止なんですよ」

通話を切ると、まだ手の中にあるうちに電話が身震いした。

「こちらはリンバニ閣下の電話でございます」誰かが囁いた。「二村様ですね。ザ・チネリーをご存知でしょうか」

「マンダリンオリエンタルのバーだろう。君はジョ・ブか？」

「はい、さようで。七時ぴったりまでに来られるようにと。閣下は、たとえどなたからも待たされたご経験がございませんのでご留意ください」

電話が切れた。私は市電通りを左に折れ、停留所へ急いだ。七時まで、あと十八分しかなかった。

55

そのホテルの中には、この町のどことも違う空気が流れていた。ゆっくりと静かで、機械式腕時計のように穏やかに時を刻む空気だ。

さほど大きいわけでもなく、どちらかと言えば地味なホテルだったが、黒大理石に彩られたロビーも、中二階のティーラウンジがぐるりと取り巻くアトリウムも、その空気がピカピカに磨き立てていた。

客の半分はビジネスマンだった。観光客にも子供連れは少なく、ミュールを雪駄のように鳴らしたりエルメスの紙袋をスーパーのレジ袋のようにざわつかせる女どもは見当たらなかった。

中国大陸から来た金持ちが、ときおり大声や高笑いでその空気に波風を立てようとしたが、凪の海に米粒を投げ込むほどのことだった。

私はドッグレッグの階段を上り、上階の廊下を奥まで歩いた。

かつては人間の女性と犬全般の立ち入りを禁止していたジェントルメンズクラブ風のバーが、今では何を差別することも禁じられ、おまけに喫煙さえ封じられ、少々凹んだ様子で私を出迎えた。

モルトウィスキーがびっしり並べられた酒棚の前にバーテンダーはいなかった。ぴかぴかに光るカウンターにも革張りの椅子にも客の姿はなかった。

「ミスタ・フタムラ」奥の薄闇から声が聞こえた。「こちらへどうぞ」

カウンター奥のアルコーブにドアがあり、白い剣襟の制服を着たバーマンがそれを開いて私を待っていた。

ドアの先には賑わいがあった。肉の焼ける匂いが腹に応えた。

「閣下がクリュッグルームでお待ちです」

従業員専用の通路を探るように行くと厨房が拓けた。何人ものコックが包丁を振るい、鍋を揺すり、食器を打ち鳴らし、動き回っていた。短く鋭い叱声と指示が乱れ飛び、炎の音が唱和した。

その騒ぎの片隅に縦長の仕切り部屋が横たわり、ドアのすぐ脇には詰め襟のダークスーツを着たジョ・ブの姿があった。右手に箸、左手に小碗を持ち、立ったまま蟹ミソの撈麵を食べている。

彼が私に気づくより早く、ドアが内側から開き、チャーリー・ンが飛び出してきた。顔だけ室内に向き直り、英語でひと言言い捨てた。口調が激しく、何を言ったか分からなかった。

私は足を止め、彼を待った。

「君か――」目顔で会釈すると、歩きながらポークパイをかぶった。「ありゃ、やっぱり人間じゃない。気をつけろ。本当にとって食われるぞ」

歩も緩めず脇をすり抜けて行った。顔色は最悪で瞼だけ血色が良かった。

ジョ・ブがにやりと笑うと箸を懐紙のようにくわえ、空けた右手でドアを開いた。

室内は食堂車の車内に似ていた。アルバート・フィニーが事件を解決するワゴン・リの食堂車だ。

真っ白い筒型天井《ヴォールト》には金属のモールがあり、左右に四つずつ並んだ車窓は、片側に鏡がはめ込まれ、もう片側からは忙しく立ち働く厨房の様子が見渡せた。

天板に大理石を張った長テーブルの一番奥に、ザンガロの呪術師は陣取っていた。最後尾に嵌められたクリュッグのロゴ入り化粧板を背にすると、それは大きなロール式の自動ピアノのように見えた。

すぐ隣には、背が高く肌の浅黒い女が座っていた。一昨日の夜、ザ・ブルーエンジェルでアリアーヌを騙り、大耳朶と出て行った娘だった。タンポポの綿毛を脱ぎ捨て、髪をオールバックにしていたので、彼女と気づくのに時間がかかった。

黒い自動ピアノが私を手招きした。黒光りする腕で金のブレスレットがいくつも、フラメンコのカスタネットみたいに音をたてた。

「ここは何なんですか」私は向かいに座りながら尋ねた。

「プライベートダイニングだ。七時半からの営業でな、それまでには出ていけと言うんだ。このわしにだぞ。大したものだ」

「何故言いなりになるんです？」

自動ピアノが蓋を開け、白い鍵盤を動かした。「スラブ人のつくる創作料理なんて食えたものじゃない。ここへはシャンパーニュを楽しみに来ている。クリュッグがオーソライズしておるんだ」

ドアが開き、ソムリエが現れた。ナプキンでカイコ巻きにしたシャンパンを侯爵夫人の赤ん坊でもあやすように抱いていた。それを残念そうに捧げ持つと、私のグラスに注いだ。

クリュッグのクロ・ダンボネ、それも一九九五年。残念がられても仕方ない。

リンバニは乾杯の仕種もせず、グラスを空けた。それから、

「この子のことは気にせんでいいぞ。いないと思ってもかまわないくらいだ」

彼女はその言葉に笑みを浮かべ、どこか楽しそうに自動ピアノの脚を撫で上げた。

「名前はティファニーだったね？」

私が英語で聞くと、彼女は笑いながら両手で顔を隠し、その手を胸の前に広げて盛んに振った。

「ノーイングリッシュ。ソーリー、ソーリー。ノースピーク」

苦笑でむせ返りそうになった。それでも普通話で問い直した。「本当の名前は？」

「フェイよ」

「お父さんは君が生まれたときどこで何をしてたんだ？　まさか苗字がエスタブルックって言うんじゃないだろうな」

彼女はシャンパンでうがいをするみたいに笑った。「私は六月四日に生まれたの」

「そこでチャーリンに会いましたよ」私はリンバニに尋ねた。「ひどく消耗していた。チームメートに何をしたんです？」

「自業自得だよ」また真っ白い鍵盤を覗かせ、メジャーコードを叩いて聞かせた。「チャーリンは福星の金を中国高官にばらまいておったんだ。それが本業みたいなものだ。いや、賄賂ではないぞ。曰く、短期留学助成金だ。ハーバードのケネディスクールやオックスフォードの上級財務官僚養成プログラムへ、有能な共産党官僚を送り出す。事務的な手配はブルーエンジェルのクローカーがやっている。あいつの本名はウェスタビーさ。もとはと言えばイギリスの犬だ。今もまだ大英情報部《サーカス》と繋がってるのかもしれん。チャーリンは彼と中央組織部とを繋いで、やつらに研修生を選ばせ、

金を出す。そうして留学した高官が、ある種の派閥をつくる。取りもなおさず福星の有力な人脈だ。『党幹部に資本主義社会の実際を見聞きさせるのは、一国二制度の安定に通じる』などとほざいとるが、実のところ自分のファンクラブをこしらえとるようなもんさ。今じゃ福星ボーイズが中南海にゴロゴロしとる。去年なんか、ついにその中から中央政治局常務委員《チャイナセブン》が出おった」

「裏金の存在が公安筋に露顕したんですか」

「公安など屁でもない。公安の親方が福星のシンパだ。それに、やつが出した金は裏金じゃない。立派な奨学金だ。浄財だよ。基金と言っても、実際はやつのポケットマネーだが、チャーリンめ、陰で本当に運用して利ざやをポケットに入れとったのさ。ところが先月、オフショアで大きな穴をあけた。当座の穴埋め資金を貸してくれと泣きついてきたのさ。答えはノーだ。精霊の声だよ。わしの意志ではない。気の毒だが仕方あるまい」

リンバニ閣下はソムリエを呼び、特別なクリュッグをもう一本注文して食べ物はまだかと尋ねた。

そこへチネリーのバーマンが銀の盆を掲げて現れた。盆にはロンドンのパブで爆竹《バンガーズ》と呼ばれているソーセージとマッシュポテトが乗っていた。それにフィッシュ&チップスと鰻のパイ、――チネリーのメニューに元からあるものなのか、呪術で書き加えたのかは分からなかった。

腹が鳴った。私は起きてから何も食べていなかった。

フェイが爆竹を細かく切り分けるのを見やりながら、リンバニに言った。「閣下《オナラブル》リンバニ、人が死にました。それも二人です」

「だと思った。昨夜、白い蛇の夢を見たんでな」

「蛇は吉兆じゃないんですか。白い蛇ならなおのこと」

「いや。世間はどうでも、わしは嫌いだ。あんなに図々しい生き物は他にない」

フェイが取り分けた食べ物の皿を回してきた。

私は目を逸らせて続けた。「一昨日から、ぼくはこれで三度も死体に出くわしている」

「二人でも三人でもいいが、それは完全に魂を失ったものだったのか」

「え。何ですって」

「魂だよ。タ・マ・シ・イ。まだ少しでも残っているなら、何があったか死体に聞ける」

私は黙った。ミス・フェイを見ると、彼女はフォークを宙に止め、少し困ったように微笑んだ。

「生き返らせることもできると言っとるんだ。もちろん、アリアーヌの役に立つというなら」

「役に立ったでしょうね。それが昨日だったなら」

「おいおい、愚かしいことを言わないでくれ。たとえ髪の毛一本でも、そこに魂が宿っておれば時間など関係ない。いくらたっても生き返らせるのは可能なんだ。このわしにはな」

「分かりました。検視官に聞いてみます。魂が残っているか、いないかね」

「おお。それがいい。香港警察は迷信深いからな。科学捜査の何たるかが分かっておらん」

口に入ってから、フォークを取ったことに気づいた。いつの間にか、魚のフライを食べていた。せっかくの星斑魚にロンドンの下町の作法通り、エールで溶いたヨークシャープディングの生地をまとわせ、ピーナッツ油で揚げた魚のフライだ。

自動ピアノが鍵盤の蓋を開けた。しかし、笑う代わりに封筒を取り出し、私の前に置いた。

「約束の経費だ。受け取りたまえ」

触らなくてもUSドル紙幣だと分かった。全部百ドル札なら、三千ドル以上ありそうだった。

「まだ貰うわけにはいきません。その前にお話が——」

「フェイ」黒い大きな自動ピアノが優しくささやいた。「シガーバーでタバコを喫っておいで」

「煙草なら食後に」言ってテーブルの食べ物へ目を投げた。「お腹がすいているの」

リンバニはソムリエを呼び、誰かにシガーバーへ届けさせるよう命じた。

「申し訳ありません、閣下」ソムリエが腰を直角に折った。「シガーバーでのお食事は固く禁じられておりますので。あれは建前上、シガーバーではなくシガーショップ。お買い求めのお客様がテイスティングなさるということで……」

リンバニは非文化的な法律を罵り、役立たずの召使を冷然と追い払い、フェイの背に手を伸ばすとゆっくりそこを撫で上げた。「なあ、おまえ。言うことを聞きなさい。わしだって、食べたくてしかたない食べ物を我慢しておる」

ミス・フェイはあわてて立ち上がり、プライベートダイニングを後にした。

それまでの間に、私の皿はほとんど空になっていた。パセリのソース《リカー》で煮た鰻のパイは、産業革命の味がした。エンゲルスにさえ嫌悪された食味のことだ。

「何があった」ドアが閉まり、二人きりになるとリンバニは尋ねた。「受け取れないとは、どうしたことだ？」

「殺人事件の被疑者とツィの家で会ったんです」

「どっちの家だ。まさか、カドリーヒルの家じゃあるまいな」

「カドリーヒル？　それはどこですか」

自動ピアノは蓋を閉め、目から灯を消した。「ミスタ・ツィは、この町で信頼できる数少ない人物だ。しかし、彼にも問題はある。ワイフさ。ひとりしかいないのはさて置くとしても」

私は待った。いくら待っても、その話に続きはなかった。私はまた口を動かした。「今まで黙っていたが、あの日、アリアーヌは小さな拳銃をぼくに突きつけたんです。阿城大廈の屋上で死んだ男は銃弾で脳幹を吹っ飛ばされていた。しかし、同じ拳銃でないことは警察が立証しました。彼女が持っていたのは、どうやら映画の持ち道具だったらしい」

「それなら何の問題もないわけだ」

「ええ。ぼくは警察と違って初手から彼女を疑っていなかった。だから逆にややこしいことになってしまった。ぼくが探している男もフィルムも、アリアーヌとは関係がないと言いましたね。そこに自信が持てなくなってしまった」

私は電話を出し、ディスプレイにふたつの画像を呼び出した。珠田真理亜とその兄、八路軍の将校が写った写真と、あどけない少女と背広姿の謎めいた男が写った記念写真だ。

目を落としたが、黒く大きな自動ピアノは譜面台ひとつ動かそうとはしなかった。「キャットストリートで買ったのか？　あそこじゃ文革時代のガラクタを土産物にして売ってるんだろう」

「ダイナ・タムがあなたに売りつけようとした画像です。心当たりがありませんか」

彼は鼻の穴を広げて微笑んだ。「本当にこれなのか。こんなものだけなのかね。これで、何を証明できるのか、それさえ見当がつかん」

私はシャンパンの残りで溜め息を腹の底に押し返した。「そうですね。たしかに、このピクチャーでは誰の目も潰れそうにない。多分ぼくは最初から違うドアをノックしていたんでしょう」

「契約を破棄したいというのか」

「契約が成立しなくなってしまったんです。このままぼく自身の仕事を続けたら、アリアーヌだけでなく、あなた方の映画にとっても不利な結果を生むかもしれない」

自動ピアノが手回しオルガンのように息を吐いた。「嘘つきめ。初めから金など受け取るつもりはなかったんだろう」

「悪く思わないでください。優先順位なんかじゃない。ただの先着順なんです」

「その順位を変えるのは、ここで七時半以降に鰻パイを食べるよりずっと困難だというのかね」アフリカの呪術師は、三百歳のバースデイケーキの蠟燭を吹き消そうとするみたいに息を吐いた。

私はシャンパンと食事の礼を言って、ソファから腰を上げた。「何かあったら必ず報告します」

「言っておくが、わしは出来る限りのことをするぞ。法律や警察など、ものの数ではない」

「ぼくがあなたに手の裡をさらしたのは、あなたの魔術が怖いからじゃありません。あなただけがあのフィルムに興味を持っていないからです」

「そんなことはない。実際、わしはフィルムに投資している」

「それとはまた別のフィルムです。作品42番。あるいは〝黒色影片〟。——それにあなたが興味を持っているのはフィルムそのものじゃない。仕組みでしょう。ある種の物流システム。ザンガロ盆地のレアアースと大っぴらにできない金のやりとり。違いますか」

私は別れを告げてドアへ歩いた。

大きな自動ピアノは返事をしなかった。瞑想に耽ったのか、あるいは死者に呼び止められたのか、少なくとも私を呪い殺そうとしている様子はなかった。

56

詰め襟スーツの運転手は相変わらず立ったまま、笑顔で何かを食べていた。匂いからすると咸魚蚝飯のようだった。腹は立ったが鳴りはしなかった。フェイが残していったイングランドのジャンクフードで、知らぬうちに私の腹は一杯になっていた。

ザ・チネリーに戻ると白い制服のバーマンがカウンターの中から声をかけた。「ミスタ・フタムラ。マダムがシガーバーでお待ちです」

言われるままに階下へ降り、すぐの廊下を折れると、後は葉巻の香りが道しるべだった。

シガーバーは都橋商店街の飲み屋より手狭で、天井も低く、壁は葉巻の箱で埋もれていた。不揃いなソファと椅子が数脚、図体の大きな西欧人なら五人で息苦しくなったろう。

奥のソファに横座りになって、フェイはハバナのシガリロを喫っていた。

「こっちに来なさいよ」癖は強いが熟れた英語だった。

「いつから喋れるようになった？」

「香檳酒《シアンペン》高い。ごちそうさま。アリガト。大好きよ。明日も会いたい」彼女は羽を傷めた蝶のような抑揚の日本語で言い、つまらなさそうに笑った。「お客に受けるのよ。特に英語の下手な日本人に。――安心するんじゃない？」

「英語の上手いアフリカ人にも受けるのか」

彼女は、剝き出しの肩を華奢な製図用具のようにすくめて見せた。「どうかしら。でも、『モーニング・ポスト』を読んでいると知ったら、今ほどは気を許してくれないんじゃない？」

「気を許して話した内容は、誰が買ってくれるんだ？」

ポロシャツ姿の店員に、私はパルタガスの短い葉巻とドランブイクリームを頼んだ。

やってきた一本に火を点けるのを待って、フェイが言った。「それより、さっきの話。あれは何？　死んだのって、まさかダイナじゃないんでしょうね。昨日から電話がつながらないし、心配してたのよ、――」

「仲がいいんだな。彼女と一緒に日本へ行ったんだろう」

彼女は自動改札に前を塞がれた通勤客のようにバツの悪そうな顔をした。「だから？」

「ダイナから聞いているよ。英語のしゃべれない日本人に厭な思いをさせられたね」

手にそっと触れ、顔を覗き込んだ。目が胡乱に光って、ほんの一瞬、視線を泳がせた。

「女優として呼ばれたのに、女優じゃない仕事をさせられたのか。――しかし、よく逃げられたもんだ。日本のその世界は巧妙だからな」

「そう、それはそうね」彼女は力なく笑い、グラスを口へ運んだ。「どっちにしろ昔の話よ。人民元が紙屑にしか見えなかったころの話。今じゃ、向こうからこっちに出稼ぎに来るんだ。女も役者も。でもAVだけは日本には敵わないんだよ」

「AVに出されたのか？」

「出されそうになったって、それだけこと。夜の仕事も、一応は銀座だったし。ダイナは逆に銀座の方が楽だって喜んでたよ。あの子、飲み込みが早いから」彼女は目を大きく見開いて私を見ると、それをグラスへ落とし、しばらくの間小さな泡を数えていた。「香港の女なんか、日本のＡＶには必要ないのよ。だって、自分からやりたいって女の子が日本には余ってるんだもの。あたしもダイナも、そんなのには出ていないわよ」

「地獄に向かって転がっている友達に心当りはいないのか？」

フェイは頭を横に振った。「たとえ知ってても、そんなこと誰があんたに教えるのさ」

私は息を吐き、言葉づかいを変えた。「君はどこの生まれ？」

「マレーシアのイポー。中国系マレー人といっても金持ちばかりじゃないんだ。マレーにはポルトガル系より貧乏な中国系も大勢いるってこと」

「あの英《イン》さんのことだが、——ほら、一昨日の夜、指名を受けた。彼もマレーシアだろう。いや、カンボジアだったかな」

「中国系の？——そうかもね。ちょっと言葉が変だったし」

「どこに住んでるか聞いていないか？」

やっと酒が来た。バーから届いたのかもしれない。私は灰皿に葉巻を置き、一口舐めた。

「あ、はあん」その葉巻を取り上げ、口にくわえると顎を反らせ、啖呵を切ろうとするアンジー・ディッキンソンのようにこっちを睨んだ。「ここじゃ、化粧室に行くのにもチップが必要なんだよ。イギリス人の町だったからね」

私は五百ドル札を二枚出して、彼女の太腿の上にそっと乗せた。

フェイは手も触れず、葉巻をくゆらせた。「その前に教えてよ。ダイナは無事なの」

「何をそんなに心配しているんだ。英天世から何か聞いているのか？」

「英？　あの気味悪いのとダイナとどんな関係があるのさ。あいつがリンバニ閣下の手下だったら、わざわざ私を抱いたりしないだろ」

「そうか。君はリンバニを恐れてたんだな。そっちはもう解決したよ」私は甘い酒を口に運び、ゆっくり手札を開いた。「あの写真はもう処分した。リンバニには、ぼくが話をつけた」

「写真？」彼女は身を乗り出し、葉巻を私の口に戻した。「写真だったの」

「何だと聞いていたんだ」

「知らないよ。ダイナはただ証拠があるって。アリアーヌ・ヤウの父親が犯罪者だって証拠」

私は息を吸い、右のこめかみのすぐ内側で三つ数えた。

「英天世とはどこで知り合った」

「一昨日の夜。チーフの指示。ほら、ミスタ・クウォーク。オーナーの客だから接待しろって」

「オーナーって、福星さんか」

彼女は小さく首を振った。「オータムンって婆あ。苗字は聞いてない」

やっと自分の太腿に目を落とした。札に手を伸ばし、チューブトップの胸にしまった。「ここまでの分だよ。この先は、こんなに安くない」

私は五百ドル札を四枚出した。大きな札は、それ以上なかった。

膝に乗せるより早く、フェイはそれをインターセプトした。

「大坑《タイハン》のホテル金の鍵。一七〇一号室」札を数えながら言った。「昨日の朝までだよ。チェックアウトしてても悪く思わないで」

山寨のアリアーヌは、自分の太腿の刺青をそっと撫であげた。

57

大坑《タイハン》は渓谷の町だ。

その先は、西のハッピーバレーと並ぶ河口の湿地帯だった。高温多湿のこの島で、湿地は蚊を生み、蚊はマラリアをばらまいて植民者を悩ませた。彼らは今の銅鑼湾《コーズウェイベイ》のあたりに石の堤《コーズウェイ》を築き、街を造り、二つの湿地を埋め立てて片方には競馬場を、もう片方には島で一番の公園を造成した。

大坑はそのヴィクトリア公園から山懐へ切れ込んだ、渓谷の喉元に拓けていた。渓流はすっかり道路に塞がれ、暗渠に変わった。しみったれた水路も残されはしたが、それは町並みの裏に隠れている。

タクシーは市電通りを高架でまたぐと、鄙びた街へ下った。碁盤目の一方通行を難解なクロスワードパズルのように行き来して、ホテル金の鍵を目指した。道筋にひしめくのは小さな飲食店か電器や自動車の修理屋ばかりだった。

タクシーが止まっても、運転手が『黄金鑰匙酒店《ホテル・ゴールデンキー》』という看板を指差し、喚きはじめるまで、目的地に着いたとは気づかなかった。

貧相にやせ細った十八階建てのペンシルビルだった。地上階には二十四時間営業の飲茶屋が入っていて、軒先のコンロに積まれた蒸籠が焼売や餃子や魚球の匂いを撒き散らかしていた。

それに背を向け、裏手へ歩いた。このビルに裏口はなかった。非常階段さえなかった。各階のベランダにハッチ式の避難梯子が備えてあるだけだった。

幅も奥行きもないビルで、一七〇一号室がフロアをひとつ占有したスイートだったとしても、あの気の毒なコックが住んでいた団地の一室より広いようには見えなかった。

私は、ホテル唯一の出入り口である急な階段を上った。

ロビーは北洋酒店より清潔だが、ずっと手狭だった。合金のカウンターをLEDディスプレイが忙しなく瞬かせ、時代後れのテクノポップが天井をぐるぐる這い回っていた。

マネージャーは、このビルと同じくらいやせ細った六十絡みの老人だった。

「部屋を三泊取りたいんだ。用意できるね」私は普通話で決めつけた。

「いえ。ここは会員制のホテルなもので」

「困るね。赤柱《スタンレー》半島にお住まいの奥様から紹介されて来たんだぜ」

黒目がふっとすぼまった。私の額から喉元へ試すように視線を動かした。「さて、何のことやら」

「港灣十三號の許可がいるなら電話をかけてみろよ。番号を教えてやろうか」

「弱った人だな。年寄りだと思ってバカにしちゃいけないよ」カウンターに肘を突き、片方の肩をぐっと怒らせた。「口先や電話じゃ受け付けない決まりなんだ。会員証か紹介状が必要なんです」

私は札入れからブルーエンジェルの会員証を抜き取り、開いたままカウンターに置いた。端から、マンダリンオリエンタルのフロントキャッシャーで両替してきた五百ドル札が数枚、いい具合に覗けていた。

「何ですか、これは」彼は受け取った会員証をテーブルランプの明かりに近づけ、目を細めた。

「今のところ、それしか持っていないんだ。ちょっと待ってくれれば香港クリケットクラブの会員証を持ってこられるぜ。ぼくは南海ビーコンファイアーズにスカウトされているからね」

彼は財布に目を落としたが、札には目もくれなかった。会員証の端で札入れを突つき、私の方へ押しやると、さらに言葉を改めた。「お帰りください。でないと、取るべき手段をとりますよ」

「ミスタ・ロク」彼の胸に止められたアクリルのネームプレートを読んだ。「ミスタ・ラム・ロク。こんな安ホテルに置いておくにはもったいない人材だ」

「安ホテルはないでしょう」フロント係が口を尖らせた。「こう見えても、有名な俳優が泊ったことだってあるんだ」

「殺し屋の間違いじゃないのか」

くるりと向き直り、足音を忍ばせながら階段を降りた。フロントから見えなくなったあたりで立ち止まり、息を殺して待った。

電話に報告する声も、奥の部屋の誰かに訴える声も聞こえてこなかった。エレベータの唸り声も、階段を上る足音も、ドアを開く音さえも。

私はゆっくり静かに階段を降りた。

道路へ出ると、飲茶屋の軒先で電話を出し、フリスクを呼んだ。

「おまえ、知っていたな！」怒鳴り声が転げ出た。ラウドスピーカーに耳を当てたみたいだった。

「ズーだよ。あのフィルムの出品者だ。店で、死体で発見された。とぼけなくていい。聞きたくもない。射殺だ！　いいか。おまえは重要参考人だぞ」

「そんなことより、大耳朵が先だ。やつの部屋を見つけたんだ。英天世の寝床だよ」

「何をバカな――」

「嘘だと思うなら来いよ。来て、見たら、どっちが勝ったか分かるさ」

瞬きするほどの間、彼は沈黙した。「ひとりで、そんな危ないことを。――バカじゃないのか」

「ぼくがバカなことに感謝しろ。バカじゃなければ、君になんか教えない。――早く来いよ。大坑のホテル金の鍵だ」

彼が私を罵る声が遠のき、早口の広東語で背後に指示を飛ばした。「今、行動部隊を要請した。やつの逮捕はおれの仕事じゃない」

「高みの見物か」

「もちろん現場へは行く。しかし、捜本の顔も立てないとな。おまえはそこを離れるんだ」

「もう離れたよ」ビルを見上げ、天井高三メートルで暗算した。「五十メートルはある」

彼は怒鳴る代わりに溜息をついて通話を切った。もちろんフリスクが匂うことはなかった。

匂ったのは塩漬けにした魚の発酵臭だ。

今度は逆らえなかった。私の体は鼻から先に二十四時間営業の飲茶屋へ吸い込まれた。

間口はミセス・オータムン邸の冷蔵庫ほど、冷蔵庫と違ってドアも仕切りもなく、剝き出しになった店内はガレージバーベキューに毛が生えたようなものだった。

入ってすぐの席に腰掛けた。ホテルの入り口を見張ることができる上、軒先のコンロに高々と積まれた蒸籠で身を隠すこともできた。

中年の店主が香港とは思えない迅速さでグラスと箸を持ってきた。

私は咸魚の匂いがする蒸籠を指差し、急いでくれと普通話で頼んだ。

「今蒸しはじめたばかりだよ」店主は喚き返した。「ビールはどうかね」

「ビールより紹興酒だ。香港へ来て最初の中華料理なんだ」

「それは良かった。グッドなチョイスだ」店主はしたり顔で頷き、店の奥へ引き返していった。

通りの向こうにはタクシーが四台も停まっていたが、どれも運転手は乗っていなかった。運転手は隣の自動車修理屋の軒先にしゃがんで、煙草を喫いながら雑談していた。

二合徳利が半分ほど空になるころ、店主が蒸籠からステンレスの丼を取り出し、私の前に置いた。湯気と一緒に咸魚と豚肉と香米の匂いが立ち上り、鼻先でシャドウボクシングを始めた。

箸を取ったときだった。

階段を下る足音が頭上に聞こえ、手が届きそうなところへおかっぱ頭が現れた。

大耳朶はこちらに何の注意も払わず、そのままの足取りで歩道へ踏み出すと、歩きながら修理屋の軒下にしゃがんでいた運転手に声をかけた。「誰か、銅鑼湾まで行かないか」

運転手は手を振って喚いた。広東訛りが強く、聞き取れなかったが、駄目だといっているのは分かった。もうひとりが、修理の順番を待っているんだと普通話で言った。

彼は止まることなく、そこを通りすぎた。

私は箸を放り出した。「すまない。用事ができた」

飯代は三十四ドルだった。私は二十ドル札を二枚置いて店を出た。

大耳朶は手ぶらだった。ホテルを慌てて引き払ったという様子ではなかった。夕食に出るような気楽さがあった。

それでも二度、腕時計を気にした。しかし後ろを気にする素振りはない。行くに従って、道路は混雑し始めた。すぐ先は市電通りだった。

ヴィクトリア公園のテニスコートの前で、ふいに脚を早めた。車とクラクションをかき分け、大耳朶は停留所へ走った。

北角の方からやって来たトラムがそこに停まっていた。

彼が二階席に上がるのを確かめてから道路を横切り、同じ車両に飛び乗った。

一階の運転席の脇が唯一の降り口だった。前方の階段まで行き、そちらに顔を背け、二ドル硬貨を握って混雑に紛れた。

銅鑼湾の折り返しループに停まっているトラムと擦れ違った。行き先表示には『私人租用』とあり、二階には屋根がなかった。そのオープンデッキには軽食やスナック菓子が山と置かれ、缶ビールや紙コップのワインを手にした若者たちが騒いでいた。

質素なウェディングドレスの娘と白い剣襟スーツの青年が、こちらの車両に手を振った。拍手が起こり、上の方で破裂音が連発した。私の背中が硬いものを飲みこんだ。

クラッカーの紙テープが降ってくるまで、私は次の出来事に身構えていた。

さらに停留所をふたつ、銅鑼湾の繁華街の真ん中で大耳朶は階段を下ってきた。

数人を間に挟み、私はトラムを降りた。

大耳朶の背中が、さっきとは違って見えた。背筋がピンとして左肩もいくらか上がっていた。彼はたっぷりしたジャケットを着ていた。脇の下に大根を一本隠しておけるようなシルエットだ。

日本のデパートの角を曲がり、裏通りへ入った。小さなアクセサリー屋、無名のブティック、亀のエキスを売り物にした化粧品店、――デパート帰りの日本人の女たちを当て込んだ店がひしめき合っていた。

ビルの合間をすり抜け、道とも呼べない道が海辺の自動車道路へ出る寸前、大耳朶は御影石を張ったステップを上り、ボーイに迎えられ、とあるビルの中に入った。

そこは海に面して建つ、上の下といったホテルの裏玄関だった。

大耳朶はロビーの片隅にぽつんと開《ひら》けた絨毯敷きの階段を、地下のスポーツバーへ降りていった。ビロードを張りつめた壁にはポロやクリケットのバットなどが飾られ、眼下の踊り場では、ガラスケースに飾られた野球のバットとボールがダウンスポットを浴びていた。

真鍮の銘板に刻まれた説明を信じるなら、それはジョー・ディマジオが連続安打記録を更新中、三十三試合目の第三打席でヒットを打ったバットとボールだった。世界記録の五十六試合目ではなく、三十三試合目という中途半端なところが本物らしく見せていた。ここは香港だ。どうせ嘘をつくなら五十七試合目と書くだろう。

私は階段を引き返し、ロビーの隅でフリスクに電話をかけた。

「まさか、まだウロウロしてるんじゃないだろうな」怒鳴り声の背後にパトカーの鳴き声が聞こえた。「まだいるなら引っくくるぞ」

「ぼくならもういない。向こうがついて来たんだ。しかも追い抜かれた」

「向こうって、――大耳朶がそこにいるのか」

「ああ。そうだ。銅鑼湾の海沿い。ジャーディン・マセソンが最初に買いあさったあたりだ。ホテルの地下のスポーツバーだよ。早く来てくれ」

私はホテルの名を言い、電話を切って階段を下った。

58

天井から吊るされたいくつもの大型モニターが、ウィンブルドンの決勝戦やオーガスタの最終日、先週のサブウェイシリーズを映し出し、その映像がパーテーションになって、奥に向かって広い店内を三つに分けていた。

大きな円形のカウンターを中央に、手前は壁にビロードを張りつめ、ニス塗りのテーブルに革張りの椅子を配した、よくあるアイリッシュパブだった。

カウンターバーの奥はフロアが一段下がって照明もほの暗く、家具調度はチャイナモダン、和紙を模した壁紙には漢詩がびっしり墨書してあった。

彼女はその文字に埋もれるようにして壁際にたたずみ、こちらを見ていた。

ショートカットのウィッグを被り、布地をすばらしく倹約したインナーの上にミニのテイラードスーツを着て、目はセル縁眼鏡に隠し、ブラインドタッチで秒間十打鍵できそうなOLを演じていたが、それでも誰か、すぐに分かった。

アリアーヌ・ヤウは不思議そうに首を傾げ、それでも私から目を逸らそうとはしなかった。

大耳朶はどこにも見当たらなかった。私はカウンターの向こうを窺った。死角がふたつあった。

それが見える位置へゆっくり移動した。

一段高くなったコーナーテーブルに人影はなかった。もうひとつのコーナーではTシャツから腹を覗かせた欧米人がソファを占領していた。

客は九人、ウエイターが二人、カウンターの中にはバーテンダーが三人いた。

私はカウンターに引き返し、アリアーヌの席を指差して彼女と同じ飲み物を頼んだ。「背の高い痩せたアジア人が入ってこなかったかな?」

彼は黙って、遠い壁際を指差した。そのテーブルでは紙コースターが一枚、ダウンスポットを浴びているだけで人影はなかった。

「どこへ行った?」

「お手洗《ウォッシュルーム》いじゃないんですか」

若いビジネスマンが四人入ってきて、ひとりがカリフォルニア英語でバーテンダーに煙草は喫えるかと尋ねた。

バーテンダーが首を横に振ると、あっさり肩をすくめ、アリアーヌの席のすぐ手前に腰掛け、店内の視線からみごとに彼女を隠した。

私は彼らの席を遠回りして、アリアーヌの前まで歩いた。

「何の御用かしら」すべやかな鼻が天井を睨んだ。視線が私の頬を掠め、背後の壁に突き刺さった。

彼女はスカッチをストレートで飲んでいた。

「隣で飲んでも良いですか」

「なぜ、そうしなくちゃいけないの」

「あそこにいる男が、ぼくを誰かと勘違いしてつけ回している。友達のふりをしてくれませんか」

「友達にしては私、あなたのこと何も知らないわ」

「じゃ知り合うために、少し時間をください」私は腰を下ろし、カウンターの向こうの『toilet』という光に目を向けたまましゃべり続けた。「ぼくは君が気分屋でストレートのスカッチが好きなことを知ってる。たとえ二十年つきあっても、男に分かるのはせいぜいそれぐらいだ」

彼女は笑った。グラスの外側を流れ落ちる大粒の結露のような笑顔だった。「それには同意するわ。ことにあなたなら」

「そうだ、幼なじみということにしよう」

「幼なじみなら想い出があるはずよ」

「これからつくればいい」

「それはお断り」

『toilet』の光が突然途切れた。ボーイが私のスカッチを持ってやってくるところだった。

「そうだ。覚えていることもある」私はグラスを掲げ、酒に口を浸した。「君は、男の子たちに君臨する小さな女王だった。横浜では、中国人の美少女は誰もみんな女王だからね」

「横浜?」

私は頷いた。「ああ。ぼくの生まれた町。君のお母さんが住んでいる町だ」

目を伏せ、さもつまらなそうに顔を背けた。長い睫毛と細いうなじが静かに揺れた。

カウンターの向こうでまた光が途切れた。私は顔を上げた。四人のアメリカ人の向こうにおかっぱ頭が見え隠れした。

「伏せて！」私は言った。「伏せるんだ」

いつの間にか立ち上がっていた。

勢いに負けて、アリアーヌはソファの隅に体を縮めた。

こっちへ歩きだした大耳朶は、私に気づき、カウンターの手前で立ち止まった。右手が上着の内側に潜り込んでいた。

距離六メートル。敵がアメリカ人のテーブルを回り込んだら、勝ち目はない。むろん、彼が無駄弾をばらまくつもりなら、勝負はとっくについているのだが。

「大耳朶！」私は声を張り上げた。「動くな」

ボーイがひとり、こっちへ走りかけ、足を止めた。バーテンダーが全員、顔を向けた。店中の目が私に集まった。

「楊三元殺害の容疑で逮捕する。抵抗はするな。すでに香港警察がここを包囲している」

大耳朶は歩きだそうとしなかった。しかし私の命令に従ったわけでもなかった。

肩が揺れ、上着の裾が動くと、彼の右手に鈍く光る細長い拳銃が現れた。

店内に動揺はなかった。把手のついた水道管にしか見えなかったのだ。

しかし、間違いなく拳銃だった。Rではじまるルガーのマーク II、レシーバーに固定された銃身を円筒の消炎消音装置《フラッシュサプレッサー》で覆っている。

大根よりずっと細いが、脇に吊るして町中を歩くには長すぎた。トイレで組み立ててきたのだろう。

その銃口が手前に座ったアメリカ人のひとりをポイントした。素早く間を詰め、銃口を後頭部にねじつけ、襟上を摑んで引きずり起こした。

カリフォルニアの愛煙家は、されるがまま、まるで関節が壊れたマテルのＧＩジョーみたいに立ち上がった。

大耳朶は後ろから左手で彼のポケットを探った。拳銃か手錠か警察手帳でも探そうとするように。

「そいつは違う」私は言った。「客の半分は警官だが、その男は違う。赤か黒かで外すなんて、つきがないな」

私はじりじりと横へ移動し、全身で火線からアリアーヌを覆い隠した。

大耳朶はアメリカ人を左手一本で羽交い締めにすると、彼の肩にフラッシュサプレッサーを乗せ、四つの方向を交互に見比べながらロビーに上る階段へ後じさりした。

そのときになって、初めて店内がざわめいた。息を飲む音も聞こえた。

「何なの」アリアーヌがソファでうめいた。「いったい何が――」

「大丈夫だ。動くな。床に伏せろ」私は矛盾した、しかしプログラムピクチャーではありがちなことを言った。「ぼくがここにいる。あいつは拳銃しか持ってない」

「ありがとう。おかげですっかり安心したわ」彼女は頭を下げながら、こっちを見下すように言った。

「大耳朶！　その人を離せ。上は香港警察の行動部隊で一杯だ」

彼は眉ひとつ動かさなかった。羽交い締めにされた男の顔は割れる寸前の風船だった。

大耳朶はその風船を引きずり上げるようにして、階段に消えた。

「動かないで。やつが殺そうとしてるのは君だ」私は言い残し、階段へ走った。

踊り場の手前で気配を窺い、そっと顔だけ覗かせた。その上に動くものは無さそうだった。

爪先を動かしたとき、正面の空間が沸騰した。爆音がとどろき、空間が二つに砕け、頭上を何かが掠め去った。間近でガラスが割れ、雨とばかりに降り注いだ。

私は身を翻し、手前の壁に張りついた。次の瞬間、大きな音がして、悲鳴と一緒に大きなものが転げ落ちてきた。

騒ぎが収まると、例のアメリカ人が踊り場で血だらけになっていた。撃たれたのではない。割れたガラス片で、あちこち切っただけだ。

ショーケースに飾ってあったディマジオのボールが足元に転げていた。

私は反射的にそれを拾い、階段を駆け上がった。

一階は大混乱だった。今も床に伏せている客が何人かいた。フロント係は電話にかじりついていた。ベルボーイは裏玄関のドアに張りつき、爪先立って何か喚いていた。

そこから外へ飛びだした。ステップの下にホテルの警備員が二人立っていた。二人とも、家の玄関でぼんやり夕刊が来るのを待っている失業者のように、同じ方向を見ていた。

「中に入ってください！」ひとりが私に気づいて言った。「早く中へ！」

大耳朶の手には、まだあの拳銃があった。しかし、こちらは見てはいなかった。ビルとビルの隙間にできたプロムナードを、繁華街に向かって全速力で走って行くところだった。

私はステップを飛び下りた。勢いに任せ、三歩走った。四歩目で左足を踏み込み、体重を乗せて投げた。ディマジオのボールがおかっぱ頭の後頭部に真っ直ぐ吸い込まれていくのが見えた。

鈍いが小気味のいい音がして、それは二塁の手前で打者走者を殺した。敵の顎が路面にぶつかった。顔をかばおうとした手が胸の下でねじれ、拳銃が撥ね飛び、路肩に停まったケータリングの三輪バイクの下へ転げ込んだ。

私は三十八・七九五メートルを十五歩で縮め、次のひと跳びでおかっぱ頭を蹴り飛ばした。爪先で、固いものが柔らかく崩れた。実に厭な感触だった。

そのまま止まろうとせず、バイクの下にしゃがんで拳銃を探った。

グリップを握って振り向いたとき、大耳朶はまだ路上に転がり、頭を抱えて呻いていた。指の間から血が滴った。

遠巻きにしている警備員を呼び、私は拳銃を手渡した。

「後は任すよ。今ならアンソニー・パーキンスでも捕まえられる」

59

ロビーはさらに混乱していた。

大勢の人が右往左往するばかりで、実際何があったか知る人はごくわずかだった。

マネージャーとおぼしき男が、人混みに埋もれながら、

「落ち着いてください。落ち着いてください」と泣きそうな顔で哀願していた。

誰かが私の胸に飛び込んできた。磨き上げた爪が私の手首に食い込んだ。

華奢な首筋に、夕立に濡れた干し草のような匂いがたった。目から涙が際限なく湧いて、美しい尖った顎へ流れ落ちた。「何で行っちゃうのよ。私をひとりにして――」

出なかった言葉と一緒に、私は抱きとめた。そうしなかったら彼女は膝から崩れていただろう。

遠くでサイレンが聞こえた。警察車両の警報音だ。

私はアリアーヌを抱え、人混みの外へ歩いた。

されるまま、彼女は震える手でバッグを開け、サングラスをかけた。バッグも預かろうとしたが、それは拒まれた。大きく重そうなエルメスのトートバッグだった。

「車は？」

彼女は何か言おうとして、口をわななかせると、私の手の中で激しく震えだした。

「車まで案内できるか？」

かろうじて頷き、やっと歩きだした。

正面玄関から外へ出ると、二歩目で階段を転げそうになった。左のヒールが折れていた。

「脱ぐか、もう片方も折るか、どっちにしますか？」

彼女は靴を脱ごうとした。タイトなスカートのせいで、なかなか上手くいかなかった。

私は足元にしゃがんでそれを脱がせた。細いが力強い足首でプラチナのアンクレットが瞬いた。

海辺の自動車道路に沿って隣のビルへ歩き、地下駐車場へ降りた。

車の列を縫って進み、『午砲／NOONDAY GUN』と書かれた鉄のドアを開けると、その先は干上がった下水道のような曲りくねったトンネルだった。片側に沿って鉄の配管が何本か走り、中からはひっきりなしに水音が聞こえた。

床はコンクリート打ちっ放しで、アリアーヌのストッキングはすぐに破れた。

「どこへ繋がってる？」

「ヌーンデイガン。射手が通う通路よ」声はかすれていたが、もう泣いてはいなかった。「海辺で大砲を撃って正午を報せているの。百五十年前、ユダヤ人が海賊から阿片倉庫を守るために設置したんですって。今は北京から自分の財布を守るために続けてるの」

行き止りの石段を上ったところは海と上下十車線以上の広い自動車道路に挟まれた遊歩道で、先刻のホテルが筋向かいにはるか遠く見えた。

海を睨んだホッチキス3ポンド砲に背を向け、海沿いをしばらく歩いた。防波堤に抱かれた避風《タイフーン》塘《シェルター》と呼ばれる船溜りにはプレジャーボートとヨット、それにかまぼこ屋根をビニールシートに換装したサンパン船が無秩序に舫われていた。

岸壁沿いに右へ折れると、道幅が広くなった。そこが自動車道路からこの岸壁へ入ってくる枝道の行き止まりで、船溜まりを訪れた人たちの車が何台も路肩に放置されている。

アリアーヌは迷うことなく、トラックの後ろで小さくなっていた赤いダットサン・フェアレディまで歩き、ヒールの折れた靴を放り込むと、モカシンのドライビングシューズに履き替えた。

「鍵を下さい」私は手を差し出した。

「もう大丈夫よ。他人にハンドルを任せるのは好きじゃないの」

「好き嫌いの問題じゃない。あなたは集中力を欠いている。警察はぼくらを手配していますよ。ちょっとした違反や事故が命取りだ」

アリアーヌは両手を拳にして腰に当て、胸を反らして私を見た。

しかし、結局何も言わず、何もせず、私に鍵を手渡した。

運転席を調節してからエンジンをかけ、機械式キャブレターがガソリンでうがいする音にちょっと耳を傾けて2シーターのダットサンを出した。

「いつも、こんな停め方をするんですか」

「これをホテルの人に見られたくなかったの。あのスポーツバーは彼の行きつけなの」

「あの店は向こうが指定したんですか？」

「向こうって、誰のこと？」

「あの男は何と言ってきたんです」

「知らないわよ。あんなの。哲《ツィ》に呼ばれたの。でなかったら、ひとりで来たりしないわ」

「本人の電話？」

「いいえ。でも知ってる人」

「誰ですか」

彼女は一秒迷った。長い一秒だった。「クローカーさんって、哲が行きつけの店の――」

「どうして信じたんです。やつは哲の子分じゃない。哲のワイフの子守じゃないか」

「待ち合わせがあのバーだったからよ。あのバーが彼のお気に入りだって知っているのは、私だけですもの」彼女は膝に抱いていた帽子で、顔を覆った。「彼が海に出ていて、電話ができないから代わりにかけていると言ったのよ。疑う理由がないじゃないの」アリアーヌは恐ろしく早口で、しかし平板に言った。頭にやっと台詞が入っているだけといった調子だった。

ロイヤル香港ヨットクラブの正面を通りすぎるところだった。

白く塗られた門衛哨の上にマストがそそり立ち、クラブフラッグと信号旗をはためかせていた。

木立ちの奥の黒い水面に灯りが揺れ、宴のさんざめきが伝わってきた。ほんの一瞬、九龍サイドの町灯りが白亜のクラブハウスを夜から浮きたたせた。

「この一角は小さな島だったのよ」と、アリアーヌが言った。「自動車道路を造ったとき、香港島と繋がってしまったんですって。そのうち九龍まで繋がってしまうかもしれないわね」

電話が私の懐で唸りを上げ、潮騒の宴を遠ざけた。

「ロー警部だ！」耳に当てたとたん、電話器が怒鳴った。「どこにいる、二村」

「どこでもいいじゃないか。大耳朶の身柄は取ったんだろう」

「すぐに来るんだ！　女と一緒にだ」

「女？」私は電話器を少し耳から離した。「ああ。バーで拾った女のことか。暇つぶしに同席した。気づいたときは、もういなかった。それだけの相手だ」

「おまえも刑事だったんだろう。そんな話が取調室で通用すると思うか」

「通用しないような場所なら、こっちから近寄らない」

「待て。待つんだ！」電話が耳元で悲鳴を上げた。「大耳朶は逃げた。ナイフを持っていたんだ。ホテルの警備員が腕を切られた」

「生きているか？」

「軽傷だ。だが、あいつに見つかってみろ。君らは無事じゃ済まないぞ。悪いことは言わない。すぐに出頭しろ」

私は何も言わず通話を切り、電源を落とした。「警察からだ」

「それは、どうも。私の名前を出さないでくれたのね」

「君には意外だろうが、ぼくは金のために君を庇ったわけじゃない。リンバニとの契約はさっき反故にした」

彼女は私を見て黙った。

赤い小さな2シーターは海辺の下水処理施設を一周すると、小学校の滑り台のような狭い高架道を上り始めた。

「まさかと思うが、今日は拳銃を持っちゃいないだろうね」

アリアーヌのふっくらした唇の内側で、歯が小さな音をたてた。次の瞬間、彼女の手が飛んできて私の頬が破裂した。痛みに目が眩んだが、私は何も言わず、瞬きさえこらえて前を見続けた。渋滞の尻尾が迫っていた。

60

カドリーヒルは九龍半島の市街地の真ん中にできたニキビのような小さな丘で、その裾を旺角に接していた。香港では珍しい庭付きの邸宅が建ち並ぶ住宅地の足元には、衣類と雑貨を高々と吊るした屋台街、それを取り巻く金魚屋と酒場、そして麻薬と売春に彩られた、香港でも有数の繁華街が広がっているのだった。

アリアーヌは、邸宅街を南北に貫く自動車道路から、旺角寄りの袋小路に私を案内した。突き当たりの家以外に、道路に面した門はなかった。

地味だが、Ｓクラスがたやすく潜れるほどの鋳鉄の門扉を抜けると、バルコンのついた玄関ポーチが見えた。

アリアーヌに言われ、それをやり過ごし、邸の裏手へ向かった。

彼女がバッグから小さなリモコンを取り出すと､目の前でシャッターが上がり､灯りがこぼれ出た。凝った飾りのスカート屋根に囲まれた木造のガレージには、ダッジチャージャーが停まっていた。ボンネットにレーシングストライプの入った四百馬力時代のモンスターだ。

その脇に、だいぶ間を開けてダットサンを止めた。それでもまだ三台、停められそうだった。

ガレージの奥にあるドアから直接、室内に入った。

象に曲芸を教えられそうなほど大きな台所を横切り、ドアを潜った先は、正面に両折れ階段を備えた荘園風の居間になっていた。手の込んだ模様の壁紙とチーク材の腰板に手摺。床の段通もジョン・ロブが位負けするほどの逸品だった。

アリアーヌは帽子とトートバッグをヴィクトリア朝式の猫足のソファに放り出すと、階段を上りはじめた。

「飲んでいてちょうだい。一杯か二杯の間、失礼するわ」

バーワゴンは階段下のコーナーに置かれ、その後ろの隠し壁の中には冷蔵庫も備わっていた。

私はウィスキーのソーダ割りをつくった。それを手に猫足のソファに引き返し、一口飲んで、彼女のトートバッグを引き寄せた。

どれほど小さかろうと薄かろうと、拳銃が入っていないことは明らかだった。スタンガンも、今夜は入っていなかった。煉瓦ほどの大きさの四角い紙包みでほぼ一杯だったのだ。

封はされていなかった。指一本で簡単に隅が捲れ上がった。こんな形の紙包みを見たら誰でも想像するものが、片鱗を現した。

ゴム輪でまとめた百ドル札の分厚い束が十、多分十万ドル、それも新品のＵＳドルで。トートバッグにはそれ以外、財布と小さな化粧ポーチしか入っていなかった。

私は包みを元に戻し、酒を手に肘掛け椅子に座った。

一杯目が空になるより前に、足音が頭上に聞こえた。私はソファを離れ、フランス窓へ歩いた。そこからは海へと注ぐネオンと窓明かりの濁流が一望できた。

アリアーヌは、宝塚のフィナーレのように両折れ階段の真ん中を降りてきた。ボーダー柄のスリップドレスに着替え、素足にエナメルのリボンがついたミュールを履いていた。どこからか石鹸の匂いが香った。

「すばらしい眺めだ」私は眼下の夜景に旺角の中心街を探した。

「昼はゴチャゴチャした貧民窟が見えるのよ。夜はまあ、にぎやかでいいけれど」

「牡丹色の煙も見えますか？」

「旺角に、そんなお洒落な煙突はないわ」彼女はレカミエ風のカウチに座った。

トートバッグなど眼中にない様子だった。女優は、あの程度の札束を普段から持ち歩いているのかもしれない。普通の刑事が手帳や手錠を持ち歩くように。

アリアーヌは手にしていたポーチから小さな携帯電話を出し、ボタンをひとつだけ押した。

「シャンパン」呼び出し音も数えず、短く言った。「下の居間よ」

三秒ほどすると、色黒だが顔だちが整ったフィリピン人のメイドが、階段下のドアから姿を現した。グラスとシャンパンを突っ込んだ錫のクーラーを抱えていた。

「お盆に乗せなさいって、いつも言っているでしょう」

「はい。奥様」笑顔のまま、結局謝ることもなく、メイドは音を立てずにシャンパンを抜いた。

「携帯で呼んだんですか」

「内線電話が家に五台しかないから。この子たちにはこの方がいいの」

メイドは素早く消え去り、私はシャンパンをそれぞれのグラスに注いだ。

彼女は窓辺へ歩き、空の高みを明々と燃やす町灯りを背にして立った。グラスを右に持ち、左手を開いて目より高くにかざして見せた。

「あなたはあの後どうなさったの？　ほら、山のてっぺんでお別れした後のことよ」

「君を尾行していたヤクザどもを見かけたよ。事故を起こして立ち往生してるのに行きあったんだ。今日君を呼び出したクローカーの店員たちさ」

「バカな悪党ね。映画には最も必要な人たち」

「ミセス・オータムンの手下だね」

「あら、意外。抜け目のないところもあるのね」

「やつらもフィルムを探してる？　それともピクチャーかな」

「私をつけ回してスキャンダルの種を探しているだけ」

彼女はグラスを差し上げ、いっぺんに半分ほど空けた。「その後、どうしたの」

「女に拾われた」

「それで？」

「食卓の上で女の足とアイロンが出会った。それから二人はパイナップルパンを食べたんだ」

「その女、わたしに似てたの？」アリアーヌは窓ガラスに向かって尋ねた。「似てたに違いないわ。みんな、わたしに似た別の誰かが好きなのよ」

それから大きくのけ反ってシャンパンを飲み干すと、輝く夜景に頬を寄せて空いたグラスとチークダンスを踊り始めた。

「誰をかばっているんです？　どうして、あんなところへ出かけていったんだ」

彼女は私の声を、ジェームズ・スチュアートが吹き鳴らすトロンボーンのように聞き流した。すると奥海城《オリンピックシティ》の上空で昏い雲が割れ、月が差した。その光がセレナーデを歌った。ヘンリー・マンシーニが編曲したセレナーデだった。彼女は、夜の花火を焼き付けたガラス乾板にますます身を任せ、体を揺すった。

「答えないなら帰ります。警察がぼくを探してる。これ以上顔を出さないと指名手配されかねない」

「先刻答えたじゃない」彼女は物憂く言った。「ちゃんと答えたわ」

「今尋ねたのは阿城大廈の二十二階でのことだ。北洋酒店の三四四号室ですよ」

彼女はガラスのダンスパートナーに頬ずりして溜め息をこぼした。

「ホテルの屋上で必要なものが手に入らなかったからですか」私は窓辺へ歩き、シャンパンで彼女のグラスを満たした。「必要だったのはフィルムでしょう。違いますか？」

「私を試してるのね。何でも試さないと気が済まないのね。世界の終わりまで試してみないと」

「あの拳銃は誰のものだ。あのとき、ぼくに突きつけた華奢な拳銃は」

「ただの持ち道具よ。あの日、十一階の記者発表で使ったの」

不意に背をしゃんとさせ、壁際に置かれたチッペンデール風の書棚へ歩くと、彼女はニューズウィークほどの大きさの額を取り、私に差し上げて見せた。「ほら、ここに入ってたの」

ガラス板の内側に革が引き詰められ、中央に拳銃の形をした窪みがあった。小さなゲルニカを大きな想い出とともに埋め、額の中に収めるには恰好の窪みだった。

「ツィさんが作らせたんですね」

「あら、どうして?」

「ツィさんはあれの本物を持っていたんじゃないのかな。その額は大切なものを飾っておくため造らせたものだ。おもちゃでなく本物をね」

鼻からこぼれた息がグラスの中に木枯らしを呼んだ。「何が厭って、男の焼きもち」

私は彼女に近寄り、手からグラスを取り上げた。その拍子に膝が崩れた。頭から私の腕の中に転がり込んできた。

「君は彼の大切なおもちゃを持ちだすクセがある」

「だから?」

手が私の頬に触れた。すばらしく熱かった。追いかけてきた息はさらに熱かった。

私を窓辺のカーテンと勘違いしたのかもしれない。彼女は私の腕の中で聞こえない音楽を聞こうとした。

「同じ拳銃を持ち歩く殺し屋がいた。君がまだ生れたばかりの頃」

熱いキャラメルが冷えて固まるように、アリアーヌは背筋を伸ばし、私を離れた。レカミエ・カウチまで歩くと、横座りになって天井をあおいだ。

「今日、スタンレーの岬のマンションで、さっきの殺し屋に出くわしたんだ。それを、ツィさんに助けられてね。彼は拳銃を持っていた。ぼくが二十二階で見たのとそっくりな拳銃だよ」

「そうなの。——何であんなところに行ったのかは聞きたくもないわ」

「じゃあ教えない。それに、ぼくの質問が先だ。——あれは一昨日と同じおもちゃなのか」

彼女は応えなかった。私も待たなかった。

「彼はあの素敵な船で、海から帰ったところだった。船にはいろんな忘れ物が遺ってた。ぼくが探している男の忘れ物だ。そいつをどこかまで送って行ったんじゃないかと思うんだ」

「ローズ・セイヤーで——」彼女は言った。何かを尋ねたわけではなかった。

目が天井より高いところを長く長く彷徨った。

「あなた、本当は何を探しているの。リンバニはあなたがフィルムを探していると言うのよ」

「ひとりの男が、映画のフィルムを探して香港へ行ったまま帰って来ない。頼んだ女が、ぼくのところへ両方を見つけるよう言ってきたんだ」

「そのフィルムは見つかったの？」

「例の鍵で開いた金庫にフィルムは入っていなかった。——ほら、あのとき見せた鍵ですよ」

アリアーヌの唇がかすかに微笑んだ。「そう。それは残念ね。でもその男を見つければ、開くんじゃない？」

「どうして、そう思うんですか」

「だって、鍵はその男の部屋で拾ったんでしょう」

「タツヤイトウを御存知なんですね？」

「イトータツヤね。名前は知らないけど、心当たりならあるわ」

「覚えがいいな。日本人の名前なのに」

「あら」アリアーヌはいたずらがバレた子供のように、バツの悪そうな顔をした。「台詞を入れるのと同じよ。日本人と付き合いが多いし」

「日本へ働きに行ったことがあるんですね」

「三日前まで行ってたわ。ご存じのはずよ。調布でお会いしたもの」

私は呼吸ひとつ分、言葉を失った。「覚えていたんですか」

「当たり前よ。あなた、良く似ていたから」

「誰と？」

「まだ会ったことのない人」

「まだ会ったことがない誰？」

「誰でもない人。調布の撮影所で見かけたときから、気づいてたの。いいわ。行きましょう」

「行くってどこへだ？」

「言ったじゃない。心当たりがあるって。でも哲には内緒よ。教えたと分かったら、わたしきっと、ひどい目にあわされるわ」

「なぜ、そんな危険まで冒して――？」

「あなたが似てるからよ。私がまだ会ったことのない男に」

アリアーヌはいきなり立ち上がると私を残し、まるで白貂《オコジョ》のストールをまとったノーマ・デズモンドのように威風堂々と階段を上り始めた。

61

再び姿を現したとき、われらがヒロインは今まで着ていたボーダー柄のスリップドレスの上に白い男仕立てのドレスシャツを羽織っていた。

先に立ってガレージに向かい、新しい鍵を出してダッジチャージャーのドアを開こうとした。

「君は酒を飲んでいる」その腕を宙で奪った。「戦車に乗るより自転車に乗る方が被害は少ない」

「ダッツンを自転車だなんて言ったら哲に殺されるわ」彼女は笑った。「これはフルサイズだけど所詮ＡＴなのよ」

「分かった。法律はぼくが破る。戦車だろうが自転車だろうが、君にそんなことはさせられない」

彼女は少しの間私を睨みつけ、鍵を叩きつけるように手渡した。

言われるまま、カドリーロードを北へ向かった。

丘の斜面を下り、九龍城から太子に抜ける大通りを右に曲がり、少し先から住宅地に入った。

家々は背が低く、平坦で敷地は広く、香港では滅多に見られない景色だった。しかし四軒に一軒は、何やら怪しげな色彩とデザインをまとっていた。それぞれの門は開け放たれ、そのくせどこか閉鎖的だった。門に掲げられた小さなネオンには各々『精品酒店』とあった。

「お考え通りのホテル」と、アリアーヌが言った。「個人のお邸でないところは、たいていそう。

後は結婚式場と幼稚園。十何年か前、ここの地価が値崩れしたの。筋は通っているじゃない？　子供を作る場所とその後のプロセス」

私は溜め息をついた。「ジャッキー・チェンの家は」

「もう通ったわ」

「ブルース・リーの大邸宅もあっただろう」

「それよ」彼女は前方を指差した。

大きな目玉が描かれた白い塀の外れに『羅曼酒店《ロマンス》』のネオンが侘しげに瞬いていた。

私は黙って速度を上げた。

三軒先の邸宅が目的地だった。火山岩を積んだ門には『山下橋酒家』と書かれた小さな看板があったが、灯は入っていなかった。

塀の中は広い駐車場に取り囲まれた二階建ての邸宅だった。駐車場には傷だらけのミニバンが一台停っているだけで、ベレー帽をかぶった警備員がシェパードを連れてうろついていた。

フロントはロビーというより通路に近く、どこか工事中の風情もあった。

天井でガサゴソ雑音が響き、樹脂製の仕切り壁の一部が割れて、Tシャツの上にスーツを着た若い男がひとり、姿を現した。

「これは姐《ねえ》さん。こんな時間に――」そこだけ分かった。後は耳に留まらぬ早口の広東語だった。

もっと激しい口調でアリアーヌが応戦した。最初は機銃掃射のごとく、しかし最後はガイ・ハミルトンの空戦映画のように、やがて彼女が男の腕を引っぱり、二人して仕切り壁の向うに消えた。

声はそれでも聞こえたが、ときおり普通話の単語が耳につくだけで、何も分からなかった。

しばらくすると彼女はひとりで姿を現わし、黙って廊下を歩き出した。突き当たりにドアがあり、そこをカードキーで開けた。

入ってすぐは和室だった。畳は正方形で、片隅が掘ごたつ式のバーカウンターになっていた。漆を塗ったカウンターには四つの座布団、向こうの壁は床から天井まで酒棚だった。

アリアーヌはもの慣れた様子で塗り格子の障子を開いた。

広い寝室にベッドはなかった。その代わり、大きく長いソファと百インチ近い液晶モニターが向き合って置かれ、あちこちに大小さまざまなスピーカー、――大きな透明ガラスで仕切られた風呂場がまるで録音スタジオの副調整室のように見えた。

私は和室に引き返し、カウンターの中に入ってウィスキーを探した。

「バーテンさん。シャンパンをお願い」彼女はカウンターの向こうに座って言った。

私はカウンター下に造り込まれた冷蔵庫からボランジェを出した。

「驚いた？　ここが私の部屋」彼女は頰杖を突いて微笑んだ。「ひとりでいたいときに使うの。潰れたホテルを買ったのよ。そのうち改装するつもり。もともと誰の邸宅だったかは聞かないでね」

私はボランジェをふたつのグラスに注ぎ、ひとつにカルヴァドスを加えた。

「竜也はここにいなかったのか」私は一口飲み、カルヴァドスを少し足した。「もめてたみたいだけど」

「バカね」彼女の溜め息でシャンパングラスが鳴った。「バカだってだけ」

「いたんだ？」

「どうしてみんな嘘をつくのかしら」

「あの玄関番は何だと言ってたんだ」

「あの子もバカ。――それだけ」

「いたとしたら、哲が匿ってたことになる。彼が何故そんな――」

「もう、いいじゃない」アリアーヌの冷え冷えした声が遮った。「分からない？　この部屋に入れた男はあなたが初めてなのよ」

私は口調を改めた。「ぼくなら、君の百万の嘘を許すよ」

「どんな過ちか知らないけど、たった一度の自分の過ちを今も許せない男がいるの。私も許されたくなんかないわ」

彼女は言うと全身で沈黙し、ただひたすらシャンパンを口へ運んだ。

私は二杯目をつくり、黙って飲んだ。

「あなた、私とふたりでそんなに退屈？」彼女は言った。しかし沈黙の中から抜け出したわけではなかった。「退屈かと聞いたのよ」

「まるでバーテンダーと客の会話だ。それも営業時間が終った後の」

私はグラスを持ってカウンターの外へ出た。

少し前からかすかに雨音が聞こえていた。音がする方へ部屋を横切った。

分厚いカーテンは決して飾りではなかった。大きな窓がそこに隠されていた。夜が白く煙って見えた。海から来た熱い湿気が水になって宙に沸いて出たという調子だ。

「退屈じゃない。気圧のせいだ」私は言った。「こんな夜に飲めば誰だって話題がなくなる」

アリアーヌはソファの真ん中に移り、ローテーブルの天板を上げ、中に備わった液晶を撫で回していた。それがＡＶ機器のマスターコントローラーだった。

部屋全体が音楽で満たされた。ビッグバンドの前奏から、ナット・キング・コールが歌い出す。〝ファッシネイション〟。甘く艶やかに、かすかに嗄れながら。

「そうか、アリアーヌ。君はクロード・アネのアリアーヌなんだ」

「ウィ・エグザクトモン！」彼女は立ち上がるとソファの上に飛び乗り、糸の切れかかった操り人形のように手足を振り、髪を乱して踊りだした。

ドレスシャツのボタンをひとつ外し、両袖から手を抜き、シャツの中でスリップドレスの肩紐を外した。ドレスが足元に落ちた。〝キング〟の歌声にのせて足を動かしながら、そのドレスを遠くへ蹴飛ばした。

足元にはクッションが散乱していた。ソファも柔らかかった。彼女は両足を一度に取られ、ひっくり返った。シャツの下は何ひとつ身につけていなかった。

抱き起こすより早く反転し、匍匐前進を開始した。ソファのコーナーにクッションを重ねて塹壕をつくり、ローテーブルのシャンパングラスを手にして立て籠もった。

雨がひときわ激しく窓を叩いた。木々のざわめきがかすかに聞こえた。

私はバーに行き、カルヴァドスとシャンパンの瓶をクーラーに入れて戻った。

「そこを閉めて」と、アリアーヌが言った。

私は障子を閉めた。彼女がマスターコントローラーに手を伸ばし、手さぐりで部屋の灯を落とした。障子がこちらの床に黒々と格子模様を刻んだ。

クーラーをサイドボードに置き、私はソファに腰掛けた。「君は何を恐れてるんだ」

「似たもの。似たもの。私が知ってた私に」

「何だ、それは。ピクチャーのことか」

彼女は私を見つめた。「本当に似てる。まだ会ったことのない誰かに」

髪が顔に触れ、雨上がりの干し草の香りをまいた。ぽっちゃりした唇が、それを求めて開かれた。

白い歯の間から舌が伸びた。アリアーヌが身を乗り出すとシャツが割れ、すべてが露になった。

唇が私を塞ぎ、熱病患者のような荒い息が私にのしかかった。

「どうしてこんな所へ来たんだ？」唇が離れると私は尋ねた。

「あの家はツィの持ち物じゃないから」

「このホテルは？」

「ツィのもの。あの女は知らないわ。港灣十三號のお金も関係ない」

彼女は私の上で勝ち誇るように顎を上げ、身を反らした。

「今じゃない」私は言った。「今だと、――」

寝息が聞こえた。腕の中で彼女は急に重くなった。私の首にかかった腕が、力なく滑り落ちた。

私が起き上がり、その拍子に転げても目を覚まそうとはしなかった。

私は、ソファの上に横たえたアリアーヌをブランケットで包み、部屋を出た。

62

琥珀を真似た樹脂製の仕切り壁には、小さな偏光ガラスの窓があった。私はそこをノックした。すぐに壁の割れ目から先刻の若い男が姿を現した。

私がひとりと分かると、額を斧に見立てて空気を割るように近づいて来た。鳩が餌を追ってくるようにも見えた。

「ひどく叱られていたな」私は同情を込め、彼の目を覗き込んだ。「ぼくのせいじゃなければいいんだが。広東語がよく分からないんだ」

「姐《ねえ》さんが何かを勘違いしただけだよ——」こっちに合わせて普通話で応じた。

「勘違いなんかしていないよ。あの日本人がここにいたことを教えたのは、ぼくなんだ」

「何だと。バカ言うな。おまえなんかに何が分かるんだ！」

私はさらに煽った。「その調子だ。ちゃんとしゃべるんだ。イトウタツヤだ。あいつはどこだ」

「知るもんか、そんなこと！」

「じゃあ明け方から昼過ぎまでここにいたことは知ってるんだな？」

「うるせぇッ！」目の隅に厭な光りが滲み、そこが吊り上がった。「怪我する前にとっとと帰れ」

「ここを出た後、ツィさんのパワーボートでどこへいったか知らないか。知ってたら褒めてやる」

「何だと、この野郎。あんまり、いい気になると命失くすぜ」

腰を落とすと右肩が引かれた。いきなり突っこんできたが、頭突きはフェイントだった。右に避けた私の頬に拳がスクリューで飛んできた。薄皮一枚でかわし、右足で相手の向こう脛を払った。つまずいたところへ体当たりを食わせた。簡単に膝をついた。

私は彼を見下ろして言った。「タクシーを呼んでくれ」

彼は首を捻って私を睨み、立ち上がろうとして呻いた。

私が蹴る振りをすると、しゃがんだまま上着の内ポケットから携帯電話を出して呼びかけた。

「今来るよ。すぐそこでいつも待ってるんだ」彼はまた呻いた。「早く消えちまえ。おれはこのホテルで血を見たくねえんだ。社長も好きだし姐さんも好きなんだ。失せやがれ、小日本！」

「乱暴をして済まなかった」私は静かに言った。「気が立ってたんだ。半日に二度も殺されかかったんでね。彼女も決して安全じゃない。戸締りを確かめて、誰も入れるな。本当に彼女を案じているなら一人で帰すなよ、――」

言い終えるより早く、外でクラクションが聞こえた。

雨はきれいに上がっていた。

私はタクシーに乗る前に電話を出して電源を入れた。運転手が喚くのに構わず、ロー警部を呼んだ。三度呼び出し音を数え、切ろうと耳から離したとき、あのだみ声が飛び出てきた。

「どこへ行けば良い？」私は尋ねた。

「先刻の銃撃事件に関しちゃ湾仔警察だ」

「合同捜査本部じゃないのか。あれは阿城大廈の殺人と関連事案だ」

「そういう仕組みなんだ。指名手配される前に早く来い。覚悟しろよ。みんな気が立ってる。大耳朶の足どりがつかめないんだ」

「君の相棒を締め上げたらどうだ。何か知っているかもしれないぞ」

「あんたに心配される謂れはないよ」フリスクが大きな息をこぼした。「今頃は脱水を終えて乾燥機にかかってるさ」

私は電話を切ってタクシーに乗り込んだ。「すまなかった。湾仔警察へ行ってくれ」

大通りを右折して路地に入り、さらに右へ曲がったとき、その車に気づいた。大きな吊り眼のヘッドライト、ダブルシェブロンを象ったラジエタースリット、気がつかない方がどうかしている。大通りに戻り、信号を左折した。シトロゥエンC6のヘッドライトはまだついてくる。人影は運転席にひとつ、顔は翳って男としか分からない。

タクシーは海底トンネルを潜り、香港島に抜け、ヴィクトリア公園の方へ折れた。すぐにUターンすると、さっきのホテルの正面を通り過ぎた。脇道に、まだ警察車両が数台停まっていた。次の立体交差を潜れば湾仔警察だった。C6はまだ後ろをついてくる。

「真っ直ぐ行ってくれ」

「そこが湾仔警察ですよ」

「クイーンズロード」咄嗟に言い返した。「エスカレータの下あたり」

タクシーは警察署をやり過ごし、じきに本線を離れると中環の手前でクイーンズロードへ入った。香港島で一番ごった返す繁華街も、さすがにひっそりしていた。タクシーが路肩に並び、蘭桂坊から降りてくる客に網を張っているだけだった。

石棺のように殺風景な中環マーケットが迫っていた。まだ走っているうち、多めに代金を払った。半山区《ミッドレベル》に上るエスカレータの高架下で飛び降り、歩道へ走った。

タクシーをＣ６のヘッドライトが照らし上げるのを横目にしながら、階段をエスカレータへ駆け上がった。対向車線を交通警察の白バイが近づいてくるところだった。

哲はもう歩道にいた。Ｃ６を路肩に放り出し、ドアも閉めず、パトカーに見向きもせず、真っ直ぐこちらへ走ってくる。

白いヌバックシューズが夜を蹴立て、白い麻のスーツが空気を二つにする。

ミッドレベルに向かって、エスカレータの高架は延々と明るかったが、エスカレータは動いていなかった。私は側道を走り出した。走りながら二度振り向いた。一度目は距離を、二度目で両手を確かめた。三度振り向く余裕はなかった。距離は十メートル。ツィの手には、どんな拳銃も握られてはいなかった。それでも背後の足音は、五〇口径マグナムの銃声より声高い。

側道がなくなったところで、エスカレータの高架から降りた。足が縺れた。背後の足音が一段と大きくなった。踊り場から路上へ飛んだ。足首で厭な音がした。

そこはハリウッドロードだった。右へ一歩踏み出すと、足首の痛みが私の足を引っ張った。体温を感じそうなほど距離を縮められた。五叉路を渡ったところで、弾丸が私を弾き飛ばした。いや、弾丸ではなかった。ヌバックシューズの踵だった。飛び蹴りを背骨に食らい、私は前によろけ、路肩の段差につまずいた。膝は崩さなかったが、両足が地面を失った。肘を打ち、狭い下り坂に二転した。何かが背中で大きな音をたてた。店じまいした屋台だった。

石段なら踏面が広すぎ、蹴上が浅すぎる。石畳ならひとつひとつが不揃いで段差がありすぎる。

そんな通りの両側に、ブリキの屋台がシャッターをおろし、下までずっと連なっていた。

「起きろ！」声が飛んだ。「ど汚ねえ野郎だ。とっとと起きやがれ！」

私は驚いて飛び起きた。何に驚いたか、向き合ってから気づいた。日本語だったのだ。

聞き返す間はなかった。ツィの左フックが突然、目下に出現し、私の口を塞いだ。

奥歯が音を立て、舌の裏で血を感じた。

続いて飛んできた右拳は左の腕で躱した。敵は鋭く踏み込んできた。その勢いで、私の頭突きがカウンター気味に入った。

頭蓋が軋み、何かを壊した。

ツィは両手で顎を押さえ、背をかがめ、ふらっと後じさった。その膝に蹴りを入れた。

ツィは石段に転げ、屋台にぶち当たった。左足を軸に、頭を蹴ろうとして十分の一秒ためらった。

「立て」と言って手を伸ばした。

彼の手が電撃のようにそれを弾き飛ばした。ほぼ同時に頭突きが飛んできた。何とか顔は外したが、左肩にまともに当たった。関節が悲鳴を上げ、私の手先足先で血が凍った。

もう痛みはなかった。右足を引いてストレートを放った。拳は宙を打った。

向こうの足の方が早かった。どうした訳か、背後を取られた。

ベルトを引かれ、足払いを食った。私は相撲技で転がされた。柔道かもしれない。どちらにしろ初めての経験だった。選択は剣道だったし、それもさぼるだけさぼり、マル暴にも機動隊にも配属されたことがなかった。

私は例の乳母車のように石段を転げ落ちた。頭の芯に電気火花が散った。

「早く立て。待っててやる」ツィが怒鳴った。

「恩に着ると思うな」私はゆっくり立ち上がった。

右ストレートは眼前で見切った。速度がめっきり落ちていた。息が切れているのも見て取れた。

私は間合いを取り、低い方へ位置を変えた。そこへ飛び込んできた足を、両手で抱えた。そのまま体を左へねじった。

膝を崩す寸前、彼の手が私の胸ぐらをつかんだ。私は引き倒され、重なるように石段に一転した。

それでも手は離れなかった。転げながらもう一方の手でジャブを放とうとした。

それを逆にねじ上げ、馬乗りになった。右拳で顔を殴ろうとした。

股間に衝撃。そこにあるものがヘソの近くまでめりこんだ。

勢いを駆って私を振り落とし、彼は起き上がった。

瞬間、振り回した手が鼻に入り、ばたつかせた足がのしかかってくるツィの下腹に突き刺さった。

その間に二段、ふたりして石段を転がり落ちた。落ちながら、互いに互いの顔へ拳をぶち込んだ。

立ったのは私の方が早かった。そこはもう士丹利街との辻だった。石坂街にはまだ続きがあったが、道幅もあり傾斜も緩く、そこまで転げて行くにはもっと勢いが必要だった。二人とも、そんな勢いは残っていなかった。

「立てよ」日本語で言った。「待っててやる」

彼は立ち上がった。旧式な、しかし決してボクシングスタイルではないファイティングポーズを取り、それから不意に肩を落とし、右手の甲で口許の血を拭い、私をぼんやり眺めた。

「車を放り出して来るとはな」私は言った。口の中が痛んだ。「しかもこの町の道端に」

「車？　何言ってやがる。人をやって金を払わせりゃ済むことじゃねえか」

「なるほど。あんたが大金持ちだってことを忘れていた。真っ直ぐ警察へ行けばよかった」

「警察？」彼は背をただし、柄物のハンカチで口をぬぐった。「警察へ逃げ込む気だったのか」

「知らなかったのか。アリアーヌが襲われたんだぞ。銅鑼湾のスポーツバーだ。あんたのワイフがキッチンで飼ってる人殺しに、危うく二二口径をぶち込まれるところだった」

「それで……おい！」彼は棒立ちになった。明らかにうろたえていた。「それでどうしたんだ。アリアーヌは無事だろうな」

「彼女は裸で眠っている。ぼくは今日、目が覚めてから一度も服を脱いでいない。考えようによっては無事だ」

「……おまえ、おれをからかっているのか。銃で撃たれたんだろう」

「撃たれたのはぼくだ。正確には背番号5の想い出だ。彼女はぼくの頰を叩くほど元気だ」

ツィ・バンタムは一瞬硬直し、次の瞬間、顔だけゆるめると声にして笑った。

私は溜め息をついた。口から飛び出る前に、それは笑いに変わっていた。どちらにしろ血の味がした。「ぼくは大耳朶を尾行していた。あんたと別れて二時間ぐらい後だ。やつはあの足で自分のホテルに戻り、準備を済ませてスポーツバーに向かった。そこにアリアーヌがいたんだ。後はニュースを聞いてくれ。香港警察はもう、ぼくに連れがいたことを摑んでいる。行きずりの女だと突っぱねたが、時間の問題だ。二人して常連だそうだからな」

「客に気づかれていなきゃ大丈夫だ。あそこの店員は口が堅い」彼は両手で体中のポケットを探った。「ちくしょう。全部車の中だ。煙草を持っていないか？」

「金持ちの考えることは分からないよ。煙草どころじゃないだろう。早く戻った方がいいぞ。交通警官ならまだしも、車上荒しにやられたらどうするんだ」

彼は、生れて初めて納豆と向き合った外国人のような顔つきで私を見た。それから肩をすくめ、新しい白いハンカチを出して私に投げた。「拭けよ。血が出ている」

「何も持ってこなかったのにハンカチは二枚あるんだな」

「柄物は普段使いだ。白いハンカチは緊急用だ。銀行強盗にも使えるし白旗代わりにもなる」

私はハンカチで顔を拭きながら士丹利街を渡り、石段を下り始めた。

石坂街は途中で勾配を増し、大きなビルの隙間を縫って大通りへ下っていた。

63

私は口の中の傷を舌で確かめながら尋ねた。「スポーツバーの一件も知らずに、どうしてあんな場所に現れたんだ？」

「おれのダッツンが、あそこに入っていくのを誰かが見かけたのさ」いつの間にか英語になっていた。いつだったかははっきりしない。「そいつは、おれとアリアーヌだと思ったんだ。からかい半分電話を鳴らした。お熱い夜をあんたらに《アヴァンティー》！　ってな。それだけのことさ」

エスカレータと中環街市《マーケット》を結ぶ行人路《ウオークウエイ》の手前に、ツィのＣ６はまだ停まっていた。パトカーのテールランプと二人の制服警官の懐中電灯に照らされたそれは、桐郷寅人と同時代、モンパルナスでギャルソンヌと呼ばれた女が酔い潰れ、道端に丸くなっているようにも見えた。

ツィが足を止めた。警官に背中を向けようとした。

「ずらかるぞ。揃って顔に色をつけて、説明のしようがない」

「携帯電話や財布が乗ってれば警察は事件性を疑う。もっと面倒なことになるぜ」

ひとりの警官がこちらを見ながら、懐中電灯で照らすか否か思案していた。

彼は舌打ちして右頬にハンカチを押し当て、そっちへ歩きだした。「強盗にあったことにしよう」

「駄目だ。調書を取られる。事態をややこしくするだけだ」

「それはおれの車だ！」ツィはヤケ気味に、警官に怒鳴った。

私たちは街灯の明かりを避け、少し手前に立ち止まった。

「どうしました」

「ちょっと、トラブルがあったんだ」

警官がいきなり懐中電灯を向けた。「何があったんです。お二人とも怪我をされているようだが」

「猫だ」私は言った。「彼の猫が車から逃げ出した。あわてて追いかけて行ったんだ。駐車違反は認めるが――」

片方の警官が遮った。「それで？　なぜ怪我を」

「塀の上にいるのを見つけたんだが、アリアーヌが素早くてね。ああ、アリアーヌというのが猫の名前だ。彼の猫は素早いんだ」

「ああ。そのとおり」ツィが神妙な顔で頷いた。

「猫を捕まえようとして、塀から落ちたんですか」片方がにやにやしながら尋ねた。

「二人揃って？」もう一方が目を丸くして見せた。

二人とも信じていなかったが、パトカーの端末でナンバー照会すると、そんなことはすぐ帳消しになった。運転免許の写真と彼の顔を見比べて、もう終わりだった。

「緊急避難ということにしましょう。アリアーヌが逃げたんじゃ仕方ない」警官の一人がおごそかに言った。「明日の撮影までに戻ってくるといいですね。ミスタ・ツィ」

「てめえがくだらないことを言うからだ」噛みつかれそうなほど近くで彼が怒鳴った。「てめえのせいでアリアーヌに殴られたと思われたぞ。明日になれば街の噂だ」

「二人して女に？　心配するなよ。電話で写真を撮られたわけじゃないし」

「気休めを言うな」彼は運転席に乗り、百トン爆弾のような音をたててドアを閉めた。

そのまま三秒、動こうとしなかった。私も動かなかった。助手席のドアが内側から開いた。

「乗れ。湾仔警察まで送ってやる」

私は言われた通りにしたが、ツィは窓を開けて煙草を一本喫うあいだ、黙りこくっていた。

煙草を消すと、エンジンをかけ、車を出した。Ｃ６は音のしないホバークラフトだった。

私は彼に言った。「警察の前に食事がしたい。ちゃんとしたものを食っていないんだ」

「点心屋でいいか。ちゃんとした飲茶じゃない。その代わり丼物も粥もある」

彼は答えも聞かずに速度を上げた。ホバークラフトがドラゴンボートに変わった。

上環の大分先まで行き、山の方へ上がると一方通行をあみだ籤のように辿って、また東へ戻った。

「さっき日本語を聞いたような気がする」

「忘れろ。おれももう忘れた。今じゃあんたの中国語より上手くない」

「タマダでもイトウでもいい。タツヤの行方を知ってるんだろう」

返事はなかった。どう言い逃れるかではなく、嘘をつくかつかないか迷っているようだった。

「あんたはやつを匿ってた。昨日は傅満舟の施療院に隠し、その後、山下橋ホテルに移した。今日はボートでどこかまで運んだ。アリアーヌはもう気づいてる」

運転席から拳が飛んできた。手で避けたが、その手が弾かれ自分のこめかみを強く叩いた。

「ど汚い野郎だ！」哲が怒鳴った。「女にチクるなんて最低だぞッ」

「何に気づいたか知らないが、彼女が自分で何かに気づいたんだ。突然、ぼくを山下橋ホテルに案内した。ぼくをあんたにぶつけて、何かを確かめようとしたんじゃないのか？」

「おれに聞いても答えようがねえだろうッ！」

「彼女もフィルムを必要としている。奥様もそうだ。しかし同じものかどうか分からない。フィルムとピクチャー、二種類あるみたいなんだ。あんたにだけ、その区別がついてるような気がする」

目を険しくして出かかった言葉を飲み込むと、彼は恐ろしくゆっくり速度を落とし、油圧シリンダーに浮ぶ船を路肩に舫いだ。

「自信満々だな。――そのフィルムってえのは、もう手に入ったのか」

私は答えなかった。彼は前を向き、まるで道に迷った年寄りの運転手のように真剣に考え込んだ。

「ひとつだけ言っておく。あれを疑ってるようだが、おまえはオータムンをよく知らない」ツィ・バンタムは声を落とした。「たとえ殺したいほど憎んでいたとしても、あいつがアリアーヌを殺そうとするわけがない。アリアーヌは老大《オヤジ》の大事な商品だ。それでも殺すっていうなら、あいつのことだ、木箱に詰めて山頂《ザ・ピーク》からたたき落とす。拳銃なんて生易しいことはしない」

彼は両手でステアリングを叩いた。それから、停めたときと同じようにゆっくり車を出した。

私は前を向いたまま尋ねた。「ここまで来るのは大変だったんだろう」

返事をするまで二呼吸あった。「三十五年だ。一口に三十五年といったって、夜が何万回も――」

「夜は一万二千七百七十五回。昼も同じだけあったろう。うるう年を入れたらもっと多い」

「暗算が速いな」

「指名手配なら時効はないぞ。海外にこれだけいたんだからな」

「関係ないさ。おれはもうおれじゃない。DNA鑑定なんかない時代だ。指紋も残していないしな」彼は煙草の煙を吐き出すようにそう言った。「返還の騒ぎのとき、イギリス政府からパスポートを手に入れた。おれは中国系イギリス人だ。昔のおれはもういない」

「高速の回数券を見つけたよ。誰かの帽子に挟まっていたんだ。二百円の時代だ。二枚だけ使われていた」

彼は遮断機の降りはじめた踏切を渡ろうとでもするかのように左右を見渡し、それをいきなり諦めて微笑んだ。「三十五年前だ。どこかの国の道路の上で、カチ込みをかけた鉄砲玉がいたのさ。相手の運転手がびびり上がってステアリングを間違えた。ベンツは高架道路から飛び出して下まで落ちた。ガソリンに引火して、それまでだ。ただ車に一発だけ食らわす。殺すのが目的じゃなかったんだが、結果は皆殺しさ」

「何でそいつは回数券を買った？」

「おめでたいやつだったからだろう。しばらく神戸に隠れて、ほとぼりが冷めたら帰ってくる。せいぜい二、三カ月。そういう手筈だった。帰れば始終使うんだし、回数券の方が得じゃないか」彼は前を見たまま鼻を鳴らした。「とんでもない。結局、片道切符さ。大きな組が仲介に入って、すぐに手打ちになったんだ。談合で決まった条件は、その間抜けな鉄砲玉の首を差し出すことだ。片道切符を買い増しして逃げる以外ないじゃないか」

「それで？　残るもう一枚はどこで使ったんだ」

ツィは唐突に押し黙り、タイヤを鳴かせて右折すると狭く急な坂を上った。閉ざされた小さな物売りの屋台に混じって『甘點心奮家・24小時』の看板が見えた。光があるのはそこだけだった。路肩に着けて車が停まった。

それは軒下の迫り出しを利用してこしらえた、屋台とも違法建築ともつかないバラックだった。「当局からクレームがつくたび、折り畳んで歩道に戻せるようにしてあるんだ」と、ツィが言った。目の前まで行ったとき、看板から灯が落ちた。小柄な年寄りが足を引きずりながら出てくると、ブリキの雨戸で入り口を塞ぎ始めた。

「今夜はもう店じまいか？」ツィが背中に声をかけた。

「今夜も何も、もう体がもたないんだよ」

「こいつが腹をすかせてるんだ。済まないが何かつくってやってくれ」

老人は手を休め、振り返った。険しい顔が不意に緩んだ。「でも火を落としちゃったし、それに女房がもう車を取りに行っちまったんだ。本当に済まないが勘弁してくれ」

「車なんか買ったのか」ツィが驚いて尋ねた。

「ああ。この足がよ、――このところ、立ってるのも辛いくらいだ」

われわれの背後から光が差した。メルセデスのEクラスが坂を上って来るところだった。

老人は雨戸を取り付け、門に錠をかって、また詫びを言うと老夫人が運転する車に乗り込んだ。

われわれは暗がりに取り残された。

「香港に流れついたばかりのころ、ここは天国みたいな店だった。いつ来ても飯があって、金さえ出せばなんでも受け入れてくれる。おれはこの四階に間借りしてたんだ」

「そのころは何をしていた？」

「売れない詩人さ。人類が月に行くのをやめたんで職を変えたんだ」

彼は頭を振りながら車に戻り、私を乗せて坂を上りはじめた。

「この街に来て最初の夜だ。とりあえず美味い中華料理を食べようって、ホテルのフロントに聞いたもんさ。〝チャイナタウンはどこですか〟ってな」彼はそこで言葉を止め、短く笑った。「相手は長いこと考えて、こう答えた。多分、横浜にならあるでしょうとさ」

私も笑った。しかし何も言わなかった。

四車線道路へ出て金鐘のビル街に下り始めるまでツィも口を閉ざしていた。

大きな古い教会が見えてくるころ、私は尋ねた。「なんだって、あんなにムキになったんだ」

「子供を男にしてくれる女がいる。男を子供にしちまう女もいる。あいつはその両方なんだ」

「ぼくはもう十分に大人だ。どっちも必要ないね。必要なのはちゃんとした夜食だけだ」

彼は大きく頷き、次に車を停めるまで、もう口を開かなかった。

警察署のすぐ裏手で彼は私を降ろした。人影も防犯カメラもない場所だった。

「警察では上手くやるんだぜ」わざわざ窓を開けて言った。「くそったれのジェームズ・ディーンみたいにな」

64

夜間受付の制服巡査にただ名乗ると、それだけで電話に飛びついた。

すぐさま廊下の奥に足音が溢れ、走ってきた男たちに両腕を取られた。

振り払おうとしたが、三センチ動いただけで背骨が悲鳴を上げて軋んだ。

ずっと大きな別の悲鳴が頭上で私の名前を呼んだ。声が出せないまま呻いていると、

「間違いないな！」今度は英語で聞き返してきた。

「そうだ」やっとのことで答えると、足払いが来た。背中に体重を乗せられ、押し倒された。数人がのしかかり、手錠を打たれた。

「緊急逮捕！」と、誰かが叫んだ。「午前二時四十七分！」

「逮捕できるものか」私は言い返した。「理由がないだろう」

広東語の怒号がそれをかき消した。

「そのぐらいにしておけ！」フリスクの声が聞こえた。なぜか普通話だった。「彼は日本の警察職員だ。公務で来ているんだ」

「答えろ！」私は叫んだ。ふたつの手が左右から口を押さえようとした。「逮捕事由はなんだ！」

「犯人隠避。モーの口から出てきた紙きれにおまえの指紋がついていたそうだ」

大きな手が油圧ショベルのように私を引きずり起こした。人垣の外側にフリスクが見えた。

「この顔を見ろ！　警官による暴行陵虐で訴えてやる」

「何だって？――」近くまで来て覗き込んだ。「誰か殴ったのか！　血が出てるじゃないか」

背後の手が緩んだ。いくつかの手は私からそそくさと離れていった。

「どんな手品を使ったんだ」ローが英語で聞いた。

「たとえ手品でも、この顔を見せたらメディアが放っておかないさ」

広東語のざわめきが一瞬、遠ざかった。

「そんなことは言わない方が良い。ますます娑婆に戻れなくなるぞ。その痣が消えるまでな」彼は私の肩を軽く叩いた。「心配するな。君が約束を守る限り、君の明日は私が保証する」

フリスクが顎で宙を耕すと、手錠がそっと外された。


お約束の大きなマジックミラーがある取調室で捜査員に取り囲まれ、私は事情を聞かれた。大げさな逮捕劇を演じたわりに口調は穏やかで、ひとりは日本語ができた。私の取り調べのために警察総部から呼び寄せられた、小太りで脂性の弘村 有《ワンチュンジャウ》という警視だった。

「ケガ、どうしました。アイヤー。顔、ひどいネ」彼はキツツキが木を啄むように日本語で言った。

「手当てする。すぐする。今する。心配ないよ」

警視が背後に怒鳴りつけた。ひとりが部屋を飛びだして行き、残りの捜査官が広東語で銃撃戦をおっぱじめた。

すぐに女性警察官が巨大なキャスターつきの救急キットを運んできた。

警視が何かを尋ねると、彼女は私の傷を消毒し、消炎ジェルを塗りながら早口で答えた。

彼は顔を両手で覆い、喉で呻いた。「アイヤー。それ困ったのこと」

「ぼくも、ついこの間まで警官だった」私は、適当なひとりを睨みながら言った。大閘蟹《しゃんはいがに》の甲羅みたいな体に短い足の男で、そいつだけ中国語しか話せないようだった。「フェアに扱ってくれるなら、君の暴力を忘れてやってもいい」

睨まれた捜査官が警視に向かってしなくていい弁明をはじめた。

「まず領事館員を呼んでくれ」

警視は饅頭のような顔に花巻のようなしわを刻んだ。「脅かす、ヨロシないよ。人間みな友達。あなた怒らない怒らない」

その頃には手当てが終わり、私の顔はほぼ半分、ミイラのようになっていた。ハマープロではない。ドン・コスカレリのミイラだ。

「領事館員はまだか？　なんならアムネスティでもいいぞ」私は鏡の向こうに英語で怒鳴った。

「それとも君らは中央政治局に指揮されてるのか」

「貴君、今何と言われた？」警視が目を細め、英語で言い返した。BBCのアナウンサーが恐縮するほどのキングズイングリッシュだった。物腰だけでなく人柄まで変わったように見えた。「どのような事情にあろうと、香港警察を侮辱することは、この私が許さんよ」

そこからは、逆に手間が省けた。彼はノートモバイルを引き寄せ、物凄い勢いで両手の指を動かし、英文で調書を作成しながら質問を連射した。

質問は、しかし私がホテル金の鍵のフロント係に話しかけたところからはじまって、把手のついた水道管を持つ凶手がジョー・ディマジオの記念ボールでタッチアウトならぬノックアウトされたところで終わっていた。

私がバーでたまたま知り合った女には、とことん無関心だったし、ノックアウトした後、どうしてその場から立ち去ったのか、どこへ行ったのかまったく興味がない様子だった。

「大耳朶のヤサを誰から聞き出したか知りたくはないのか」私は逆に尋ねた。

誰からも返事は無かった。

プリントアウトした調書に署名させると、ワン警視は丁寧に別れを告げ、部屋から出ていった。

私が三度目に足を組み換えたとき、ドアがノックされ、フライトジャケット姿の若い捜査員が顔をのぞかせた。彼は透明アクリルの箱を抱えていた。中には、ここに着いたとき取り上げた私のポケットの中身が入っていた。

そいつを先頭に、大閘蟹みたいな体つきの男が私の前を歩いた。両脇に二人、すぐ後ろに一人、廊下を塞ぐようにして突き当たりまで行くと、エレベータに乗って五階まで上った。

五階の廊下はステンレスを張った窓のないドアで行き止まっていた。

フライトジャケットがそれをカードキーで開けた。

「どういうことだ」私は立ち止まり、大閘蟹が振り向くのを待った。

「逮捕は有効だということさ」時間をかけて私を睨むと、訛りの強い普通話で言った。「おまえは何かを隠匿している。あの気功師の尻尾を握って、それを高く売りつけようとした。だから昨夜、あいつはおまえに薬を嗅がせたんだ」

「そんな脚本じゃ検察どころかテレビの客も騙せないぞ」

私は廊下を引き返そうとした。

左と後ろの捜査員が腰のシースからブラックスチールの特殊警棒を抜き取り、大きな音をたてて一杯に伸ばした。

私はドアに向き直った。「明日の朝飯が楽しみだよ」

「それはこっちも同じさ」大閘蟹が言った。

65

湾仔警察の留置場は鉄格子も壁も真っ白に塗られていて、床は生暖かいリノリウムだった。フリスクが言ったとおり香港のどこよりも清潔で、枕も毛布も匂いひとつしなかった。

彼らは潜り戸に鍵をかけると、所持品の確認もしないまま、箱を入り口のカウンターへ預けて出て行った。貴重品のリストをつくることも、私にサインを求めることもなかった。

マットレスは四つあったが、房には私ひとりだった。四つを重ね、大の字になって寝ても文句を言う者はなかった。

私は久しぶりによく眠った。礼を言いたいぐらいだった。あちこちの骨も、顔の腫れも、口の中の傷ももう痛まなかった。

大声で水を要求すると、半リットルのボナクア水を持って寄こした。それが空になる前に正午を回ったが、朝食どころか昼食も出る様子はなかった。

じきに昨夜の蟹男が誰かを連れて入ってきた。

「すまない。遅くなった」声が響くと、同時にフリスクが匂った。「髭を剃ってたんだ」

カウンターで私物の入ったアクリルの箱を受け取り、私はベルトを着け、靴を履いた。

「何の書類もつくらなかったぞ」背後に突っ立っているローに尋ねた。「もしぼくが、財布の金が減っていると言ったら、どうする気だったんだ？」

「そんなことは誰も気にしないさ。君は留置されたわけじゃない」警部は通路の奥の傷だらけのスチールドアを指差した。「留置場は、その先さ。ここは保護室だ。酔っぱらいや夫婦喧嘩で頭に血が上った連中を入れておくところだ」

「夫婦喧嘩？」

「ああ。香港では酔っぱらいよりそっちの方がずっと多いんだ」

そこでわれわれはステンレス張りのドアを開け、普通の廊下を歩きだした。

エレベータホールで下りのボタンを押し、蟹男はフリスクに広東語で話しかけた。

「彼らの知らぬ間に、誰かが鉄格子の中で寝てるあんたを写真に撮ったそうだ」フリスクが普通話に直した。「このまま真っ直ぐ領事館へ行って、その顔の痣のことで何か申し立てするなら、写真の行方について責任は負えないと言っている」

チャイムが鳴り、エレベータのドアが開いた。

私は、大閘蟹みたいな体つきの刑事に右手を差し出した。犬歯を見せながら、彼はがに股で近寄り、私の手を握り返した。同時に、私の右膝が彼の股間を粉砕した。

エレベータに乗り込み、ドアが完全に閉まるまで、彼はその場にうずくまっていた。

「何が約束だ！　香港じゃ警察でも金ピカのロ－レックスを売るのか」エレベータが動き出すと、私は怒鳴った。

「おれが約束したのは君の明日だ。あれは今朝だったから、明日までにはまだ半日近くある」

「分かったよ！　ぼくはバカかもしれないが、あんたはペテン師だ」

「そう言うな。どこだろうと、寝られただけマシだよ。おれなんかフランスから来た警部《インスペクター》の道案内で一睡もしていない。野郎、花火倉庫なんかで大騒ぎしやがって――」

「どうせ一晩中エレ・ビタでも探してたんだろう！」

エレベータを地上階で降りると、玄関とは逆さの方向へ歩いた。

廊下はすぐ、ペンキで塗り固めたドアに行き止まった。

彼がそれを押し開け、私は外の光に打ちのめされた。

そこは三方をコの字型の庁舎に囲まれた裏庭で、裏手の道路とはコンクリートの塀で隔てられ、小さな監視哨が門柱代りにそそりたっていた。

白々と輝くアスファルト敷きの裏庭に並んだ警察車両の間を歩きながら、フリスクは鍵をかざした。遠くで観音開きのボクソールがウィンクしてドアロックを解除した。

「今朝になって、やっとだ」フリスクはその運転席に体を押し込むと突然口を開き、溜め息まじりに車を出した。「やっと合同捜査本部が立ち上がった。まったく、厭になる」

監視哨の足下で、庁警が柵状扉を開き、フリスクのボクソールは裏通りへ滑り出た。一通を少し走って最初の十字路を町の方へ折れ、さらに二度右折して海へ向かい、高架道へ上った。

「モーの指を弾いた銃は割れたのか？」私は切り出した。

「七・六二ミリ。――タイプ64。特殊な弾丸だ。半世紀前につくられた小型の警察拳銃と、その後継機種にしか使えない。64式は新生中国にしては最初の、まともな工業製品だったんだ。まあ、有体に言えば、そうだったのは弾丸だけだ。拳銃はワルサーのコピーに過ぎない」

「ワルサー？　PPKか」

「ああ。007がショーン・コネリーだったころ使っていたあれだ」

私は頷いた。「外見もそっくりなのか」

「どうかな。おれは見たことがない。しかし一九七〇年代、映画の人気にあやかって、これを基にPPKそっくりの山寨《パチモノ》が作られて世界に大量に出回ったそうだ。スライドにサインが刻まれていて、今じゃプレミアがついてると――」

「どっちのサインだ？」

「知るかよ！　どうせサインもコピーだ」いきなり怒鳴った。「いったい何が気になるんだ」

「大耳朶がそんなものを道具に選ぶなんて奇妙だと思っただけさ。エースのジョーがダンヒルの万年筆で人を殺すようなものじゃないか」

「だから言ったろう！」また怒鳴った。「本物じゃない。ただのパチものだってな」

車は巨大な見本市会場の裏手から海辺を走り始めた。ほんの一瞬、海が覗けたが、水際はほとんど、殺風景な囲いと巨大なコンテナと重機に覆い尽くされていた。

フリスクは海底トンネルにも入らず、銅鑼湾にも向かわず、海沿いの車線を走り続けた。

北角へ向かう道路との分岐を過ぎると、道幅は狭く、車は他にいなくなった。

「向こうからこっちに渡るのはカーナビがあっても大変だが、こっちからだと一本道なんだ」

問い返そうとする口の中に苦いものが湧いた。「どこへ行くんだ？」

「まあ、待てよ」

彼は水際を覆ったスチールの囲いと高架道路の隙間を走り続けた。ゆるい左カーブの先に何があるのかまったく見えなかったが、見なくとも分かった。

昨夜アリアーヌを乗せて走った道を逆にたどっているのだ。

66

左手の囲いが突然途切れると端正な植え込みが続き、やがてロイヤル香港ヨットクラブの正門が現れた。フリスクは、無言で車を乗り入れた。

白いシルクハットのような門衛哨《ゲートハット》が頭から生やしたマストに信号旗とクラブフラッグをはためかせ、プライベートロードの真ん中でインとアウトを分けていた。

遮断機に停まるとドアが開き、ゲートハットから年寄りの警備員が出てきた。

「どうだ？　昨日見た男か」窓を開け、フリスクは私を見つめながら車外にわざわざ英語で尋ねた。警備員がフロントグラスに顔を近づけた。「言ったじゃないですか、顔は見えなかったって。赤いオープンカーが前を通っただけなんだから」

「そう言うなよ。しっかり見てくれ」

「まあ、背格好はこの人くらいだが、——車道側は真っ暗なんだ。何とも言えませんや」

「こんな面通《ラインアップ》しなんて馬鹿げてる」私はフリスクに言った。「ぼくがもし犯人だったら、彼の命は明日まで持たないぜ」

「勘弁してくださいよ」年寄りは、靴の泥を拭った古新聞みたいに顔をクシャクシャにした。「助手席の女ならちらっと見えたんだけどねえ。いい女でさ。そう！　誰かに似ていたなあ」

「世の中、役立たずばっかりだ」私に向かって吐き捨てた。「世話かけたな、夜勤明けに」

警備員が何やらブツクサ言い、遮断機が跳ね上がった。

駐車場に車を置くと、白亜のクラブハウスの外側を巡るように歩いた。

南洋樹の植え込みの向こうでは、海辺に拓けたテラスにパラソルが花開き、テーブルセットがいくつも並んでいた。

「ここは昔、英海軍の砲陣でね。今でも当時の火薬庫がレストランとして使われてる」ひとつを選んで座り、フリスクは言った。「ヨットは反対側の避風塘《タイフーンシェルター》に舫われてる。桟橋《ピア》はないんだ。蛋民に通船料を稼がせてやろうって心遣いさ」

「大したご身分だな。どんなドアを叩くと、警官がヨットを持てるようになるか知りたいもんだ」

「ここに警察舟艇《ポリスランチ》が舫いであるんだ。すぐ隣は警察クラブだし、お互い行き来があるってだけさ」

「それで警官《ポリス》がランチをたかりに来るのか」

「勘違いするな。割引券が貰えるだけだ」

聞き耳でも立てていたかのように、ボーイがランチメニューの黒板を持って現れた。

「焼きそばがあるぞ」フリスクが笑った。「イギリス風かもしれないがね」

「世界中にいったい何軒の中華料理屋があると思ってるんだ。よりにもよってこんな店で——」胃が呻き声をあげ、私の台詞を途中で終わらせた。

注文を済ますと椅子に浅く掛け直し、彼に尋ねた。「それで？　さっきのあれは何のマネだ」

「この一角と自動車道路の向こう岸とはトンネルで繋がっている。知ってのとおり、その出入り口は例のホテルの真ん前だ」そこでテーブルに身を乗り出した。「銃撃事件の被疑者にボールをぶつけた男が、若い女を連れてそのトンネルへ降りて行ったという証言がとれたんだ」

「それで夜勤の門番が呼び立てられたのか。気の毒に」

「おいおい。やつは何と言った？」鍬を振るい、歯を剝きだして声もなく笑った。「誰かによく似た女だったそうだぜ」

「どうせ死んだ恋人さ。いい女を見たときの常套句だ」

「世界中の男から、死んだ誰かに似ていると言われるような女はそう多くない」

「女がどうしたって言うんだ。捜本の連中はそんなこと、毛ほども気にしていなかったぞ。大耳朶が転んでからこっち、ぼくはもう彼らのストーリーに登場していないんだ」

「おれが聞いてるんだ！　おまえ、赤いダッツンでどこへ消えた？　おれには嘘をつくなよ」

「嘘はつかない。記憶にないだけだ。心的外傷性の記憶障害だと思う。拳銃で撃たれるなんて得難い体験だからな」

目が尖り、腰が浮いた。右手に拳固ができていた。

エンジン音がそれを遮った。手が届きそうなほど近くで浚渫船と貨物船がすれちがうところだった。曳き波が、短く華奢な防波堤にぶつかる音が足下で破裂した。

「ここも埋め立て中か？」

「ああ。この分で行くと、いつか九龍まで繋がっちまうだろうよ」

「みんな同じことを言うんだな」

「そこを見ろ。つい最近まであそこは公園で、その先はドッグランだったんだ」

フリスクは灯標の泛かぶ海の向こうを指差して言った。岸壁の上は資材と重機がいっぱいで、公園どころか草木一本見当たらなかった。

「政府は海側にもう一本自動車道路を造ると言ってる。このクラブの真上を高架で跨ぐんだそうだ。誰もが本気で心配しているのさ。地続きになることをな――」

どこかで助監督が合図でもしたのか、いい頃合いにボーイがワゴンを押してきた。

「ステーキ＆キドニーパイ！　よく食えるな」私の皿を覗き込み、フリスクは笑った。

そういう彼の皿には、冷えきったローストビーフと今川焼きのようなヨークシャープディングが並んでいた。

ほぼ五分間、場末のホテルの立食パーティーのような食べ物を肴に冷えたビールを飲み、互いに無言で過ごした。結局、先に口を開いたのはフリスクの方だった。「これで三人だ。どうしておまえの行く先々に死体が転がってる。それぐらいは説明しろ」

「三人とは聞き捨てならないね」

「とぼけるのもいいかげんにしろ。あのポスター屋から四軒離れた骨董屋の防犯カメラに、おまえが写ってた。十八時十八分、ミスタ・ズーこと朱平康の死亡推定時刻ど真ん中にだ。ついでに言っとくが、同じ映像に大耳朵も珠田竜也も姿はなかった」

「ぼくが犯人なら盗んだ車で店の真ん前に乗り付けるよ」

「あそこに行ったんだな？」

「行ったさ。ズーさんという人物は特定できなかったが、それらしいポスター屋を見つけたんでね」

「おまえが行ったとき、マル害はまだ生きてたのか」

「誰もいなかったんだ。ドアが開けっ放しだったから店には入った。いくら呼んでも返事がない。仕方ないんで出てきたのさ」

「しまいには本当に引っ拘《くく》るぞ！」

フリスクの拳が食卓を叩いた。大きな音がして彼の皿からボイルドポテトが飛び出した。それがなかったら食卓を叩き続けたろう。「何だって、そんなに引っかき回すんだ。同業者だったなら分かるだろうに」

「ぼくにはしなきゃならないことがある。それが済むまでは炒飯すら食べさせてもらえないらしい。——こっちは独りだ。やることをやるためには、法律や警察と折り合いつけちゃいられないんだ」

「森から針一本探すのに、火を点けて燃そうって言うのか。次は必ずぶち込むぞ。今だって三カ月はぶち込んでおける。それぐらいのネタは上がってるんだ」

「やれるものならやってみろよ」

「その顔のことか？」彼は鍬を振るって笑うと、目を細めて言った。「真夜中、香港サイドの交通警官が情報センターにナンバー照会をしてきた。その車は、名のある映画プロデューサーの所有だった。乗ってたやつらは顔中打ち傷だらけで服もぼろぼろになっていたそうだ」

「まさか猫を探していて塀から落ちたんじゃないだろうね」

「ところが、そのまさかなんだ。待てよ。話には続きがある」指を一本立て、私に向って猫じゃらしのように振って見せた。「そのプロデューサーなんだがね。やっこさん、古い車が趣味らしくて日本製のライトウェイトを登録してるんだ。ほら、さっきの警備員が見たって赤い車だ」

「分かったよ。ぼくの負けだ」

「朱はまだ生きていたのか」

「赤い車のことは知らないが、――」

「安心しろ。それはどうでもいいんだ。雌猫も、それを探していた男も事件とは無縁だ。上がそう決めたのさ。いや、上の上かもしれない」彼は顔を歪めた。顎の中に目鼻を埋めようとしているみたいだった。「朱と何か話したのか」

「行ったときは死んでいた。残念ながら君らが見た以上のものは見ていない。やったのは二二口径だろう？」

「ああ。スポーツバーと弾は同じだ。しかし施条痕が違う。同一犯と決めたもんでもない」

「毎回違う道具を使う。薬莢を平気で捨てていく。プロはプロでも殺し屋というより作業員だな」

「そういう時代さ。ああした凶手はプロじゃない。金儲けを覚えたオタクだよ」

「さっき言ってたＰＰＫの山寨だが――」私はフリスクの鍬の前にタネを蒔いた。「スキップ麥が似たような拳銃を持ってたって噂がある」

「あんなちんぴらが、何のためにそんなものを？」

「それはスキップに聞けよ」

「誤魔化すな。やつは死んでる」

「だったら余計ウマが合うだろう」

フリスクは眉をざわつかせると、上着の内ポケットからスマートフォンを取り出し、画像を呼んで私の方へ滑らせた。

エレベータホールに佇む珠田竜也の画像だった。ポロシャツにジーンズで革のガーメントケースを指に引っかけ、背負っていた。磨き込まれた御影石の床、壁にはレストランの案内板が見えた。右下に二十一時〇三分十七秒のカウンター。

「あんたが大耳朶をノックアウトしたホテルの八階だ。やつがチェックインした直後の画像。自分の部屋に向かっている。あの事件の二十分ほど前だ。偶然のはずはない」

「大耳朶がスポーツバーに現れたとき、やつはどこにいた？」

「記録はもうふたつある」遮るように言って、スマートフォンの画面に指を滑らせた。「午後九時二十四分、エレベータで下へ降りた。二十六分に、ホテルの裏玄関から外へ出た。その後行方が知れない。竜也はあの騒ぎの中にいたんだ。銃撃を見て逃げたのかもしれない」

「素早いな。顔認証システムか」

彼は眉をひそめた。鼻先に腐乳でも突きつけられたみたいだった。「手すきの者を総動員して全部の記録映像をチェックした。――言わなくていいぞ。推察通り、中国人は数が命さ」

「ぼくは何も言っちゃいない。すぐ政治問題にしようとするのは悪い癖だ」

ロー警部は目を伏せ、フリスクと同じ匂いがする菓子を口に放り込んだ。「荷物はあらかた部屋に残して行った。ここに写ってるガーメントケースもだ。一番の収穫は、脱ぎ捨てたジーンズのポケットから出てきたターボジェットのチケットだ」

「逃げる気だったのか」

「いや、半券だ。マカオから香港に来たんだ。二十時二十五分着。マカオ警察にも照会済みだが、そっちより先にマスターカードが成果を上げた。マカオで二度使われたとさ。香港行きターボジェットの船賃とグランエンペラーホテルのデポジットだ」

「香港行き？——マカオに泊まるのはいつだ？」

「泊まるんじゃない。泊まろうとしたんだ。昨日と今日の二泊。本人らしき男が直接カードを使ってチェックインしている。大きな荷物はふたつ。ボストンバッグとさっきの画像にあったガーメントケースだ。ボストンバッグは今もマカオの部屋に残されてる」

「チェックインの時間は？」

「午後五時少し前だ。マカオと香港はターボジェットで一時間弱。マカオのホテルには三時間しかいなかったことになる」

「やっとのことで逃げのびたマカオから、リスクを背負って戻ったってわけか。三時間の間に相当な事情ができたんだ。でなければあの男が同じ夜、二カ所のホテルに金を払わない」

「もちろん、入境事務處には照会をかけた。するとな、この男は香港に入っているが、出てはいないって言うんだ。じゃ、やつはどんなパスポートで香港を出たんだ？」

「泳いで行けばパスポートは必要ないぜ。サメの危険は棚上げするとして」

彼は目と口をいっぺんに大きく開き、喚いた。「ともかく、珠田竜也は指名手配だ。とりあえず、旅券法違反！」

「そう言や昨日、ツィの家に招待されてね。そこで大耳朶を見たよ。あいつはツィの女房をお嬢さんと呼んでいた」

フリスクの肩が震えた。耳元でいきなり蚊の羽音を聞いたみたいな具合だった。「ビールをもう一杯飲みたいのか？　それとも犯人隠避を自白しようっていうのか」

「冗談じゃない。被害届けを出したいくらいだ。中華包丁で殺されかかったんだぜ。やつが例のスポーツバーで拳銃をぶっぱなしたのは、その二、三時間後だ。分かるよな、この意味」

「分かりたくもない。——日本人は、いつからそんなに傍迷惑な生き物になったんだ」

「傍迷惑なのは日本人じゃない。ぼくだ」私は言って、ついにフォークを放り出した。「後ろ楯がいたのさ。竜也にも大耳朶にも。同じ立派なご家族だ。それが夫婦で、どうにもちぐはぐなことをしている。一家の主は、いったい何を考えているんだろう」

「名家になればなるほど、主は瑣末に口を出さないもんだ。だから主の腹を読み違えて身内がごたつくこともあるのさ。しかし家の中のことだ。他人に口出しはできない」

彼は通りかかったボーイを呼び止め、ビールをふたつ頼むと、力無く頭を振った。

「香港のことなら、たいていの圧力には負けないつもりだ。しかし北京まで出かけてアウェイで喧嘩するには歳を取り過ぎたよ」

「なるほど、上の決定というのはそういうことか。中国の隣で生きるのは大変だな」

「おれたちは中国共産党の隣で生きているだけだ。これはコツさえ学べば大して難しくない。中国の隣で生きてるのはおまえらだろう」

私はボーイを呼び戻し、ビールをキャンセルして勘定を頼んだ。

差し出された決済端末にクレジットカードを挟もうとするとボーイが飛びじさった。

「会員の方のカードでないとお受けできません」それからフリスクに向き直った。「これはいつものように処理させていただきますので――」

香港一正直な警官は、私を睨んだ。それからボーイを睨んだ。どちらを殴ろうか迷っているみたいだった。

結局、自分の左手をパンチングミトン代わりにして、右で拳を一発くれるとスマートフォンを取り上げ、

「スキップだが――」と言いながら、液晶を撫で回した。「頸椎の両脇に小さな火傷があった。スタンガンの跡らしい。市販のスタンガンでも、みごとにヒットすれば溺死するほどの随意筋麻痺を起こせるんだそうだ。今、上級監察院で銃創の生体反応を調べ直してる」

「そうか。――仰向けに浮かんでいるのを足元の方向から、プールサイドに立って撃ったのか。だから弾は顎の下から入って脳幹に集中したんだ」

「問題はそこじゃないだろう。溺れたのが先なら、大耳朶は死体を撃ったってことになる。じゃあ誰がスキップを死体にした？」液晶の指がやっと止まった。私をちらっと盗み見ると、彼はスマートフォンを警察手帳のように振り翳した。「水没したスキップのスマートフォンから復元したものだ」

それはもはやお馴染みの、ふたつの記念写真だった。

「こっちに写っている女の子は珠田竜也の母親だ」片方を拡大し、私は彼の方へ向け直した。「男

の子がその兄貴で定俳《さだおぎ》。後ろの軍人は近所に住んでいた共産軍の将校だ」

　言いながら二人の名を紙のランチョンマットに書いて見せた。

「普通話で定　俳《ディンパイ》か。錠王牌《ディンワンパイ》に似てるな」フリスクが呟いた。

「そうなのか？」

「音はまったく同じだ。王錠牌《ワンディンパイ》とすれば、そっちの方がよっぽど人の名前らしい」

「王定俳《ワンディンパイ》か。たしかに坐りがいいな」

　彼はひとつうなずくと、もう一方の画像を開き、スマートフォンを押し戻した。「こっちは？」

「誰かは分からない。しかし同じものを竜也が持ち歩いていた。金になると言っていたそうだ。スキップは現実にそれを売りつけようとしていた。相手は、君らがいないことにしている誰かさんのクリケット仲間だ」

　正直な警官は目を伏せ、大きく頷いた。溜め息が転げ出た。溺れた男が肺から最後の空気を吐きだしたみたいだった。

「錠王牌の捜査記録は見つかったのか」駐車場へ歩きながら、私は先を歩くフリスクに尋ねた。

「弾丸も条痕データも残っていなかった」振り向きもせず答えた。

「錠の拳銃はどうなんだ。今も香港警察が保管しているのか」

「ない。なくなってるどころか、押収した記録さえないんだ」

「楊三元だが、警察事務官だと言ってたな。――捜査資料に触れることができる立場かい？」

「何とも言えないね。前にも言ったが、人事の記録が出てこないんだ。何も隠してるわけじゃないぜ。当時の香港警察はイギリス人がのさばってたからな、現場はグダグダでも記録や文書の管理はうるさかったんだ。それなのに――」

「錠王牌の捜査資料も、楊三元の人事記録も出てこないのか」

彼は何も答えず、ただ足を早めた。

ボクソールの手前で鍵を出すために足を緩めたとき、私は彼のすぐ脇に並んだ。

「礼を言うよ。こんなに貴重な情報をぼくなんかに、よくもまあ教える気になったもんだ」

「気にしなさんな。最も尊いものを最も卑しい者に与えろっていうぜ」

「何だ、それは？　孔子か。それとも毛沢東か」

「ハガクレじゃないのか？　ジョン・フランケン・ハイマーのニンジャ映画で見たぞ」ボクソールのドアロックを解除すると、彼のジャケットの内ポケットで着信音が鳴り響いた。

フリスクはスマートフォンを出し、私に背中を向けて耳に当てた。

小声で、しかも早口の広東語だったが、怒っていることは分かった。ついでに彼が、中国本土の警察を日頃から〝阿Qども〟と呼んでいることも。

「済まないが送っていけなくなった」電話を切り、こっちに向き直ると肩をすくめた。「新界の外れまで行かなきゃならん。出張手当どころかガソリン代も出ないのによ」

フリスクは言うが早いか運転席に飛び乗り、車を出した。

正直で働き者の警官は、ヨットクラブのゲートを出る前から警光灯をトップに載せ、サイレンを鳴らしはじめたが、この街の道路ではそんなことぐらいで前が開くというものでもなかった。

67

ヨットクラブのフロントから呼んだタクシーは、海底トンネル入り口の合流で渋滞につかまった。

それでもじりじり動いていたものが、トンネルの中ほどで完全に停まってしまった。運転手が広東語でこっそり、こんな時間にトンネルへ引きずり込んだ客を罵倒し、スマートフォンで誰かとやり取りを始めると、私の内ポケットで電話が騒ぎだした。

ダイナの声は、まるで隣に居るみたいに聞こえた。私はついガラス窓に頭を引っつけ、トンネルの天井を見上げていた。

「あんたが引き止めなかったのがいけないのよ」声が揺れた。背後にはさんざめきがあった。

「飲んでいるのか？」

「まさか！　小巴《ミニバス》の中よ」と、彼女は慎み深く英語で言った。「どこへでも行ってくれるのよ。乗り合いタクシーみたいなもんね」

「そんなものに乗って大丈夫なのか。君はその筋の連中に狙われているんだぞ」

「だから何なの。香港中の小巴に私の顔写真が手配されているとでも言うの？」

「映画で見る限り、その可能性はある」

「あんたまで映画にやられちゃってるのね。映画はやられるもんじゃなく、やるもんだわ」

「引き止めなかったのがいけないって？」私は眉をひそめた。「小巴なんかでどこへ行くんだ」

「ごめんなさい。それは言えないわ。あんたを信じないわけじゃないけど。ともかく、この町にはもう戻らない」

「どれほど危険か分かっているのか。君をアイロンで偏平足にしようとした男は昨夜、アウトになった。警察に手配された以上、もうここらにはいないだろう。しかし代打ならいくらでもいる」

「そうみたいね。私、きっと余計なことをしたのよ」

音が揺れた。笑い声も揺れた。すべての音が途切れて、また元に戻った。こっちの空気もついでに揺れた。私はあたりを見回した。

タクシーが一車身ほど動いて停ったところだった。運転手はスマートフォンを片手に、まったく前を見ていなかった。

「そうか。――終列車のチケットを手に入れたな」

「つまらない質問ね」

「罠かもしれないぜ」

「大丈夫よ。この町は私の遊び場だから」

「だったら、出ていく必要はない」

「だから出ていくの。変えたいのよ。これを変えないと、私に明日はやってこないの」

「それで？　誰の金で変えようとしているんだ」

また黙った。今度こそ、電話を切りそうだった。「あんた、良い人だわ。だから言うんだけど、私たち、もっと危ないこともしたのよ。歌舞伎町で働いたこともあるの」

「私たちというのは、君とフェイのことか？　それとも違う誰かか」

「あんたが探している男の姉さんとは、そこで会ったのよ」

「それは誰のことだ」

「誰でも良いじゃない。もう済んじゃったことなんだから」

「何も済んじゃいない。ことに向こうにとっては」

「向こうって、あんた、相手が誰か分かってるの」

「君の旅費を誰が出したかは、察しがつく」私は少し慌てて言った。「リンバニ閣下はあの記念写真を見ても眉ひとつ動かさなかった。ぼくが勝手なことを言っても、まったく動じなかった。すでに誰かから報告を受けていたんだろう。信用できる誰かから、すべては片づいたってな。君が例のピクチャーを渡した誰かからだ。大耳朶の昨夜のボーンヘッドを君に教えた誰かさ」

私は大きく息を吐いた。前方はるかにクラクションの砲撃戦がまき起こり、遠く、近く谺した。

「悪い小姐だ。スキップにお使いに出されたとき、君にはネットカフェへ行く時間もあったし、メモリを手に入れることもできた。そうだろう？」

「でも、大丈夫よ。保険はかけているから」

「台詞のある役を約束されたのか。それとも現金で貰ったのか」

電話がチョコレートをいっぺんに二個貰った子供のように笑った。「ＯＫマンボ！　現金よ」

「何だ、それは？」

「あんたが探しているものはどれもこれも、私と関係なかったのね。あんたの写真《ピクチャー》と私の写真《ピクチャー》も別物だったし、竜也が手に入れたフィルムと、あんたが欲しがっているフィルムも別物だし」

「フィルムは同じだ。あいつは両方手に入れようと欲をかいたんだ。君の言う動画《ピクチャー》はどんなストーリーだった?」

「ストーリーというよりヒストリー。銀行の信託預金みたいな過去」

「ヒストリーにタイトルはないのか」

「あいつらはマクガフィンって呼んでたわ」

「ぴったりのタイトルだね。目は潰れなかった?」

「知らないわ。私、観てないもの」

「一コマ切り出した画像《ピクチャー》なら見たんだろう?」

「あんたの想像どおりのものよ」

「ぼくは何も想像しちゃいない。みなし公務員は想像なんかしないんだ」

「好きよ、二村さん。あたしとあんたは仲間みたいなものね。結局、手錠をかけられない何かを追っかけてないといられないの」

「捨てたものでもないんだ。昨日の夜、彼女は自分を放り出そうとした」

「芝居よ。それも三級片の田舎芝居。あんた何も見ちゃいないんだわ」

私は軽く笑い声を上げた。「そうか。君はツィ・バンタムが好きだったのか。――だからやつらの強請に一枚かんだのか」

「昔のことよ。あの女が現れるずっと前、ちょっとの間――」

「ずっとがちょっと、ちょっとがずっとに聞こえたよ。――じゃあ終列車はファーストクラスだね」

前が空いた。タクシーは冬眠から目覚めた熊が穴から這い出るように、ゆっくり動き出した。それでも運転手はスマートフォンから目を離さなかった。センターコンソールのスタンドに、似たような端末があと四台も置かれていた。

「もう会えないわね。私を待たないで」ダイナの声が戻ってきた。「女優に男なんかいらないの。男と一緒じゃ歩けない。たとえワイヤーは使ってもマリオネットなんかじゃないのよ」

「君のバスはどこに向かってるんだ？」

「北京よ。俳優学校に入るの。映画はもう香港の時代じゃないもの」

「あっちに着いたら、必ず電話をくれ」

「電話しなかったら？」

「死んだものと思って、酒を一杯だけ、君のために飲もう」

「ＯＫマンボ！」

「だから何なんだ、それは？」

「Ａ《ちょー》・ＯＫ《オッケー》みたいなものよ。私的に流行ってるの」

「いいか。二度は言わない。これ以上、何かを金に変えようとするなよ。相手が悪すぎる」

「ＯＫマンボ！」

ダイナ・タムは言った。もちろん見たわけではないが、その瞬間、彼女は腰を大きくくねらせたはずだ。

ホテルへ帰ると、私は部屋に戻らず、まっすぐバーへ向かった。

廊下には葉巻の匂いが染みついていた。葉巻の木箱の外側についた黴のような匂いもした。それでもバーは禁煙だった。

客はいなかった。照明も半分ほど落ちていた。バーテンダーは酒棚の鏡を覗き込み、ボウタイを直していた。

私は、ウスクベをストレートで頼んだ。

彼は私の顔を見て手を止めた。顔が一瞬、凍りついた。

「ぼくを知ってるか」私は言った。「ドン・コスカレリって言うんだ。心配ない。この顔は特殊メイクだ」

彼は黙って酒を注いだ。私は一口飲み、匂いを嗅いだ。空ける前からもう一杯飲みたくなる匂いだった。私が、それを選んだのだ。

こめかみに音が聞こえるほど空気が冷えていた。私は二口目を飲んだ。心臓から耳たぶに向かって熱が広がっていった。私が選んだ、それが結果だった。

三口で私はグラスを空にした。

バーテンダーが黙って二杯目を注いだ。

それから萬金油と絆創膏をカウンターに滑らせた。「効能が切れているかもしれません。近ごろは、こうしたものをご提供する機会もめっきり減りまして」

私は丁寧に礼を言って、二杯目を空けた。

68

部屋へ戻るとバスタブに湯をため、体を伸ばした。体温が上がると、あちこちが痛んだ。悲鳴をこらえて頭を洗い、その後で抗菌パッドを引き剝がし、顔を洗った。目の中に何度も星が飛んだ。

萬金油を塗り直すと傷も痣ももう大して目立たなかった。香港では一晩もすると、どんな怪我も目立たなくなるものなのだ。

髭を剃る前に、私の電話が脱ぎ捨てた服の中で騒ぎだした。

午後二時を回っているというのに、電話の相手は「おはようございます」と日本語で言った。変なアクセントだったが地方訛りではなく、中国人でもなかった。

「いやいや、よかった。やっと繫がった」これ見よがしに安堵の溜息を聞かせた。「私、ヤカモトです。桐郷さんからご紹介にあずかったんですが」

「ええ、聞いています。信じられないことだが、この町にも電話が通じない所があるんですよ」

「いやいや、それはどうも。オークションの前にお話ししたいことがあって弱ってたんですわ。今朝になって気づいたんですが、ドレスコードがあるんです」

「日のあるうちからタキシードなんて言うんじゃないでしょうね」

「背広にネクタイ、それに革靴、その程度のものです。オークションハウスの指定でなく、会場側の規約のようで——」ヤカモトは口ごもり、口先だけで笑った。「ご案内のとおり会場は中環のマンダリンクラブです。返還まではイギリス式のメンズクラブでしたから。あるんですな、いろいろと。——オークションの参加証は預かっています。フロントに私の名を告げてください」

「それだけで済むんですか？」

「ええ。私、会員なもので」今度は喉の奥で笑い、開場時刻の三十分前には来てくれと言って通話を切った。

電話を持ったまま目に留まったウィスキーの壜と禅問答していると、手の中にメールの着信音が響いた。

小峰一課長が、役に立つ誰かに送らせたメールは『マル秘、読後削除のこと』というただし書きがあるだけで本文はなかった。

添付された画像ファイルには、髪を引っ詰め、セル縁の眼鏡をかけた娘が写っていた。パスポート写真の複写だ。顔だちは整っていたし目も大きかった。しかしどれも印象に残るものではなかった。どこかの誰かに似ているのだが、シンディ・シャーマンが扮した誰かのように、それがどこの誰なのか即答するのは難しかった。

私はウィスキーをグラスに注ぎ、ベッドの端に腰掛けた。目の前で裸のヘディ・キースラーが凝っと虚空を睨んでいた。他でもない、彼女のために私はグラスを空けた。

酒が喉で音楽を奏でた。

香港では滅多にお目にかかれない上天気だった。空は高く青く、陽光がサラサラと降り注ぎ、風はうたた寝を誘うほどに穏やかで、地下鉄に乗るのも海底トンネルで渋滞にひっかかるのもはばかられた。

私はクリーニング帰りの麻のスーツを着て、海側の歩道をフェリー碼頭へ歩いた。

半島の先端に突き出たフェリーターミナルには、ひっきりなしに小巴が出入りして、船客を吐き出し、またかき集めていた。反共団体の新聞売りが声を嗄らして北京の人権弾圧を訴える横で、釣魚島奪還を訴える反日の老人たちが負けじと大声を張り上げ、そこに焼き栗を売る老婆が加わって、上層キャビンの乗船口に上る階段は近寄れもしなかった。

私は下層キャビンのトークンを買い、改札を潜った。

二階建てフェリーの一階に窓はない。前後ふたつの操舵室と真ん中の機関室が壁に囲われているだけで、客席は吹きさらしだ。

乗り合わせているのは日銭で暮らしを立てている港人だった。外国人もバックパッカーばかりで、もちろんサマースーツを着てニットタイを締めているような お調子者は、私の他いなかった。

出航のブザーが鳴り、船舷《ふなばた》と一体になった渡し板《ワーフラダー》が撥ね上げられる寸前、若い娘が飛び乗ってきた。頬骨が高く、鼻が空を睨み、眉毛がきつく、目の強い娘で、薄地とはいえ、この季節にレインコートを着ていた。

通路を挟んで私の真向かいに腰掛け、足を組むと、道を外したアスリートのようなふくらはぎが覗けた。

娘は、隣の太った初老の女に声をかけた。彼女は籐製の美しい鳥籠を膝に乗せていた。

娘はその鳥籠にそっと指を入れ、空気をくすぐり、小さく呼びかけた。それを何度も繰り返し、太った女と顔を見合わせ、声にして笑った。

鳥籠にはコオロギ一匹入っていなかったが、飽きずに呼びかけ続けた。今度は声がここまで届いた。「アンドリュー。お元気そうね」

香港の中国人にしては化粧が垢抜けていた。目元も涼しく、付け睫も重そうではなかった。その様子が、なぜか二人の女優を思い出させた。この町から出て行ってしまった女優と、町の奥深くに閉じこもっている女優。

よほど無遠慮に見つめていたのに違いない。

娘が私を睨みつけ、唾を吐かんばかりの勢いで席を立った。

私はつい後を追った。それが最初の間違いだった。

娘は前方の操舵室近くまで歩き、海を向いて舷牆《ブルワーク》にたたずんだ。

「失礼しました。他意はなかったんです」私は彼女の背中に普通話で言った。「あなたを見ていたわけじゃない。考え事に没頭していたんです」

「話は無し《ノートーク》」英語の返事は、これ以上がないというほど素っ気なかった。

「話は無いってどっちがどっちにでしょう？」

「あなたが私に、私もあなたに。ノートーク！」

「一言謝りたかっただけです。大変失礼した」

それでも彼女はこちらに向き直らなかった。「それ以上話をすると、人を呼ぶわよ」

「人って誰を？」

「桟橋には警官がいます」

「それなら、ちょうどいい。呼ばない先からやって来た」

彼女は海に別れを告げ、くるりと振り向いた。目には憎悪が燃えていたが、私はすでにその対象ではなかった。それどころか存在もしていない様子だった。

「いや。実はもう本物じゃないんだ」とつけ加えたが、まるで私が電柱であるかのように脇をすり抜け、彼女は艫《とも》へ歩き去った。

「いいのかね？」

声に振り向くと、セーラー服を着た年寄りの乗員がこっちに汚れた歯を見せ、笑っていた。「もうひと押し。香港女は三回押さないと」

「いいんだ」私は頭を振った。「出てったフェリーと女は、追いかけないようにしている。追えば必ず溺れるからね」

セーラー服の老人がしたり顔で頷いた。

「音楽は好きかい？」私は尋ねた。

「どんな音楽かね」

「どんなものでもいい。頭の中でいつも音楽が聞こえているんだ。始終つきまとって離れようとしない」

老人は気味悪そうに目を細め、渡し板《ワーフラダー》の方へ歩き去った。

海はますます狭く、対岸は手が届きそうな所まで迫《せ》り寄っていた。船足はすぐに鈍った。すると、上着の懐で電話が騒ぎはじめた。

「おう。おれだよ」映画スターの声が響きわたるエンジン音を押し退けた。「どこにいるんだ」

「船の上です」

「ここがどこだと思ってるんだ。船で逃げる先はもうないぜ」

「逃げるんじゃない。勝負に出るんですよ。桐郷映子から助けを求められて、行かない男はいないでしょう」

「勝負はどこだ。波止場か、キャバレーか」

「マンダリンクラブです。例のフィルムがオークションにかかるんです」

「源さんが君に渡したいものがあるって言うのさ。マンダリンクラブなら、やっこさんの部屋から遠くない。電話番号を教えてかまわないな」

「もちろんです。錠さんこそ、どこにいるんです？」

「阿城大廈《アルファビルディング》だよ。今日のところはレミー・コーションって呼んでくれ。これから最後のワンシュートだ」

「アリアーヌの出番は？」

「残ってるはずだ。さっき顔を見た」

「後で遊びに行ってもいいですか」

「撮影は仕事だ。遊びじゃねえ」

「失礼しました。そういう意味じゃなかったんです」

錠が小さく続けて舌打ちした。「おれにとっちゃ遊びさ。同じシュートでも、おれの本職は撮影《シュート》の方じゃないからな」

ロケセットに入れるよう手配しておくと言うと、日本一有名な殺し屋は別れも告げずに電話を切った。そのとき、大きな曳き波が船を揺らした。風が来て初めて潮が香った。音楽が熄んだ。

「こうでなくちゃ」私は独りごちた。

軽い衝撃。フェリーボートが桟橋に接舷した。

69

船着場から中環の町まで、埋め立て地に伸びた屋根付きの歩道橋を延々と歩かされた。

道筋、肌色の濃い娘たちがやたらと目だった。次第にそれが増えていった。食べ物と敷物を両手に抱えたフィリピン人、楽器や編み物を手にしたインドネシア人、——今日は日曜日だった。出稼ぎのハウスメイドが、主から与えられた個室とは名ばかりの物置から戸外にあふれ出て、公園に広場にアトリウムに、イタリア映画の菜の花のように群生しては宴を繰り広げる。メイド服こそ着ていないが、数で言ったら秋葉原など目ではない。

私は高らかな笑い声やさんざめくおしゃべりをかき分け、中環の最も古い広場を横断した。

市電通りを渡ると、人民元が紙屑ですらなかったころは銀行街のランドマークだったビルが、摩天楼の隙間からおずおず顔を覗かせた。

地上階と一階は香港の金融博物館だった。その上は中華銀行《セントラルバンク》の関連企業ばかりで、エレベータホールの案内板にマンダリンクラブの名は見当たらなかった。

「裏口から入るんです」

守衛が身形のいい老夫婦に教えるのが聞こえた。「一度外へ出て回っていただかないと——」

裏口というわけではなかった。小さく質素だったが、この町では珍しい玄関ポーチ付きの車回しがあり、これで辮髪をなびかせたら、いかにもベルトリッチの登場人物といった出で立ちのドアボーイが立っていた。

エレベータに乗り、蛇腹格子のドアを内側から閉じると、真鍮の鳥籠は勝手に動き出した。行く先ボタンはなく、ドアは手動なのに他のすべてはオートマチックだった。

降りたところは、三方の壁をバルコンと回り階段に飾られたアトリウムで、天蓋にはめ込まれたステンドグラスから降り注ぐ光の中、オークションの参加者が人だかりをつくっていた。

それを避け、クラブの受付カウンターまで行き、ヤカモトの名を伝えた。すると黒い詰め襟のスーツを着た娘がもの陰から近寄り、薄暗い廊下の果ての、さらに薄暗い読書室に私を案内した。

そばだつ本棚の先の先で、猫を抱いて眠るにはぴったりなソファの端から真っ白い口髭をたくわえた老人がピョンと腰を上げた。高山寺のカエルのようにガニマタで、そのくせ足が長く、シルクのドレスシャツに小紋のボウタイをきりっと締め上げ、鼈甲縁の眼鏡をかけていた。半纏みたいな生地と仕立てのジャケットにストーンウォッシュのジーンズ、——観光ガイドで一山あてた留学生崩れといった出で立ちだ。

「二村さんですね？　ヤカモトです」遠くから手をさしのべ、巨きな肘掛け椅子を勧めた。

私は丸一日以上連絡が取れなかったことを詫び、サングラスを取った。

「おやおや。どうされました？」

「夜っぴて猫を探していたんです」

豊かな白い髭が声をたてて笑った。「エリオット・グールドだね」

「あんなものと一緒にしないでください。やつが探したのは猫じゃない。猫の餌だ」

「じゃ、ジョージ・ペパードか。よほどの猫だったんでしょうなあ。――アニタ・エグバーグの白い子猫《キトン》、シガニー・ウィーバーのジョンジー。まさか入江たか子ということはあるまいが」

「ヤカモトさんは映画史がご専門ですか？」

「いやいや、下手の横好きです。――こりゃ失敬。忘れてた」彼は苦笑して内ポケットから名刺ホルダーを出した。「もともと本業などというものがあったのか、今となってはそれも怪しいものですがね」

　本業かどうかは判らないが、渡された名刺には英文で『日亜文化交流支援・ＮＰＯ法人ヤシダ代表』とあった。

　彼はテーブルに置かれていた大判の封筒を取り上げると、パンフレットを出して私に手渡した。

『ショウ＆オッペンハイム・ギャラリーズによるオークション　主催者・ドクター・オーランド・メンドーサ』と表紙にあった。

「金額のことを話されましたか？」私は目を上げて尋ねた。「フェラーリ一台は覚悟してると聞きましたが――」

「フェラーリ？　ああ、競りの予算ね。十五万ＵＳドルとおっしゃるもんで、それじゃ無理かもしれないと申し上げた。そうしたら倍の三十万と。――４５８のオプション無しなら買えますな。しかしＶ12には手が届かない」

「勝算はあるんですか」

彼は薄笑いを泛かべた。「さあ、どうでしょう。打黒《アーヘン》と汚職撲滅のおかげで、大陸じゃ行き場を失くした金がとぐろを巻いてるんです。美術品には、そんな金がどっと流れ込んでくるもんで」

「映画のフィルムにも？」

「何だっていいんですわ。ルドンだってラドンだって、大閘蟹に投資する向きもあるくらいだ」

私は音がたたないように鼻から息を吐き出し、もう一度パンフレットを手に取り、作品42の解説を探した。


『タイトルスーパー・無し、エンドロール・ダミー。パナビジョン、全九巻、一〇一分』


「昔の香港映画にしては長いですね」

「そう。それも揉めた一因だった。ゼロ号なのにタイトルが入ってないのも、多分会社と揉めてたからでしょう」

パンフレットにもタイトルはなかった。『導演・森富拿（桐郷寅人）』とあるだけで、他のスタッフも表記されていない。

キャストは六人、名が連なり、半分は日本の俳優だった。「内田良平と青木義朗が出ているのか」

「ええ。そうみたいです。当時の香港にゃ渋い悪役が足らなかったから――」

「川地民夫は？　日本人では最初に名が出ているけど」

「主人公の相棒ですわ。組織との連絡係。日本から高飛びしてきたヤクザ者って役柄だったような、――。ま、何はともあれ、川地がどこかに顔を出さないと桐郷作品じゃないからなあ」

言い終える前に、私の体が椅子から浮き上がった。「ご覧になったことがあるんですか！」

「いやいや、それが見ちゃいないんですわ」広い額にさざ波が立った。「ちょうどそのころ、私、桐郷監督の仕事のお手伝いをしていましてね。企画にもかかわったし、準備稿の翻訳もさせていただきました。だのに、――撮入り直前に辞めてしまって」

「それでもシナリオは読んだ？」

彼は体全体で頷いた。「ですから準備稿を。撮入りまでにずいぶん変わったと聞いています」

「そんな適任者が近くにいたのに、いったい何だってぼくなんかに頼ったんだろう」

「いや、私が親しくしてるのは、映子さんの事務所の社長なんです。小高と言いましてね、あのころ、日活の制作部にいたんですよ。監督が亡くなった経緯はご存知ですか？」彼はほんの一瞬息をついて続けた。「あのとき彼が真っ先に飛んできて、実際、私と二人きりで後始末に当たったようなもんですわ。ご遺体の搬送や遺品の整理、マスコミ対策。それ以来のつきあいです。戦友と言うか、――甲子園でボロ負けしたバッテリーみたいな感じかね」

「よく分からないな。高校野球には昔から興味がない」

彼は頷いた。私が言ったことに頷いたわけではなかった。「小高としては女優の気まぐれぐらいに思ってたようです。しかし、いよいよ大金をドブに捨てるかもしれないとなって仕方なし、私を映子さんに紹介したんでしょう」

「監督が亡くなられたときは、ゴールデンハーベストの別の部署に？」

「いや。私、社員だったわけじゃないんです。監督個人の通訳、――助手ってところですか。――広東語を文書に起こしたり、シナリオを翻訳したり。――それが突然、金融関係の企業からヘッドハンティングされちゃって。もともと腰掛けのアルバイトです。正社員にと言われちゃ断れなかった」ヤカモトは顔を上げ、目を本棚の方へふわりと飛ばした。「亡くなられたときは、休暇をとってお手伝いしたんですが。まあ、そんなの言い訳にもなりゃせんなあ」

言葉を休め、ちょっと大きな咳払いをくれると、ヴァージニア・ウルフとアントニー・バージェスの全集本の隙間から繻子のメスジャケットを着た清朝官吏が現れた。

「ガス入りのミネラルにライムの厚切りを。おたくも何か飲まれませんか」

「じゃ、ぼくにはマティーニを」

ヤカモトが、少々非難がましい目で私を見た。僅かな間、書物に埋もれた部屋に沈黙が戻った。

「言い訳というと?」私の声がそれを破った。「監督の元を離れたとき、何かあったんですか」

「いやいや。そういうことでなく。――監督があのシャシンを思いついたとき、なぜちゃんと伝えなかったかと。これを続けたらヤバいことになりますよと、――」

「実録ブームの便乗企画だったんじゃなかったんですか」

「よくご存知で。――たしかに最初はそのとおり。しかしちゃんとした作家は、そのままじゃ動き出せない。自分を動かすエンジンを見つけないと。たとえ自転車を押しつけられても、ついついモナコGPを走ろうとするもんなんですわ。それで――」彼は不意に黙った。私から目を逸らした。

「コースアウトした自転車で虎の尻尾を轢いたとでも?」私は一秒待ってから尋ねた。「錠王牌という実在の殺し屋をモデルにしたと聞きましたが」

「いや、まあ、いろいろと、——。忘れてください」

ジョージ・バーナード・ショーの陰で衣擦れがした。例のボーイが盆を捧げて現れた。本に取り囲まれて飲むマティーニは妙な味がした。いくら目を走らせても、イアン・フレミングもキングズリー・エイミスも見つからなかった。

私はテーブルから再びパンフレットを取り上げ、ページを繰った。「これだけ日本の役者を呼び寄せたのに、なぜ宍戸錠を主人公にキャスティングしなかったんだろう」

「そりゃもう、——香港映画ですもん。こっちのスターを使わないと、金は動かない」

「どれが主役です?」彼の方にパンフレットを広げた。「聞いたことがない名前ばかりだ」

「いやいや、たしかに。こっちサイドのキャストで名があるのはラム・チェンインだけです」

「錠王牌をモデルにしたからじゃないんですか。だから名のある役者を使えなかった」

酒の氷が溶けてグラスを鳴らすように、彼は口の中で小さな音を弾かせ、また目を逸らせた。

「ネタ元がいたと聞きました。その殺し屋の噂を監督に吹き込んだ男です。マニラから流れてきたチンピラだと両場さんは言ってたが」

「両場? カメラマンの両場さんですか」

「ご存じでしょう?」

「そりゃあもう。あれだけの名人ですから。——一、二度お会いしたかなあ。しかし、あちらとは会社が違ったもんで」

「ネタ元はどうです?」

「知ってるっちゃあ知ってるが、——直接会ったのは二度か三度。両場さんもそうだが、日本人相手に広東語の通訳は必要ないですからねえ」

「日本人？」私の顎が左右に振れた。「日本人だったんですか」

「そう。マニラから流れてきたって、――おかしなやつでねえ。〝流れ者には女はいらない。歯ブラシがあればそれだけでいい〟なんて、そんな口を叩くんだ。ジョニー・ギターじゃあるまいし。監督、それをまんま台詞に使うんだから、どっちもどっちですわ。――本当にもう、いろんな人種が出入りしてました。あの時代、撮影所が人を引きつけていたのは決して金だけじゃないからなあ」

「名前はどうです？　覚えてませんか」

彼は眉間にしわを溜め、小刻みに頷いた。「五郎。――そう、杉浦五郎だったかなあ」

「その男が作家のエンジンになった？　錠王牌について何か特別な情報を持ってきたんですか」

彼は不意に目を泳がせた。そのまま本棚へ彷徨い、ヘンリー・フィールディングの上を滑ると、やがてジョセフ・コンラッドの『闇の奥』に止まった。その先にはグレアム・グリーンがずらっと並んで闇を埋めていた。

「杉浦が格別の何かを知ってたってことではありません。いざ下調べをはじめてみると、新聞や雑誌が書いてるようなことばかりでね。ただ、語り口が面白いんですわ。本当か嘘か分からないが、映画になりそうな小ネタが次々出てくる。自動車の中で人を撃つときは窓を開けて速度を上げるんだなんて、シレッとした顔で言い出すんだ。そうしないと鼓膜が破れる。速く走っていれば銃声は散ってしまうから気にしなくていいとか、――これも監督、準備稿で使ってました」

ヤカモトはまた黙り、息を大きく吐きながら目でグレアム・グリーンを撫で回した。

「まあ、いいのかな、おたくに話すのも。近ごろよく思うんですわ。一度は映子さんのお耳に入れとくべきじゃないかって――」ぼんやりと、しかし私を焦らすように間を取り、『拳銃貸します』か『密使』のどちらかに向かって頷いた。「二村さん。おたくの言うとおり、監督は当初、宍戸錠を主役にはめようとしてました。エースのジョーに王牌の錠を演じさせるんだって、自分の洒落に自分で熱中してた。日本公開用のタイトルまで考えていて、――今でも覚えてますよ。〝J・O・E／殺しのエクリチュール〟っていうんだ」

「惜しいことをしましたね」

「そうね。私も見たかった。しかしそんな洒落、香港映画に通用するわけがない。即却下です」

「それで？」私は拳ひとつ分、彼の方へ身を乗り出した。「そんなことじゃないんでしょう？　映子さんに伝えたいというのは」

「うん」と唸ったが、頷いたわけではなかった。「あのシャシンはね、二村さん、実際の黒社会の抗争や暗殺事件を描いたものなんです。たとえば日活の無頼シリーズね、あれは実在のヤクザの自伝を元にしてるんだが、所詮若かったころの思い出話、十年以上前のことだし、関係者も多くない。それがこっちは現在、たった今起こってることを描こうって言うんです。それも香港を二分する勢力の争いを。――日本のヤクザと黒社会は本質的に違う。監督はそこが分かってないようだった。不味いなと思ったけど、そのころの私は杉浦とどっこいの若造だもの、口幅ったくて言い出せたもんじゃない」彼は黙った。今度は長かった。

私が先に口を開いた。そうしないと、本棚をかき分けて次の一杯を頼んでしまいそうだった。

「あの映画のクランクアップ直前に桐郷監督が例の殺し屋の大仕事を見に行ったという話は聞いて

いませんか。多分、その杉浦って男の手引きだと思うんですが」

「私は聞いてません。そのころはもうシンガポールの会社に勤めてましたから。しかし、考えられないことじゃないですな。あのときの監督ならやりかねない。何しろ、すっかりのめり込んでいて、何故だろう？　今でも不思議なんだが、尋常な入れ込みようじゃなかった」

「桐郷監督は自転車で、モナコじゃなく地雷源に突っ込んだ。あの作品そのものが、黒社会の逆鱗に触れたってお考えなんですね。そのせいで上映されることもなく、ネガは倉庫と一緒に消えてなくなった。監督を殺したのもひったくりなんかじゃなかったと」

彼は眼鏡を取り、レンズを見下ろして息を吐いた。ハンカチを出したが眼鏡を磨こうとはしなかった。「可能性です。ただの可能性。ひったくりが町中で拳銃を撃つなんて聞いたことがないし」

「しかも特殊な銃弾だった。五・四四ミリ。錠王牌が護身用に持ち歩いていた拳銃と同じ口径だ」

彼は眼鏡を戻し、顔を上げた。目がエリー・フォールの『美術史・第四巻』に止まった。「ねえ、二村さん。一本の映画が出来上がって上映されるまで、その裏側じゃ金が台風の後の川のように濁流するんですわ。甘粕正彦みたいな人物が、満州で映画会社の理事長に収まっていたのもそれが理由だ。日本の特務機関に流れた怪しげな金の何割かは、満映撮影所でひねり出されたものだと聞いてます。ヤクザもいれば特務もいる。共産党の密偵も本土の犯罪者も潜り込んでくる。そんな場所が監督のプロとしての出自です。金と思惑が四六時中ぶつかり合ってる。東と西、左と右みたいな単純な対立じゃない。誰もが敵で誰もが味方、時によって場所によってころころ変わる。あのころのハンマーヒルも同じようなもんですわ。そこを承知で、監督は爆竹を投げ込んだんだ」

「それで？　映子さんには何をどう伝えればいいんです」

「上手く言えないが、彼女のお父上は何かにとてものめり込んでいた。誰にも止められなかったんです。この機会に、それをお知らせしといた方がいいかなと、ね。――どれだけ危険か分かっていたはずです。それでも、何故だろう。殺し屋の映画なんかに没頭し過ぎたんですわ」

「没頭していたのは、そんなものにじゃなかったんでしょう」

「どういう意味です？」

「自分で言ったはずですよ。撮影所がひねり出してたのは金だけじゃないって」

彼が口を開き、何かを言う前に私の内ポケットで電話が震えだした。

私は詫びを言って懐をのぞき込んだ。

70

液晶には『S1B』の文字が賑やかに明滅していた。切ろうとすると指が滑り、繋がってしまった。

ヤカモトに断り、光の来る方向へ本棚を早足で巡って行った。

突き当たりのフランス窓から外のテラスに出るより早く、私の手の中で捜《S》1のボスが喚きはじめた。「――おい。聞こえてるのか、二村！」

「聞こえてますよ」私は後ろ手にフランス窓を閉め、外のテラスを手摺へ歩いた。

「大声を出さないでください。海辺の防災無線じゃないんだから」

「礼を言えとは言わん。しかし礼儀知らずにもほどがある」

「メールのことですね。大いに役に立ちました。明るい内から一杯やりたくなったほどだ」

「おまえ、昨日言ってたな？　あれ、——親切な将校さんってえのはいったい何だ」

「楊三元の店の二階から写真と新聞のコピーが押収されてる。あの写真ですよ。写ってる子供は珠田真理亜と兄の定俳です」

「そんなことは分かってる！　問題は後ろの八路軍だ」

「その当時、兄妹に何くれとなく親切にしてくれた将校さんだそうです。珠田真理亜から聞いてないんですか？」


　課長の奥歯がカチッと鳴った。「混ぜ返すな！　そいつがどう関係してるか聞いてるんだ」

「榎木圭介の殺害を目撃したとき、珠田真理亜はこう叫んだ。〝チェン司令官、もうやめてくれ〟——福星の本名はシン・フイオン、了承の承と書くんです。普通話ならチェンだ」

　伜の部屋のゴミ箱から0点の試験答案を見つけた父親みたいに、課長は溜め息をこぼした。「じゃ何か。自分の身の上に降りかかった災難を、かつて承司令と呼ばれていた男に始末させようとした。つまりだ、——あんな婆様が香港で一、二を争う大物に、けち臭い恐喝犯を掃除させたってことか。え？　おまえが言いたいのはそういうことか！」

「あのとき目の前にいたのは大耳朶《ダーエアドオ》です。本名は英《イン》、チェンじゃない。そこに居ない誰かに哀願したんですよ。だったら拳銃を持った掃除夫を送ってよこした誰かにだ」

　かすかな唸り声が聞こえた。それを小鳥のさえずりが掻き消した。

　小鳥ではなかった。眼下の広場を埋めつくした娘たちのおしゃべりを、風が運んできたのだ。

大半が同じようなスカーフをしたハウスメイドだった。こんなふうにスカーフで頭を隠すのは、数寄屋橋の岸恵子とインドネシアのムスリムしかいない。そこは、彼女たちの縄張りなのだろう。

「乱暴な見立だ」課長の声が耳に戻ってきた。「そんなもの、帳場じゃ通らねえ」

「昨日また大耳朶に会ったんです。福星の娘の家でね。やつはツィの奥方のことを〝お嬢さん〟と呼んでいた」

課長が喉と胸の間で唸った。「もしそれが図星なら、珠田真理亜に桜田門があぁまで入れ込んでいたのも不思議じゃないな」

「警視庁の組対は、初手から彼女と福星の関係を把握してたんですか」

「そう考えりゃ、やつらが大勢であの婆様を外張りしていた理由も判ろうってもんだ。――ああ、そうだ。珠田琉璃の勤め先が分かったぞ」

「それも連中から？」

課長は聞こえないふりをした。「香港企業の深圳支店ってことなんだが、電話はまったく通じない。何の会社かも分からない。ただ、その本社ってやつがおかしなことに――」

「港灣十三號と住所が同じなんでしょう？」

軽い咳払い。紙束がガサゴソ音をたてた。相変わらずデスクの上には書類しか載せていないのだろう。「じゃあおまえ、南海ビーコンファイアーズのことは当然知ってるな？」

「企業なんかじゃありませんよ。福星がオーナーをしているクリケットチームだ」

「クリケット？――何かの隠語か」

「スポーツです。大英帝国のボールゲーム。行きがかりで彼らの試合に参加しました」

「ボールを使うのか。それとも石ころか」

「どっちとも言えない。その中間だ」

課長が鼻から息を吐いた。「おまえ、また何か隠しているな。いい加減にしないと――」

「大したことじゃない。賭け試合だったんです。それも掛け金は金の延べ板です。バレたら二度とプロの入団テストを受けられない」

「バカ！　おまえ、今年幾つになる」

「どれほどバカな夢でも、夢は捨てちゃいけないんです。百万本の映画が百万回繰り返し教えている。映画のいいところは、そこだけだ。何しろ、人生は夢と同じものからできてるそうだから」

「何言ってやがる。そっちで陽明学にでもかぶれたか」

足下のさんざめきが、ざわめきに変わりつつあった。スカーフの波が徐々に引きはじめた。ゴミを袋に詰める者、シートやござを畳む者、週に一度の宴は終わろうとしていた。

「ビーコンファイアーズの深圳支店ね！」鼻で笑ってやってもよかったが、胸のあたりにつかえた何かがそれを邪魔した。「母親だけじゃない。隣の将校さんは娘にも親切にしてるのか」

「待て、二村！　珠田真理亜に黒社会の金が定期的に流れている。それは分かった。おまえ、それが何の報酬なのか、もう分かってるのか！」

「彼女は福星と直接接点を持ってるんです。たとえどんな仕事だろうと、年取ったあんなご婦人と香港一、二の大物が直取引すると思いますか。金は報酬なんかじゃない」

「じゃなんだ？」

「遠い想い出の対価でしょう」

「やめてくれ。バカバカしい。満州で貧乏していたとき、かけそばを一杯恵まれたなんて言うんじゃねえだろうな」

「珠田竜也が香港の貸し金庫に写真を預けていたんです。幼い女の子と背広姿の四十がらみの男が写っている。楊三元が隠し持ってたのと同じ、中国の写真館で撮られた古い紙焼きです。しかし背景が違う。時代も三十年は新しい。背広の男と親切な将校さんは明らかに別人だ。でもね、女の子は似てるんです。珠田真理亜と、ことに目元が」

「それはつまり、あれか――」

「叔母と姪なら似ていて当然でしょう。もしそうなら、一緒に写ってるのは琉璃の実の父親、真理亜の兄貴である可能性が高い」

「そんなことより、おまえ、どうやって他人の貸し金庫を――」

「楊の店から出てきた古新聞のコピー、どれも錠王牌という殺し屋に関する記事だった。珠田真理亜の兄貴は王って映画館主に貰われていってますね。養父の姓を名乗ったなら王定俳。字を置き換えると定王俳。錠王牌とまったく音が同じなんです」

「待ちなさい」課長の声が穏やかに割り込んだ。「言っとる意味がよく分からんのだがね」

「アナグラムですよ。漢字のアナグラム。もし錠王牌が王定俳なら、隣の将校さんが妹や娘に親切にしているのも、今になってフィルムをどうこうしようというのも説明がつく」

「さあ、それはいかがなものか。フィルムというのは桐郷さんが探してる映画のことかな？」

「その映画というのが錠王牌をモデルにした実録ものなんです」

「まさか、それと一連の事件と何か関連があると考えてるんじゃあるまいね」

「隣の将校さんだって中国人ですよ。費用対効果には厳しいはずだ。いくら感傷的になっても、ただの親切心で四人も殺さない。動機はどれもフィルムなんです。しかし、モーションピクチャーは今どきフィルムだけじゃない」

沈黙があった。その後ろに人の気配が湧いて出た。内線電話が鳴り、足音が乱れた。

「なぜ今まで黙ってた！」口調が元に戻っていた。「まだ何か隠してんだろう」

「ぼくは桐郷映子さんに請われて来ているんです。捜査本部には何の義理もない。真っ先にすべきなのは、珠田竜也を探して桐郷監督の遺作を手に入れることだ」

長い沈黙。誰かが何かをささやき、紙片が薄焼きせんべいのような音をたてた。課長がささやき返した。「もういい。好きにしろ。その先は帰ってからゆっくり聞く」

「桟橋で釣りでもしながら？」

「飯ぐらいちゃんと奢ってやる」

「三和樓の排骨会飯と海南飯店の咸魚肉餅で手を打ちます」

「おまえ、――そっちでいったい何食ってんだ！」

「こっちにはこっちの事情がある」

「事情もへったくれもあるか。こっちの事件はたった今終わった。被疑者死亡で幕、あとは店じまいの算段だけだ」

「大耳朶ですか？」

「ああ、死体で発見された。事件性が高いようだが、それはこっちと関係ない」

「なるほど。香港のお友達もなかなか親切じゃないですか。現着してすぐメールをくれるなんて」

「現着って――」課長がさらに喚こうとしたとき私の背後でフランス窓が開き、ヤカモトが顔を覗かせた。目で私を屋内に誘った。

読書室からはオークションの開始を伝えるアナウンスがかすかに聞こえていた。

71

ウェディングドレスの引き裾《トレーン》のように広がる回り階段をアトリウムへ下っていくと、エントランスホールには、映画の小道具持ち道具がそれぞれ金鎖に取り囲まれ、展示されているのが見渡せた。

一番大きなブラフ・シューペリア製のモーターサイクル〝ジョージ号〟からジェリー・ルイスを乗せてシャーマンオークスの坂道を駆け下ったストレッチャー、さらに誰かさんが酸性雨で駄目にしてしまった熱線銃《ブラスター》やらナタリー・ウッドが緞帳の隙間から投げ捨てたブラジャーやら、果てはパット・モリタが飛んでいるハエを摘まみ取った箸までもがスポットライトを浴び、人だかりを十重二十重にしていた。

その混雑を、鰐に追われるジョニー・ワイズミュラーよろしく掻き分けて行った先に『ショウ&オッペンハイム・ギャラリーズ』のネームプレートを胸に止めたスーツ姿の女が二人、待ち構えていて、ヤカモトが用意した封書をクリップ付きのパドルと交換してくれた。

三百人の立食パーティーができるボウルルームには、チッペンデールふうの木の椅子がほぼ隙間なく並べられ、すでにその半分がオークションの参加者で埋まっていた。

窓はカーテンに覆われ、灯は雷文に取り囲まれた折り上げのある格天井をぼんやり照らすだけで、客席は薄暗かった。

それでも、チャーリー・ンがいることにはすぐ気づいた。右手にティーカップ、左手にソーサーを掲げ、しかもパドルをリボンに挟んだ帽子をかぶったまま、我々が陣取った席の数列前を横切ったのだ。

その後に、スーツを着た中国人が二人続いた。しわひとつない新品だが、二人とも体に合わず、おまけにネクタイは曲がっていた。

「すぐ戻ります」ヤカモトに言って、私は腰を上げた。

壁際の通路は、まだ席を決めていない参加者で混み合っていた。

額を寄せ合い談笑する老人たちを掻き分け、チャーリー・ンの背中に声をかけようとしたとき、丸い膝小僧が、私の二の腕をひんやり撫でた。

「驚きね」知った声が降ってきた。「こんなところであなたに会うなんて」

アリアーヌ・ヤウは、壁から突き出た暖炉の炉棚に尻を乗せ、高々と脚を組んでいた。だぶだぶのシルクニットのセーターに七分丈のマタドールパンツ、靴は踵のない中国風パンプスだった。

「巡り合わせだなんて言わないでちょうだい」

「そうだな。宝くじでも買ってみよう。運が良いのか悪いのかはっきりするさ」私は抱き石に寄り掛かって彼女を見上げた。「服はどうしたんだ。ドレスコードがあるって聞いてたが」

「楽屋で脱いだのよ。景気づけに主催者から招かれたの。契約は正装でレッドカーペットを歩くだけ。今はもう仕事じゃないの」アリアーヌは肩をすくめた。セーターの襟ぐりから鎖骨がのぞけ、白く光った。「手を貸してくれない、二村さん。ここから降りたいわ」

「その前に、どうやってそこへ上ったか教えてほしいな」

「決まってるでしょ。——ジャンプカット」

言うなり、いきなり飛び下りてきた。それを危うく抱き留めた。

「あなた、いくらであれを買うの。百万香港ドル？　それとも二百万？」耳に息がかかった。

「さあね。少なくともぼくは、その百分の一も持っていない」私はそっと体を離した。

「お夕食には充分なご予算ね。香港で九番目に安いリストランテを知ってるわ。ボンバーナのお店。ここからピンヒールで歩ける距離」

「君には嫌われていると思っていた」

「意外ね。あなたが私を好きじゃないと思っていたわ。——そうじゃないの？」

「まさか。たとえ後ろから百回殴られても君を嫌いになる男はいないよ」

「何か含むところがあるのね」

「思ったことを言ったまでだ。三度会って三度殴られた」

「あら。計算が合わないわ」

「君は目で殴る。そっちの方が痛い」

「ドライブをしたわね。楽しかったわ」

「ドライブ？　屋根のない車を使って脅されたのかと思っていた」

大きな目が私を射すくめた。

するとステージに灯が入り、木槌の乗った演台が、スポットライトに浮かび上がった。ホリゾントに二百インチ近い透過スクリーンが降りてきて、付け歯に壜底眼鏡、ちょっと猫背で拳銃を構えるピーター・ローレを映し出した。

彼の拳銃が火を吐くと目まぐるしくカットが代わり、無数の探偵や怪盗が浮かんでは消えた。サミュエル・ホイの〝悪漢探偵〟からジョニー・トーの〝神探〟〝盲探〟、さらにオキサイド&ダニー・パン兄弟の〝極限探偵〟まで。おかしなことにワンカット、宍戸錠演じる潜入探偵が混じっていて、ひと声歌い、チャールストンを踊った。

「ボンバーナの店でお会いしましょう」冷やかな声が私を振り向かせた。「でもゆっくりはできないの。お酒も駄目。阿城大厦で撮影があるのよ」

長い睫毛が羽ばたくと、私は彼女の前からいなくなった。そうなったらもう、たとえどこにいてもフレームアウトしたのと同じだった。

ブラックスーツの振り手《オークショナー》が壇上に上った。彼はタウンゼントと名乗り、会場を提供したマンダリンクラブの理事の名をひとりひとり呼び上げ、感謝した。

私が席に戻ると、『ロットナンバー1』のアニメーション文字がスクリーンに躍り、中世の首斬り役人が被るような黒覆面がふたつ、映し出された。

陳寶珠という女優が、一九六〇年代に〝黑玫瑰《ブラックローズ》〟と〝女賊黑野貓《ブラックアレイキャット》〟という映画で被った覆面だと進行役がアナウンスして、それぞれの覆面を被ったふたつのマネキンの首が舞台中央に運ばれた。

「一九六〇年代のアイドルですわ」ヤカモトが熱っぽい声で言った。「陳寶珠《コニー・チャン》の女賊ものは大人気でね、本当に被ったものなら、こりゃ高値がつく」

前触れもなく、振り手がオークションのスタート金額を発句した。

「驚いたな」私は音にせず唸った。「殿様商売とはこのことだ。味見もしないで中国人が値をつけてくれるなんて」

「いやいや。そんな、――」彼は苦笑して顔を近づけてきた。「一昨日昨日と、ここで内覧会があったんです。そりゃもう春節前の切符売り場みたいな騒ぎだったそうですわ」

「何で教えてくれなかったんです。そんなに簡単に現物が見られたんなら――」

「いやいやいや。だったら無理にでもお呼びしてます。作品42は別格。内覧会になんか出しゃしません。今日、競りの前にジョニー・トーに編集させた予告編を上映することになってたんですがね、どこかから横やりが入って、それも吹っ飛んだそうですわ」

「横やり？――どこからです」

「そりゃまあ、声の大きなどこかでしょうな。制作当初から一枚噛んでたか、それとも権利が転々としたか、この映画についてうるさいことが言えるどこかとしか言いようもない。イギリスの名門オークションハウスが金をかけてこしらえた予告編、――というよりダイジェストですよ。正味十二分もあるんだ。それをお蔵に放っぽり込むんだから、そりゃそれなりのどこかでないと」

「黒社会にしかできない芸当ですね」

「それは飛躍しすぎだわ」眼鏡が動くほど眉をひそめた。「オークションそのものに横やり入れたっていうなら分かりますがね。そもそも連中なら直接出品者を脅すなりすかすなり――」

木槌が鋭くヤカモトを遮った。女賊の黒覆面は、マイケル・ジャクソンのビーズの片手袋とほぼ同じ額で、太った猪首の中国人の手に落ちた様子だ。

「朱《ズー》さんをご存知なんですか」二番目の競売品が紹介されるのを待って私は尋ねた。

「朱って、それが出品者？　いやあ、知りません。その人に何かあったんですか」

「一昨日、盗みに入られたようです。コレクションの倉庫が荒らされたんだ」

「それはそれは、――しかし一昨日ならもうフィルムはオークションハウスの金庫です。おたくの言うようにあっちの筋の仕業なら、まずそんなドジは踏まんでしょう」

「たしかに不思議な話だ」言いながら、私の目はチャーリー・ンを探していた。

彼はもう帽子を被っていなかった。耳許で翡翠のイヤリングが落ち着きなく揺れるのが見えた。

「ほんの一カットでも、あの映画を人目に晒したくなかった。案外そんなところかもしれない」私は言った。「組織の利益かお偉方の面子か知らないが、あの映画にそれを脅かすのっぴきならない何かが映り込んでいたとしたら――」

「何かって何です。鄧小平とエリザベス女王がこっそり雀卓囲んでるとか？」

「さっき言ったでしょう。監督は撮了の前に現場へ行ったんです。実在の殺し屋の大仕事の現場にね」私は小さく頭を横に振った。「あの映画で彼が虎の尾を踏んだんじゃないかと恐れていたのはぼくじゃない、あなたの方だ。桐郷監督がそこへカメラを伴って行ったらどうだろう。そのドキュメンタリーの切れ端を本編にコラージュしたら？」

「モンタージュ！」強い口調で遮った。「それを言うならモンタージュですわ」

「ゼロ号試写の後、何者かに映画は封印され、一カ月もせずに監督は射殺された。ゲルニカ五・四四ミリ。錠王牌が使っていた拳銃だ」

ヤカモトはすでに赤くなっている下唇をさらに咬み、何とか言葉を継ごうと眉間で思案した。

いきなりそこから力が失われた。彼はステージに向き直った。すべてを忘れる方法を思いついたのかもしれない。ただのジャンプカットだったのかもしれない。

ロットナンバー8が競り落とされるまで沈黙を続けた。

どれも女盗賊ものの小道具で、最後が〝飛鷹／シルバーホーク〟だった。それはミシェル――あの懐かしい――ヨーの力業を世界の記憶にとどめるためにだけ作られた映画で、彼女の露滴る仮面は、たとえ白金製だったとしてもあり得ないような金額で、鼻先の火照った色黒の中国人青年に競り落とされた。

「太子党のオタク系ってとこですな」ヤカモトがやっと口を開いた。

ヨーの真実を隠した被りものが百万香港ドルを越えたとき、私の目の隅で何かが動いた。

チャーリー・ンの耳たぶの翡翠だった。彼は頭を振り、もう隠そうともせず会場に誰かを探した。

アリアーヌもステージを見ていなかった。競り合っている三人の客も眼中になかった。ぼんやりと何かを待っている様子だった。

ロットナンバー9から先は銃器だった。

マッチ棒をくわえていたチョウ・ユンファのT75式自動手槍が四丁、ステージに並んだ。一丁はまだ銃口に泥が付いていると言って、司会者が笑いを取った。

その次も、チョウ・ユンファだった。彼がアメリカで雨とばかりに弾丸をばらまいたベレッタM29とヘックラ&コッホUSP。出家した彼が両手で撃ちまくった二丁のデザートイーグル、そしてつい数年前、シャンハイの雨に嗚咽したGIコルトが一丁、立て続けに登場し、そのすべてが、足せばザンガロ国軍を丸ごと買い取れそうな金額で競り落とされた。

銃火器がひと通り終わると、今度はマニア秘蔵の逸品というやつが続いた。二〇〇三年四月一日、レスリー・チャンがマンダリンオリエンタルの例の部屋に残した次回作の脚本（自筆の書き込み入り）から、一九八五年の九月から十一月にかけて李連杰《リーリンチェイ》の骨折を保護していたギプス（黄秋燕《ホアンチューイエン》の自筆メッセージあり）まで、都合二十一点が感嘆や歓声を受けて登場し、溜息と拍手に送られて幸運なマニアの手に渡った。

最後に、ウォン・カーウァイが〝恋する惑星〟の素案を走り書きしたままシャングリ・ラ・ホテルのライティングビューロウに置き忘れた四枚の紙きれが、四百枚の千香港ドル紙幣と交換されると、ステージの照明がフェイドアウトした。

72

『黒色影片』

スクリーンにメタリックな文字が刻まれた。

「森富拿《センフナー》！」アナウンスが、桐郷寅人の港人名を高らかに告げた。「彗星のように現れ、彗星のように去った映画作家。カラヴァッジオのように現実を写し取ろうとしながら、逆に現実にからめ捕られ、旅先で非業の死を遂げた人物が残した最後の作品！」

「全九巻のポジフィルム。ネガは失われています」ミスタ・タウンゼントが引き取った。「ゼロ号試写が行われた後、一度たりとも上映されたという記録はございません。ハンマーヒルの不幸な事故ですべてが失われたことになっていた幻の映画。――オークションに先立ち、本日は出品者のご好意で特別に九分間のダイジェストをご覧に供します」

「前宣伝では十二分だったんでしょう？」私はヤカモトに囁いた。

「三分カットしたってことですかね。でも差し止めはしなかった。――さて、私にゃよく分かりませんが」

「その三分間に何が写ってたんだろう」

「もう言いましたよ。分からないって」

客席がすっと静まり返った。何かの気配が時間を止めたのだ。

チャーリー・ンの肩にもストップモーションがかかった。

アリアーヌがこっちに顔を向け、目を見開いていた。

私は振り返った。背後のドアが開き、上背のしっかりした男が二人、入ってくるところだった。それを露払いのようにして車椅子が現れた。座っているのはビーコンファイアーズのオーナー監督、押しているのは前回と同じプラチナブロンドの女だった。今日は中環の外資系企業に勤めるビジネスウーマンのようなスーツを着ている。しかしスカートは短く、下半身にぴったりしすぎていた。

誰も彼もがその一行に道を開けた。中には椅子をずらす者までいた。彼らは会場の後方に止まったが、おかげでスクリーンを見るのに不自由はなかった。

「もちろん！」気を取り直すように、ミスタ・タウンゼントが声を張った。「これは競売が終わり次第消去します。フィルムの唯一性が損なわれるようなことは決してございません」

客席で失笑が沸いた。

ヤカモトも白い歯を見せた。「デジタルコピーじゃひとつも千も同じですわ」

ステージが暗転、スクリーンが瞬くと、何の前触れもなく月夜の雑木林が映し出された。

カメラがゆっくり前進移動して月明かりの下に出た。いきなり視界が拓けた。すぐそこは断崖で、眼下の夜に香港と九龍のビル街が、ネオンと窓明りを瞬かせて広がっていた。

背広姿の男が二人、カメラを追い越した。二人とも煙草を喫っていた。喫うたびに種火が光り、相貌を夜に刻み上げた。

背の低い男が崖っぷちの立ち木まで歩き、水ヨーヨーを枝に吊るすとゴムを引っ張って揺らした。

「買う前に、正札通りの腕前かどうか見せてくれ」台詞は広東語だが英語の字幕がついていた。

もうひとりが鼻で笑い、横顔を向けた。調布育ちの殺し屋にどこか似ていた。頬を膨らませる前の、つまり殺し屋になる前の彼に。

指先から火花が散った。煙草を弾き捨てたのだ。すると同じ手の中に小さな拳銃が現れた。ゲルニカだった。グリップは螺鈿細工、スライドには雲龍模様の彫金。女優の手がハンドバッグから取り出すにはもってこいだが、彼の手には純銀の睫毛カーラーほど不釣り合いに見えた。

不意に引き金を引いた。手が火の玉に包まれた。長く尾を引く銃声。

ヨーヨーが落ちた。ゴム紐が切られたのではない。吊るした枝が根こそぎ吹っ飛んだのだ。

「炸裂弾《エクスプローダー》」男は籠もった声で呟いた。「小さな爆弾ってところさ。おれは確実な仕事しかしない」

背の低い方はもの悲しそうに目を細めた。「あんないい枝振りの木を探すのは大変なんですよ」

男は笑い、指を立て、舌を打った。ゲルニカのような極小口径に炸裂などあるはずもないが、そんな事実は舌打ち三つで帳消しだった。

「狄龍《ティロン》だ！」ヤカモトの声がぱっと明らんだ。「ほら、あの殺し屋、ティ・ロンですよ。ヅラと化粧で顔を造りこんでるけど間違いない。口の中に何か入れているんですかね、いつかのマーロン・ブランドみたいに」

「それほどの大物だったら、何で名前が出ないんだろう」

顎にしわを溜め、彼は唸るのを堪えた。その間にもスクリーンの殺し屋は、跑馬地競馬場の貴賓席に座る三合會大幹部をアドバルーンに吊り下がったまま狙撃しようと準備を着々、整えていった。

「考えてみりゃ、このころティ・ロンはまだショウブラザースの専属だ――」

「いつごろゴールデンハーベストに引き抜かれたんです？」

ヤカモトは頭を小さく横に振った。「香港映画から消えたんですわ。まるで逃げるみたいに台湾へ行っちまって、――ほら、ジョン・ウーとほとんど一緒の頃。ツイ・ハークに救われて、例のシャシンで復活するまで、二人揃って台湾でヒマしてた」

「どこかに干されたってことは？」

「噂はいろいろあったみたいですがね。移籍するだの、しないだのって」

鋭く短く小さな罵声が響いた。スクリーンでは、主人公ともうひとりが、同時に互いに銃口を突きつけたまま、凍りついたところだった。メキシカンスタンドオフ、今や定石になったガンプレイだ。

「すごい」ヤカモトが唸った。「ジョン・ウーを五年、先取りしてる」

「そうかな？　宍戸錠と赤木圭一郎はこの二十年以上前にやってたが」

彼はなぜか言葉を飲んだ。次に口を開くまで、シーンが三度変わり、主人公は四人撃ち殺した。

「おたく、桐郷監督をどう思います？」

「さあ、何とも言えないな。日活時代の作品を数本見ただけだから。しかし、好き嫌いで言えば世間の評価は不当だと思いますね」

「好き嫌いでいいんです。それが一番ですわ。監督はねえ、良くも悪くも一九二〇年代、モンパルナスの芸術家の一人だった。それがすべてです。満映も日活も、何をしてるときもその延長、――」荒っぽく繋いだダイジェストの、それがナレーションであるかのように、彼は淀みなくしゃべり続けた。「売り物のフラッシュバックだってアベル・ガンスのいただきだし、よくやるローアングル長回しにもオリジナリティはない。だいたい技巧に一貫性がないんだ。しかし、それでも何かがある。たとえ身過ぎ世過ぎの香港映画でも、監督がメガホンを握るとね――」

言葉を止め、一瞬こっちを見て力強く頷いた。「そう。スクリーンに嵐を呼ぶんです」

「パリで才能を使い尽くしたってことですか」

「いやいやいや。戦後の仕事が駄目だなんて、そんなことは言いません。どんなときもぶれなかったと言っているんです。満映で李香蘭の恋愛ものを撮っていたときも、日活で殺し屋映画を撮っていたときも、香港でセルフリメークを繰り返してたときも変わらなかった。パリのシュルレアリストと共に生きたころと何ひとつ。いわば初めから夕べの作家。晩成などあり得なかった」

「パリ時代の作品をごらんになったんですか」

「もちろんです。ご本人に見せていただきました」胸を反らせ、スクリーンを見たまま顔中に微笑みを湛えた。「すばらしかった。金で買えないものがあるということがよく分かった。打ちのめされました。しかし、それ以外のもの、世の中の大半のものは金でどうにでもなる。その確信がなかったら、今の私はないでしょうな」

「それで、ビジネスの面で映画史に名を刻もうと――」

「映画史？」ヤカモトの目がスクリーンの銃火を飲んで瞬いた。「そんなのは、昼間からカフェでペルノゥをやりながら、だらだら過ごしてる連中の言いぐさだ。いいですか。映画史は何の価値も生まない。美術史ですわ。美術史の文脈で、初めてフィルムがオークションのリストに載るんです。おたく、何か勘違いしておられる。私の仕事は映画と一切関係ありません」

「なぜ、それほどの作家が甘粕の誘いに乗ったんでしょうね。パリに背を向けて満州なんかに。それもまだナチに占領される前のパリに」

彼はこっちをちらっと窺い、静かに頷いた。「ご存知かなあ？　監督の師匠だったルイス・ブニュエルは、フランコ政権から指名手配を受けた亡命スペイン人だ。母国で内戦が勃発した後は共和国側に立って東奔西走、映画どころじゃなかった。つまりスタジオは開店休業、監督には仕事がなかったんです。そのころですわ、監督が甘粕に初めて会ったのは。生活費稼ぎに領事館で通辞のアルバイトをしてたんだそうです。甘粕閣下は満州の特使としてローマでムッソリーニ、ベルリンでヒトラーと謁見した帰り、すっかりご機嫌でパリの夜を堪能した。監督も、あれでなかなかの遊び人ですから、羽目を外したんでしょう。たってのご希望でジョセフィン・ベイカーの出てるキャバレットへ案内したときなんざ、昼から酔った挙句、舞台へ駆け上がって前座の踊り子が体に巻き付けていた大きなニシキヘビを奪いとり、ぶん回しながら大声で歌い出した。歌ったのが〝鳩ポッポ〟だっていうからたまんない。そこで監督、司会者のマイクを借りて客をおだてて合唱させた。

元来、粋な人でねえ、気が向きゃ座敷を沸かすようなところもあった。それで甘粕に気に入られたようですわ。その直後、甘粕閣下が満映の理事長に就任すると、早速監督に助け船を出した。パリの日本大使館から上海航路の一等乗船券が届いたって聞きました。金もない。仕事もない、あの時代のパリで他に選びようはないや。――上海から満州までは将官用の九七式輸送機だったそうです。乗客は監督ひとり。良い時代の良い話だ」

ヤカモトの私家版のナレーションに合わせるように、スクリーンには大昔の横浜が映し出された。町往く人びとの姿形は戦前のように見えたが、フィルムはカラーだった。

いや、横浜ではなかった。遠くそそり立つ帝冠建築のビルは神奈川県庁にしては大きすぎ、銀杏並木の公園通りには波止場どころか水面のひとつも見当たらず、おまけに見馴れぬ市電が走っていた。それを、砲塔に漢字が書かれたT34戦車が赤旗をバタつかせながら追い抜いた。

「いやあ、この辺はまんま準備稿使ってるんだ」言いながらヤカモトは顎を揺すった。「今の長春ですよ。そのころは満州国の首都だった。こりゃ多分、戦後になってこしらえたプロパガンダ映画の流用ですな」

カメラは開港記念館によく似た塔屋をパンダウンして、小雪降る小路に舞い降りると、戦後闇市の賑わいをかき分け、ひとりの少年を捉えた。

「セット組んだんですねえ」ヤカモトが感慨深げに呟いた。「雪が旅回りの舞台みたいでしょう。これが当時の香港映画です。それでもセットは組んだんだ」

少年はボロ布のようになった戦闘帽をかぶり、足にはゲートルを巻き、小さな妹を背負っていた。二人とも顔は泥だらけで、ひどく飢えていた。

妹が泣き、少年が力なく励ました。湯気の立つ饅頭の蒸籠が目に留まった。

雑踏に紛れて小さな手がそれを盗んだ。飛んで逃げる少年をカメラが長いドーリー移動で受ける。人混みを、自転車を、荷車を、屋台をかき分け、掠め、潜ってゆく。

会場に笑いがこぼれた。たしかにシチュエーションとは無縁に滑稽で軽快だった。

少年が何かから身を避けようと、カメラの方へ手を伸ばした。

化粧の濃い女だった。少年の両手はその乳房を握りしめ、次の瞬間突き飛ばしていた。

「好きだなあ、監督も」ヤカモトが笑った。「フランク・タシュリンですわ。オマージュです」

「〝ハリウッドかさもなくば破滅を〟かな」

「で、なかったら〝ロックハンターはそれを我慢できるか〟ね——」

悲鳴。女がドブ溜まりに尻餅をついた。

連れのソ連兵が怒りに任せて少年を蹴った。

饅頭が転げ、妹がそれに続いた。庇おうとする少年を軍靴が追った。下腹を二発、三発。少年はOK牧場のビクター・マチュアより大げさに血を吐いた。しかし戦災孤児に真っ白なハンカチなどありはしなかった。

軍靴が血糊を倍に増やそうとしたとき、助けが入った。

中国共産軍の将校だった。旧日本軍の将校マントを翻し、裏突きと後ろ回し蹴りでソ連兵を叩きのめすと、少年と妹に笑顔で手をさしのべた。

二人の子供は、敗戦当時の珠田兄妹より少し年上だった。それに、彼らはそれぞれ裕福な中国人に引き取られたはずだ。

「言っときますが」ヤカモトの声が聞こえた。「実録ったって映画です。それも香港映画ですわ。この時期、八路がソ連軍に楯突くなんてあり得ません」

雪が融け花が咲き、夏の陽が陰って鰯雲が地平線を薙いだ。光り輝く稲穂の海に立つ少年は、ずいぶん大きくなっていた。それでも山西17式モーゼルを握るにはまだ小さかった。

粗悪な軍用拳銃が三十メートル先の一点に弾丸を集め、大木の枝をへし折った。枝の先には小さな標的がぶら下がっていた。

例の共産軍将校が満面に笑みをたたえて拍手した。「そうだ。それでいい。確実に倒すこと。それが一番だ」

少年がやっと笑った。粒選りの歯がエロル・フリンのように光った。

かすかな唸り声がどこかでこぼれた。

目をやると、チャーリー・ンの頭が揺れていた。そのくせ耳の翡翠は微動だにしなかった。左右の男たちのスーツの肩に瞬間、力が入った。

私はそっと首をひねり、背後を窺った。ビーコンファイアーズのオーナー監督は、車椅子の上で退屈そうに背を丸めていた。

「どんなコネを頼ったものかなあ」ヤカモトが囁いた。「あの時、シナハンだと言って取材に出たんです。旧満州がまだ開放都市じゃなかった頃にねえ。半月ほどして帰って来たら、カセットテープを十数本、私に起こさせるんだ。どれも他愛もない雑談です。相手は満映時代の旧友や関係者ばかりなんだが、今じゃ公安関係、軍関係、党の地方幹部、——そんな面子も混じってる」

「コネだけじゃない。監督には心当たりがあったんだ」私の声は弾んでいた。もしここでレナード・バーンスティンの楽曲が高鳴ったら両手で指を鳴らしていたかもしれない。「桐郷監督は錠王牌の身元を割り出した。そうなんでしょう？」

「そんな話、テープには出てきません。昔満映にいた仲間が今どうしてるか、誰々はひどい貧乏をしてるとか、誰々は偉くなったが文革で死んでしまったとか。――ただ、テープ起こしを終えた後、監督からこう聞きました。例の殺し屋の父親は日本人だって。母親共々、満映の関係者だってね」

「その夫婦、珠田というんじゃありませんか――」

かすかに聞こえた電話のバイヴ音が私を遮った。前方の客席でアリアーヌがバッグから何かを取り出すところだった。液晶のかすかな灯が彼女の顔を浮かび上がらせた。豆粒のようなマイクがぶら下がったイヤホンを耳にねじ込むと、口が動いた。

「だから違いますって。おたく、勘違いしている」ヤカモトが言った。「今のは脚本《ホン》の話です。主人公の名はあくまでジョー。J、O、E。苗字は初手からありゃしません」

回想は終わっていた。波止場の倉庫の屋上に、苗字も二つ名もないジョーの姿が見えた。彼はゴルフバッグから取り出したドラグノフ狙撃銃に消音器をねじりつけ、腹這いになった。

見下ろす岸壁に三菱デボネアの後期型が停まっていた。そのドアが開き、運転席から白いサマースーツの男が降りてきた。パナマ帽のツバを弾きあげる仕種で川地民夫と分かった。

近づいてくるロールスロイス・シルバークラウド。

距離を置いて停まるとすべてのドアが開き、素早く散開する四人のギャング。黒いスーツに黒いソフト帽。ひとりが車内に何か囁く。

おもむろに姿を現したボスは中国人の俳優だが、エドモンド・オブライエンにどこか似ていた。

「連絡屋《リエゾン》、おまえひとりか？」葉巻をくわえたまま濁声で尋ねる。「用心のいいことだ」

ボスの葉巻が揺れると、ひとりがアタッシェケースを〝リエゾン〟の足許へ投げた。

注意深く、靴の爪先でラッチを開ける。中身は古新聞の束だ。

「頼むぜ」〝リエゾン〟が高く鋭い声で独りごちる。「頼んだのはこれが三度目だ。頼むからおれを怒らせないでくれ」

その時はもう、四つの銃口が彼を睨んでいた。

はにかむように上目づかいで笑う〝リエゾン〟。

その笑みをライフルスコープが捉える。次にアタッシェケースの古新聞。そしてボスの顔。

銃声は聞こえない。いきなり四人のギャングが血を吹き、身をよじって崩れる。

おののくボスと笑い続ける〝リエゾン〟。

「言ったじゃないか、怒らせるなって。高くついたぜ」

「分かった。言い値で払おう。いくら欲しい」

「おれらのギャラはもう貰ってるよ。彼らが欲しがってたのは金じゃないんだ」

シルバークラウドの背後から無灯火で近づいてきたベントレー・ミュルザンヌのリムジンが、不意にヘッドライトを灯した。

シルエットになったボスの額に穴が開く。ゆっくり膝を崩す。ヘッドライトの溶明。

「縄張はもらった」

〝リエゾン〟が胸から引き抜いたポケットチーフで口許を拭ったとき、ジョーはすでにゴルフバッグを担いでカメラに背を向けていた。

ミュルザンヌが静かに停車し、制服姿の運転手が恭しくドアを開ける。

小柄な男が降りてくる。アロハシャツに型崩れした麻のジャケット、足は革メッシュのタッセルシューズ。左に寄せて尖らせた口許に見覚えがあったが、ストローハットに隠れて口しか見えない。

チャーリー・ンが腰を浮かせ、こっちに振り返った。

カットアウト。暗転、そして悲鳴を上げる女優のアップ。コマ落ちのような奇妙な繋ぎだった。

チャーリー・ンが怯えた目で私の背後を見ていた。福星閣下は何も見ていなかった。背広姿の露払いがかがみ込み、彼の言葉に細かく頷いていた。

スクリーンはまた暗転した。足音が響いた。やがて溶明。鉄階段を上る足が写った。

最上階まで上り詰めると、ポケットから合い鍵を出す。鉄扉をあけ、屋上へ出る。

季節は冬だ。あちこちでスチームが湯気を吹きこぼしている。天台寮と呼ばれる無法な掘っ建て小屋が気ままに建て込み、ゴミ箱と廃棄家具と壊れた家電の隙間を痩せた鶏が走り回る、一見スラム街のような屋上を進んでいく。

とあるドアの前で足が止まる。シューティンググラブをした手が南京錠を外す。

卓球がやっとできるぐらいの一室にキッチンと冷蔵庫、部屋の隅に剝き出しの便器と洗濯機パンのようなシャワー。囲いがないことより水がきていることの方が驚きだ。他の床はゴミとも家財ともつかない一切で埋もれている。

全身がカメラを追い越し、ガラス戸を開け、ベランダに出た。

寒々と横たわる滑走路。その向こうに九龍城の町並みが望め、さらに背後にはかつての魔窟、九龍砦がブリキと倒木とモルタルでこしらえたカッパドキアのようにかすんで見えた。

フェイドアウト。そしてフェイドイン。

暗い遠浅の海辺、女の死骸を見下ろすジョー。何羽もの水鳥が地に空に取り巻き、女がエサに変わる瞬間を待っている。

黒いコルトが吠え、それを追い払った。弾倉が空になるまで吠え続けようとした。しかし香港映画のコルトだ。決して空になることはなかった。

海に散らかる銃声を追ってカメラが空を仰ぐ。

ドラクロアのような雲からロートレックのようなカフェへディゾルブ。

フォーカスが行くと、カフェは中国風の茶館だった。灯の落ちた店内、無数に吊るされた竹細工の鳥籠。窓際の席に向かってドリー移動するカメラ。

向き合って座るジョーともうひとり、アロハシャツを着た背の低い壮年の男を逆光で捉える。男の頭上、スタンドに吊った鳥籠で小鳥が羽ばたく。店内で唯一の生きた小鳥。

カメラが静止する寸前、男の顔が見えた。禿げ上がった額。左に寄せて尖らせた唇。

「金子信夫だ！」ヤカモトの声が聞こえた。「出てたのかあ。何だってパンフレットに名前がなかったんだ」

前方でチャーリー・ンの肩がざわめいた。背中が何かを必死に訴えていた。

金子信夫が映ったのは半秒以下、すぐさまカットが変わった。これも不様な編集だった。

もぞもぞ動くレジ袋。男の手が生きたコオロギを摑み出し、百霊鳥に食べさせようとする。

「上海に娘がひとり……」呻くようにジョーが言う。

「ええ。例の女の……。体《てい》のいい人質だ」とジョーが続ける。同じバストショットだが、画角が違っている。「その時は……よろしくお願いします。条件はそれだけだ」

また絵が飛んだ。台詞も不自然だった。コマ落ちでも映像ノイズでもなかった。誰かが意図して金子信夫の返答を乱暴に削除したのだ。

「これが――」ジョーが言葉を溜める。「本当に最後の仕事だ。ひとり殺《や》れば世の中が変わるって、もうそんな時代じゃないんですよ、老大《オヤジさん》」

「例の取材テープだが」私は隣席に尋ねた。「承《チエン》という名は出てきませんでした？　承奎安。満映に潜り込んでいた共産軍の将校だ」

「さあ、どうかなあ。何せ三十年は昔の話ですわ。ひとりひとりの名前なんか――」

黒い画面。例のベランダへフェイドイン。冬の午後の滑走路が見渡せる。

薄暗い部屋に取って返すジョー。ポケットから出す手札判の写真。大柄で白髪の中国人が映っている。血色が良く、額がハレーションを起こすほど脂ぎった男だ。

写真を燃やす手。煙の行方で風を読む目。やおらバッグから取り出されるドラグノフ狙撃銃。足許を払い、膝撃ちの姿勢で構えると半開きのガラス戸から銃身を突き出す。像が安定するのを待って照準線《レティクル》を調整し、ライフルスコープの焦点を合わせる。

狙撃手の目が海に突き出た滑走路を舐めていく。対岸に泛かぶ香港サイドのビルは今よりまばらで背丈もない。昔の香港啓徳空港だ。

「標的まで八百メートル」と、ジョーの声。「おれの射程は七百メートル」

目がさらに振られた。空港ビルから最も遠いゲートにコンベア８８０が停まっている。垂直尾翼にユニオンジャックが翻っていた頃のキャセイパシフィック。

「どっから引っ張りだしてきたものやら」ヤカモトが呟いた。「このころにはもう全部リタイアしてたはずだ。残ってたのはエルビス・プレスリーの自家用機ぐらいのもんでしょうに」

デ・ハビランド・コメットの次に不遇だったジェット旅客機から、可動ブリッジが外された。そこへカマボコのような形のバスが近づく。窓という窓は塞がれ、運転席の背後はパーティションに閉ざされ、前後を警察車両が固めている。

バスはスポットの端で切り返すと、バックで機体に近づき、リアエンドを客室ドアの真下に着けて停まった。

車体が競り上がった。車台と運転席を残してカマボコだけ、X脚の昇降装置によって機密ドアの位置まで水平に押し上げられた。

両場源一が言っていた自走式の搭乗ブリッジ、モービルラウンジだった。

カマボコが静止する。同時に銃口も静止する。機体とカマボコの接合部に出来たわずかな隙間に何かが動いた。作業員がひとり乗り移ったようだ。

直後、ジョーが引き鉄を引く。

モービルラウンジの後輪に着弾。タイヤがバーストする。台車が傾ぐ。油圧式のX脚に負荷がかかり、カマボコがぐらりとのけ反る。

機体との隙間が広がった。その幅四〇センチ。横切ろうとする白髪の男。燃やした写真にあった顔だ。そのこめかみに照準線が十字を切る。

引き鉄にかかった指先の大写し。磨かれた爪に止まる蠅。千分の一秒の停滞。そして動き出す人差指。絞られる引き鉄。雷管を叩く撃針。

弾丸は八百メートル先の男の後頭部を掠め、反対側の隙間から抜けて虚空に消えた。

ジョーがスコープから目を離した。冬場のハエの行方に、意外なほど優しい目を送る。口許にはなぜか、かすかな微笑。

「神様みたいに軽い何かが、おれの指先にたかったんだ」オフで聞こえた台詞も、同じくらい穏やかだった。

「これ、実際にあった事件みたいですよ」私は暗転したスクリーンに目を向けたまま言った。

「さあ、私にゃ何とも、――こんなの、準備稿には無かったと思いますが」

「両場さんから聞いたんです。桐郷監督はこれを実際、啓徳空港で目撃したって。それで追加撮影をしたんでしょうね」

「バカ言っちゃって」彼は笑おうとした。上手くいかなかった。「そんな、――まさか」

拍手が我々を遮った。場内は明るくなっていた。「ブラボー」の声も聞こえた。

73

ミスタ・タウンゼントが再び登壇すると、アリアーヌはいきなり立ち上がった。

オークショナーの当惑顔に背を向け、イス席を縫って歩き出した。

私はこっそり手を振り、電話をかけたという仕種をして見せた。彼女はこっちを見ようともしなかった。ボンバーナ氏のリストランテは、それほど予約を取りづらい店なのだろうか。

福星の近くを通り過ぎたとき、初めて気づいたというように瞬きし、満面に笑みを泛かべて会釈した。そして、そのまま会場から立ち去った。

肝心のところで帰ったことより、今まで残っていたことの方がずっと奇妙だった。景気づけのゲストなのに照明が当たることは一度も無かった。レッドカーペットなど下の玄関にもエントランスホールにも見当たらなかったし、仕事にひとりでやってくるような女優でもなかった。

「ロットナンバー88」アナウンスが響いた。「長きにわたり作品42としてのみ知られてきた幻のフィルムです。タイトルスーパー無し。オールカラー。パナビジョン。上映時間九十八分——」

「九十八分？」私はパンフレットを開き〝作品42〟を探した。『全九巻・一〇一分』とあった。

ヤカモトが首をひねった。「ダイジェストから削った三分を、まんま本編からもカットしたってことですかねえ」

「四千と——三百二十コマ、どうにも気に入らなかった人間がいたんでしょう。それにしても無茶苦茶な鋏だ」

「いやいや、香港映画のプロデューサーならこんなの無茶のうちに入りませんわ」

「そうだったのかもしれませんよ」私は言った。「そうならきっと大物だ」

前口上が続いていた。最後の競りを前に会場が殺気だってくるのが判った。

衛星電話のヘッドセットをして、世界の果ての誰かさんと密談している英国人の代理人。三連のパールで首を飾った国籍不明の老婦人。スマートフォンと相談しながら書類に目を通し、シャツカラーより幅広い金のネックレスをいじり回している中年のアラブ人。

「冷やかしでなけりゃ、多分あいつが強敵ですわ」とヤカモトが指差した中国人の若者は、Tシャツにジーンズ、踵の潰れたテニスシューズという身形だが、顔立ちによく削った2Hの鉛筆みたいな印象があった。

「革命元老の直系です。太子党の中でもスジの良い紅後代のバリバリ。金なら自宅の台所で刷ってるようなもんですから——」

背後に椅子を引く音が響いた。チャーリー・ンがそれに反応した。音の方を窺う目は尻尾を巻いた犬みたいに情けなかった。たとえリンバニ閣下でなくとも、今ならチャーリンと呼ぶ方が相応しい。福星の車椅子が、例の女に押されて出ていくところだった。前後を胸板の厚い男が固めていた。チャーリー・ンは姿勢を戻し、競りに参加するような様子を見せた。しかし背中は落ち着かなかった。腰を上げたのは、ミスタ・タウンゼントがスタート金額を発句してからだった。

競り値はすぐさま倍々に膨らみ、チャーリー・ンがドアに辿り着いたときはもう五十万香港ドルを軽く超えていた。

「百万！」2Hの鉛筆が発したそのひと声が、私のどこかでスイッチを入れた。

「ちょっと行ってきます」ヤカモトに告げて腰を上げた。「後は頼みます」

「ちょっとって、おたく——これからってときに、いったいどちらへ？」

「雑用が多くてね。もともと本筋より幕間劇が専門だから」

エレベータホールに、もう福星の姿はなかった。真鍮の鳥籠は二基とも下へ向かっていて、チャーリー・ンひとりが拳で、貧乏ゆすりのように下りボタンを叩き続けていた。

「君がやったのか」私は声を大きくして尋ねた。「あのフィルムに鋏を入れたのは君か」

彼は応えなかった。唇を引き結び、額に汗を滲ませて、ただエレベータのボタンに苛立ちをぶつけていた。

私は階段室の防火ドアに走った。キャッチャーが鈍足というのは定説だが、あんな旧式の手動エレベータに負けるようなことはない。

クレゾールの匂いがする大理石の階段を駆け下った。四階と三階の踊り場まで一度も止まらなかった。そこで止まったのも息が切れたからではない。電話が震えたからだ。

「マンダリンクラブに居なさるのかね」声を落として尋ねたのは、サンセット77の経営者だった。

「錠さんから聞いたんだが」

そうだと答え、再び歩き出すと、両場は競売なんかに一円だって使う必要はないと言った。

「今しがた、朱さんからＤＶＤが送られてきたよ。競売に出す前にテレシネしたらしい。約束だからって送ってくれたようだが、形見になっちまったなあ」

「〝黒色影片〟ですか？」

「それ以外、何があるよ。お嬢は親父さんの遺作が見られりゃ何でもいいんだろ。ＤＶＤをメモリにダビングしたんだ。あんた、届けてやってくれ」

「分かりました。今夜取りにいきます」

「大丈夫かね。ハアハア言ってるようだが」擦り切れた眉をひそめたのが分かった。「目と鼻の先まで来てるんだ。店開ける前の散歩コースさ。直接そこへ届けるよ」

両場の源さんは嗄れた笑い声を聞かせ、電話を切った。

私は地上階の防火ドアを右肩で押し開けた。

74

玄関ポーチの石段の上で福星は車を待っていた。

息を整えながら近づいていくと、図体ばかり目立つ男が二人、前に立ち塞がった。

プラチナブロンドの女が車椅子のボスに背をかがめ、小さく声をかけた。

福星は背中を向けたままこっちに右指を立てて見せた。

その指に招かれるまま、彼のすぐ脇まで歩いた。「三つだけでいい。教えてください」

「ひとつだ」

「じゃあ二つ」

「日本人にしては商売が上手い。それで？　質問に答えたら君は何をしてくれるんだ」

「リンバニのチームを離れます。お望みならメジャーリーグからドラフト指名があっても断りますよ。しかし、残念だがあなたのチームと契約はできない。見なしとは言え、公務員なんです」

「ボランティアならかまうまい。もちろんノーギャラで」

間髪入れずに頷いた。「商売じゃ中国人には勝てない」

「ただし、車が着くまでだぞ――」言いかけるのを、油の切れた回転ドアの悲鳴が遮った。

チャーリー・ンがドアから転げ出るとこっちへ突進してきた。女が身構え、男たちが鋭く動いた。

「あんなはずじゃなかった」男たちに腕を捻じられ、膝を崩しながら、チャーリー・ンは必死に懇願した。「本当です。私のせいじゃない。もうちょっと時間をいただければ、今度こそ——」

ゴーカートのスリップターンのように車椅子がその場で半回転した。女は手を添えていなかった。座席の下からモーター音が聞こえていた。

「解放軍の政治委員は金を増やすのが上手い」福星が言った。「ン少佐、私はおまえのそんなところを買ってたんだよ」

「で、ですから、——」北京から来たエリートは左右から後ろ手に取られ、ほとんど跪いていた。「あのフィルムは必ず——」

「あんなフィルム、金さえ積めばいつでも取り戻せる。しかし一度失ったチャンスは、いくら積んでも二度と戻らない」

福星が目を逸らせると、女が車椅子を元へ戻した。男たちが戒めを解いた。

チャーリー・ンが立ち上がるには、それなりの時間が必要だった。何をどう動かせばいいか分からないといった表情のまま、とりあえず腰を動かした。次が足だった。ゼンマイの切れかかった玩具のように彼は階段を下ると、市電通りを埋めた勤労少女の群の中へ融けて消えた。

「彼を使ってフィルムを短くさせたんですね」私は尋ねた。

「それは質問のひとつかね」

「いや。違います。身の上をちょっと案じただけのことだ」

「案じるまでもない。やつなら生き延びる。それが、やつら政治委員の唯一の生存事由だからな」

福星は車椅子の上で身じろぎし、私をゆっくり見上げた。「君、時間はないぞ。いつもなら車はとっくに着いてるころだ」

女が福星の肩にそっと手を置いた。スーツの袖口からクロムハーツのブレスレットが覗け、いかつい音をたてた。

男のひとりが鞭に打たれたように反応して、携帯電話のヘッドセットを耳にねじ込んだ。

「ぼくは桐郷映子さんに頼まれて香港に来たんです」私は言った。「彼女の父親をご存知でしょう。――これは質問じゃない。ただの昔話です」

「日本人の悪い癖だな。商売に無駄話を織りまぜる。――まあ、いい。君の言う通り、ただの昔話だ。革命がまだ映画で夢を語れたころの」彼は短く笑った。「当時、私はある撮影所にいた。そこが潰れたとき、撮影所のボスは全員にありったけの金を配った。でき得る限り平等にだ。しかし、私だけは違ったんだ。おまえには給料はやらない。おまえは映画が本業ではない。そう言って金の延べ棒を十本くれた。おまえが正しいと思うことのために使えと。――ボスは正しくなかった。しかしその後会った者は誰も、それ以上に正しくなかった。私も同じだ。約束は守られなかった」

「その金塊で映画をつくったんですか」

「似たようなものかもしれん」

「ケヤキ坂の女とは同じ頃、同じ撮影所で知り合ったんですね」

「母親をよく知っていた。美しい人だった。心はどうか知らないが」

「革命と同じように？――これも質問じゃありませんよ」

「いちいち言わんでよろしい」彼は私を真っ直ぐ見上げ、難しい顔を造ろうとした。「君は日本の警察関係者なんだろう。哲《ツィ》から聞いたよ。私はやつが好きなんだ。実の娘は母親にそっくりでな。

その母親を私は憎んでいた。あの婿は、不幸を承知であんな女と結婚した。他人なのに人ごととは思えんのだ」

「ケヤキ坂の女は楊三元に何を握られていたんです？」

「きわめて個人的な事情で脅迫を受けているということだった。われわれの間には商取引などない。ただの一度もだ」

「警察は珠田真理亜の口座を洗い上げたんです」

「だろうな」長く濃く白くなった眉が動いた。「それで？　君は港灣十三號を訪ねたのかね」

「ええ、もちろん。スカウトされたクラブチームがどんな様子か誰だって知りたいでしょう」

「見てのとおりさ。あれは私の道楽だ。仕事とは一切関係がない」満映出身の特務将校にしてゴールデンハーベストの大口出資者は、私を睨んで頷いた。「若いとき世話になった人の娘が、異国で苦労しているんだ。長春も東京も、彼女にとっては変わらぬ異国だ。それを陰ながら支えるのは、人として当然のことじゃないかね」

「たしかに。そう考えれば妥当な金額です」

「君から日本警察の誤解を解いてくれないか」

「それは無理だ。どこの国でも警察は同じ、資金洗浄や地下銀行ならすぐ飛びつくが、無償の愛なんて言葉は消化不良を起こす」

「しかし、君。それでも——」

「大丈夫。珠田真理亜を悩ませていた事件は、ついさっき被疑者死亡で幕が引かれた。どこかの偉大なプロデューサーが、長すぎるストーリーをはしょったんでしょう」

福星は両方の眉の上に✓の字のしわを刻んだ。口の端にはなぜか笑いが隠れていた。「スタッフと良好な関係を築けないプロデューサーは偉大とは呼べんと思うがね」

「シナリオがひど過ぎましたからね。ヒロインは家の前に捨てられたゴミの掃除を頼んだのに、頼まれた方は家ごと壊して更地にしてしまう。マルクスだって、ここまでしない。――エンゲルスと友達じゃない方のマルクスですよ」

　眉毛の上の✓点が増えた。もう顔のどこにも笑いはなかった。「君は娘に会ったそうだな」

「ミセス・オータムン？　ええ、とっても幸運なことに」

「あれをどう思う？」

「ああいう女性にボールを渡してはいけない。バットは尚更だ」

「もちろん、私もそう思う。今さら遅きに失したが」

「キャスティングも悪かった。芝居はできない、アクションは大げさなだけ。そんなやつが、分不相応に余計なフィルムまで探し回る。キャスティングも彼女に任せたんですか？」

「家の中の問題を現場に持ち込んだんだろう。――監督と主演俳優が結婚をする。良いこともあれば悪いこともある。たいていは悪いことの方が多い。あれらの場合は悪いことしかなかった」彼は顔を上げ、間を置いて息をひとつ吐いた。「今、余計なフィルムと言ったな。あの映画のことじゃないのか」

「そこですよ。みんながみんな勘違いしていた。映画はふたつあったんです。フィルムと動画《ピクチャー》のふたつが。ミセス・オータムンが大耳朶に探させていたのはピクチャーの方、まったく別のストーリーなんです。あなたのとは違う」

「何のためにそんな――」

「天敵を葬るためでしょう。ひとつの物語にファムファタールは二人いらない」

「面子とは天のことだ」珠田兄妹の代父《ゴッドペアレント》は静かに言った。「面子を守るのは天が侵されるのを阻止するということだ。あの娘にはそれが分からない」

「承司令《チェンシリン》」私は言って、福星を見やった。眉ひとつ動くことはなかった。「王定俳《ワンディンパイ》を錠王牌に育てあげたのはあなたですね。――これが最初の質問だ」

「日本人め。でたらめな商売をする」

「いちいち言うなとおっしゃるから今まで黙っていただけです」

　彼は出かかった言葉を喉に押し戻した。短く笑い、それから違う言葉を選んだ。「私は止めようとした。しかし本人がそれを望んだんだ。その先は私じゃない。育んだのは歴史だ」

　回転ドアが悲鳴を上げ、エレベータホールから足音とざわめきが沸き出した。最初に姿を見せたのは新聞や雑誌の連中だった。出てくるオークション参加者を小さなカメラに納めようと玄関ポーチに身構えた。

「それぞれみんなが勘違いしてたんですよ」私は急いで続けた。「フィルムをピクチャーと、ピクチャーをフィルムと。自分が何を探しているかちゃんと分かっていたのは、多分哲本堂《ツィパンタム》と桐郷映子さんだけだ。楊三元に至っては映画も動画もなかった。彼のネタはただの昔話なんでしょう」

「それは二つ目の質問かね」

「いや、これもただの昔話です。あいつが持っていたのは古い新聞記事と大昔の記念写真だ。強請のネタは彼女とあなたとの関係なんでしょう」

「大昔の記念写真と言ったな。それをあいつに渡したのは誰なのか、知っておるのか」

「彼女の息子です。それがすべての原因だ」私は腰を落とし、車椅子の彼をのぞき込んだ。「さて、次が二つ目の質問です。いったい何が気に入らなかったんです？　それこそただの昔話じゃないですか。ただの古い劇映画。ドキュメンタリーじゃない」

「映画というものが分かっておらんようだ」福星は言って、深い息を吐いた。「当時は深刻な問題だった。ここまでは良いがこの先は駄目だという線を引いて見せる必要があった。――映画は百分がちょうどいいと言ったのは誰だったか。――あの映画は少し長すぎる」

「長すぎた三分に何が映っていたんですか。金子信夫の出演シーンに何か問題でも？」

「そこだよ。問題はそこだ」彼は膝の上に両手を組んで重々しく息を吐いた。「身内なら誰でも判ったはずだ。あれは私がモデルだとな。それを、あんな商店街の高利貸のような男が演じている。おどおどと口をとがらして自己弁護ばかり繰り返す男が、この私を演じておるのだ」

「まさか――」一瞬、言葉を見失った。「そんなことのためにあの三分を――」

福星が頷き、私に何か言おうとした。

すぐ近くで空気が二つに割れ、彼を黙らせた。車寄せに向かって階段を下る人びとも、真っ二つに割れた。

銃声だと気づいたときにはもう、私の体は車椅子の前に立ち塞がっていた。

間髪入れず、福星はすっくと立ち上がった。「ミス・トラメル！」

呼ばれた女は車椅子の右側のハンドルを引き抜いた。背もたれの支柱は散弾銃の銃身になっていた。ハンドルは銃把でブレーキのバーが引き鉄だった。

ミス・トラメルは銃声の方へ銃口を振り向け、スライドを鳴らして初弾を装填した。獲物を求めて腰を落とし、足を踏ん張った。ふくらはぎに筋肉がみなぎり、スカートのスリットが音を立てて裂けた。

階段の真下に源さんが倒れていた。死んではいなかったし血を流しているわけでもなかった。少し離れた場所に若い男が突っ立っていた。珠田竜也だった。手には拳銃が握られていた。初代ジェイムズ・ボンド愛用の拳銃だ。

周囲の人びとは全員凍りついていた。動きはひとつの方向に向かって止まり、それぞれの目は別々の方向に向いている。血はもちろん、傷ついた者は見当たらない。

竜也と目が合った。私の右手は咄嗟にポケットから電話を取り出し、マイクロSDカードを抜き取ると、頭上に差し上げて見せた。

竜也が私を睨んだ。こっちへ半歩踏み出そうとした。そのとき、ミス・トラメルの10番マグナム4号散弾が彼の爪先を襲った。

銃声があたりを震わせ、アスファルトが破裂した。竜也は飛びじさった。

私と彼の間に、大きな黒いミニバンが割って入った。

ブレーキを軋らせ、楯になって停まったのはトヨタアルファードのハイブリッドだった。車長を伸ばしたリムジン仕様で、後ろのドアがガルウィングになっていた。それが、完全に停る前から羽ばたくように開いた。

我らがボスは玄関ポーチの石段を自分の足で駆け下った。男たちが両脇を固め、ミス・トラメルの銃口が背後を護った。

全員が車内に消えるより早く、トヨタのフルサイズミニバンはガルウィングをバタつかせながら発進した。サスペンションの悲鳴を引きずり、市電通りの角を曲がって見えなくなった。

二秒か三秒の出来事だった。気づくと、私と両場の源さんだけが取り残されていた。

「すまねえな。迷惑かけちゃって」彼は、石段を駆け下った私に声を絞りだした。「あのガキ、――てっきり玩具と思って取り上げようとしたら、ぶっ放しやがって――」

「なぜ、彼はここに来たんです？」

「おれもいい加減お人好しだ。朱さんからＤＶＤが送られて来たことを教えちまったんだ。映子ちゃんに一刻も早く伝えたくってな」

「あの後、店に来たんですね」

「いや、電話してきただけだ。土日は休みだから――」

「二村さん！」背後に声が響いた。

ヤカモトがジャーナリストやオークションの客をかき分け、玄関ポーチを駆け下ってくるところだった。「どうしました？　拳銃騒ぎがあったって――」

「フィルムはどうなりました？」私は聞き返した。

「ええ。そう。それが、おたく、とんでもない」彼は踵半分たたらを踏み、困りきったように肩をすぼめた。「あの紅後代。あいつが――。驚かないでください。一億香港ドルですよ。十三億円で競り落とした。最初から勝負になりません。中国人は狂ってる」

「一九八九年の日本人と同じぐらい？」私の声は自然、大きく高くなった。「ともかく、怪我の功名だ。バカな金を使わずに済んだ」

「しかし、――映子さんが気の毒で」

「そんなこたあねえよ」両場が呻くように言った。パンツのポケットから何かを取り出した。自分の親指より小さなＵＳＢメモリだった。「あの映画ならここにある。誰かの台詞じゃねえが、こんなに小さくなっちまえやがって――」

私はメモリを受け取り、タラバ蟹のような彼の背中をさすった。

「何ごともデータになってしまった――」ヤカモトの声が降ってきた。「ブロータースのフィルム缶なんざ、初手からもう空っぽってことですなあ」

75

阿城大廈の軒先にアフリカ人の物売りの姿はなかった。中国人の屋台も歩道から一掃されていた。その代わり、路肩には電源車が所狭しと停まって排気ガスをまき散らし、十一階に電力を届ける無数のケーブルが壁面を這い回り、それはまるで酸性雨に溶ける巨大なチョコレートケーキといったところだった。

地上階にいるのはクフィーヤ姿の案内人ばかりで、制服の警備員は見当たらなかった。

私は、先日の案内人を探して廊下を一巡した。

「ハリトの一族は辞めたよ。誇りが高すぎるんだ」ひとりが教えてくれた。

クフィーヤだけでなく、白いケープのような族長服を着て、ヘソのあたりに半月刀《ジャンビーヤ》を吊るしていた。先日の案内人に比べて出で立ちは本格的だったが、彼はバングラディシュ人だった。

「まるで映画だな」私は言ってやった。

「そのとおりさ。映画に雇われたんだ」ひとりが吐いて捨てるように言った。

用向きを告げると、別のひとりが案内を買って出た。「金はいらない。われわれは正社員だ」

「阿城大廈の？」

「いや。フェニックス・エンタプライズだ」

すぐ近くのエレベータへ乗り、鍵を使って行き先ボタンを生き返らせた。そのまま真っ直ぐ、何の滞りもなく十二階まで上った。

パーティションで仕切られた通路を歩き、鉄骨を組んだ仮設の階段を上った先で外へ出ると、そこは十一階のテラスに突き出た観覧スタンドだった。

巨大な天幕屋根に覆われ、階段状の座席はテーブル付きのリクライニングで、競馬場の貴賓席を思わせた。

客もそれに相応しく、男はジャケット着用、ネクタイを締めている者も少なくなかった。TV局のクルウも見かけたが、襟付きのシャツを着て革靴を履いていた。女性客は残らず背中を見せ、ヒールは高く、奥のバーから銀の盆でピストン輸送させている飲み物はほとんどシャンパンだった。最前列にリンバニの姿があった。巨大な繻子のクッションに半ば埋もれ、片手にはオペラグラス、もう一方の手で水煙管を吸っている。

周囲を固めたニセ族長が四人、五メートル四方に他人を寄せつけまいと身構えているのをものともせず、私は大声で彼の名を呼んだ。

大きな黒い閣下は顔を三センチ動かして、私を招いた。

二段近寄っただけで大麻樹脂が匂った。水煙管で喫えば薬効も薄まるだろうが、火皿にはキスチヨコほどの量が乗っていた。

「精霊と語り合っていたところだ」アフリカの呪術師は言った。「まあ座りなさい」

最前列から見渡したテラスのセットは、小松崎茂の宇宙要塞というよりグリフィスのバビロンという方が相応しかった。建設途中の埋め立て地にちらほら瞬く窓明りや遠い港湾施設の灯をホリゾントに変えて、あたかもそれが銀河に浮いているかのように見えた。

下手に十騎ほどの騎兵隊が、意気込む馬をなだめながら待機しているのが見えた。カメラマンを乗せたクレーンが二基、リモートコントロールのドリークレーンに乗ったカメラが三台、鎌首をもたげ、それを凝視している。

「その後、何かあったのかね」リンバニが目もくれず、尋ねた。

「あったといえばありました。ないといえば何もない」

「良い知らせなら聞かせてくれ」

「フィルムは手に入りました。正確にはフィルムじゃなかったが。それから、――ぼくが抱えていた事件は終わりました。被疑者死亡で決着です」

「お姫様との関係はどうなんだ」

「ぼくの事件とは直接、何もなかった」

彼は、顎が胸に埋まるほど大きく頷いた。「それで？　人探しはどうなったね」

「そのためにここへ来たんです」

充血した目が私を睨んだが、結局何も言わないまま、それを逸らせた。

「試拍《テスト》！」スピーカーの声が轟き渡った。

助監督たちが四方へ飛び、ヨーイドンの声を待つ小学生のように身がまえた。

「開始《アクション》！」の声で、上手の城壁を乗り越え、裸の上半身にくまなく刺青を入れた男たちが内陣に殺到した。全員、顔には昆虫のような特殊メイクをほどこしていた。

騎兵隊と昆虫人間が砂塵を蹴立てながら、銃と弓、槍とサーベルでやりあった。昆虫人間は全滅した。生き残った騎兵は馬を回頭して、持ち場に戻った。

「何だったんです、今のは？」私は尋ねた。

「エキジビション。まあ、遊園地の株主優待みたいなものだ。ここでの撮影は午前中に終わっとる。本隊は今、屋上で最後のシーンを撮ってるようだ」

「屋上？　ラストシーンですか」

「いや、それは昨日終わった。やはり屋上でな。今夜はプールの方だ」

「このセットは『オデュッセイア』だと何に当たるんです？」

「スケリア砦。ＣＩＡのカリプソ収容所を逃れてここに流れ着くんだ」

「じゃあナウシカアはカスター将軍の娘なんですね」

「知らないのか。それがチョウ・ユンファだ。世界ランキング、ナンバー2の殺し屋さ」

「ナンバー1は？」

「日本の俳優だ。年寄りらしい。みんなが反対したんだが、監督がゴリ押ししてね」

「オデュッセイアに当てはめると？」

「もちろんポセイドーンさ。エチオピアのキャバレーで女と戯れている隙に、主人公がカリプソ収容所を脱出する」彼は大きな手を眼下のバビロンに広げて見せた。

「本番」の声がかかった。馬の足音に銃声と罵声と悲鳴が加わり、しばらくは話ができなかった。おまけに何発か、砲撃までサービスされた。

　弾幕と血しぶきと粉塵が納まると、スピーカーが「カット」を告げ、スタッフが乗り手を失った馬の手綱を求めて走り出した。

　リンバニがオペラグラスを置き、水煙管のチョコレートに再び火を点じた。

「で、どうなんだ、君。チャーリンは命拾いしたのかね」

「――そういうことか」私は風上に歩きながら頷いた。「そういや、言ってましたね。すべてはあなたの呪術によって動いてるって」

「呪術ではない。精霊に指差されるまま歩んでおると言ったのだ」

「それってあなたの指じゃないんですか。ぼくを福星氏に引き合わせ、彼を無理やり舞台に乗せた。今度はチャーリー・ンのことを彼に伝えた。そんなことをして何の得があったんです？」

「得も損もない。福星とはやったりやられたり、グラウンドの外でも勝負している。あいつが率いるチームはひとつじゃない。たとえば北京の中枢に抱えてるチームだ。それが、オックスブリッジに在籍したという以外、何の取り柄のない我が国の大統領にへばりついて利権をむさぼっておる」

「ローカルルールで？」

「そのとおり。アウェイのくせに、金に飽かせてやりたい放題だ」

「やったりやられたりって、――この映画はどっちのチームがやってるんです？」

一瞬こっちを睨んだ後、リンバニは笑いだした。胸が破裂したみたいだった。「わしとツィ・バンタムは良い関係だ。それに金という意味では、わしらの金なんか微々たるものさ。この映画の一番の出資者は紙蟹業者だ。そこが半分以上出しておる」

「何ですか、それ」

「大閘蟹の漁が解禁される前に、贈答用の引換券として売り出すのさ。初手から割に合わない高値に設定しておいて、大幅値引きして売る。贈答用だから印刷された額面が高額なほど贈り主は見栄が張れる。中国の、袖の下社会に狙い澄ましたイカサマ商売だ。今じゃ一シーズン数百億元のビッグビジネスだよ」

「しかし大閘蟹は数に限りがあるでしょう」

「もちろん、ほとんどが贋物、産地擬装だ。だから贈られた方もカニと交換せず、闇屋で換金する。紙きれだけが業者と客の間をぐるぐる回って――」鼻を膨らませ、顎を左右に振った。「まあ、映画とはきわめて相性の良い金だと言えるな」

長い張り出しスタンドのずっと向こうで騒ぎが起こった。

バッテリーライトがいくつか焚かれ、人垣とどよめきがその光を囲いながら上段から下段へ移動してきた。最前列まで降りると、今度はこっちへ近づいてくる。

人垣が二つに割れた。テレビ局のスタッフコートを着た若者が懸命に人払いして、小さなステディカムに載せられたＨＤテレビカメラと二灯のライトが後退りしてくるのを助けた。

その向こうに、彼の姿が明々と浮き上がった。黒いウエスタンシャツに黒の革パンツ。黒いテンガロンハットで銀髪を隠し、カメラに向き合い、ゆっくり歩いて来る。ウェスタンブーツの踵で拍車が鳴り、ライトが動くたび、腰のガンベルトで二丁のコルトＳＡＡが鈍く瞬いた。

「何なんだ？　あの男は」リンバニ閣下が眉をひそめた。

「先刻話してたでしょう。ポセイドーン」私は言った。「日本で最も名高い殺し屋です」

「アクションスターか」

「いや、アクションというより殺し屋です」

「悪役スターか」

「悪役ではなく、殺し屋です」

「なるほど、呪術師のようなものだな」

「そうかもしれません」

すぐそこまで来ると、宍戸錠は下のテラスに広がる宇宙要塞を背にして立ち止まった。

裾のふんわりしたワンピース姿の娘がカメラに微笑み、テレビ局のロゴ付きマイクに話しかけた。

スタッフコートのＡＤが『保持安静』のフリップを掲げて野次馬を黙らせると、カメラの指示でリポーターが立ち位置を決めた。

目は強いが笑窪が幼い、不思議な魅力のある娘だった。ディレクターの合図で、彼女が錠にマイクを差し出した。「今回の作品、あなたのキャリアにとって、どんなものでした？」

彼の背後から地味な眼鏡をした女が顔をのぞかせ、小声で通訳した。

「どれも同じ。戦場みたいなものさ」錠が日本語で答えた。

「好像是戰場」通訳の女が言った。

錠は拳を差し上げ、親指を立てて見せた。「愛」

「愛情」と通訳。

次に人差指も立てた。「憎しみ」

「憎恨」

そして中指。「アクション」

「行動」

「暴力」

「暴力」

「死」

「死」

彼は完全に開いた手を振り、肩をすくめた。「一口で言やあ霧の波止場だ」

通訳は戸惑い、殺し屋の横顔をちらっとうかがった。「燒了靄《もやもやした》的感情」

「あなたの人生で最大の野心は？」

「不滅の存在となり、引き鉄を引き、そして死ぬこと」

「それって、死にたいってことですか」

「とんでもない」殺し屋はカメラを指差し、左右に首を振りながら舌打ちを聞かせた。「つまり、あんたみたいな娘と寝ることだ。こんな具合に――」

言った瞬間、彼の両手にシングルアクションのコルト45が現れた。それがいきなり回転した。あたかもラ・マンチャの風車のように。

通訳は一瞬ためらった後、リポーターの娘に急かされ、こう訳した。「我想完成生」

すると〝さなかの生〟の外側から「カット」の声が飛んだ。

「はい。テープチェンジです」

76

インタビューが終わるのを待って、私はリンバニに別れを告げ、腰を上げた。

「彼女は屋上ですか？」

「本番中だ」大きな黒い閣下は不機嫌そうに目を閉ざした。煙の精霊と戯れていなかったら怒りだしていたかもしれない。「邪魔してはならん」

「じゃあ楽屋で待とう。ぼくの探している男が、彼女を訪ねてくるかもしれない。それに彼女とは食事の約束をしている」

彼は薄目を開けた。充血した三日月に睨まれたみたいだった。「君はやるべきことをした。契約とは無縁に謝礼を受け取る権利がある。――この意味が分かるか」

「ええ。しかし、金より精霊を操った方が効果的じゃないかな」

「言っただろう。わしは私利私欲のために力を使わんと」

「あらかじめ謝っておきます。ぼくがやろうとしていることは、あなたの投資しているものを台無しにしてしまうかもしれない」

彼はゆっくり歯を剝いた。笑おうとしていることに気づくのに時間がかかった。

「ソローなら言うだろうよ。〝金よりも真実だ〟とな。――いや、わしは言わんぞ。そもそも、何のために保険屋に高い金を払っていると思うね」

彼は背を向け、また目を瞑ると二度、三度煙を吹かせ、大きな体を丸くして繻子のクッションと同化しはじめた。モスラの幼虫が繭を作ろうとしているみたいだった。

私は最前列の手摺に沿って歩きだした。もうライトは消え、カメラもうなだれていた。インタビュアーの娘と眼鏡の通訳は座席に座り、スタッフの店じまいを待っていたが、宍戸錠の姿はどこにもなかった。

「彼は？」私は通訳嬢に英語で尋ねた。

「早い。早い」と日本語で応じ、最上段に開いたドアを指差した。「何でも早い」

「これ、渡されちゃった」インタビュアーがスペードのエースに『Joe』と印刷されたカードを翳して見せた。ペニンシュラホテルの部屋番号と携帯電話の番号が走り書きされていた。

私はスタンドを走って上った。

観音開きのドアからエレベータホールまで、いやに幅の広い柱廊が続いていた。左右の部屋をとっぱらって広げたものかもしれない。

その中央に長々と絨毯が敷かれ、両翼をよく光るチェーンバリヤーで塞いであった。

錠は絨毯の上を、群がる客やメディアに取り囲まれ、握手したりサインしたり、カメラに笑いかけながら、ゆっくり歩いていくところだった。テンガロンハットとガンベルトはいつの間にかなくなり、代わりに白いジャケットを羽織っている。

すぐ私に気がつき、向こう側から近づいて来るとバリヤーの鎖をたくしあげ、絨毯に招き入れようとした。

「レッドカーペットを歩くようにはできていないんです」

彼は肩をすくめた。すぐ後ろに二人、黒いスーツを着た目つきの鋭い東洋人が二人、そっと付き従っていた。

「客を入れるんで主催者が気を回したんだ」歯を剝いて眩しそうに笑った。「世も末だよ。おれに護衛がつくなんてな」

「礼を言います。桐郷監督の遺作は手に入りました。ただ、そのために源さんが襲われて、――」

彼の眉間を太刀が割った。「で、無事だろうな」

「怪我はありません。彼はもう心配ない。敵の狙いはフィルムですから」

「やっこさんは朝からずっと君を探していたんだ」

「すいません。留置所に放り込まれていたもので」

笑いを引っ込め、私の目をのぞき込んだ。「何だってそんなに割りの悪いことばかりやってる？」

「知ってのとおり、女のせいです」

「女より拳銃《コルト》の方がずっとマシだぜ」短く舌を鳴らした。「女には消音器をつけられねえ」

私と彼の間に、サイン帳がするりと割り込んだ。錠は一瞬、片頰を膨らませたが、気を取り直してサインペンを受け取った。

そのとき、何かが私の背骨を小突いた。傘か、それともバッグの金具か。それにしては太く、硬く、冷やかだった。

「それをよこせ！」もっと冷たい声が聞こえた。「コピーしたメモリだ。早くよこせ」

「あれがメモリに見えたか」

「じゃなくて、何なんだ。おれが持ってるのはバナナじゃないぞ」

私はそっと胸ポケットに手を滑り込ませ、電話を探り出した。

「おい。何している」

「メモリがいるんだろう」私は背後にも見えるよう、それを高く差し上げた。

錠がこっちに目を上げた。右手にサインペン、左手にサイン帖、それがふっと両手を離れた。ふたつが床に音を立てるより早く、錠の姿が掻っ消えた。何かが私にぶつかった。二本の腕が私を抱き止めると、どこからか足が現れ、宙を蹴った。大きな音がして、銃口が私から離れた。同時に銃声が聞こえ、すべての景色を吹っ飛ばした。悲鳴も足音も、何もかも。

私の体は宙にあった。数基のチェーンバリヤーを引きずったまま床に転げた。

背中が悲鳴を上げ骨が軋んだ。何かがのしかかってきて、私を押しつぶしそうになった。

錠が私に飛びつきざま、背後の男を蹴り飛ばしたのだと気づいたとき、耳元で呻き声が聞こえた。

観客の悲鳴が爆発して、それを押し隠した。

足音が遠のく。目の隅に、人混みをかき分けて走り去る珠田竜也の背中が見えた。

「ワッ」と吠えたのか、息を吐いたのか。どっちにしろ錠は、その勢いを駆って起き上がった。

膝を崩しながら半歩、足音の方に踏み出すと、右手が鞭のようにしなって自分の腰を払った。何かを握った。逃げ去る背中を手が追った。人差指が在りもしない引き鉄を絞った。

撃発。反動に手が爆ぜる。

一発で充分。弾丸は的を捉えた。しかし、敵の足はとまらない。銃声も聞こえない。見えないコルトを握ったまま、錠は前のめりに崩れ落ちた。黒服のボディガードが危うく抱き留める。もうひとりはすでに電話を耳に当てている。

周囲では、観客の掲げる携帯端末がバーナムの森のようにワサワサ揺れていた。

「救急車だ」私は大声で叫んだ。「快叫救護車!」

「喚くな」錠がかすれ声で言った。「神様が迎えにくるのを待ちきれなかったってだけさ」

「何をバカな」

「くそ……」また呻いた。「ガンベルトを、うかうか外すとロクなことはねえ」

「何言ってるんです。今のは本物ですよ」

「こっちだって本物さ」

また立ち上がろうとした。黒服の手を逃れ、上半身を起こすと、シャツのボタンを引きちぎって前を開けた。ケブラー製のボディアーマーが覗けた。

「香港映画だぜ。何をさせられるかわかりゃしねえ。防弾チョッキを二枚。これが常識さ」

「何の常識です?」

「プロの映画俳優の――」

「五番リフトで下へ!」電話をしていた黒服が叫んだ。「裏玄関に今、救急車が来ます」

「素人が動かすな!」私は怒鳴った。

「素人呼ばわりするとタダじゃ置かないぞ。こんな傷じゃ映画は止まらないよ」言うと、彼はバネ仕掛けのように、脚力だけで立ち上がった。「警察《サツ》が来る前に引き上げよう」
「バカ言わないで下さい。警察から逃げる必要はない」
「クセで言っただけだ」

エレベータで地上階に降りるまで、左右から肩を借りてはいたが、錠の足どりはしっかりしていた。弾丸はケブラー樹脂に絡め取られ、右胸から腋へボディアーマーをえぐるようにして止まっていた。それでも、血は流れていたし、肋骨の一、二本は折れていただろう。

にもかかわらず彼は、両脇のボディガードより早く歩こうとした。

埋め立て地に面した裏玄関には、どこかで道路封鎖をしたものか、守衛の他に人影はなかった。真ん前に一台、黒い大きなキャディラックのミニバンが待ち受けているだけで、救急車はまだだった。赤色灯はおろか、サイレンも聞こえない。

「近くに総合病院があります！」ミニバンの運転手が身を乗り出して叫んだ。「直接行った方が早い」

「俺が運転した方が、なお早い」と言い張る殺し屋を、大きくリクライニングさせたリムジン仕様の後席に横たえると、私はその隣に乗り込もうとした。

「何のつもりだ？」錠が顔をしかめて上体を起こし、シートから押し退けた。「病院になんか、ついて来なくていいぞ」

「ぼくがあいつをおびき寄せたようなものです。こうなるのは予想できたのに――」

「だったら行け！　探偵は犯人を追うもんだ」

「探偵が犯人を見つけられた時代は拍車やガンベルトと一緒に終わりました。それに、ぼくが追いかけていた犯人はもういない」

「じゃあなぜ、まだうろうろしてる?」

「ケリがついてないことが少し残ってるんです」

錠は足を上げ、私の胸をブーツで蹴った。

直撃は避けた。それでバランスを失った。私はミニバンのステップから路上に転げ落ちた。

「だったら落とし前をつけてこい。映画にはエンドマークが必要だ」

ドアが内側から音をたてて閉まり、キャディラックはローアングルで発進した。

77

すっかり寂れた地上階を横切って正面玄関まで歩いたが、屋上へ案内してくれる者はなかった。動いているエレベータはどれもコントロールパネルにロックがかかっていて、鍵がなければ動かない。「三階から上は封鎖されている」エントランスにたむろしていた案内人が冷たく言った。「おれたちに金を払えば十一階に案内する。その他は駄目《メイヨー》だ。屋上なんて全然駄目《メイメイメイヨー》だ」

私はエスカレータで中二階《メザニン》へ上がった。

スパイスの名残はまだ眼に痛いほどだったが、生ものを扱う店は軒並みシャッターを降ろし、飯屋にも飲み屋にも客はまばらだった。まして廊下を動き回る生き物はゴキブリぐらいしかなかった。

その上へ続く階段に女たちの姿はなく、その代わり、所狭しとゴミが積まれていた。

最初に訪れたとき、二十二階まで上ったエレベータを探して歩くうち、見覚えのある場所へ出た。窓のある回廊だった。冷蔵庫と女がいた張り出し部屋のドアはもうなかった。

ドアばかりか部屋ごと——むろん冷蔵庫も——みごとに失われ、そこにぽっかり残された穴は廃材で乱暴に塞がれているだけで、隣のビルも間近に見えたし道路の喧騒も伝わってきた。廃材の隙間から電源コンセントがひとつ、寂しく宙に揺れているのが見えた。

回廊へ曲がり、最初の角をもう一度曲がると、突き当たりに小さなエレベータホールがあった。

ボタンを拳で叩くとドアがいきなり開いた。コントロールパネルに鍵はなく、行き先ボタンは一階から二十三階まで奇数階だけ並んでいた。迷わず、一番高い階を選んだ。

探すまでもなかった。エレベータを降りて真っ直ぐ行くと、内階段があった。壁のタイルはところどころ剝がれ落ち、真鍮の手摺は完全に光を失っていた。

私はそれを上った。

ひとつ上の階で階段は終わっていたが、まだ屋上ではなさそうだった。ドアを開ける前から埃と黴の臭いが襲ってきた。

使われなくなったロッカールームだった。シャワーブースはひとつ残らず、壊れたデッキチェアや腐ったタオルで埋もれていた。

薄暗がりの中を、水音がする方へ歩いた。

観音開きのドアの向こうに六コースのプールが出現した。

タイルは隅々まで磨き抜かれ、水は清潔で透きとおり、照明が行き届き、すぐにはあの二人の越境者のモヤシ栽培所とは気づかなかった。

煤にまみれたガラスのカマボコ天井は、一部をのぞいて合成用のホリゾント幕に覆われ、修復できなかった汚れや破壊の跡は、張りぼての彫刻や装飾に隠されて、スクリーンの中でなら、グランパレにもキューガーデンの大温室にも化けるのだろう。

そのプールサイドでは二ダースほどの尼僧がライトを浴び、音楽に乗って行進していた。ポロネーズ、イ長調だ。

粛々と進む一団が、水着姿のコーチの手拍子に合わせ、急に軍隊歩調になった。笛が鳴った。プールの縁に立ち止まり、水面にくるりと向き直った。

また笛が鳴った。法衣の裾が揺れたかと思うと、次の瞬間、それは足許に落ち、尼僧は裸になっていた。頭のてっぺんから足の爪先まで丸裸に。

不意に曲が変わった。エスター・ウィリアムス好みのワルツだった。

彼女たちは次々と、まるでベッドに飛び込む新婦のようにプールへ身を投げた。

「そうよ。いいわよ」髭もじゃのコーチが叫んだ。「素敵だわ」

裸の尼たちは強張った笑みを顔に張り付け、水中で裸のレビューを始めた。

「まったく、世の中どうなってるのか」背後で声がした。

何《ヘ》か嘉《ジャ》か、どちらかわからない。モヤシ業者の片割れが、大きなデッキブラシを手に立っていた。

「あれが坊主じゃない。処刑人だって言うんだからさ」

「誰を処刑するんだ？」

「魔法で豚に変えられた船員。論理に浮かれたから水に沈めて殺すってさ。相手は豚だぜ。煮るとか焼くならまだしもねえ」

私は短く笑った。「無事で何よりだ。相棒はどうした？」

「旦那のおかげですよ。ポリが来る前にモヤシも出荷できたし。二人して映画に雇われて、――ジャのやつは下で馬に乗ってまさあ。やつは出たがりだから」

彼は煙草をくわえて火をつけると、デッキブラシでプールサイドを磨きはじめた。

笛が鳴り、音楽がポロネーズに戻った。


屋内プールの外には密林が広がっていた。

ホリゾント幕の仕切り壁が取り払われ、はりぼての草木が屋上全体を覆い尽くしたのだ。

撮影用の足場からの照明を受け、闇の密林に浮き立つ例の煉瓦の小径を、私はゆっくり歩いた。

やがて姿を現した映画館は、天井をぶち抜いて伸びた南洋楠以外、すっかり様変わりしていた。

ビスケットの王城さながら、外壁全体を丸や四角や三角の、大小さまざまな段ボールで重ね張りされ、映画のロケセットというより、どこかの尖ったアーティストの作品を思わせた。

名も変わっていた。ペンキを塗り直し、建具も入れ直したエントランスの軒に、真新しいネオンサインでこうある。

『中奨了《おおあたり》大戯院／Théâtre Triomphe』

ぼんやり見上げた私の足許で、湿った夜の海風がかすかに造花を揺らした。

するとあれが匂った。硝煙ではない。ジッキーの香りだ。

足音もなく、彼女は映画館から出てくると、軒下の切符売り場の脇にたたずんだ。

華奢な体はゲルニカ拳銃の銃身より細いピンヒールに支えられているだけで、南シナ海からの微風に今にもそよぎそうだった。

「何をしているんです？」

アリアーヌ・ヤウは充分に間を置いてから答えた。「撮影があるはずだったの。シーン47の2、主人公が故郷を遠く見やる眼差し」

彼女は、チャイナカラーの真っ白なブラウスと黒いタイトスカートに着替えていた。

「理に適った衣装だ」私は一歩近づき、足を止めて言った。「女の一生は小さなホックの掛け外しだそうだからね」

「それ、映画の台詞かしら」

「いや、詩人だよ。女の一生は、後ろのファスナーの上げ下ろしとも言ってる」

「じゃあ、女の幸せは男の手並み次第ってこと？——ずいぶん古風ね」

私の胸を空っぽな吐息が大げさに揺らし、アリアーヌが眉をひそめた。

「失礼。疲れてるんだ。この数日、ディズニーの中を歩き回ってたみたいな具合でね」

「あら、ディズニーランドなら日本の方がよほど素敵よ」

「何が素敵なもんか。ぼくが言っているのは映画だ。遊園地じゃない」

「何にも知らないのね。最近の映画は遊園地のアトラクションを増やすためにあるの」

「どうしたんです？」私は映画館を指差して言った。「撮影にしちゃ、いやに静かじゃないか」

「哲《ツィ》がみんなを馘にしたのよ。この映画はもう駄目ね」

「彼はどこにいるんだ」

「何をしてる」

「中よ」

「さあ、――映画を見てるんじゃないの？　もしそうなら、きっと世界一内容のない映画」

「何があったか聞いてるんだ」

アリアーヌはまた眉をひそめた。「たまには自分で考えたら。あなた、それでも警官なの？」

「みんな同じことを言う。いやになるよ。ぼくはもう警官じゃない」

「あら。自慢してるみたいに聞こえる」

夜に鼻をそびやかすと目線を切り、胸を反らせてこっちへ歩きだした。

石段を下り、私のすぐ脇をすり抜けようとした。

私は手首を摑み、力を入れて引き戻した。「珠田琉璃、いい名前だ。琉璃はクレオパトラの水晶球か、それとも新聞王のスノードームかな」

「どっちにしろ、たいした玉じゃないのよ」

彼女の手をさらに引き寄せ、無理やり自分の鼻に近づけた。今度ばかりは、それが匂った。ジッキーを押し退け主張する火薬残渣。

アリアーヌが私を振り払った。返す手で私の頰をはたいた。頭の芯で大きな音がした。

「とんでもない。充分光ってるよ」私は何事もなかったかのように構えて言った。

「ルリって誰なの？」

「このビルで最初に会ったときのことを覚えている？　すぐ上で男がひとり死んだ直後だった」

「すぐ上？　ということは十二階ね」

「名はスキップ。彼はタツヤって日本人を探して、この屋上へやって来た。タツヤはあの朝、女に言われて二十二階に宿を移し、直後に、その女とここで待ち合わせをしたところだった」

「すれ違いと出会い。――今では珍しいメロドラマ」溜め息をつくみたいに呟いた。

「メロドラマにだってサスペンスは要る。スキップとタツヤはつまらないことで揉めていた。一発ドヤしつけてやろうと、スキップは阿城大廈に駆けつけたんだ。タツヤは二十二階の部屋にいなかった。しかし、代わりにピンバッジを買えば何でも教える支配人がいた。ほら、君も心当りがあるだろう――」

私はアリアーヌの目を覗き込んだ。ステージのホリゾントに描かれた満月のように、それは大きく表情がなかった。

「どうしたわけか、スキップはタツヤより先に屋上についた。多分エレベータの乗り継ぎだろう。スキップの方がこのビルに慣れてる。そこで彼は、プールで竜也を待っていた女に出くわした」

「女って、――それがルリなの？」

「スキップは彼女がどこの誰か知っていた。有名な女だったし、強請ろうとしてた相手だから当然だ。彼女はスキップにいきなり絡まれて、――最初は逃げたんだろうね。でなければ、もやしのプールになんか行きはしない。結局、追い詰められ、スタンガンで追い払おうとした。スキップは昏倒してプールに落ちた。その一部始終を、タツヤは隠れて見てたんだ」

「隠れて？　なんで隠れる必要があるのよ」ホリゾントの満月にウサギが戻った。二度瞬くと、さらに輝きを増した。

「彼女は悪くない」私は言った。「不可抗力だ」

目を見つめたまま黙って待った。返事はなかった。目にも口にも。

私は話を続けた。「女はその足で二十二階の部屋へ向かった。そこで、またおかしな男に会って、今度は拳銃で追い払おうとした」

「あら、この香港で、拳銃を持ち歩く女なんているのかしら」

「ステージガンだったかもしれないね。しかし今日は違う。本物だ」

左手に持った小さなポシェットを奪いとろうとすると、アリアーヌが両手を高々と差し上げた。そのまま、試すような目線を送りながらゆっくり一回転した。彼女は腰骨の上に小さな革のヒップホルスターをしていたが、どう見ても映画の小道具で、拳銃は入っていなかった。

「裸になりましょうか」

「とてもじゃないがギャラを払えない」

「それで？」手を降ろして尋ねた。「タツヤっていう男はどこへ消えたの」

「女の覚悟を知ってブルったところへ、今度は殺し屋が現れてスキップを何発も撃った。ほら、昨日の大耳朶ですよ。――そのときはもう、スキップはモヤシの海で溺れ死んでいたんだが」

言って、私はアリアーヌを見た。目に笑みさえ湛え、彼女はそれを冷え冷えと聞き過ごした。

「それで逃げたんでしょう」私は言った。「すっかり震え上がって」

「忘れなさい。何もかも」

「忘れる？　あなたのことを忘れられる男なんて、そういない」私はできるだけ穏やかに言った。

「スキップの死について咎める気はない。それは忘れてもいい。忘れられないのは昨夜のホテルだ」

「だったらなぜ帰ったの。私を残して」

「銅鑼湾のホテルだよ。スポーツバーだ。大耳朶の本当の狙いは女じゃない。タツヤだった。バーで事件が起こる直前、あいつは上のホテルにチェックインしている。命を狙われて逃げ回り、やっとマカオに逃げ落ちたのに、何故のこのこ帰って来たんだ」

　大きな満月が私を正面から照らした。それがゆっくり訝しげに細められた。息をのむ音は、ついに聞こえてこなかった。背後には、どこまでも夜が広がっていた。

「ローズ・セイヤーに特別な足跡とピンバッジが残っていた。どっちもタツヤのものだ」私は言って頷いた。「昨夜、君が恐れていたのはそれだろう。薄々疑ってたんじゃないのか。だからぼくを精品酒店なんかへ連れていった。ぼくを哲《ツィ》にぶつけて、それを確かめようとしたんだ」

　満月だったものが瞬時に三日月に変わり、私を睨んだ。「嘘よ。全部嘘だわ」

「君が危うんだとおり、竜也はツィに匿われていた。昨日の朝までは、あのホテルに。その後、ツィがボートでマカオに送ったんだ」私の口の端が、彼女の目よりずっと吊り上がった。「その竜也がわずか数時間後、香港に戻ってくることを誰が知っていた？　彼をあの場へ呼んだ女しかいない。彼女は、多分クローカーに耳打ちしたんだろう。あんたたちが探してる男なら銅鑼湾のスポーツバーに来るはずだとね。教えれば、その場に大耳朶が現れるのは計算の上で。そして今日だ。今度は竜也の方が女をオークション会場に呼び寄せた。大事なピクチャーを売るとでも言ったんだろう。女は拳銃を持って会場に向かった。しかし愛人の舅が来たので途中、帰ってしまった。——君が帰った後、竜也はあそこに現れたよ」

「まるでその女が私だと言わんばかりね」私を見て、一瞬戸惑った。「あなた、今、ピクチャーって言ったの？」

「ああ。ぼくが持ってる。安心してくれ。まだ見ていない」

アリアーヌは、埋立地の外れで大きな松明のように燃え盛る香港一の高層ビルに、顔を向けた。遥かの薄闇でかすかにクラクションが吠えた。

「わたしはね、二村さん、あなたとは違うのよ。日本人でもないし中国人でもないの」小さな吐息が胸を揺らした。「そう。その意味では、彼と同じかもしれない。二十代の終りの終りまで、まったく芽が出なかったの。売るためにはなんでもしたわ。前に進めるなら何の躊躇いもなかった。ひどい火傷もしたけど、恥じてはいないわ。そんな私を彼が売り出してくれたの。じきに三十歳になる私をね。――彼をがっかりさせたくないの。つまらない揉めごとで、彼を煩わせたくないのよ。そのためなら何でもして見せるわ」

言い終えて、私を見た。目が、すべての街灯りを呑みこみ、私を貫いた。

私はとっくに手を離していた。今度は逆に彼女が私の手を取った。かすかに体が触れた。

「そうか。だから、君は独りで解決しようとしたのか。何もかも独りで」

彼女は鼻の脇にしわを溜めた。眉をひそめ、額にもしわを刻んだ。それが彼女を力強く見せた。

私は手を離し、体を遠ざけた。

「〝黒色影片〟って映画を知ってるね?」

「そんな映画は知らないわ。――ただ、ここしばらく竜也は古い香港映画を探してた。それを知ったとたん、ツィが慌てだしたのは分かったわ。大昔のアクション映画一本で、どうして大騒ぎをするのかしら」

「同じころ、お母さんが福星に泣きついたんだ。ある男の強請に堪えかねてね。しかし、それがいけなかった。誰もが君のピクチャーと桐郷監督のフィルムを勝手に取り違えた」

「強請？　母が――」続けようとして止めた。アリアーヌの喉を何かが上下した。するとまた目に光が戻り、それこそ本物の祈禱師の水晶玉のように世界を閉じ込めようとした。

「福星小父さんが気をかけているのは、父とその娘なの。父の妹とその息子は、ことのついでよ。あなた、勘違いもいいとこね。小父さんにとって、私の父は実の息子も同然だったのよ。オータムンが私に手を出せないのも、そのためだもの。でもあの女は、小父さんにつまらない用事を頼めるような立場にないのよ」

「お母さんが福星を頼ったのは自分のためにじゃない。君のためにだ。日本で二人、こっちでひとり、タツヤの強請屋仲間が殺されたんだぜ。竜也が消されないわけがない。お母さんは実の息子の身の上も省みず、君を守ろうとしたんじゃないのか」

　彼女はいきなり笑いだした。みごとな高笑いだった。そこで変装を解き、特殊メイクの下から何か別の正体を現しても驚きはしなかったろう。

　しかしアリアーヌはアリアーヌのまま、強い口調で言った。「そんなわけないじゃない。母ですって。冗談じゃない。あの女も同じ穴のムジナよ。あいつが私に何と言ったと思う？　人殺しの娘と言ったのよ。子供の頃から何度もそう言われてきたわ。私の父から大金を受け取って、日本へやっと帰れたというのに。父が死んだ後は、福星小父さんのお金をずっと受け取ってたのに、私からも散々お金をせびりとって。――そんなやつらよ」

「いい芝居だ」私は目線を下げ、首を振った。「いいものを見せてもらったよ。言葉が足りなかった。お母さんは誰かを殺してくれなんて頼んでいない。最初の殺人を目撃して、恐慌を来したくらいだ。つい福星の本名を呼んで哀願したと調書にあった。〝承司令、やめてくれ〟ってな」

「何言ってるか分からないわ」

「珠田真理亜は、娘の将来と自分の生活の不安を老大に訴えただけだ」

いくら待っても彼女は答えなかった。重ったるい風が来て私の足首を摑んだ。

「いつ、お母さんが老大に連絡したことに気づいた？」

「私に母なんていないわ」

「ぼくが言うまで知らなかったのか。その割にしっかりした演技プランだったぜ」

「あなたは何がしたいの？」

「ぼくは明日帰る。別れを言いに来ただけさ」私は彼女の手の甲にそっと手を触れた。「あのときもジッキーが匂った。しかし、硝煙は匂わなかった。拳銃はどこです？」

「私を責めているのね」

「責めてはいない。ぼくは珠田竜也を連れて帰るように頼まれた。なぜそうできなかったか、依頼人に報告する必要がある」

「すぐに見つかるわ。自分で見つけなさい」

彼女は笑いだした。不思議なことに白い歯をのぞかせ、そのくせ声はなかった。

「それで満足？　なら、もう忘れてちょうだい。何もかも」

「忘れないよ。決して口にしないだけだ」私は言って、彼女の手を握ろうとした。「たとえ嫌われても憎まれても、忘れるよりましだ」

私は虚空をつかんだ。

アリアーヌは私をすり抜け、身を翻し、まがいものの密林へ走り去った。

五インチのピンヒールでエアジョーダンのように走れる女も、この広い世界には存在する。

78

館内は思ったより明るかった。ロビーに植えられた南洋楠が突き破った天井から月明かりが落ちていたからだ。照明部がこの方がいいと思ったのだろう。穴の開いた天井は修復されていなかった。

しかし掃除は行き届いていた。黴もにおわなかったし埃もたいしたことはなかった。片隅に箱馬や平台が積み上げられ、床にはケーブルがのたくっていた。

私はケーブルを避けながら奥へ歩いた。どこかでピアノが聞こえていた。演奏というより調律のような音だった。

人の気配がした。身じろぎする音か、息づかいか、何かが私を南洋楠の向こう側へ招いた。

珠田達也は、人工地盤を破壊して映画館のフロア全体に根を生やした老木の足許に、うずくまるようにして倒れていた。

服装はさっきと同じだったが、右胸に穴が開き、血は今も止まっていなかった。

「痛え……」嘔吐するように声が出た。まだ私には気づいていないようだ。

達也は拳銃を握っていた。ジェイムズ・ボンドが重宝したワルサーＰＰＫの山寨だった。それは今、スライドオープンの状態で、薬室まで空だったが薬莢は近くに見当たらない。

「拳銃を握ったら、痛いなんて言うな。本物の映画スターにドヤされるぞ」

「くそ。判ったような口叩きやがって」彼は私をかすかに見上げ、鰐皮のバスケットシューズで床をこじった。「強がりなんか今どき流行んねえんだよ」

「誰にやられた？」

「知るかよ。背中からいきなり、――救急車呼んでくれ」

私は右手でハンカチを出し、左手で手首を摑むと、パチモノのワルサーをもぎ取り、遠くへ投げ捨てた。

「あれ、持ってるか」彼は咳き込んだ。喉で血が嫌な音をたてた。「持ってるんだろう？」

「メモリなら持っている。バックアップがなかったとは驚きだな」

「プールで水没させちまったんだよ。スキップが死んだの確かめようとして、スマホごと――」

私は笑い声をあげた。「おまえみたいな素人が、よくもまあプロを何人も引きずり回したもんだ」

「し、素人の時代だよ」竜也はまた喉を痙攣させた。「政治も金儲けも漫画も音楽も」

私はその場にしゃがみ込み、電話の液晶で彼を照らした。

胸に大きな射出痕があった。近くから背中を撃たれ、胸に抜けた。右胸だったために、まだかろうじて生きているのだ。

「くそ。間抜けな話だ。救急車呼んでくれよ！」

血が口からこぼれた。口をきいているだけで、充分奇跡といえる状態に見えた。

「まったくだ。アリアーヌに金を払うと言われて、のこのこマカオから戻ってくる。その後も欲をかいて、ジタバタする。警察にマークされているのに。――そんなに金がほしいのか」

「当たり前だろう。他に――」彼は咳き込んだ。血を吐いた。「他に何があるんだ？」

「億にも届かない。せいぜい数千万の金だろう。小さく刻んで自主映画でもこしらえようって気か」

「クソッ！　どこかのプロデューサーみたいなこと抜かしやがって」

遠いピアノの音が私の耳元で大きく踊った。

「何でモーを殺した」私はできるだけ静かに尋ねた。「それも小銭のためか」

「鍵を返さねえからだよ。殺したんじゃない。脅したら暴れやがって、手前で勝手に弾に当たって、――勝手に死んだんだって」

「あの世へ土産にいいことを教えよう。香港の大ボスにおまえらの始末を頼んだのはおまえのお袋だ。楊三元と榎木圭介の始末だけじゃない。大耳朶はスキップも処理しに行った。初手からお前も数に入ってたんだ」

「バカ言うな。んなわけねえだろう」言いながら、瞳孔が怒りと絶望で窄まった。

「楊三元のネタ元がおまえだって、お袋さんに分からなかったと思うか？　ひとりで運命を切り開いてきた女だぞ」

私は立ち上がった。

「待てよ。てめえ。ちょっと待て。――あんた、フォルダは開けたのか」

「ファイルはまだだ。しかし開けるまでもない。ツィが買うと言ってる」

「教えてやる。パスワード教えるから救急車呼んでくれ」彼は慌てて言った。そのせいで大きく咳き込んだ。血が喉に逆巻いた。「重い方はコング少佐を狂わせた数字。軽いやつはマリリン・モンローの最後の名前。わかるか？」

私は電話を持ち直し、救急車を呼ぼうとした。

指を止めたのは気配だった。理由なく、足許にいたものが、もういなくなったことに気づいた。

またしゃがんで、手首と首筋で脈を取った。鼻の穴に指を近づけたが、もう息はしていなかった。

それでも死んだとは限らないが、救急車は呼ばなかった。そんなものに邪魔されたくなかったのだ。

私にはすることが残っていた。


客席のドアを開けると、光とピアノの音が転げ出た。

指一本でただメロディーを追っていた。古い歌謡曲のようだったが、ジャズのようでもありバラードのようでもあった。歌謡曲というのが、もとよりそんなものなのだ。

客席の照明は落ち、スクリーンには光があった。そこに、アンディ・ウォーホルが描いた毛沢東の肖像が映し出されていた。

肖像には弾痕がふたつあった。原画を撃ち抜いた銃撃の跡で、それを映し出しているのは映写機ではなくＤＬＰプロジェクタだった。

手前のエプロンステージに置かれた古いアップライトピアノを、真っ白いスーツを着た男が片手で弾いていた。

客席の通路を下っていくと、足が空薬莢を踏み飛ばした。

ツィ・バンタムはその音に顔を上げたが、こちらを見ようともせずメロディを追い続けた。鍵盤を叩いているのは指ではなく、薄く小さな拳銃だった。ガンブルー仕上げで彫金もない。軍用のゲルニカだ。

「映画館で何をしている？」私は声をかけた。

「見てのとおりだ」

「ピアノを脅してるのか。それも錠王牌の拳銃で」

彼はやっと顔を上げた。こっちを向こうともせず、さも意外そうに首を振った。「夜を待ってるだけさ」

「もうとっくに日は暮れてる」

「いや、映画館が明るくなるまで外は暗くならない」

私は前から七列目の客席に腰掛けた。

彼は立ったまま、ピアノを銃口で小突き続けた。

こんなときこそ煙草か酒がいる。しかし、私はどららも持っていなかった。

「そこに映ってるシルクスクリーンは本物か」

「ああ。デニス・ホッパーのコレクションだ。おれがクリスティーズで競り落とした」

彼はまた背をかがめ、鍵盤を突つこうとした。

「外に若い男が転がっている」

「そうか」

「その姉ともすれ違った。帰国の前に、別れを言うことができたよ」

「そうなのか」顔は上げない。しかし大きく瞬いた。「何の用だ」

「礼を言いに来たんだ」

やっとピアノが停まった。それでもこっちを見ようとしなかった。

彼はピアノ椅子に腰掛けた。館内は奇妙な静寂に包まれた。

私は言った。「ぼくの仕事は終わった。半分はあんたのおかげだ」

「なるほど。あのフィルムはおまえの手に落ちたんだな」

「親父さんが欲しいというなら渡してもいい。ただしコピーだ。もともとぼくが持っているのもコピーなんだ。デジタルコピーは伝染病と同じさ」

彼は鍵盤に息を吹きかけた。「義父も、年取ったよ。ガキみたいな意地を張る」

「本当にあんな理由で？　配役が気に入らないって、それだけなのか」

彼は自分の右手に微笑みかけた。背中が揺れた。体全体にどうしようもない疲労が漂っていた。

「そうか。親父がそんな話までしたのか——まいったな。おまえは思ったより遣り手だ」

「王定俳《ワンディンパイ》は真正面から刺されて死んだそうじゃないか」遣り手の元警官は抜け目なく切り出した。

「誰だ、その王《ワン》っていうのは」

「錠王牌と言えば分かるのか、杉浦さん」私は日本語で尋ねた。

ピアノの中で砲声が轟き、頭上に谺した。拳銃を鍵盤の上に放り出したのだ。

「誰より完璧主義者だったからな」返事は何故か英語だった。「錠王牌の映画がつくられると聞いただけでビビった雇い主が大勢いた。それだけさ。てめえの伝説に、錠は殺されたんだ」

「伝説を守りたかった者に殺されたって意味か」

ツィ・バンタムは私の質問を敢然と無視した。「おれは、そのころ組織《カンパニー》と錠の繋ぎをしていた。ガキだったんだよ。映画人を舐めていた。——すごい殺しをやるぞ。何月何日のどこどこを見逃すなよ。そう言って、監督をあおったのさ」

「啓徳空港の一件だね」

「口が滑ったんだ。自慢話みたいに、——つい言っちまった。しかし、まさか現場へ出かけて行くとは思やしねえ」

「あんなことが実際あったのか」

体が揺らいだ。彼はかすかに頷いた。「そうか、あの映画を見たんだな。——ああ、似たようなことはあったらしい」

「錠はなぜしくじったんだ」

「桐郷のカメラさ。監督は空港の送迎デッキに三脚を据えて、標的を狙えそうなポイントを探していた。一眼レフに望遠レンズをつけてな。そのファインダーから入った光がミラーで踊った。それがレンズを瞬かせ、たまたま錠の目に入った。引き鉄を絞った瞬間だったらしい。常人なら目にも止めない小さな瞬きに気づいたんだ。それで千分の一秒、指が遅れた」

「神様みたいに軽いものが指に触れたってわけか」

「なあ二村。豚のように太って死ぬのも悪かない。この年になるとそう言える。しかし、あのころ俺はまだ三十にもなってなかった」

指で二度、鍵盤を叩いた。ずいぶんと低いソとラだった。

「あればかりはおれのドジだ」彼は続けた。「しかし、映画屋に乗せられて、ただ調子をこいたわけじゃない。あの企画は、会社と幹部会の間で話が通ってた。日本の実録ものが大受けしてたからな。金になるなら蹴飛ばすよりハンドルする。それに義父《オールドマン》は桐郷を大事にしていた。日本から呼び寄せたのも義父だった。ゴールデンハーベストを創ったとき、移籍させたのもそうだ。あのころ、桐郷監督はずっと当たりがなかったんだ。次がないぐらい追い詰められていた。大当たり間違いなしの企画が必要だった。そんなわけで、義父はおれを送り込んだ。実録映画のコンサルとしてな。ネタの提供だけじゃない。描いて良いことといけないことの線引きをさせるためにだ。その線引きも、相当に緩かった。中奨了《おおあたり》がまず先にあったんだ」

彼は言葉を切った。また背中が揺らぎ、辛そうに息を吐いた。

「しかし事が起こりゃ、組織なんてものは、そんなことすぐに忘れる。監督が空港に現れ、仕事の邪魔をした。誰が教えたんだ？　落とし前をつけろ！——だが、おれはもう家族だ。中国人は家族を決して吊るさない。代わりの羊を用意するんだ」

彼は顔を上げ、私を見た。逆光に陰っていたが、その目は苦痛に曇っていた。「〝黒色影片〟は永遠に消えて失くなった。ネガもゼロ号もだ」

「監督もだろう」

彼は返事をためらい、目をスクリーンに投げた。「ところが盗み出したやつがいたってわけだ」

「撮影所の食堂のコックだね。ハンマーヒルのフィルム保管庫に火をつけたのもそいつか」

「撮影所の食堂は鬼門だ。誰にとってもな」

「もう三十年も前のことじゃないか。あのフィルムが出てきて、誰のどこが痛むっていうんだ」

「たしかに、いまさらメンツも何もあったもんじゃない。あるとしたら思い出だ。理由はどうだろうと、あれを思い出したくないってのは親父の本音さ」

「思い出を消すために？　それだけのために、——とんでもない出費だな」

ツィ・バンタムはゆっくり、大儀そうに向き直った。「フィルムに関して、義父《オールドマン》は何ひとつ命じてない。あれはオータムンの仕掛けだ。竜也の持っていた例の、――」

「ピクチャーか？」

「ああ、そのピクチャーと桐郷のムービーをあいつが混同したんだ。親父はあいつに横浜の面倒事を処理しろと命じただけだ。義父はピクチャーの存在すら知らなかった」

「ミセス・オータムンは珠田真理亜がアリアーヌの母親だと知ってたのか？」

顔を歪め、頷いた。「義父は金融筋を通じて例のフィルムがオークションに出されるのを知った。作品42〃黒色影片〃さ。おやじはゼニカネで済ます腹だった。つまり表側で処理するってことだ。横浜のトラブルとはまったく別の話だった」

「そのことを知った娘が、父親が欲しがってるフィルムとアリアーヌを悩ませているピクチャーとを取り違えたのか」

彼は肩をすくめようとした。上手くできなかった。肩を痛めているのかもしれない。

「何でもごっちゃにする。そういう女さ。――親父はあのフィルムを、力ずくでどうにかしようとはしちゃいない」

「ダイジェストに関しちゃ相当な無理を押したそうじゃないか」

私は上着の内ポケットから電話を出し、八ギガのマイクロSDカードを抜き出した。入れたままにしていた、アダプターの付録だ。それを肩の上にかざして言った。「あんたが必要なのはこのピクチャーだろう」

椅子から立ち、エプロンステージに放った。

ピアノを離れ、拾い上げようと手を伸ばしたとき上着の前が開けた。案の定、ドレスシャツの右脇に血がびっしょり染みていた。床に滴り、厭な音をたてた。

「コピーがあるかどうかは分からない」私は言った。「だが、竜也が持っていた動画はそれだけだ」

「見たのか？」

「いや。何も見ていない」

「嘘つきめ」

ツイ・バンタムはＳＤカードを床に捨て、踵で踏みつぶした。顔を歪め、呻きながらしゃがむと、右肩甲骨の下に弾痕が見えた。そこにも血は広がっていた。

彼はカードを再び手にとり、二つにへし折った。それが、彼の必要としたことだった。

「こいつの礼に教えてやる」と言いながら、靴の踵でもう一度ＳＤカードを踏みつけた。

「親父も、あのころはまだトップじゃなかった。立てなきゃならないのはメンツだけじゃなかったってことだ。組織《カンパニー》にとって映画は大きなビジネスだ。桐郷も大事な商品だ。その商品を、命令もなしに始末したんだ。失敗はまだしも、それぱかりは許されない」

「桐郷寅人を撃ったのは錠王牌なんだね」

彼は鍵盤の上の小さなゲルニカに微笑みかけた。「他の誰にできる。酔客で賑わう中環の通りで、七メートルも離れたところから一発で」

「マナーの悪い観客に、空き缶を投げ返したってとこか」

「そうじゃない。絶対にそんなことじゃない。あんたにゃ分からないさ」彼はよろけ、銃創の痛みに呻いた。「錠はいつも完璧を望んだ。しかし、完璧に行かなかった。誰のせいでもない。たとえ何があろうと、結果がすべてだ。そのことは自分が一番よく分かってた。それでも許せなかった。本当は手前が許せなかったんだ。やればどうなるか、分かってた。それでもなお始末をつけたのさ」

彼は口を閉ざした。ほんの一瞬、ピアノ椅子の上で丸くなった。少しするとピアノの口棒に手を突き、背を起こした。

「ああ、そうだ」ゆっくり頭を振った。「錠を殺したのはおれさ。ある意味、桐郷を殺したのもおれみたいなもんさ」

また黙った。今度はしかし、背を伸ばしたままだった。

「ペナルティみたいなもんだ。組織から親父への。だから家族の俺がやらなきゃなんなかった」軽く呟き込んだ。喉に木枯らしが舞った。「しかしな、言い逃れじゃないが、錠は自分で自分に始末をつけたんだ。そうでなきゃ、むざむざおれみたいなチンピラに刺されたりしないよ。〝いい結末だ〟。そう言ったよ。この耳で聞いたんだ。おれの黒匕首が刺さったときに」

「新聞記事だと、ゲルニカには三発入っていた。一発も撃たれた形跡がなかったそうだ。だから、そいつを警察から取り戻したのか。楊三元は君らの家の飼犬だったんだろう」

彼は答えなかった。私は勝手に続けた。「捜査記録を抹消させるついでに、形見の拳銃を盗み出させた。――ロマンチストだな」

「利いた風な口を叩くな。おれに何か言いたいことがあるなら、誰かを好きになって、そいつを自分の手で殺してから言え」

「病院へ行こう」私は言った。彼の足元には血がてらてらと広がり、光を放っていた。

「ここがいい。もう二度と観られないんだぜ。十一階から上を、ついに全部買い取ったんだ。今日の撮影が終わったら全館退去さ」

「その後は、どうするんだ」

「さあな、当分の間は塩漬けだろう」

私はあたりを見回した。「阿城大廈全体がもうすぐこうなるんだな」

「ああそうだ、死人の記憶のように、ただの言葉になって消えていくんだ」彼は咳き込んだ。口をぬぐった手の甲に血が滲んだ。

「さあ行こう」

「映画を終わらせないと。始めた映画は終わるものだ」

「今はどのあたりを撮っているんだ？」

「オデュッセウスが海から故郷を見やるシーンだ。三日もかかって監督がＯＫを出さない」

「さっき、君が皆を誡にしたと聞いたぜ」

「女優の戯言さ。現場ではいろんなことが起きるんだ。たとえどこの現場でも」

「女優が弟を撃つこともあるのか」

「ばかな。やったのはおれだよ。この拳銃だ」

私は首を横に振った。「ぼくのシナリオと違うね」

「あんたは映画の素人だ。仕方ないさ。事実、おれが撃ったんだ」

「彼女は何でも知ってるよ。竜也は痺れを切らせて彼女を直接脅したんだ」

「何を言ってる？」目が、私に見開かれた。

「彼女はあの日、何故こんな屋上まできたんだ。スタンガンと、玩具とはいえ拳銃まで持って。今まで何度も脅されてきたなら、もっと別の方法があった。あれが最初だったのさ。それまでは君が小遣いをやって、竜也を黙らせてきた。あのガキは君の前じゃヒヨッコだ。のらりくらり埒があかないんで、彼女を直接脅した。それで彼女は腹を決めた。彼女は言ってたよ。君だけには知られたくなかったって。他はどうでもよかったそうだ。皮肉なもんだな。弟が強請屋だなんてことを彼女に知られないよう、君がモーターヨットを走らせていたとき、アリアーヌは弟を大耳朶に殺させようと電話にしがみついていたんだぜ」

長い沈黙があった。ついに息絶えたかというような沈黙だった。

「なあ、二村」彼は、やっと口を開いた。逆に息が荒くなった。「おれは何十年も前、東京で人を殺してこの町に流れ着いた。最初の十年間、東京に帰りたくて仕方なかった。十年すると、義父が戸籍を手に入れてくれた。いつでも帰れるようになったんだ。すると、おれが帰りたかった東京なんかどこにもなくなってた。もう十年すると、――ほら、本土返還のころだ。――おれを受け入れてくれた香港さえ消えてなくなった。さらに十何年か、アリアーヌが現れた」

「彼の娘だと最初から知ってたのか」

「昔、満州で面倒を見た男の娘だと福星から聞かされた。日本で鳴かず飛ばずの女優だってな」

「三級片に売られてきたのか」

「いや。あのときも母親が泣きついてきたんだ。このまま日本に置いたら食い物にされるばかりだと。事実、デタラメな契約書に縛られてた。雇い主の後ろには日本のヤクザだ。親父がすべてチャラにした。そしておれに預けた」ピアノが鳴った。弾こうとしたのではなかった。鍵盤に手を支《か》い、体を支えたのだ。「錠を刺したのはおれだ。アリアーヌは、そのことを知らない。それだけは知られたくないんだ」

「すれ違いか、――今どき」私は立ち上がり、通路へ出た。「昨夜あんなことがあったのに、彼女は今日、拳銃を持ってオークションへ出かけた。弟を殺すためにだ」

物凄い不協和音が鳴り響いた。床が抜けたような音だった。

ツィが拳で鍵盤を殴ったのだ。

私は電話を出した。「救急車を呼ぼう。出血が多すぎる」

「おれだ。おれがやった――」声が震えた。すると大きく咳込んだ。「あのクソガキを撃ったのはおれだ。ここにある、この拳銃だ」

「そのクソガキの弾に当たったんじゃ笑い話にもならない。――救急車を呼ぶぞ」

「余計なことをするな。義父がもう手配している。バーと女がついた救急車だ」

「そんなものが到着するまで持つもんか!」私は怒鳴った。

彼はこっちに顔を向け、光の落ちた目で睨みつけた。

「お前には分からないさ。分かるわけがない。お前がいつか人を殺して、その人の娘に惚れるまでは」そこで顔を背けた。最後は自分の靴に話しかけた。「俺とあいつは同類なんだ」

「ぼくに何かすることはないか」

「出てってくれ。そして何もかも忘れるんだ。覚えてていいことはひとつ、竜也はおれが撃ち殺した。この拳銃がその証拠だ」

どこからか硬めのパナマ帽を取り出し、思い切り目深に被った。リボンに日灼けした回数券の束が挟まっていた。

「都合のいい証拠だな」

「ああ、そうだ。ここでは俺の証言が真実だ。犯人がいないとあんたも困るだろう」

「ぼくは何も困らない。どうせ映画館の暗がりだ。どこのどんな法律とも――それどころか誰の道義とも関係ない」

　私は別れも告げず背を向けた。通路を九列上り、日本語で言った。

「じゃあなゴロウ。せいぜい長生きしてくれ」

　彼はまた笑った。その笑い声が私を急かせた。

　ドアまで辿り着くと、背中に声が追いすがった。

「あばよ。今度いい女に会ったら、すぐに寝るんだぜ」

　迂闊なことに映画館を出るまで、それが日本語だったことに気づかなかった。それも、私が子供時分、良からぬ大人たちが話していた日本語だということに。

　人工密林の向こうには、幾千万の窓明りに輝く南の海の水平線が横たわっていた。

　私の目がそれを左から右へパンした。どこかの誰かならすかさずナレーションをつけるところだ。すべてがあった。ただ映画だけが欠けていた、と。

79

われらが殺し屋は三針の裂傷を負い、肋骨を二本折ったが、翌朝予定通り日本へ帰った。私が病院に着いたときにはもう、医者の制止を振り切って強引にホテルへ引き上げた後だった。もしかすると酒場かもしれない。電話は通じなかった。留守電にもなっていなかった。

それが朝早く、空港から連絡があった。骨より傷が痛むというわりに声は弾み、高笑いがこっちの宿酔いの頭に、クレアモント村の教会の鳴りやまない鐘の音のように響きわたった。

電話が切れると、私は金庫の中のマイクロＳＤカードのことを思い出した。それまで忘れていたことが少し不思議だった。

荷造りを終えたボストンバッグの中からモバイルノートを探し出し、カードをアダプタに入れてスロットに差し込んだ。

〝マリリン・モンロー、最後、名前〟で検索をかけると、『８１１２８』がヒットした。

『その検死番号は、アメリカ合衆国が彼女につけた最期の名前だった』と、添え書きがあった。

〝コング少佐を狂わせた数字〟は初めから当たりがついていた。彼が指揮するB52に下った核攻撃命令の通信暗号だ。

根強いファンが大勢いたおかげで、最高機密の暗号も簡単に『ＦＧＤ１３５』と分かった。

カードを開き、フォルダをクリックして〝マクガフィン〟を入力したとき、頭の隅で何かが舌打ちした。

あのクソガキが、何故わざわざ私にパスワードの手がかりを残したのだろう。それも死に際、苦痛に打ち震えながら。

私はネットから抜け、Wi-Fiを切った。メッセージがうるさいので、無線ＬＡＮのスイッチもオフにした。

それから画像ファイルをクリックして、映画の女神の検死番号を打ち込んだ。

画像が開いた。

同時にエクスプローラーが開き、何かの通信ソフトが勝手に起動し、どこかのURLを書き込んだ。見慣れぬ英文のサイトに飛ぼうとして、エラーが出た。

次々と手順が繰り返され、ディスプレイが無数のエラーメッセージで一杯になった。

何が起こったか気づくのに少し時間がかかった。ネットに繋がっていたら、危うくここにある画像が世界中に散らばるところだったのだ。

いかにもクソガキのやりそうなことだった。パスワードはそれぞれにふたつあり、トラップの方を入力すると、ファイルをネット上で半ば無限に拡散させ続けるという仕掛けだ。

メッセージタグをひとつひとつ、根気よく閉じていくと、下から画像が現れた。

ほの暗いベッドの上で、若い女が目を閉じ、口をへの字に引き結んで、何やら苦痛に耐えていた。眉間と顎に細かいしわが、まるで悲鳴の効果線のように刻まれていた。

彼女は裸だった。思ったより大きく張りのある胸が天を睨んで私を驚かせた。

女はアリアーヌ丘《ヤウ》によく似ていた。しかし、何かが違った。歳の違いだけでなく、表情も違っていた。どこかに暗い影があり、それは演技で作り込めるような影ではなかった。

顔を中心に置いて、画像を拡大した。今より十以上若かった。しかし目に、その歳には不釣り合いな険があった。

彼女は顔の見えない男の下半身に馬乗りになっていた。

背景には、何の飾りもない安手の壁しか映っていなかった。合板に壁紙を張っただけの仕切り板。取ってつけたような電気スタンドと家具屋の見本のようなお嬢様ベッド。照明も、決して映画ではなかった。深夜のＴＶバラエティのように、賑やかにとりとめもなく、あちこちを照らしていた。

私は画像を閉じた。胃の中のものが胸まで迫り上がってきた。

そのままファイルを閉ざし、電源を落としてマイクロＳＤカードを抜き取った。

それから哲本堂が昨夜やったこと、——やるべきだったことを、代わりに実行した。ミニバーのソムリエナイフを使って丁寧に破壊したのだ。

仕上げにウォッカを電気ポットで温め、残骸にかけて火を放った。

灰皿で、それは嫌なにおいをたてた。

胃の中の灰皿は、もっと嫌なにおいをまきちらしていた。

私は一番安いウィスキーを開けた。もちろん火をつけるためにではない。

香港警察の猛者がふたり、ドアをノックしなかったらミニバーは空になっていただろう。

彼らは強引に、しかし慇懃にチェックアウトさせると、私を荷物ごと、近くの油尖区警察総部へ運び込んだ。

通されたのは、冷蔵庫とコーヒーメーカーが常備された立派な会議室で、大きな窓からは賑わうネイザンロードと隣接する九龍公園の庭園がいっぺんに望めた。

そこには一見、ご機嫌そうなフリスク警部が待ち受けていて、人払いすると私にこう尋ねた。

「大耳朶のことは聞いてるか？」

昨日の昼前のことだと、彼は答えも待たずに続けた。落馬洲の遊水池のほとりで、買い物帰りの老婦人が路肩に脱輪して身動きが取れなくなっている冷蔵トラックを見つけた。

運転席に人影はなく、そのくせ窓は開きっぱなしだった。

落馬洲は新界の北の外れ、寂しい場所だが、中国本土と境界を接していて、近くには出入境管制站もある。

不審に思った老婦人が荷室のドアを開くと、中はうすら寒く、荷物もなく、おかっぱ頭の痩せた男が奥で眠りこけていた。

「あんたそんなところで寝てると風邪引くよ」親切のつもりで老婦人は声をかけた。

男がどこかで冷凍され、徐々に解凍されつつあると気づくのにだいぶ手間取ったらしい。

その死に顔は、アントワープの聖母大聖堂で犬と一緒に死んだ少年のように安らかだったのだ。

「まあ、婆さんには実際そう見えたんだろうさ」フリスクは話を閉じた。「しかし、とんでもない。両手は血まみれだった。指が折れるほど、どこかを殴った傷痕だ。多分、冷凍庫のドアだろう。しかしマイナス三十度となると、死ぬ前には苦痛も恐怖も忘れてぐっすり眠り込んでしまうそうだ」

「トラックは盗難車か」私は聞き返し、テーブルの月餅を手に取って眺め回した。

「もちろんさ。そして凍らされたのはむろん別の場所だ」

「失敗の報酬ってやつだな」

「気に病むなよ。あんたの二塁送球のせいで掃除されたわけじゃない」彼は言って立ち上がると、コーヒーメーカーの電源を入れ、ミネラルウォーターを注いだ。「大耳朶の顔が世間に晒されたからだ。日本で中華料理屋の親爺を殺したとき、携帯で撮られたのさ。ネットにはもっと前から流れていたらしい。日本の新聞、テレビが解禁した後、すぐに香港のメディアも取り上げたんだ。面が割れた凶手は粗大ゴミだ。そこらに投棄するしかなくなる」

「ただの掃除じゃない。見せしめもあったんだろう」私は月餅をテーブルに戻した。

コーヒーメーカーの湯が噴出しはじめた。ポケタポケタと、からかうような音をたてて。

「そんなことを教えるために呼び寄せたのか。こっちは空港へ行く前に、福臨門で咸魚肉餅を張り込もうと思ってたのに」

「それを担いで？」彼は私のボストンバッグを鍬のような顎でしゃくった。「田舎者と見られてぼられるだけだ」

私は腰を上げた。「ぼくはもう帰るぜ。好徳來の排骨麵ならまだ食べる時間は残ってるからね」

「話はここからだ」フリスクは薄笑いを浮かべて言った。「大耳朵は何故、屋上のプールに現れたんだね。珠田竜也を探していたからだろう。アリアーヌに張りついていれば行き当たると思ってな」

私はボストンバッグの脇を通りすぎ、窓辺まで歩いた。そこに長いこと黙って立っていた。

「で、どうなんだ。やつはスキップを竜也と勘違いして撃ったのか」フリスクがやっと尋ねた。

「それとも、アリアーヌを脅す者は軒並み排除するよう命令されていたのか」

私は振り返り、窓の縁に腰をもたれた。「どうでもいいことじゃないか。大耳朵は死んだよ」

古い空調機が天井で身震いした。フィルターが目詰まりしているのか、送風機がポケタポケタと呻き出した。

「身の回りの大掃除を大頭目《ビッグマン》に頼んだのはアリアーヌじゃないのか？」フリスクが言った。

「それは違う。強請の中心人物は弟なんだぜ。誰が弟を殺そうとする」

「感傷的だな、二村。そんな殺しは毎日のように起こってる。まして義理の姉弟だ」

「彼女はプールでスキップに出会った。護身用のスタンガンを持っていた。そして大耳朶の銃弾を食らったときスキップはもう死んでいた。分かってるのはそれだけだ。スタンガンを押収できなきゃ、後は邪推でしかない」

「あの女に惚れたのか？」

私は時計を確かめ、溜め息をついた。もう麵をすする時間すらなかった。

「彼女はぼくに芝居を打った。母親が強請の仲間だとね。たしかに義理の母親だ。しかし、生活はつましく、娘からの仕送りは手を着けずに貯めていた。何より娘の成功を望んでいた。なぜ、そんな母親を悪しざまに罵ったんだ。実の息子が自分を強請っていたことを、母親に知らせたくなかったからさ。しかし、義母はとっくに気づいてた。楊三元にさんざん強請られていたからだ。そして、娘はそのことを知らなかった」私はまた時計を見た。

「コーヒーが冷めるぞ」とフリスクが言った。

私は窓辺から動かなかった。「強請のネタは義母が持っていた古写真のコピーだ。そんなもの、誰が家から持ち出せるんだ。竜也しかいないだろう。そのころ、竜也の仲間がもっと凄いネタを持ってきた。義姉のスキャンダルだ」

「セックスがらみかね？」

「勝手に想像するがいいさ。だいたい人のことを言える義理か。君らには楊三元を野放しにした責任があるはずだ。あの拳銃と捜査資料が警察から消えたとき、もっときちんと仕事をすべきだったんだ」私の口調は荒っぽくなっていた。腹が減っていたに違いない。「香港警察は金目のものでも摑まされたか。それとも別の何かを摑まれてたのか」

「口が過ぎるぞ」フリスクがたしなめるように言った。「しかし、誰の後ろに組織がいたのか、それでだいたい分かった。おれが知りたかっただけさ。個人的にね」

「知ってどうする？」

「どうもしないよ。何もできない。最初の警官が現着したとき、あの屋上の映画館には誰もいなかった。哲も竜也もだ。あんたの通報が遅過ぎたからだ」

「できるだけ早く電話したよ」

「嘘をつけ。ホテルに帰ってからだろう。発信場所はちゃんと摑んでる」

「死体はあがらなかったのか」

「影も形も」彼は鼻筋にしわを刻んだ。「血痕さえなかった。ルミノール反応は試していない。怪しげな通報だけじゃ令状は出ないからな」

「勘違いするなよ。掃除を頼んだ人間は決して殺人を依頼したわけじゃない」

「それも分かってる。哲の女房がやりすぎたんだろう。福星は睨みを効かせてるが、もう現役じゃない」彼は長い眉毛を揺らして瞬きした。「あの夫婦はじきに香港からいなくなるよ」

「消されるのか？」

「まさか」大げさに肩をすくめた。「いくら面子のためでも家族はやらない。まあ、所払いって事になるんだろう」

私は窓の外を見下ろした。高層ビルに囲まれた九龍公園の本物の木々がそこに眩しかった。

石積みの大きな池があり、ピンク色のフラミンゴが、台風に打ちのめされた案山子のように昼食をついばんでいた。

「がっかりした娘が大勢いるだろうな」私は言った。

「フラミンゴが珍しいか」フリスク・ローが尋ねた。

「ああ。日本のはもっと白い」

「放っておくと白くなるんだ。ピンクに保つためにエビチリを食わせている」

私は短く笑った。それから椅子に戻り、ボストンバッグを担ぎ上げた。

「なんなら飯を奢るぜ」彼が引き止めた。

「もう時間がない」私は言った。「真っ直ぐ帰るよ。横浜に帰って中華料理を食うんだ」


桐郷映子は両場源一からのプレゼントをひどく喜んだが、父親を慕っていたカメラマンのことは一切覚えていなかった。

ただ、やっと手に入った遺作にすっかり心を奪われ、〝本当ならもう少しイケてるはずだった〟青年の行方については口にしようともしなかった。

それから三カ月ほどたった木曜の午後、電話帳に記載のない番号から電話があった。

「私よ。覚えている？」

流暢な英語だったが独特の訛りがあった。しかし北京へ発った女優ではなかった。

「日本へ来ているの。思い出して電話したのよ」山寨《ぱちもの》のアリアーヌは言った。

「仕事かい？」

「半分はね。観光旅行の付き添い。大陸のやつだけど大事なお客なの」

「香港は変わりないのか」

「そうね。――あの映画は、お蔵入りみたいよ。理由は分からないけど」

「リンバニ閣下は怒っただろうな」

「そうでもないんじゃない。代わりにアリアーヌの権利を百パーセント手に入れたみたいだから」

「さすがに呪術師だ」

「今度、イギリス人の保険屋と組んでハリウッドへ進出するんですって」フェイの声が華やいだ。

私はなぜか声を落として尋ねた。「ツィ・バンタム夫妻は？」

「ミセス・オータムンは事業から一切身を引いたって、先月かな、噂が業界を駆け回ってた。ジュネーブの大学に留学したらしいわ。ツィさんも姿を見せないわね。あの映画の一件で責任をとったんじゃない。噂じゃ奥さんと一緒にスイスに移住したそうだけど」

「スイスか、流れ者が流れ着く場所じゃないな」

「それ、何のこと？」

私は答えなかった。

「週末に一晩、自由になれるの。ボスに用事があるんだって。そしたら、ご飯をご馳走してよ」

「こっちまで来てくれるなら」と、私は答えた。「ちょっと遠いが、いつでも食べられる中華料理屋があるんだ」

彼女は何故か寂しげに「ああ、そう」と言い、かすれ声で笑った。

その夜、早い時間に私は潮吹亭を訪ねた。

珠田真理亜は以前会ったときと同じような出で立ちで、カウンターの中で餃子の餡を練っていた。

店には彼女ひとり、店主の女もいなかったし客もいなかった。

私を見ると、おずおずと頷いて酒を出した。

一杯目を半分ほど空けてから、私は口を開いた。「桐郷さんの探していたフィルムは見つかりました。デジタルだが、彼女は喜んでいた」

珠田真理亜は黙って小さく頷いた。

「竜也君は――」

言いかけると、彼女が遮った。

「電話がありました。向こうの知り合いから、上海で職を見つけたって」場違いに大きな声だった。それで自分を説得しようとしたのかもしれない。

私はポケットからピンバッジを出してカウンターに置いた。

「竜也君の落とし物です。戻ったら渡してください」

彼女は恐る恐る手を伸ばし、フィルムの一コマにヒチコックの輪郭を描いたピンバッジを取り上げ、長いこと眺めていた。

「もう大丈夫です」私は言った。「承奎安は、今もあなたたちを気にかけている」

いきなり背を向けた。窄めた肩がかすかに揺れた。半ばしゃがむようにして、彼女は声もなく泣きはじめた。

私は黙って代金を置き、店を後にした。

マリア・ダマタを見いだした男を真似るなら、人生はこうして映画を汚し続けるということなのだろう。

ダイナからの電話は、未だにかかってこない。

約束の一杯をいつ飲むか、それとも飲まずにずっと待ち続けるか、私は今も決めかねている。

しかし、それはまた別のお話《It's a different story.》だ。

本作品は「新潮」二〇一〇年一月号〜二〇一二年九月号に連載された小説を大幅に加筆改稿したものです。

装幀　新潮社装幀室

フィルムノワール／黒色影片《フィルムノワール》

発　行　二〇一四年一一月二五日

著　者　矢作俊彦《やはぎとしひこ》

発行者　佐藤隆信

発行所　株式会社新潮社

〒一六二-八七一一　東京都新宿区矢来町七一

編集部　〇三-三二六六-五四一一

読者係　〇三-三二六六-五一一一

http://www.shinchosha.co.jp

印刷所　大日本印刷株式会社

製本所　大口製本印刷株式会社

ISBN978-4-10-377507-2 C0093